草籽 —— 著

谷峰记

GU / FENG / JI

中国出版集团　现代出版社

图书在版编目（CIP）数据

谷峰记 / 何成均著. -- 北京：现代出版社，
2023.7

ISBN 978-7-5231-0447-7

Ⅰ. ①谷… Ⅱ. ①何… Ⅲ. ①长篇小说–中国–当代
Ⅳ. ①I247.5

中国版本图书馆CIP数据核字（2023）第136695号

谷峰记

著　　者　何成均
责任编辑　杨学庆
出版发行　现代出版社
地　　址　北京市安定门外安华里504号
邮政编码　100011
电　　话　010-64267325　64245264（传真）
网　　址　www.1980xd.com
印　　刷　成都现代印务有限公司
开　　本　710mm × 1000mm　1/16
印　　张　27
版　　次　2023年8月第1版　2023年8月第1次印刷
书　　号　ISBN 978-7-5231-0447-7
定　　价　88.00元

目 录

引 子

大自然造生万物，万物为求生存，都不遗余力地施展自身的独特本领，万物中人类虽然最具灵性，但在既短暂又漫长一生的几十年中，也逃不过物竞天择这一铁定规律。为使腹不受饥，身不受寒，都尽力发挥着自身的特长，使在自己的生活圈内成为强者，风光地结束自己紧张而又劳累的一生。

在熙熙攘攘、形形色色的人群中，有不少人拼搏到老也未必有饱暖的生活，命归黄泉后在那即将化掉的躯壳上仍鼓着一双毫无光泽的眼睛。由此，民间的草根们便总结出婴儿在落地后总是要号啕大哭的原因，据说他们在腹中时就感知到只要降生到人类这个群体之中就不会有幸福、轻松的日子。

据传，宋代一皇帝脱离母体后哭了几天几夜也不息口，因他是人中之王，与众不同的哭声惊动了玉皇大帝。于是，玉帝便派一神仙下凡扮一老翁贴近他的耳朵："文有文曲、武有武曲！"他便止住了哭声。这传说虽然荒谬，似乎也不无道理。皇帝有神仙指点，告知他有文武辅佐，便知自己的一生可以高枕无忧。老百姓的婴儿们前途渺茫，哭累之后，无可奈何地含着那奶水并不充足的奶头，挥舞着不听指挥的小手，想擦干眼泪，在混沌的意识中就怀着要准备拼搏一生的念头。

第一章 >>>

跃出农门

烈日正当天空顶端，光线如火炉中射出的无形灼热钢针，垂直地刺向大地，将路面烤得滚烫。路上已无行人，唉！谁会在这铄石流金的高温下行路呢！

华夏大地开展史无前例运动已经三年，这一年的三伏天，在嘉陵江上游离江边不远人们步行的大路上，一位光着上身提着补巴行李包的青年，一张端正的面孔被太阳烤得如同关云长的脸色一般，他赤着脚小心翼翼地行走在被烈日炙烤的自古以来人们用双脚丈量路程的大道上，每前进一步都要看准下脚的地方，避免滚烫的小石头贴上皮肤较薄的脚沿边。

直射头顶的阳光在他身体周围留不下身影，头上被骄阳烤出的汗水与脖颈、前胸、脊背的汗水汇为一体浸入浑身只穿有一条带有补丁、长度不到膝盖的短裤后再渗出又与腿上的汗珠并流，以较快的速度顺着脚沿接入滚烫的路面，脚一取走，又回到大自然的气体之中。

脊背上，昨天被烈日炙起的几个水泡因较薄的表皮承受不了过分水量的负荷而破了，带有盐味的汗水经过没有表皮的肌肤，不停地钻心疼痛，他不得不咬着牙前行着。

他顺着江边的大道溯江而上，今天已是第三天了，从家里出发时的一双草鞋被磨得不能再穿而丢掉，虽然购一双草鞋只需五分钱，但为了省下作为食宿费，只好赤脚行走在这难以忍受的烈日下，赤脚抵挡不住凹凸不平烫路面的折磨与摩擦，脚沿边与路面的撞击又烫起几个大小不一的血泡，血泡没有鞋子的保护，似乎也快被撑破了，他很清楚如果这血泡一破，行路就会更加痛苦。

他知道自己的忍耐力极强，从懂事的几岁开始，就经历了使人们恐惧的、常有路莩的大锅饭、大跃进年代，几年大锅饭结束后，饱受了饥饿侥幸活下来的人们刚刚恢复元气，接着又"迎来"了三反、五反、农业学大寨……与这尚未结束的文化大革命运动，在这文化大革命的大运动之中又夹着不少的小运动，有如孟子先人所说的是在"劳其筋骨、饿其体肤"的磨炼之中一步一个脚印走过来的。

但这次与以往不同，因路费不宽余，前途不明确，步行在这举目无亲的异地他乡，既要忍饥挨饿，又要躲过"农业学大寨"基层干部们的盘查，在必要时还必须撒谎，在这神经极度紧张之中行走在这烈日下，似乎要超出他忍耐力的极限了。

他想应该找一处阴凉地方避一避这要命的酷暑，找点泉水补充自己由于太多流汗快要脱水的身体，不然，被这炉火般的骄阳灼昏在这难以见到行人的路上……他不敢再往下想。

他思考着这可怕的结局，观察着周围是否有避暑的地方，实际上，在这一带要找一处阴凉之地已不难——他已到了大山区的边沿地带。

很快，他的目光停留在大约半公里处的几颗大树上，心想那里应该是避暑的理想之地，有了目标，精神为之一振，他咬紧牙关，不顾浑身疼痛，便朝那似乎是"救命"的地方走去。

由于被饥、热、累、渴折磨着，尽管他拼尽全力，还是走了好大一阵，才来到他认为可以避暑的大树下。

这确实是一块避暑的绝妙之地，几棵枝叶繁茂的阔叶树将炉火般的阳光遮得严严实实，只有拇指粗的几条光柱从树叶的缝隙之间挤下直射地面，他知道这光柱对自己已构不成威胁，树下一块不小的、平平的青石板被雨水冲刷得干干净净。几股从旁边矮树林中未经过烈日烤过的凉风飘过来，扑向他只穿有短裤的身体，又被上升的热气流带走后，树林中的凉风又随即补过来，几分钟后，他身上的汗水干了。

经过几小时的流汗，体内的水分接近枯竭，绷紧的神经一放松，喉咙中如火燎一般的燥热。他环视哪里有水的迹象，经过认真地观察，离自己不远的那两山相交的低洼处应该有泉水，由于喉咙内承受着快要干裂似的折磨，他不得不拖着沉重的脚步朝那似乎有水的地方走去，果然，没走多远，叮咚声敲响了耳膜。

一汪小小清澈透底的泉水补足了快要脱水的身体，干渴顿消，便快步回到那阔叶树下的青石板上，意欲在这没有烈日的树荫下短暂的休息后，再向那终日向往的目的地奔去。

几天过度的劳累与饥饿，刚一坐下，就想到要躺下才好，他打开几年前在铁路部门工作的堂哥送给他简易并有几个补丁的帆布行李包，取出几件带补丁的衣裤铺在青石板上，刚一躺下，被太阳灼伤的背部，经不起与垫有一层衣裤的青石板的接触，一阵钻心的剧痛，使他迅速地从石板上弹起，他立即想到应该拾些干树叶垫在石板上，才能减轻石板对脊背的折磨。

在这青石板的边沿，存积着厚厚的一层从这阔叶树上掉下的并带有少许泥沙的干叶，没费多大力气就抱来几大抱干树叶，在青石板上厚厚的铺了一层，将补丁的衣裤铺在干叶上，再轻轻地将脊背重新放在这世上绝无仅有的"床铺"上。

虽然远不能与家中的床铺相比较，但也只好将就在这上面解解乏了。

他赤裸着只穿有短裤的身体，静静地仰卧在这普天下都没有的"床"上，忍着饥饿，任凭肚皮贴着脊背，肚中好像没有肠子似的，他一只手伸向后背一只手摸着肚皮估计了一下，肚皮与脊背的厚度大约不足五厘米，胸部的肋骨根根分明，与低凹下去的腹部形成了明显的落差。

在这肚皮紧紧地贴着脊背的情形下，他感到呼气容易吸气难！

他睁着眼睛，望着被阔叶树遮得严严实实的树下空间，那几点从树叶缝中挤下来的阳光形成几根细细的光柱，这光柱中没有灰尘，干净得很，不像家乡收割季节从窗户孔中射进屋内的光柱中有如小虫子乱舞的灰尘。

此刻，万籁俱寂，没有喧嚣，没有烈日，只觉得凉爽。

他很清楚，享受这舒服的凉爽只能是短暂的，不知前进的路上还有多少艰难险阻在等着他。

他睁大眼睛，思考着不知什么时候才能到达家乡同龄们随时议论的蓝川县的伐木工地。

过度的饥饿与疲劳，眼皮特别沉重，还未理出头绪就无力再将眼皮抬起……

不知是紧张，还是睡意已减弱，或者是什么声音将他惊醒，眼睛一睁开，立即觉得已到了深夜，被惊出一身冷汗，并慌乱地坐了起来，但他又马上镇静下来，他晓得此时若过于紧张、着急不知会带来什么样的后果。

由于过度劳累与饥饿，几小时的停止活动，这时重新起动浑身筋骨，所有关节如生锈一般拉不开，他咬紧牙关忍着剧痛，慢慢地增大活动范围，好大一阵才将各部位关节"唤醒"。他收拾好行李包慢慢地从阔叶树下走出来，抬头望着布满星星的天空，估计了一下时间，应该是晚上八点以后，今天是晦日夜晚，与曹操的短歌行中月明星稀恰恰相反，又是晴空万里，夜空中没有一丝云象，只有密集的星光温柔地照着夜间大地，大大小小的星星相互挤得像要冒火花似的，虽然快接近深夜，但他晓得在这明朗的星光下行路，凹凸不平的田塄坎的青草路面都清晰可见，误不了他的前行。

他的记忆力极强，没有忘记来时的田埂小路，星光下顺着来路返回到大道上。

"要尽快解决住宿问题！"

他思考着，农村的习惯他很清楚，社员们为了节约照明煤油，吃了晚饭就睡觉，不少家庭因为条件太差，劳累了一天连晚饭也要省下，天黑就睡觉，任凭肚皮贴着脊背，也不会在煤油灯下憨坐，如果短时间不能解决住宿，就要露宿荒野了。

星光下，他不顾浑身疼痛十分焦急地前行在这人烟不如家乡稠密的大山区边缘，正焦急时，"汪汪……"前方传来几声犬吠，晓得有犬吠声就有人家，便快步朝着犬吠声的方向走去，大路在一个左转弯的山嘴转向一个黑黝黝的大湾，犬吠声是从那深湾里传出来的，那狗大概是猎犬吧，耳朵太灵了，当他转过山嘴时，那狗叫得更凶。借着星光看到前方路边一所传统式的民房，并从窗户孔中射出微弱的灯光，离民房越近狗吼得越凶。那民房院坝的边沿紧挨着大路，当他接近院坝时，一条十分威武的大黑狗便扑到他面前，他虽然不怕狗，但也不能伤害它，他站着不动，狗虽然在他面前张牙舞爪的狂吠，但也不敢扑向他的身体，双方僵持着，这时，民房的堂屋门缝中也射出了微弱的灯光，接着吱呀一声，堂屋门开了，紧接着是一声生硬的喝问："是哪个?!"传来的是老人的声音。

"老大爷，是我啊……"他听出对方语气中有着极强的警惕成分，赶紧回答，声音很低，他估计自己的音量刚好接触到老人的耳膜。

"你是哪个？这么晚了，还到处乱跑，不安分守己！"语气之中没有温和的成分。

"老大爷，请你把狗喊住吧！能不能让我进屋，好详细地告诉你我今晚上的情况！"完全是哀求的语气。

"我哪个晓得你是不是阶级敌人？咋个敢让你进来！"在这以阶级斗争为纲的年代，人人的警惕性都特别高。

"老大爷，我绝不是啥子阶级敌人，我是过路的，因迷了路，才走到这里，你就行行好吧，不然今晚上我就不晓得哪个过了！"语音里明显地增强了哀求成分，老人听了他这似乎很可怜的语言便走出堂屋。

恶犬见主人出来，狗仗人势，吠得更凶，并显现出大有向他头顶扑来的凶猛势头。

"回来，黑豹！"老人大声喝道，抓住狗脖子上长长的绳子，这狗很懂人话，立即停止了狂吠，跑到主人身边，从喉咙里发出"哼哼"的喉音。

"那你就进来吧！"不知是他的哀求起了作用，还是老人的心地太善良。

老人先进屋，转过头来，在门口看见迎着手中煤油灯光一张俊帅的面孔，这年代人们习惯以貌取人，因为电影里面的坏人都是尖嘴猴腮的阴险面孔，革命者的男人与女人们都极其的帅气、漂亮，以电影画面的逻辑推理觉得这小伙子不像那些反动派与各类分子式的坏人，便语气温和地说道："进来坐吧！"

那条大黑狗也想挤进堂屋，却被那老大爷赶了出去。

年轻人随着老人走进堂屋坐在一张简易大方桌旁，在微弱的煤油灯光下，一位老大娘，从卧室里走出来，坐在桌旁的板凳上。

"你哪个搞的？这么晚了，还在走路！"他刚坐下，老大爷就问道。

"我是去蓝川县走亲戚的，中午太热太累了，在树下休息时睡着了，刚才醒来，今晚找不到地方歇宿，想在你们家借宿一晚，明天一早就走，老大爷，请你行行好吧！"他又用极低的声音哀求着。

"你应该还没吃夜饭吧？"老人又问道。

"我……不饿……"他不好意思实说，知道自己不说吃晚饭，就连午饭也还没吃呢！觉得这么晚了还麻烦一个老人给他做饭，太不应该，这年代人们挨饿也习惯了。

"你给他弄点吃的吧，吃了好睡瞌睡！"这话是面向那老大娘说的。

那老大娘也不说话，用她那慈祥的目光看了一眼这位不速之客，就端起桌子上的菜笤箕去了厨房。

老大娘走后，这老大爷也怪，不时用探寻的目光扫视着他的面孔，目光中并带有难以察觉的疑问之意，好像要在他的脸上找出什么秘密似的。

"你今年多大了？"好一阵老人才问道。

"刚好二十岁。"他张口便答。

"啊！你是新中国的同龄人？"老人若有所悟。

"对，一九四九年七月出生的！"他不敢怠慢老人，立即回答，想给老人留下有礼貌的印象。

刚才紧张的气氛有所缓和，他想进一步让气氛活跃，但又找不到合适的语言交谈，只好僵持着，他从眼睛的余光中觉得老人的目光还在他的脸上扫来扫去，他不好意思，便假装不知，尽量不与老人的目光接触。

"吃饭吧。"老大娘端着一大碗面条，进来就放在这位看起来很顺眼的年轻人面前的桌子上。

"你们也吃吧！"他晓得他们早已吃过，出于礼节，这是当然的语言。

"你快吃吧，我想你肯定饿了，也累了，吃了赶紧睡瞌睡，明天我还有话要问你呢！"经过短时间在这小伙子脸上的观察，这老大爷的语气温和多了。

他端起桌子上的大碗，用筷子把里面的佐料拌匀，里面有刚才老大娘笤箕里的野菜，心想这碗夹着野菜的面条，对他现在这贴着后背的肚皮，比人们传说的山珍海味还要美味。他很清楚，这一大碗面条是不够填他这空了一天的肠胃，他本想慢慢地品尝这一顿美餐，装出有点文雅的模样，不想让这两位老人看出自己饿极了不雅的吃相，但他一张嘴，筷子刚把面条送进嘴中，喉咙里仿佛有一只手要把刚送进嘴里的面条抓下去了，又好像胃里有块大大的能吸进面条的磁性东西，把刚送进嘴里的面条一下就要吸下去，他记得上小学时有句成语"狼吞虎咽"，大概就是形容这种情形吧。

天气太热，面条的温度一时难以降下，自己只好极力控制，还好，这顿饭总算没有吃出人们常说的犹如饿死鬼似的吃相。

"老大爷，在哪里洗碗？我去把碗洗了！"肚中有了食物，精神也就来了，为了不耽误两位老人休息，刚一吃完他就问道。

"你莫管，把脚洗了，赶紧睡吧！"老人拿了一双旧布鞋给他，并将他领到房屋右侧，在星光下他见那水是用一根直径三寸大的竹子一分为二削去了内节后从高处度下来的泉水直接流入一个黄桶内。那老大娘待他洗好脚后，走到他面前："跟我来吧。"

一晚上只说了这一句话的老大娘端着一个用小墨水瓶改做的煤油灯将他领进堂屋左边的房间，房间里一张挂有蚊帐的床上铺着篾席，放有一个枕头，一张被单，那枕头手一接触，便发出很清楚的糙响声，显然，里面是装满了从稻谷上退下的谷壳，人们习惯地称之为粗糠，这年代粗糠是装用枕头的常用品。

"你就睡吧！"老人留下煤油灯，出门时随手关上了房门。

他将自己陈旧的行李包放在床边一台储备粮食的木柜上。

脱下带有补丁的衬衣，便将煤油灯吹灭，紧接着，从门缝外透进来的微弱灯光也消失了，他晓得是两位老人也熄灯了。

一切归于平静。

他忍着疼痛，轻轻地将脱了皮的脊背放卧在篾席上，回忆起今天晚上的幸遇，这家老大爷的目光为什么总是在他脸上扫来扫去。这家老俩口看来应该有五十多岁吧，那老大娘一张特别慈祥的面孔，一眼望去就觉得是一位善良的母亲。

这位老大爷说话不但很直接，而且还包含着一种亲切感，为什么他们没有儿女，不知他们明天对我又是什么态度。

大概是下午睡得时间太长，又是满腹的疑问，并有渺茫的前途压在心中，尽管太累，他还是难以入眠，直至两小时后才有了睡意。

年岁大了的人，瞌睡没有年轻人旺盛，天一亮，老两口就起了床，一看年轻人的房内还无动静，老大娘望着她的老伴："他昨晚上不是说他很忙吗！我去把他叫醒，吃了饭让他走吧，不要耽误了他的时间！"

"不要叫他，等他睡够了，自然会醒来，据我昨晚观察，这人和一般的人有所区别，好像他命又太苦，等他醒来，我了解他的一切后，再说吧。"

听了老伴的话，她不再坚持自己的意见，显然，这老大娘不是一个多事的人。

睡在堂屋左边厢房的年轻人，应该是太累了吧，也许是心事重重，入眠太晚，直到生产队早上收工吃早饭时才醒来，经过一阵痛苦的活动，咬着牙忍着剧痛穿好衣服，收拾好他的几件补丁衣裤，提着他有补丁的行李包，从厢房里一瘸一瘸的走了出来，看到两位老人，羞的满脸通红，低着头对两位老人说"我睡得太实了，天亮了还不晓得，请算算昨晚上的伙食与住宿费，付了我好赶路。"

"先不说走与不走，为了你我今天早上还没出工呢！"老大爷见他似乎羞得无地自容，便用温和的口气说道，老大娘也忍不住面带微笑。

"小伙子，快来吃饭吧，人都有年轻的时候，年轻人瞌睡多是正常事，你应该是太累了，才睡到这时候。"很少讲话的老大娘，见他还在原地不动，也出言劝道。

听到两位老人的善言，他不敢怠慢，便顺手将行李包放在墙边的一台储备柜上，腿脚很不利索地走到桌子旁的板凳上坐下后，端起一碗酸菜稀饭吃起来。

三人在无言中结束了这顿早饭。

按农村风俗与农业学大寨的规定，天一亮就出工，在田间干活至上午十点左右，就收工吃早饭，老大爷为了等他醒来，并未和社员们一起下地劳动。吃罢早饭，这老大爷把他叫到自己身边问道："小伙子，昨天晚上太晚，没有和你细谈，今天我也不出工了，想和你摆摆"龙门阵"，就算和你交个朋友吧，我最喜欢和年轻人耍，不晓得你愿不愿意？"

"老大爷，您要摆啥子就请说吧，我哪会不愿意呢！"一听老大爷要和他交朋友，心情在紧张中又高兴地立即答道。

"好，我问你，你姓啥、叫啥名字、哪里人、到哪里去、去干啥子、家里有些啥子人？"老人口齿太清，一口气就提出一大堆问题。

他不敢在老人面前撒谎，只好如实回答："我姓陈，名陈峰，山云县人，准备到蓝川县去，听说那里招临时伐木工，家中父母与我和一个妹妹共四人，有个姐姐已出嫁，妹妹辍学在家。合作化与'农业学大寨'已经好些年了，人们一年四季辛苦到头，如今还在饥饿与贫困线上挣扎着，我想到世面上闯一闯以求温饱……"

见老人态度和蔼地询问自己的一切，他不敢，也不好意思在老人面前大胆撒谎，只是偶尔在话中带点虚假成分，他将自己家庭境况，家乡的自然条件，自己为什么不在生产队安分守己地农业学大寨，而违背政策"走资本主义道路"的想法一并向这老人诉说，在难过之时，强忍着不使难过的心情表露出来，老人听得十分认真，从不打乱他的思路，他滔滔不绝的倾诉着，有如多年盛满了水的水库，堤坝突然坍塌，库水毫无拘束地自由奔流。有时老人一提出问题他又回答得不但仔细而且十分清楚，就这样他们一直摆谈到下午。

他边讲边思考，要是这老人家把他今天所讲的话向政府部门告发，就不知要遭受几年的牢狱之灾，他晓得，在这以阶级斗争为纲的年代，和熟人谈话都要小心谨慎，社员们在闲谈时若有疏忽，言语中对当今社会稍有不满的语言，想讨好当官别有用心之人来个断章取义并"添油加醋"向当权者一告发，被判三五年徒刑或扣个经常挨批挨斗并且永远不能翻身的帽子在头上的大有人在，就别说与陌生人谈话了，可他是个直爽人，对这老人所讲的都是现实，除了这些实话，又难找到别的虚假话题，为了得到老人的好感，只好孤注一掷。

"啊！只顾和你摆龙门阵，已经到了下午，再不走，天一黑，今天就不能赶路了！"他突然想起不能再耽误时间了。

"小伙子，别着急，把你的脚伸过来我看看！"老人似乎以命令的口气说道，他只好把脚伸在老人面前的地上。

这老大爷低头看到他双脚的脚沿边快要撑破的几个大小不一的乌黑血泡："你这样还能走路吗？你在我们家好好休息几天，我们家现在只有我们老俩口，儿子当兵去了，女儿也已出嫁，没有年轻人耍，我们也寂寞，我家是军属，没有人敢来盘问你。我们家也不缺粮食，这年头不缺粮食就算是富户，我们也不缺钱花，当兵的儿子还给我们寄点零花钱回来补贴家用。等你脚上背上的伤好后，那时你走我就不会再留你，再说，你要赶路，你的目标有把握吗？听你刚才的言语，你和你们家乡其他年轻人思路就不一样，在这农业学大寨年代你敢冒着极大的风险出门闯荡，这说明你很有胆量。你把左手掌伸过来我看看！"

　　老人将他左手掌仔细地看了几分钟后："不瞒你说，我年轻时，一位精通易经的相学师傅传授过我相学，而且最擅长于手相，依你掌纹与相貌所示，你在你们这代年轻人中应该算是一位佼佼者，你的一生应该是有作为的，今后不晓得有多少人在你的引领下大有作为，但是，你前半生的坎坷太大，至于为啥子，我就不能细说，这大概就是人们所说的命运吧，或者以迷信的说法就是上天的安排，我今天绝不会让你走的。喂！老伴，把这小伙子的包包拿去放起来。"那老大娘应声而出，将他似乎一个讨口用的行李包提走了。

　　"不是我自夸，我一生爱做好事，应该说我们有相识的缘分吧，记住我今天说的话，七年以后，你一生中会帮助很多人，所以在有些人眼中你实实在在是一位贵人，但依你的掌纹显示你却是一个苦命人，更是一个知恩必报之人，在我施过恩的人当中，象你这样的年轻人我还未遇见过。你一生比我更爱做好事、善事，在这方面与你相比我只能算是帮了别人一点小忙，你以后帮人却会把有些人带入你们这一代的富人之列，能和你这样的年轻人交朋友，是我一生中的幸事！"

　　那老大爷一说不可收拾，陈峰如学生听老师讲课一般，专心致志地听着，并回味着老人的话中之意，不知这老人的话是以什么为依据，自己才走出家门，前面的路一片黑暗，前进的方向、求温饱的行道在哪里都很渺茫，怎么又能帮助别人呢？难道他老人家真有先见之明吗？不过，他现在只能听老人滔滔不绝、天南地北地讲个不停，自己不好有半句插言。

　　这老人很健谈，不知他怎么有这么多的社会知识，他博古通今似的一直讲到三国蜀汉大将姜维不敌邓艾、钟会二将如何兵败剑阁，蜀汉灭亡，才问道："小伙子！你晓得吗？我们这里离剑门关已不远，像剑门关这样险要的关口天下也不多，所以古人立有一牌坊上面书有'剑门天险'四个大字。听别人讲，山海关有'天下第一关'之称，我们的剑门关名扬中外怎么就不如山海关呢？剑门关的雄伟，我想应该是天下第一吧！所以在关口的岩上又刻有'天下雄关'几个大字。只可惜我现在没有机会去山海关一观，但总有一天我一定要去山海关看看，我们剑门关哪点不如山海关！我一生为在剑门关度过不但感到骄傲而且觉得自豪。待你把身体养好后，我带你去剑门关转转，当你站在雄伟的剑门关主峰，俯瞰群山时，你可以立下誓言，一生之中你在奋斗的道路上不管有多少艰难险阻，都要像古今那些将帅们攻克剑门关那样将它征服！"

这老人大概很少有机会与年轻人一起耍，又可能很喜欢眼前这位英俊的小伙子，他们一直摆到天黑，老伴来提醒他们该吃晚饭了，才说道："走，吃饭去吧，你安安心心在我家休息几天，等把你脚上和背上养得差不多了，我带你去欣赏这附近的风景，让你看看我们这里山有多高、树有多青、翠云廊有多清幽、剑门关有多雄伟、壮观！"

一天的休息，一日三餐在两位老人的督促下不像在家乡每顿饭都在半饥半饱中结束，劳累便消除了许多，晚饭后睡在床上一时睡不着，床上挂有蚊帐，手中又有扇子扇着，既不热，蚊子又进不来，只在蚊帐外面"嗡嗡"地干嚎。

他又思考与担心着自己前进方向的成功与失败。他的思路太乱了，脑海里又浮现老人所讲自己是一位贵人又是一个苦命人，这岂不是太矛盾了吗！"贵人、佼佼者"这些吉祥词藻，应该与我无缘。家庭是中农成分，想参军报国那是妄想，参军与调离农村进入某一国有企业当正式工人"吃皇粮"是贫农、下中农与那些基层干部子女的专利，任何中农子女，都休想沾边，"贵人"又从何说起呢？要说苦命人，还真说对了，农村人哪有不苦命的呢？就是那些当小官儿的，也没有哪家的日子有多宽松，大不了他们吃的稀饭要比社员们的稀饭稠一点，他们当官的虽然可以多吃多占，但生产队也没有多大的油水可刮，只是社员们年底宰了过年猪，为了避免当官的给自己穿"小鞋"或者以莫须有的罪名扣一顶阶级敌人的帽子在头上，就给子女们带来犹如被打入十八层地狱永世不得翻身的灾难，所以各家各户宰杀过年猪时在剩下二分之一的猪肉后，都要请他们饱饱地吃一顿肥膘肉，直到吃得嘴角流油才肯罢休，总之，他们还是比普通社员要好过一点，除开这点好处，农村中当小官儿的也决不能和城市人相比，当他思考到这里他咬紧牙关立下誓言——必须将自己吃不饱饭的苦命扭转，伟人们常说要扭转乾坤，啥子叫"乾坤"我不懂得，我把饥寒向温饱方向扭转应该总可以吧！

农村人信仰一句古话，"天旱三年，也饿不死手艺人"。为了一天一块钱的"伟大目标"，花了约两年时间，悄悄地从各个渠道中凑足了十一元钱，这十一元钱就成了"翅膀"，就不顾来自各方面的阻力，三天前便跃出那"广阔的天地"。

经过一天两夜的休息后，又饱饱的吃了几顿饭，精力也就来了，天一亮就醒了，他急忙起了床，大概是老年人瞌睡少的原因，老大爷比他起得更早，虽然昨天那老大爷说是让他在他家多休息几天，但他想到已经在他们家住了一天两夜，又不沾亲带故，就不好意思在他家久留。当他向两位老人再次提出算了账要走的要求时，老大爷似乎生了气，对他毫不客气地说道："走啥子！走！你的脚恢复了吗？你的背上好了吗？你在我这里好好地耍几天，负责你几天的生活我还是有条件的，等你身上好了再走不迟，你在我家耍了几天，我每天按一块钱的工资付给你，总算可以了嘛？"

他见这老人如此态度，就慌了神，半天说不出话来，脚底如生了根，站在原地一动不动，激动得眼泪似乎要流出来，那老大娘一见，忙过来安慰说"叫你不要走，你就不要犟嘛！你把身体养好后，那时我们也就不会再留你！"

在这两位老人的强留下，他再也不敢提说要走的事了，在老人忙自留地里的活路时，他就抢着帮老人干活。

五天后的一个傍晚，老大爷将他喊到面前温和地说道："以我多年的经验，你背上与脚上应该好了吧，精力与体力也应该恢复了，明天可以爬山了吗？"

"可以了！"老大爷话音刚落，他连忙回答。

"你若是可以爬山，我们明天就去观赏剑门关的风景，看看剑门关的险要、剑门关的雄伟、剑门关的奇特，研讨一下姜维为何兵败，明天爬山没有问题，后天你就可以起身走了，我也不会再留你，年轻人，你看要得不呢？"老人家以和蔼的口气说道。

"好！我早就盼望这一天了！谢谢老人家！"只等老人话音一落，他激动的立即答道！

老大爷一听陈峰急不可待的心情，便大声喊道："老伴，过来一下！"

一听喊声，那老大娘立即从灶房内走过来："啥子事情？"

"今晚上你给我们准备点干粮，我明天要带这小伙子去游剑门关，你要是想去，我们就一起去吧。"

"游剑门关？我可没那本事，你们两个去吧，我在家里还有活路要做。"老大娘晓得自己的体力不够。

"这里离剑门关有多远？"小伙子听说还要带干粮，担心影响他的起程时间，便问道。

"不远，三十多里路，明天一早我们就走，不过用一天时间想游遍剑门关那些景点是不可能的，天黑前必须赶回来，以免耽误你后天的行程。"老人反应太快，知道陈峰问话的含义。

"今天只有一天的时间，往返加上景区的路程近百里，要想把剑门关的美景都游遍，时间绝对不够，我只好带你去剑门关的主峰——大剑山去，那主峰很高，可以鸟瞰很远的风景，山顶有一古庙——梁山寺，相传是梁武帝萧衍所建，建寺时有一传奇故事，我今天也没有时间给你讲这故事，你以后若有充足的时间再来慢游剑门关时，也就晓得了。"

说话间，他们已走到剑门关关口，一付气势磅礴、雄伟壮观的景象横亘在陈峰的眼前，那抬头忘掉帽子如刀切斧劈、坚不可摧的壁立悬崖傲慢地屹立在这神州大地上，似乎自豪地在向世人宣告："我就是闻名天下的'第一雄关'，谁能奈何我？"

陈峰的眼睛直勾勾地盯着齐刷刷的悬崖峭壁，好大一阵没回过神来，他被这奇特壮观的自然景象迷住了，并在那高高的悬崖上寻找着"剑门关"三个字，但在那峭壁上并没有看见他想象中的那三个大字，于是，他便问那老人家："这里刻有'剑门关'三个字在哪里，唧个看不见呢？"

"我们要走过那个山嘴才能看见，你不要着急嘛！马上就到了。"老人答道。

陈峰一听，紧随老人，想尽快见到那有着传奇故事的"剑门关"三个大字。

他还记得，前年在家时，听说县城里经常武斗，便约一小伙伴去看稀奇，在步行去县城几十里路的路上遇见几个同样去县城的人，他们边走边摆着"龙门阵"，他怀着好奇心跟随这几人专心致志地听他们讲些稀奇古怪的故事。其中一人衣着十分光鲜，不但文雅而且举手投足与众不同，出言吐词显得文质彬彬，显然是一位学者。他讲着历朝历代的三皇五帝如何建国治国，又讲古代的书法家是何等著名，王羲之的"一笔鹅"是何等值钱。又讲到"劍門關"是何等的雄伟，故称"天下第一雄关"。

当那人讲到"劍門關"立碑之事时，另有一小故事："传说古时候但不知是哪朝哪代人们要在剑门关立一石碑。一书法家在三张大纸上分别写'劍門關'三字，写好后拿去贴在石板上，以便石工刻字，当他写完'劍门'二字，正写着關字，已将關字的門字写好，又提笔蘸墨准备填写門内的'鎣'字时，突然一个人跑来告诉那书法家他家有急事，要他赶紧回去处理，这书法家一听，放下笔就慌忙地走了，因石工等着这字施工，正着急时，另一位略懂书法的年轻人自告奋勇地提起笔来填上了門内的'鎣'字，当石工刻完字后碑一竖起，远处看见的却只是劍門門，要在近处才能看清是'劍門關'。人们疑惑不解，经几个书法家究其原因，得出的结论是后者年轻人的笔力太弱，不如前者书法家的笔力强劲，所以在远处就看不见門内的'鎣'字"，他太想证实这故事的虚实。

他边走边把这故事讲给这老人，老人一听："这故事我倒没听说过，但我听说这碑立过好几次，因为是被战火毁掉后又重立过数次，这故事究竟说的是哪一次，我就不晓得了。"

他们拐过山嘴，就隐约看见不远处竖着的"剑门关"石碑，陈峰一见，一种失望感袭上心头，他本以为在这雄伟的剑门关上，"剑门关"三字应和这关口同样雄伟、壮观，殊不知这石碑与这"天下雄关"相比就显得太渺小了，简直和这闻名于天下的雄关不般配，也看不出那天去县城路上那人所讲故事的迹象。他想到，是谁设计这丁点儿大的石碑太小气了吧，要是在那壁立的陡崖上刻上能与剑门关匹配的世所罕见的"剑门关"三个大字，在几里远近都能看见，那才真是功过千秋、名闻天下。

他把这想法告诉这老人，老人一听，暗想："对呀，我在剑门关生活几十年，怎么就没想到这小小的石碑与这天下第一雄关不相称呢！"

于是，他说道："你说得很对，不过要在那壁立的悬崖上刻出三个大字来，那确实不是一件简单的事情，也不知道要花费多少人力、物力、财力，以现在这年代，老百姓的温饱尚成问题，哪有经费与精力来做这件事呢！"

"我不是说现在要做这件事，我是说不晓得是哪朝哪代立这块碑的人，他们想得不周到，太小气，没有气魄。"陈峰解释道。

"哦……"！老人若有所悟。

为了争取时间，早点到达主峰大剑山，这老人带着他尽量抄近道。

他们行走在这有着千古传说、依靠石壁走势建成的小道上，这老人身体太强健了，走在这狭窄小路上显得毫不费力，还不时地回过头来，提醒陈峰注意安全，并说道："我太爱剑门关了，这一生中已记不清在这小道上走了多少趟，已习惯在这些险道行走，我今天带你只能走一线天、雷霆峡、大小穿洞、仙女桥……最后到达主峰大剑山，其余的那些美景，你以后若有机会，就自己来细细地欣赏吧！"

当老人告诉他这里就叫"一线天"时，陈峰又被这神奇的自然景观陶醉了，他想，这说法太正确，要是有两个比较胖的人，想从这里同时挤过去，恐怕就太困难了，他的书本知识太少，不晓得该用啥子词语来赞赏这神奇壮观的奇景，但他知道有一"鬼斧神工"的成语，要是用在这里应该是并不到位。

他们爬上了主峰大剑山，已是气喘吁吁、汗流浃背，便各自找了一块干净的石头坐下，在这高峰上放眼远眺，数不清的巍峨群山塞满了小小的眼眶。

此时，陈峰的心情说不出有多激动，他想："不知该怎样感谢这老人家，把我带到这雄伟壮观的地方，不然，还不知何年何月才有机会欣赏这壮丽的景色，自己要是有写文章的知识，将这雄险的山峰、秀丽的奇景描绘成文，供世人阅赏，不知要吸引多少好奇的文人骚客慕名来这里赏景。"

他们坐在剑门关的主峰上，陈峰鸟瞰着远近群山，"一览众山小"的感觉油然而生。突然想起来到这世界上整整二十年，现已经成为名副其实的青年，要不是抱着冲破集体束缚的决心，还在家乡脸朝黑土背朝天每天挣那价值一角多钱的十个工分，哪里知道祖国会有如此的大好河山，真是大开眼界、大饱眼福。在这九百六十多万平方公里的中华神州，不知还有多少或者比这更美的山川，想到这里他的思路一下又滑到家乡那没有树木光秃秃的小山包，队领导每次开会时用毛主席的话作为讲话的开场白："农村是一个广阔的天地，在那里是可以大有作为的。"目的是要青年们安分守己地在家务农，不能三心二意。一种决心又在他心底突然产生——在这一生中，绝不屈服被束缚在家乡生产队的"栅栏"之中。

这老人未注意他在奇思妙想，以手指群峰向他解释道；"众人都说剑门关只有七十二峰，我想若是把这周围能看见的高低山峰都数遍，恐怕就不止七十二座山峰了，那座最高的山峰就叫摸天岭。"

老大爷未听见他的回答，转眼一看，见他眼视前方，一动不动地思考着，便问道。"你在想啥子啊？"

突然听到老人问他，回过神来答道："这山川太美了，我们家乡的土地上，经过大跃进年代秃山过后，现在有庄稼时才有点绿色，庄稼收割完后，处处裸露，草长出一寸长就被勤奋的小孩们为了挣工分割去喂牛或作肥料，山上因为没有树，烧饭的燃料都成问题。我们那里的年轻人都不想在家乡务农，基层领导的小政策又太死板，大家都不敢越雷池一步，年轻人更不敢出门闯荡，哪有机会见到这样的奇山峻岭！"他看见这壮观的山川，心情激动，顺口说出内心的想法。

"他们找不到出头之路，你嘟个就有胆量走出家门闯天下呢？这说明你和别人有不同之处嘛！"这老大爷抓住机会说明自己对陈峰的看法。

"我……"他一时语塞。

"年轻人，继续发扬，前途无量！"老大爷又鼓励道。

"前途无量？"自己前进目标是什么结局都很渺茫，谈何"前途"、谈何"无量"，他思考着老人的吉言。

老人又向下指着大剑山的谷底说："你看这山下面的沟有多深，这山顶到沟底你能估计出有多少米吗？我的眼力已不行了，你能看清那沟下面是些啥子东西吗？"

"我虽然能看见，由于太深，又有些薄雾，也看不清那些小东西是些啥子，只看见公路似乎只有巴掌宽，汽车如推屎爬（蜣螂）那么大点儿！"他估计老人文化也不高，只知山高，不晓得叫山峰，只知道沟太深，不懂得叫深谷，我虽然知识浅薄，但晓得这就是书本上常说的山峰与深谷。

陈峰站在古寺的山门前，竖匾上的长联吸引了他：

上联，古寺耸云端看仙女桥横雷神峡吼金光洞邃石笋峰奇风景縦清幽脱不开贪嗔痴爱终是累；

下联，雄关排眼底想孟阳铭刻伯约祠堂铃声夜雨红树珊瑚兴亡徒慷慨说道那功名富贵总成空。

老人见他抄写长联便在山门前的一块大石头上坐下。

"这对联上的伯约应该姜维吧?"陈峰抄完对联来到老人面前问道。

"肯定是姜维嘛!你看过《三国演义》吗?姜维兵败剑阁的战场在哪里,我们现在谁也说不清楚,他得到孔明的真传,怎么就不是邓艾的对手呢?确实可惜……你对姜维兵败的原因有啥子见解吗?"老人又问道。

"《三国演义》粗略地看过,大体知道一点。白天农活太忙,晚上看书承受不了照煤油灯的开支,不敢妄言他兵败的原因,但大致可分为几点:一是姜维胆大心粗,不比诸葛亮小心谨慎;二是刘禅昏庸无能;三是魏国强大,蜀国弱小;再者就是人们认为是天意。现在农村严禁人员流动,闭塞得很,这几点是否正确,没有和别人争辩或研讨过,也没有听过高水平的评论!"

"你真会说话!"老人笑道。

"我……"陈峰语塞。

"你刚才说到粗心、天意,依我看,任何人一生的成功与否似乎都离不开胆量、细心与命中注定这几点,一个人在做事、办事都不能粗心大意,只要把每一个细小的环节都考虑到了,成功率就高,我这样的想法应该不会错吧?孔明有句名言,'谋事在人,成事在天',应该也是真理!"老人对陈峰也表达他对世事的总结与看法。

"对!"陈峰附和着说道。

"小伙子,我看你身体已经恢复,明天你肯定要走了,我也不会再留你,年轻人要以前途为重,我们这一分别,不知何日才能相见,你以后做事不要粗心大意,更不要骄傲,关云长就算英雄了吧!正因为他骄傲自大目空一切,打了几个胜仗,就不知天高地厚,竟然很窝囊地败在不怎么英雄的吕蒙手里,连成都还没到过,就上了断头台……"老人说着说着,语气已不流畅,便不再往下说。

陈峰一听老人的言语受阻,估计老大爷一提到他们要分别,大概心中不舍,他的脑海中又闪电般的运转:"我与他们算是萍水相逢吧!对他家又没啥子好处,为啥对我这么好呢?今天对他的理解只能是这老人太善良了,遇着他真是我天大的福气,我必须牢牢记住他们的恩情!"他不好提醒老人话中的误解——吕蒙的胜利是采纳了陆逊的谋略。

二人相对无言，离开山门走在回家的路上。

"小伙子，明天你要走的就是这个方向。"他们来到大路上，老人用手指着一望无际的大小群峰说道："经过这几天和我的交谈，知道你出门在外举目无亲，全靠你的胆量、智慧与运气，任何人一生之中都有几次机会或运气，机会来了一定要把握住，不要错过，你要切记，闯荡江湖做事要细心，对人要和气，这是你这一生中成功的秘诀，不要大意！"

"谢谢老人家，我一定牢牢记住你的金玉良言，绝不会忘记你对我的教诲。"小伙子不敢怠慢，老人话音刚落，他连忙答道。

"我们走快点，争取早点到家今晚上你早点休息，为你明天赶路作好准备！"这老人又关心的说道。

陈峰一觉醒来，天还未亮，他就起了床，收拾好这几天换下并经过洗后的几件补巴衣裤，便坐在床上等待天明，他不好开门，怕惊动两位老人，他想等两位老人起床后，便告别动身，向那毫无把握的目标奔去，此时的时间他觉得太慢，巴不得马上大亮。

虽然未亮，他仿佛听见从灶房里传来锅碗瓢盆的声响，他马上意识到是老大娘已经起床煮早饭，便站起身来想去灶房看个究竟，当他把门一开，模糊中看见那老大爷已坐在堂屋的桌旁吸着烟锅。

他略为吃了一惊，原以为自己起得很早，哪知两位老人比他起的还早些，他脑海里迅速地想起不知在哪里听过的两句话："莫道君行早，更有早行人！"

"快坐！"老人见他出来便连忙说道。

"你们哪个比我起得还早哇?!"他不好意思又不由自主地憋出一句。

"年纪大了的人瞌睡少，不像年轻人的瞌睡旺，我也是从年轻人走过来的，你现在正是人一生精力最旺盛需要足够睡眠的时候，哪能和我们上了年纪的人相比呢?"

"准备吃饭吧。"老大娘一手端着昨晚上剩下的半碗腊肉，一手拿着三双筷子从灶房来到堂屋，她将肉碗和筷子放在桌子上，转身又去了灶房，这时天已麻亮。

待老大娘又从灶房里端着两碗大米与包谷颗粒混合干饭放在桌子上时，老大爷连忙说"快吃饭，今天你要吃饱些，必须吃三碗，少吃一碗我是不会让你走的！"又是强迫，边说边推过一碗饭在小伙子面前，自己便端着一碗饭吃起来。

小伙子出于对两位老人的尊敬，不敢怠慢，也不敢违背老人善意的"命令"，当他完成三碗饭时，也恰到好处，碗中的腊肉也所剩无几，要不是碍于礼节，那剩下的几块肥肉以他的胃口和肚皮同样可以容纳，他也知道两位老人不但不会说他吃得太多，相反还会更高兴，这是他这几天和两位老人相处后很清楚他们的为人。

"你的东西收拾好了吗？准备走吧！"小伙子还未说走，老大爷率先说了出来。

"这几天吃饭的账还没算呢，请老人家算算账吧！"他晓得自己是打肿脸充胖子。

"不要说算账了，据我这几天对你的估计，你的路费是不宽裕的，我再给你十元钱，你在路上的路费就不紧张了，若是找不着活干，你可以再走远些，经过甘肃的碧口，再到四川的南平，这一路去大山里伐木、当解匠、做木活、学木工、做砖做瓦的人很多，你只要有决心，还是能混出名堂的，今天我就不多说了，我晓得你要说些感谢话，我这人施恩不图报，只要你这一生不要忘记世上有我曾仕豪这个人就行了！"他现在才晓得这位老人名曾仕豪，因他这几天一直称呼他为"老大爷"。

老大爷话刚说完，那老大娘从灶房里拿来两个厚厚的、直径约六寸大的烧饼放在桌子上说："你带在路上吃吧，这样你就少花钱了。"并把空着的行李包放在他面前，陈峰便将洗好的衣服装入其中。

"你把那个布袋拿来把烧饼装在里面，不然他啷个拿呢？"老大爷又吩咐道。

小伙子看着那两个大烧饼和十元钱，嘴角动了动，话没说出，眼泪成双成串的滚了出来，曾老头见他太难为情，便从老大娘手中接过布袋，干净利索地把两个大烧饼和那十元钱装入其中，并对他说道："走吧！"

陈峰脚底如生了根，迈不开步，见此情形，那老大爷只好上前拉住他的右手说："走吧，我们还会见面的，路上若有人问你，你就说曾仕豪是你的亲戚就行了！"说着连拉带推的将他推到路边。

陈峰眼睛包不住泪水，慢慢地挪动脚步，走了几步，又回过头来，似乎要对老人说什么，老人见他泪如泉涌，对他一挥手说："快走吧！没得啥子好说的！"

陈峰方才迈开大步顺大路朝着大山深处的方向奔去。

由于过于激动，他竟然忘记记下这老人的通信地址。

当老大爷回到堂屋桌子旁坐下时，口中不由自主地念到："可惜！可惜！"

"可惜啥子?"那老大娘见老伴脸色不佳，连忙问道。

"这小伙子在一般人中也算是一位能人，又是一表人才，并不甘心于贫穷，心地也太善良，一生中极爱行善事，可惜命太苦，一生坎坷太多，待走完坎坷后，也几乎近老年了！晚年的路再平坦，也是偏西的太阳，我是从他的掌纹与面相上看出来的。我也说不清他们家乡究竟有多少人在他的引领下成为千百万甚至更大的富翁，只是他为了帮助别人，自己却一直徘徊在贫困线上。他的归宿不在他的出生地，所以他不该过早地解决他的个人问题，要是不在他的家乡安家，就不知要少多少麻烦与坎坷了！"老人叹道。

"这小伙子相貌这么好，你又从哪里看出来他是个苦命人呢?"

"你没看见他左眼角处有块小小的斑点，右印堂中有颗黑痣吗！这些都是相面人所说的滴泪型的，要不是脸上有这两点面忌，他就不会是一个苦命人了，唉、太可惜了！""你不是会看相，爱做好事，既然他是个好人，你就应该把他的那些坎坷祈祷掉嘛！"这老大娘向老伴建议道。

"我哪有那本事啊！那就看他以后怎样面对那些坎坷、克服那些困难了！"

陈峰边走边想起刚才那老人家说出他曾仕豪的名字，由于太激动听见的好像是"真是好"。这名字真好听，怪不得他那么善良，心想，不管他名字是哪几个字！我都认为他应该就是"真是好"。

过后，陈峰为了感恩，尽管专程来过几次，都阴差阳错地和他们再无缘晤面，这是陈峰一生之中最大的憾事。

这两位老人和陈峰怎么也没想到，他们这一分别竟然成了永别。

第二章 >>>

渴　望

　　中华神州西南边陲。

　　生活在这片神奇土地上的人们，为他们拥有的动物王国、植物王国、石林、苍山、与那些美丽得犹如珍珠似的高原湖泊，还有那数不尽的游览胜地而感到骄傲与自豪，特别那"四季如春"的省城，更为世人瞩目与向往。

　　美丽的省城南部，有一背山面水的县城，这县城面对的是一不太长的湖泊，背靠的是"秀甲南滇"的秀山公园。"秀甲南滇"，顾名思义，应该是滇南第一美景了吧！

　　公园门口，一潭泉水，清澈透底，一眼望去神清气爽，据说这泉水含有多种对人体有益的矿物质，饮用后不但有益健康而且有治病功能，凡居住在公园附近的人们都极少饮用自来水而不辞辛苦地挑饮此泉水，对治病虽然心存质疑，但饮用的人们都知道，无论冬夏，只要渴了，直接喝此凉水，不但不会生病，而且还觉有浓浓的清香回味。

　　进公园后，顺曲径石级，慢步朝公园高处观赏而行，不远处，又一细细的泉水从石缝中流出，由于地势较高，显然，这泉水没有公园门口那道泉水旺盛而外流，但这泉水虽然涓细，确被传说得比公园门口的泉水更为神奇，据说饮了此泉水，能逢凶化吉，能去病去灾，做事会一帆风顺，为了满足人们的需求，不让这"神水"白白流走而感到可惜，公园管理人员便建一小小水池，将这宝贵的"神水"存于池内，便于人们取水方便。凡游人至此，因听过传言，都驻足停步，将这"神水"饮上几口，觉有沁人心脾之感，甚至后悔没带取水器具，不然，装点回去，与朋友们共享，岂不是一大乐趣！

为这泉水，一代元戎之一的朱德总司令曾游此公园时留下"……四围青山绕，泉水洞中输……"的华丽诗句。

享用"神水"后，继续拾曲级而上，沿途林木茂茁，路旁厚厚的落叶覆盖着泥土，繁茂的野草焕发着悉悉生机。夏天雨过天晴，慢步于石级，神清气爽。阳光从树隙挤进林间，将林中水气烤热形成一团团雾状，与原热地面被雨水浇后产生的瑞气汇为一体，缭绕在树梢与庙宇飞檐周围，大有云蒸霞蔚之势。

一副名联：

常有烟霞生帝座

从无尘处到瑶池

这名联雕刻在玉皇阁大门左右，撰写这对联的文人大概觉得这里犹如天宫一般美丽，也如王母居住之地一样的洁静。

在玉皇阁内的逋翁亭中有一诗匾，匾中之诗意充满着童年时的雅趣。这是一位相当于宰相人物对故土的眷恋，也是这地灵人杰之地又一传奇故事——

相传在明代正统年间广西全州举人蒋良带妻郭氏为官河西知县，郭氏生一子取名蒋升后病故，蒋良为抚养幼子续娶邻县通海城内陈氏又生一子取名蒋冕不幸再逝。蒋良因为官清廉，不在民间敛财，几年任期满后回广西全州故里时，因囊中不裕，不能体面还乡，在万般无奈之际只好雇马一匹，马背负二竹蓝，将年小的两个孩子置于蓝内驮回故里。

这兄弟俩自幼聪慧过人，成年后都成为当朝栋梁之才，蒋升官至户部尚书，蒋冕官至礼部尚书大学士，二人官职虽不在宰相位上，但却相当于宰相之职位，河西县百姓为感谢蒋良为官清廉、不敛刮民财之功德，便送蒋良"双凤生双龙、一马驮双相"的美誉。

后蒋冕在功成名就重游通海、河西两县旧地回忆儿时的童趣在舅家吟成一首鲜活流畅、童真雅趣、字字对故土留恋的不朽诗篇：

通海城西我母家

少年骑竹绕庭花

依稀记得曾游处

芳草垂杨路不差

春天，淅沥淅沥的春雨与温暖和煦的阳光唤醒了自然界的一切，经过一个冬天沉睡的秀山林木，借着春光，春风，春雨的抚摸与敲打而苏醒，准备完成它们新的一年中的生长使命，它们各自知道身旁伙伴们的存在，为了争抢阳光独自向高空冲刺，但它们又似乎知道，就算它们高出同类一头，同类们也紧随其后，并且大有超越之势。

几场春雨的洗刷后，树梢快速地生长着，显示出醉人的绿意，各种花草树木散放出各自特有的香味，似乎作为给公园管理人员辛勤劳动的回报。

更有那古柏们不甘其后，它献给人们的香味比任何树木与花草更为浓厚，便引出了前所未有的倒顺名联：

秀山轻雨青山秀

香柏鼓风古柏香

为这倒顺名联与享有"秀甲南滇"美誉的秀山公园，不少文人骚客都慕名而来，既要一饱眼福两千多年前毋波始劈秀山公园所选独特的地理位置，又要考究众多名联出自何人之手。

一到公园顶端，虽有力尽之感，但映入眼帘的奇观使人为之一震——那宋之古柏，元之香杉，高有参天之意，粗近六人合围，任何游客到此都免不了为此奇观而赞叹不已，在心中暗暗感谢这里的县领导们促使公园管理人员对此奇观的精心维护，这奇观在神州大地上虽不是绝无仅有，但也不多见。

在县城边的长湖畔，有一高姓人家。要说高家，真是名副其实，这高家主人近一米九的身高，当婚时经媒人介绍，得一佳偶，不但有一米七以上的身材，而且各部位匀称，要以亭亭玉立形容其身材之美，显然是差之太远，要以国外人以魔鬼身材作比方，应该是恰到妙处。

但美中不足，婚后两口生有二子在大跃进年代都不幸夭折，直到大锅饭结束后才喜得一"千金"，并毫无病痛健康地成长着。

凡事总有不尽人意之处，自古以来神州大地老百姓就有必要儿子的传统，生儿子更是女人们梦寐以求之渴望——要儿子传宗接代、靠儿子养老送终，在这合作化的年代，儿子更是挣公分的主要劳动力。这极其幸福的夫妻俩自从得一"千金"之后，又接二连三地有了二妹三妹，这高家户主倒是喜欢他们的三"千金",但这女主人就没有她丈夫思想开通,她下定决心,不生出儿子绝不罢休。

于是,见庙拜庙,见佛拜佛,在一九六八年某日拜佛回家后,当晚得一奇梦——观音菩萨亲自捧一金童送于她怀中后,便又坐莲台升入云端。一觉醒来,她大喜过望,不久果然怀孕,整天喜出望外,心想这回定是儿子无疑,不料十月怀胎后竟又生下一女孩,这可把女主人气坏了,整天以泪洗面,觉得自己没有生儿子的出息,不过,这高先生倒是位开通人士,整天劝说自己的爱妻:"这四妹比他三个姐姐更漂亮些,而且像她父亲,据说像父亲的姑娘有男人气魄,长大后会像儿子一样能干,甚至会比儿子更有本事!"尽说些好听的、能安慰爱妻的吉祥话,总算把这女主人哄好了,从此便不哭不怨,一心一意地抚养这四"千金"长大成人,并在四姑娘身上抱着美好前景的希望。

与此同时,陈峰怀着必得温饱的大志与十分渺茫的心情跋涉在群山峻岭之中崎岖的山路上,这年代这样山路却是被人们称之为宽阔的大道。

第三章 >>>

奇　遇

　　与剑门关连绵起伏、青山峻岭的大山区。

　　这大山区的山与陈峰家乡丘陵地带那些小山包相比真是算大山，从山脚至半山腰有人居住的地方少于二十分钟步行不能到达，而且是羊肠小道，由于杂草繁茂，通常要在草中寻路，并有迷路的危险，也好，夏天在小道上行走都是在树下穿行不会被太阳灼烤，不过，这些都是碗口粗的小树，见不到大树的影子。

　　这大山区人们的生活就没有丘陵地区人们的生活艰难，因地广人稀，在粮食短缺时只要去山里转上一圈就可以采集一背箩野生菌或野菜回来，用上少量的包谷面，就可以将就地过活几顿。在那个年代，勤劳的人们在这刀耕火种的坡地上辛勤地耕耘着，粗粮加野菜还是能填饱肚皮，要是精打细算，勤俭节约，还有微薄积蓄，可以置办一些必需家当。

　　这山区地处嘉陵江上游，上游地段有一条支流白龙江，白龙江也有一条被当地人们命名为沙包河的支流，这支流的发源地在蓝川县境内，这白龙江已算不上大江，这支流沙包河也就更小了，像这样的支流应该只能算是小河沟吧，这小河沟流水虽然不大，但由于这大山上的植被繁茂，暴雨天注入小河中的水也不很浑浊，大雨时产生的洪水注入小河几小时过后便清澈见底。所以，这河水平时的清澈度更是难以形容，以准确一点的比方这小河流水的透明度与白酒划等号绝对毫无夸张之意。

　　这小河流水虽浅，但常有笔杆粗或更小的鱼群穿梭于水中，这小河流域偶尔有一深塘，深塘中的小鱼群自由自在地穿梭于一米之内的碧水中，那勉强有二指或三指宽的鱼就算是大鱼，大鱼群在两米深的水层中畅游都清晰可见。由于这小河水毫无污染，小河鱼繁殖、生长于这罕见的碧水之中数量极少就显得十分珍贵。这山区的人们为了改善口味，在农闲时便用捣碎的麻柳树叶与中药巴豆混合一体撒于河中将它们麻醉后捕捞上来再放于豆浆水之中将它们清醒，回家后便用来煎、煮、烹、炸，就成了世上少有的美味，口感比山外稻田与被污染的水中之鱼不知要美味多少倍？

夏天，赤脚步行的人们，不分男女，趟着浅水往返于这小河两岸来去自若，只是在寒冷的冬天，必须扔几块大石头在浅水中，穿着破旧的布鞋踩着石头，免遭河水的刺骨之苦。

在一大片沙滩旁边流速平缓的河水里，两根葛藤拴着两件浅蓝色衬衣在流水中缓缓地左右摆动，成群的笔杆粗的小鱼在衬衣边的水中不肯离去，这些小鱼也真有本领，它们头朝上游，水往下流，没见它们的尾部怎么摆动，就能停在衬衣边不随流水流走。

小鱼为啥停在衬衣边不肯离去而嘴不停地一张一合喝着经过衬衣过滤过来的流水呢？仔细一看，这两件衬衣也太脏了，衣领和袖口之处已看不清衬衣的本色，小鱼们大概是在"品尝"着经过衬衣过滤过来的、不同寻常的、它们也从未享受过的"美味"吧。

在这小河边的沙滩上，有一中年男子和曾经在曾仕豪家休养过的小伙子陈峰，两人正用一把平锯一来一往地解着一筒直径五十厘米粗的原木，像这样的大树只有在这小河边地势险要的地方才能见到，凡生长在地势平坦与路边的大树都必遭劫难。原木架在改木架上，两人略弯着腰，双脚岔开摆着一前一后的丁八步，手中的平锯很有节奏地你来我往不乱方寸地将原木改变成厚薄不等的木板。沙滩上已码着一大堆解好的木片，有的一寸五厚，有的一寸厚，两寸厚的只占少数几块，这些板料应该是准备用来做家具的材料吧，看来，他们已在此处干活好几天了。

那陈峰不是给曾老头说过要去蓝川县伐木吗？怎么又在这里和一位陌生人解原木呢？

这里就有了一段奇遇：

那天，陈峰怀着对曾仕豪一家难以表达的感激之情，含着眼泪与曾仕豪俩位老人分别之后，顺着大道朝自己向往的方向奔去，几天的休养和饱餐，使他精神百倍。曾仕豪老人送给他的十元钱加上自己原有的五元钱，他知道这路费就宽裕了，轻松的感觉使他身轻如燕，快步如飞地行走在这条大道上，在感觉到腹中饥饿时，便想起曾老人送的两大个烧饼，这两个大烧饼足够他两天的伙食，他一旦发现路边的小溪沟里有流淌的泉水，就以泉水送烧饼充饥，就不用在路边的农户家求购饭食，这样也就少了被"农业学大寨"的基层干部们捉住遣送回家的危险，不过，凡事总有不尽人意之处——以泉水送烧饼作为饭食，虽然饥饿时有香味，但只要胃中稍微有点食物，凉凉的泉水送烧饼下肚在口中便产生出生麦子的味道来，以这种方法充饥，他不敢吃得太饱，每次以吃到不饿为合适。

这天午后，他正急速赶路，忽然，听到前面有吵闹声，他抬头一看，见一中年男子和一青年在路边吵架，那青年拉着中年人的衣服，显然不肯放手，于是，他走近二人不再前行，想听这二人吵架的原因，当他一停下脚步这二人便停止了争吵，继而怒目相视，大概是不好意思当着陌生人的面吵架吧。

他站了片刻，见这二人不争不吵，他想到，他们肯定有啥子矛盾，我现在算是一位旁人，最好帮他们把矛盾化解了，以免他二人矛盾激化而难以收场。

于是，他走近中年人问道："这位大哥，你们这是为啥子呢？能否告诉我，我若帮你们把问题解决了，也算我做了一件好事！"

中年人略思片刻，就指着年轻人说："我们两人是山云县人，还是亲戚，我是木工，也是解原木的解匠，在这山区里做木活与解原木已经多年，上个月我回家时他死皮赖脸地要我教他木工技术和解匠手艺，看在亲戚的份上就同意收他为徒，谁知他来之后，解木料不到五天，他说受不了，说是回家种庄稼再苦也不干这玩命的活。他要是走了，我一个人怎么解木板呢？这活路毕竟是两个人干的，他要走也就走吧！还要强迫我给他开几天工资，他这不是诚心害人吗！你既然问起就请你评评理吧！他这样做事对不对？唉！不说了！你年纪轻轻，也懂不了啥子道理，也解决不了我们这矛盾，他就是把我杀了，我也不会给他一分钱的！"他越说火气越大，说完后，无意中又摆了摆手，大有小看这陌生青年之意。

陈峰听中年人说完，脸又转向那年轻人，意为征求那年轻人的说法，那年轻人满脸通红，显得不好意思，由此可见这中年人所说句句属实。这时，年轻人急中生智，脑海中快速反应出他自以为很有理由的一段话：

"他说的不假，我确实吃不了这苦，也没本事学这两份手艺，我要回家，身上又没有路费，求他借几块钱给我作路费，他以后回家就还他，他就是不给，没有路费在路上吃啥子呢？要是饿死在路上，他也脱不了爪爪！"

看来这年轻人不但会恐吓人，还会讲点歪理。

陈峰一听，头脑中闪电般地运转着："自己出门的目的不就是要找活路做吗？不就是想学到一门技术吗？回忆起在家和同龄们一起议论前途时一致认为，以现在这年代，出门闯天下最好是学木工，学木工的前提是要先学会解匠，这岂不是天赐良机、绝妙的机会吗？今天要是把这事调解好了，两边都落得人情，又解决了这中年人缺人的危机，真正得实惠的还是我自己，我原来心中的目标并无把握，若是走远了路费用光还找不着活干就等于走到绝境，看来，我今天应了天无绝人之路这句古话，他立即想起曹操经常在危急之时又得救的一句口头语——'上苍有眼、天不灭曹哇！'"

想到这里，他在内心果断地作出决定，就问中年人："他要你给他付多少工资？"

"我在家时经不住他的软磨硬缠，就答应了，在他拜师时请当官的作见证写了协约的，当然，他跟我的性质是属于师徒关系，为保证他向生产队缴纳所规定的学徒工每天缴伍角钱的副业款，所以给他每月固定工资十五元，按这样计算，他只做了四天，就只该付给他两元钱，但他硬说有四天半，说他的工资应该是两元二角五分，要我给他五元钱，说是以后回家再还我两块柒角伍分，我刚来到这里第一家活路还没做完，到哪里去给他找伍元钱呢！"中年人很气愤答道。

陈峰又把脸转向那与自己年龄相差无几的年轻人。

"是这样的！"年轻人答道。

"这位师傅，你们这件事我想这样办，我现在给你这位亲戚伍元钱，叁元钱算是我借给你的，你把他这几天的工资付了，两元钱作为我送给他的，就算我和他交个朋友吧，他走后，我来和你解木板，也就是说我拜你为师，按你们在家和这位朋友谈好的协约，每天也给我伍角钱，我们生产队规定凡是学艺阶段的学徒每天缴社款也是伍角，只要能缴够队上的副业款，一切事都好办了，你看要得不？"

"你的意思，你送给他的那两元钱就不要我还你了？"以中年人的话中之意，显然是担心这陌生青年以后会和他扯这两元钱的皮筋。

"当然，我说过是送他的，怎么会要你还我呢？"陈峰解释道。

"就这样办吧！"中年人听清这陌生青年提出的处理方法后，既解决了这亲戚徒弟的路费问题，又解决了他缺人解木板的搭档之事，这是最好不过的台阶，他内心一阵轻松，便一口答应这陌生青年的几点建议，但他表面上并未露出对这陌生青年有感激之意，看来这人城府太深。

"怎么样，你就准备走吧！"这师傅怀着怨恨的心情向他的亲戚徒弟说道。

"有了钱，我当然要走。"年轻人针锋相对。

这事就这样搁平了，干脆得出奇。

他们三人一起回到离大路不远他二人干活的东家，这东家一家人都在生产队"农业学大寨"。那年轻人拿着他装有几样补丁衣裤的简易布袋和陈峰的伍元钱，正准备给他师傅和陈峰打招呼，陈峰又把曾仕豪老人给他的还剩有大半个烧饼送给了他，这年轻人脸上马上显现出比刚才更浓厚的谢意，似乎这半个烧饼比那五元钱更为重要，激动地说："我叫王虎，你的情意我领了，我会牢牢记住你的这份情谊，我们后会有期！"说完，就礼节性地给他师傅打了一声招呼，但他师傅并未理睬他，便大踏步地走了，他要在天黑之前赶到黑马公社的旅馆住宿，那旅馆一晚上两角钱的住宿费。

这是陈峰出道认识的第一个年轻朋友，没想到多年以后他给陈峰带来倾家荡产的灭顶之灾，这是后话。

这时候，因这东家还在队里干活，只有陈峰与这还未经过拜师的中年人，借这空闲时，中年人便问这刚认识，并给他解了围的年轻人："你叫啥子名字？准备到哪里去？"

"我叫陈峰，也是山云县人，准备去蓝川县伐木，刚才听你说那王虎走了你就需要一个解木板的搭档，我便临时决定跟你学解匠，师傅，请你千万收下我吧！你们那里收……收徒弟是些啥子规矩，请师傅告诉我，一切都按你们那……那里的规矩办，我决无半点意见！"陈峰语无伦次地哀求道。

"现在暂不说收不收你为徒的事，一会这家主人收工回来，你就说王虎的父亲得了重病，他家里叫他回去照顾他的父亲，你是来顶替他和我解木板的就行了。你既然真心跟我学艺，就必须能吃苦耐劳，我看你文绉绉的样子，能不能吃下这苦还很难说，先试用你几天再作决定。明天我们就开始干活，是把几筒原木解成楼板料和家具材料，这家主人催得很急，不晓得你行不行，不过，学解匠很简单，人称半碗米的解匠，意思是说没有比学解匠再简单的手艺了，以你今天处理我们这件事来看，你的脑筋应该是灵活的，学会这份手艺应该不会很难，就看你的体力怎么样，要是不行，把你借给我的三元钱抵够了，你就另做打算吧！"这师傅把问题想得真全面，他并不想吃陈峰送给王虎那两元钱的亏。

"好吧！一切听从师傅安排！"陈峰满口答应，他二人的事就这样暂时谈妥了。

"师傅，你还没告诉我你贵姓呢？不然，我以后怎么称呼你呢！"陈峰见这师傅满脸的不高兴，为了消除这尴尬的场面，他想出这应该也恰到好处的问话。

"袁！"这袁师傅仰躺在马扎椅上眯着眼睛，只回答出一个字。

"啊！袁师傅！"陈峰见师傅不高兴，便不由自主地轻轻呼出一声。

这袁师傅还是眯着眼睛不说话，他内心是极不舒服的，他回忆这几天的经过："这次回家求我收徒弟的年轻人排着长队，我收他王虎为徒，纯属为了亲戚关系，来之前，那王虎口口声声能吃苦，仿佛是刀山敢上，火海敢下，哪晓得一到这里才干了四天就不行了，还硬说有四天半，多两角伍分也就算了，耽误了这家主人解木料的进度就是件麻烦事，还要这年纪轻轻的几乎是一个小娃娃给我调解好了，很轻松、体面地下了这个台阶，真是大失脸面。这年轻人又要拜我为师，他今天帮了我这大忙，我要是真的收他为徒，以后他会听我的安排吗？现在他是哪里人都不晓得，虽然他说过和我们是一个县的，一个县那么大，鬼晓得他说的话是真是假。亲戚签了协议都这样轻易地反悔，何况他又是一个不认识的陌生人，要说不答应他吧，他今天借钱给我打发走了那该死的王虎，要不然，今天还不晓得怎么收场呢！真要收他为徒，他要是再像赖皮王虎那样折腾我，我就不晓得该怎样对付他了，若不收他，现在一时又在哪里去找一个搭档和我解木板呢！这家主人的活路又无法进行，看来，我现在是无法拒绝这位陌生、毛遂自荐的徒弟，不知这刚收的徒弟给我带来的是好运，还是麻烦？"

他觉得这次回家收徒失误，后悔莫及！

见袁师傅眯着眼睛仰躺在马扎椅上不说话，陈峰难以知道这袁师傅的矛盾心理，他想，我今天帮他处理了这件麻烦事，应该有几句客气话才对嘛，他态度怎么就这么不阴不阳的呢？就是没有客气的言语，也不应该是这样的态度！他不知是这师傅的自身脾气，还是他家庭教养与环境所造就，要是环境造就，我可以尽我的一切方法与智慧，或者忍耐来改变他这使人窒息的态度，要是自身的脾气就犹如病入膏肓，那就难于改变了。

不过，他又想到，今天遇见这位师傅应该是命中注定吧，若不是命中注定，怎么就这么巧呢？一出门在最艰难的时候遇见了曾仕豪老人家那样的大好人，在他家休息几天后，老天爷又安排在路边上遇着一位需要徒弟的木匠师傅，在家乡找木匠师傅学手艺比登天还难，要请几桌人吃一顿大餐，还必须有当官的作拜师见证人，我今天虽然花了五元钱，但还是比在家乡拜师傅不知省了多少开支与麻烦事，只要他收我为徒，就算这师傅不还我那三元钱也划得来，想到这里他内心下着狠心——不说这师傅的态度使人如何难受，就算他是一位魔鬼，他"魔高一尺"，我也要以"道高一丈"的手段来感化他。

他二人各自想着心事，又各自盘算着怎样对付对方。

几个小时过去了，天色渐渐暗了下来，就在这师徒二人相互都没有言语的窘境里，这家主人从生产队收工回来了，一见换了一个十分帅气的年轻人便转过脸对着袁师傅："你的那个徒弟怎么不见了？"

"他父亲得了重病，他母亲叫这位小陈来把他换回去照顾他父亲！"袁师傅怀着愤怒、紧张的心情撒了一个大谎。

"这小陈会解锯吗？"主人显然对这个看起来年龄还小面目稚嫩的年轻人不放心。

"会，他比王虎的技术还好些！"袁师傅继续撒谎。

"那就好，我们这次活路比较急，请袁师傅多操点心，抓紧点，过几天我们有别的事情就没有时间关照你们了。"看来，这家主人对这次活路确实着急。

"那就快点煮饭吧，吃了早点睡瞌睡，明天不等天亮我们就走，估计到解木料那里天刚亮就最好，再带点干粮，明天中午的饭就不回来吃了，免得耽误时间。"袁师傅反过来催促主人，表明对他家的活计也着急，实际上，他怕的是睡晚了在闲谈之中露了他刚才撒谎的马脚。

翌日，他们估计的时间真准，天不亮就早早地吃了饭，用手电筒照明来到解木料的工地天也就刚亮了。解木架上，袁师傅跟王虎解剩下的半筒原木稳稳地固定在上面，他们解了近五天，并无多大成果，按正常进度，他们还不到别人的一半，解下来的板料平整度也很差。

因为时间太早，主人又没来，袁师傅毫无顾忌地给陈峰讲明解木板的要领，这时陈峰不免紧张起来，他很清楚，这是他掌握一门技术的起点，是一个要经受考验的第一次，也是他一生之中向温饱目标前进的起跑线，他专心致志听着师傅的讲解，并牢牢地记在心里，不敢有丝毫的疏忽。

"这种锯叫平锯，也叫解锯，我们身高差不多，是最好的搭档，你干活的习惯是用左手还是右手？"袁师傅讲完锯子的名称与他二人的身体状况又问道。

"当然是右手！"他立即答道。

"那你就先来我这边，这边右手用力要大些，等右手习惯了，再用左手，反正左右都要会。首先要摆成我这样的步法，腰略下弯，将解锯端平在一条水平线上，我们都将锯齿对准墨线，我将解锯吃上墨线后，随我运动，开始时，轻轻地几个将来回，只要锯条完全钻进木料后就可以用大力了。我往我这边拉锯时，你就将你那边锯子退开一寸五左右；你往你那边拉锯时，我就将我这边锯子也退开一寸五，这样，等这片木料解下来之后，就可以清楚地看见锯形纹路在木板中间形成不标准的直角，好像是一界分水岭，这就证明这块板我们各自解了一半！"陈峰遵照师傅的教导，目光向师傅的双脚扫了一眼，并摆出师傅的脚步，端着锯子等待袁师傅发出指令。

袁师傅平平地端着锯子讲解完后，又轻轻地一声："来吧！"

话音刚落，只听见"嚓"的一声响，师傅那头的锯齿就撞进了原木，并端端正正进入了细细的墨线范围。当"嚓"声进入了陈峰耳膜后，他为之一震，这一声虽然不大，但他听起来却犹如响雷一般，他晓得从这一声开始，自己这一生似乎从一个在生产队混公分的年轻农民走上了手艺人的平台。

他虽然脑海中思考着从这一声开始是他上一个台阶的开端，但他的动作依照师傅的教导一丝不苟，果然，几个来回五厘米宽的锯片就全部钻进原木里去了。

由于陈峰的领悟力和接受力极强，几分钟后，袁师傅觉得这小伙子哪里像个没有解过锯的生手呢！简直和有些技术差的师傅一般水平，他原本提着的心放下了，印证了他昨天对这家主人撒过的谎言——这新来的小陈比王虎的技术还好些。

他们就这样你来我往机械地运动着，经过二人近半小时的用力后，这片木板很标准地从主体上分离下来了。

由于陈峰心情的紧张，这样用力又是头一次，当这第一片木板高质量的成功后，汗水就将他的衬衣湿透了，这袁师傅一见陈峰流汗太多，对他又担心起来，怕他不能胜任这苦力似的活路，便问道："怎么样，累不累？"

"不累！"他果断地回答。

"不累怎么淌那么多汗呢？"袁师傅担心道。

"一是紧张，二是没这样用过力，时间一长，习惯就好了。"陈峰笑着回答。

袁师傅满意地点点头，他晓得凡是干重体力活路都有一段适应过程。

虽然袁师傅对陈峰在干这重体力活怀有担心，但解板工作还是顺利地进行着，被撬上解木架的原木被他二人很标准地"改变"成厚薄不等的一片一块。此时的袁师傅心情说不出有多轻松，照这样的速度，按主人提出的时间要求还可以提前两天完成，这家主人怎么也看不出是在用他家的木料训练徒弟。

这袁师傅此时又以轻松的心情转变为担忧："这小伙子看上去白白净净，一副斯斯文文弱不禁风的模样，经受得了这重体力劳动的考验吗！而且这是夏天，白天时间太长，天一亮就要干到天黑才收工，每天足有十二小时以上的重活，要是把他累病了哪个办？"

实际上，他应该知道，这毛遂自荐的年轻人并不是他想象的那么脆弱，外貌是自然生就，吃苦耐劳的精神与体格却是在艰苦的环境中磨炼出来的。他也忘记了他与陈峰相差十多岁几乎算是两代人，这两代人却又生活在同一时代，那些为前途着想而又想摆脱饥饿与恐惧的年轻人，对重体力劳动都咬着牙承受着，因为他们有一个共同的目标，不论多苦多累，只要有粗茶淡饭填饱随时空着的肠胃，就等于进了天堂。

半天的时间在紧张的劳动之中过去了，这时的陈峰虽然干着使人难以承受的重活，他的心情却十分轻松，他已完全领会了师傅传授给他解木料的要领，而且运用得出奇的准确，与师傅配合得十分默契，师傅也没有批评过他哪里不对。他边干活边想："怪不得师傅说解匠只需吃半碗米就能学会，我一拿上锯子就会使用，还没有吃上半碗米呢！这说明我起码有比别人高出半碗米的智商。待解匠手艺熟练后，再要求师傅传授我木工手艺，只要学会木工手艺，我这一生的衣食就无忧了！"心中想到这美好的前景，脸上不由自主地露出了笑容。

袁师傅见小伙子面带喜色，心中也觉得轻松，他想，这年轻人看起来一付斯文之气，耐力怎么这么强，从早上到现在天快黑了，除了中午吃干粮外，不停地解了十多个小时，还没有疲劳的模样，而且像那些连环画中古代那些武功盖世的猛将一般还越战越勇。心想这回恐怕是运气来了，从天上给我掉下来这么一个得力的助手，今天能抵得上和王虎两天的劳动成果，看来要是和这毛遂自荐的徒弟合作好了，今年就会有好的收获，想到这里，嘴角慢慢地向两边移动着，嘴的尺度加宽了。

这师徒二人一边解着木料，一边憧憬着各自的未来，似乎他们的前景将会万般辉煌.

"我们不解了吧，应该说今天的任务已完成，你今天表现不错，也够累的了，明天来解板时，我再教你更高一层的技术，我们的解板速度就会更快些。"师傅话中之意只是表明完成了今天的任务，并未说明今天几乎有他和王虎两天的解板数量。

"一切听从师傅的安排，依我看，再解一块板下来，回到主人家也差不多天刚黑吧！"为了讨好这远方的师傅，再累他也只好坚持，而且可以试探出这刚认识师傅的内心所想。

"还是回了吧，你今天是第一天解锯，说不累是假的，要是解到天黑，师傅的心岂不是太狠了点！"看来，这袁师傅还是有自知之明。

　　他们收拾好解木料所需要的一切工具，不紧不慢地走在回主人家的路上。这袁师傅心情特别轻松，想到这从天而降的陌生年轻人的悟性怎么这么好、耐力怎么这么强，以今天的解板速度给这家主人所定的完工时间只会提前，不会推迟。

　　当他们回到主人家的时候，这家两口子已从生产队收工回来，两个小孩也从学校回到家。这家主人姓刘，一见他们便招呼道："袁木匠，今天累了吧，快坐快坐！"一转脸，只见这小伙子一表人才，觉得年龄还小就来当解匠，他父母似乎太残忍了，便问道："你啷个不去读书呢！这么小就想出门挣钱？"

　　"我们家乡的条件很差，母亲身体不好，我若是读书家里负担不起。再者，我也不小了，整整二十岁了！"他爽快地答道。

　　"啊……"这刘姓主人观陈峰的肤色，没想到已到二十岁的年龄，微微地吃了一惊。

　　这家女主人也真能干，他们三人南来北往地没谈上几件事，这女主人便端着饭菜走进堂屋，招呼她老公道："快叫袁师傅他们吃饭吧！他们肯定累了，给他们喝点酒，吃了早点睡觉，明天还要干活。"

　　"我那点活路还有几天才结束？大队书记今天见着我，叫我告诉你，我的结束了，就接着给他干，他的木料也在河边上，离我那工地不远。袁师傅，你就安排好时间吧！"这家主人借吃饭的时机，既要了解活路的进度，又给袁师傅带来另有活路的好消息。

　　"明天我们去晚点，天亮了再去，你那点活路按原定时间完成，不过你告诉书记，按你的结束时间，叫书记提前两天做好准备就行了。"陈峰听出袁师傅话中有点矛盾，但又不好提醒，他灵机一转——大概是袁师傅留有余地，要给这家主人一个提前结束的惊喜吧。

　　各自劳累一天，饭后没有太多精力闲聊，恢复体力最重要。袁师傅更清楚这年轻人需要早点休息，一放下碗筷就告诉主人，他们要睡觉了。

　　自然规律，夏日季节，日长夜短。几小时过后，天又亮了。

　　袁师傅已近四十年龄了，瞌睡自然比年轻人少，天一亮就起了床，他穿好衣服，见陈峰似乎还在美梦中，就开门出去转了一圈，回来后见女主人还未煮好早饭，按常规他做完早上自身的清洁工作，待女主人招呼吃早饭时，见陈峰依然未醒，只好进屋，一推陈峰，只听陈峰一声"哎哟"，人是醒了，但就是起不了床，他稍微一活动，浑身关节比在那阔叶树下"生锈"得更厉害，一睁开眼睛见袁师傅还要推他，连忙说："师傅不要动，我马上就起来！"

他躺在床上活动了全身的筋骨与关节，感到疼痛钻心，不过他晓得，这是又一次过分、过长时间的重体力劳动，这种现象是免不了的，像这样的痛苦自己也不知有过多少次，只是用力的性质不同，疼痛的程度也就不一样，这次应该是最严重的一次。

他晓得应该怎样处理——先从手指、脚趾开始活动，再延伸到浑身的各大关节慢慢地增大活动范围，几分钟后，才把各部位"生锈"的关节与浑身僵硬的肌肉"唤醒"。他咬着牙慢慢下了床，虽然双腿不灵活，但总算做完了早上的漱口、洗脸的清洁工作。尽管他极力装出若无其事的模样，但由于手脚行动迟缓，还是被这主人犀利的目光发现了端倪，便问道："小伙子，是不是太累了？若是太累了，今天就休息一天，明天再去吧。"

"没问题，好久没解锯了，换一种活路要换一次力与气，还要适应各部位的筋骨，习惯两天就好了。再说，体力劳动哪有不累的，要是一累就休息，就缺乏了男子汉的骨气！"陈峰依照师傅对主人的撒谎解释道。

"吃早饭了！"堂屋里传来女主人的声音。

一切依旧，收拾一切工具去解木工地，重复着昨天的一举一动，经过几个来回的运动，陈峰觉得比早上起床时轻松多了。

经过三天的苦干，按袁师傅预计的，提前两天完成了这家主人的活路。

他们量好所解木板的全部平方面积，收拾好解木料的所有工具回到这主人家，太阳还悬在西边不高的天空，离天黑大概还有一小时，主人全家在生产队劳动还未收工。

这家男主人收工回家后，看到他二人把所有工具都拿回来了，知道他家的活路已经完工，脸上露出欣慰的表情，立即转身朝身后老婆喊道："你走快点，把我们家里那点好吃的东西全部拿出来，给袁师傅他们整几个好菜，我去买点酒回来，今晚上我要陪他们喝几杯，感谢他们提前完工，他们这几天太累了，特别这小伙子真能吃苦，我看他这几天和袁师傅配合所干的活路，要超过两位老解匠的成果！"

几天的苦干，陈峰已经适应解木板这种苦力似的营生，浑身筋骨，特别是手脚虽然还略有僵硬之感，但比起第一天劳累后的痛苦，已算不上累的那回事了，一听到主人对他二人的夸奖成分显然对他偏重些，心中说不出有多高兴，心想闯荡社会的第一关就在这高强度的劳动中闯过来了，虽然在筋骨上受到极大的痛苦，但在精神上却显得格外轻松，他晓得这应该是对他意志磨炼的成功

酒桌上，刘姓主人不停地劝他二人吃菜、喝酒，桌子上的菜肴比较丰盛。由于地区的不同，风俗的差异，而且比在家乡还要多几道未见过的佳肴，这里是名副其实的大山区，自然没有什么海味，但陈峰却第一次尝到这里独特的山珍，因此，他对地区差异和不同的风俗又多了几分认识，但他却不晓得，这山区的人们也不是有多富裕，这顿晚餐是这家人倾其家中所有美味犒劳他们的。

晚餐在丰盛的菜肴和轻松的心情中结束了，吃了晚饭就睡觉，这是陈峰的习惯，他知道师傅要和这家人以所解木板的平方面积结账收款，就给师傅和主人打了招呼，上床养精蓄锐去了，要为明天的苦干打下基础。

"进军"书记家的解木工地，是陈峰的第二家主人。书记家的工地与刘姓主人的工地大约相距一里路，同样是在这条小河边的沙滩上，并且在刘姓主人工地上游。书记家的木料要比刘姓主人的木料大得多，是一颗银杏树，足有八十厘米大的直径，陈峰从未见过这么大的原木，不免心中一惊："天哪，这么大的树，凭手中这把只有一米三长的解锯怎么能解成木板呢？不知袁师傅解过这么大的原木没有？"但他一看袁师傅脸色，却若无其事，似乎成竹在胸，他又转眼一看书记，书记也和袁师傅的表情一样轻松，好像解这样大的原木已是家常便饭，没啥子大惊小怪的，但陈峰的心情怎么也轻松不了。

书记另外又带来两个身强力壮的小伙子，是来帮他们把这大原木撬上解木架的，以便他二人施工。

"王书记，为了节约点时间，你派这两个小伙子去准备两根码杆和几个木杈，我和小陈做墨线，这原木太大了，锯子不是很长，要以解滚墩的

方法才能解成木板。"袁师傅对王书记建议道。

"好的,你们两个听见没有?按袁师傅说的去办!"王书记接过袁师傅的话尾,向两个小伙子发出指令,两个青年应声而去。

这袁师傅真有办法,他计算着这原木的粗度,任意选中木料的两边,在每边解去厚度十五厘米,这样两边加起来,整筒原木就被解去了三十厘米的厚度,就只剩下五十厘米厚度的一棵扁树,解五十厘米宽的板面就不费力了。陈峰一见,就大大地松了一口气,他觉得自己又学到了解大原木的经验。

这大山区里的人们对解原木司空见惯,很快,王书记派的两个小伙子就完成布置给他们的任务,将袁师傅所需的码杆与木权弄来了,并支好了解木料的架子,他们五人合力将这大原木撬到解木架边,但原木太粗,只能放在改木架的底部,以适应他二人解木料所需要的高度,等解小多少,再往上升多少,一切前期工作结束,书记家解原木的工作开始了。

由于陈峰全身心地投入,领会能力极强,经过在刘姓主人家几天的磨炼,他的解木技术日趋熟练,解木架势的正确与老解匠相比已是有过之而无不及。

王书记一见这师徒二人恰到好处的配合,觉得遇到了两个好手艺人,特别欣赏这小伙子十分帅气的模样,年纪轻轻整天干着这样的苦力活,感到着实可惜。

"你们二人先回家吧,我今天陪袁师傅一天,到晚上我们再一起回去。"书记见这二位小伙子已无事可做,再次向他们发出指示。

两位小伙子当然不敢违背书记的命令,应声而去。

书记家解木活路顺利地进行着,第五天上午,陈峰知道自己所穿的衬衣太脏了,就向袁师傅请求说:"师傅,我的衬衣太脏了,今天我想把衬衣洗一洗,不然,别人看见会笑话的。你的衬衣也不是多干净,脱下来我一齐洗吧。在这山里面又没有外来人,我们可以赤膊上阵,到天黑回家时,衬衣也就干了。"

袁师傅一听,没有马上回答,想了想说:"你去上面坡上弄几根葛藤来,你把衣服拴在葛藤上放在这小河里,让河水给我们冲洗,我们照样干活,冲到下午时,肯定比你洗得还干净些!"陈峰一听,将信将疑,他不敢违背师傅的意愿，就按照师傅所说的方法去做了。他很清楚，因为是计件工资，师傅是不愿花洗衣服那点时间的。

这段河水相当平缓，衬衣拴在葛藤上在河水里随着缓慢的流水不停地轻微摆动，不一会，就有好几条笔杆粗的小鱼游到衬衣边不肯离去。

陈峰心想，大概这是师傅为了节约时间的一项"发明"吧。

他们没有表，自然不知道中午吃饭的准确时间，只是凭着肚中是否饥饿来确定吃干粮、喝溪水的午饭时间。

解决了饥肠之后，陈峰想到，应该是把衣服拿起来晾干的时候了，于是，便向师傅请示："我把衬衣晾起来再解吧？"

"要得。"师傅简单地回答了他的请求。

当他来到冲洗衣服的水边时，看见许多粗细不一的小鱼在衬衣周围来回游动，有几条小鱼的嘴直接顶着衬衣领口最脏的部位不停地喝着流水，他无意欣赏这道景观，心想，衣服肯定会被冲洗得干干净净，便顺手把衣服从水中提起，小鱼倒是跑光了，几个不知名的水生甲壳虫还用颚牢牢钳着衣领不肯离去，陈峰只好用拇指与中指将它们弹出，掉在不远的水中。但他一看，两件衬衣不但没有冲洗干净，而且在陈峰补有一个小补丁的衬衣背部被冲出了一个大洞，衬衣上还粘有些许从上游冲下来的青苔丝，于是他用手一搓，想把青苔丝与汗迹搓掉，谁知这一搓，不但没有搓掉汗迹与青苔丝，反而将青苔丝搓化后又污染其他部位，陈峰只好告诉师傅，袁师傅一听会是如此结果，羞得满脸通红，便说道："既然冲……冲不干净，就……就只有按传统的洗衣方法洗吧！"袁师傅这时才明白他今天的"发明"不但荒唐，而且还是一个大大的笑话，便语不连贯地说道。

陈峰只好把从书记家带来的一点洗衣粉拿出来，怀着心痛与哭笑不得的心情，把两件衬衣耐心地洗了，然后晾在一株小树上，待他们停工返回书记家时，衬衣也就干了，只是被水冲破的大洞要回去找书记的老婆帮忙解决，他晓得穿这破衣服在这山林里走路也无人看见，而且这年代在农村穿破衣服也是司空见惯，算不上啥子丢人事，只是如今要挣够买一件衬衣的钱十分艰难，他的心中不免隐隐作痛。

书记家的这颗大树，在他师徒二人少有的配合下，不但比以往的解匠们的速度快，而且平整度也好得多，使这书记对他二位的看法比刘姓主人介绍时还要好。书记到底是书记，以他的地位和身份，在他生活的圈类一宣传，这师徒二人的解板技术与解板速度的名气就很快传遍了附近几个大队，慕名而来请他们干活的几乎每天都有，他师徒二人就少了缺活路做的担忧，只愁怎样安排好轻重缓急，而不耽误有些主人家的紧急事务。

他师徒二人的解锯工作在忙碌之中有条不紊、劳累而又紧张地进行着。

时间如白驹过隙，陈峰的解锯生涯转眼就快三个月了，已经进入到晚秋，这晚秋时节，秋高气爽，天气自然不像夏天那样烤人，但只要他们一动手解锯，还是只能穿单衣干活。这三个月对于陈峰的人生中，是一个大大的转折点，从一个在生产队和大家一起混工分的青年农民，转变成为一个拼命干活的手工业者，以鲁班发明的原始工具和自身体力从事着每天十多小时的重体力劳动。

袁师傅非常清楚，他所教的徒弟中，只有在他和陈峰的配合下，效率比以往任何徒弟都高得多，虽然每天在高强度和长时间的劳动中，陈峰却从无怨言，都尽心尽力、踏踏实实的配合着他。解锯都是计件工资，这三个月是袁师傅从事这行业以来收入最丰厚的三个月，不管每天收入多大，依照这年代给徒弟的待遇依然是每天五角钱，这使袁师傅的心中着实舒畅。

陈峰的内心也在盘算，虽然活路太苦太累，报酬太低，但也是这年代学徒工资的行情，师傅收入再大也在情理之中，只要能发够每天交够生产队所规定的五角投社款就万事大吉了，而且家中也节约了一个人的口粮，这年代一个家庭中只要少一张嘴吃饭，那就是一笔不小的财富，家中其他人就不至于过分地挨饿了。

解木板这活路虽然苦累，但主人们都尽量满足这些苦力们顿顿饱餐，主人们也深知解匠饭量大的原因——解匠们只要一动手解起木板，腰部必须不停地来回扭动，腰部扭动带动了肠胃如石磨一般不停地磨动，吃进的东西很快就被"磨细"而消化掉，这道理主人们都清楚，若要请人解木料，都尽量准备一点为数不多的肉食酒类，尽量不亏待这些苦力们。

白天，他全力配合师傅的要求保持解板的质量与进度，晚上在没有进入梦乡之前几分钟又回忆起一位有知识的朋友常谈到古代有位高人说过："天降大任于斯人也，必先苦其心志劳其筋骨，饿其体肤……"。古人的

"大任"是治理好一个国家，我现在受着苦累并劳其筋骨的任务而是使自己与家人避免"饿其体肤"，他觉得拿渺小的自己与伟大的古人作比方简直太牵强，便不好意思地独自一人笑了起来。

大概是这几个月并未饿其体肤的原因，尽管高强度的劳动，陈峰不但不感到辛苦，反而感到十分舒坦，他觉得浑身筋骨强健得如铁人一般的不知疲倦，尽管袁师傅多锻炼十多年，耐力与体力明显的处于下风。

由于这几个月太大的体力付出，他不像以前那样白净，脸上的皮肤仿佛镀上了一层淡淡的铜色，当然，脸型并无丝毫改变，外表虽然同样保留着书生之气，但实际却是一位钢筋铁骨，颇有力气，再累都不知疲倦的解匠，只是衣服破旧，要是有套像样、合体、干净的客服穿在身上，再理一个漂亮的发型，任何人都看不出他是一位干着重体力劳动而又被城市人称之为"乡巴佬"的苦力者。

他算了算时间，跟师傅干活快三个月了，还未给他发过工资，三个月工资四十五元，又借给师傅三元，师傅就该付给他四十八元，若是把这四十八元钱寄回去缴给生产队，就避免了社员们怀着强烈的嫉妒心在生产队领导面前进谗言，父母亲就不会受队领导的气了，他想了想，应该找师傅谈谈这事，因为是计件工资，袁师傅这几个月的收入颇丰。

实际上，袁师傅也在盘算这几个月的收入，他没有忘记以前教过的几个徒弟不但没有陈峰的头脑灵活，也没有他这么能吃苦，耐力这么强，他想应该给他结算一次工资才对，不然，一闹情绪不干走人，损失就太大了，这样的徒弟实在是可遇不可求。

在一家活计结束后，收拾工具准备回家时，他把陈峰喊在面前："你跟我干活快三个月了吧？这家主人结了账，我先给你发三个月工资，共四十五元，你给王虎拿了五元，一共五十元，我把工资付给你，你是寄回家去还是自己留着用？你自作主张吧！"

陈峰一听，连忙说："师傅，你给我四十八元就行了，那两元钱是我送给王虎的，不应该你还。工资我哪能自己用啊！肯定要寄回去缴给生产队，并写信说明我现在的情况，以免父母着急，给生产队交了投社款，当官的应该就不会找家里人的麻烦！原来给你讲过，我没有经过队领导同意，是自作主张逃出来的。"

袁师傅一听："小陈，你听好，原来我是不想还你那两元钱的，老实说，这几个月你确实出了大力，我以前的徒弟都没有你这么能吃苦，也没有我们现在收入大，就算我给你发两元钱的奖金吧，还有，从下个月起，我每天给你发六角钱，一直到结束解锯为止，你以后若是跟我学木工技术时，我每天还是给你发5角，因为做木活收入就低多了，你看要得吗？"

"既然师傅这样对我，我哪还有啥子意见呢！请问师傅，啥时候教我学木工技术？要是我真的学会了这份手艺，对师傅我更会感恩不尽！"陈峰一听师傅这样安排，心想这样的师傅实在是天下少有，我以后干活更应该卖力才对，他却不知他在袁师傅心中位置已是够高的了。

于是他又接着说："我今晚上就给家里写封信，说明我把投社款已寄回去了，并给父母亲说明一定要把钱缴给生产队，以免全队的干部社员对我们家有意见。"

陈峰接到袁师傅的五十元人民币后，心情无比激动，想到自己整整二十岁了，还没有摸着过五十元钱这么大的数目，这是第一次得到这么大的劳动报酬。他盘算着开支——自己身上原来只剩五元钱，曾士豪老人给了我十元，一共就有十五元，虽然王虎拿走五元，师傅却又还了，现在仍然是十五元，加上师傅发给我工资四十五元，一共就有了六十元，依现在这样的条件，自己不会有什么开支，身上就不必留钱了。给家里汇回去五十八元，三个月给生产队的投社款应该四十五元，还余下一十三元，作为家里照明煤油与盐巴钱或其他开支，我身上还剩下二元，只要够汇费就行了。父母亲历尽艰辛养大了我，这是给二位老人首次的丝丝回报，也是给父母亲这几个月受气的补偿吧。

想到这里，自己也得到了少许安慰，于是就请教师傅，这钱要到哪里才能汇走呢？并把自己内心的想法告诉了师傅，袁师傅一听，心想这徒弟是一位孝子，应该支持，就说："我放你一天假，照样给你发工资，你明天一早就走，到化昭邮政局才能汇出去，钱汇走后，你要当天赶回来，后天我们要干活，去化昭一个往返，超过一百三十里的山路，你能赶回来吗？要是赶回来，肯定很累，你能行吗？"

陈峰一听，对袁师傅的感激之情实在难于表达，连忙道："谢谢师傅的关心！没有问题，我回来肯定还不会天黑！"他晓得经过这几个月解锯的磨炼与未挨饿的身体条件，更加增强了体力与耐力，心想这不是一件难事。

　　他激动得不能入睡，在灯光下，给家中简短写了一封信，说明这几个月的情况，并建议这五十八元钱的开支。明天寄钱时，将信一并发出。

　　果然，第二天一大早陈峰带上干粮到化昭去把钱和信寄走后，返回来时天也刚黑。袁师傅从内心佩服这年轻人的体力太好。

　　陈峰寄回三个月的投社款后压在心中的一块石头放下了，又全身心地投入到解木板的重活之中，转眼间秋天又成了往事。

　　秋去冬临的初冬时节，大山里寒霜袭人，常有整天不停地比牛毛还要细的小雨丝，陈峰记得家乡老一辈的文盲们把这种细雨丝比喻为天上往下筛罗筛面，袁师傅深知这样的天气已不适合在野外作业，在这样冻手冻脚的雨丝之中解木板，效益会大大降低。于是，他计划将承接的解原木活路做完后，转入在室内做家具的木工活路，这样既不会停工多少，也可以传授陈峰的木工手艺，这年轻人在干活方面确实与众不同，在我教过所有的徒弟之中还无人能及，要是把木工手艺传授给他，兴许会成为一代名师，自己脸上也有光彩，才对得起他对我的一片忠心。想到这里，便谢绝了来请求解原木的主人们。

　　他没有把心中的打算告诉陈峰，使陈峰大惑不解，便问师傅："怎么有活路又不做了呢？"

　　"不是不做了，冬天来了，已不适应在野外干活，我们把这几家原木解完后，我教你木工手艺，你说要得不呢？"

　　"那就太感谢师傅了，我早就希望这一天的到来，请师傅告诉我你收学徒的规约吧，以免我以后犯规。"

　　"我们之间就不必谈什么合约了，那些条款是对那些忘恩负义、毫无良心之人，我们已相处几个月，我已深知你的为人，手艺学成后，你怎样对我我都不会计较，我和王虎在家不是写了合约的嘛！人要是没有良心，合约顶屁用，你既然要学这份手艺，一定要把这木工手艺学好学精，不然，别人还说我的手艺太差，教的徒弟自然就不会有好手艺，名声要紧啊！"袁师傅道出对陈峰的了解与期望。

　　"我……"陈峰找不到合适的语言回答师傅，只好把话顿住。

　　于是，陈峰拜师学木工手艺并没写什么书面约定，他们就这样简单的谈定了。

眼看就要结束解原木的活路，进入学木工的阶段，陈峰更是精神百倍，每天早上天麻亮就起床，袁师傅一看徒弟先起床，自己也不好多睡几分钟，紧接着起床后，做完一切准备工作。吃完早饭，踏着霜露，速速赶到工地，每天都是陈峰在前，师傅反倒跟在他的后面，天黑前收工时，陈峰都要坚持多解一至二块板后才收工，这样早出晚归，每天比原来几乎要多干半小时活路，就这样十几天的活路又提前完成了，陈峰倒不觉得累，袁师傅却感到体力不支，不过他还是暗暗坚持着，心想怎么也不能输给徒弟。

袁师傅将解原木活路结束后，教陈峰做家具的工作开始了。

"你找张纸来，我讲给你听，你作好记录，认真地读几天，你背熟后，就不用我天天给你重复地讲解了。"袁师傅向陈峰吩咐道。

"我有个笔记本，我记在上面，一有时间我就背一次，只要我一背熟后，就绝不会忘记，我记性很好！"他兴奋地回答。这笔记本是他去化昭镇寄钱那天买的。

在第一家木工活路开始前，他给陈峰讲了学木工手艺的几个阶段，犹如教师给学生讲课一般：

1、备料，将做家具所用木板按家具所需的木枋大小弹上墨线，并放大六毫米。因你现在使用推刨还没有一点基础，以后熟练了，可以减少到二至三毫米；

2、用手锯将弹好墨线的木板按规格解成条；

3、算好你所做家具的木条数量，按家具所需要的木条规格、长短、断成所需要的数量；

4、刨枋，就是用推刨把木枋四角刨成标准的九十度；

5、画墨，打眼，解榫，组装。

"大体就是这几道工序，这就是理论，其中细节，在实践中就自然明确了，开始难度大的主要是练基本功，基本功主要包括用小手锯解木条、刨木枋、拼板缝、打眼、解榫。基本功在几个月内练好后，依你脑筋的灵活度，其他的也就迎刃而解了。"袁师傅讲完所有工序后又补充道。

陈峰把袁师傅讲的这些所谓理论清清楚楚记在他的笔记本上。

就这样，陈峰又开始了他学木工手艺新的征途。

第四章 >>>

烟酒肉

陈峰"跃出农门"的几个月后，在他家乡，某一当场天。

"今天我去赶场，在邮政所的柜台上看到你们家有封信，便给你带回来了，不晓得是哪个给你写的。"陈峰的邻居对陈峰的父亲陈德说道，并把信递到他手中。

陈德一听，内心顿时紧张起来，几个月前陈峰不辞而别，一直没有音讯，天天提心吊胆不说，还要忍受队干部向他要人的压力，并经常听到队长的警告："你家陈峰未经队委会同意，出门走资本主义道路，必须按照队委会定下师傅每天一元的副业款标准交给生产队！"由此，这几个月他受着几方面的煎熬。他这一生中很少收到别人寄给他的信，今天这封信不知是哪个寄来的，若是儿子写回来的信，不知是凶是吉，他抖着双手以紧张的心情拆开信，映入眼帘的第一行字写道：

"敬爱的父母双亲大人及妹妹，你们好！"
……

他读了这一句，已知是儿子陈峰写回来的信，眼泪严严实实挡住了视线。他不顾旁边有人注视着他，以农村人常用的习惯随手一抹双眼，呈现在眼前的又一行字是：

"几个月前未向二老禀明我要出外闯荡而离开你们，是儿的不孝，希二老一定原谅儿的不是，如今儿在外一切都好，希父母亲不要担心！"

他内心一阵轻松，知道陈峰在外平安无事，激动的心情再次使眼泪流出，他定了定神，调整好情绪，心想只要儿子安全就好，又何必担惊受怕、如此激动呢！他再次擦干眼泪，重新仔细地看起信来。

"……自从离开父母出门后，克服了一切艰难险阻，也深知离开父母的不易，儿刚出门时遇见一位远方的木匠师傅，经过几个月的解木板活路之后现在已完全习惯了，师傅并告诉我以后要教我木工手艺。现寄回人民币五十八元，建议父母这样开支——先给生产队交投社款三个月，按生产队原有规定学徒工每天交投社款五角，三个月应投社四十五元，剩下的13元希就作为家里零用开支。这是儿的想法，希望二老按实际情况处理好这事！

由于白天干活时间太长，总觉得晚上睡眠不够，今天就说到此，待下次抽出时间，详细地向父母亲禀报这几个月的经历吧！

祝二位老人身体健康！"

儿　陈峰

陈德内心完全轻松了，但眼泪还是成串的流了下来，他晓得这是喜极而泣，他很清楚，能把生产队的投社款交清，这就解决了天大的问题，而且还剩下十三元钱作为家用，十三元钱可不是一笔小数目啊！他内心盘算着怎样开支——他计划好了请客的开支后又想到，儿子既然是在跟师傅学手艺，但他怎么也想不通陈峰这十三元钱是怎么节约出来的。

生产队的社员们得知陈峰"逃跑"几个月后，突然有了消息，并且把生产队规定的学徒工每天五角钱的投社款寄回来了，还给他家里寄回十三元钱作为零用。社员们更没有忘记，自从队里有了手艺人出外搞副业这个项目之后，还没有哪个手艺人按时交清副业款的。社员们在羡慕之中一传十、十传百，传言中少不了"添油加醋"，把陈峰传说得神乎其神。

同时，又产生了强烈的嫉妒心，更加夸张地加着"佐料"：陈峰在外发大财了，一天要挣好几元，要他每天按师傅一元交生产队，他是私自出门的，没经过生产队领导和社员们同意……这些话一传到陈德耳中，知道招待"土皇帝"们已迫在眉睫，他便立即行动，经过和家里人商量，办好了那天计划酒桌上的必需品，再也不敢耽误时间，便带信把大姑娘喊回来帮忙，经过全家人一天的忙碌，晚上，队里的四位领导坐在陈德家饭桌旁的板凳上。

这年代因为粮食紧张，政府部门的街道企业不敢以粮食酿酒，桌子上摆有两瓶烂红苕酿成并有着苦味的散装酒，三角九分钱一包的绿壳春城"高档"香烟四包，气氛显得十分庄严。

为了领导们喝酒不受干扰，只有陈德一人坐在桌子的角上陪着他们四人，并不时往四位领导杯中斟酒、碗中夹菜。但他自己却极少品尝这桌"珍馐"的味道。

领导们显得很自觉，不用人劝，没几个回合，一瓶带有苦味的烂红苕酒就见底了，陈德一见，便担心起来："不晓得这两斤酒够不够啊？！"

他们队里一百多个社员是由几个杂姓组成。说来也巧，两位队长还真带有戏剧性，正队长名付大勇，副队长叫郑克理。因为这姓氏给社员们在有事请示他们时增添了不少麻烦，犹如绕口令一般，为了避免口误，出言请示工作必须口齿清楚才行。

几杯酒一下肚，不知是姓郑的副队长酒量浅，还是没城府，就有点沉不住气了，便问陈德道："老兄，你今天弄这么丰盛的酒宴，买这么高档的烟招待我们，有啥子事情？你尽管说吧！"

陈德没想到副队长今天这么性急，便接着副队长的话尾将陈峰在外的情况按信中之意向这些"大人物"们介绍了一番，并强调说明儿子现在是跟一个远方师傅学木工手艺，学徒工应按队上规定的投社标准，以每天五角缴给生产队，而且保证按时交清，一分不拖欠！

这些"大人物"们在酒精的作用下、在纸烟烟雾的缭绕中，陈德的话一结束，他们便各自发表意见。

当然，在这样的"官场"之中，是姓付的正队长的绝对权威，其他人哪敢超越："学徒工每天交队上副业款5角，这是在生产队大会上通过的，不会变更！"姓付的正队长斩钉截铁，掷地有声。

"对呀，别家学徒工每天交队上伍角，不可能要你们家学徒工交伍角壹分嘛！"姓付的正队长语音刚落，姓郑的副队长见风使舵，紧接话题。

队会计更是一针见血地说道："这下有了你们家作榜样，投社款谁也不能拖欠，任何人都要像你们家三个月交一次，要是交不出，就自己回家种田挣工分。依我说哇！为这投社款之事队里应该开一次大会立下规定，谁家拖了投社款就必须交滞纳金或暂扣口粮的制度，你们看要得不？"边说边把脸转向二位正副队长，意味着征求二位领导的意见。

出纳员保持沉默，面带微笑。

"好！明天我要去公社开会，回来后，就按会计的建议召开生产队全体会议，你把各位五匠欠投社款的金额统计出来，并定好制度，开会一宣布，我看谁敢违抗！"以正队长的口气，他要动真格的了。

陈德一听，内心的石头落了地，他知道，这些人虽然算不上什么官儿，但又是人们公认的"土皇帝"，任何哪一家的成年子女要想入伍参军或某单位来招工都必须经过土皇帝们这一关，就是出外学手艺也是如此，要是稍微对某家有一丝意见，就会耽误儿女们一生的前程，社员们在这些人物面前如绵羊一般顺从。陈德老头心知肚明，这次陈峰出外闯荡没经过这些干部晓得和允许，算是走上了资本主义的道路，要是不请这些人摄入点酒精和吸点尼古丁，真是要强迫陈峰每天按师傅一元钱交生产队，简直是要人命了。

为了这几位土皇帝们有点遥远的希望，不给他们家带来麻烦事，在他们酒足肉饱后准备动身回家时，陈德说道："陈峰现在大山区学艺，不晓得那大山里面有啥子特产，你们若是需要，我给陈峰写信去，叫他回家时给你们带回来！"他明知大山区盛产木耳，但木耳是统购物质，这些高级农产品在这年代只有领导们才能享用这样的山珍，要是冒着违法的风险给他们弄点回来，以后找他们办事就会一帆风顺，在这关键时刻陈德老头故意提醒他们。

会计一听，脑子里以他拨算盘珠子极其熟练的速度运转着，陈德的话刚结束，他便立急答道："大山里面广产木耳，那是正而八经的山珍，味道就不必说有多好了，你叫陈峰给他们几位带点木耳回来，他们几位大概还没见过吧！我不但见过也品尝过，我就不要了！听说那是统购物质，不允许私人买卖，你写信叫陈峰注意，不要触犯法律。"这会计真会说话。

陈德一听，连忙说："谢谢领导对我们的提醒与关心，都带点，都带点！"边说边送他们出门踏上各自回家的"归途"。

送走这几位"大人物"后，陈德浑身无力地回到家中，一屁股坐在硬硬的板凳上，他知道今天完成了一项不但艰巨而且十分重要、自己给自己布置的任务。

为了使儿子在外安心学艺，他坐在硬板凳上思考着，应该给儿子写封信去，告诉他已经把生产队土皇帝们的事摆平了，不要挂念家中的一切家事，要专心学艺，要和师傅搞好团结，对师傅要尊敬，并随时给家中通信，在大山里面要注意安全等等，不过，他知道今天是没有精力写这封信的，只是打下腹稿，待情绪稳定后，一定要把这封信写好寄出去。

十多天过去了，陈峰接到他父亲的信后，对家中担心之事放心了，便心无杂念地学手艺，经过几个月一丝不苟的刻苦钻研，他已掌握了做家具的基本功夫，他所刨的木枋基本达到了袁师傅要求四角必须九十度的标准，虽然在速度上比袁师傅略慢少许，但也相差无几，在袁师傅心目中，陈峰在这短短的几个月当中，掌握木工所必须的基本技巧相当于前几个徒弟一年的水平，对陈峰学技术刻苦、认真的精神，袁师傅虽然在内心赞叹不已，但在陈峰面前从未有所表露，为了使陈峰在技术上精益求精，对他的态度虽然不像对其他徒弟那么恶劣，但对他在技术方面的要求却极其严格，目的是希望他以后能青出于蓝。

春节近在咫尺，袁师傅深知，生产队年终无疑是要办结算，应该把陈峰这几个月的投社款发给他，叫他寄回去，以免给他父母增加麻烦，他这半年对我的贡献太大了，还应该给他发点辛苦费，作为鼓励。

一家活路结束后，在晚上睡觉前那十分宝贵的几分钟空闲时间里便对陈峰说道："要过年了，我提前给你发三个月工资四十五元，另外给你发五元钱，算是给你发的奖金吧！因为你做事太踏实，你把这五元钱给你家里寄回去，让你父母亲买点年货，你跟我在一起，春节就没有你花钱的理由。临近过年这几天这山里的人们要去城里采购年货，你把钱拿给王书记，托他找人给你寄回去。"

陈峰接钱在手，怀着激动的心情说道："那就太感谢师傅了，但不晓得王书记会不会帮我这个忙呢？"他不好意思打人家的麻烦。

"王书记对我们很有好感。他经常对我说，'你们若有事需要我办，就尽管来找我。'你去找他办这件事，绝对没问题，我每次寄钱回家都是找他给我办的。"袁师傅很清楚，陈峰一来因为是学徒，二来一心一意钻研技术，根本没有和外界人接触的机会，所以，别人对他的印象他全然不知。

"好，明天天一亮，我就去找他，过年前生产队要办决算是应该寄钱回去把今年的投社款交清才对，不然家里人是要受气的，师傅你想得真周到啊！"

又要给家里寄钱了，虽然绝大部分都是投社款，但还是有五元钱是给家中买年货与零花钱的，五元钱家中过年也够了。他兴奋不已，一夜难以入眠。

晚冬的天气日短夜长，由于给家里寄钱的迫切心情，天不亮他就醒了，借着灯光穿好衣服，要在天亮之前赶到王书记家，他出门一看，冬夜里满布乌云的黎明前，伸手不见五指。大山区冬天的天气出奇的寒冷，这几天虽未下雪，但路边的杂草都被厚厚的白霜覆盖着，微微的寒风在他脸上拂过之后，脸上的温度荡然无存。他拿着手电，照着路旁杂草丛生与被大雾弥漫的小路，这手电光在黑暗与晨雾的笼罩下，显得特别微弱无力，手电筒的镜头几乎接近路面，才勉强认出走的路是否正确。在这寒冷的早晨，待他走完到王书记家两公里多的山路后，天也就亮了，虽然他的两只手交换着使用手电筒，但还是几乎快要僵了。

因天气寒冷，王书记并未起床，但狗的狂吠声把他从床上吵了起来。

王书记打开堂屋门，大雾中看见院坝边上站着一人，但一时认不清是谁，便问道："是哪个？这么早！"

"王书记，我是小陈！"他连忙答道。狗还在他面前不停地吠叫着。

"啊！是小陈呐，快进屋烤火！"一听语音，王书记显然十分欢迎这位稀来之客。这条狗是经过王书记训练有素的猎狗，智商比一般土狗高得多，冬天王书记经常带着这狗出去猎些麂子回来改善生活，听出主人的语音亲热，便停止了狂吠，陈峰见狗停止了吠叫，知道对自己没有威胁，便径直走进了堂屋。

王书记招呼他坐在堂屋正中火塘旁边，他将封在火灰里面几个树疙蔸翻了起来，用嘴一吹，立即串出了小火苗，陈峰赶紧将快要僵了的手伸过去，马上感到无比的温暖。

"你一早就来找我，肯定有啥子事情，快说！"看来，王书记乐意为这小伙子办事。

"马上要过年了，我把师傅发给我的工资寄回家去缴给生产队，年底要办结算，不缴清今年的投社款是不行的，因我们太忙没时间进城，我来请问书记，你的人缘关系广，若有人进城，求他们哪个帮我把缴社款寄回去，不晓得行不行？"他恳求道！

　　"这是件小事，没有不行的，你怎么不早点呢？想要你父母收到钱交给生产队赶上办结算，是不能再拖了，今天我就找人给你办，就是没有人进城去，我派一个人进城也给你办了，你把地址写清楚，以免出差错。"

　　陈峰从衣服包包里拿出一个旧信封和伍拾壹元钱交到王书记手中说："这是伍拾壹元钱，只寄伍拾元，一元钱作汇费，地址照这信封上写就不会有错，谢谢王书记"陈峰怀着焦急的心情说道，他晓得寄钱的汇费是百分之一，汇50元的汇费只需5角钱，王书记便把钱与旧信封收好了。

　　"你师傅对你好不好？"正事办完后，王书记又关心他的学艺情况。

　　"师傅对我很好！"他平心而论。

　　"好就好，原来一些师徒之间都有矛盾，我就解决过好几次。一些徒弟都说师傅管得太严，几乎到了不能忍受的地步，传技术又太保守，并且说徒弟们的脑筋太笨。师傅又说徒弟们不尊敬师傅，还说自古以来就有'赶毛驴要不怕恶臭屁，当徒弟要受得冤枉气'的说法。你今天来得这么早，我以为你又是来找我解决你们师徒之间的矛盾呢！"

　　"不是，我们之间没有矛盾，一直都是和睦相处，师傅还说要提前教会我手艺，以后让我独当一面，不晓得这独当一面包含的是啥子意思呢？"

　　"啊！原来是这样！独当一面嘛！就是你学会技术以后，你师傅不在的时候你也可以胜任一切，必要时还可以帮他带徒弟。"王书记若有所悟地解释道。

　　"啊，知道了！谢谢王书记，我该回去了。"事情办完，陈峰觉得自己该走了。

　　"吃了早饭再走，你师傅与你们主人知道你在我这里，你就是回去晚点，他们也不敢有意见，他们若问你，就说我不准你走就行了！"王书记很自信地说道。

　　陈峰一听，知道拗不过书记，只好顺从了。

　　王书记借吃饭的机会似乎对陈峰的师傅下了一道命令："你回去告诉你师傅，离过年没几天了，今年一定要来我家过年，不要到别家去，要是不来我家过年，我对他是不客气的哟！"王书记说这话时面带笑容。

　　陈峰在书记家吃罢早饭回到他们东家的时候，确实比以往正常干活的时间晚了近两个小时，女主人的脸色显然不悦，袁师傅一见主人不高兴，便用责备的口气问道："你嘟个搞的？现在才回来?!"

"王书记叫我吃了早饭才准走，还要我告诉你，他说马上要过年了，叫我们两个一定去他们家过年，不然，他对你是不客气的!"他边说边观察女主人的脸色，他知道，自己是计时工，每天天亮干活天黑才能收工，腊月间日短夜长，所以，耽误了时间主人心中是不会舒服的。

袁师傅与女主人一听到王书记的话中既有命令性又带有开玩笑的意思，都忍不住笑了起来，气氛也就随之缓和。

"在哪家干活，就应该在哪家过年嘛，为啥非要去他家过年呢?!"女主人不知出于哪种原因，似乎不同意王书记强迫他师徒二人去他家过年的说法。

陈峰一听，心想，看来今年就不愁没有地方过年了。

在说话与思考中，他又拿起工具紧张地干起活来。

陈峰委托王书记寄走投社款十天之后，他家乡生产队在打麦场上召开了社员大会，因为年底，队长开会主要目的是处理在外从事手艺的五匠人员的投社款问题。会议一开始，队长未讲其他的开场白，就怒气冲冲地说道："会计、出纳，你们统计一下，五匠人员一共有几人？欠投社款有多大的金额，又各自欠多少？"姓付的正队长首先发言在他的职责之内，也在情理之中。

经会计一查账本，全队共有九人在外从事五匠职业，在这一年中表现最好的交了半年投社款，有的交了三个月，有的甚至只交了两个月。

"我几天前统计好了，欠半年、九个月、十个月不等，只有陈峰出去近半年，还欠三个月，是最少的!"队长话音一停，会计就说明了从事副业人员欠投社款的情况。会计说的是实情，他为啥把陈峰"还欠三个月是最少的"特别加重了语气，让全场社员都能听见，不知是几个月前陈德那顿丰盛的肉、酒、烟的情景还留在心中，还真是陈峰欠款数目最小而故意提高嗓音，只有会计本人心里最明白。

姓付的队长一听大为光火："今天召集大家开这次社员大会，主要就是解决投社款的问题，几个月前就开过会，告诉在外搞副业的五匠家属们，三个月交一次投社款，推迟了是要交滞纳金的，你们就是不听，把队委会的决议当放屁一样，你们既然不把会上的决议当一回事，那就只好征求社员们的意见看怎么处理这事了！"队长的火气越说越大，目的是发动群众，他知道社员们对五匠人员存在着强烈的嫉妒心，要让全队社员给欠副业款的五匠人员施加压力。

确实，社员们对出外搞副业的人就怀有嫉妒心和不满情绪，就更不用说他们不按时交投社款而会引发公愤，一见队长发起火来，内心的怒火如同火山爆发般地喷射出来，激起公愤的社员们便纷纷议论起来，有一个绰号叫"滚刀皮"最会弯弯绕理由的社员站了起来："依我说哇！他们在外面挣的现钱不交副业款就让他们享受算了，过完年后，大家都出去混饭吃，庄稼嘛！让队里几位当官的种就行了，我就不信，只有他们几个在外面才能混到饭吃，我们全是莽子（憨包），反正不给队里交钱也能分到一份口粮，我们在队里成年累月肩挑背磨，一年到头分点粮食吃稀饭都接不拢，他们在外不缴投社款同样可以分到粮食，人不在家里吃饭又省了口粮，家里人吃干饭都吃不完，重活又轮不到他们家里的老小病弱，只干些不用出力气的轻巧活路，按政策分粮食他们一颗也不会少分，大家想想看，他们这是几头受益……"

他越说越气，声音也越说越大！说着说着便号啕大哭起来，突然大吼一声："我不想活啦！"并向墙壁冲去要以头撞墙，慌得他身旁边一位中年人，一个快步上前才拉住了他，队长见此情况，便派了两个年轻人将这"滚刀皮"弄到人群中间的板凳上坐下来，并安排两位年轻人看住这"滚刀皮"，以免发生意外。

经过"滚刀皮"这话中既有挖苦性、又带有挑拨性、并有强烈的嫉妒性，使整个会场沸腾了，社员们七嘴八舌大声地发表着意见，这主意很好、扣他们口粮，有的社员心软又说道，还是商量着办，只要交清投社款就行了的不同意见。

正队长一看火候已到，是该他收场的时候了："大家不要吵了，更不要哭了，会计作好记录，叫他们每家定好时间，结算办清后，要是该分红款的，就将分红款抵扣副业款，分红款不够就必须扣下粮食，总之，必须全部交清副业款，才能领走粮食！要是该补社款的，就把该分的粮食扣一部分，把补社款交清后，再领粮食。"

队长借全队社员的力量，发挥自己手中的权力，使用快刀斩乱麻的招数处理好了这件棘手的事情。这年代这些如羔羊一般的社员们如此听话，不知是队长有魄力还是他手上的权力所起的作用，或者是有了权力自然就有了魄力。

"尹吉，你们家投社款欠的最多，嘟个办呢？"会计遵照着队长的决策，进入实质性阶段。这尹吉也是木工，他一直在家乡周围从事木工手艺，因家乡的工价比较低，挣的现钱既要添置工具又要补贴家里各方面的开支，所以欠投社款的数目最大。

"先把口粮留在队里我没有意见，等我把家里的猪卖了交清投社款后再来领口粮！"他是顺着队长的话意回答的。

会计逐家逐家地订好了交清副业款与补社款的日期，各家的交款方式不同但都写下了保证，到时必须交清，不会拖延。

最后，会计的矛头又转向了陈峰的父亲："陈德兄！你们家嘟个办呢？"他没忘记那顿丰盛的烟酒肉，所以他的口气很温和，他估计陈峰不会长时间拖欠副业款，希望陈德老头表态在短时间交清副业款，在众人之中树立榜样。

"据我估计，过几天陈峰就应该把投社款寄回来的，要是他不寄回来，十天之内我卖口粮也一定把投社款交清，一分不少！"陈德知道儿子的脾气，他绝不会让他父母在家为难，他估计十天内陈峰的副业款一定会寄到。

在会议刚要结束，正队长正准备宣布散会时，公社邮递员来到会场边，问道："你们生产队里哪个叫陈德？私章拿来取挂号信。"陈德老头一听收挂号信，知道是儿子寄副业款回来了，激动得口齿不清："我……我……我是……"

生产队的社员们一听到陈德又要取钱，晓得一定是陈峰寄回来的副业款，羡慕与嫉妒的目光一齐投向这位幸运人。

陈德因私章不在身上，便带着激动的语气对邮递员说："同志，你在这里等一会我回去把私章拿来，你若是很忙为了节约时间就和我一起到我们家去，把事情办后就在我们家吃饭吧！"

"好吧！在你们家吃饭最好，为了给你送这封挂号信我走了半天现在实在饿的不行了！"邮递员边说边随陈德走了，他晓得这年代有人请吃饭是一件幸事，说明自己与老百姓相比较，身份与地位是有所区别的，给他家送"钱"来在他家吃顿饭是理所当然的事。

"在外搞副业的家属们，你们看见了吗？希望你们给在外挣现钱的人写信去，叫他们都向陈峰学习，投社款是绝对赖不掉的，要尽快交清以免在家种田的社员们对你们有意见！"

刚要宣布散会的正队长，借着邮递员叫陈德取钱的机会，又给欠副业款的家属们提了一个建议，或者说是敲了一记警钟。

第五章 >>>

新年与红颜

一九六九年除夕之日，只有几天了。

在这大山区里学手艺的陈峰，已经苦干近半年，在这段时间里主要的饭食，就是这山区农民们在那几乎是45度坡地上刀耕火种所产的主粮——苞谷，这苞谷饭虽然远不及城里人顿顿吃的大白米饭，但山区的人有他们的饮食文化。社员们大部分都是文盲，但晓得苞谷饭虽没有大米饭那么可口，但对人体有益的营养成分却比大白米饭高得多，而且，这大山的人们继承了前辈们传下来的饮食传统，可以用苞谷做出许多可口的饭菜，如，酸菜汤泡用苞谷面做成的凉粉，用苞谷颗粒酿成的香甜醪糟，还有一种饭的名称更为奇特——金裹银。

陈峰初来山区时常听人们提到有一种饭的名称叫"金裹银"，但他不知金裹银这种饭食是以啥子原料或者粮食做成有着这么美妙的雅称，但又不便询问。在这几个月的生活中，他才得知是用细细的黄色包谷面掺杂雪白的大米蒸煮的干饭，因细细、黄黄的包谷面将雪白的大米表面严严实实裹了一层，看不见一点白大米的影子，所以，山区的社员们便给这种吃在嘴里满口窜、又算不上美味的饭取了"金裹银"这个雅号，陈峰暗自好笑，觉得给这种饭取名的这些山区文盲们不但会动脑筋，而且形容得出奇的准确。

这山区里以包谷为主粮的传统饮食虽然算不上美味，但对那些吃着大米稀饭，半饥不饱从丘陵地带来到这山区从事手艺的人们，在不挨饿的条件下，吃上一段时间的包谷饭，有如常用自然肥料的庄稼地突然改用化肥，只要短短的一段时间就会明显地显现出发体了。

陈峰在超强度的重体力劳动中虽然并未长有多余的赘肉，但浑身肌肉该隆起的部位明显地隆起，他现在才领会到在学校里学到"结实"二字的含义，他不管一天干多长时间的重活，也不管用多大体力，到天黑同样精神抖擞，毫无累的感觉。相比之下，袁师傅不知是年龄比他大近二十岁的原因，还是遗传基因的身体素质差，每到晚上睡在床上的时候，就不由自主地发出累的呻吟，并问道"小陈，怎么样！你累不累啊？"陈峰总是如实地回答说："我不晓得累是啥感觉！师傅你要是觉得累了就休息两天吧，这几天的活路不是多复杂，我一个人也干得了。"袁师傅却回答说："出门在外吃住都在别人家里不干活怎么行呢！马上要过年了，借过年的机会休息几天就会恢复的。"

转眼就到了腊月二十七日，几天大雪的寒冷，影响着他们干活的进度，为了把一台储备粮食的木柜在除夕前完工，不给这家主人留下隔年活计，必须在当天天黑前，把拼板缝这道工序完成才能保证第二天活路程序的顺利进行，但袁师傅似乎坚持不住了，陈峰眼观六路，一见师傅如此情况："师傅，你要是觉得太累，就让我来做这道工序吧！"

"你怕不行，这是刨拼板缝，学木工没有一年的工夫是把拼缝刨不严实的，你才多长时间！前几个月是解板，做木活最多也只有三个月时间吧，你哪个能把板缝拼严实呢？唉！今天晚上要是不把板缝拼好若是明天再拼，涂上的胶就干不了，在腊月二十九也就是后天除夕之日，这台柜子就完不了工，就要给这家人留下隔年活计！"袁师傅越说显然心中越着急。

"师傅，你就让我试试吧，你把刨拼缝的要领给我讲一讲，要是能拼严实再累我也不怕。"陈峰再次毛遂自荐。

袁师傅一听，只好说："也好，那你就来试试吧，不然，这柜子要是后天做不好只有到明年才能完工，就太对不起这家主人！"他边说边把刨板缝的专用长推刨递到陈峰手中，接着说："刨拼缝时，主要是要手稳，因为木板厚度不到两厘米，与推刨的接触面太小，手上推刨功夫浅的人很难稳住这个既长又重的拼缝工具，这一推刨从开始到结束，一定要保持在一条水平线上，刨到中段时，往下用点力，两块板接触后中段要比两头略微有点弱就最好，决不能让中段强于两头，若是中段强于两头就最容易裂缝，别人就会说你手艺太差，就很难混到饭吃！"

袁师傅一说完，这些话就在陈峰脑子里生了根，他回忆这几个月使用推刨的经验，按照师傅教导的方法运用起来。这袁师傅已有十多年的木匠生涯，一看陈峰的姿势，就觉得问题不大，眼看陈峰几推刨过后，凭直觉感到差不多了，立即喊道："停"！并把另一块板夹在码凳上说："你就按照刨前一块板的方法刨吧！"当陈峰又听到师傅的第二声"停"的口令时，就把前一块木板拿起来对着该拼的板缝一合，袁师傅一看便说："好，可以了，你就这样把这些拼缝刨出来，要是天黑前刨不完，我就给你点灯照明。"

陈峰一听更是精神百倍，他抖起神威把浑身的力气都运到一双手臂上，他依照着袁师傅所教的方法，一刨快似一刨，在天黑之前，硬是把一堆板的拼缝刨完了，他正想喊袁师傅一齐来给拼缝涂胶，但袁师傅却说："不忙，还是把这些拼缝再检查一遍吧！"

经过袁师傅严格地检查后，在里面挑出近三分之一："这些稍微有点问题，我们把这些没有问题的板缝粘好后，再把刨刀磨一磨，把择出来的这些再重新刨一遍吧。"

待陈峰再来返工这些拼缝时，天完全黑了，袁师傅只好用煤油灯来解决照明。

经过陈峰紧张而又十分认真的苦干，大约半小时后总算把这道工序圆满地完成了。

今天袁师傅虽然干着不怎么费力的活计，但由于时间太长，浑身似乎快要散架了，陈峰在感觉上虽然没有袁师傅那么累，但对自己拼缝的活计返了工，因此而耿耿于怀。

除夕这天早上，天刚麻麻亮，陈峰就起了床，袁师傅还打着鼾声。他起床后，做好了干活的准备，天也就大亮了，紧接着昨天的工序忙起来。袁师傅在床上听到外面的响声赶紧起了床，一看陈峰已在干活，有点不好意思，连忙问道，"你怎么这么早哇？"

"今天是今年的最后一天，早点把这点活路做完，早点休息，今天干完后，要明年才会干活了！"陈峰幽默地说道，师徒二人脸上露出了笑容。

经过师徒二人毫不松懈的苦干，午饭之后，便将一台崭新的储备柜交给了主人，并把工具收拾好，这家主人怀着满意的心情把干活的场地打扫得干干净净，准备过年了。

　　除夕这天下午，早上的零星小雪突然又恢复成前几天的鹅毛大雪。他师徒二人和这家主人在热烈气氛与愉快的心情之中在这异地他乡度过了这除夕的夜晚，陈峰便觉得稍有劳累的感觉消失得无踪无影。

　　为了与王书记保持良好的关系，大年初一的早上，他二人在这主人家吃了汤圆，冒着漫天纷飞的雪花踏着积雪赶到书记家，王书记一见他师徒二人，便佯装嗔怪道："我早就说过，叫你们来我家吃团年饭，啷个今天才来呢？"

　　"我们是为了把一台储备柜完工，还多亏了小陈的苦干和有力的配合，不然，昨天就完不了工，今天还来不成呢！"袁师傅解释道。

　　王书记本无责怪之意，也不再争论此事，招呼他师徒二人坐下烤火，便去泡上一大碗自产的未经过很好加工的土茶，做完这些礼节性的事后，便跟袁师傅摆起"龙门阵"，时间一长，陈峰因与他二人有年龄差距，对他们所谈之事觉得没有兴趣，他给王书记和师傅打了招呼，便走出堂屋，借这少有的空闲，去外面欣赏雪景。

　　他无所事事，穿着布鞋踏着积雪在王书记房前屋后转了一圈，去年的大寒节气刚过去几天，这高寒的大山区室外寒气逼人，断断续续地飘了几天时大时小的雪花，不但没有融化的征兆，天空中还飞舞着比早晨稍小的雪花，山上树林中偶尔的一块小小的平地上，铺有五六寸厚的积雪，有些树枝上的积雪因厚积而重，将树枝压弯，雪便自动滚落地下，某一处几棵树的树枝靠在一起，滚下来的积雪堆积一堆，成了一个小小的雪峰。在这寒冷的环境下，他不敢走得太远，因他身上只穿有陈旧的、适合室内的棉衣，达不到在雪地上抵御寒冷的条件，就算身体再强健结实，也挡不了这逼人的寒气。

　　他又回到王书记的堂屋里烤火，目光扫视着室内的一切，突然，他看到堂屋右边的木柜上放着几摞报纸，他如饥似渴地本想立即拿在手中细阅，但为了保持自身稳重的形象，他不好当着书记的面快步奔向那摞报纸，还是慢腾腾向那堆报纸走去。

　　他走近一看，有《人民日报》《参考消息》《四川日报》《红旗》，他一见这些有文字的东西，如获至宝，自从来到这大山区里半年时间，整天起早贪黑，重复着那些做家具与解木料所需要的机械动作，这些动作的好处就是只要在做手艺就能填饱肠胃并有微薄的收入，再就是解原木的动作犹如整天都在重复着锻炼身体的体育运动，可以练就一付好的身体，但要想对世事有所了解，那真是"风马牛不相及"了。

他控制着激动的心情对王书记说道："王书记，你和师傅耍，我来看报！"

"好！那里有新报纸，也有旧报纸，你就看吧！放在我这里也没用。"王书记未经过思索便立即回答道。

为了不打搅师傅与王书记摆"龙门阵"的雅兴，也不想受他们交谈的影响，他顺便拿了一摞报纸不管新旧，就朝王书记家一间闲着的空房走去专心一意地看起报纸，他给书记家干过活，对空着的屋子了如指掌。他看报的目的一是想看看最近有无什么新闻，二是想知道一点国家大事，再就是想和文字多接触看能否增加点知识，但看了最近几天的报纸却并没有啥子新鲜事，只是"无产阶级文化大革命形势大好，不是小好。"的广播声已经听了几年，几乎把耳朵撞起了老茧。

他细阅着报上的各种文章，不管哪种类型的文章他都不放过，新闻与国家大事都觉得乏味，只好注意每个字的用法，字与字之间的造句与它们的组合，回味各类成语的含义，他知道自己的脑海之中太缺乏文字这东西！

为了不浪费这宝贵的一分一秒，他顾不得天气的寒冷，毫不松懈地专心专意地看报，他一直就有着阅读文章的渴望，一遇见有字的纸片只要有时间，他都集中全部精力认真地阅读，要将文字这个东西填充在脑海中这个空荡荡的空间，脑海中缺少文字这个空间实在太大了，他要竭尽全力充实这很少有机会充实这十分空虚的空间

他知道自己与童年时代的小伙伴们，因为家贫无条件读书但又渴望读书而挨打挨骂简直就是家常便饭，童年时代的幼稚，虽不知"审时度势"这个成语的含义，不过话又说回来，在那"大跃进"与这"农业学大寨"的年代，任何一家的父母也无本事同时负担几个子女上学的一切开支。他晓得，虽然对进学堂读书已绝不可能，但对看书识字的想法始终难以从内心抹掉。

他边看边想：要是有本字典或词典就好了。

他聚精会神地看着报,房里没有火炉升温,两小时过后,就被冻得上牙直敲下牙,不敢再坚持下去,为了不被寒气所伤,只好又回到王书记堂屋的火塘边坐下取暖。

书记见他被冻得嘴唇发紫,连忙说:"你嘟个不搞盆火去,在那房里干冷哪个受得了哇!"连忙招呼他老婆:"张欣,快把那个小火盆拿来,给小陈搞盆火去!"

他边说边把火塘里的火烧旺盛并推向陈峰面前,陈峰被这火一烤,马上就觉得浑身的血液热乎起来,上下牙齿停止了敲打,说话口齿也清楚了,连忙说:"不用火盆了,我就在这里看,你们摆你们的龙门阵,我看我的报纸不会影响你们,那屋里实在太冷,就是有小火盆也没有这里热和,烤热前面后面同样受不了,犹如在雪地中取暖一般!"

王书记一听,忙说:"也好,那你就看吧!"说完又转向袁师傅说话去了。

这火塘旁边就是比那屋里暖和得多,他在这温暖的地方专心地看着报纸,至于王书记和袁师傅二人所摆"龙门阵"的内容,他充耳未闻。

大年初一,他在看报、烤火、吃开年饭中平静的度过了。

正月初二,在农村是开始你来我往拜年走亲戚的时间,天公真作美,大概是为了人们走亲戚方便,便停止了下雪,并有不能使积雪融化的阳光无力地射向地面。王书记家大概是书记的原因,又可能是王书记的为人太好,到他家来拜年的人太多,有亲戚,有王书记的上级,有他辖区内众多的生产队长,也有社员提着礼物来给书记拜年的。

在这众人之中有位姑娘特别引人注目,她那近170厘米匀称的身材特别抢眼珠。王书记老婆在这片天地的女人之中已算高个,她俩站在一起时,已和王书记老婆一般高矮。但只要她俩分开几步远,她那匀称、特别漂亮的身材就显得要比王书记老婆高出不少。

她皮肤洁白,一张五官端正、难以形容的美丽、幼稚的脸上无半点瑕疵,脸蛋上呈现出浅浅的红色,一双大眼睛上重叠着漂亮的双眼皮。她那艳丽得使任何男人都要陶醉的两颊上,离两边嘴角约三厘米处,有两旋深深、圆圆的酒靥,只要一说起话来,酒靥便在脸上不停地跳动,呈现得更加深美,只有一停止说话,酒靥又才恢复到原状。

　　她鹤立鸡群似的在人群中一站，有如仙女临凡，她身着农村普遍的新年素装，更显出她的自然美，任何人的眼底只要一结像那张秀美的脸庞，目光都不由自主地要在她脸上短暂的停留，且不说个个男人如此，就是女人们也不例外。

　　按说，陈峰在普通的男人中也算是一位佼佼者，他一米七五的身高，经过在这几个月不挨饥饿的条件下拼命似的干活，身体壮实得如同烈马一般，虽然皮肤比以前略微黑了一点，但若要打扮成戏剧中的文人，应该不太费事。他本来以学艺为重，从不思考男女之事，尽管他专心专意地看报，客人们太多，处处闹哄哄的，人们所谈之事，他都似闻非闻，但从这姑娘出现之后，他心中如微风拂过水面似的泛起了波纹。他是一个自制力极强的人，清楚自己的处境，便集中精力彻底摒弃脑海中的杂念，一心一意地沉浸于阅报之中。

　　他与众多客人不同，除了吃饭，就是看报或看《红旗》，从不和任何人交谈一句，就这样一直持续到正月初四，书记家的客人在初四也就只剩下那姑娘和她妈了，那姑娘的妈与王书记的老婆是俩姐妹，所以在王书记家作客的时间要比其他人长。

　　初四的下午，陈峰知道，今天只有半天的看报时间，他更是集中精力，目不斜视，仿佛已经钻进报纸里面去了，这就引起了这位姑娘的特别注意，使她想起在她们初中班里，凡是家境好的不论男生女生，专心学习的为数不多，相反，家境差的不管是男生还是女生，认真学习的比例总是比家境好的要大些。

　　她在她姨妈家拜年已经三天了，从侧面听说，这看报青年是在这一带学木匠也是解木板的解匠，她不好向她姨妈打听这青年的详细情况，她想，虽然对他不了解，以她初中同学的普遍性格与她本人的逻辑思维，这年轻木匠家境应该不会太好，要想弄清这青年为啥这样爱看这些旧报纸，看来还得动一番脑筋。

　　她一直寻找着机会，正月初四很快就过去了，到天黑这师徒二人吃了晚饭，给她姨爹姨妈道了谢，说了些客气话，以电筒照明准备走了，临走时，这青年向她姨爹借几本《红旗》，但她姨爹说这些杂志不要了，他一听王书记要送他这些《红旗》，他如获至宝地又感谢了她姨爹一番，这就更使这姑娘难以理解——这几本旧杂志到了他手里仿佛就成了无价之宝。

她对这帅气的木匠怀着一个又一个的疑问，随着时间走进了正月初五，在正月初五的早饭桌上，只有她姨爹全家与她母女俩，这姑娘一看机会来了，不过，心想还是得策略一点。

她想了想："姨爹，那两个木匠和你们家是啥子亲戚？为啥你对他们那么好？我从未见过那年轻木匠招呼人，犹如木偶人一般，好像是个不务正业的人，除了吃饭，就是看报？"她以贬低陈峰的言语向他姨爹提出疑问

"亲戚绝对不是，应该算是朋友吧！前次给我们家干活，所收的工钱还不到应该收的一半，我强行付给他们，他们还是拒收，人嘛！应该有点情意吧！所以，我请他们来我们家过年，作为回报。至于那青年吗！可不能说他不务正业，据我所知，在众解匠与木匠当中，师徒之间配合得如此好的还没见过，小伙子虽说是徒弟，依我看他的解匠技术并不比他师傅差多少，而且对人还有礼貌，至于他为什么爱看报，我也说不清，原来在我们家干活时，报纸在大队办公室没拿回来，我也不知道他为什么喜欢看报，依我看，他家恐怕无条件供他上学，农村又太闭塞，他是想了解世事或学点知识吧，因为没有书看，只好以看报来代替书本了。

"我们原来在闲谈中得知，他们家姐弟妹三人，他排行为二，一个姐姐已出嫁，妹妹已辍学在家挣工分，他上小学时姐姐上初中，在他小学期间恰逢大锅饭和大跃进年代，在那样的年代，农村中的两口子要负担几个小孩上学，困难到何等地步可想而知，应该说是直接负担不起。他现在要以看书看报增长点知识，我想也在情理之中，应该支持才对，所以，他要借杂志，我留着那些杂志也没用！我就干脆送给他，如果他若真是想增长知识，杂志应该比报纸好些吧！哪天我去把大队办公室那些旧《红旗》全部拿回来送给他，他肯定会高兴的！"王书记听这姑娘一问，就把他所想的与晓得的全部"倒"了出来。

沉默，饭桌上的人全都沉默，不知是对这年代还是对那青年的身世感到惋惜。

饭桌上的六人中，这姑娘心中可就不平静了，自己年龄不大，对世事虽不懂多少，但也没听说过有人靠看报来增长知识，这确实是件稀奇事，

自己出生于一九五四年，对大锅饭年代的往事记忆很是模糊，虽然自己也晓得挨饿，但由于人小，无需多少都能吃饱，看来怎么也比那年轻木匠幸福一点点。

她又觉得这木匠一表人才，对知识又如此渴求，生于这样的年代，干这样的活计，应该是生不逢时吧，自己的家境虽然不算好，但还勉强能维持自己上学所需要的一切费用，又想到父母为了自己读书的一切开支，整天起早贪黑、省吃俭用，若不专心读书，还真可怜父母的一片心意，也真感谢在这位英俊的解匠身上感悟到在自己有条件上学不应该辜负父母对我的期望。

初五的下午，她找了借口继续留在她姨爹家，这姑娘的妈独自一人回家去了，她心不在焉地拿出课本学习，那年轻解匠的影子在她脑海中始终挥之不去。

转眼就到了正月初七，这是陈峰和袁师傅新年过后开工干活的第三天，在异地他乡，正月初四就算过完年了，不像在自己家乡，还可以多玩耍几天。

经过几天的养精蓄锐，陈峰神清气爽，精神百倍，他并没有忘记，从一九六二年辍学后，只有这几天才扎扎实实地和文字这东西打了几天"交道"，有如久旱逢甘霖，他从报纸上了解到国家的一些政策，从《参考消息》上知道了国外的一些科学发展情况，特别在《红旗》中的一篇文章里得知英国发展最早，在二战前德国为了与英国争夺海上霸权，拼命地发展军事与制造在海上能与英国抗衡的一切舰艇……

在《红旗》中还有最使他难以忘记的一篇文章——《复制天才是美国优生学的新变种》，文章中我们国家的学者们驳斥美国人要复制大批的科学家和伟人，陈峰不晓得美国人要用啥子程序与办法复制天才，心想，大概是用某种方法"做"出一些伟人和科学家吧！他真纳闷，美国科学那么发达，他们也太荒唐了吧，人类中的伟人与科学家都是依照自然规律从自己父母体中产生出来的，怎么能"复制"或"做"呢！

他边干活边思考着这几天的收获，在初七的下午，主书记十二岁的小儿子跑来找他："陈木匠，今天上午邮递员送来了一堆信，有一封信好像是你的，因为我只晓得你姓陈，不晓得你的名字，所以没给你拿来。你是不是叫陈峰呢?"

"对,我是叫陈峰!"他一听说有信,便赶紧回答,他知道是该来信了,因年前委托王书记寄钱与寄信时,在信中就告诉父母,来信就写王书记转交。

由于是家里来的信,他迫不及待地想马上阅读,这次干活地点离王书记家很近,便向师傅请了假,快步如飞地跑到书记家,书记家的桌子上确实有一堆信,那个脸蛋上有着两个酒靥的姑娘手里拿着一封信正发呆,一见陈峰进来,连忙把信递到他面前问道:"这封信是不是你的?"陈峰接过一看,连忙说:"对,就是我的,谢谢!"

他接过信封一摸,里面装得鼓鼓的,不知写了些啥子,他怀着紧张的心情拆开一看,竟有三张信笺,他集中精力看下去……

信中内容的开头,他父亲便把他大大地夸奖了一番,说是年底结算前整个生产队只有我们一家才交清了副业款,生产队的干部在会上大大地表扬了你,要其他搞副业的"五匠"都要向你学习,你的几个好朋友和队里的一些年轻人想知道你的情况,多次向我索要你的通信地址,没有经过你同意,我也不好告诉他们,和你处得很好的几个铁哥们更是死皮赖脸地向我索要你的通信地址……

他还没看完,就将信纸装进信封。

那姑娘见他看信认真的样子,一直在旁边盯着他,他一抬头,见这姑娘的目光正对着自己,便无话找话地问道:"王书记哪去了?"

"姨爹姨妈别人请吃饭走了,表弟表妹出外耍去了,我妈回家了!"她借题发挥,一连串地回答了几个问题。

"啊……"他无言以对,灵机一动便说道:"王书记回来后,请你告诉他,就说谢谢他帮我收信!"

"好啊!你再耍一会儿再走嘛!"那姑娘礼节性地顺口答道。

"我们太忙了,以后若有时间再来找你们耍吧!"他边说边往外走,并对那姑娘一摆手:"再见!"就一溜烟似的从那姑娘的视线中消失了。

姑娘见他那敏捷、灵活的一举一动,与前几天看报时的解匠简直判若两人,见陈峰说话之间转眼从视线中消失,心中产生出难以消失的失落感。

其实，陈峰还真想和她玩耍一阵，多看几眼她那摄人心魄的容颜。但自己的处境……

他边走边回忆，家中在来信中提到那些年轻人和几位铁哥们千方百计地讨要我的通信地址，他们是啥意思呢？难道也想到我这里来吗？

他又想起这未成年的美人为啥拿着我的信发呆，还想留我和她耍呢……

第六章 >>>

同龄们的向往

陈峰在王书记家过完年后又进入紧张的学艺之中，这是他有生以来头一次不在家乡过年，当然，他家乡的人们也同样沉浸在这年代春节的欢乐之中。

自从陈峰在生产队未经任何人知道、允许突然出走后，几个月都未给他家通过信息，和他相处得特别好的几位铁哥们儿一直为他担心，但又毫无办法。后来他家里又突然收到他寄回来的信和副业款，他们既吃惊又羡慕，并对他的安全放心了，在年底办决算前又寄回钱来交清了他出去之后应缴的全部副业款，据说还给他父母另外寄了5元过年钱，这些铁哥们儿就更对他羡慕不已，他们很清楚，在外搞副业的众多五匠之中，没有哪一个五匠像陈峰这样干脆地缴清了应缴的副业款，只有陈峰一出门就旗开得胜，在他们心中误认为陈峰在外赚钱太容易了，但他们并不晓得陈峰在外经过了多少艰难、幸运与巧合，也不晓得陈峰付出了多大的体力代价，以至于取得了他师傅对他彻底的信任，才干干脆脆地把他应得的工资付给了他，陈峰不但缴清了副业款，并且还得到几块钱的奖金。

他们一直误认为陈峰找着了挣大钱的地方，并且一直坚定着他们的信念，陈峰那里就是他们前进的目标，他们几次三番地找陈峰的父亲索要地址，都未如愿，这些年轻人主意多，脸皮也厚，他们借过年这几天到处玩耍的机会，几个人凑了不足两元钱准备给陈峰父亲买点礼物，看是否能骗到他们想要的东西。这年代人人都勒紧着裤带，政府禁用粮食酿酒，那些区办企业只能收集社员们不能吃的烂红薯酿酒，他们只好花了七角五分钱，买了一斤带着苦味的烂红苕酒，又花了八角钱买了一条"经济"牌纸烟，就一齐提到陈德家里，这陈老头也深知这几个鬼灵精的来意，内心也暗自觉得好笑，心想，你们就是给我提几根金条来，也休想得到你们想要的东西，我也要牢牢地坚守住我的"防线"。

他晓得这里面有一个绰号"金钢钻"的陈刚特别厉害，这陈刚算是这几个人的头头，不过这陈老头胸有成竹，心想，我看你们几个调皮鬼今天啷个表演？

那陈刚一进屋，眼珠子如梭子般地扫遍了整个房间，虽然陈峰在家时他们经常来耍，但今天他们犹如做贼一般，他此时如发布命令一般地对他几位喽啰似的兄弟伙说道："你们几个陪老人家摆龙门阵，我来找本书看！"并问陈老头："德叔，陈峰原来在家看的那几本连环画放在哪儿的？借给我看看吧！"

"我又不爱看书，放在哪里，我也不晓得，你自己找吧！"陈德老头知道他的意图，吸着烟锅不动声色的答道。

这金钢钻一听，便把他们家饭桌上的抽屉与凡是可以放书的地方都找遍了，也没找到陈峰寄回来的信封，他如泄了气的皮球，疲软地坐在饭桌旁硬硬的板凳上说："书也没找着，德叔，你还是把陈峰的地址告诉我们吧，我们太想他了，想和他通信，问他身体好不好哇！工作顺利吗？他一人在外我们不放心，希望他注意安全啊……"

"他寄回家的信封我早就搞丢了，我记性又不好，想记也记不住，等他下次寄信回来，我一定把信封保管好，你们若要我就给你们留着要得不？"陈德老头温和地说道，因为陈峰在家时他们经常在一起玩耍，陈德老头还是要给他们面子的。

"金钢钻"陈刚一听老头子的"下次寄信回来，一定把信封保管好"，他微笑着两颗眼珠子在眼眶中滑动了几个来回，心中有了主意，晓得今天在这老头手里是拿不到通信地址的，出于对陈峰父亲的尊敬，既不好发火，更不敢强迫："记不住就算了，我们到别处去耍！你老人家好好保重身体啊！"说完后便带着他的几个哥们儿表面上垂头丧气内心却乐滋滋地走了。

陈德老头见他们说走就走，连忙说："你们的烟和酒忘了，快来拿走吧！"

金钢钻一听，装着无精打采地说道："那是我们给你老人家拜年的一点小意思，不成敬意，你就收下吧！"

"哎呀，这多不好意思啊！那你们还是吃了饭再走嘛！"陈老头急忙礼节性说道。

金钢钻一听，心中也晓得是这老头出于礼节性的说法，忙说："不用了，我们去找个热闹的地方好耍些。"

他们一伙刚走出陈德老头的院坝，"金钢钻"很得意地对他的兄弟伙说："今天虽然没有要到地址，但不是白跑一趟，应该还是有收获的，刚才我想到一个办法，一定能搞到陈峰的地址，你们猜猜，是啥子办法？"

其中一个一头黄发，绰号叫"金丝猴"的陈灵说道："我也想到一个办法，大概就是和你想的一样，这办法应该是十拿九稳，可以说是坛子里抓乌龟——手到拿来，不过最近是不行的，大概要两个月左右才能办成。"

"对，我们两个应该想到一块去了！"金钢钻一听，就知道"金丝猴"陈灵也想到只有在公社邮政所或邮递员那里去解决这个问题，其实，他二人还是从陈德老头所说的"下次陈峰寄信回来给他们留地址"的启发。

看来，上了年纪的老年人和年轻人较量时在脑筋的灵活度上是有差距的。

他们共同生活在这片小天地里，这小地名当地人叫它黑土坝，黑土坝，顾名思义就是一片不小的而且土壤既黑又肥沃的平坝了，按理说，这平坝里的社员们，应该是很幸福的，因为他们的庄稼都种在平坝的黑土里，而且全是水稻，播种、栽插、给庄稼施肥与收割庄稼，都用不着爬坡上坎，只有少量的旱地农作物种在平坝周围那不高的山包上，当然也有极少量的庄稼地在两公里远近，尽管这里自然条件十分优越，人们都很勤劳，基层干部的指挥也未见有不妥之处，但人们总是在饥饿的边沿挣扎，由于长期半饥不饱的生活已成习惯，在年长的老一辈们头脑中也就习以为常、顺其自然了，他们对富裕生活的追求与向往已经淡漠，知道自己是不可能过上温饱的日子，这一生注定要在半饥半饱的生活中走向行动迟缓的老年，继而迈向黄泉路。

年轻人和长者们思路迥然不同，他们的目光早就射出自己生产队这个小圈子，想要冲出农业合作化的无形栅栏，他们要求的标准并不高，只要能温饱就行，这就是陈峰那伙铁哥们儿或者是他们这一代青年的追求目标，在他们这伙人的小范围里，只是陈峰比他们中间任何人的胆量要大一丁点儿，思路似乎又比他们超前，因此，就比他们提前迈出了一步。

时间在焦急中已过去了一个多月，"金钢钻"陈刚觉得差不多了，便把他那伙"喽啰"喊在一起商量"大事"，并分配任务。

"大家听着，从明天开始，我们每天去一人到公社邮政所去侦察陈峰给他家写信与寄钱，没有别的意思，就是要把陈峰的通信地址搞到手。陈峰出门快一年了，对他的情况我们一概不知，以我的猜测，他肯定找到发大财的门道了，你们应该晓得我们队里的"五匠"哪个是按生产队规定的时间交清了副业款的？只有陈峰才有那本事，为了这一次一定把陈峰的地址搞到手，希望大家不要懒惰，要是把他的地址搞清楚了，我把大家带出去，我们一起发大财。明天陈喜去后天陈松去，我们六个人轮流去邮政所侦察，你们给我取了个"金钢钻"的绰号，我就不信，我这金刚钻把他的地址都'钻'不出来！还叫啥子金钢钻！大家听见没有？"他边说边用手指做了一个钻孔的滑稽动作。

"听见了！"在座的哥们儿心情激动，大笑着回答了他的问话。

"我补充两句，"一头黄发、绰号叫"金丝猴"的陈灵接着说道："明天还是我先去，陈刚你就后天去吧，我们两个应该走在前面起带头作用，谁发现陈峰寄回来的信，只把信封上的地址抄下来就行了，要是把信带回来给他父亲，他父亲肯定会怀疑，我们应该做到神不知、鬼不觉。大家都晓得，陈峰出门时一点动静都没有，但是人家一出门就马到成功了，这才叫有本事啊！"陈灵慢声慢气说得头头是道，使在座的兄弟伙都认为他考虑得太全面。

就连金钢钻也连忙说："对！我同意猴哥的意见，还是猴哥的头脑比我灵活，大家就听猴哥的安排吧！"其实，他们一起长大，他比陈灵还大几个月，但他和这位铁哥们儿说话时总是爱用猪八戒对孙悟空称呼的腔调。

这场不是会议的会就这样结束了。

不知是天意还是陈灵的运气好，轮到他第二轮的那天，在公社邮政所柜台上的一堆信中，便发现有着陈德名字的一封信，他如获至宝，赶紧拿着这封信到无人的角落里将地址抄了下来，便准备把这封信又送回邮政所的柜台上去。

但他又想到，这信封上只写着从县名一直到生产队的地址，陈峰又不是那里人，他怎么能收到呢？这里面肯定还有文章，但他又不敢撤别人的信，听说撤别人的信是犯法的，这就使他为难了，他知道从封口拆开再沾上，肯定会撕烂信封而留下痕迹。

他无计可施，便把信揣在怀中，在公社这肮脏而又凸凹不平的小街上东逛西逛地打着主意，他想若是陈刚在就好了，他肯定能想出很好的办法，当他逛到供销社的柜台边时，一眼看见玻璃柜台里面有一堆薄薄的钢片小刀，他灵机一动，便问道："这刀儿多少钱一把？"

"五分"，柜台里面的售货员答道。

"买一把。"他从衣服的口袋里摸出一枚保护得很好的五分硬币递给售货员。

他拿着小刀走到无人处，在信封封口的另一头用小刀刺进去再裁开，他紧张的心"咚咚"地跳着，他拿出信纸看起来，信的内容也不复杂，主要就是把副业款寄回来了，再就是学艺大有长进请父母放心，并希父母亲保重身体……一类的孝道话。金丝猴这才晓得陈峰并未伐木，而是在跟师傅学木工手艺。

最后又补充了一句，并加有括号：〔若父母给儿寄信时，请在信封上的地址后面加上王和先转我收，王和先是书记，信寄在他们家里，绝不会丢失，前几封信就差点搞丢了。〕

这金丝猴要的就是最后这一句，现在，他把事情全搞清楚了，便怀着激动的心情把信纸装入信封，内心一阵轻松。他看到不远处一家门口，一个老头坐在门槛上正吃午饭，便朝那家走去，在地上捡起一块瓦片，伸向那正吃饭的老头："老大爷，请你给我挑两颗米，我粘封信寄走。"

那老头一听，也不开腔，用筷子在他那菜与汤多而米少的稀饭碗底捞出煮得快要化掉的几颗米丢在他的烂瓦片上。

他仅仅用了两颗米，用两根手指捏得稀烂，便把他裁开的地方粘得毫无痕迹，他晓得要是把饭米用多了，会把信封两层之间垫高而粘不平，就不像现在这样天衣无缝了。

他又回到邮政所，假装着找信，趁别人不注意时，便把他经过"盗窃"过内容的信,放在信堆里面去了。

他非常清楚,他的任务完成得相当出色,便忍着饥饿,急忙赶回家找金钢钻去了。

他把得到"宝贝"的经过一五一十地告诉了陈刚,那"金钢钻"竖起双手大拇指,又用猪八戒的腔调连声说道:"猴哥厉害、猴哥厉害!"

"现在不是厉害不厉害的问题,下一步该嘟个办呢?他信中内容谈到还在跟师傅学木工手艺,既然在学手艺一个师傅一次只能教一个或两个徒弟,我们原以为他在家时常和我们谈论的在蓝川县伐木呢!现在才搞清楚,并非我们想象的那种情况,你看嘟个办呢?"陈灵一本正经地征求金钢钻的意见。

金钢钻一时语塞,二人沉默着。

"我们原以为他在伐木,要是伐木,人多人少都没问题,可以把这些兄弟们都带去,可是,现在他还在学手艺,学手艺怎么能去人多呢!我看还是应该给陈峰写封信去,问问他那里的详细情况,看他嘟个回答,我们再作决定吧,这封信我们要商量好了再请人写给他,嘟个写才能引起他的重视呢?我们两个都没本事把这封信写好,你就出出主意吧!"陈灵晓得他们两人只读过两年书,不说把信写得通顺,就是表达他们的本意也不可能。

"不晓得陈峰师傅还收不收徒弟?唉!就是收徒弟,一次也不会收几个徒弟,也不能把我们这些哥们儿都带去,这些弟兄们这次都出了力,丢下他们不管,太对不起他们!"金钢钻想了半天,才发表了他的看法。

"要是把眼光放长远些,当然是学艺不知比伐木要强多少倍啊!真要去学艺,最多也只能我们两人去,这些出了力的兄弟们,只好耐心给他们作思想工作,至于写信,在我们队里找人写信就会走漏我们想出门的风声,应该在我们亲戚中找人写这封信才对,你看怎么样?"金丝猴陈灵又建议道。

"好!你今天辛苦了,我明天去找我姐夫,他是初中生,虽然只读了一年,肯定比我们强得多,要是他不行,就请他在他们队里找一个人写一封信,总要得嘛!"金钢钻似乎想到一个很好的主意。

"只好这么办了,我想还是应该给你姐夫买一样东西谢谢他才对,这事还要求他保密才行，但是我们两人还凑不够一元钱，你看哪个办呢？"
这金丝猴晓得这些礼节，但是手上无钱，虽然想到却又难于办到。

　　"你说的虽然有道理，但我想不必。我去了给他许个愿，就说我们出去后，挣着钱了不会忘记他这次帮了我们这个忙！"金钢钻本着自身的条件办事。

　　经过二人反复考虑，这件事就这样决定了。

　　两天后，他二人花了八分钱，由陈刚到邮政所去寄出了他们有生以来第一封信。

第七章 >>>

重　逢

春节后的阳春三月，清明节令中。

陈峰遵照师傅的指令，去化昭城里买了几样工具，顺便把他近几个月的工资寄回给生产队作为副业款，又给父母亲写了一封问候信，并谈明自己在学艺方面大有长进，不依靠师傅可以独立做些不怎么复杂的家具了。

陈灵"盗窃"过地址的就是这封信。

由于这次他们干活的地方又远了几十里山路，所以，师傅给他安排了两天时间，来去各一天，原因他不可能一天之内徒步一个往返，并且还在王书记那里开了一张住宿证明，不然，晚上派出所查房就有被遣送回家的可能。

翌日他办完事后在回程路上由于时间充足，边走边欣赏着大山区这青山峻岭、雄伟秀丽的景色。这大山区真是名副其实，他从化昭出城就步行在通往山区的爬坡大道上，这大道坡度不陡，一直缓缓地向上延伸，步行几小时都没有一段平坦的路面，每走一步都相当费力，经常行走在这条路上的人们觉得太累人，把这种坡度的路称为"软脚坡"。

这是晚春季节，沿途的植物已经完成了一年中生长的初始阶段，处处绿意盎然，生机勃勃，它们要在夏日那火热、充足的阳光里快速生长相互竞争着。特别那低洼处刚出生两年左右的马尾松，在这春天里短短的两个多月中那嫩绿枝条竟拔高了近八十厘米，但生长在那略为高处的"同伴"们，由于土层没有低处深厚，水分也没有低处的充足，生长速度远不及低凹处的迅猛。微风一吹，长长的、刚刚冒出短短松针的嫩绿枝条随风摆动，似乎在嘲笑高处的伙伴们："怎么样！你们占据的地势虽然比我高，但我都快超过你们了吧！"

这条路是他第三次行走，前两次因为自己的前途渺茫，心中压力极大，毫无心情欣赏这大自然的美景，经过自己近九个月刻苦耐劳的拼搏，现在不同了，基本上已稳定了自己的一切，前途明显地一片光明，此时他又行走在这条路上，心情特别轻松。

这雄伟、苍翠欲滴的青山峻岭吸引着他的目光，他赞美着这大自然。

他在这"软脚坡"路上已行走了近三小时，似乎有点累了，便在路边一片草地旁边树下的一块石头上坐下来，准备短暂休息后再走。草地中各色各样的小花因开放的时间不一，凋谢的程度也有所不同，他注视着蜜蜂在未凋谢的大小花朵里忙忙碌碌地采集着花粉。一只蜜蜂显得太勤劳，两条腿上堆积着黄黄、厚厚的制作蜂蜜的材料，两条腿粗得已经不能再增添丝毫的花粉，它从花朵上起飞显得特别困难，远不及才从蜂巢中出来两腿空空的蜜蜂灵活。

一只蜜蜂不知是懒惰还是刚在蜂巢中卸掉了"担子"，当它准备降落在这朵花上时，看见这只蜜蜂艰难地准备起飞，不知它是感到羞愧，还是忙着去干活，或者认为花粉已被采光，它的腿在花朵上一弹，便"嗡"的一声飞得无影无踪。

陈峰看见这一幕自然景象后，脸上呈现出对蜜蜂难以理解的微笑，同时又勾起了他的一连串遐想——人的一生中不知哪些方面与蜜蜂有相同之处，可惜自己对蜜蜂没有了解，不知蜜蜂世界里是怎样的生存法则？

他左思右想，在蜜蜂十分勤劳的基础上得出结论——任何来到这世上的生命，都在为自己的生存与生活而忙碌着。

他又想到这小小的蜜蜂在那些花朵上将那微乎其微的花粉采集带回蜂巢，经过艰辛成为它们的口粮，但又被人们窃取后成了人间的美味，这是强者对弱者的掠夺！唉！可怜的蜜蜂啊！

他坐在树下，想起带了王书记送给他的一本《红旗》，借这稀有的空闲时间，便拿出来翻阅，但只看了两页，上下眼皮便"亲热"起来，他竭力地想睁大眼睛都无济于事，他很清楚，原因是他的睡眠一直不够，二是这季节的太阳在"作怪"——因这段时间的太阳不热不凉，晒着身上热乎乎的，有着强烈的催眠作用，农村社员们在这半饥半饱的年代，在太阳下饿着肚皮干活或走路都懒洋洋的显得浑身无力并且总想睡觉。农村的文盲们对这样的现象不能正确地理解，只好怪罪这季节使人懒惰的太阳是"懒太阳"。

为了避免在树下睡着，只好把这本《红旗》合上卷起来握在手中，继续缓缓地向上行走。他登上这条路的最高点时，这里视野开阔了，一眼望出，大小群峰尽收眼底，晚春季节，层峦叠翠的山峰上无一片黄叶。这里是一界分水岭，山峰左右沟底两条小溪并排着朝着远方的大江方向流去。

此时，他一人站在这最高点，无人与他分享这美景，独自赞叹着："太美了"！他不肯离去，决意饱览这少见的景色，由于爬坡体力的大量消耗，决定歇歇再走。

这山上处处都是厚厚、春发、被雨水洗刷过的十分干净的草地，他便在一片草地上坐下。环视着远近的群山，目光由远及近，又由近及远，想把这些山峰的形状，铭刻在脑海深处，长久不忘。

这时他突然想起："横看成岭侧成峰，远近高低各不同……"，不知是哪位文豪形容哪里美景的杰作，用在这里应该也恰到妙处。

他又朝着剑门关方向望去，想认出哪座山峰是剑门关的主峰——大剑山，但这里离剑门关太远，要在这数不清的山峰中认出大剑山，那是徒劳的，并且应该是看不见。

他经常挂念着剑门关附近曾仕豪家二位老人，不知他们身体健康否，在离开他们时，由于心情过于激动与慌乱，忘记记录老人家的通信地址，现在已经快九个月了，还无法给两位老人写封问候信，他经常想到太对不起两位老人，为此他懊悔不已。

他专心致志地观赏着这远近的奇观，已无心再看握在手中的《红旗》，他闭上眼睛，回忆着远近山峰各自的形状，又睁开眼睛对照脑海中的山峰与实际山峰有多大差别，他这样闭上、睁开，睁开又闭上，反复数次，便仰卧在这洒满温暖和煦阳光的草地上睡着了。

他在睡梦中回忆这几个月出道的经过……

由于他爬坡的时间太长，又长时间没有走这么远的山路，呈现在眼前的前途又是一片光明，精神上已无压力，虽然年轻力壮，但由于精神上的放松，时间的充足，也免不了有累的感觉，在"懒太阳"催眠似的照射下进入梦乡后，就踏踏实实的难于醒来。

这时候，从陈峰前进的方向走来一位高个子姑娘，她朴素的着装，高挑的身材，在这夏日即将来临之际，又走在洒满阳光的路上，浑身出着细汗，雪白双颊上的酒窝周围在微汗的浸润下泛出使任何人见了都会心跳的浅浅桃色。

她不紧不慢地走着，当她爬到这分水岭时，突然看见右边的草地上睡有一人，她毫无思想准备，略微吃了一惊，但又马上镇静下来，想快步走过去，一看这睡着的人右手边有一本杂志，被微风一吹，翻起几页纸片，风一停，纸片又自然合上了。她怀着好奇心，走近一看，才认出是春节在她姨爹家过年的英俊木匠，春节过后，她就再没忘记这位少见的年轻木匠，听她姨爹讲过，这木匠太勤劳，吃苦耐劳的精神太罕见，对书本知识的渴求太强烈，大概就是这木匠的这些特点使她没有忘记他的原因吧。

她从这木匠的手边捡起这本杂志，一眼就认出是她姨爹家的《红旗》，上面用钢笔写有她姨爹大队的名称，她原本不爱看课外书籍，今天出于好奇心，随便翻了翻，也没有能吸引她的文字，就把这本《红旗》放回这木匠的手边，并捡起一块小石头压在封面上，以防备风吹走这解匠的"宝贝"。

她做完这件小事后，便准备继续前行，但总是迈不开步，这木匠好像有一无形的磁场吸住了她，她不知为啥对这木匠会产生如此强烈的好奇心呢？她极力地控制着自己，想摆脱这"磁场"对她的吸引，朝着自己前进的方向走去。

她突然又想到，不知这木匠睡到什么时候才会醒来？要是醒来晚了，天黑前就到不了我们家乡那片天地，以他的经济条件，大概买不起一支手电棒吧！在这山路上没有照明要是走错了路，麻烦就大了。

她站在这木匠睡觉的路边，想喊醒他，但又不知该如何称呼，喊"陈木匠"不合适，喊"小陈"或"老陈"更不对，她为难了，突然，她灵机一动，想到现在城里对任何人都流行称"师傅"，称他为"陈师傅"应该最正确吧！

由于不到成年人，胆量也不大，又在这人迹稀少之地，要招呼一个男生，似乎太冒失了。她试了几次都难以启齿，想叫醒他的想法又动摇了，想一走了之，但又回忆起她姨爹都特别尊重这位年轻人，我又何必这么胆小呢？于是，她鼓起勇气："陈师傅！"声音太小，没有回答，她微微提高嗓音，再次一声："陈师傅！"

"喊哪个?!"陈峰在梦中听到喊声吃了一惊，在草地上一弹，便站了起来。动作之敏捷，使这姑娘从内心佩服到极点。陈峰一揉眼睛，见路上站着一位未成年的美人，但在这梦醒后一时又想不起在哪里见过，他脑子中飞速地运转着，几秒钟后，这张绝美的脸庞定格在王书记侄姑娘身上，想到王书记对自己如同亲人一般，便对这姑娘产生了尊重之感，便关切地问道："你……你怎么在这里呢？要到哪里去？"

"我在化昭读初中，昨天星期六，有点小事，我回了一趟家，今天是周末，返校上课！"

"啊……"他一时找不着合适的语言回答。

"你怎么在这里睡着了，要是再不醒来，天黑之前就走不拢我们那里！"这姑娘是以她们家的路程与她自己走路的速度计算时间的。

"刚才我在这里欣赏这美丽的景色，想把这美景永远地铭记在心，不知不觉就睡着了。我真羡慕你们有条件读书的人，虽然我们生长在同一时代，条件却有着天壤之别，我现在要想在学校读书，那当然是妄想，且不说在学校念书，就是你姨爹送给我的几本杂志都没有时间细看，天亮就干活，一直到天黑，晚上以煤油灯照明看书师傅与主人同样有意见。昨天去化昭办事，我把它带在身上，心想一有空就抓紧时间看几页，没想到陶醉在这景色之中，又耽误了看这《红旗》。唉……时间、时间真是太宝贵了！唉……"他一见到凡是在校读书的学生，便不由自主地发出羡慕的叹息声。

"你是啥子文化，啷个这么爱看书呢？"显然，这姑娘涉世未深，只能提出这肤浅的问题。

"断断续续上过几年小学后，就再没有读书的机会了，在家只有借别人读过的课本认真翻阅，除此之外，再没有见过有字的纸片了！"一提到读书，他的心情就显得格外沉重。

大概是他们两人的处境与彼此的客观条件相差太大，难以找到共同的语言，几句话之后就相对无言。

为了打破这尴尬的局面，陈峰到底比这姑娘大几岁，脑筋运转的速度比这姑娘敏锐，连忙说："离天黑不远了，你赶紧走吧，你一个小姑娘家，天黑之前若到不了学校，晚上走路就不安全，以后若有机会，我们再耍吧，今天真感谢你把我叫醒，要不然，我这一觉肯定会睡到天黑，因为我的睡眠时间不够，一直都欠有"瞌睡账"，要是在天黑以后再行这么远的路程，那麻烦就大了！"那姑娘一听到"瞌睡账"这词名，就忍不住笑了。

"你喜欢看啥子书呢？"这姑娘突然想起他对书籍的渴望，似乎产生了某种想法。

"我不晓得世上有些啥子书，也不晓得啥子书好，但我认为，只要纸上有字的，我就认为都是好书，都喜欢！"他如实地回答。

这姑娘为难了，实际上，她对书本同样不是很了解，一个从大山区到小城镇上学的女生，除了对课本的钻研，课外书从不接触。

"我那里有本小说《林海雪原》，是一位同学不要了的，不但旧了，前后都掉了好几页，我又不喜欢看小说，本想把它丢掉，想起你春节在姨夫家对书籍的渴望，就留在学校，你既然喜欢看书，下次我带回来放在我姨爹家，你抽时间去我姨爹家拿吧！"

"那就太感谢你了，你快走吧！若再耽误，天黑前就赶不到你们学校了！"陈峰再次催她。

"我这一边比你那边要近些，又是下坡路，天黑前到学校绝对没问题。"看来，这姑娘走惯了这条山路，到学校需要多少时间应该了然于胸。

他们各自朝着自己前进的方向走去。

陈峰走出两步，突然转过身来："啊！我们见了几回面，还不知道你叫啥名字呢？"

"我叫张仙碧，弓长张，人山仙，王白石碧。"这姑娘很迅速地把字拆开答道。

"我叫陈峰，耳东陈，山峰的峰。你真如仙女下凡！"陈峰笑着说道，那姑娘一听夸她，双颊上原有的两朵淡淡"红云"，又加深了少许颜色。

陈峰转过身，快步朝前走去，这姑娘还在原地未动，她盯着陈峰走路的姿势与速度，虽不能说是健步如飞，恐怕我也要小跑才能跟上，她估计着以此速度，不到天黑，这陈峰就可以到达她姨爹的"版图"上了。

今天和与陈峰的邂逅，这姑娘心中对陈峰的印迹上又加深了一层。

陈峰同样如此，他的脑海刻下了张仙碧清晰、永不消失的容颜。

天黑之前，他又回到他干活的东家，重复着他做家具的动作，似乎永无止境。

但他哪里晓得，农村中大忙季节的到来，就是这些五匠们难以逾越的一道劫难，不过，有些几乎是文盲的五匠们，有他们的处事"哲学"，自然也就安然无恙。

第八章 >>>

背景与劫难

　　仲夏初，节令就到了"芒种"。

　　王书记从上级开会回来告诉民兵连长，通知大队、小队所有大小干部到大队部开扩大会议。

　　会议上，王书记传达了上级的指示——5月5日早上突然袭击，要将在他们辖区内所有的"五匠"都集中在大队部，然后向上级汇报处理。

　　按上级每年的惯例，要将这些五匠们集中起来送到某一需要劳动力的单位，突击三十天后，将五匠们每天三角钱的极低工资做够十元作为路费再押回原籍"农业学大寨"。

　　会议刚一结束，王书记把唐连长叫到自己面前："唐连长，你等一会儿，我还有一件小事给你交代一下。"

　　所有大小干部离开后，王书记对唐连长吩咐道："你打听一下，那袁木匠与小陈他们现在哪家干活，叫他们停工两天，来我家收信，就说他们有好几封信都在我这里。一定要在我们袭击前找到他们，并且一定要到我家来，不然，把他们弄到公社去就不好办了！"

　　"好！我今天就去办，最迟明天下午他们就可以到你们家去，我们后天早上行动也来得及。"这民兵连长对他上级唯命是从。

　　"你现在就去安排吧！一定要保密，千万不要走漏半点风声！"王书记给下级的"命令"后面又加了一层"防护网"。

　　只花了半天时间，很轻松地找到了袁师傅师徒二人，这家主人上山劳动去了，他们一见面，唐连长就把袁师傅喊去半边小声说道："你们明天下午不要干活了，也不要在这家吃晚饭，王书记叫你们到他家去拿信，你们有几封信都寄在他那里，走时把工具收拾一下，恐怕有几天不能干活，具体是啥子事情，王书记会告诉你们，请不要告诉任何人说是我叫你们去王书记家的，就说你们要进城买工具！"

陈峰在这一带时间不长，又专心学艺很少与外人接触，这人是干什么的，或者是担任啥子职务，他一概不知，但他肯定这人大小有点职务绝不是一位地道社员。袁师傅虽然没给这位报信人家干过活，但他晓得是王书记大队的民兵连长，这民兵连长把事情交代清楚后，袁师傅还没顾得上和他客气几句，他就急急忙忙地走了。

袁师傅一听，就晓得是一回什么事了，象这样的事情几乎每年农忙都有一次，对袁师傅来说已是司空见惯不足为奇，在他的五匠生涯中就被遣送过几次，因此得到了教训，认识王书记就抓住机会和这主宰自己命运的当权者建立了铁哥们关系。以他估计，今天唐连长如此神秘地来报信，说明今年比往年更严一些，他知道不能掉以轻心，于是他对陈峰说道："我们今天干快点，干脆明天不干了，把工具收拾好，今天晚上告诉这家主人，就说我们明天要去化昭买工具，自从你跟我快一年，你也太辛苦了，借此机会，就算给你放几天假吧，等这次风头过后，我给你加点工资，因为你干活太踏实了，不能只给你交投社款，也该给你父母亲寄点零用钱回去孝敬他们！"

"那就太感谢师傅了！"陈峰知道，在这将近一年的时间里，虽然是在跟师傅学艺，但在闲谈时听师傅无意中透露，我这一段时间对他的贡献要比他原来的几个徒弟加起来还要大，他要真给我加点工资，我也受之无愧。

为了明天的"休息"，应该说是避难吧，他二人各自使出浑身解数，将进度大大地提高了，当然，随着劳动强度地增大，又时近夏日气温渐高，汗水也就从他们身体的各部位"争先恐后"地冒了出来。

袁师傅没有时间给陈峰道出原委，陈峰不知就里，他不好细问，只好更加卖力地干起活来。

晚饭前，他们就把明天不能干活的原因告诉主人，这家主人也理解，并在晚餐中比以往多做了两道菜，为师徒二人这几天的辛苦而犒劳。

第二天天一亮，他们就赶到王书记家，王书记十分热情地接待了他们，并递给陈峰两封信，陈峰一看，两封信都是从家里的地址寄来的，只是笔迹不同，他心中一紧："怎么一次会寄两封信来呢？是不是出了啥子大事？"他的手不由自主地抖了起来，不动声色地在脑海中不停地祷告着："老天爷保佑，家中千万不要出啥子不祥之事啊！"

当他手忙脚乱地把第一封信拆开后，粗略地看了一遍，没有什么不祥的词语，便把第二封信撕开一看，笔迹与第一封信截然不同，由于心急他便直接看最后落款，才知道是他的两位铁哥们儿给他写来的，他悬着的心才放了下来，大大地松了一口气。

好大一阵，他的心情才平静下来，他重新把他家里的那封信细细地看了一遍，内容也只是一封平平淡淡的鼓励信而已。

他又细细地看完第二封信后，才知道这是一件大大的麻烦事。

他经常在想，自己的上辈们不知是哪辈人烧了高香，或者因为习惯于行善积德，还是祖坟的风水好吗？自己一出门在最难的时候遇到曾仕豪那样的大好人，把自己似乎从危险的边沿挽救回来，正因为在他家休养了几天，又得到曾老人给的不亚于一根金条的10元钱，上天又保佑他在路上遇见袁师傅师徒二人闹别扭而要分手，经过自己的随机应变才顺理成章地成了袁师傅的徒弟，在跟一个各方面都不了解的远方师傅学手艺，似乎又悬而又悬，但是，经过自己不怕苦不怕累地拼命干活，各方面又不与师傅计较，才赢得了师傅的彻底信任，这就注定了我这一生要与木材结下了不解之缘。

他二人不一定有我的运气好。

他又思考着跟袁师傅近一年的时间里，再次经历了孟子先人所说的"劳其筋骨"，但这次并未"饿其体肤"，在这未挨饿的条件下，不但练就了一身"钢筋铁骨"，而且，还成了袁师傅的得力副手，袁师傅有时接着活计后，突然生了病不能干活，只要他在旁边略微指点，我陈峰照样可以把活路圆满地完成，在速度和某些细节上甚至有超过师傅的征兆。

他把铁哥们儿信中的意图完全领会后，就知道这事太难办了，他知道袁师傅的性格内向，不多讲话，很难看透他的城府究竟有多深，时不时露出一两句话，才多多少少知道他内心的一点想法，不过，师傅百分之百地信任我陈峰，这一点是毫无疑问的，

他再次聚精会神地看着这封信的时候，王书记和袁师傅谈些什么，他

充耳未闻。

由于心情特别沉重，尽管他装得若无其事，但今天脸上的表情是从未有过的，袁师傅和王书记还是从他一会阴一会晴的脸色上看出似乎有什么不祥之事，王书记倒不怎么样，因他和陈峰没有啥子利害关系，袁师傅就不同了，害怕他的得力副手变了心，这对他来说，就是天大的损失，于是，对陈峰便起了戒备之心。

陈峰捏着两封信，从王书记家里走出来，到房后的松树下坐下来，借着清新的空气清醒着头脑，思考着怎样处理"金钢钻"二人信中的要求。

实际情况与主意在脑海中如走马灯似的过滤着：

一是我和师傅所订口头合同期限是三年，离出师还远，我不能失信；

二是虽然我现在可以独当一面，主动权毫无疑问还牢牢地掌握在师傅手中，我不能有半点超越师傅权力的打算。

是不是和师傅商量一下？要是师傅不答应哪个办呢？

经过几小时的思想斗争，决心下定——必须赶紧给他们写回信，阻止"二金"来他这里找活干，要是信写迟了，他们真的来到这里，麻烦就大了。

他又回到王书记家，师傅还在跟王书记摆着"龙门阵"。

"王叔叔，你们家有没有信笺？我找几张写封信。"他估计他们一时不会停下谈话，只好向王书记提出请求。

"有，我马上拿给你。"王书记特别喜欢这位年轻人，从来都是有求必应。

王书记从他卧室中出来，给了陈峰一整本信笺："你拿去用吧，我不要了。"

"谢谢！"他接过信纸一看，是王书记大队的公用信笺，他转身到另外的屋里写信去了。

王书记又和袁师傅继续着他们的"龙门阵"，但这次却是以陈峰为题目。

"你注意没有，你徒弟今天脸色很不正常，大概是他家里的来信中对他有啥子不利之事！"王书记对袁师傅提醒道。

"我也看出来了，怎么一齐来两封信呢？肯定有啥子事情，以他看信的表情，我就晓得不是啥子好兆头，但我想也不是啥子大事，要不然，他现在就不会有这么平静了。"袁师傅以哲理性的逻辑推理道。

"可不可以把他叫来问问？"王书记又提议道。

"不忙，等他把信写好后，他肯定会委托你帮他寄走，他托你寄信时，你再告诉我，我再决定怎么弄清这件事，他这封信一时半会应该写不好的，不过，反正这几天都在你们家耍，又不干活，有的是时间，就是要给你多打些麻烦！"看来袁师傅分析这些小事，不算是外行。

"麻烦啥子，是我把你们请来的，就是要借此机会和你们多耍几天，要不然，明天早上一行动，你们肯定要被遣送回家的，我们就没有机会在一起摆龙门阵了！"王书记边说边笑。

"你们这次行动有多长时间？"袁师傅又关心起自己的干活时间。

"究竟哪天你们能干活，我也说不准，实际上，我们也是在执行公社的指示，不管时间有多长，你们在我家住下是很安全的，啥时候能干活，我会告诉你们，不过我想，只要明天把这些五匠全部集中再送走后，你们就可以干活了，这样算起来，我估计最少也得五天。"王书记一本正经地答道。

"我记得前几年赶五匠回家时，好些家里活路没干完工就强迫停下，害苦了不少人，今年恐怕又会发生同样事情？"袁师傅问道。

"你说的没错，我想这样对你们更有好处，只是你们两个人肯定忙不过来，就是十个八个木工也有做不完的活路。"王书记无意中又给袁师傅提供了不会缺活干的好消息。

其实，就是王书记不提醒他，这些也在袁师傅的预料之中，这是他在社会上闯荡多年积累的江湖经验。

"你在你们大队和公社范围内朋友很多接触面也很广，哪里有活计，你告诉他们，就说我们没有回家。"

"这一点我晓得，你们的手艺又好，为人也不错，最重要的是你们师徒配合得好，不像有些师徒三天两头吵架，有些家里最忌讳匠人们吵架。"王书记似乎在提醒他。

"主要是小陈太有教养，最能吃苦，人又不懒头脑又聪明，学啥子都是一说就通，见眼就会，又不计较得失，这样的徒弟太少，我原来的几个徒弟奸狡巨猾斤斤计较，做事只想捡便宜从不吃亏，所以对教徒弟我已看淡，这个徒弟过后，我也不想再收徒弟了！"说起教徒弟，袁师傅似乎心灰意冷。

"你也不能把话说得没有退路，你有这份好手艺不教些徒弟，岂不是太可惜了，你现在的徒弟小陈不是很好嘛！"王书记在提醒他。

"你说的虽然也有道理，但像小陈这样的徒弟有几个？一生哪能遇上几个像他这样懂礼貌的年轻人呢！"袁师傅对以前几个徒弟在心中产生的阴影未消。

"你以后若再收徒弟，不管他们是什么人，教徒弟还不是为了抓收入！只要能算得过经济账，收入大就行嘛！"王书记又给他出谋。

"这……"袁师傅不愿再和王书记争论下去，这些道理早已在他脑海中根深蒂固，只是他不明说而已。

树荫以太阳向西旋转的速度向东方移动，书记的老婆来招呼他们吃午饭。

陈峰的心情特别沉重，对吃午饭没有胃口，袁师傅与王书记两口子几次招呼他，都被他谢绝，他全神贯注地给他的铁哥们儿写回信。

并未读过几年书的陈峰，要写一封比较复杂的信，真是太难了，经过几次的修改，一直到下午才大功告成。

翌日，他把这封充满着义气、责任与友情的信封好后，递到王书记面前说："王叔叔，我把这封信放在你这里，邮递员来后，请你帮我寄走吧！"

"那没问题，你就尽管放心吧！"王书记以十分负责的口气说道。

陈峰到现在才觉得办完了这件大事。他跑到王书记房后，如释重负地瘫软在厚厚而又松软的草地上。

袁师傅一直注意着陈峰的一举一动，他很清楚，若是陈峰起了二心离开他，自己将要遭受巨大的经济损失。

当陈峰无精打采向王书记房后走去时，袁师傅便观察着他慢慢远去的身影，他一见陈峰仰卧在草坪上，便转回来从王书记手中要来陈峰辛辛苦苦写了大半天才写好并要寄走的那封信。

他拿着这封信，想知道陈峰究竟写了些啥子内容，对他有多大的损失，但不知怎样打开才看不出痕迹。

他慢慢地观察着从何处下手，突然想起信封封口是陈峰用包谷米饭黏合的，他知道这饭米的黏性不强，便从封口上慢慢地拆开，拿出信纸看起来。

他现在才感觉到拆别人的信是不道德的，而且还是对他最为忠实的徒弟的信，脸上不由自主地发起热来。

"我要是不拆开看清楚里面是什么内容，我就不晓得他会搞些啥子阴谋，我对他的操心岂不白费了！"他又自找理由自我原谅自己的不道德。

当他把信看完后，才知道陈峰信中所谈内容不但对他无丝毫的不利成分，而且还处处为他着想，他立即感到自己仿佛是一个鸡肠小肚的小人，实在对不起这位对自己忠心耿耿的徒弟，不由得脸上又一阵发热，恨不得搞自己两耳光。

他一阵自责之后，不愧是江湖老手，突然灵机一动，觉得按信中之意，大有文章可做，陈峰信中的主题是坚决不同意他的两位铁哥们儿来这里学木工手艺，主要原因是怕他们来后给自己的师傅添麻烦，师傅年纪已大，不愿给师傅增加负担，等与师傅合同期满后，一定不会忘记他们，自己再教他们手艺不迟。

"这当然是他的好意，也是对我的尊重，但他陈峰太嫩了，一点不懂江湖中的深奥。"袁师傅这样想到。

"这封信我是不会让他寄走的，以他信中的意思他哥们儿对学艺的愿望太迫切，他们接不到信，一定会来找他，他们一来到这里，我若不收他们为徒，陈峰是绝对没条件安排他们，只有贴路费叫他们回家去，在他一筹莫展的之际，我就出面给他们解围，只要我把他的二位哥们儿收为门中，他陈峰绝对会感激我，对我就会更加忠心，他的两个哥们儿也同样会感恩于我，我的收入就会成倍的增加，只要有太大的收入，就可以把王书记的关系建立得更加牢固，在王书记的"版图"范围内，有王书记这靠山，要养活我们四个手艺人的活路是绰绰有余的，就是再增加四人，也有干不完的活路！"袁师傅心情激动地盘算着

他在脑海之中这么一计算，突然想起人们常说的有"一箭双雕"这句古话，"雕"是啥子我不懂得，反正是一箭射出去，就会射下两只雀雀

来，而我的这一"箭"射出去，掉下来的就不啻是两只雀雀，而是不知有多少"金元宝"要掉进我的钱包里来。

他打着如意算盘："陈峰对人如此忠厚，他的朋友就是再狡猾，只要有陈峰一半的为人，我也就满足了。"

他又转念一想："这事是不是和陈峰讲明叫他把他的两个哥们儿喊来呢？虽然拆了他的信，但又收了他的两位哥们儿为徒，也算扯平了，不但顾全了他陈峰的脸面，也帮了他的大忙，就没得啥子对不起他，相反，我要是把信寄走，他的二位哥们儿不来，我倒是对不起他陈峰。"他在心中反复地自我辩解，又自圆其说。

他想到王书记智商很高，还是应该听听王书记的意见再作决定吧！

他装着这封关系着陈峰两位哥们儿的前途、陈峰的脸面、自己增大收入后与王书记关系的信，去找王书记"运筹"去了。

他先把陈峰的信拿给王书记看了后，又把自己的想法完完全全地告诉了王书记。

书记就是书记，脑筋的转速就是要比一般老百姓快几圈，袁师傅话音刚落，王书记就果断地发表了意见："你的想法完全正确，不要把这封信寄走，虽然拆别人的信应该说是触犯了法律，但也犯不了多大的法，你也是为了他朋友的前途，为陈峰的义气作想，你把他两个哥们儿手艺教会后，以后再把这事告诉他们，他们不但不会埋怨你，肯定还会感谢你做得对。现在我们全公社的手艺人明天就要集中在公社，决定后天要送往区上，找某某单位苦够他们的路费后再由区上派人遣送回各自的原地，这些人一走，他的两个朋友一来你们也仅仅只有四个人，不说你们四个人，就是十个人，也做不完我们这一片的木工活路，既然你打算不寄走这封信，就应该作好他两个哥们儿来后，怎样合理地安排活路的事了。"

"这我晓得！"看来袁师傅已成竹在胸。

他二人打定主意后，便将陈峰辛辛苦苦写了近一天的信用火机解决了。

为了避人耳目，袁师傅师徒二人在王书记家整天吃了睡，睡了又吃，也不到处乱窜。只有陈峰借这难得的机会，整天泡在报纸与《红旗》之中从不浪费一分一秒，偶尔，他们也到山坡上密集的树下呼吸着这天然氧吧里的新鲜空气。这大山区的人家大部份都是独家独户地居住，很难被人发觉，就是被人发现，出于对"土皇帝"的淫威，社员们也只是睁一只眼，闭一只眼，这就是人们常说的："看见的没看见，听见的也就没听见"了。

第九章 >>>

路途中

陈峰的铁哥们儿"二金",自从寄走了那封关系到他们一生前途的信后,便天天计算着时间,但总觉得时间过得太慢,一封信的往返时间最长也就是二十来天,他们盼星星、盼月亮地等了近两个月,还不见回信。"金钢钻"陈刚内心虽然着急,但还未表露出来,"金丝猴"陈灵由于出门之心过于迫切,似乎快要急成"银丝猴"了。

陈灵几夜没有合眼,几乎到了难于控制的地步,于是,他找到金钢钻商量:"我实在不能再等了,我准备去找陈峰,你的意见如何呢?你就是不去,我一个人也是要去的,弄清他为啥不给我们写回信,他是不是现在有了美好的前景,就把我们忘了不成?我去后,他若不给我找活干,我就找他要路费回家!"他越说越气,看来,以他今天说话这口气,这"金丝猴"似乎要成为"赖皮狗"了。

陈刚一听,一时难以下决心,他想了想说:"你的主意对不对我不晓得,但是,你和我一去就是两个人,要是他的师傅不肯收留我们哪个办呢?让陈峰负责我们二人回家的路费,他如今还是徒弟,他承担得了吗?要是求他师傅收我们为徒,一次也不能收下我们两个对木工一窍不通的生手徒弟嘛!加上陈峰就是三个,他师傅有一齐能教我们三个徒弟的本事吗?"这陈刚本来很鲁莽,但这回考虑问题却全面。

"依你这样的说法,我就不该告诉你,我就应该一个人悄悄地去找他,他师傅一次不能收下我们两个,收我一个总可以吧!但是我一个人走了又觉得对不起你这铁哥们儿!哪晓得,和你一商量,你只会往我头上泼冷水!"陈灵越说越生气,似乎快要压不住火气了。

"不是泼冷水,我想要是我们两人一齐去,他师傅还不是只有一个头一双手，又不是哪吒太子能变出有三头六臂来！"陈刚又反击道。

"不管你哪个说，我是坚决要去的，我经常听人说，人的一生要想有所作为，就得有冒风险的胆量，陈峰还不是敢冒风险，才得以有今天！"以陈灵的口气，他出门的决心下定了。

这"冒风险"三个字，不知一下触动了陈刚的哪根神经，不由自主地一拍大腿说："对！你说的完全对，不敢冒风险哪会有成功，规规矩矩在农村种田，永远也没有出头之日，转眼一年又过去了，说明白一点，就是浪费了一年时间，我同意你的意见，我现在就可以决定！但我们又没出过门，哪个走法呢？"他未加思索似的说道。

陈灵一听金钢钻同意他的决定，就转怒为喜："这就对了嘛！究竟该哪个走就要我们经过商量才能决定，我们两人的路费从何而来还不晓得！这路费之事肯定要请求我们的父母筹集，他们同不同意我们出门还是个问题，路上要什么手续才能住宿，据说没有证明会被关进派出所而后又被遣送回家的危险，这些问题不搞清楚，在路上又被遣送回来那麻烦事就太大了嘛！"

"当然要告诉我们的父母，要求给我们筹备路费，不然哪来的路费钱呢！我们去打听那些出过门的，弄清楚路费要多少，路线该哪个走，遇到哪些问题该哪个处理，了解一下那些出过门的人对我们要走的那一路线各方面的情况才能作决定！"陈刚建议道。

"没听说我们生产队哪个走过陈峰那个方向，就是有也不能在我们生产队打听嘛！"陈灵又提醒道。

"你说得对，只好又去问我姐夫，看他们队里有没有哪个走过那个方向，要是有就好了！"陈刚同意陈灵的说法。

经过金钢钻两天的走访，终于得到了他们所需要的一切——从本县县城至广利县城汽车票价五元七角，从广利县城至化昭火车票价三角，下火车后就全是步行进入大山区，以陈峰信封上地址所示，就应该在那片大山区里，具体位置只有靠自己徒步寻找了。

他回到家后，把这些数据告诉了陈灵，经他二人精确的计算后，有十元钱就可以到达陈峰那里，汽车和火车票价共六元，剩下四元钱就是路上的住宿与伙食费，当然，这四元钱他们是不敢在路上挥霍的。

可是，这十元钱从哪里来呢？他们很明白，只有求助于各自的父母，因为只有靠卖口粮，才是路费的唯一来源。

他们回到家后，各自向自己父母提出，自己要出去闯天下，要求给他们准备路费，使陈刚没想到的是受到他父母的坚决阻拦，并且挨了一顿臭骂。

第二天，他们再碰头时，金钢钻一脸的沮丧，金丝猴一眼就看出情况不妙。

果然，不等他开口，金钢钻就说："昨晚上和爹妈吵了一晚上，他们就是不同意我出去冒险，还说我一定要走，就自己找路费，你看哪个办呢？你们家里是哪个说的呢？"

"开初，他们也不答应，经我再三劝说，分析了陈峰的情况后，他们总算答应了，还说，下一个赶场天就去卖三十斤米，作为我的路费。"金丝猴轻松地说道。

"今天星期二，星期天赶场卖了粮食有了路费，下星期一你就可以动身走了，依这样算起只有五天了！"金钢钻算了算时间心急如焚地说道。

"你赶紧回去，今天晚上再和他们谈谈，就说我们两个一齐去，看他们哪个说！"金丝猴又建议道。

"只好这样了！"金钢钻有气无力地回答道。

他垂头丧气地又和金丝猴分手走了。

晚上，经过两个多小时的口舌之争，陈刚并没有说服他的父母，他父亲并说明他如果跟陈灵走了，还要找陈灵父母的麻烦，并要向生产队告发说是陈灵拐走了他们的儿子，他父母还听说前几天有几个"五匠"就是被派出所遣送回来的，个个饿得成了皮包骨头。

陈刚不亏有"金钢钻"这样的绰号，他一边和他父母争吵，一边思考着他父母的顽固思想，晓得他今晚上绝对说服不了他的父母，他灵机一动，突然想起看露天电影时，电影里面的八路军或者古代的战争中经常有"不能力敌，只好智取"的计策，还有那些小人书也就是连环画中的抗日游击队在敌强我弱的情况下都采取以退为进的办法，我是大家公认的金钢钻，我就不相信闯不过这一关，在表面上他装着败下阵来。

他想到这里，连忙说："就依你们的吧，我也不敢和你们争了，不走就不走吧！反正在家挨饿我们就一起饿吧，你们也不要找陈灵家的麻烦，你们也晓得像我们这样年龄的人每顿吃稀饭肚子饿的特别快，若是肚子饿的实在受不了，没法挣工分，就不要怪我懒惰哟！"说完几句耍赖皮话，就睡觉去了。

他仰卧在床上，那里还有啥子瞌睡呢！在暗淡的煤油灯光下鼓着眼睛看着蚊帐顶横着心不停地思考着："我只是没有钱作路费，要是有路费钱，我才不告诉你们呢，早就逃出农村这活受罪的地方，又想到陈灵要不了几天就要跳出'农门'，他的路费是他父母卖口粮得来的，卖口粮这条路要想在我父母身上肯定是走不通的，只有按照刚才想到的'不能力敌，只能智取'这个主意，但是这话是在战争中对付敌人说的，我哪能用在对待自己的父母身上呢？难道说我要把自己的父母当成敌人对待了？"想到这里，他在黑暗中忍不住苦笑起来。

笑过之后，思考又进入了正题："敌人就敌人吧，我又不是把他们当着真正的敌人，我这作法还不是为了一家人的生计，但又怎样智取呢？陈灵的路费是靠卖口粮得来的，就是爹妈同意，我们家也只有在口粮上打主意！家里的米快吃完了，前几天我妈就叫我挑谷子到场上去打米。"一想到这里，突然心中一亮："有办法了！"在这激动之际，差点叫出声来。

打定了主意，他放下心来，便把他的几件衣裤用布袋装起来，带着微笑进入了美好的梦乡。

第二天，他悄悄带着他的几件补丁衣裤满面春风地找到了陈灵，把几件主要的换洗衣裤交到陈灵手中，意欲在他离开家时就不当着他父母拿衣服。金丝猴一见他喜气洋洋，心想一定是大功告成，连忙问道："你爹你妈同意了？"

"没有，纯粹是两个老顽固，啷个会同意呢！"他轻松地答道。

"既然他们没有同意，你高兴啥子呢？"陈灵不解地问道。

"我想到一个办法！"他一脸喜色地答道。

"啥子办法？"

"就是'不能力敌，只好智取'！"

"啥子意思？"陈灵听了这句难于理解话，一脸茫然。

"昨晚上我们吵了近两个小时，他们也不让步，我看不行，突然想到

'智取'这个办法！"他越说越得意。

"啥子'智取'办法，你快点明说好不好？"陈灵等不得了。

"你又嘟个智取呢？"陈灵笑过之后又问道。

"我们家的米快吃完了，前几天就叫我挑谷子到场上去打米，我想把打的米在场上卖掉30斤作为路费，只要有了路费，直接从场上就走了。这难道不是'智取'么？你把这几件衣服放在你家吧！以免我去打米在家里拿衣服。"他一脸的得意之色将行李包递到陈灵手中。

"你真不亏有'金钢钻'这个绰号，只是这样做会惹你父母亲生气的。"陈灵提醒他。

"我顾不了那么多，只要逃出去能挣钱回家，到那时再回报他们，就怕跑出去又被派出所遣送回来就麻烦了，卖掉几十斤大米，若是再回来，以后口粮就会更加紧张，只要在陈峰那里有活干，家里少一个人吃饭，口粮就不会有太大问题！"说到这里他又担心走回头路。

"不管怎样，我们要向陈峰学习，要有红军老前辈二万五千里长征的精神，风险再大也要勇往直前，决不后退！"陈灵一听说口粮紧张，也害怕偷跑出去在外面站不住脚。

"你说得对，我们就是要向红军前辈们学习，不但要有他们走二万五千里路的精神准备，还要有他们不怕过雪山草地那样的艰难险阻，我想我们再艰难，也达不到长征的万分之一！"陈刚也道出了他的看法与决心。

实际上，他二人把他们这次行动与长征相比较虽太牵强，但用几十斤大米与准备进派出所被遣送回家作赌注，却又是一大风险。

"既然我们出走的方案就这样初步决定了，下一步就应该商量嘟个走法呢？我现在是不能和你一齐走的，要是我们一齐走了，我爹妈恐怕要找你们家的麻烦，你看嘟个办呢？"陈刚又征求陈灵的意见。

"要是这样，你就先走吧，我们约定在哪里碰头就行了。"陈灵又建议道。

"这种办法我也想过，觉得行不通，卖米要当场那天才能办到，就是提前去把米打了卖了，我先走到哪里等你呢？要是在县城等你，每天的伙食与晚上的住宿费不知要花多少钱，这样算起来，卖五十斤米都不够用，若是卖多了，又怕家里的人吃稀饭都接不拢！"金钢钻不忍心家里人遭受挨饿之苦。

"这嘟个办……?"金丝猴也一筹莫展。

"……"他二人沉默着。

这二金各自在大脑里紧张地"运筹"近半小时后,陈灵发言了:"我看这样吧,今天星期四,我明天就不去队里干活了,我叫我爹出去传言我已经偷跑了,你装作不高兴,在队里干活也传言我跑了,我借这两天的时间去找我舅舅借点钱和找点粮票,没有粮票在饭馆里是吃不着饭的,我进城去把广利县的汽车票买好,并当天赶回来,住在我舅舅家里,你这几天装着生病,在星期天去场上打了米并变成钱,我们约定在场上见面。据说路上还要什么证明才能住宿,不然,要是被派出所抓着是要被遣送回来的,我去找我舅舅把这些事都搞清楚,后天星期六天黑了我再回家来,具体嘟个安排,后天晚上你到我们家里来见面再决定吧。"这陈灵脑海里经过近半小时的"搅拌",把各方面都考虑到了。

"好,就这样决定吧!"金钢钻这几天心情很乱,只好同意陈灵的安排。

第二天,陈灵跑了的消息,经过他父亲和陈刚一传十,十传百,不到一天,整个生产队的社员全都晓得了,陈刚上午在队里劳动时散布谣言后,吃了午饭后就"病"了,便在他父亲那里要了一块钱,去找医生看病去了。

他一到药铺,就对抓药的医生问道:"把荆芥和薄荷各称二两,一共多少钱!"他经常听到人们说的一句幽默话,荆芥、薄荷,吃了快乐!究竟是怎样的快乐我今天来体验一下,这几天心情太差,吃了这两种药后看究竟是不是有快乐之感觉?

"七角八分。"抓药的老头拨罢算盘珠子答道。

于是,他提着一包"药"回到家,不等他妈看见,自己倒进药罐熬了起来,他喝完药后,便倒在床上养起"病"来,他妈一见,又把一床旧铺盖给他加盖上说是发汗,他妈一走,他一脚就把那两床铺盖掀在一边。

星期六的晚上,金钢钻一付病恹恹的模样在他父母视线中消失了,按照与陈灵约定的时间见面后,陈灵说道:"明天就是当场天,你爹安排你去打米了吗?我把一切都搞清楚了,就等你来我们商量嘟个走法?"他边说边拿出一张只盖有公章的旧信笺，并说，"这是我舅舅搞的一张使用过的证明，他托人把上面的内容用化学药品全部退掉了，因为印油在纸上是退不掉的，就成了一张只盖有公章的空白证明，只是这信笺纸经过药水浸蚀后显得十分陈旧，我们现在就可以在这上面任意填写我们所需要的内容，只要在路上不被派出所查出来遣送回家，一到陈峰那里就安全了。据我分析，他信中提到他的信是托一位姓王的书记转交给他的，这就证明，他们和那位王书记的关系非同一般，王书记那里就是他们的根据地，也就是他们的靠山，我敢肯定，只要找着王书记就万事大吉，因为是一位书记，就有他的一片天地，我们在这空白证明上面填上是去王书记家走亲戚的，但这证明又请哪个帮我们填一下呢！这上面的字体不能写得太丑，我认识的人当中钢笔字写得好的人又不能找他们填写，能保密的人又没有哪个能写出很好的钢笔字，这就使我为难了，所以又回来找你商量哪个办？"

陈刚边听边暗暗吃惊："陈灵这两天弄清了这么多问题，自己也应该出点力才对，否则，有辱自己那金刚钻的绰号了。"

陈灵话一结束，他便接着说："我明天一早就去找我姐夫想办法，求他一定把这件事给我办了，回来后再去打米，明天下午我们在场上打米房那里见面吧！千万不要让熟人看见了。"说完，就告别了陈灵和他父母，回家去了。

陈刚一回到家他妈一见就问道："感冒怎么样"？

"差不多了！"他以不高兴的口气答道并上床睡觉。

他睡在床上，思考着明天"前进"的步骤。

天一亮，他就起了床，他父亲一见，命令似问道："今天怎么样，要是感冒好了，就去把米打回来，你妈刚才对我说今天不去打米，明天就没有米下锅了！"

"既然米没有了，就算感冒没好，也要把这件事办了，挑不动太多，少挑点也要去！"陈刚一听，脑子里高速运转着："天助我也！我正愁还没找到去打米的理由，在山重水复之时柳暗花明的奇迹出现了！"他父亲的话一停，便毫不犹豫地接受了去打米这任务。

他心中暗想，应该改变原来的计划，先去姐夫那里才正确，因为去场上的大路虽然不经过姐夫的家门口，就算多绕几里路也比往返一趟划算。

他很快找来了一挑箩筐，和他母亲装满了一挑谷子，用秤一称，已有一百多斤，心想，为了跑快些，还是少挑点好，于是说道："我今天感冒还未全好，只装80斤就行了，多了挑不动。"

他挑着这80斤重的担子，出门时慢腾腾地走着，刚一躲过他父母的视线，便抖起神威，那80斤重的担子在他肩头上就没有多大份量了，如腾云驾雾般的跑到了他姐夫的家中，当然，已是汗流浃背。

他见着他姐随便招呼了一声，并未听清他姐对他父母的问候，便心急如火地向他姐夫说明来意之后，他姐夫回答说："这事没有问题，我和我们队会计关系很好，我叫他给你填好就行了，他经常给我们队里的人写证明。"

"那你就快点吧！不要耽误，我们买的车票是明天的，我今天还有好多事情要办！"

"你这么着急，嘟个不早点来找我呢？大便急了，才临时挖茅坑！"他姐夫采用农村中惯用很粗的土话笑着说道。

"我们这次是突然行动，说早了，就不能保密。你今天必须去赶场，我还有件事需要你帮我办呢！"话中带有强迫之意。

"还有啥子事情呢？"他姐夫问道。

"现在一下也说不清楚，你把证明填好后，最好马上赶到场上来，一切都会清楚的，我在打米房外面那块坝子里等你。证明就依照这张单子的内容写不知行不行，要是不行你就帮那填写证明的人参谋一下写得更通顺一些最好！"他把一张盖有公章的旧信签和填写证明所需要内容的单子交到他姐夫手中，就急急忙忙地告别了他姐夫和他姐，挑起他的谷子箩筐朝着场上的打米房奔去。

经过近半小时的排队，当他从打米房挑着打好了的米箩筐出来后，他姐夫还未来到他们约定的地点，他只好心急如焚地在那里等着。

大约一小时过后，他姐夫才来到他们约定的地点。

一见到他姐夫的到来，如见到救星一般："你终于来了哇！"

"你还有啥子事情要我给你办呢？快说吧！"

"我老实告诉你，我这次出门一分钱的路费都没有，我爹我妈又不同意我出门闯荡，我今天只好借打米这机会卖三十斤米作路费。我走后，请你帮我把剩下的米和箩篼挑回我们家去，并对我爹我妈作点工作，希望他们不要为我担心，我已经是大人了，不应该在农村靠整土地生活，你看那画报上不是写着'中华儿女志在四方'吗！"他边说边用手指着对面墙上贴的一幅几位青年目光炯炯眼视前方的宣传画。

"你以为那幅宣传画指的是你们这一类人吗，你太自信也太牵强了吧，看来你对那幅画是不理解的，哈哈……"他姐夫边说边大笑起来。

"我不管它指的是哪类人，我也是中华儿女，我就是不愿在农村种田，我的志向就是要在四面八方！生产队至公社在大会小会上都教育社员：'农村是一个广阔的天地，在那里是可以大有作为的'，合作化已经十多年了，大家还是食不果腹，在农村也没见到哪个有什么作为，这'中华儿女志在四方'的宣传画到处都张贴着，开会时常说农村大有作为，不要到处乱跑，这画报上又说要'志在四方'，这些当官的这样做是不是自相矛盾呢？农村青年们的志向究竟应该是'志在四方'？还是永远在农村寻找那看不见的"作为"呢？"经他这么一辩解，他姐夫似乎觉得也有点道理，找不到合适的语言反驳，便不再和他争辩了。

"既然是这样，那我们就去找买主吧！"他姐夫接着他的话尾说道。

他二人在街上转了一圈，很快就把以米换钱的事情办好了，陈刚手里捏着钱后，一颗悬着的心才算落到了原位，他姐夫又拿出两元钱对他说："你只有十元钱，在路上恐怕太紧张，我给你两元钱作预备吧。"

"算了吧，你们家并不比我们家富裕，我是不好意思收你这两元钱的！"他摆了摆手不愿接那两元钱。

"这是礼节问题，你出门闯荡我们就该支持，你若不收就不对了！你是不是嫌少哇？但我又拿不出更多钱支持你啊！"他姐夫口气十分坚决地解释道。

"依你这样说，我只好恭敬不如从命！"这年代，两元钱确实算一份重礼，他只好收下了。

"我的证明呢？"他接过钱后又问道。

他姐夫拿出填好的证明交到他手中并说道："现在正是农忙季节，农业学大寨到处都搞得火热，我晓得前几天就有几个五匠被派出所遣送回来了，你们在路上不要多话，也不要多事，一到目的地，就给我们写封信回来，以免我们对你提心吊胆，你的米箩筐我会给你挑回去的，你就放心吧！"他姐夫说完便把装有糠和米的箩筐挑走了。

"啊……"他一听有五匠被遣送回来，心中为之一震。

现在一切都办完了，就差找着陈灵，本来昨天约好今天在打米房这里见面，现在陈灵怎么还没来呢？

他不敢走得太远，只好在打米房附近不易被人发觉的旮旯里等着。

一直等到场上人快散尽，陈灵才幽灵般的不知从哪里钻了出来，东张西望地到处找他，于是，他便迫不及待地从那旮旯里快步来到陈灵面前。

"你的事情办得啥样了？"陈灵一见面，就焦急地问道。

"哎呀！万事齐备，就差你了！我在这里等你恐怕有两个多钟头了吧！"一见到陈灵，陈刚才轻松地答道。

"那就好，我们现在决定哪个走法呢？"陈灵征求他的意见。

"不是说好现在就走吗！难道又有啥子变动？"陈刚不解。

"没有变动，我是担心路费太紧张。我们每人只有十元钱，今天晚上要是住在县城，今晚上的住宿和伙食费至少要花掉一元钱，每人还有九元，去掉汽车和火车票六元，还剩三元，这路费能走拢陈峰那里吗？要是走不拢，在路上没有钱就不得了哇！而且在县城住旅馆还要证明，不知那证明行不行呢？"陈灵既担心路费不宽余又担心住宿的安全问题。

"不怕，刚才我姐夫又送给我两元钱，我一共就有十二元，应该没问题吧！你看这证明的字体怎么样？"他说完又把证明递到陈灵面前。

陈灵一看："这字当然写得很好嘛，我想这样，你看要得不？为了在路上不受紧张，我们今天晚上就不去县城里住，等到天一黑，我们两人就到我们家去，在我们家睡到半夜，就起身去县城，估计走拢县城天刚亮，今天晚上就不会有开支，从明天开始才花我们身上的钱，这样既节约了今晚上的住宿费又节约了伙食费，不过，这样走太累不说，今天晚上就睡不好瞌睡了，要是这样安排，路费肯定就不会太紧张！"金丝猴计算得真精细。

"猴哥想得真周到，依你的想法我们最少可以节约两元钱，为了路费宽松点，就依你的吧！今晚上再苦再累也不管了！"金钢钻从内心佩服金丝猴考虑事情真细致。

他二人离开大路，绕道走在他们队里赶场的人从来不走的田塄坎小路上，在一个小山包上坐下来，等待天黑，并观察着他们赶场的必经之路，看见生产队几个经常喜欢在场上没有下酒菜喝寡酒的人醉醺醺地朝回家方向走去。

天色在他们焦急地等待中缓慢的黑了下来，当他二人回到陈灵家里时，他们家里人和所有的社员一样，为了节约一顿晚饭的粮食和照明煤油，并未煮晚饭，正准备睡觉，陈灵的父母一见他二人回来都吃了一惊，陈灵父亲忙问："你们啷个又回来了？"

陈灵便把他们怕路费不宽裕的想法对他父亲讲了一遍。

"这样也好，要是在路上钱用完了还未到达目的地，那就不得了哇！"他父亲也同意他的想法，并吩咐陈灵母亲说道："赶紧给他们煮夜饭吃，吃了早点睡。"

"给他们煮啥子吃呢？"陈灵的母亲征求她老头的意见。

"还不是稀饭，其他有啥子嘛！既然要煮，就多煮点吧，我们都吃点！吃了赶紧睡觉，你就不要睡得太踏实，隔一会你再给他们煮顿干饭，干饭比稀饭耐饿，以免在路上多花钱。千万要早点，要是去晚了，错过了赶车时间就麻烦了！"陈灵的父亲又对他母亲吩咐道。

"你给我买车票的五块七角钱你怎么还给你舅舅呢？"陈刚问道。

"放在我爹这里就行了。"陈灵答道。

近一小时后，他们各自安歇。

大概是第一次出门太紧张、太激动的缘故，他二人睡的并不踏实。当陈灵的母亲给他们煮饭时，他二人也就醒了，便起床和他母亲一齐煮这顿出师饭。

为了这顿饭能在胃里起到慢慢消化的作用，陈灵母亲就把家里仅有的一点猪油倒在这两大碗干饭里面拌匀，他二人晓得，这一大碗油干饭应该算是一顿实实在在的美餐。

吃完饭后，一切顺理成章地进行着。为了不误赶车时间，他二人不敢耽搁，怀着激动与沉重的心情，向陈灵的父母告别后，便踏上害怕被警察抓住又被遣送回家的危险征途。

在通往县城的大道上，来去的夜行人如穿梭一般，他二人想到恐怕这些人也是为了节约开支而行夜路的，但他们却不晓得，这些夜行人中有的却在做着小生意，就是小官儿经常批判的那些"投机倒把"和"走资本主义"道路的那一类人。

虽然人们生活在新时代已经二十多年，但农村人既没有钟更没有表，由于害怕误了赶车时间，起身时估计的时间太早了点，经过几小时的夜间跋涉，终于走完了到县城三十公里的路程，一看车站候车室墙上的壁钟，离车票上开车时间还差近两个小时，在陈灵家吃的那一大碗油干饭，原指望能管一天不花钱吃饭，但被这六十华里爬坡下坎的小路消化殆尽，现在他们被饿得头昏眼花，不知上车后什么时候才能吃上饭，只好在车站旁边的小饭馆里各自吃了二两面条。

他二人第一次出门，也是头一次坐车，不免有些紧张，对车票上的"广利一次"不理解。金丝猴陈灵便拦着一位着装和自己差不多估计也是一位农民的年轻人问道："这位兄弟，我们没出过门，请问这车票上的'广利一次'是啥意思？"

"比方说，今天到广利县有五辆客运车，你们坐的那一辆车排为一号，就是'广利一次'！"那年轻人应该经常坐班车吧，觉得自己比陈灵精通世事，热情中带有自豪的语气解释道。

他们注视着候车室墙壁上的大钟，当接近车票上开车时间不到一小时时，便按照车票上的车次顺着一排半新不旧的解放牌卡车走了一个来回，并未找到"广利一次"，不免有些着急。这时，金钢钻又激发出他的"钻劲"来了，未跟陈灵商量，就拦着一位五十岁左右的妇女问道："这位大妈！请问，我们坐的这次车停在哪里呀？"他边说便把车票递到她面前，那老妇人一看说："你再等一会，车站服务员会在这一排解放牌货车上挂一张牌子，哪一辆车上的牌子上面写有'广利一次'，你就知道你们应该坐哪一辆车了。"

"哦！……难为您了！"金钢钻本来还想多说几声谢谢，但那老妇说完就走了，他二人心中有了底，便耐心地等待着。

果然，离车票上标明开车时间只差半小时，一位车站管理人员提着一摞硬纸牌，在每辆货车的挡风玻璃上放了一张。

写有"广利一次"的硬纸牌，放在一辆整个车身都有着黄土灰的解放牌货车前面的挡风玻璃上。

这时高音喇叭叽里呱啦响了起来，并用普通话播出："购有'广利一次'的旅客，请作好上车准备，马上检票上——车——！"他们初次走出家门，不知道这就是普通话，这拉长了腔调、不怎么标准的普通话他二人并未全听懂。

陈刚一听觉得不对，忙问陈灵："啷个在喊旅客上'广利一次'呢？我们是出去当五匠的，又不是旅客，这是啷个回事呢？"

"不要多话，我也不晓得，我们再等等看吧！"陈灵也疑惑不解。

这时又一位管理人员，拿着一个硬壳本子，一只手提着一把用12毫米粗的钢筋焊接成另一头有勾状不到两米长的梯子，用钩状挂在车厢尾部的车厢板上。一个冒失的年轻人抓着梯子就想爬进车厢。

"做啥子？！"这管理人员如炸雷一声大吼，并用眼睛恶狠狠地瞪着他，这青年哪敢与他抗衡，马上松了抓住梯子的手，他大概才清醒过来，知道现在人们心中普遍有"城市天堂"的观念，哪敢惹这城里面的人呢！那管理人员鼓着如"牛蛋"一般大的眼睛瞪了那年轻人约有五秒钟，才收回似乎要吃人的目光后。才慢腾腾地顺着钢筋梯子爬进了车厢。

"广利一次，1——号——！"他在车厢里面不紧不慢地拉长声音喊道，他的喊声一停，马上就有一人拿着车票爬进车厢。

当喊到8号、9号时，陈刚陈灵怀着紧张的心情上了这辆没有盖篷布的解放牌六轮卡车。

他二人站在这车厢里面，各自怀着复杂的心情："我们明明是去当'五匠'，啷个今天我们又成了'旅客'呢？'旅客'是多么高贵的人啊！应该不是我们这类人吧！"

他们更没有忘记，从春节一直忙碌到今天，总算站在这货车上，现在觉得比在农村种庄稼的人要高一等，在家里经常听到人们常说"离地三尺赛神仙"这句古话，我们现在就离开了地面，不但超过了三尺，而且还要快速地奔向年轻的伙伴们都向往、羡慕每天能挣上一块钱的"伟大"目标。

车厢里面的人已经很拥挤了，验票的管理人员在车厢里面已不便操作，只好下到地面上，喊完了最后几个人，仅仅只有三米六长的解放牌货车厢里挤满了男女老少，陈刚没注意验票人究竟喊了多少人上车，他估计足有四十人左右，要想转身或舒展一下手臂都很困难，有如筷笼子里面挤得很紧的筷子一般，要想再插进"一支"似乎都不可能，但他二人并不觉得有啥子不舒服，想到陈峰那里的美好前景，再难受也比在农村劳动好得多哇！

"请你们往边上挤点吧，我在中间已经喘不出气，再挤我就会被你们挤死在这里面了！"这是站在中间的一位50多岁的老妇发出的求救声。

"不怕，只要车一开，汽车一前进一刹车，人在车上几次前倾、后仰，就会松了。我经常坐车，这样的罪已不知受过多少次！"这是站在中间的一位中年男子给大家介绍经验。

"嘀嘀……"汽车的喇叭声响了，证明驾驶员做完了准备工作，汽车要启动了，他二人暗想到，这是他们这一生中一个新的起点。

"大家站好，车要开了！"验票的车站管理人员在车下提醒着站在这货车厢里的人们，并取下那有着钩状的钢筋梯子走了。

他话音一落，汽车启动了，只是起步太猛，在车厢左右两边的人们因抓着车厢板没有受到多大影响，但大部份站在中间的人们没有依托，只是相互依靠身子保持平衡，这汽车突然往前一冲，站在中间的人们受到惯性的影响，一齐向车的后方倒去，站在车厢最后的几位年轻人的胸部恰好顶在车厢板上，因受不了众人压过来的重大负荷，一齐大声叫道："你们轻点嘛，我的肋巴骨要被压断了哇！"

他们的求救声太大，大概是被驾驶员听见，他猛一踩刹车，车厢中间所有的人又往车头方向压过去。就在这一瞬间，站在最前面的一位青年人连忙告诉旁边的几位："快！大家鼓口气不要松，不然，这些人一压过来，我们就受不了，谨防受内伤！"看来，这位年轻人对坐这样的货车很有经验。

靠在车厢前面的一排人，待中间这几十人压过来时，果然没敢喘气，他们也没有像后面的人肋巴骨快要被压断的感觉。

站在车厢中间的人们，经过这样一前一后的晃荡了几次后，汽车也就稍稍地平稳了，说来也奇怪，正如刚才那人所说的那样，车厢里果然松了许多，这些男女老少，有如刘三姐所唱山歌中的红薯落在灶里面"蒌"

了。

　　汽车在土路上行驶着，经过刚才的几番折腾，站在车厢中间的人们有了经验，他们再不敢把脸朝向前方，而转向侧面，双脚叉开自动调整着重心，就不会再倒向前方或后方，只是在坡度较陡上下坡时，还是免不了要倒在一堆，这对那些经常乘坐货车的不安分的青年倒是很乐意，只是苦了那些大姑娘与少妇们，她们在汽车前后左右摇晃时无可奈何的情况下，任凭那些别有用心的土匪一般的年轻人不规矩的手在她们穿着不厚衣裤的胸部、大腿或屁股上捞着"油水"，这些被骚扰的年轻女人似乎不敢，也无法找理由对这些带有流氓性质的动作发火，这对她们来说不知是耻辱，还是变相地受着糟蹋，也不知是出于无奈，还是心甘情愿，只有天晓得。

　　总之，并无一个少妇或者姑娘发出半句怨言与咒骂声。

　　这二金把这些都看在眼里，因他们是初次出门，不但不敢像那些年轻人那样放肆，而且还觉得应该为这些为了温饱在世面上行走的女人们在这等复杂与凶险而抱不平。

　　已经有好长时间没下过雨，汽车在这高低不平、干燥的土路上行驶着，车后扬起的尘土遮天蔽日，如果在转弯或遇有情况需降低车速，驾驶员一踩刹车，黄土灰尘便迅速地卷入车厢内。人们在这无可奈何的情况下只好让这夹着土灰的空气去肺里面"旅游"一趟。

　　近百公里的路程，颠簸了近四小时，几位年近六十的老年人，耐不住长久的颠簸与站立，便无可奈何说道："请你们让一下，我要坐下，实在站不住了！"他们不等别人同意，也不管这些人屁股下面是否有放过屁的臭气，就一屁股坐在车厢底板上，为了节约底板空间，便将自己不大的行李包放在大腿上，只见一人坐下后，他旁边的人好像得了传染病似的，就一齐坐了下来，这些人也真有办法，他们将自己的膝盖提高以免腿在车厢底板上占有大的面积，暂时觉得比站着舒服多了，这样，站在车厢周围的人们反而没有中间人们享受坐着的舒服感，不过坐在车厢底板上的人们也是暂时的舒服，时间一长腿又产生酸麻之感，这就苦了那些高个子男女，在汽车的摇晃一不注意伸直了长腿，就会直达别人的下部，并弄脏别人的裤裆，若是遇着一位恶女人，就免不了挨一顿臭骂。

　　大约5小时后，司机把车停在一个饭馆门前，下车对着车上的人讲到：

"大家下车吃午饭，吃了再走。"说完便走进饭馆领导专门为他们设置的雅座间，其他人都在大厅里面各自就餐，陈刚陈灵害怕路费不宽裕，他们节约了这顿午餐。

一百八十九公里的路程，汽车在这土路上从早上七点一直颠簸到下午四点多钟，终于到达了这趟车的终点——广利县城汽车站。

这些站着或坐在车厢底板上的人们，不但筋疲力尽，而且浑身上下布满了厚厚的一层黄土灰，仿佛是刚刚从黄土灰里面钻出来似的，个个都忙着打扫身上的卫生，有的还在举手投足舒展筋骨以解决浑身酸麻。这些青年用手在短头发上一阵乱抖，虽然头发上的土灰倒是抖掉了不少，但还是有些沾在上面，他们晓得只有在家乡的堰塘里才能把这浑身上下解决干净。

下了车的"旅客"们，收拾好自己裹满灰尘的行李包，不到二十分钟，便各奔东西，结束了这一天既不平凡也难以忘记的相遇，以后又成了陌生人。

这二金经过在头发、衣服与裤子上一阵拍打，觉得自己身上的卫生打扫得差不多了，便要寻找自己前进的方向，却不知东南西北。

"嘟个办呢，往哪里走啊?"陈刚问陈灵。

"我嘟个晓得呢！还不是要问别人，还要注意警察，要是被弄进派出所就完蛋了！"他们第一次到这陌生的地方，有点胆怯。

"我们先走出车站，再问别人吧！"陈刚又建议道。

"好吧，我也是这样想的！"陈灵答道。

他们走出车站，步行在这陌生县城的街道上，觉得这县城与家乡的县城没有多大的差别，只是高楼要多几幢而已。

陈灵拿出一张写着陈峰地址的纸片，看准一位六十岁左右面目和善的老人，走到他面前问道："老大爷，你看我这地址该嘟个走哇?"

"对不起，我不识字，你去问别人吧！"老人答道。

"你不识字? 这样吧，我念给你听，听清楚了告诉我们，要得不?"陈灵反应极快，马上产生另一种想法，用极其温和的口气问道。

"要得，你就念吧！"

当陈灵念完后，老人便道："啊！黑马公社呀！我晓得，你们从这条街一直朝前走，在前面右拐弯，走半里路就是嘉陵江铁桥，过桥后再左拐不远，就到火车站，去买三角钱的火车票，坐火车到化昭下车后，就直接往大山里面走一百多里就到了，那里我去过，全是上坡路，不过你们要快点，要是去晚了，今天就没得火车啰！"这老人太热情，不厌其烦地将所问之事回答得一清二楚。

"谢谢！谢谢！"他二人异口同声地连声谢道。

他们没敢耽搁，顺着老人所指的方向快步奔去，在去火车站的途中与到达火车站的所有经过，他们不会忘记：

第一次见到嘉陵江上的大铁桥；

第一次见到望不到尽头的铁路；

第一次见到喷着白色雾气的蒸汽机火车头，并时不时响起使人难以忘记火车头上发出的汽笛声；

第一次见到十分漂亮、运人的绿皮火车车厢。

不用表述，他们心情是难以平静的。

他二人买了去化昭三角钱的火车票，顺着人流登上了火车，当然也是第一次。

这是一列路过车，中途买票上车是没有座位的，他们也不知道买火车票会有座位，只好站立在过道上。

不过，陈刚陈灵也没有要坐的打算，好像这些座位不属于他们这一类人坐的。

三角钱票价的火车票，没站几分钟就到了，他二人依依不舍地走下车，在站台上回头望了望那些未下车并趴在那一排提起玻璃窗的车窗口看着窗外各种景色的男女老少，不知他们还要坐多久，他们是要奔向哪里呢？

唉！毫无疑问，他们绝对是奔向那犹如天堂般的大城市吧！要是我们能坐上一天的火车过足车瘾，就是死了也划算！他二人暗暗地叹息着。

他们走出这小车站，又失去了前进的方向。

离天黑已不远，今晚上歇哪里呢？

他二人同时又想到，在这一天中，只是在乘车前他们各自吃了二两面条，如今饥肠辘辘，肚皮紧紧地贴着后背。

　　"我们还是找个地方吃点东西吧，实在耐不住了！"陈刚向陈灵提议道。

　　"还是把今晚上住宿问题解决后，再说吃饭吧，在家里又不是没有挨过饿！"经陈灵一提醒，金钢钻觉得陈灵的语气之中有着埋怨的成分，也就不好意思再坚持自己的想法，他不但觉得自己没有陈灵想的周到，更觉得自己的想法有些荒唐。

　　"一切听从猴哥的安排！"金钢钻觉得陈灵做事比自己稳妥，便戏谑着说。

　　他们在这肮脏的小镇街道上左顾右盼，看见一道门上挂有"人民旅社"的牌子，知道是旅馆，便走了进去，见服务台里面坐着一位颇有姿色的小姑娘，陈灵便拿出证明递到她面前说道："请给我们登记住宿吧！"。

　　那姑娘接过证明一看，觉得这证明与以往的证明有所不同，便左看右看拿不定主意，说道："你们稍等一下，我去问问主任再说吧！"他二人一听这姑娘要去请示主任，心中便紧张起来。恰好这时从过道那一头走来一位30多岁脸型周正饱满皮肤洁白的妇女，问道："啥子事情？"

　　"张主任你看，这证明啷个这么软呢？好像快要烂了似的！"这姑娘边说边把证明递到那妇女手中。

　　被姑娘称为张主任接过证明一看，便极其自信地说道："这证明是把原来写在这上面另外的内容用一种化学药水退掉后，再填上现在这上面的内容，所以就成了这种样子！"

　　"不是，是我们在家走的时候，洗衣服忘记拿出来，被水浸泡过，晾干后就成了这样子！"金丝猴一听在心情紧张之中急中生智找出充分的理由分辨道。

　　"小伙子，不要骗我，这种事我见过多了，前不久，几个年轻人拿着这样的证明来住宿，我们领导产生了怀疑，把他们弄到派出所去审问，他们开始还不承认，挨了一顿饱打后，才说出弄这证明的经过，最后还是被派出所遣送回了原地，我劝你们今晚上就不要住在旅馆里面，你们到火车站候车室去吧，装作等车，现在这文化大革命期间火车都不正点，车站里也不管，这季节也不冷，在候车室的长座椅上还可以睡瞌睡，只是蚊子多点，你们农村人挨蚊子咬是家常便饭肯定习以为常了，被蚊子咬虽然难受，但总比在派出所挨顿毒打后再遣送回家好得多嘛！再者，你们用这样的证明我们也不敢让你们住宿，每天晚上12点以后派出所是要来查房的，查出用假证明住宿，不但批评我们不负责任，还会采取各种方法惩罚我们，轻者扣工资，重者把我们的饭碗也砸了。如今是以阶级斗争为纲的年代，警察都是经过特殊培训过的，你们想想，那些警察还认不出你们这证明的真假吗？你们赶紧走吧，在车站里过夜既可以节约几毛钱的住宿费又避免被派出所查到挨打后遣送回家！这岂不是两全其美吗？何乐而不为呢？我是出于好心才告诉你们的！"

他二人一听，被吓出一身冷汗，顾不得给那好心的主任说声，"谢谢"，就手忙脚乱地从那旅馆里逃了出来。

他二人一走，那主任便对小姑娘道："以后遇着证明稍微有问题的，你就干脆不让住，何必问我呢？这样不但少添麻烦，还少打扫卫生，工资同样领那么一点点！"那小姑娘一听，连忙笑着点头道："晓得了！还是主任考虑得周全！"她觉得自己又长了点见识。

他二人又来到这小火车站，看见门头上有着"候车室"三字，便走了进去。里面确有十多个人，这些人大部分都坐在长凳上，有几条长凳上睡着人，并打着很响亮的鼾声。

他们在一条长凳上坐下后，惊魂未定，此时也忘记了肌饿，回忆起刚才旅馆里那主任给他们所讲别人使用假证明的遭遇，此时心中还"咚咚"直跳。

他二人由于肚中肌饿与在旅馆惊吓过度，几乎快要晕过去了，已没有力气商量吃饭之事，只好软软地靠在木条制作的长凳靠背上，有气无力地喘着长气。

他们没有表，当然不晓得时间，大概是城里人吃饭的时间到了，只听见候车室里的人们都先后说道："走，找地方吃饭去吧！"

一听说吃饭，候车室里的人越来越少，他们再也坚持不住了，陈灵便道："我们也去找地方吃饭吧，要不然，再等一会儿，恐怕走不到饭馆，就要被饿晕在路上！"说完，他二人脸上同时露出一丝苦笑。

他们走进一小饭馆："今晚上每人应该买一斤米饭才够吃，还不知这饭馆里面卖不卖咸菜？"农村人只晓得吃咸菜，不知道饭馆里面普遍卖炒菜，陈刚边说边掏出两斤粮票递给陈灵，看来他已经没有多说话的力气了。

他们没有在饭馆里点菜吃饭的经历，陈灵一边掏钱一边观察邻桌人并未点有咸菜，他不知饭馆里的炒菜名称，便手指着邻桌的菜告诉服务员点了两份，并点了一碗白菜汤，外加两斤米饭，服务员见他二人点了两斤米饭，脸上便露出大惊的表情。

他们正狼吞虎咽地吃着，突然，陈刚低声地说："我们吃快点吧，要是去晚了，候车室里的凳子被人睡完了，我们就睡不成只好坐到明天早上！"他忘记自己吃饭的速度已到极限，还建议陈灵提高吃饭的速度。

"对！要是睡不成，坐到天明，就太难受了！"陈灵被陈刚一提醒，连忙赞成他的说法。

他二人风卷残云般地将饭桌上的一切扫光后，几个碗与盘子里一点汤都没剩下。当他们回到候车室，果然，还空着几条长凳。他们各自在一条长凳上睡下，后来的人只好挨着睡在长凳上人们的脚边坐下。

晚上，候车室里很少有人大声讲话，同伙人也只是小声交谈着，别人很难听到他们讲些啥子内容。有些人吃着零食，发出剥花生壳与咀嚼各种干与脆糕点的清脆声，他们从未吃过糕点，当这些声音传进他二人的耳膜时，这糕点与炒花生的香气不时钻进他二人的鼻孔，控制不住的口水直冒，一不注意就顺着挨在长条凳的半边脸颊流经木条的缝隙滴在地上。除开糕点与花生的香味与声音，最响亮的就是人们用手巴掌噼里啪啦在脸上、屁股上或其他部位拍打蚊子清脆的响声，并夹着对蚊子的咒骂与痛苦的惊叫声。

"二金"与其他城里人一样，在蚊子的折磨中熬到了天明，一夜间都听到那些衣着讲究由于火车不正点担心误车而在候车室等车的城市人一夜都咒骂着蚊子对他们的叮咬。对陈刚陈灵而言，这年代为了避免小偷"光顾"生产队仓库中的粮仓与田地中成熟的粮食，他二人在家看守生产队仓库与田地时被蚊子叮咬已是家常便饭，这几个蚊子与当看守员时犹如蜂房一般的蚊虫只能算是小菜一碟，这时在他二人脑海中产生了一种觉得很公道想法——"在昨天晚上，蚊子是不会分城市人与农民的，它们不管你是城市人，也不管你是"乡巴佬"，总是冒着生命危险，想在每个人身上吸一管血走，在这样的情况下就没有了城乡差别，他二人真感谢蚊虫对人类真正的公平！"一想到这里，他二人心中还真感觉到欣慰与舒服，并在脸上显出一丝笑意，觉得是蚊虫对城市人侮辱农村人为"乡巴佬"的报复。

他们走出候车室，又在昨晚上吃饭那小饭馆里解决了肌肠的需求后，又该找人打听去陈峰那里的路该哪个走。

他们在这很不干净的街道徘徊着，因对昨天晚上住旅馆时那好心的主任对他们所讲的别人使用假证明在派出所遭遇毒打还不寒而栗，不知又要找一个啥子人问路才免遭劫难。

在这条小街上，他们已经走了两趟来回，在他二人眼中，觉得还没有哪一个人对问路是安全的，正焦急时，金钢钻的眼睛发挥出它能钻"瓷器"的作用——他看见前面人群中一个背着背箩的人，应该是个农民吧，他用手指着那人，对陈灵说："我们去问背背箩那个人吧，他肯定是个农民，只要不找城市人问路，应该不会有危险！"

"好吧！"话音一落，他二人快步朝那人奔去。

他们走近一看，那人30岁左右，一张麻脸，脚上穿着一双草绿色的半胶鞋，在两只鞋的脚母趾部位，补着两块圆圆的胶皮，显然是被脚母趾拱穿后而补上的，裤子的膝盖部位也有一大块补丁，和自己一样纯属一付"农民相貌"，他们便放心地走在他面前，问道："大哥，请问这地方哪个走法？""我不识字，你问别人吧。"又是一个不识字的人。

"你不识字，我说给你听，要得不？"陈灵又重复着昨天的问话。

"好吧，你说给我听听！"那人说道。

陈灵照着陈峰的地址念完后，那人说："你说的那地方我晓得，从这条路一直朝上走，有一百多里路，你们现在就赶紧走吧，要是走慢了，天黑以前可能到不了哟！"那人边回答边用手指着陈灵他们应该前进的方向，他二人朝着那人所指的方向望去，几座大山横亘着拦住他们前进的去路，陈刚吃惊地问道："要往那山顶上爬过去哇？"

"不是，是往那两山交界的低处慢慢地往上爬，要爬到和那山一样高的高处后，还要往另外的高山上爬几十里，就到了。"那人很清楚地说道。

"好，谢谢！谢谢！"陈灵见陈刚还望着那高山发呆，连忙向那人道谢。

"走吧!"陈灵见陈刚还无反应,只好在他肩头上拍了一巴掌。

"啊……!"陈刚仿佛从睡梦中惊醒过来。

"你在想啥子嘛!是不是被那高山吓懵了?"陈灵见陈刚的举动不正常,以为他被那高山动摇了去找陈峰的决心。

"高山啷个能吓倒我呢,我只是觉得那山太高了,你晓得我们从来没见过这么大的山,山上怎么还有人能生活呢?我们要爬多久才能到达陈峰那里呢?"

"刚才那人不是说要走快点嘛,要是走慢了,今天就走不拢,在那大山里面要是找不着住宿,就惨了!"陈灵提醒道。

"你说得很对,我们赶紧走吧,要是今天天黑前找不着陈峰信中说的那个王书记,还不晓得今天晚上是啥子结局呢!"陈刚同意陈灵的说法。

"你晓得这些就好,我们就不要多说废话了,赶路吧!"陈灵似乎更晓得找不着陈峰产生的后果是很严重的。

他们顺着那人所指的方向走出这小城镇,在镇边上果然有一条大路向那山上延伸,陈灵还不放心,害怕走错路,便向迎面走来的一位老人又问道:"老人家,去黑马公社是不是走这条路?"他边说边用手指着这条大路。

"对,一直往上走!"那老人不阴不阳的回答了一句,看也没看他们一眼,只顾朝着自己前进的方向走去,二人见这老人如此态度,来不及向他道谢,便顺着这条陌生的大路快速地朝前奔去。

时令已进入夏季,他们走的路一直向上延伸,又要在天黑之前赶到那陌生的王书记家,他们不敢放慢脚步,便使出浑身力气,没走多远,在这上坡的路上已汗流浃背。

在他们急速地前行中,离陈峰信封上那地址虽然越来越近,但陈灵心情却越来越紧张,心想就是找着王书记,那王书记晓不晓得陈峰他们在哪家干活呢?若是陈峰他们离王书记家远了,一时找不到,那王书记是否愿意接待我们呢?这些问题都在陈灵的脑海中盘旋着,金钢钻陈刚倒是只顾走路,好像并未考虑前面有什么阻力,他边走边观察着这一路的大山,似乎觉得只要找着王书记,就大功告成了。

幸好,这是一条大路,没有岔路,就是有岔路,也是羊肠小道,所以，他们敢断定那些小道不是他们应该走的道路。

午后，他们在一处三岔路口为难了，不知该走左边，还是该走右边，他们很清楚若是走错了，就要多走几十里冤枉路，今天就到不了目的地，只好借此机会休息几分钟，找人问清路线，会更保险些，但是，在这农忙季节，很少有人在路上行走——"农业学大寨"如紧箍似的箍在每一个农民头上。

他们不敢盲目行动，只好耐心地等待着。

正当他们越来越焦急的时候，从那边地塄上走过来三个人，陈灵正观察着那几人的衣着，以便断定那几人的身份，当他们走近这二金时，本来他们边走边专心谈论着什么，并未理会路边这两个人，这时，陈灵已判断出这几个人绝对是这附近生产队的队长或者大队一级干部一类似的人物，就不敢惊动这几位"圣驾"，不料，陈刚却心急如火似的迎上前去问道："喂！同志，去黑马公社走哪条路？"

那三人大概正聚精会神地计算着今年的收成与播种的进度，被这年轻人打断了思路，其中一人从心中冒起一把无名火来："你们是哪里人？有手续嘛？去黑马公社干啥子？现在社员们都在农业学大寨，你们要特殊些，还到处乱窜！"

陈刚一听，大吃一惊，一时语塞。在这几秒钟内，陈灵的脑子飞快的运转着，连忙答道，"我们是山云县人，去黑马公社九大队找王书记的！"他以为说是找书记别人就会网开一面。

"那王书记叫啥名字？你们去找他做啥子？"那人紧紧追问。

"我们有个亲戚是个木匠，这几天生病了，很严重，他家里接到他的信，信中说住在那个王书记家里，他父母叫我们把他弄回家去医治！"陈灵急中生智嘴上一边说，脑子中一边临时编凑着去找王书记的理由，还算没有破绽。

那人见他说的很合乎情理，一时语塞，不过他也很快找出歪理来，说道："不管你们是啥子情况，现在正是抢种抢收的大忙季节，你们既然路过我们生产队的地盘，就必须帮我们队里种几天苞谷才能走，先到生产队公房那边去，让副队长给你们安排活路吧！"

他二人一听，如雷轰顶，但也毫无办法，只好跟在这几位"地头蛇"

的屁股后面，到了他们生产队的队部，一个人正给几位社员派工，刚才给他们发难的那个"恶人"就给那个派工的人说道："李副队长，我们刚才在路上碰见两个流窜犯，暂时交给你，给他们安排活路吧！我们队里太忙，叫他们在我们队里突击几天后，再看哪个处理。"

他二人一听，心中暗自叫苦："这下完了！"

"走吧，你们两个去给那些种苞谷的人挑粪！"那李副队长边说边把他们领到一伙挑粪的人群中，并给他二人找来两挑粪筐，给那几个挑粪的社员交代几句就走了。

这金钢钻陈刚此时后悔极了，他知道陈灵一定在暗中责怪他，也晓得要不是他冒失地急着问路，也不会被这些人弄到这里来挑粪，受苦暂且不说，既耽误了时间，还走不了路，说不一定还要遣送回家，还成了"流窜犯"，这"犯"字可不是好惹的，要是性质严重了，是要判刑进牢房的，一想到这里，不免心惊胆寒。

和他们一起挑粪的人中，一个年纪稍老面容和善的社员和他们卸完粪筐里面的粪后边走边问道："你们准备到哪里去，去干啥子？哪个被他们捉住了？"

金丝猴将在那几个人面前编的那套假话又重复了一遍。

"既然是这样，他们就不该把你们弄到这里来嘛！"看来，这位老社员很同情他们的遭遇。

"老兄，你们这里走黑马公社还有多远，在那三岔路口是走左边还是走右边呢？"陈刚轻声地问道。

"在那三岔路口处，往左边那条路走四十里路就到了黑马公社，你们要找的王书记大队，离黑马公社还有二十多里路，也就是说，你们今天还有六十多里路才到达你们的目的地。"这人回答得太清楚了。

这金钢钻现在的钻劲又来了，他看这人一脸和气，一点不像一个爱作恶的狠心人，又问道："老兄，像我们这样的情况，你们这里原来有过吗？若是有你们这里当官的是哪个处理他们的呢？"

"哪个会没有呢！我们这里是通往大山区的要道，去大山里做木活、伐木、做解匠手艺的几乎天天都有上去下来，只是你们今天运气不好，怎么撞在那几个人的"枪口"上了呢？至于处理吗，就要看那几个人的心情是好是坏，有时候是放掉让他们自己走的，有的人是他们找机会逃跑了的，还有的是被遣送回原地的，昨天还抓来几个五匠人员关在大队部，说是今天就要送去公社，不知送走没有。"那人边说边笑了起来。

他二人一听，不由自主地打了一个寒战。

"那些逃跑的，有没有被抓回来的？"陈刚又极其吃惊地问道。

"有哇！怎么没有呢？只要被抓回来，挨顿饱打是少不了的，并一定要被遣送回原地。"

这陈刚陈灵一听，几乎魂飞天外。

这挑粪的路程不算很远，他们三人在闲谈中，已经完成了几趟。

在挑着空粪筐返回时，这金钢钻低声对这位老社员说："老兄，请你帮帮忙吧！我们准备要逃走了，我们装好粪在前面先走，你在后面装粪时，和他们多闲谈几句。我们一转过那个小山嘴，你们这边就看不见了，我们从那边爬上去，请问往哪个方向跑？要是这回跑脱了，你叫什么名字？我以后一定会来报答你的！"

"报答就不必了，你们如果要逃，就一定要跑掉，不然，要是再抓回来你们就惨了。你们一转过那个小山嘴，就把粪筐甩在草丛中，只要你们逃跑二十分钟后再被队里人发现，他们就很难追上。你们顺着那几台庄稼地一直向上跑，只要一爬上那道矮山梁，就能看见去黑马公社的大道，幸好你们的行李不重，不会影响你们的奔跑速度，这是你们的有利条件，要是你们的行李沉重跑慢了就有被抓回来的危险！"这些话当然也被金丝猴听见了。

当他们再次准备把粪筐挑在肩上时，顺便去把放在不远处只有几斤重的行李包提在手中。

他二人快速地行走着，刚要转过那个小山嘴时，金钢钻的眼睛如梭子般的前后左右飞速地滑动几下，便大踏步转过了山嘴，这金丝猴何许人也？紧跟在陈刚后面，未等陈刚提醒，迅速地连粪带筐藏在一蓬十分旺盛的草丛中，也不管粪筐是否会翻掉，便朝那老社员所说的方向奔去，他几个猴跃就窜出老远，金刚钻反而落在他的后面，这时才显出金丝猴的绰号在他身上名副其实，虽不知真猴的奔跑速度究竟多快多灵活，但在金刚钻的眼中，也佩服之极。

在这"狗急跳墙"的情况下，这时的陈刚与陈灵相比，就显得笨拙多了，不知是他的体型原因，还是他的力气与灵活度不如陈灵，总之，他落后了老远。

在受到金丝猴拼命奔跑的影响下，金钢钻在这爬坡的路上，已上气不接下气了，在这关键时刻，金丝猴似乎显出了他的"英雄本色"。

金丝猴陈灵"飞"到山梁时，回头一看，见陈刚还在几阶梯的庄稼地下面，赶紧趴在草丛中等待，当陈刚快接近山梁时，山下突然有人大喊："抓流窜犯啊！"

陈刚一听，心更慌了，在一块庄稼地的土坎下面，跃上几次都滑了下去，陈灵一见，便一跃而下，双手在陈刚屁股上一托，金钢钻才得以上去，陈灵又一跃而上，这时山下"抓流窜犯"的吆喝声吼成一片，不但吓人而且还有几个年轻人一齐冲了上来，他二人一过了这道山梁，看见一条大路，便不要命的狂奔。

不知是那几个年轻人力气不佳，还是他们不太卖力，或者是这二金发挥到狗急跳墙的极限，这几个年轻人爬到山梁所花的时间，几乎是他二人的三倍，当他们站在山梁时，这二金已跑得无影无踪，他们也只好慢腾腾的回到挑粪的队伍中"交差"，他们虽然没抓着那两个"流窜犯"，又比别人少挑粪几趟，但这是属于出差性质，没有人敢提意见。

这二人脱险之后，朝着大路不停地向前奔跑，这样也节约了不少时间，受此惊吓之后，这金钢钻再也不敢出风头，他想，要是需要问路时，就要和陈灵商量后再问，以免遭遇不该遇到的灾难。

大约两小时后，他们过了一道小河沟后又爬上一道不高的山梁，朝前一看，在那低凹的平坝中央，有几幢整齐的房子，墙上刷着白色，与其他民房显然不同，他们估计应该是那黑马公社党政机关所在地，再不敢贸然乱闯，这时的陈刚乖了，便问陈灵："你看，我们所走这条大路直接通向那几幢白房子旁边，那白房子肯定是黑马公社机关所在地无疑，如果碰上公社那些当官的就麻烦了，你看嘟个办呢？"

此时的陈灵正思考着陈刚提出的同一问题，也观察着要怎样才能安全通过那不到一里路的"危险区域"，一听陈刚在问他，就知道是几小时前他闯出的几乎会被遣送回家的大祸，现在主动征求我的意见，心中美滋滋地答道："在接近那白房子之前，我们两人分开走，你走前面，我走后面，但不要离得太远，要互相能看见，我们若是走在一起目标就大了，最容易引起别人的注意。走在那小街道上时，脸上不能露出紧张的表情，一定要放松，只要过了那几幢白房子，危险性就降低了许多，到了白房子的那边山坡上，应该就安全了，我们就可以一齐走了！"

陈刚一听陈灵这样安排，觉得有点像有些连环画中游击队的队长在战斗前的部署一般，心中暗暗佩服这位和他一起长大的哥们儿："好！你的主意很对，要是在战争年代，你可以当一位出色的指挥员，就按你这方法行动吧！"

当他二人走在这几幢白墙房子的街道上时，在一道门的门边上，果然挂着一道竖匾，他们心想不必看匾的上段，匾的下端确有"……黑马公社党委会"几个字，证明他二人估计这里是黑马公社党政机关所在地没有错，他们相距约有十多步远近，内心虽然十分恐惧，但脸上却不敢表露出来。

街上行人寥寥无几，对他二人并未产生啥子看法，毫不理睬他们，由于心中还存留着几小时前的余悸，此时他二人心中又"咚咚"地跳个不停。街上的一道门上挂有"……黑马公社供销社"的竖匾，他们既不敢，也不打算进去，他二人表面上显得不慌不忙，心中却在不停地祈祷："老天爷保佑！让我们平安地过去吧！"

还好，他们这次没有遇到麻烦事，他二人一前一后到达了原计划会合的地点，才松了一口气，虽然平安无事，但二人的衣服几乎湿透了。

"哎呀！吓死人了！谢天谢地，总算又闯过了这一关！"金钢钻瘫软地仰卧在路边的草地上，有气无力地说道。

"不晓得别人出门是啥子情况，我们啷个就这么难啊！"金丝猴这时虽然也感到出门闯荡江湖的艰难，但也晓得这是他们这个时代出外寻求温饱人们的普遍现象，虽然明白当前社会情况，但还是不由自主地发出怨言。

"不管别人出门是啥子情况，我们找着陈峰再说吧！总不能半途而废又往家里跑哇！"陈刚又发表着意见。

"当然！肯定！"陈灵咬紧牙关发狠地说道。

这时离天黑已经不远了，他们加快了脚步，但又担心走的路是否正确，陈刚便说道："我们还是找个人问问路吧！这路越走越小，山却越走越大，要是走错了路，今晚上就找不着住处，不知这大山里面有没有狼和豹子，要是遇到狼和豹子，我们二人就是它们的一顿美餐！"他边说边露出苦笑。

"前面路边有一栋民房，我刚才看见有个老大娘出来又进去了，并未看见有其他人走动，我们去问问那老大娘吧，她肯定晓得！"实际上，这金丝猴早就在观察周围的一切，想问题要比金钢钻全面得多，说话间，已到了路边那套房子的院坝边。

"你在这里等一会儿吧，我去问清楚了马上就来！"陈灵显然对陈刚问路已不放心。

待陈灵转回来时，未等陈刚开口，就激动地说道："没错！就是这条路，前面就是王书记大队的地盘，她认识王书记，不过，听她说离王书记家应该还有十多里路，离天黑的时间不多了，我们尽量走快点，一定要在天黑之前赶到！"

"好啊！"陈刚一听这好消息，心情激动的应道。

他二人快速地前行着，虽然忍着难以忍受的肌饿，但丝毫不敢放慢脚步。

经过近一个小时地急走，由于是在大山的山脚边行走，天色黑暗的时间要比平坝地方早一些，这时天黑的阴影已经显现出来了，他们知道很快就会黑下来，心中不免有些发慌，幸好又看见前面路边的上一台，见有一栋全木结构的民房，为了今晚上必须赶到王书记家，也就是他们的目的地，不得不冒着风险，鼓起勇气再去问那栋房子里的主人。

实际上，他们现在的担心已是多余，应该是今天中午的惊吓，心中余悸未消，他们已经进入到王书记的辖区，又是找王书记本人，已是绝对安全，只是他们初闯江湖，看不透这类事更深一层中的奥秘。

还是由陈灵去完成这不知是吉是凶的任务。

陈灵一走近那栋房子的院坝，从另一条路走来一男一女的中年人，显然他们是夫妻，并且还是这栋房子的主人，大概是刚从生产队收工回来的。

未等陈灵开口，那中年男子口快，用强硬的声音问道："你找哪个?!"

"请问，这里是不是九大队，王和先书记住在哪里?"陈灵接着他的话音问道。

一听是找他们的书记，口气马上变得十分温和："这里是九大队三队，王书记住在六队，虽然只隔着两个生产队，但还有七八里路远近，你们要走快点，不然天一黑，这山里路很窄，你们又不熟悉路径，就更不好找了。你们顺着这条路一直朝前走，过了前面那个山嘴，还有一户人家，离王书记家就不远了，你们再问问那家人，他们会告诉你们嘟个走。"他边说边用手指着他们刚回来所走过的小路。

陈灵一听，赶紧招呼陈刚上来。于是，他二人趁天色还未全黑之际，便疾步朝着那中年人所指的方向奔去。

第十章 >>>

书记与师傅

　　袁师傅和王书记毁了陈峰写给他铁哥们儿的信后，陈峰与师傅又恢复了干活，对陈峰哥们儿来学艺王书记对此事倒不怎么挂怀，袁师傅就不同了，他天天回忆并且计算着陈峰两位哥们儿那次来信的时间，按说他们早该来到这里，但至今已三个多月，怎么还没有人来找陈峰呢？他觉得时间太快，同时又觉得太慢了，他已经承接了许多做家具与解木板的活路，就等陈峰的两位哥们儿来突击，所接的活路一家比一家催得急，觉得自己已经到了难以应付的地步，他内心虽急，但又不能在脸上表现出来。悔当初，就该给陈峰讲明，就说自己准备招收徒弟，陈峰肯定会直接给他的铁哥们儿写信，通知他们立即到来，要是这样处理，他的两个哥们儿早就到了，以每个徒弟一个月最低给我苦十五元的纯收入计算，我的收入就耽误了两个多月，这说明我几乎就损失了七八十元的进账，这数目相当于现在乡镇教师与公社一类基层干部两个月的收入，这损失也太大了！他越想越后悔，但又毫无办法，只好心急如火的等待着。

　　由于最近内心的焦急，这几天他已无力干活，做事总是懒洋洋的，这些都被精明的陈峰看在眼里，当然他不知师傅的心事，以为师傅生病了，便问道："师傅！我看你这几天好像生了病，你如果真的生了病，那就休息两天吧，这活路我一人也干得了！"

　　这袁师傅一听，正中下怀，他知道这家主人几件家具并不复杂，他陈峰一人做这样的家具早已不成问题，就是再复杂一些，他也照样能胜任，于是，他连忙说："我确实不舒服，你就一个人干吧！这家人也并未催我们，今晚上我就告诉这家主人，明天我去王书记家，顺便弄两付药调理一下，唉！年龄一大，就没有年轻时那么耐得住累了！"

当天黑收工快吃饭时，他便对主人说："你们这点活计做不了几天，我这几天不晓得啷个的，干活没有力气，我明天去找医生弄几付药，这活路小陈一人干就行了，我今晚上也不想吃饭，我要去睡了。"他晓得，只要明天一早去了王书记家，不但不愁饭吃，而且还会有可口的酒菜，只是今晚上肚皮要受点委屈，要装就应该装得真实一点才对。

这家主人一听，连忙说："可以，你既然病了就休息吧！小陈一人干也好，这活路我们家也不着急。你干了一天活，饭总是应该吃的嘛！不吃饭会病得更重些。"看来，这家主人也通情达理，还关心着这位木匠师傅的身体。

"我要是能吃饭，就可以干活！今晚上实在不想吃饭。"他边说边向卧室走去。

"那你就静静地去休息吧！"主人又叮嘱道。

"晓得！"袁师傅顺便回答道。

不过这家人也晓得，手艺人全被赶走了，在他们这一大片范围内，如今只剩下这两位手艺人，木工就显得特别稀有，短时间还没有胆大的木工来补缺。

袁师傅睡在床上，思考着陈峰的两位朋友为啥还没到来的原因，他列出许多种可能：

无路费？

未接到信不敢来？

生产队阻拦？

虽然这几种情况都有可能使我那两个徒弟不能迅速地来到我面前，但希望他二人不要在我考的某一种可能而滞留在某一地方。

他现在毫无办法，唯一的办法就是不停地祷告："老天爷保佑他们千万不要在我猜测的这几种原因之内，耽误了来我这里的时间！"

他睡在床上，怎么也睡不着，陈峰吃了晚饭，就来和他睡在一张床上，并问道："师傅，怎么样，是不是今晚上去请医生来配几味药给你？"

"不用了，明天天一亮我就去王书记家，医生离他家很近，我顺便去找医生弄几付药就行了！"袁师傅答道。

既然师傅不愿找医生弄药的态度十分坚决，为了不打扰师傅休息，陈峰不好再和师傅谈论他的病情，这个夜晚他们在无言中度过。

天一亮，袁师傅就起身去了王书记家，王书记还没有去大队党支部安排事务，一见这位老朋友来了，便高兴地说道："稀客、稀客！快坐、快坐！"

袁师傅一听当地这几句常用的客气话，便说道："我才几天没来，就成了稀客，看来，我要天天来一趟，你就不会说我是稀客！"

"可以、可以！你今天来我家的原因我应该能够猜到几分吧！"这王书记一见袁师傅，就估计是为了陈峰的那两位哥们儿没有来到的缘故，这件事是他二人策划的，陈峰每次往家里寄信的往返时间他都了如指掌。

"当然，王书记毕竟是书记，智商有几人能比得上呢！"袁师傅恭维着。

"小陈那两位朋友哪个还没有到我这里来呢？我们公社不少人都知道我认识你师徒二人，要我把你们介绍给他们做家具和解木板，这些事我都给你们应承了，我也知道你们干不完这么多活路，也希望小陈的两位哥们儿赶紧到来，并且晓得他们一到就必须要到我这里，自从我们把小陈那封信处理后，已经两个多月了，不知是啥原因，那两人就是没有来到！要是他们再不来，我也不晓得该不该帮你应承活路啊！"袁师傅听王书记话中之意，陈峰的两位兄弟没有来找他，对这件事他同样着急。

"要是当初告诉陈峰我有心招收徒弟，叫陈峰写信给他们，肯定他们早就来了，我今天来找你的目的，就是要和你商量这个问题，现在是不是可以直接对陈峰说，就说我准备招收两个徒弟，他肯定就会把他们叫来，你看要得不？"

"这事在前些天这样办还可以，今天这样做我想恐怕晚了，说不定他们已经在路上，按我的分析不如再等几天，只是对那些请你们干活的人要费点口舌，我晓得，为这事你很着急，你要是无心干活，就在我家多休息几天吧！"王书记对他建议道。

"好！我也是这样打算的，这回恐怕要在你们家多待几天，但愿你不要心烦！"这袁师傅幽默地说道。

"烦啥子嘛！你在我们家安心地耍吧，我今天要去公社开会，回家时，我买点酒回来，今天晚上我就痛痛快快地给你浇浇愁吧！"他把今天晚上怎么对酌也计划好了。

"有酒喝我就更不想走了，那我们两个今晚上就一醉方休吧！"一听王书记这样盛情，袁师傅笑着说。

王书记走后，袁师傅无所事事，便不由自主地独自一人转悠到通往山外的大路上，心想，要是在这路上遇见陈峰的两个兄弟就好了。

但是他在那大路上踅来踅去地转悠了两天，也没遇见一个人影。

由于心急，他没有想到，在农村这大忙季节，又是被合作化约束着，且不说没有年轻人，就是老年人也毫无时间在路上闲逛。

他就这样心急火燎地等待着。

第四天的上午他在那大路上转悠时，看见大约不到两里路的路上有俩人向他走来，他以为是陈峰的两位哥们到了，他目不转睛的盯着来人，待他能看清面孔时才看清两人衣着整洁，原来是黑马公社一般干部，因为袁师傅在一次被遣送时见过其中一人，袁师傅一见心里咚咚直跳，赶紧转身快步向王书记走去。

夜色很快黑了下来，他等待着王书记回家，晚上要和他以"千杯少"来浇愁。他现在更不晓得，他希望的那两位未来徒弟已近在咫尺。

酒桌上，王书记为了安慰这位好朋友，特地吩咐老婆把家中不多的几样好菜整了出来为老朋友解愁，袁师傅一见王书记这样盛情款待他，就不再思考使他揪心的那件事了。

他二人正摆着龙门阵喝着酒，突然，在桌子下面啃着骨头的猎犬，一个箭步射了出去，并对着路口狂吠起来，这狗太敏感，晓得是有陌生人来到外面，王书记的儿子急忙走了出去，问道："是哪个？"

"喂！请问，这里是王书记的家吗？"一位年轻人的口音问道，王书记儿子一听就晓得不是本地人。

"就是这里，你们是哪里人，找他有啥子事情？"夜色中王书记的儿子见院坝边上站着两个人，连忙问道。

"我们打听一个叫陈峰……"话音未落，王书记就快步走了出来，对他儿子说道："你去把狗吼住，请他们进屋来再说嘛！"王书记晓得应该是袁师傅希望的人到了，心中觉得格外高兴。说完后，又回到酒桌上去了。

借着堂屋门口射出的微弱灯光，王书记的儿子走下院坝，一看是两位年轻人，对那狂吠着的猎犬吼了两声，狗便停止了吠叫。

"你们进屋来吧！"他儿子对那两位年轻人说道。

陈刚陈灵跟着这小伙子走进堂屋，见堂屋正中的桌旁有二人喝酒，便不好意思，手足无措地想在离桌子远一点的板凳上坐下。

这时王书记发话了："你们就坐在这板凳上吃饭吧，有啥子事情边吃饭边说！"说话时并用手指着桌旁的板凳。

他们被这突如其来的情况弄呆了，看见墙边有条板凳便坐了下来。

"刚才好像听见你们说是要找王书记，这人就是王书记，你们既然来找他，肯定有啥子事情，就不要客气，也不要害怕，你们就坐下来吃饭吧！"袁师傅一见这两位年轻人，知道是陈峰的两位哥们儿无疑，他控制住内心的激动，连忙给他们解释道。

他二人一听，只好大着胆子重新坐在农村人称为下席的板凳上。

他们刚一坐下，王书记就把碗、筷子、酒杯摆在他们面前，并故意问道："你们找我有啥子事情，现在可以说了吗？"

"王书记，我们来找一个叫陈峰的人，我们和他是一个大家族，我叫陈灵，这位叫陈刚，是和陈峰一齐长大的，并且都住在一个生产队，他家每次写信来都是你转交给他的吧？他到你们这里已经快一年了，他一人在外他父母不放心，就叫我们来这里了解他的情况，顺便看看有没有活干，要是有活干，我们三人在一起，相互之间就可以照应，他父母也就放心了！"陈灵回答王书记的话头头是道，也合情合理。

"我和小陈已经是老朋友了，这是他师傅，姓袁，你们既然和陈峰是兄弟，就该依照陈峰的称呼，也该尊称他为师傅。小陈离我们这里不远，今天晚上你们就住在我家里，明天我就叫人把他给你们喊来，有啥子事情，你们明天就可以面谈，这下你们就知道我们的关系了吧。你们肯定饿了，赶紧吃饭，走了这么远的路不知你们累成什么样了，再喝两杯酒，酒能舒筋活血，明天就轻松多了！"王书记边说边把他二人的酒杯斟满，并向他们碗里夹菜。

陈刚陈灵一听王书记的解释，觉得他们似乎完成二万五千里的遥远路程，绷紧的神经一松，立即感到劳累与饥饿一齐向他们袭来，吸气感到都困难了，也就不再客气，待他们酒足饭饱之后，王书记便吩咐他老婆安排他二人的住处。

待他二人去睡觉之后，王书记和袁师傅轻松地相视一笑。

"怎么样，还是我估计的不错吧！"王书记十分自信地说道。

"当然，书记和我们老百姓的地位身份都不一样，所以思路就必然要比我们清晰许多，要是不听你的建议，我叫陈峰写信叫他二位哥们儿来跟我学艺，以后我就会处于被动地位，你看这事现在该哪个处理最好？"袁师傅在这高兴之余，一时理不出头绪，又要征求王书记的高招。

"明天你就不忙去干活，我叫人去把陈峰叫到我这里来，先不说你要收这二位做徒弟，看陈峰怎样安排再作决定。在他们走投无路、准备回家时，我作为中间人向你作工作，你再勉强答应收留他们，以后对你就有主动权！"其实袁师傅也是这种想法，只是他不善于表达而已。

他二人商定之后，怀着轻松的心情，继续他们的"千杯少"。一直到王书记老婆催了几次睡觉，并拿走酒瓶才罢休。

翌日，当陈峰接到王书记叫他快速赶到他家有重要事情处理的消息后，他不敢耽误，给主人打了招呼，如腾云般地赶到王书记家，才知道是他的铁哥们儿来了，他这一惊非同小可，他站在原地一动不动，犹如被人点了穴道一般，还是这二金来和他打招呼才回过神来，此时他当作王书记和袁师傅的面不好细问，只好把他们带到房后的草坪上坐下，便问道："你们哪个来了呢？我给你们写的信，叫你们暂时不要来嘛！待我出师后一定会喊你们来的，你们现在来了，我哪有本事，或者说哪有权力把你们安排下来，这可哪个是好啊！"他急得不知所措。

"我们哪里收到你的信呢！要是收到你的信不同意我们来，我们也就不敢来嘛！暂时不说这事，先把你这里的情况给我们介绍一下吧！"金丝猴陈灵抢先说道。

"我这里哪有啥子情况给你介绍呢！还不是一个师傅教我一个徒弟，你们两个来了就是三个，我师傅一个人，要想一齐教我们三个徒弟，那是绝对不可能的嘛！这里的活路倒是太多，就是有十个八个木匠也做不完！"陈峰简单地回答了几句。

"这里还有别的木匠师傅吗？"陈灵又问道。

　　"这里哪还有别的木匠师傅呢！前几天农忙开始时，全部被收容了！"陈峰很幸运地说道。

　　"这山里面还有没有其他可以做的活路？只要能混口饭吃就行了！"金钢钻陈刚一听，心惊胆战地问道。

　　"这里哪有你们能干的活路嘛！除了木匠活，就是解匠活，还有就是泥水匠活，做砖做瓦的活路，你们两人既不会做砖做瓦，更不会烧砖烧瓦，做这些活路的匠人都在五匠之列，在前几天都被关进了收容所，你们要是会这些手艺，倒是有做不完的活路，在王书记的地盘上也很安全，不会有被遣送的危险，这些手艺你们一样都不会，这嘟个办呢？"

　　现在他二人才晓得问题的严重性，才清楚出门在外没有手艺与良好的社会关系，要想混到饭吃似乎是不可能的事。

　　金丝猴一听陈峰的介绍，并未急着发言，他思考着该怎样处理眼前的困境，依陈峰所言他确实没有安排他与陈刚干活的权力与条件，以此看来，确实来早了一点，他原来相信"车到山前必有路"这句古话，这句古话这次大概是不灵了。

　　嘟个办呢？难道真的要陈峰贴路费我们回家吗？在家时我要求陈刚一起来，陈刚不同意，是我强迫他一齐来的，看来金钢钻这次是对的，我们这次应该走到"山重水复"的绝境了。

　　金钢钻陈刚一听陈峰介绍了这里的实际情况后，也觉得这回遇到了大麻烦，他想到家乡的人们给他取了"金钢钻"这个绰号，意思是没有他克服不了的困难，但这次似乎与以往不同，在这远离家乡的异地，除了陈峰一人，再没有其他熟人，也就是说没有别的依靠对象，他这金钢钻就找不着下"钻头"的地方。在家时，在实在没有主意的时候，总是这猴哥想出了办法，而且每次他的主意总比我高出一头，看来，我这"钻头"还是要下在这猴哥身上，今天再激他一激，说不定还能在这猴哥身上激出点名堂来，想到这里，便面向陈峰说道："我们在家时，没有收到你的信，我觉得没有把握就不敢来找你，但这猴哥硬是要来，还说你陈峰出门没有什么依靠就闯出了一条温饱之道，我们这次出门至少还有你陈峰这座靠山，难道就闯不出一条路来吗？这就把我们说得太没用了吧！怎么样，猴哥，你这次的决策应该是错误的吧！"这金钢钻本来只想激将陈灵，没想到连陈峰也激将在里面了。

陈峰、陈灵一听，知道这金钢钻在激将，在这关键时刻，又是寄人篱下，都不好发火，只好强忍住心中的怨气，要相互商量着怎么度过这次难关。

这三个刚出道的雏儿哪里晓得，他们的一切都在别人的掌握与算计之中。

正当他们三人无计可施的时候，王书记和袁师傅却在另外一个地方商量嘟个安排他们四个人干活的问题。

"你希望的这两个年轻人终于来了，他们没有一点木工基础，你怎么安排他们的活路呢？"王书记想听听袁师傅怎样安排两位没有一点基础的新手。

"这事我早已想好，我现在只有一把解锯，你想办法给我借一把解锯吧，我带他们去把催得很急的那几家的几颗原木解成板料以后，我看他二人哪一个适合解锯，就叫陈峰带着他去解木板，我带一人做家具，等陈峰教会一个解板的技术后，就安排他两人都去解木板，我加快提升陈峰的木工手艺，到那时我们两人各带一个，要做家具或解木板就会得心应手！"这袁师傅胸有成竹地说道。

"啊！原来你早就打算好了，给你借把解锯很简单，我们这山里面解锯多得很，明天我就叫人把解锯送来我这里，你啥时候需要都可以来拿。"王书记很自信地说道。

"那就好。他们三人已经出去快半天了，怎么还没回来呢？"袁师傅有点着急。

"你千万不要着急，等他们三人来求你才好办，要他们认识到拜师的难度有多大，你在他们心目中的分量才重、地位才高啊！"王书记又提醒道。

"你说得完全对！"袁师傅也晓得这道理，便耐心地等待"鱼儿"上钩。

这三个雏儿在坡上无计可施，只有那金丝猴思前想后，认为只有求助于袁师傅才是唯一的出路，当他把这主意向陈峰、陈刚提出让这二人参考时，他二人也觉得只有这条路可走，但金丝猴又说道："我们回去先不忙说要跟袁师傅学艺，就说要袁师傅借点钱给陈峰作为我们回家的路费，探探他们的口气，看他们哪个说！"

"好！只好这么办吧！"陈峰无可奈何地说道。

他们三人提心吊胆地回到王书记家时，王书记和袁师傅已摆好"阵势"，严阵以待。

因为只有陈峰与王书记、袁师傅是朋友与师徒关系，所以，还是陈峰先开口："师傅，前不久我这两位兄弟写信给我要来这里找活干，当时我就给他们回了信，告诉他们不能来，不知为啥，他们却没有收到我的信，不了解这里的情况，就大着胆子来了，现在我们这里肯定安排不了他们，别的手艺他们都不会，我想只有让他们回去算了，但他们带的路费已经用完，请师傅借给我二十元钱，给他们作路费回家吧！这钱以后就从我的工资里面扣除还你，你看要得不？"陈峰边说边观察着师傅的脸色。

这袁师傅一心一意指望着陈峰来求他收他的两个兄弟为徒，没想到陈峰竟然是这样的打算，一点思想准备都没有，一时间找不着适当的语言回答，幸好王书记在旁边见他一脸窘相，连忙说道："小陈，你也太不像话了嘛！既然是你的兄弟来了，就应该留他们耍几天才对嘛！他们刚一到你就要赶他们走，你这样做还算是他们的兄弟吗？既不怕别人笑话你，也不怕你的兄弟对你有意见而恨你吗？"王书记的语气里似乎带有生气的成分。

陈峰一听，连忙说："王书记，不是我要赶他们走，我们在这里又没有亲戚，吃住都没有地方，哪有条件耍几天呢！要是有地方吃住，我就是给他们承担伙食费也要得呀！"

"怎么没有地方吃住呢？就让他们住在我家，我不会收你一分钱的伙食费，就是十天半个月都可以嘛！"他又转过脸来，对着陈灵、陈刚说："你们两个不要走，就住在我家，我家房子多得很，床铺也不少，安排你们两人住下是绰绰有余的，等你们耍够了，再走不迟！"陈峰话音一落，王书记很果断地说道。

这时袁师傅也回过神来："小陈，你就依王书记的吧，让你的两位兄弟住在他们家里！反正我们早就是好朋友了，王书记也不会计较几天的生活费，就让他们安安心心地耍几天再说嘛！"袁师傅怀着忐忑的心情说道。

"就是耍几天他们也会像热锅上的蚂蚁难过得很嘛！那好吧，既然书记和师傅都这样说，就只好暂时住在王书记家里吧！"陈峰顺着王书记和

袁师傅的话意，不好和他们争论下去！实际上这也是他巴不得的结果

这件事就这样暂时定了下来。

"小陈，你先回去忙那家人的活路吧，我今天还有点不舒服，准备去搞点感冒药吃，明天一早再去和你把那点活路完工后，好安排下一步的事情，你的两个兄弟就安排在王书记家住下，除了他们家也没有别的地方可住，你就放心地去干活吧！"袁师傅心想，若不把陈峰支走，他和王书记就不好商量他们下一步的决策。

"你们两个也真有胆量，没有接到信就敢出门闯荡！要是被派出所捉住遣送回家，岂不是一笔巨大的损失。"陈峰一走，王书记就和这"二金"摆谈起来。

"王书记，我们两个哪有陈峰的胆子大哟！他比我们两个还要小几个月，他在家时我们在一起谈论前途时，只是听说某地可以伐木，实际上那是很渺茫的事，但他一出门就闯对了，我们是学着他的胆量往外闯的，所以没收到他的回信就跑来了，但不晓得是这种情况，要是晓得是这种情况我们也不敢来，我们来的路费都是卖的口粮，说实在话要不是买口粮，哪有钱作路费呢！"陈灵未等陈刚开口，就说出来一大堆理由来，话中含义把来的原因和难度都表达出来，目的是要给这两位可以决定他们前途的"大人物"听了，在他们心目中产生同情感，看会不会有"柳暗花明"的奇迹出现。

这王书记一听，他暗暗想到："你们若是收到信就不会来了，就是要让你们收不到信才会大着胆子跑来，只要你们跑来就对了会把你们安排好的，不要着急嘛！"这几句话他并未说出口，只是在内心佩服着他二人正确的决策。

这王书记想着想着又发话了："你们二人既然来了，就在我们这里好好地耍几天，明天我出去到处打听一下，看在我们公社范围内有没有没回家的木匠师傅，若是有我就把他介绍给你们学手艺，若是没有你们再回家也不迟嘛！"王书记似乎又给他们指出了一条光明大道，目的是让他二人心中踏实一点。

"你们就按王书记说的，就在他们家耍几天吧，待我和陈峰把那家活路做完后，就借钱给你们做路费回家吧！"这袁师傅也听出王书记话中之

意，觉得是人们常说的"缓兵之计"，他也来一个"顺水推舟"。

袁师傅话音刚结束，王书记又对陈灵，陈刚说道："你们两个去爬山吧，那座最高的山顶上可以看得很远也很壮观，要是你们真的回去了，以后若是没有机会再来，不到那山顶上去看看也太可惜了，去那山顶上有一条小路，是我们这里的人经常去观景踩出来的，你们慢慢地上去吧，观看后，就早点回来，不要等到天黑回来迷了路。"

王书记想到，要把他二人支远点，才能和袁师傅商量下一步该怎样安排他们四人干活的问题。不然，耽误一天，袁木匠就有一天的损失。

他二人一听王书记的建议，不好拒绝，就起身走出门去。

本来，昨天的紧张还有这几天的饥饿与劳累，今天又未落实是否能跟袁师傅学艺之事，他们心情不佳，哪有心思去游山观景，但他们不好意思违拗王书记的好意。

袁师傅当然知道王书记的用意，他二人一走马上说道："你看这事哪个安排，陈峰又不征求我的意见，张口就说要我借钱让他二人回家，我又不好明说要收他们为徒，恐怕还要王书记出主意才行。"

"你就放心吧，只要他们想学艺就好办，我把他们留在我家自有办法让他们自觉地拜你为师，今晚上你还是在我们家住着，明天一早你去和小陈把那家活路结束后，你二人赶紧来我家，把这件事落实算了不要拖泥带水，耽误一天你就有一天的损失，安排这些徒弟们的活路，我就是外行，你就早点做好准备吧！"王书记很有把握地说道。

经过半小时在林中上坡小路上的穿行，陈灵陈刚坐在王书记所指的高峰上，这山顶上一大块石头被雨水洗刷得无一丝尘土，他二人坐在这石头上可以眺望重峦叠嶂、青翠欲滴的远近山峰，这景色虽然壮观，但他二人哪有心思赏景，这时陈刚把一腔的怨气都洒向金丝猴："你这次的决策应该不正确吧，要是依我的就对了，既不会跑这趟冤枉路，也不会花这笔冤枉钱，在路上受的那些罪与惊吓暂且不说，要是真的回去了怎么向父母亲交代呢？我们两个的脸往哪儿放啊！在队里干活天天都得低着头！"

"不要埋怨我好不好？我当时准备来的时候若是不告诉你我就对不起你这铁哥们儿，你若是不来我一个人来了我敢肯定我决不会回家的，袁师傅一人不能带我们三个徒弟，他带我和陈峰两人肯定没问题，一个师傅带两个徒弟大有人在！按照这样的说法不是我害了你，而是我太讲义气害了我自己才对，所以说，现在我们既然来到这远方的土地上，就不要互相埋怨，应该同甘共苦才对。据我的估计说不定我们两人都不会回去的，若不相信那你就想起我们小时候放牛时经常骑在牛背上看连环画，那就走着看吧！"从王书记家一出来，金丝猴一直就在仔细考虑着袁师傅与王书记所说的话中含义，很干脆地发表了他的见解。

"你从哪一点敢断定我们两人都不会回家呢？"这金钢钻丝毫不赞成陈灵的说法。

"你难道没注意王书记和陈峰的师傅都要留我们耍几天的原因吗！陈峰说要借钱让我们回家是我们商量好的，是要试探他师傅的，只要他师傅不叫我们马上回家这事说不定就有转机，当然，以陈峰现在的处境，他绝对没有权力要留下我们又不好求他师傅收我们二人为徒弟，我们一来陈峰就处在夹缝中的尴尬境地，我们应该理解他才对。王书记和袁师傅既然要留我们耍几天，我们很可能要应'柳暗花明'这句古话。我二人这件事的结果只有等陈峰把那一家的活路完工回来后就一定会见分晓！你若不信就等着看吧！我是观察王书记与陈峰师傅的脸色得出的结论。"这金丝猴胡乱分析着眼前这很模糊的情势。

"你这是一相情愿，我想不会有这么简单的事情！"金钢钻又固执地说道。

"我们还是慢慢地往回走吧，王书记不是说天黑了怕我们迷路嘛，既然他二人不让我们回家我们就等着，看是我估计的正确，还是你的看法正确，最多三天就会有事实来证明！"金丝猴似乎很有把握地说道。

当他们又回到王书记家时，这王、袁二人还在闲谈着。一见他们回来，王书记和袁师傅都异口同声，并且很客气地说道："快坐、快坐！"

这两位年轻人见这两位对他们有着权威性的"大人物"这么客气地对待他们，行动举止也就自然多了。

一天的时间很快就过去了，天又黑了下来，接下来就是吃饭、睡觉自然规律。

他二人睡在这陌生的床上一夜中并未睡踏实，天刚亮他们就起了床，一见袁师傅也起了床正准备走，陈刚一见连忙问道："袁师傅这么早，要去哪里啊？"

"我去陈峰那里把那一家的活路做完后，好安排下一步的活路。"袁师傅边说边朝着一条小路走去。

这时候王书记也起了床，一见这两位年轻人站在院坝边无所事事便说道："你们这么早起来干啥子？不如在床上多睡一阵也舒服些！"

"王书记，我们哪里睡得着哇！没想到陈峰一出门就旗开得胜，我们出门就这么困难，就要走回头路。要是真的回去了，不晓得别人哪个笑话我们啰！"陈刚忧心忡忡地说道。

"你们两个怎么这样没出息呢？陈峰叫你们回去，你们就准备回家，哪个要听他的呢？"王书记似乎不解地问他二人。

"王书记，我们哪个会想回去呢？我们都是卖了家里的口粮才有路费来到这里的，你们这里除了陈峰，我们又没有别的亲戚朋友或熟人，也就是说没有别的依靠，所以也就只好听他的！"未等陈刚再次开口，陈灵便抢着说道。

"按你们这样的说法，那就没有其他的办法了？"王书记又说道。

"要是靠陈峰我看是没有希望的，真的回了家，暂不说口粮太紧张，这脸也没有地方放啊！"陈灵接着说。

陈灵和王书记一问一答，他观察着王书记的开言吐语，想看透他内心深处是否隐藏着对自己所需要的秘密。

"你们既然很不容易地来到这里，就应该想办法像陈峰那样在这里扎下根来，既解决了你们家里的口粮问题，又学会一份了手艺，也就有了一辈子的生财之道，以后回家脸上也就有了光彩！这岂不是三全其美吗？"王书记又顺着陈灵话中之意给他们出主意。

一听这话，陈刚似乎在黑暗中看到了一丝微弱的光亮，心中一阵窃喜，但他脸上并无丝毫的表露，仍然装出一副苦闷的面容，试探着问道："王书记，你昨天说过帮我们打听有没有别的师傅请你一定放在心上。陈峰现在木工手艺还未学成，袁师傅一齐肯定教不了我们三个徒弟，所以说，袁师傅那里应该是没有指望的，要是王书记帮我们找一个不管有啥子手艺的师傅，只要教会我们某种手艺能混口饭吃，对王书记的这份恩情，我们就终生难忘！"陈刚恳求着说道。

"你们嘟个晓得袁师傅一齐不能教你们三个徒弟呢？你们嘟个不直接找袁师傅谈谈这件事呢？据我所知，陈峰虽然还不到出师的时候，但由于他的脑筋太灵，吃苦精神又太强，手艺离袁师傅的水平已经很接近，据我分析，小陈几乎也可以带徒弟了，只是袁师傅不开口，他当然不能做主，我看你们这次也是下了决心要出门学手艺求生计的，待袁师傅回来后你们一定要找袁师傅好好谈一谈，在必要的时候，我会帮你们美言几句的，你们既然和陈峰是兄弟，就应该和我也是朋友嘛！"这王书记太会说话了。

"那就太感谢王书记，不知他们那里还要做几天，他们哪天才会到你们家里来呢？"陈刚未等陈灵开口，又抢先问道。

"我听袁师傅讲过，好像那家活路只需一两天就完工了，他们明天不来，后天一定会来的，等他们来后，我帮你们做点工作，叫袁师傅一定把你们留下来，但你们也要努力，不然，我就不敢保证袁师傅会收下你们！"

"谢谢王书记！谢谢王书记！我们一定听从你的安排！"陈灵陈刚听王书记一说完对他二人前途似乎很光明的话，异口同声地回答道。

就这样，他二人度日如年地等待着陈峰与袁师傅的到来。

袁师傅怀着轻松的心情和陈峰在这主人家起早贪黑地忙着，为了早点完工，好去决定如何安排他们四个人干活之事，他很清楚只要处理好了这件事后，他又增加了两个徒弟，他的收入将会很可观的，整天喜上眉梢。

这陈峰就不同了，为了这棘手的事整天焦心如焚，他不晓得，为啥子给他二人写的信他们没收到呢？不过，他晓得寄一封平常的信，在邮政局丢失也不足为奇，早知道会丢失，就是寄一封挂号信也划算，这次他二人一来，要是真的回去，这路费是贴定了，贴单边的路费就是二十元，要是贴双边的就要四十元，这笔巨款就是我两个多月的工资，也就相当于我三个月的投社款，这么大的一笔开支，我嘟个承受得起呢？就是师傅同意借给我，以后再还他，对我也是一笔巨大的债务，就算我咬牙承担了这笔损失，他们回去了也不合适，他在心中不断地问着自己："嘟个办呢？"

他本想和袁师傅商量，求师傅收下他的两位兄弟，他将全力协助他，不至于他的两位兄弟走回头路，但袁师傅又一直不提这件事，整天得意洋洋地不停干活，好像有什么大喜事要降临他的头上。一反前几天闷闷不乐的常态。

　　为这揪心事，他不同以往和师傅有说有笑地干活，也不好直接请教师傅对这件事的处理意见，他思前想后，觉得求师傅收下自己两位哥们儿毫无希望，于是，他横下心来——自来者则安之，无法逃避，就只有面对，最大限度给他们贴四十元路费，就万事大吉了，他定下心来，就一心一意以极快的速度干起活来，他想，只有早点把这家活计完工，去把这事处理后，就不会有挂心的事了。

　　尽管有了如此想法，但还是高兴不起来。

　　他和袁师傅各自怀着心事，一个高兴到极点，一个烦恼在顶峰，不过，他二人却是一个共同的目标，就是要尽快完成这东家的活计，但他们内心的想法却不一样，袁师傅要把这二人收入门中，要在他们这个队伍的成员与他的收入中翻开新的一页，陈峰却无可奈何地准备借路费安排他的铁哥们儿回家种田，免去烦恼。

　　他二人在这极不平衡的心态中，以极快的速度完成了这家人的最后一点活路。

　　顺理成章，他们结了账，又回到以袁师傅为首的基地——王书记家里。

　　"哎呀！陈峰的两位兄弟来后，又给你们增添了不少麻烦，太不好意思，我真不晓得该哪个感谢你！"袁师傅一见到王书记，就客气地说道。

　　"你就不要说这些客气话，我们又不是今天才认识的！"王书记边说边和袁师傅走向另外一间房里去了，留下陈峰三人在堂屋里。

　　他二人到另外一间房里坐下后，袁师傅抢先说道："你看这事哪个办才好，再不能让他两人在你们家白吃饭！"

　　"今天小陈肯定要来找我给他的两位兄弟结伙食账，我是不可能收他几天伙食费的，他若来找我我就叫他去征求你对他两位兄弟的安排意见，叫他求你一定留下他们两人，只要他来求你就好办了。"王书记又给袁师傅出此高招。

　　"我只好走了，我要是不走，陈峰就不好来找你。"袁师傅又说道。

　　"对！"。

　　袁师傅一进堂屋，见陈峰三人都垂头丧气地坐着，无一人发言，见袁师傅进来，陈峰问道："王书记去哪儿了？"

"在他们那间空房里。"陈峰一听，就向他熟悉的那间空房走去

一进那间空房，见王书记独自一人坐着抽烟，王书记见陈峰来到，连忙招呼："坐吧!"

一阵客气话之后，陈峰问道："王书记，他们两个这几天的伙食费是多少，请你告诉我，师傅给我发了工资，我就付给你吧!"

"小陈，你们以后在我家吃几顿饭就不要再提付钱那句话，要是再提付饭钱我就要生气了。还有，你的两位兄弟打算嘟个办呢?"王书记问道。

"我现在哪有啥子办法呢! 还不是只有在师傅那里借点路费让他们回去算了，师傅一齐哪能教我们三个徒弟，再者，师傅对我这么好，我也不好意思再给他增添麻烦事!"陈峰怀着沉重的心情说道。

"你这样做岂不是害了他们吗! 依我看，你还是应该找你师傅征求他的意见再作决定吧，据我观察，你师傅很喜欢你，凡是你的意见他都很尊重。"王书记又提醒他。

"王书记，我实在不好意思要求师傅再收我的两个兄弟，既然王书记有此好心，我去把师傅请来，你先帮我作点工作，我观察一下他的态度后，再作决定吧!"陈峰想到还是应该小心试探师傅对此事的看法后，再作打算。

"好吧，去把你师傅叫来，我先帮你作作工作，看你师傅是啥子态度再说吧!"

当陈峰把袁师傅请到王书记面前，他们三人都没有太多的客气话，就言归正传，首先是王书记发言："老袁呐，你还是把小陈那两个兄弟安排干活吧，反正我们这里的木工活路你们是做不完的。听小陈讲，他们两人回家的路费都要小陈借钱贴补给他们，这就给他背上了沉重的债务，这小伙子我太喜欢，我不忍心看着他生活在债务之中，你留下了他们两人后，你们的队伍就壮大了，在我们这里就可以占领很大面积的一块地盘，以后的杂事肯定不少，若需要我帮忙的时候就尽管来找我，只要不属于违法行为在我们这片天地里大小事情我都能帮你摆平，你看要得不?"

"王书记的建议我当然应该考虑，只是陈峰又没对我说过这事，只是听他说要我借钱给他好安排他的两个哥们儿回家，所以也就没有收他两位兄弟为徒的打算，也就是说没有再动收徒弟的那份脑筋，今天既然王书记

一提起这事，那就先问问陈峰对这事是啥子想法，我才好作决定的！"袁师傅一字一句慢声慢气地说道。

陈峰一听，心脏剧烈地跳动起来，他怀疑自己是不是听错了，语无伦次的连忙问道："师…师傅，按你…你这样说，你愿意收…收下他们两个？"

"不是我愿意不愿意的问题，刚才听了王书记的建议，我一时想到要是他们真的回家种田去了，对你对他二人都不利，要是把他们留下来就如王书记所说就不会给你背上沉重的债务，同时，留下他二人你们家乡都认为是你的能耐，你以后回到家乡在你脸上也增添了不少的光彩，别人对你都会另眼相看，不过，真要留下他二人，恐怕你又要多苦多累些啊！"袁师傅话中之意，若是收下他二人为徒，提醒他又要做好吃苦耐劳的精神准备。

"师傅，只要你把他二人收进你的门中，再苦再累我也不怕，这点你应该晓得的，况且，我们三人还不晓得该哪个报答你呢！"陈峰一听，有如一溺水者在水中挣扎时，突然有人伸出援助之手，将他拉上岸来的感觉，还怕啥子苦和累呢！

"好吧！只要你不怕苦不怕累，我们两人带他们两人，只要安排恰当，教会他们解匠和木工这两份手艺绝对不会有问题的，但你一定要给他们讲清楚不要偷奸耍滑不要怕苦怕累，要像你一样勤勤恳恳，一切听从我和你的安排，只要我们四人配合好了，他们学会这两份手艺就不会有太大的困难"。

"谢天谢地！谢天谢地！！"陈峰心里暗暗地感谢着天与地。

"袁师傅既然同意收他二人为徒，那我们都到堂屋里去吧，和陈峰那两个哥们儿一齐来商量这事！把你收徒弟的规章制度讲给他们听听，大家谈好后还要写份合同以后就按合同行事，任何人都不能违背！"王书记又提醒着袁师傅。

在王书记家的堂屋里，五个人坐在一起，商量拜师收徒的具体条件，王书记开始了他的演讲："你们新来的两位注意听着，我把这里的情况给你们详细地介绍一下，袁师傅几年前就在我们这一片做木工手艺，对他的大名我早有耳闻，只是去年才和他认识，同时也认识了小陈，这小陈太受人喜欢，经我和小陈为你们新来的二位求情，袁师傅已同意收你们为徒，你们以后都要向陈峰学习，学习他的为人，学习他吃苦耐劳的精神，只要你们把手艺学好后，在我们这一片土地上，你们就有做不完的活路，虽然不能说这一片就是我的天下，但在我们这个公社范围之内，我说话还是顶用的，前几天赶五匠回原地学大寨，袁师傅同样在我这块地盘上稳如泰山，无人敢动他们一根汗毛。你们现在已是四个人的队伍了，以后你们就是发展到四十人，我敢保证你们不但不会闲着而且也无人会找你们麻烦，到时我就把你们介绍给附近几个公社去干活，所以说，只要你们的手艺练到袁师傅的水平，这一辈子你们就有了生财之道。"这王书记不知以后的社会如何发展，以为这些人永远都会在这大山里面寻求生计，所以他十分自信地发表对袁师傅这支木工队伍的长远规划。

他停了停，又继续讲到："本来，陈峰不好意思给他师傅添麻烦，准备借点路费给你们回家的，要是这样对你们三人的损失就太大了，特别还耽误了你二人的前程，若是你们真的回去了，不知何年何月才有出门的机会，所以说，你们不要错过这来之不易的有利条件，现在就请袁师傅谈谈你们拜师收徒的规矩吧！"

陈刚心直口快，一见袁师傅征询的目光，连忙说："只要袁师傅同意收我们为徒，一切都依从师傅的规矩，并听从师傅的安排！"说话时一副紧张而又喜悦的面孔。

袁师傅的目光又投向陈灵，陈灵一见，不敢怠慢，便道："我没有意见，就按袁师傅所规定的条款签订合约吧！"他边说边想到，三年时间也太长了点，不过眼前想提出什么条件肯定是不行的，他马上想起人们常挂在嘴边一句歇后语"骑驴看书——走着瞧吧"。

"既然你们三人都同意了，那就写份书面协议吧，要是哪个反悔，是要负责任的！"王书记又补充道。

"王书记你就帮忙帮到底吧，我们四人都不会写啥子协议，你是当官的写协议是家常便饭，就请你帮我们写份协议吧，今天我们把协议订好后，我好安排明天的活路，以免再给你们家添麻烦，我收下他们两人为徒，以后一切责任我都得负，要是在你们家休息的时间多了，给你们付伙食费，那就是我的事，所以这件事说办就要办快点，在外面与在自己家里不一样，在自己家里办事拖一天两天都无所谓。"袁师傅又说道。

"好，我就按你们商量的那些条款去给你们起草协议吧，从今以后，袁师傅就是你们这个队伍中的统帅，陈峰就是他的得力副手，你们不管做啥子事都要商量着办，虽然陈峰在袁师傅面前永远是徒弟，但在别人眼中，他现在就应该是师傅才对，不然，你一个师傅是难于应付的，这点道理你们肯定比我更明白，现在你就应该和陈峰安排明天的活路，我马上去把你们的协议起草出来。"

这三个雏儿原以为是一件天大之事就这样简单地定了下来。

陈峰现在才把提在喉咙的心放回了原位，他没有想到，处理这件大事竟然这么简单，师傅竟然一次敢收两个新手徒弟，加上自己的半罐水，就是三个徒弟了，在这一家一户的活计中，怎么能施展得开呢？一想到这里他又有点害怕——要是师傅带不动我们三人，再让我的两个兄弟回家，同样对我不利，刚才王书记对师傅提议，要我在外人眼中也要当师傅，又说师傅和我是这个队伍中的正副统帅，意思是要叫师傅提升我的级别，我能行吗？

看来，在这个队伍中，他对自己已经有"几斤几两"全然不知。

他正思考着师傅怎么安排他们四个人明天的活路，这时袁师傅又发话了："小陈，你在想些啥子呢？"

"我没想别的，只是在想师傅既然收了我的两个兄弟为徒，我的责任就大了，今天肯定是无法去干活了，但明天总不能再耍了！就请师傅安排明天的活路吧，我们现在已有四个人，多耍一天，就会有很大的损失！"

"那是当然！"袁师傅同意他的说法。

陈峰哪里晓得，袁师傅对此事早已成竹在胸，于是对他们三人说道："今天王书记一提起这事，我就知道是一件十分难的事情，你们应该想到我一个人嘟个能一齐教三个徒弟呢！要说我一次敢收你们两个一点基础都没有的新手为徒，还得归功于陈峰有吃苦耐劳的精神，陈峰跟我快一年了，干活从来都是勤勤恳恳，要不是有他这位得力助手，不说一齐收你们两个新手，就是一个我也没有本事收下，小陈你应该还记得，原来王虎就是一个极不好的典型。明天的安排是这样，我们四人用两把解锯，去把姓邓那家的两棵大树解成家具材料，因为这家人催得最为急迫。为了他二人在学艺方面能同时进步，把姓邓的原木解完后，以后的活路我准备这样安排，我和陈峰分为两路，一路解锯一路做家具，他们二人轮流解锯与做家具，对他们二人在学艺方面，我和陈峰都要一视同仁，不能有任何偏心，等他们都有了做家具的基本功后，我和陈峰就各带一个，尽快教会他二人的木工手艺，我们约定的期限满后，你们都可以自立门户收徒了，我的责任也就尽到了，我们这支队伍就会不断壮大，至于你们三人以后怎样评价我在你们身上的是非功过，那就凭你们的良心吧！"

他停了停，又说道："至于陈峰的工资，从明天开始，每天我给你加两角钱，因为你要全力配合我，对他二人学艺才有好处。"袁师傅这样安排完了后，就到王书记那里去看写合同的事了。

陈峰一听，才清楚师傅原来是这样计划的，他的脑子中豁然开朗，袁师傅走后，他们三人都欣喜若狂，知道不会有什么变化了。

此时的陈峰心情既轻松又紧张，轻松的是他的两个哥们儿学艺之事犹如板上钉钉，紧张的是依照师傅刚才给他们所绘制的"蓝图"，他的担子就太重了，他怎么也没有想到师傅竟敢一次接收两个没有一点基础的新手，不过，他又算了算师傅的收入账，每天有四个人的收入，除了给我们三人每天一元七角的工资开支，其余的师傅都收入囊中，以现在世面上普遍的收入，师傅的收入也太可观了，想到这里，突然眼前一亮，觉得师傅和王书记设了一个什么局似的，但似乎又有一层迷雾挡住了视线，看不透其中的奥秘，他东想西想，又想到他寄回去的信从未丢失过，陈刚陈灵这次怎么没有收到呢？他们要是收到了我的信，肯定就不会来的，依照今天的经过王书记和师傅好像演了一出双簧戏，致使他二人来到了这里，不过来了也好，王书记和袁师傅说是看在我勤劳的份上，才收下他二人的，这证明我陈峰初次出门，还是会处事的，但是他又想到，我虽然有点小面子，但师傅没有大的收入，也不会收他二人为徒，师傅的收入小了，他和王书记的关系就不会有多牢固，为什么师傅收徒弟，王书记这么卖力呢？他翻来覆去地思考着，觉得王书记和师傅关系确实不一般，但师傅收了我的哥们儿为徒，对我们是天大的好事，师傅想收徒就明说，何必拐弯抹角、多此一举呢？他一时想不通，也就不想了，心中产生一个念头，只要时间一长，究竟是怎么一回事，我一定会搞清楚的。

　　这一天，他们在商量收徒、拜师、签合同这件"大事"中度过了。

　　签协议之事在短短的几个小时之中轻松的结束了，陈灵细细地回忆这几天的经过，觉得袁师傅太奇怪了，明明有意收我们为徒，却偏偏要吊我们几天"胃口"，弄得我们三人心惊胆战。似乎要达到既要吃鱼又要把鱼的腥味避开。

　　今天是签定合同的特殊日子，王书记认为签合同相当顺利，觉得又帮了袁木匠一个大忙，他十分高兴，晚饭桌上的菜肴相当丰盛，几杯酒一下肚，突然想起一件事来，借着酒兴，急忙说："有一件事我又差点忘了，我那侄女张仙碧前几天给陈峰带来了一本不完整的书，前后的封面不但没得了，而且都掉了几页，所以我不晓得这本书叫啥名字，我去拿来你自己看吧。"他边说边往他卧室走去。

　　陈峰把书拿到手里，见这本书不但封面全掉了而且前后都少了几页，也看不出这本书的书名，只是从装订线的侧面仿佛有"雪原"二字，他突然想起，张仙碧曾经说过，有本《林海雪原》要送给我看，因为一心一意的学艺，竟然把这事忘记了，肯定是《林海雪原》无疑。

　　于是他说道："应该是《林海雪原》吧！"

　　"对、对、对！她是说过叫《林海雪原》我年纪大了，记性太差！"因酒精的作用，王书记红着脸说道。

　　陈峰手里拿着的虽然是本残书，但他的思路一下就滑到张仙碧那五官精致如白蜡一般的肤色和那一对深深的酒靥上，她那雪白的肌肤，匀称的身材，虽然还不是一个成熟的青年，但她无疑是一位大美人坯子，还有她那善良的心地，又在她那绝美的外表上，套上了一道靓丽的光环。

　　晚饭后，陈灵陈刚拿着这份按有他二人指纹、关系着他两人这一生中第一个起点的简易合同后，已经是晚上八点多钟了，这时的陈峰感觉到沉重的担子扎扎实实地落在了他和师傅的肩上，这压力提醒着他不能懒惰，便对袁师傅说道："师傅，你不是计划明天去给姓邓的那家人解原木吗？我们还没有告诉他们家呢，明天去是不是晚了点，我想，我们今晚上就应该去告诉他们，叫他们有所准备吧！"

　　袁师傅一听，连忙说："对，你说得很对，我们马上就去，不然，明天早上再去就会弄得人家手忙脚乱。"

　　陈峰找来手电筒，和袁师傅一齐去邓姓东家联系明天活路的开工事宜。

　　当他们到达邓姓东家时，这家人已熄灯睡觉，一听袁师傅来了，赶紧从床上起来，袁师傅说明了来意，这家主人十分高兴地计划好了明天解木料的一切事务后，袁师傅和陈峰又连夜赶回王书记家睡觉，为明天教两位新手做好准备。

　　翌日，在解木料的工地上，袁师傅和陈峰就各自认定一个新手，袁师傅将教给陈峰的那一套解木板的技巧，又重复给陈刚、陈灵，但几个回合之后，袁师傅就知道这两位新手都没有陈峰的接受能力强，但想到既然是承认了的徒弟，不管他们聪明与否，只要他们持之以恒，都是要教会他们这两份手艺的，只是费力的大小就有所不同，此时，陈峰也同样感受到两位铁哥们儿不如自己开始和师傅解锯时那么顺手。

　　当然，袁师傅也是出身于农村，猛然想起稻田里面有两种泥生动物——泥鳅与黄鳝。农村人绝大部分都是文盲，但他们最善于打比方，经常以这两种动物与那些聪明与笨拙的人作比方，因黄鳝体长泥鳅体短，他们就把聪明人比作黄鳝，笨拙的人比作泥鳅，并且知道要想把泥鳅与黄鳝长度划等号是绝对不可能的，所以，就总结出这样的结论——黄鳝和泥鳅是拉不到一般长的，依袁师傅的想法，这两人和陈峰相比，注定是"泥鳅"无疑。

　　其实，这两人并不笨拙，都是农村中顶尖的奸狡人，只是他们在学艺方面，没有陈峰的领悟力强，对人没有陈峰那样诚恳，随时都注视着哪里有投机取巧的机会。

　　就这样，陈灵、陈刚新的生活开始了，袁师傅本是江湖老手，对徒弟们干活时间安排得十分紧凑，毫无半点疏漏。

　　至于陈峰，虽然还是徒弟，却干着师傅的活计，他知道，这又是他的一个新的开端，只是收入却比真正的师傅要低得多，不过，袁师傅已决定每天给他加两毛钱的工资，以此表示对他的奖赏。

　　虽然一天只加两毛钱，一个月的工资就多了六元，也是一笔不小的收入，他在心中也得到了极大的满足。

　　真是巧之又巧，就在袁师傅收下两个新徒弟的同时，有着与陈峰一面之识的王虎因受不了农村的艰苦又到广利县城找他一个远房堂叔谋求生计去了。

王虎一接触到他堂叔这大大的靠山就顺风顺水，一步登上包工头的宝座，为了感谢陈峰，便将他们请出大山区来到人们向往的城镇，使陈峰大开眼界。

世事难以预料，陈峰进城以后对王虎又产生感激之情，王虎辉煌十多年后又落魄了，陈峰为了帮助王虎，却又使自己倾家荡产，那是后话。

第十一章 >>>

师傅探亲

陈峰从事木工行业已经整整两年有余了，在这两年中，他经过了踏踏实实的学徒一年，帮师傅带徒弟又是一年，在这后一年中，他给师傅带徒弟立下了汗马功劳，帮师傅带徒弟从解锯到学木工这一过程中，他跟师傅的配合虽不能说是后无来者，但前人能有他们配合得如此之好在王书记的记忆中还不曾有过，现在陈灵陈刚虽然远不极陈峰的手艺娴熟，但他们不但牢牢掌握了解板技术而且木工技术也有了一定的基础，便形成了袁师傅与陈峰各带一人的局势，陈峰带陈刚或陈灵二人中的任何一人，不但不会感到吃力，反而还将需要出大力的活计丢给他的哥们儿，这足以证明现在陈峰和袁师傅在体力方面已经轻松多了。

在陈灵与陈刚二人初来时，陈峰收到张仙碧给他借来的残本小说《林海雪原》，那书虽然是本残书，但当时他双手捧着这本残书时，激动的心情难于平静，由此，他感到这姑娘的心灵犹如她外表一般美丽。

他得到书的开始几个月中，由于陈刚、陈灵都是一窍不通的新手，尽管他每时每刻都渴望着想阅读这本书的内容，但也抽不出时间翻阅几页，一直过了近半年多时间，也就是临近春节时，陈灵陈刚有了一定的基础后，他和袁师傅才有了轻松的感觉，一有机会，他就见缝插针地开始翻阅这本残书。

几十页之后，他就被书中的英雄人物吸引住了，对这本残书简直爱不释手，那三十多人的小分队，个个身怀绝技，竟然消灭了数十倍于他们狡猾而又凶残的土匪，这当然既归功于少剑波的正确指挥，但也少不了身怀绝技的战斗英雄发挥了他们各自的特长。

陈峰对那些战斗英雄们在那艰苦的战争岁月里，个个练就的独特技能羡慕得难以入眠，他们在那激烈而紧张的战斗生活中显得轻松而乐观，相反，在这集体化的和平年代里，在农村种田，反而生活在恐怖之中，社员们随时随地都要注意着和那些小官儿们处好关系，不然，穿"小鞋"与扣公分的厄运随时都会降临在自己的头上，大多数社员们看不透世事中的这些微妙因素，为了自己的子女有当兵或者调走"吃皇粮"的机会，便将自己省吃俭用从牙缝中节省出来的几个硬币用来买酒、卖肉、买烟款待那些值不得一提、微不足道，但又能影响自己子女们一生前途的"土皇帝"们。但是，日复一日、年复一年的希望，都成为竹篮打水，到头来，那些子女们还是只有靠自己背上"走资本主义道路"的罪名，走闯荡江湖以求温饱这条艰难而又带有"违法"性质的危险之道。

陈峰经过两年的拼搏，如今，虽不能说是大功告成，但也有收获，他想依照他和袁师傅订的口头协议，还有一年就要满师了，只要一出师，身份和收入就上了一个台阶，如今，当然没有打仗当战斗英雄的机会，但有"七十二行，行行出状元"这句古言，只有在我所选定的行业中有所作为，在同行之中能闪烁出几团耀眼的"火花"就知足了。

在这紧张地忙碌中，他集中所有精力，专心致志地帮他师傅传授徒弟，也是在教他铁哥们儿的手艺，自从他的两个哥们儿来后，师傅就有了三个徒弟，这师傅的收入也真大，每天有两人做家具，工资每人一元二角，共二元四角，又有两人解板，解板都是计件工资可以达到每人两元以上，也就是说一天至少四元，按这样计算，四个人一天就有六元四角钱的收入，减去我们三人每天一元七角钱的工资开支，师傅就剩下了四元七角。按照每月以二十八天计算，师傅每月就有一百二十元以上的纯收入，他很清楚这年代就是国家基层干部与教师，也只能领到三十元左右的月薪，师傅收入就有他们的几倍。

陈峰因为常有要报答师傅传艺之恩的想法，所以也就不计较师傅的丰厚收入，觉得师傅的收入再高也应该，这是师傅的真本事，但是，陈灵、陈刚就不同了，他二人都有嫉妒师傅收入太高的想法，但又毫无办法。

这袁师傅不愧是江湖老手，他操纵着这四人队伍简直得心应手，转眼就是一年了，他很清楚他们四个人只要休息一天，他就要损失六元以上的收入，徒弟们都是以月计算工资，就是休息，也要给他们付清协议上所约定的副业款，所以他每时每刻都计算着时间，这家主人啥时候完工，下一家主人什么时候开工，这一年之内，只有几个主要节日才休息了几天，这陈灵、陈刚把这些都记在心中，他二人经常计算着袁师傅的收入，并未忘记这一年中除了过节，袁师傅从未有过安排失误而多休息一天，从心底佩服师傅的精明。

在陈峰学艺至今已有两年多的时间里，他两个兄弟来后在他有力的配合下，袁师傅带着三个徒弟简直一帆风顺，现在陈峰的两个哥们儿都有了一定的技术基础，当然，陈峰比他二人有着更高几层的木工技术与经验，如今，陈峰要带他两个哥们儿其中任何一人干活，技术指导与活计安排不会有半点失误，对如今这大好形势，袁师傅了如指掌，当然，他的盛钱囊也高高地鼓了起来，心中感到无比的欣慰。

于是，他便产生了要回家的念头，因为他的老婆催他回家的信已经不知有多少封，他经过仔细考虑后，知道自己就是回家去了，因为他的徒弟们都未满师，他们所挣的钱还得全部交到他的手中。

说来也巧，在他刚刚产生回家的想法时，突然接到他家中发来的电报——"家里出大事了，火速返家。"

于是，他把陈峰喊到面前以温和的口气说道："为了教你们几位手艺，你也晓得我已经有两年多没有回过家，家里已经多次写信催我回家，我最近准备回家一趟，安排一下家里的事务再来，我晓得依你现在的技术水平，带着他二人干活已经毫无问题，你看怎么样？"

陈峰一听袁师傅要回家，要他带着他的两个铁哥们儿干活，知道自己完全可以胜任。但他嘴上还是说着谦虚话："师傅，你准备啥时候回家？我从跟你学艺就没有离开过你，你要是回去了，我带不动他们哪个办呢？"

"这个嘛我已考虑过，你带着他们二人干活是绝对没有问题的，所以才有了回家的打算，我现在就把哪几家先做哪几家后做安排好，你就按我安排的顺序做就行了，我估计你带着他二人还没有把我安排给你们的活路做完我就会来的，还有你若有啥子事情解决不了或者做不了主，就去找王书记给你出主意吧，你晓得王书记是我们最贴心的好朋友啊！"袁师傅给陈峰镇着胆量并出着主意。

"好吧，既然师傅一定要回家，我只好大着胆子试一回吧。话又说回来，你确实也该回家一趟！这两年你为了我们没有回过家，我还真感谢你呢！"陈峰又讨好着师傅说道。

袁师傅见陈峰高兴地接受了他回家的打算，便又拿出家里刚发来的电报，陈峰一看大吃一惊，连忙说道："既然是这样，师傅你就赶紧起身吧！这里你就不用操心了，我一定把这里的事安排得很好！"

翌日，袁师傅丢下他的三个徒弟回家去了，陈峰却对师傅电报中的"家里出大事了，赶紧回家。"而放心不下。

袁师傅走后，陈峰哥们儿三人就拼在一个主人家干活，这就显得十分亲热，每天都有说不完的心里话，这陈刚陈灵就以全年得不到几天休息作为话题，和陈峰探讨袁师傅的为人，在开言吐语中免不了有些牢骚成分，陈峰心中本来和他们有同感，但他清楚对他们的说法不能有赞同之意，要是在言语中同意了他们的说法，就成了推波助澜，在他们这个队伍中就必然会掀起"波浪"，对师傅的收入就会有所影响，要是闹腾大了，对他二人学艺方面同样会有极大地影响，这样算起来，吃亏的还是他二人。

他想到这里，便说道："你们不要光看师傅现在的收入大就有了嫉妒之心，这是他奋斗近二十年应该得到的回报，我们要把眼光放长远些，你们才来了一年，我已经整整两年还多，袁师傅为了抓点收入和传我们手艺，他家里不知写过多少次信催他回去，他都坚持着没回家，在我们不能单独干活时，若是跟他闹翻而散了伙，对你们学艺的影响才是最大，所以说，我们不要去计较他的收入，只有我们三人手艺都学成了，才是我们最大的收获，以后我们要紧紧地团结在一起，有了困难才能克服！"这陈刚陈灵听陈峰这样一开导，犹如刚要燃起的火苗，被陈峰一瓢冷水浇灭了，并觉得陈峰说的确实是道理，他们也就不好意思再说师傅的不是，只好把这不满的情绪深深地压在心底。其实他二人也心知肚明，现在只要一离开这袁师傅，在外面是难于混到饭吃的，那就只好回家种田了，还是陈峰说得对，眼光要看远一点，至少还得坚持一年再说。

几天以后，他们在一起干活的新鲜感减弱了，也少了谈话的话题，各自一心一意的干活，因为少说话，活路的进度无意之中加快不少。

在这没有干扰的情况下，陈峰因为技术已经相当娴熟，干着任何一种复杂活计都不会再动脑筋。他一边干着活，一边又回忆起今年春节在王书记家那难以忘怀的情景……

　　……跟去年一样，今年春节那几天，陈峰和袁师傅还是去王书记家过的新年，只是新来的陈灵、陈刚二人未去。虽然王书记一再坚持要他四人去他家过年，袁师傅觉得一齐去四个人太多，就将二金安排在关系比较好的另外一家，陈峰又顺理成章看见了那位未成年的美人，那姑娘问他那本《林海雪原》是否看完，要是看完了，她再给他找几本书来，陈峰回答道："在收到你那本书的同时，因为来了两位哥们儿，自己的经验与技术都处在尚未十分成熟的阶段，就要帮师傅授徒，感到力不从心，觉得十分劳累，实在抽不出时间看书，经过半年多过分的操心与苦干，临近春节他们有了一定的基础才翻了几页，过年后每天就有时间多少翻阅几页了！"这姑娘一听，觉得现在帮不上陈峰的忙，仿佛有点失落似的，也不好再问其他，因在她姨爹家，她们不好太多的接触，只是心中暗暗想到："只有等到下次见面再提此事吧！"

　　春节过后，陈峰与师傅各自带着一位徒弟，不再像去年那么费力与操心，时间在斧子、锯子与推刨的挥舞中，又飞快地流逝了半年多。在这段的时间里，陈峰抓紧时间看完了那姑娘借给他的《林海雪原》，那书中显然都是一些有血有肉的真实人物，但他却不晓得那些人物是否有所虚构，认为那些人物在剿匪之中立下汗马功劳，他们将会成为千古不朽的英雄，他觉得这一生中是不应该忘记他们的。

　　由于绷紧的神经松了，现在他又希望见到那位姑娘，一是想一睹她那世上少有的容貌与那从未见过的女人身段，再者希望在她同学那里再给他借几本书来，现在他又没有书看就感到十分空虚，只要一有丝毫空闲，就只好把《林海雪原》拿在手里重新翻阅。

　　在师傅还未回家的前段时间里，他借故收信去过王书记家几次，都未见到那位姑娘，但又不好打听那姑娘何时才到她姨爹家来，只好把王书记家的报纸和《红旗》一扫而光，但那点有字的东西是不能满足他对文字的渴求，每次去王书记家时，都是精神百倍，旋风般的飘到王书记家，但见不着那姑娘后，就如泄了气的皮球，与王书记完了礼节性地告别后，又浑身无力地又回到他干活的东家。

　　袁师傅从中看出了些许端倪，觉得陈峰有事无事经常往王书记家里跑，不知有啥目的，却又一时摸不透陈峰的心思。

现在，师傅回家去了，按理说应该是自由一点，但他却不然，反而更加尽职尽力地帮师傅授徒，抽不出一点时间去王书记家遇机会"一饱眼福"。

一天，他正一心一意地干着活，突然有人给他带信来，叫他去王书记家收信，他一听有信来了，就急忙安排好"二金"干着力所能及的活路，便如飞似的飘到了王书记家，却意外地见到了那位姑娘，那姑娘一见陈峰到来，便喜出望外，并急忙解释说："今天喊你来收信是假的，我喊你来拿书才是真的，我已经来姨爹家好几天了，终于想出这个办法把你骗来了，希望你不要抱怨我骗了你啊！"这姑娘边说边红着脸笑了起来。

"我哪里会往你骗我那方面想呢！其实，我早就想见你一面，春节一别，又是半年多了。在这段时间里，早已看完了那本残书——《林海雪原》，这是我第一次看小说，因为太缺少书看，已重阅过几遍，我对那本书的印象太深了！现在一离开书就觉得太空虚，如今除了你姨爹的报纸与《红旗》，就再也见不着有字的纸片，今天终于把你盼来了，唧个还会想到你会骗我呢？"陈峰急忙解释道，并且暗想："要是你天天这样骗我才好呢！"

几句客套话过后，他们便攀谈起来，这姑娘当然迎其所好，巴不得和他能够多谈些时候，陈峰问这姑娘学习怎样，这姑娘又问他活路与学艺如何，他们各自搜肠刮肚地找着话题，尽量不让谈话中断。

"你今年应该是初中毕业了吧？"陈峰明知故问，无话找话。

"现在是暑假期，上学期就是初中最后一期，下年就应该进高中了，现在升学又不考试，推荐、选拔已推行了好几年，还不知能否上得了高中，要是上不了高中，就只好回家种田了！"这姑娘对能否进高中似乎很渺茫。

"你是1955年出生的吧？"陈峰问道。

"不，我是54年出生的，我8岁才开始上学，比其他同学进学校晚一年。"姑娘答道。

"要是能进高中最好，你姨爹是书记，你求他想想办法吧！"陈峰向她建议道。

"这点道理我们是晓得的，我姨爹的人缘关系很广，这次来姨爹家已经快一个星期了，就是要求他给我办这件事，他已经去公社与区上求人去了，我是在这里等候消息的，不然我早已回家去了，也没有机会把你骗来啊！"这姑娘笑着说道，脸上的皮肤一活动，牵动了那两个酒靥在凝脂般的脸上不停地跳动，显现得更加深美。

"依你这样说来，你上高中是没问题的，你们有条件读书太幸福了，千万要珍惜，我这一生就没有上学的命，只有在不能上学的惋惜中度过！所以，只有到处找些书看，以至于得到星点儿的满足，你姨爹家的报纸与《红旗》对我是有一定启发的！我从内心真感谢他啊！"这姑娘听出，他语气中有着浓厚的伤感之意。

"啊！你一来我只顾高兴，又差点忘了。我在同学那里给你借到一本外国小说，《钢铁是怎样炼成的》。我对小说不感兴趣，从未翻过一页，据那同学讲，是啥子'缩写本'，我也不晓得为啥子叫'缩写本'，按字面理解，这本书应该很长，编辑把它无关紧要部分删掉将精华浓缩再出版，就成了现在这么薄薄的一本，不知我的理解是否正确？"她边说边从书包里拿出书来递到陈峰手中。

"我更没听说过缩写是啥子意思，今天我才听你说到这句词语，不过，我认为你那种理解应该是正确的吧！"经过思考后，他同意这姑娘的见解。

陈峰以激动的心情把书接在手中一看，纸张已发黄，毫无新鲜感，他没注意到这书是哪年出版的，它的装订和现在的书迥然不同，书页是从左边翻往右边的，字行是竖着排的，陈峰还未见过这样装订的书本，在手中翻看很不习惯，不过他心中想到，只要有书看就行，还管他左翻右翻、横排竖排。

"有书看真好！从认识你姨爹以后，他家的《红旗》与报纸使我知道了不少的新鲜事物，也增长了不少的认识，还有你那本《林海雪原》对我的影响就更大了，今天这本书不知是啥子内容，不过，我才不管它是啥子内容，只要有书看就是好事！"陈峰把书一接到手中，心情激动得不由自主地说道。

这姑娘一听，领悟到陈峰的话中对她姨爹和她本人都怀有深深的感激之意。

"你估计这本书你要用多长时间才能看完?"

"这薄薄的一本,我估计看完还是要用个把月时间,因为我看书是靠吃饭后休息的那几分钟和晚上睡觉前的几分钟,除了这点时间,是没有另外时间看书的,白天是计时工天,晚上用煤油灯照明时间长了主人也会不高兴的。"他如实地答道。

这姑娘一听,内心替陈峰一阵酸楚,心想,在这样的条件下还要坚持学习,这精神……

陈峰估计了一下时间,觉得王书记的老婆快要收工回家,就说道:"我该回去了,要是你姨妈回来看见我们单独在一起耍,会有看法的。"

"好吧!我们下次见面约定在啥时候呢?"这姑娘又问道。

"我想应该是你上高中的时候吧,你若是接到上高中的通知书后,在哪所学校,就想法告诉我吧,好为你祝贺祝贺!"

"那好!这年代这样的事在我们山区农村是一件大喜事,都要请几桌客人庆贺一番,到时候我姨爹肯定会请你师傅和你来祝贺我们,你师傅也绝不会把你丢下他一个人来,这样,我们就不会有啥子顾虑了!"

他们约好后,陈峰又回到他干活的东家,在心情特别舒畅的支配下,精神百倍地干起活来,又要为师傅创造出丰厚的收入。

第十二章 >>>

陈峰家事与师傅小舅子

农田里的一切农作物，经过夏日火热阳光的催促后，又到了秋实季节。

陈峰未经任何人允许出走后，至今已有两年多，家中仅有的一个年轻劳动力——妹妹在上年又出嫁了，由于陈刚陈灵的到来，他无法脱身，只好求师傅借给他五十元钱寄回家去，作为妹妹的婚礼开支，由此，他感到太对不起妹妹，这样一来，他家里就没有主要劳动力了，他父母年事已高，在这收割季节，生产队里几乎天天都要分东分西，比如说要分几斤柴、几斤草、几斤苕藤，都要靠他父亲或母亲去背挑回来，他父亲虽说年纪大了，但毕竟是在成年累月劳动之中锻炼着的男人，挑几十百把斤重的担子还能勉强胜任的，但有时几个地方一齐分配，他父亲就忙不过来。一遇这样的情况，他母亲就要亲自出马去背回那几十斤柴草或苕藤，他母亲无疑是经过旧社会缠足时代过来的一位老人，一双小脚的背上要承受几十斤的负荷，这痛苦可想而知，但这两位老人为了生活，不能让这些属于自己的东西落入别人之手，不得不咬着牙将这年代值不了几分钱但人们都离不开的"宝贝"背回家来。

以两位老人现在的家庭状况，生计是不会紧张的，因陈峰走后，从未欠过副业款，分粮时也没有受到过阻碍，他家三个人的口粮，只有两位老人消化，因此两位老人在粗茶淡饭的生活中就不会有肌饿的情况发生，但苦就苦在一年春秋两季抢种抢收、分领东西的季节中。老人们的身体一年弱过一年，觉得已经力不从心，便在陈峰身上打起主意，他们认为自己的儿子已经到了当婚年龄，与他一般年龄的那一伙青年，除了和陈峰在一起的陈灵、陈刚，其他都已完婚，经老两口商量后，便召回他们的两位女儿，研讨陈峰的婚姻问题，经女婿女儿共六人一致通过后确认这事应该办了，既解决了家中缺少劳力分领东西的问题，又免遭嫉妒陈峰学艺的嚼舌妇人们说陈峰难讨婆娘的饭后话题。

其实，由于陈峰出门已过两年，而且副业款从未拖欠已经小有名气，一些妇人似乎看中了陈峰的前途，早有了牵红线的想法，觉得只要这笔"生意"一成功，比别的生意多得几块红线钱是十拿九稳的事，陈峰的父母早已看清了这点，只要一传出儿子要订婚的消息，不愁没有"鱼儿"上钩。

果然，陈峰父母准备给陈峰定婚的消息一传出，就有不少"专业"与"业余"的媒婆来跨他家的门槛。

六人的意见统一后，陈老头便将家中的艰难情况以十分夸张的语言发信给陈峰。

当陈峰看完信后，矛盾的心情使他心乱如麻，他没有忘记曾仕豪老人如金玉一般的嘱言，也没有忘记张仙碧沉鱼落雁之容貌，更不会忘记张仙碧还有一颗与她外表一样美的心灵，但父母在家的实际情况又太残酷了，快进六十的小脚母亲还要去山上背回那不值几分钱但又舍不得丢掉那几十斤柴草与苕藤，一想到这里他的心痛了起来，实际上，他早就估计到这一点，但没想到有这么严重。

但是，他现在的实际情况是不能回家的，因师傅还未来，他现在承担着帮师傅教两个徒弟的重任，若是他陈峰一走，他们这个队伍一定瘫痪无疑。

经过两天的、激烈的思想斗争后，他作出了不能回家的决定，并写信向父母说明了不能回家的理由，也做了安排。

他把最难解决的就是生产队分领东西的这件难事向陈刚陈灵谈后，要他两家把这件事帮助解决一下，他才无忧无虑地教他二人学手艺，就这样，陈刚陈灵同时也寄回一封信，告诉他们的父母一定要解决陈峰家分领东西的问题，这一次王书记就帮他们寄走了三封信。

陈峰寄走信后，心中略微平静了一点，又经过几天的周密思考后，觉得还是不妥，知道这不是长远之计，这"二金"家里的人帮忙分领东西短时间还可以，时间长了他们两家肯定会厌烦，于是，他又写了一封信寄回去，专门谈到生产队分领一切东西的问题，建议他父亲考虑哪家劳动力剩余最多，信中之意就把队里分领东西这项活路承包给那家人，他家若要工钱或要粮食或以后他家里有人要学木工手艺都可以承诺，等到我满师后就要自己收徒弟，就可以优先考虑那家儿子的学艺问题，这封信很短写好后又托王书记寄走。

他父母接到信后，知道这一年之内儿媳妇之事已经无望，便无可奈何地将来家里给陈峰说媒的"专业"，或者"业余"的媒人们婉言谢绝了。

他刚寄走第二封信的第二天，袁师傅又回到王书记的辖区内。

袁师傅回家后把两年没有回家的遗留问题以快刀斩乱麻的招数雷厉风行处理完了，因这两年他的收入颇丰囊中厚重，一见师傅到来，陈峰极不放心的是师傅电报之中"家里出大事了"那一句使人恐惧的不祥之言，便向师傅打听那一句话的来由。

不料，师傅却详细给他道出一件既残酷又可耻还哭笑不得的一桩丑闻：

你师娘有一弟弟因为排行为四，所以取名李和四，这人生来虽然胆小怕事但长得十分帅气，大概是姑娘们见到他很顺眼所以结婚很早，他那老婆——顺英在他们附近几个生产队还没有哪个女人能与她的漂亮度划等号，结婚后在短短几年内就生下一双儿女，但不知那双儿女究竟是谁的种很难说清，大概是遗传顺英的基因吧，简直称得上是一对金童玉女。不晓得李和四那小舅子怎么搞的，顺英生下一双儿女后更显得妩媚动人，他们生产队的老少爷们目睹那顺英的美色犹如绿苍蝇盯着一堆臭狗屎一般盯着那婆娘。小舅子虽然帅气，但老实得几乎到了憨包的地步，因为惹不起顺英，只好一只眼睛睁着一只眼睛闭着，这一下他的麻烦事就来了，先后就有几个二流子一类的恶少不知对那憨舅子戴了多少顶绿帽子，其中一个名黄超的比那几个二流子有着更凶狠的打算，他不满足和顺英经常的一时之欢，下决心要将她长期据为己有，为了不让别人抢走，他想到"先下手为强"这句古话，于是，便和顺英密谋，一定要把我那憨舅子置于死地。

经黄超和顺英一段时间的策划，色胆包天的恶毒计划确定了，顺英便回家和李和四商量，说是楠溪场上的鸡最贵，叫李和四天不亮把家里的两只鸡背到南溪场上去卖了给两个娃娃买衣服，并且告诉他黄超也要去赶场卖东西，叫他和黄超一路相互有个照应，李和四信以为真，半夜刚过，顺英便把他吼了起来，用背篓背着两只鸡朝着南溪场走去。

去南溪场必须顺嘉陵江边朝上游步行几公里，中途有一段单人一脚之路是去南溪场的必经之道，因这一段路上下都是悬崖峭壁十分险要，峭壁下面是汹涌澎湃的嘉陵江水，人若步行这段路都要小心翼翼才能安全通过，为了安全有时甚至犹如狗一样手脚并用，所以，当地人们就把这段路取名"狗爬岩"，

李和四不知顺英和她情夫设此毒计，在黑夜中如往常一样毫无顾忌地向前走去，当他和黄超行至"狗爬岩"中段时，被走在后面的黄超事先准备在背篓里的木棒一棒击倒连人带背篓向悬崖之下滚落下去。

这黄超从小和李和四在嘉陵江边长大，黄超知道他水性极好，为确保李和四死于嘉陵江的激流之中，那黄超绕道来到仅有一脚之路的江边，用手电光搜寻着李和四在这险要的江边是否有生还的迹象。

果不出他所料，大概是李和四命不该绝，当他借着手电筒的光亮搜寻到一段流水缓慢的江边时，发现江边有几个石头挡住了李和四，虽然人未落入江中，但在滚落时浑身上下在岩石的撞击下撞开了不少窟窿，留下几滩血迹，在黄超手电光的照射下浑身疼痛的李和四看见黄超又来置他于死地，心想这下完了，他知道黄超谋杀他的目的，由于受了伤晓得斗不过他，便抓住石缝中的一窝茅草梭入水中哀求道："黄超，你要顺英，我给你就行了。我的两个娃娃还小，我不能丢下他们，请你不要杀我，我和你回去就把手续办了！"

这黄超并不回答，当他爬到李和四近前，便又举起刚才砸过李和四的木棒朝着他的头上狠狠地砸去。

李和四这时才觉醒哀求无用，便扯开嗓门大喊："杀人呐！救命啊！"在黑暗中借着黄超手电的光亮头一歪躲过了这致命的一击，随着嘉陵江的流水游走了。

在这夜深人静之时，这救命的恐怖声传到嘉陵江对岸，这年代庄稼成熟时常被人偷盗，对岸庄稼地一守夜人听见江这边传来求救的恐怖声，他不敢声张，焦急地等待天明。

李和四凭着极好的水性晕头晕脑地往下游游了一段摸黑爬上岸，凭着

熟悉的地形跑回家中，向顺英述说了一切，被顺英臭骂一顿后，便用棉花和草纸将头上在岩石撞击的几个不小的、正急速流着血的窟窿眼止住了流血。

天亮后，顺英又换了一副面孔对他说道："我去请个医生来给你包扎一下，医生问你你就说是从岩上摔下去伤了的，你如果说了实话人家都会笑话你太没用了，黄超更不会放过你的。"李和四点头答应。

翌日，嘉陵江对岸的守夜人并未忘记昨晚上后半夜那喊救命的恐怖声，天一亮他就注意对岸是否有人干活，一直等到上午10点，才发现对岸地塄上有几个小姑娘背着背篓割草，便对着对岸喊道："喂！对岸的人听着，就在你们岩下面昨晚后半夜有人被杀了，赶紧回去告诉你们当官的，叫他们向上级报告来弄清情况并破案！"说完后就走了。

几个小姑娘听说杀了人，吓得晕头晕脑便脚忙手慌跑回家向大人述说了嘉陵江对岸人所说昨夜的恐怖之事。

几个小姑娘的父母不相信有此事发生，当无事一样向支部书记反映了小孩们所说的情况。

这支书还是有点责任心的，他亲自来到小孩描述的地方一看，见岩上有不少血迹，他大吃一惊，估计确实有人被害，于是，他立即跑步到公社向领导汇报了他的辖区内所发生的案情，党委书记立即向治安工作人员下达命令："赶紧去落实，若案情属实，立即向上级汇报！"

这样一来动静就大了——

公社的治安工作人员遵照党委书记的命令到实地一看，断定此处确实发生过凶杀，立即向上级报告，区一级来人了；

区上领导一到现场，也断定确实有人在此丧命，区领导马上向县公安局报案；

几个小时后，县公安局破案的人马也到了。

当天下午，江边的沙滩上站满各级领导与破案人员，并且拉起了警戒线，成百的社员和顺英只能站在狗爬岩上面庄稼地边上看热闹。

与此同时，李和四被顺英藏在柴楼上不准下楼。

为了配合上级领导破案，基层干部便动员附近生产队水性最好的年轻社员出面协助，经过几个常在嘉陵江水中戏耍犹如"水獭"式的人物两天的辛苦在嘉陵江水底没找着尸体。

一个礼拜过去了，几级破案单位花费了不少人力物力，案件却无丝毫进展，各级破案人员没辙了，这些破案人员虽然辛苦了近一个礼拜，案件未破，对作案者怀有满腔怒气，但人命关天，无法向上级交代，便重新开会研究下一步如何破案，经过两个多小时的讨论，任务落在基层干部身上，命令他们在短期内定要查个水落石出，并留下一名配枪警察协助破案。

就在大家一筹莫展之际，一个不爱说话、二十多岁刚上任不到一年的生产队长慢声慢气地说道："我来出个主意不晓得行不行？采纳不采纳这办法请领导们决定吧！凶手作案现场就在我们大队的地盘上，作案时间应该在天亮之前，又是在那十分险要的狗爬岩，以我的想法受害人应该不是远方人，远方人不晓得有狗爬岩这条险要之道，肯定就是我们大队的社员，把我们大队的男女老少全部召集在大队部开大会，要是有了缺席的人再查他的下落！"

支书一听，以责备的口气训斥道："这主意很好嘛！你怎么不早说呢？"这支书也太霸道了，他自己智商不高，还怪别人说晚了。

这年轻队长"一石"敲醒两位基层领导的智商，大队会计灵机一动："不忙开大会，我想起一个人，这几天我们这里个个人心惶惶，怎么一直没见着他呢？民兵连长派两个民兵，书记和我还有留在这里的警察同志，我们马上到他家去了解一下！"大队会计一听小队长主意极好，他的灵感也来了。

这几人一来到李和四家，便问顺英李和四去了哪里，顺英一见，知道隐瞒不过，便将隐藏在柴楼上的李和四喊下楼来，众人见李和四头部包扎得只剩两个眼睛在外，便追究他受伤的原因，李和四本就胆小如鼠，浑身颤抖并流着眼泪向这些领导道出他险些丧命的经过。

未等李和四讲完，民兵便带着警察向黄超家奔去，手铐也同时落在顺英的手腕上。

支书派了两个民兵跟随警察将这对与众不同的男女押往县城。警察临走时回过头来，怀着感激的心情看了看那年轻队长，心想，这人要是在公安战线上应该是一把好手，准备回去向领导反映这年轻人的智商。

果然，这警察回去向领导反映了这年轻队长的情况后，领导果断地作出决定，将这生产队长招收在公安局临时岗位上，后来，这年轻人没有辜负领导们对他的期望，从临时工做起，一步一个脚印成为一名出色的警察。

"你内弟的老婆被逮捕后，你内弟的脸面应该是太伤了吧？他们家也太惨了嘛，你把他们家安排好了吗？"陈峰不放心地问师傅。

"安排好了。这次来这里我想找王书记求个情，准备把他户口迁来这里，这事过后那小舅子确实没脸面在我们家乡过日子啊！"

"嗯！应该是有这道理的！"陈峰赞同师傅这主意。

对他小舅子之事，袁师傅不好耽误，不到一个月就把李和四一家三口的户口迁在王书记的辖区，这一双儿女不但懂事而且勤奋学习，成人后大大地给李和四争了气，双双的出人头地，儿子成为一所很有名气的一小学校校长，姑娘在改革开放后走经商之道特别出色，大有作为，这也是后话。

袁师傅讲完这传奇的故事后，又回到他的工作岗位上，陈峰向师傅汇报了他走后的一切。并把他收到的所有工钱悉数交给了师傅。

真是巧之又巧，就在袁师傅来到的第三天，王书记就带信来叫他们四人明天一齐去他家耍一天，袁师傅不知是什么喜事，要请他们四人一齐去，陈峰晓得肯定是张仙碧被推荐上高中之事已落实，内心一阵窃喜，但又想到自己的命运与处境，鼻内不由自主地发起酸来，他赶紧调整好情绪，将快要流出的眼泪忍了回去。

袁师傅和三个徒弟来到王书记家，王书记告诉他们是庆贺他侄女张仙碧上高中的喜事，并有其他的十多位朋友，他们四人一到，王书记要请的人都到齐了，便带着这一行人朝着张仙碧家走去。

张仙碧和她父母在家等候着客人，一见客人到了连忙招呼落座，张仙碧一见陈峰到来，她那满面春风、凝脂般的脸上又增添了几分喜色，并泛起淡淡的朝霞，更显得娇艳妩媚。

当袁师傅得知王书记宴会的原因后，马上想到应该有所表示才对，就和陈峰商量礼节的轻重问题，因为是祝贺张仙碧上高中，陈峰当然希望表示得越重越好，便道："我们两人就送十元吧，他们二人还是徒弟就不必送了，你看要得不？"

"是不是太重了点，这年代五元钱应该足够了吧？"袁师傅一听，觉得送十元钱太重，在这普遍未解决温饱的年代有点不合情理，他不知道陈峰内心的秘密，便建议道。

陈峰也知道在这年代这礼节实在太重，听袁师傅说只送五元连忙说道："王书记对我们恩重如山我找不到机会报答，他侄女这次升学是我们报答的最好时机，你送五元也可以，我是准备送十元钱的！"

袁师傅一听陈峰的态度如此坚决，心想，你陈峰送十元就是你半个多月的工资，就会影响你缴队的副业款，他想了想又说道："我送十元就十元吧，你送五元就行了嘛！王书记也知道你还未出师，你送五元钱也合情合理，不要打肿脸充胖子嘛，这样会给你带来债务的！"

"不怕，我会另想办法的，王书记对我如亲人一般，我送五元内心觉得不平衡，至于投社款，我告诉我爹卖点粮食就行了，因为我不在家少一个人吃饭粮食是有剩余的，用口粮换十元钱作为投社应该不会有问题！"陈峰还是固执己见。

袁师傅见陈峰的态度如此坚决就不好再强行阻拦，暗暗佩服这徒弟太讲情义，他却不知陈峰与张仙碧另有隐情。

来祝贺张仙碧上高中的客人坐满了四桌。

贺宴结束后，送礼人的金额在"礼尚往来"的账单上记录得清清楚楚。

当然，袁师傅和陈峰的礼金最重。

王书记和张仙碧的父母在盘点礼金时发现陈峰与袁师傅各送十元钱后大为震惊，一致认为，袁师傅送十元钱虽然很重，因为他带着三个徒弟还不足为奇，只是对陈峰这十元礼金感到太意外，他一个徒弟每月工资二十来元，就把半个月的工资都送掉了，实在不忍心收下这份重礼，王书记就把陈峰喊到面前，语重心长地说道："小陈，我们这次请客吃饭只是大家来祝贺我侄女升学这件大喜事，并无其他想法，别人送两元、三元的，有个意思就行了，你一个学徒工就送十元钱我们是不好意思接受的，还是还给你吧！"

陈峰一听，要退还他的心意，连忙说道："王书记，你对我的恩情太重了，我正找不着机会报答呢！总算有了这略表心意的机会，再者，我太羡慕有条件读书的人，你侄女有条件在学校深造真是天大的幸福，我这样表示一下，希望能在她学习上起点鼓励作用，更希望她能继续高升，别无其他意思！"

"你的意思我明白，但是，你把缴社的副业款用在这方面，你又怎么向你父母交代呢？"王书记提醒道。

"我自有安排，在此，就谢谢王书记的关心吧！"

王书记见他的态度如此坚决，也就不好再坚持，但对他刚才所说的"别无其他意思"产生了某一想法。

张仙碧在她姨爹旁边也不好劝说陈峰收回他的这份重礼，只是在心中思考着应该怎样处理好这似乎有点不合情理之事。

"王书记，我去和师傅商量下一步的活路问题，我们商量好后再来和你耍！"他借故离开这几人对他投来的感激目光。

"要得，你去吧，我也要去招呼其他客人！"王书记表示同意。

午饭过后，袁师傅师徒四人正安排着工作，张仙碧却来到他们面前，对陈峰说道："你过来一下，我有件事需要你帮忙！"

陈峰一听，就跟着张仙碧走了。

袁师傅一见，心中豁然开朗——怪不得陈峰前段时间有事无事经常往王书记家里跑，这次的礼节又是这么重，他的目的难道……

陈刚、陈灵见这位绝世佳人喊走了陈峰，羡慕与嫉妒的心情同时产生。

陈峰随张仙碧来到一间空房："刚才我姨爹要把你的礼金退还给你，你们家也不宽裕，你怎么不收下呢？我在我妈那里拿来十元钱，你最好还是收回吧！"她带有生气的口气说道。

"我从来就有这犟脾气，凡是说出的话是不会收回的也绝不后悔，所以，我绝不会把送给你们的心意又收回来，请你谅解！"陈峰的口气比刚才和王书记说话时更加坚决。

"依你这样说来，我现在给你作工作，你还是不会收回的？"这姑娘问道。

"当然！"陈峰的口气很干脆。

"我也拿你没有办法，你有啥子事情需要我帮你办吗？"这姑娘口气温柔了，无可奈何地在这件事上败下阵来。

"没有别的事情，听说高中里面有图书馆，希望以后你在你们学校的图书馆多给我借几本书，我就万分感激了！"陈峰言语之中带有恳求之意。

"你除了要我帮你借书，对我就没有其他想法吗？"张仙碧怀有深意地问道。

"至少现在没得，以后有没得我就不晓得了。你上高中在哪所学校？"陈峰回答张仙碧的问话后又转变话题。

"在县城二中，你要是有什么事情，就写信给我吧，但是，你写信要托我姨爹寄走，我姨爹看见你给我写信，不晓得会不会产生啥子想法呢？"这姑娘又担心道。

"应该不会吧，我就是写信也不会有别的语言，只是找你帮我借书而已，你姨爹就是知道了，也是正常事。"陈峰把问题想得倒是很简单。

这时，王书记的儿子看见他表姐和陈峰在那间空房里好久没出来，便去告诉他父亲说："表姐和陈木匠在那屋里不晓得摆啥子龙门阵，半天还没有出来！"

王书记一听，便想到怪不得小陈舍得十元钱祝贺他侄女上学，又想到刚才还说"别无其他意思"，我看他不是别无其他意思，而是他虽然年轻还颇有心计，打起我这美人侄女的主意来了，不过，这小伙子不但一表人才而且并非等闲之辈，第一眼看见就觉得他与众不同，要是他现在也在上高中，他们倒是天生的一对，真可惜，他现在的职业与我侄女的前途有天渊之别，他想到这里便命令他儿子："去把你表姐喊来，就说我有事找她！"

几分钟后，张仙碧来到王书记面前，问道："姨爹找我有啥事吗？"

"也没有啥子事情，只是再等几天你就要上高中了，你晓得从解放以来二十多年，在我们这一片天地里只有两人上过高中，你是第三位上高中的人，你要珍惜这来之不易的光彩，你要努力学习若是能上大学，你父母和我都会感到无比的荣幸，到那时，我会请更多的人来为你祝贺。刚才你找小陈有啥子事情？"对她嘱咐完后又问道。

"不是我找他，是他找我帮他借书，他说他太喜欢看书，听说高中里

面有图书馆，所以我答应帮他借书！"张仙碧胆怯地答道，看来，在她姨
爹面前她是有畏惧感的。

"王书记，我们要走了，改日再来找你耍吧！"正在这时，袁师傅带着
他的三个徒弟来向他告别。张仙碧趁机溜了出去。

"你们明天再走吧，今天晚上到我家去耍！"王书记笑着说道。

"我们还要去安排活路，要是明天去就要耽误半天时间，我把他们安
排好后再来和你喝酒有的是时间。"

"既然这样，那就改日吧！"王书记晓得，袁师傅是不会让他的徒弟们
和他一齐休息的。

当然，他的三个徒弟也深知师傅的用意。

第十三章 >>>

王虎背景

　　两年前，王虎与袁师傅吵架回到家乡后，一晃就过去了几个月，年轻人走过了近半年的时光，思路又开阔了不少，觉得在农村种庄稼不应该是他王虎的行当，既难找钱用，随时肚皮还贴着脊背，后悔不该离开袁师傅，现在又没有脸皮再去找他那亲戚师傅，不过，这家伙也有他的思路与办法，他晓得学木工这条路是自己堵死的，再去找袁师傅不但不会收留他，说不定还会挨顿臭骂，所以，他也不再往那方面动脑筋，他天天绞尽脑汁思考着，自己没有调出去当工人"吃皇粮"与参军保国的背景，心想在这合作化年代还是要学门手艺才不会有肚皮贴着后背的难过日子。

　　他思考着农村中的五匠，即木匠、篾匠、泥水匠，烧砖烧瓦匠，砌砖匠，他想到木匠既然没有了门路，泥水匠，篾匠，烧砖烧瓦匠，他是看不起的，反复思考后主意定在砌砖匠这行道上，砌砖匠就是人们常说的砖工，砖工师傅的前途似乎比木工还要大些，不像泥水匠和砖瓦匠整天身上如泥牛一般，显然是没有多大前途的，只有砌砖匠还值得一学，据说砌砖匠的技术性比较强责任也重大，学会后比任何匠人的工资都高，所以，他下定决心要学会砌砖匠这门技术，但是找砖匠师傅到那里去找呢！他便到处打听了几个月也毫无门道。

　　后来，那些闯过江湖比他年长的好心人给他建议，说是找砖匠师傅必须要到盖高楼的城市里才能找到，农村盖房子都是筑土墙，砖房的影子都见不着，哪里去找砖匠师傅呢？他晓得，在他们家乡这片天地里还没有哪一个年轻人在外面学会了砖工这门技术，他下定决心要在自己家乡这一片天地之中，开辟出这条门路，你袁师傅是木工，我要在砖工这门技术方面闯出一条路来，和你比试一番。

几个月又过去了，终于有一天，他突然想起自己家族中有一个很不往来的远房堂叔，在广利县食品公司当一个不怎么大的小官儿，他想到现在各种生活物质奇缺，在这物资紧缺的年代，食品公司领导屁股后面"转游"的人太多了，要是找着他说不定还真能解决我这个问题，有了这种想法之后，他便不择手段地东拼西凑，并和几个胆大的年轻人配了生产队库房钥匙将棉花偷出来几十斤卖了，攒下了十几元钱，经过打听与计算后路费应该是够了，选了一个自认为是黄道吉日，背上家乡的土特产，踏上了新的征途。

在运人的货车上，他同样受到了陈刚陈灵的"待遇"后，经过几经周折，在食品公司找着了他很少来往的堂叔，送上了土特产品之后向这堂叔讲明了他的来意，这位热心的堂叔很赞成他的想法，也深知农村中的艰难，他听王虎一讲，就马上想起自己也有亲属在农村学大寨，内心盘算着王虎学会砖匠后，还可以把自己农村中的亲戚拉一把。

于是，看在王虎那一大背篓土产品的份上，就叫王虎暂时住在他家并管着他的食宿，便操纵以他在这紧缺食品年代建立起来的关系网，他的官儿虽不大网儿却不小，在这不小的关系网中，果然有人认识那些从农村来城里从事建筑的包工头，这些包工头手下当然不乏技术高超的砖匠师傅，在两天之内就把王虎的问题解决了，这位包工头听说来学砖匠的是食品公司一位头目的侄儿，更是热心的办好了王虎的事情，当然，这包工头晓得，在这购买任何物质都要票证的年代，只要王虎在他的队伍中，以后他们想要买点猪肉或其他紧缺食品，是不会要任何票证的，并且专门给王虎的师傅交待，要另眼看待这位有着食品关系的特殊人物，所以，王虎在这包工头队伍中，受到比别的学工高出许多优厚待遇。

王虎的工作安定之后，他的堂叔把他叫到身边说道："虎儿！我给你找的这份临时工作不容易呀！你要专心把这份手艺学好，你不但要学好这门手艺，还要精于计算和熟悉建筑方面的各项材料与业务，你的目标不应该一辈子只当一个砖工师傅，我对你有一个更高的要求，就是希望你将砖工技术掌握后，就要向你们队伍中的包工头学习当头目的本事，立下当包工头的远大志向，实话告诉你要不了多长时间，食品公司一把手位置，很可能非我莫属，到那时候食品公司肯定有建筑工程发包出去，我是一把手就应该主宰一切，到那时就看你有没有搞建筑工程的本事，你若是有当包工头的能耐，在我们家乡你应该就是第一位风云人物！"

王虎一听，有这样美好的前景，激动地说道："直叔的话我一定牢牢记住，绝不会辜负直叔对侄儿的教导与期望！"他这堂叔名王直，自然应当称他为直叔。

"你只要有这雄心就好，但是为了避嫌你以后不要有事无事经常来找我，只要你能成为我们家族中的一个人物，我会全力支持你的！"他堂叔语重心长地说道。

依靠他堂叔的背景，王虎学习砖匠技术开始了。

与此同时，陈灵、陈刚学解匠手艺已快一个月了，已经掌握了解匠的基本功夫。

几个月后，王虎便感觉到在广利县城拜师砖匠师傅学手艺的日子确实要比他跟袁师傅在大山里面学解匠技术有所不同，并接受了跟袁师傅学木工手艺失败的教训，不敢再三心二意，干砖匠活整天浑身都是砂浆，而且夏天既要忍受头顶骄阳的炙烤和突如其来的疾风骤雨把自己浇成落汤鸡，到了冬天还要挺住寒风和冰水的刺骨之苦，这和他在家种田没有啥子两样，因是学工阶段，所得的报酬比在家务农强不了多少，他在意志动摇时，就想起他的堂叔给他绘制的美好蓝图，还是咬着牙坚持着，他的师傅和包工头看在他堂叔的份上，对他又特别关照，因有包工头的交代，他比别的徒弟在干活方面就轻松多了，那些师傅在传授技术时也不敢太保守，所以他的砖匠技术比别的学工提前学成，他本可以自己收授徒弟，但他堂叔建议他不要授徒的教诲他没有忘记，并记住要他学习建筑施工技术，计算建筑方面的各项用料，还给他买了一些关于建筑方面的各种书籍，因此，他就致力于钻研建筑行道。

一年以后，他已是一位技术很好的砖匠师傅，所得的报酬比木工高出许多，所以，他认为没有跟袁师傅学木工的路走对了，一想到这里心中不免有了几分欣慰。

使他特别兴奋的一件事，他堂叔单位一把手因到了退休年龄，这"宝座"经过他堂叔几年的钻营，前几天已尘埃落定，他得知这消息后几乎几夜没有合上眼睛，仿佛百万富豪离他已近在咫尺，于是，他用得来的工资以50元的重礼献给他堂叔以示祝贺；他堂叔也就干脆地装入囊中，因为他还要利用这"元宝"去编织他的关系网。

果然不出他堂叔所料在他接任半年过后，食品公司的下属单位酒厂决定扩建厂房，并在嘉陵江边要码砌几百米长的挡土堤岸，王虎得知这一消息后，全身的热血快速地沸腾起来，他迫不及待地找到他堂叔，其实，他不找他堂叔，他堂叔只要把建筑工程的具体时间一落实，也要找他去谈论他们双方的发财之道。

他堂叔一见他，为了以后不手忙脚乱，立即给他布置了操作程序："去找一建筑公司或建筑队，挂靠他们的营业执照与资质证才能订合同，不然，依你的身份订合同是不合法的，我现在上任不久，不能让别人钻了我的空子，只要合同一订，这事就大功告成。"

王虎不知营业执照与资质证是何物，忙问："营业执照和资质证是啥东西，在哪里才能找到呢？"他堂叔一听马上想到，这些才从农村出来的娃娃们，哪里懂得城里面还有这些深奥的道道，一时也难于给他讲清楚，他想了想便说道："你干脆回家一趟，找熟人在你们县城去打听一下，县城里面肯定有建筑公司，要是能找到最好，找不到就赶紧回广利来我再另想办法。"

王虎一听，当天就买了车票回到家乡，在自己生产队打听几个经常在外谋求生计的人，但他们同样是在外面做点小手艺，这样的大工程从未接触过，营业执照和资质证是啥东西也从未听说过，这几个好心人建议他到县城去打听一下，肯定会弄清楚的。由于大工程的吸引，将要成为百万富豪的诱惑力，便给王虎浑身注入了无穷的勇气，他又马不停蹄地跑到县城，一打听确有几家建筑公司，怀着百万富翁的梦想他大着胆子找到县建筑公司的办公室，对那些当官的说明情况，哪晓得，那些权威人士一听，是农村中一个乡巴佬要挂靠他们的证件去承包工程，便马上产生了是来行骗无疑，便将他逐出办公室，他鼓起勇气厚着脸皮一连跑了两家，都受到同样的"待遇"。他搜肠刮肚地想办法，也找不着头绪，突然回忆起临走时他堂叔说过在家乡实在不行，就马上回广利来再另想办法，于是，他马不停蹄又回到了广利，准备向他堂叔说明一切，不料，他堂叔把事情已办妥，原来，当他一离开广利回到自己的县城找证件时，他堂叔就估计王虎办不了这件事，便给他单位主管建筑的下属讲明了这一切，一定要把这工程给他侄儿王虎承包，并要特别保密他和王虎是叔侄关系，那专管建筑的下属为了和一把手建立良好的关系，就拍着胸膛表了态，说这事包在他身上，就给王虎找了一个挂靠单位，当王虎赶到广利时，利用挂靠单位的证件，就轻松地签订了合同。

王虎顺利地签订了大工程合同后，这消息如光速一般地传回他的家乡，想做临时工挣现钱不同年龄的人蜂拥而至，不几天就收了几十人，因他干过砖匠，又钻研过建筑业务，对这事虽不算外行，但时间不长却并不精通，便找了一个干建筑工程几十年的老头作为副手，兼技术指导，需要多少人都是这人说了算，但也必须请示王虎审定，王虎就这样一步登天地当上了大包工头，在他的心目中犹如坐上了皇帝宝座一般，整天都是前阻后追求他收为麾下。

王虎的工程开工之后，又有副手给他管理，在这紧张之余稍稍松了一口气，便想起了他原来拜过的木工师傅还在那山野里面东奔西走、爬坡上坎地谋求生计，他更没有忘记有那一面之识送给他两元钱和大半个烧饼的那位陌生青年，自从那次分手后，不知那青年现在何方？要是他还在那山里面跟师傅学木工就好了，我该报答他的机会来了，受人之恩是不应该忘记的，其实，以王虎内心的真实想法，报恩是其次，主要应该在他亲戚师傅与那陌生青年面前炫耀一番他的能耐。

在这得意的心情促使下王虎经过几天的思考，估计多半那青年还在跟师傅学手艺，因为他一走师傅就差了一个搭档，他走时那主人解板活路催得很紧，师傅肯定会收下那年轻人和他解板的，今天有了报答的机会就应该把他们从那大山里面"解救"出来，到这城里面来过几天城市人的生活，走走下雨天脚上不沾泥巴的硬板路，显示一下我王虎的本事，他那次无故地离开师傅，要是不报答一下就太对不起那亲戚师傅了，更对不起那陌生青年，若不是他送钱给我和借钱给师傅我是走不了路的，还不知道那天怎么收场呢，于是，他把工地上的事务给他的副手交代清楚后，便给袁师傅备上了厚重礼物，踏上他原来走过的山路。

经过一天的流汗步行傍晚来到他原来到过的地方，他没有别的打听目标只好在他原来干过几天活的东家打听，那家主人告诉他："我们现在也不知他们在哪里干活，只晓得他们和王书记相处得很好，你去王书记家一打听，就晓得他们在哪里做活路了！"那刘姓主人说完后，并给他指明了去王书记家的山间小路。

王虎顺着那人所指引的方向，在天黑前找到了王书记家，王书记听说是找袁师傅的，很热情地接待了他。

"你是来跟袁师傅学木工的吧？"一阵客气话之后，王书记见是一位年轻人，以为又是来拜袁师傅为师的。

"不是，我和袁师傅是亲戚，好久没见面了，很想他，来找他耍耍！"王虎一时说不清自己的真实目的，只好敷衍了事。

"袁师傅这几天离我们比较远，带信一时带不到，不过他有一个徒弟离我们这里很近，你要是急着见袁师傅就先去找他徒弟吧！他带你去找袁师傅就太容易了。"王书记建议道。

"他徒弟叫什么名字，离这里有多远？"王虎一听袁师傅有徒弟在附近精神就来了，他希望早一点见到袁师傅那徒弟，看是不是送给他烧饼和钱的那位陌生青年。

"他原来有一个徒弟叫陈峰，后来又来了两个，一个叫陈刚，一个叫陈灵。袁师傅带一个在远处，陈峰带一个离这里不到两公里。"王书记把他知道的全告诉了王虎。

"不到两公里？我现在就去天黑之前可以赶到，请王书记告诉我去他那里哪个走法？"王虎边说边站起身来马上要走。

"不要着急，你要是急着想见他，我叫个人去把他给你喊来，你们今天晚上就住在我家里吧！"王虎一听，求之不得，他实在太累也太饿了。

由于王书记办事热情果断，一个多小时以后，陈峰怀着疑问的心情赶到王书记家里。

陈峰与王虎初识至今已经两年多了，这几年他致力于钻研技术，送给王虎的两元钱和烧饼之事早已忘却九霄云外，一见王虎似乎认识但又想不起在哪里见过，便问道："你找我吗？"

"你把我忘了吗？我这一生倒是不会忘记你的，两年前你送了两元钱和大半个烧饼给我，解决了那次困难。我叫王虎！"王虎激动的答道。

"啊！原来是老朋友来了，哎呀！我怎么也没想到是你，快坐！快坐!"陈峰一想起两年前他解决了师傅和王虎的那场纠纷以后,自己才有了今天这份衣食手艺,按理说他还应该感谢王虎呢,但不知今天王虎来找他有啥子事情。王书记见他们如此亲热,便回避了。

"你今天是来找师傅的吧?你找他有啥子事情呢?"陈峰回忆起王虎和袁师傅是亲戚,来这里办事应该与自己无关。

"对!是来找师傅的,也找你,不欢迎吗?"王虎幽默地笑道。

"哪里!哪里!我只是想……"陈峰一时语塞。

"我来这大山里面找你们肯定有大大的好事,可以说是来向你报恩的吧!"王虎见陈峰语塞,便又笑着解释道。

"我帮你那么丁点儿大一件小事,还值得来报恩吗!你太会说笑话了嘛!"陈峰也笑了。

"那件事其实不小,要不是你从中调解,还不知那天要闹出多大一件事来,我过后也晓得我那次确实不对,现在想起来都觉得后悔,有点不敢面对我那位亲戚师傅!"王虎忏悔道。

"你知道就好,不过,事情已经过去几年了,过去的事就让它过去吧!"陈峰安慰道。

"我那亲戚师傅离这里有多远,还不晓得他愿不愿意见我呢?"王虎征求陈峰的意见。

"那就要看你来找他有啥子事情,要是你又来找他学木工或者学解匠,我估计他不会同意的。"陈峰提醒他。

"绝对不是。"王虎解释道。

"你们来吃饭吧!"正在这时,王书记来招呼他二人吃晚饭。

"王书记,我们还是去我干活那里吧,这里又不远,要不了半个小时就到了。"

"你们今晚上就在我这里住下吧,床铺都安排好了!"王书记以命令似的口气说道,陈峰一听,晓得如果他们执意要走,王书记肯定不高兴的,只好跟着王书记到堂屋里饭桌旁的板凳坐了下来。

"你们还是喝点酒吧?"王书记问道。

"不喝了,改日我们和袁师傅一齐来陪你喝酒。"陈峰找不到别的理由推辞,只好借袁师傅来推掉王书记安排喝酒这一"任务",他要早点结束这顿晚餐，以便弄清王虎来找他们的目的。

晚饭一结束，陈峰就给王书记打了招呼，带着王虎睡觉去了，他们来王书记家的次数太多，当然知道他们应该睡在哪一间，一进房间未等陈峰开口，王虎就抢先说道："我在广利城里包了一个大工程，总价五百多万，有江边河堤挡墙还有库房，我来的目的就是请你们到我那里去干活，且不说城里的工资应该比这山里面要高点，就是各方面的条件也比这山野里面好得多哇！现在已有好些木工要求到我那里包揽木工活路，我都没有答应，今天专程来请你们去盖库房，不知你们有没有去城里干活的兴趣，若你们不去我就只好另选他人。自从那年你调解了我们那场纠纷，避免了我们的一场灾难，我就一直没有忘记，人嘛，总要有感恩之心才对，我今天来的目的就是来感恩的。常言道：'人往高处走，水往低处流'嘛，城里面的生活是人人都向往的，我现在有了这样的条件，难道能把你忘了吗？这次你们一进城，说不定永远就要在城里面寻求生计，在这大山里面终究不是长远之计，你看怎么样？"

陈峰一听，真是喜从天降。他知道张仙碧就在县城二中上学，要是能去县城里干活，和她联系与找她借书就更方便了，城里有电灯看书也明亮，一想到这里，浑身热血沸腾到极点，他压住内心的喜悦，尽量不表露出来。他刚想回答王虎的问话，马上又想到，不知师傅愿不愿意去城里面干活，因为是王虎的活路，那年他和王虎的过节，不知师傅的心中是否已消除，要是他不原谅王虎，我和陈灵陈刚去王虎工地就会有一定的阻力，他想了想说道："我当然想去，不知师傅是啥子想法，我们明天一早去找师傅谈谈吧？"

"那好！我们明天一早就去找他，要是他不愿意去，你嘟个办呢？"王虎又问道。

其实，就是王虎不问，陈峰也在考虑这个问题，他晓得这是一个难逢难遇的大好机会，也是他人生之中又一个转折点，并且那张仙碧就是一块大大的"磁铁"，就是没有王虎来找他，恐怕过不了多久，也会被张仙碧那块大大的磁铁吸进城去。张仙碧去了城里上学，他就想追去城里面谋求生计，但又苦无门路，要是去了城里找不着活干，就等于没有饭吃，也就无法生存下去，如今王虎来了，真是天赐良机，摆在眼前无疑就是一马平川的阳光大道，此时不去更待何时？但他现在不好表态，只好说："明天见了师傅再说吧！"

翌日，他们带着王虎给袁师傅备的礼物离开王书记家，翻山越岭来到袁师傅干活的东家，袁师傅一眼见到王虎，脸色马上就拉了下来，依照他们在家的亲戚辈分，王虎还低了一辈，王虎一见袁师傅，马上招呼道："表叔，你好！"见袁师傅没有搭理，王虎一脸的窘态，陈峰便把王虎的礼物放在袁师傅的面前："这是王虎给你买的礼物！"

陈峰一见他二人处于尴尬境地，便道："师傅，你休息几分钟吧！我们有件事情要和你商量！"袁师傅一听，似乎很生气地放下手上工具，问道："啥子事情？"

"你找个没有人的地方吧！"陈峰请求似的说道。

袁师傅听陈峰一说，觉得有什么重要事情，便把他们领到东家房后一块草坪上坐下后，板着脸又问道："啥子事情？"

"是这样的，王虎在广利城里包了一项五百多万元的建筑工程，有石工、泥工、木工活路，他的意思是希望我们离开这大山区，去城里面谋求生计，不知师傅愿不愿去，这大山区里比起城里面是辛苦了点，我想，既然有此机会我们就应该去城里见见世面吧，不知师傅意下如何？"陈峰言下之意，希望师傅还是去城里面找活干最好。

袁师傅一听，马上明白这确实是一件大好事，心想无论如何也应该朝着城市那个方向前进，但又咽不下王虎那次对待他的那口怨气，他想了想，慢声慢气地说道："我怕没有那份福气哟！我生来就是转山沟的命，希望他还是另求高明吧！"

"表叔，你大人大量，就不要再生我的气吧！那年是我年轻不懂事做事草率，你不去也不要紧，但希望表叔不要说些伤感情的风凉话，只要你去我那里干活，我一定把那次给你造成的损失补回来！"王虎压住火气又恳求地说道。

"我哪里是在说风凉话呢，我本来就是苦命人嘛！城里面的生活是你们年轻人的事！"袁师傅继续发泄着内心的怨气。

王虎装着不知他表叔话中之意："正因为表叔在这山野里面转来转去太累了，我才来请表叔去城里面谋生，走下雨天脚上不沾泥巴的硬板路嘛！"

"师傅，你就不要再计较王虎几年前的那件事了，依我看他那时年轻性情急躁，二来大概是命中注定吧！既然过去了的事就让它过去算了，王虎今天来请师傅去他那里干活，就证明他是来向师傅道歉的，就请师傅原谅他吧！"

"我本来就是来请表叔恕罪的嘛，只是我不善于表达，还是陈兄弟说到了点子上，请表叔原谅并相信我吧！"王虎借陈峰话中之意再次请求袁师傅谅解他。

经过他二人你来我往地斗嘴，王虎又压住火气耐心地劝说这个老顽固，陈峰又从中调解，袁师傅又一直很信任陈峰，他不好驳回陈峰的面子，慢慢地也就消了气，只是他既不表态去也不表态不去。

三人该说的话似乎已说完，僵持着。

陈峰想了想又说道："王虎兄弟，这样办你看要得不？你在我们这里耍几天，我们再慢慢商量吧，我想师傅一定会同意去城里干活的！"

"哪能耍几天呢！我今天就要回去，现在就走，在天黑前必须赶拢化昭，坐晚上的火车很快就到了县城，我们那里开工不久，天天都有事情需要急着处理，我离开时间长了是不行的，本来这几天我是走不了的，我想若是来晚了你们没有准备，在我需要人的时候你们又丢不开手上的活路，错过了这次机会，不晓得啥时候才有机会请你们到城里去干活呢！所以，我如果在这里时间耽误长了，岂不是要误大事！"王虎一口气道出一大堆急需回去的理由。

袁师傅和陈峰一听，确实是道理，袁师傅似乎也受到了感动，他想了想说道："既然你是真心来请我们，那我们就准备去城里试试吧，你若真是不能耽误时间的话，我叫这家主人给你弄点饭吃了，你就赶紧走吧，若是走慢了天黑之前是赶不到化昭的。陈峰把你那里的活路完工后，把你那个徒弟弄到我这里来，你先去侦察一下，我们再作决定！"

"还是表叔考虑的周到，你这样决定最正确，不然，四个人一齐去城里你们也不放心！"王虎依照袁师傅之意，见风使舵。

经过袁师傅请求后，很快主人便把饭弄来了，其实，就是一些现成的包谷面里夹了少许麦面的馒头，蒸热后端来了一箬箕，并煮来一大碗酸菜汤，王虎为了征服这一百多里爬坡上坎的山路，也不管这包谷馒头的口味，他尽量吃着这些粗糙的馒头，他要为走这一天山路打好基础，因为昨天就把他饿惨了。

王虎装满了一肚子包谷面馒头后，正准备动身，为了避免在这一百多里爬坡下坎的山路上免遭饥饿之苦，经袁师傅向这东家的提议，他又装了几个包谷面馒头在他随身带的很体面的皮包内，很高兴地给袁师傅和陈峰打了招呼后，并且给这东家道了谢，便大踏步奔向他的工地。

陈峰怀着激动的心情，为了早日能和张仙碧见面，加快了进度，三天后完成了那家主人的全部活路，把陈灵交还给袁师傅，踏上了去广利县城的山路。

在行进途中，他左顾右盼地欣赏着巍峨群山，突然，他发现离路边不远处高高的草丛中两个人头一闪又没入草丛之中，在这人迹罕见的地方，又是在这以阶级斗争为纲的年代，脑海中一下闪过在家时经常开会领导提醒社员提高警惕，在这突然的情况下他怕有坏人打劫，大吃一惊，但他马上又想到，听这山里面的人们常说有些年轻人经常在草丛中谈恋爱，还有那些情人们由于家里不方便在野外偷情，他又回忆起前次去化昭回来时在半途中也看见一男一女从草丛出来，那时他不知这山里面有此风俗，也不知他们偷偷摸摸在草丛中干什么事情，今天他要弄个究竟，见见这山区的稀奇事，于是，他迅速躲在一块大石头后面，并顺手抓来一把茅草遮住自己的面部，两只眼睛从茅草的缝隙中盯着没入了人头的那片高高的蒿草，大约半个小时后一男一女从草丛走了出来，男人整理好衣裤后，又帮那女人拉了拉衣服上的皱褶，并拣掉那女人头上的茅草，那女人却用一把小梳子梳理了头发，便双双一脸喜色向陈峰的来路走去。

为了不被那两人发现他的窥视，待他们消失在他的视线后，便回到路上继续前行。

他本不相信人们常说那些年轻恋人和情人们在家中亲热怕人发现，所以才到这野外草丛中来了却心愿，今天一见，果真如此，印证了这大山里面有此风俗。

受到这意外的刺激后，他又想起张仙碧就在县城上学，要是真的去那城里干活，和她见面就比在这大山里面方便得多，可以经常见到她那漂亮的脸蛋和那两个使人销魂的、深深的酒靥，还有那高挑的身材，一想到这里精神就来了，不知不觉脚底如生了风腾云驾雾般地行走在去县城的山野路上。

但他又想到，自己也不全是为了那美人，仿佛觉得这一辈子在这大山里面媒求生计，不应该是他一生的最终目标，在这山野里面学手艺应该只是他的一张跳板，只要学好了技术，这跳板才会有弹性，技术越好弹性也就越强，借着这跳板的弹性就应该向城市飞去，城市里才会有大的发展前途，也就是说，城市生活与美人应该才是男人们追求的目标，想到这里他记得有句名言："爱江山更爱美人！"

他又想起不知是哪位古人曾经说过"鱼和熊掌不可兼得"，但我的想法鱼和熊掌应该兼得才是男人们的追求目标与大志。

因提前做好了准备，陈峰起身很早又有张仙碧那"磁性"的缘故，他走得很快，又经过3角钱的火车路途，天黑之前就到了王虎的工地，不提一夜之间他们多么亲热。

第二天，王虎把他带到码河堤的工地上，几十个石工、泥工赤裸着的上身被太阳晒出了细细的汗珠，显得油光水滑，古铜色的皮肤上溅有灰浆，但他们若无其事，不断地喊着川号子，将一块块大小不等的石块码在河边的挡土墙上，前面的人码好后，后面就有人将那些缝隙用灰浆填满，并顺着石缝勾画出不规则的灰缝，陈峰一见暗暗吃惊，这工地上如此热火朝天，哪像山里面两个人在一处干活，没有一丝乐趣。

他细细地思考着，这些石工也真有本事，那些大小石块都是三尖八角不规则的多面体，经过他们选择后，将一个比较平整的平面置放在外作为看面，却不管里面是啥子形状，只要用灰浆填满后，这些石块就很稳固的固定在那安放的位置上，经过这些大小不规则的平面组合后，就形成了一片所需要的、大大的、平平的竖面，并且相当美观。

陈峰一见，就觉得这些从农村来的"乡巴佬"们真了不起，想到自己的木工活计要用直直的墨线循规蹈矩才能做出成品来，还不晓得大山外面竟有这样的技术人才，正如人们常说的"高手在民间"。现在的城市人太鄙视农村人，他们有这本事吗？幸好王虎把自己喊出了大山，不然，像师傅那样一辈子都在那大山里面转来转去，在那小小的天地中，见不到这广阔的世面，岂不成了井底之蛙，要荒废自己的一生。

　　他想到这里，更坚定了要走出大山的决心，就是师傅不来这城里干活，我也毫不迟疑的搬来这城里谋生，反正我已出师快两个月了，于是，他找到王虎问道："你们这里啥时候才有木工活路？我准备去把工具搬来，就是没有木工活计，干其他活路也要得！"

　　王虎想了想说："我这次订的合同有一千多平方米库房，只是图纸还未出来，地基也还没有处理好，暂时还没有木工活路，你若是现在就来只好干几天泥工活路，你干泥工活岂不是大材小用了嘛，哪个办呢？"

　　"不怕！前几年在家种田，栽秧打谷子浑身都是泥巴，还不是同样要干！"陈峰坚决地说道。

　　"也好，你去把工具全部搬来，说不定这些领导们要做些家具，你就给这些当官的做家具吧，给这些当官的做家具的工资由我付给你，不过，这城里的家具和农村家具不一样，城里面的家具是储衣柜，农村里做的是储备粮食的柜子，你要有做储衣柜的思想准备。你准备啥时候去搬你的工具呢？"

　　"我准备后天去，明天我去城里耍一天，看看城里面的热闹景象。"其实，他安排了一天时间要去见张仙碧，他有一年多没有见着她了，原来准备给她写信，又怕王书记见他经常给张仙碧写信会产生误解，所以，想给张仙碧写信的念头也就打消了。

　　一天的时间，在他目睹一些新鲜事物中很快过去了。

　　第二天早饭后，他给王虎打了招呼，就去县二中找张仙碧去了。

　　这是他第一次在这城里面欣赏这繁华的景象，但对这些街道并不熟悉，一进城便不知东南西北，他只好大着胆子向那些年岁大些的人们打听，好不容易才找到了二中，他知道张仙碧是二年级上学期，便径直地走进了校园。

　　教室里都在上课，校园里寥寥无几的几个人，他不知这几个人是啥子职务，但在他心目中，这些人犹如都在天堂里面生活一般，他的眼光便投向一位五十多岁、衣着犹如农民一般、面容十分和善的一位老头问道："请问老大爷，张仙碧在高二年级哪个班上课？"

　　"张仙碧？这学校里这么多学生，我哪能全认识呢！她既然是高二年

174

级的，你到高二年级去问就晓得了嘛！"那老大爷一抬头，见是一位英俊的小伙子，很热情地回答道。

陈峰话一出口就知道自己问话欠妥，见老人毫无取笑之意，红着脸又急忙问道："这节课还有多长时间才下课？"

"快了，最多不超过十分钟，我也没有表，你在外面再等一会，二年级的教室都在二楼，只要一下课，你到二年级一问就晓得了。"那老人很详细地回答道。

他见老人语言温和，农村人的自卑感顿消，他想到还有几分钟才下课，便和老人攀谈起来："老大爷！你在这学校里是干啥子工作的？"在陈峰的心目中，只要在城市里当居民就是下茅坑掏大粪也是很幸福的。

"我是打扫卫生的，刚打扫完现在正休息。"

"你是这城里人吗？"陈峰见他没有城里人盛气凌人的举动和口气，便不再有畏惧感，想和他多摆谈几句。

"当然是城里人，不是城里人我也不能在这里上班嘛！我家就住在河那边皇泽寺旁边，你晓不晓得皇泽寺里面的塑像是哪个吗？"这清洁工回答后又问道。

"不晓得！"陈峰干脆地答道。

陈峰走到二楼，见有"高二一班"的木牌在一教室门头，学生们正由内向外涌出，他由外向里搜寻了一遍，并无那美人的身影，他急不可待地拦着刚要从身边走过的一位女生："请问，张仙碧在你们班吗？""她在二班，你去二班找她吧。"并用手指向二班教室。

"谢谢！"他话音一落，就向二班教室门口走去。

由于心情激动，他快步来到二班教室门口，以迫切目光在教室内搜寻了一遍，此时教室内人已不多，并未发现张仙碧的身影，正焦急之时，听见背后有人问道："你是啥时候来城里的？"

他回头一看，却是张仙碧满面笑容地站在他背后。

"我是前天晚上到广利的……"他说完这一句，激动得再也找不到话说。

二人相对无语地站在原处，旁边的几位同学见她们如木偶一般地站着，一位女同学便问张仙碧："这是你哥哥吗？叫他到宿舍里去坐嘛，站在这里多累啊！"经这位好心同学一提醒，她便回过神来说："走吧，到宿舍去！"

陈峰怀着激动的心跳走进女生宿舍，一目了然地看见几张双台木床置放于靠墙两边，开门后直对着的窗户下一张简易的旧写字桌上放着这些学生的洗漱用具，写字桌前放着一把十分陈旧的靠背椅，他怀着激动的心情往上一坐，由于各部位的榫头都已松动，椅子便剧烈的晃动起来差点散了架，他便小心翼翼地坐在椅子上。其他的女生都坐在自己的床上用异样的眼光时不时的向陈峰瞟一眼，陈峰一见这场面比刚才在教室门口更加尴尬，他便对张仙碧说："我还有点事情，改日再来找你吧！"他边说边站起身来向门口走去。

在这样的窘境中，张仙碧同样处于不自然的境地，他们根本无法交谈，一听陈峰要走，便顺水推舟地说道："好吧！我送你！"

他们在走出校门这短短的距离中，下了课在外游逛的学生们都投来不同的目光，他们快步走出校门后，张仙碧便问道："你来城里面干啥子呢？"

"我要来这城里干活了，今天已经落实，就在状元桥附近的酒厂，这次来这城里大概就永远要在这城里谋生，不过，我明天还要去你们家乡一趟，因为我的工具还没有搬下来，我还要把在你那里借的书还给你，还要麻烦你给我借几本书，不晓得行不行？在城里电灯下看书不知要比山里煤油灯下看书好多少倍！你能请半天假吗？下午陪我耍半天。"

"请假是一件很简单的事，现在学校里上课很不正规，学生们散漫得很。下午我们在哪里见面呢？"张仙碧回答陈峰的问话后又反问道。

"我刚来这里还不熟悉，只晓得有个状元桥，为了避免在这城里迷失方向，就劳驾你多走点路，到状元桥去找我吧，我提前在那里等你，以后我来这城里时间长了，熟悉这城里街道后我就不好意思再让你多走路了！"陈峰诙谐地说。

"好吧，我请假去了，下午见！"张仙碧说完后高兴地走了。

他们下午见面后，一路上亲热地谈着话，进入皇泽寺后，陈峰一见武则天那栩栩如生的塑像，被这一代女皇吸引住了。这时，张仙碧见陈峰不搭理她，望着武则天的塑像思考着，便问道："你在想啥子？"

"哦！"他从陶醉之中醒过来，"我在想这武则天一个女人家，不知她有多大能耐，竟然当上了皇帝。要是靠她的出生地与她家祖坟的风水，不知她的出生地与她祖坟在哪里，要是晓得我一定去看看，若是靠她的才华和容貌当上了皇帝，那么，你要是把书读好了，依你的容貌，就应该有所成就才不辜负你这容颜！"他刚说完这幽默的言语，张仙碧那白雪式的脸上便泛起了两朵浓浓的红云，并在他背上拍了一巴掌："别说调皮话了，我们还是到后面的乌龙山去，瞰视嘉陵江的江水吧！"

"一切听从美人的安排！"陈峰的调皮话又来了。

"你再说调皮话，我就不理你了！"她的脸色更红，似乎已经生气了。

"不敢了，再也不敢了！"陈峰以投降式的口气答道。

他们爬到乌龙山半山腰时，张仙碧已经气喘吁吁，脸上呈现出细细的汗珠，陈峰倒是气定神闲，无丝毫气喘，张仙碧在一块被雨水冲刷得很干净的石头上坐下，说："你也坐吧！"

"我还没有爬够呢，要是再高点，我们就能看得更远些，那才壮观啊！"

"要是再高点，我也爬不动了，你一个人上去吧！"她喘着气说道。

陈峰一听，不好再和她议论爬山之事，也不好意思挨着她坐在那一块石头上，只好从不远处搬来一块干净的石头坐下。

在这小山包上，他二人各自坐在一块石头上，观望着从上游流往下游的江水，这里的江水比较平缓，不能说是汹涌澎湃，但洪水季节还未结束，浑浊的江水中有不少的漩涡慢悠悠地往下游移动着。

"这嘉陵江的上游是哪一段？发源地在啥子地方？"陈峰无话找话。

"这里已是上游，这江水发源于陕西省凤县的嘉陵谷中故名嘉陵江，流经甘肃，再入四川，在重庆朝天门汇入长江，我是从地理书上学到的这么一点点嘉陵江的知识，其他的我就不晓得了！"张仙碧担心陈峰盘根究底，就把她知道的全说出来，以免陈峰多余的追问。

"这水就这样不停地向下游流去，它要经过我们的家门口，一直向东方流去，永不回头地流入大海，依照大自然的规律又被蒸发于大气层中，在空中飘来飘去，说不定这下面的江水在大海之中被烈日蒸发于空中，又被风吹于陕西上空变成雨水又流入这江中，又向东方流去，它们就这样周而复始抚育着嘉陵江的两岸人民，无私地奉献着，但人类却不然，今年二十岁，明年又添一岁，一直到老再也回不到二十岁了，所以人们都知道珍惜青春这宝贵的时间。人生苦短，这是任何人都晓得的，我这一生没有读书的机会，一辈子要在对知识的渴求中了却一生。现在正是你的金华年代，但愿你要珍惜这宝贵、短短的时光，认真学习千万不要错过人一生中最为短暂能在学校学习的时光！"他目光盯着江水发着感叹。

"说实在话，我在上初中时成绩并不是很好，我就是托姨爹的关系来上的高中，成绩比我好的并没有几个来上高中，来高中的学生成绩差的比例太大了，教师们都抱着做一天和尚撞一天钟的态度，只要能领到工资就行了，哪里还会认真教学呢！现在的学生也没有几个在专心读书，我对能不能再升学已不抱有希望，几年高中毕业后，靠姨爹的关系安排个工作或者混个小学教师就心满意足了！"张仙碧回答道。

"可惜……"陈峰一听，不由自主地叹道。

"可惜啥子？你只看其表不知其里，世上的事不是以一般老百姓的意志为转移的，只可惜我们恰恰赶上了这个特殊年代！"张仙碧又道出了自己对社会的肤浅认识。

陈峰听罢张仙碧对社会的看法后，深知她没有说错，他不想，也找不着合适的语言反驳，觉得在这城里面就是比在大山里面要多些见识，他再也找不到在这方面和她交谈的语言，只好把目光停留在嘉陵江江面上那一个个不停地旋转着的漩涡上，脑海里犹如漩涡般地旋转着而又理不出头绪来。

她二人一时找不着说话的题目，只好僵持着。

"《钢铁是怎样炼成的》那本书你看完没有？"在这静谧得没有一丝声响的地方，张仙碧找出了这句打破僵局的问话。

"那薄薄的缩写本，你借给我已经一年多了，肯定看完了，当然，我对保尔的印象太深了。我来这城里后还想求你帮我多借几本书，城里面有电灯，能在电灯下面看书简直太幸福了！不晓得你能借到吗？"陈峰也知道她在无话找话，便问道。

"我们学校的图书馆里可以借到书，我先借几本放在我那里，你去我们家乡把工具搬来后，就来拿吧，不过，你喜欢哪一类型的书呢？我依照你喜欢的书给你借来，要是晓得你住在哪里，我还可以给你送去。"

"我们的工地在食品公司下属单位酒厂，小地名状元桥，我初次来这里也弄不清楚怎样走才是近路。我明天一早就去你们那山里，把那里的事情了结清楚，需要几天时间我也说不准，我一到城里就来找你，到那时我们见面的机会就多了，我现在真有点担心啊！"

"担心什么？"张仙碧不解。

"担心以后我来到这里天天都想见你，恐怕就无心干活了啊！"他边说边笑了起来。

张仙碧一听，面上的颜色又加深了，但她却无言以对。

他们说完了这一话题，又各自沉默着，陈峰的眼睛一直盯着往下游流去的嘉陵江水思考着。想到有句古话，"人往高处走，水往低处流"，我这次从大山里走出来进入这县城，显然是往高处迈了一步，不知以后是否还能更上一层楼。

他的思路又回到几年前刚出门的情景，前途渺茫地在那烈日下前行着，幸好遇着曾仕豪那位好心人和王虎与他师傅闹别扭，才有机会成了袁师傅的徒弟，经过了几年的拼搏，学会了这份年轻人都羡慕的手艺，与在农村种田的年轻人相比应该算是高了一个层次吧！

显然，这次进城是托王虎的福，算是第二次上台阶，但是，进城后能否在城里扎下根来又要靠自己各方面的努力，永远依靠他王虎也不是长远之计，他晓得在这城里谋求生计应该像袁师傅那样在大山里面建立和王书记那样的一层关系，才会处于不败之地。在这城里广交朋友时，要认清别人的身份与背景，要是认识一个像王虎堂叔那样有权势的人，包下一个大工程，成为包工头，脱离这使人心烦、劳累的重体力劳动，收入大小暂且不说，那才真是又高高地上了一台阶，在山区里肯定没有王虎这样的有利条件。

总之，在这城里发展的机会与前景，应该比那大山里大得多。

他集中精力地思考着这往下流去的江水和往高处走的人生道路，要是自己有在学校读书的条件，向高处发展的道路毫无疑问更为广阔。

一想到读书，突然想起这位有读书条件的美人还在身边。他猛一回头，见张仙碧好像生气似的仰卧在这干净的草坪上，陈峰一看，浑身的热血顿时沸腾起来，他和张仙碧已经一年未见面了，如今已是一个大姑娘，在这初秋时节，张仙碧的衣着不厚，薄薄的着装挡不住浑身上下的青春气息，那勾人魂魄的部位从那薄薄的衣衫下面拱现出来，刚才在那人来人往的街道上，陈峰几乎就被她那浑身上下无形的"辐射"弄昏了头，多亏了他自制力极强，并未说出一句出格的话，如今在这山包上，周围都见不着一个人影，张仙碧又闭着眼睛，任由陈峰欣赏着她那使任何男人都会眩晕的性感部位。

此时的张仙碧很清楚自己已是一位成年人，家中的父母为了自己读书能给祖宗争光，他们省吃俭用，姨爹又极力支持，自己在生活方面未曾吃过半点亏，身体的发育未受丝毫影响，首先身高在这一片天地中绝对一流，各部位发育得十分匀称，丰腴中看不出丝毫的肥胖，轻盈里不显半点瘦削，从头到脚形成了整个身体的优美曲线，肤色、脸型、五官更无可挑剔。她虽然闭着眼睛，但并未闭实，蒙眬中看到陈峰的眼光在她身上扫了扫去，她不动声色，思考着这憨木匠在这无人区对她会有啥举动。

此时，陈峰的眼光不停地扫视着仰卧在草坪上的张仙碧，浑身的热血几乎沸腾到极点，他昏昏绰绰如驾云一般地升上了高空，在高空中旋转着，他的双臂不由自主地有张开的举动，意欲扑向那静静仰卧着的美人身上，他模糊地想到，要是这一扑下去，就会走到人生的另一个极端……

正在这千分之一秒的关键时刻，王书记随时对他关心的亲切面容，突然变成了一张愤怒得十分恐怖狰狞得犹如恶魔般的面孔，使人恐惧的法官也出现在他的脑海之中，激动得浑身颤抖、燥热着的身体，被惊出一身冷汗。双臂立刻软了下去，整个身躯如泄了气的皮球，瘫软在不管脏与不脏的泥土地上。

经过这一惊吓之后他清醒了，又回到现实中来，为了避免那不应发生的事，他不敢在这无人的地方再逗留下去，他的心情还未完全平静，只好用颤抖的口气对张仙碧说道："我们还是回去吧！我明天要去你们家乡把我的工具和所有东西搬下来，就要长时间在这城里谋生，以后和你见面的机会就多了！"

张仙碧没有答应，还是闭着眼睛，似乎已经睡着了，陈峰只好用手推了推她的手臂，但她并未睁开眼睛，很不耐烦地说道："推我干啥？"

"我们还是回去吧，要是有人看见我们两人在这里，会有看法的！"陈峰答道。

"有啥子看法嘛！这里不说有人，恐怕连鬼也没有一个，"不过，她边说还是边坐了起来，揉了揉眼睛站起身来，极不耐烦地："走吧！"

他们各怀心事，无精打采地走下山来，不像来时那样精神抖擞。陈峰送张仙碧到学校门口，自己又朝王虎的工地走去。

他找着这初生的包工头，落实了火车时间，商量好下一步的安排，便要返回他生活过几年的山区，由于想到来这城里谋生的光辉前景，与张仙碧见面的机会就多了，心情特别轻松，在那上坡的路上，身轻如燕式地"飘"回到王书记的地盘上。

他见着袁师傅后，给师傅汇报了县城里的一切情况，当然，他为了离开这山区向县城迈进，免不了将那城里之事"添些油、加些醋"，总之，他要说服师傅到城里去谋生，就是师傅不去，至少也要同意他一人离开这只能吃饱粗茶淡饭、有点微薄收入而没有辉煌前景的大山区，走向那人人向往的天堂——城市。

袁师傅一听陈峰的汇报后，知道自己这次绝对留不住他了，他现在已经出师几个月，这几年对自己的贡献特别巨大，在传授这两个徒弟中又立下了汗马功劳，按理说是没有理由再强迫把他留在自己身边，应该支持年轻人自由发展，只好顺水推舟满口答应陈峰去城里"淘金"。

得到师傅的同意后，陈峰马不停蹄地来到王书记家，对王书记讲明自己要去广利县城寻求发展的打算，王书记一听，觉得这年轻人走了实在可惜，便笑着说道："你怎么想起要去城里谋生呢？现在城里治安严得很，外面的人很难站住脚，你在我们这地盘上讨生活，我敢保证你不会受任何打击，你要是想在我们这山里安家，我还可以帮你找媳妇呢！"

"王书记，谢谢你的好意！我在你们这里三年多了，已经习惯了这里的生活，你对我的恩情我是终生难忘的，我只是想去城里开开眼界，见见世面，要是不习惯或者难于生存，我还是要回到你们这里，我们不但是好朋友，你还是我的长辈！"陈峰说的是实话，他要给自己留条后路，要是城里真的站不住脚，必然还要吃这"回头草"。

"你既然坚持要走，这样吧，你去把你师傅和你两个哥们儿约来，我们一齐祝贺你去城市发展，就算为你践行吧！"王书记知道留不住他，便以温和的口气说道。

"王书记的好意，我当然不敢推辞，那就恭敬不如从命吧！"陈峰说完就起身到他师傅和两位哥们儿那里去了。

经过一番周折，他们又坐在王书记家饭桌旁的板凳上。

桌子上的菜肴虽然比较丰盛，但他们今天却不如以前在一起喝酒时气氛活跃。他们五人各怀心事，有心中高兴的，更有不愉快的，当然，陈峰是这五人中唯一高兴的一个，王书记虽然说是给他践行，但心中不免有一种失落感，他很清楚这小伙子从第一次见面就太讨人喜欢，他这一走肯定不会再回我们这大山里面来了。

至于袁师傅更是担心，他觉得陈峰一走，他这两个兄弟肯定不好"驾驭"，要是这两人一调皮，我的收入就要受到极大地影响，这对我的损失就太大了。

陈刚陈灵二人的心情更为复杂，觉得这位领头的兄弟一走，他二人好像失去了主心骨，但又觉得好像自由了，只要陈峰在这里，他二人毫无疑问都会尊重他的意见，现在陈峰一走，他二人犹如烈马失去了缰绳，有些事情就可以自作主张，不过他们又同时想到，就看师傅怎么对待他们，还是走着瞧吧！

见这四人各怀心事，一直死气沉沉地喝着闷酒，不如前些时喝酒那么高兴。王书记便端起斟满了酒的酒杯说道："为了小陈进城发展一帆风顺，我们今天应该高兴才对，这一杯我首先敬袁师傅，敬你授徒有方，教出这几位优秀的弟子，在我们这片天地里留下了高超的手艺，干！"王书记话音一落袁师傅便将满满的一杯酒喝了个底朝天。

王书记再次把自己的酒杯斟满后，又把陈峰的酒杯加得满满的，说道："小陈，在我们这一带学手艺的木工不晓得经过了多少，我还没有见过哪两个师徒有你们配合得这么好，你这人太诚实，从不计较得失，对任何人都以友情为重，恐怕这是你能和袁师傅配合得如此好的根本原因，你现在虽然已经满师，要离开师傅远走高飞，但师傅永远是师傅，你若是在城里发展好了，千万不要忘记师傅对你的传艺之恩，干吧！"陈峰的酒量不是很大，仗着自己年轻，心情又十分激动，将满满的一杯白酒痛快地喝了个点滴不剩。

现在轮到陈刚陈灵二人，他们跟着王书记端起了酒杯，听王书记讲道："你二人比陈峰晚来不到一年，我们相聚的时间不是很多，彼此的性格不是很了解，但希望你二人向陈峰学习，学习他吃苦耐劳的精神，学习他的为人处世，才能在江湖行走，小陈走后，你们要听袁师傅的话，好好的与师傅配合，你们现在犹如一家人，自古就有'家和万事兴'的说法，你们认为我说得对不对？"

"王书记的话句句都是金玉良言，我们一定牢牢记住！"陈灵不等陈刚开口，就抢先说道。

"对……"陈刚也附和着说道。

王书记敬酒完毕后，陈峰又把五个人的酒杯斟满，说道："我不会讲话，我们就一齐举杯吧！我这一生绝不会忘记师傅对我的恩情，也不会忘记王书记这几年对我的关照。我这次去城里谋生，不知前景如何，要是混不下去，还得回到王书记这地盘上和大家一起谋生。陈刚、陈灵你们一定要听从师傅的安排，千万不要三心二意，至于城里面是啥子情况，我会经常写信或者我自己来这里告诉你们，有什么好事也绝不会把师傅和你们忘记的！"

经过他二人的一番演讲，酒桌上的五人脸上都有了喜色，这顿饯行饭在融洽的气氛中结束了。

陈峰花了两天的时间，辞别这里所有关系比较好的朋友。

第三天的早上，他当面辞谢了王书记，又去袁师傅干活的东家与他三人告别后，背着他的全部家当，装着王书记老婆为他准备的干粮，离开养育了他三年多的大山区，进城去了。

第十四章 >>>

回家的苦恼与罪过

对于陈峰的到来，王虎好像多了一个助手似的，在他拿不定主意和为难之时，就来征求陈峰的意见，陈峰每次给他出的主意或建议对他都大有好处，在他的心目中对陈峰便产生了强烈的依赖性与佩服感。但是，最近没有木工活计，他只好把陈峰安排与那些泥工们一起在江岸上码砌河堤，这活路虽然与木工活路有所不同，但陈峰出生的年代与原来在家所干的农活，使他对码砌河堤这类犹如农活一般的活路没有丝毫难处，所以，他能胜任干着这头顶阳光、浑身都是灰浆的泥工活。

自从来到这城里后，要想回家已是很方便的事，他经常想起应该回去看看父母才对。他已经在外三年多，虽然从未欠过生产队的投社款，不回去看望父母也是不对。

于是，在一次他和王虎谈完正事之后，便说道："自从那年我和你认识后，已经三年多还没有回过家。我想最近回去看望父母，这段时间没有木工活计，我在码河堤方面也起不了多大作用，按你的说法建库房的时间还未确定，我回去看望老人后再来恐怕就差不多了。"

王虎一听，他已经三年多没有回过家，心想这人的事业心也太强了，他不好显露出对他的佩服感，赶紧说道："你早该回去看望你的爹妈了，不然，我可要说你为了钱，是个忘记父母的不孝子！"他边说边露出责备的笑容。

于是，陈峰便开始准备回家所需要的一切，不过，他想家中父母固然重要，但不能忘记曾仕豪那样犹如再生父母的大恩人，他买好了礼物，要去感谢一想起就使他激动得流泪的两位老人，他经常想到只要有了报恩的条件，要以数十倍、数百倍甚至于千倍地报答那十元钱和两个大烧饼的当时所值。

他打听清楚开往剑门关那一方向的班车后，买好了车票，他知道现在各方面的条件比三年前要好一丁点儿，不用再走路了，就是现在不怕苦累，走路来去所花的时间价值是大大的不划算，因为现在他已是一个木工技术十分精湛手艺人，身价要比三年前高得多。

他坐在运客的货车上，在高低不平的土路上颠簸了两个多小时，汽车刚行至曾仕豪老人家门口的公路时，他在车厢里招呼司机停车，下车后提着礼物，走近他曾经进出过几天的堂屋门前，才发现使他难忘的大门上挂着一把不小的铁锁，门前似乎有好长时间没打扫过，看来这家主人不在的时日已经不短，他的心顿时凉了，心想好不容易抽时间来看望这两位恩人，这两位老人却不知去了哪里？他站在大门前思考着，暗暗地问着自己："啷个办呢？"

在这山区边缘地带，人口比家乡丘陵地带稀疏得多，各家各户的距离都有半公里远近。他想了想，暗下决心，不管啷个也要找人问清楚曾老人他们到底去了哪里，他环视周围无人，便将装满礼物的大包放在墙边一堆柴火下面，快步朝那最近的民房走去。

那民房的廊檐下坐着一位老头："请问大爹，那边曾仕豪家的人到哪里去了？"那老人年纪太大了，大概耳朵不灵，鼓着一双老眼盯着陈峰，陈峰贴近他的耳朵连说了三遍，他才基本听清，回答的却是一句模糊不清的"不晓得！"

他无可奈何，只好又回到使他终生难忘的地方，急得六神无主，但他决心并未改变，不打听清楚决不罢休，同时又想到，要是时间一长，错过了那运人的返程货车今天就麻烦了，他急中生智，突然想起曾仕豪老人家是军属，去问那些学大寨的人就不怕别人怀疑自己是坏人，他爬到一个比较高的山嘴，观察哪里有干活的人，只要去问那些干活的社员们就应该晓得两位老人去了哪里。

还好，他望见大约半公里处，一群男男女女在那地里劳动着，便快步向那些学大寨的人们走去，当他向离他最近一位妇女问道："这位大嫂，请问曾仕豪家的人到哪里去了？"

那妇人抬起头来见是一个很帅气的年轻人，陈峰看见的却是一位极其漂亮的少妇，只是脸和衣服上都溅有泥土。

"他老俩口到他儿子当兵的部队耍去了。"那少妇说话口齿很清，毫不拖泥带水，干脆得很。

"他们走了几天，啥时候才回来？"陈峰又问道。

"走了大概二十多天了吧，他们啥时候回来我哪个晓得呢！"

"难为你了，谢谢！"他见那妇人紧盯着自己的脸说话，谢过后，转身就走。

那少妇见陈峰说完就走了，觉得可惜。她心直口快地对她旁边的一位妇女说道："你看刚才那位小伙子长得多好看啊，要是和他多说几句话才好呢！"

"你觉得他长得好看，是不是想他，若是想他你就把他喊转来，我们也多看几眼，饱饱眼福嘛！"那位妇女也凑合着说道。

陈峰听到那些妇女在议论他，便放慢脚步，听她们还会说些啥子，但他越走越远，她们后面说的啥子也就听不清了，只传来那几位妇女"哈哈"的大笑声。

他快步来到曾仕豪老人家门口，拿出藏在柴火堆里未送出的礼物，又快步走到公路边时，那回头汽车已经出现他的面前，他招呼汽车停下，爬上汽车后想到："真悬"。

五天后，曾世豪老俩口回到家，那心直口快的妇人故意跑到曾世豪家去告诉他们，有个外地的小伙子到他家来找过他们，曾世豪一听，知道绝对是陈峰无疑。

至此，陈峰的形象在那妇人心中生了根，希望那小伙子再次出现在她的面前。她哪个也没想到，十多年后，她们竟然还有一段迟到的艳事。

当他又回到广利城里王虎的工地上时，便安排回家的日程。

他出师的时间不长，囊中大额币不多，便在王虎那里借了200元作为回家的开支

陈峰初次出门转眼就是三年多，因为回家心切，未提前写信告知父母，就突然地回到家中，他父母激动得泪流满面，陈峰的克制力极强，忍住了快要流出的泪水。

经过两天的父子交谈，对家中一切情况陈峰也就了如指掌，他父母更

清楚陈峰学艺已大功告成，虽然并未带多少钱回家，但一家人都沉浸在幸福的喜悦之中。

　　一家三口激动了几天过后，各自的情绪都处于平静之中，他父母便想起陈峰的婚事，便将两个女儿女婿喊回家来，把陈峰的婚事正式纳入议事日程。

　　陈峰第一次出门比任何五匠在外的时间都长，在他家乡是绝无仅有的稀罕之事，这次回家无疑是一条特大新闻，他订婚的消息一经传出，媒人们应消息而至，更有好心的亲戚朋友们前前后后带来不少的妙龄姑娘，因有张仙碧占据了陈峰脑海的全部空间，使这些人无功而返。

　　这就激怒了陈德老两口，特别是他母亲因为早就有抱孙子的想法，心想儿子这次回来办完了他的人生大事，抱孙子的日子就不会远了，没想到陈峰竟如此顽固，便忍不住哭出声来。陈德老头虽然内心比老伴更为着急，但因为是男人不能像老伴那样以哭声给陈峰施加压力，他一改以往对陈峰的温和态度，压住火气将陈峰喊至面前，毫不客气地训道："你一出门就是三年多，你回家已经好几天了，恐怕你也晓得，我们生产队你们这一伙年轻人除了你和陈刚陈灵三个还未成家，在家的全都抱上了娃娃，你现在手艺已经学成，难道还不该考虑你的个人之事吗？你这次回来要是不把你的婚事办了，我是不会让你走的！"

　　陈峰见母亲哭泣父亲又发如此大火，心中也着实不忍再让两位老人难过，但又想到这是人生大事不能马虎，还是应该把两位老人的心情平静以后再作他们的工作，这就是人们常说的缓兵之计，便道："请两位老人不要着急嘛！我既然回来了就一定把这事办了，不过我还是应该找一个我满意的人才对嘛！人生大事总不能随随便便地应付了事嘛，希望两位老人理解作儿子的心情！"

　　他母亲一听陈峰接受了她们的意见，觉得是她的哭闹镇住了陈峰，虽然止住了哭声但还是不停地抽泣着，并说出了使陈峰难以接受的话："你既然同意办事，你看过的姑娘不少了，究竟喜欢哪一家的姑娘，你必须表态，我通知媒人就马上定下来，不然我信不过你！"

　　陈峰一听，压住心中的不平："你这样要求是不是又太急了点，等我考虑一下再回答你们好不好？"

"我回忆了一下，你回来这几天媒人们给你介绍的姑娘应该有十多个吧？难道没有一个你满意的吗？你又不是古时候的皇帝，难道你在选妃不成？"陈德老头毫无相让的说道。

陈峰一听他父亲说出这样难以接受的言语半天说不出话来，心想，我虽然不是在选妃，但我心中的偶像应该可以当妃子的。

"这样吧，你们再去找那几个媒人谈谈，了解一下那几个姑娘之中哪一个的性格最好，她们的父母在教育子女方面是否有独到之处，我同意了的姑娘来我家以后对老人的孝道问题必须要重点考虑的。"

陈德与他老伴听到陈峰提到以后的儿媳妇对他们的孝心问题，对陈峰又起了感激之心，便回忆起陈峰从来对他们都是一片孝心，并未惹他们生过气。由于想儿媳妇抱孙子的心情过于迫切，今天对儿子的态度是不是太过分了点呢？

"既然你有这样的想法就是好事，就请你妈去和媒人商量一下，落实哪一家的姑娘尽快定下来，以免我和你妈为这事再受煎熬！"陈德老头又道出了他的意见。

"只要他同意办理，他不请我去求媒人我也会着急的，今天肯定没时间了，明天我一定把这件事了解得清清楚楚，以便弄清哪一家的姑娘对老人最有孝心。"陈峰母亲听到她老伴与陈峰的对话后，似乎精神也来了。

由于争吵了半天，他们三人对吃饭都没有胃口，晚饭也就免了。

陈峰睡在床上翻来覆去搅拌着大脑，晓得不把这事处理好不但会惹爹妈生气，就是出去了父母在家也是不放心的。

但是，既要做到父母高兴，又不在家中结婚的两全其美这简直太难了。

他一夜未眠，为了不让父母生气，思考着怎样搁平这件难事。

不过，他又想到若是确定了哪一家的姑娘，第一步就是要将她的生辰八字开来，这就叫开年庚，并将我的生辰八字拿去找算命先生确定我们二人的八字与属相是否犯冲，要是属相犯冲那是绝对不能结为夫妻的，这就叫作合八字，经过算命先生反复推敲二人的八字相合之后就断定他们可以结为夫妻，又再确定婚庆之日，他一想到这里，觉得农村年轻人的命运好像掌握在算命先生手中，模糊之中他似乎有了主意，已有三年多不在家，他不晓得家乡这些年是找哪一位算命先生注定他们这些年轻人和哪一位姑娘有着百年之好。

为了不让他父母晓得而起疑心，他去刚刚决定所收徒弟陈安家里，陈安的父母一见陈峰便满脸堆笑地问道："陈峰侄儿来了啊！快进屋里坐！你回来已经好几天了，你的事情办得怎么样了？"看来对陈峰婚姻之事大家都特别关心。

"应该快了吧，我就是来问问贵叔这几年我们这里哪个算命先生比较高明，选择的婚娶吉日最为吉利，我准备去求他给我测一吉日。"陈峰见这叔婶二人对他十分客气连忙答道，他所称呼的贵叔也是他们一个家族，与陈德老头同辈分，陈峰当然晓得应该如何称呼。

"翻过那座山那边山沟里，与我们是一个公社，也就是和我们大队紧相连，那生产队有一姓苏的社员，人们都叫他苏神仙，我们这里方圆几十里测黄道吉日非他莫属了。"陈贵说完并用手指了指对面右边那不高的山包。

"苏神仙叫啥名字？"

"苏长寿。"

陈峰一听连忙问道："你估计我爹一定会去找他测我们的吉祥之日吗？"

"肯定会的，除了苏神仙我们这里没有第二人了，你刚才不是说你去找他嘛，怎么又说你爹去找他呢？"他贵叔一听疑惑不解。

陈峰听到他贵叔问他连忙抬起头来，见他婶娘也看着他便答道："贵叔、婶娘，我今天来你们家了解算命先生的事请你们千万不要告诉别人，要是我父母问你们我来你们家有啥事，你们就说为了你家陈安学艺之事，我今天为啥对你们有这样的要求呢？你们以后一定会晓得的，只是我今天不能告诉你们，请你们千万不要走漏一点风声啊！"

"你说了我们就晓得了，绝不会告诉外人，你事情办后陈安跟你去学艺就要你侄儿多操心了，你们家里分东分西那些繁琐之事就是我们的事，一定会给你们办好的，你就不要挂念了。"

"那就好，我事情很多我要回去了，谢谢贵叔、婶娘！"话一说完人已走出几步。

　　陈峰一走，陈贵两口子面面相觑、一头雾水。

　　陈峰回到家中向他父母请示道，"我出门好几年了，对面那些山还未去转过，这几天心情不好，我去散散心，找找以前的伙伴耍耍。"

　　"你去吧，去耍了早点回来。"他父亲想到只要你同意办理婚事，样样都好说。

　　陈峰一离开他家里人的视线，快步向"苏神仙"那方向奔去，他打听到苏长寿的住处后，径直地来到苏神仙家门口，只见一位近80岁的老孺人坐在廊檐下休息，他行至老孺人面前："老人家，苏长寿神仙哪去了，他啥时候回来？"

　　"苏长寿就行了，别喊苏神仙，那是迷信，他干活去了，整天都喊农业学大寨，你还不晓得吗？"老人口齿太清，并且思路清晰，把要说的事表达得一清二楚。64年就号召农业学大寨快10年了，在老人心中已根深蒂固。

　　"晓得、晓得！谢谢老人家。苏长寿啥时候回来呢？"

　　"生产队收了工就回来嘛！"

　　"谢谢老人家！"他看见十几步处有一板凳便抬过来和老人坐在一起便攀谈起来。

　　"你找他干啥？"

　　"找他看个吉日办喜事。"他见老人年龄太大不敢说假话，但他话中还是有假意。

　　"他做这事只能悄悄的，当官的若不高兴就会说他搞迷信活动，是要挨批斗的啊！"

　　"嗯，知道了。老人家，苏长寿是你儿子吗？"

　　"当然是儿子嘛！"

　　"你有几个孙子了？"陈峰无话找话。

　　"我有三个儿子，三个姑娘，究竟有几个孙子几个外孙我老了不会算账。"虽然她说不会算账，但说话毫不拖泥带水。

　　陈峰正要发问，只见一个人扛着锄头走进了院坝："你找哪个？"

　　"我找苏、苏……"陈峰看见这人与他父亲年龄差不多不好说找苏长寿，也不好说找"苏神仙"。

"他是来找你的，还没收工你哪个就回来了？"老人见陈峰迟疑便抢先答道，并向她儿子提出疑问。

"我在地里做活路时都是眼观六路，看见有人朝我们家走来估计有人找我，就向队长请假说我脑壳太疼要回家吃药，我和队长关系很好他晓得我回家的用意，所以我只好说有病请假回家吃药队长是不会阻拦的。"苏长寿自信地说道。

"既然你是来找我的，就请进屋里坐吧！"他面向陈峰说道。

"你找我有啥子事？"陈峰跟着苏长寿刚进屋他就问道。

"我哪个称呼你呢？"陈峰见这人瘦削的脸颊显现一付奸猾相貌，年龄已近六十，既不能直呼其名又不好叫他苏神仙。

"我今年已经五十多岁了，看你年龄也不大，给你当叔叔是可以的，按我们当地风俗，你就叫我表叔吧！"

"表叔好！我今天来你这里是向你打听一下，你测一个婚娶吉日费用多少？"

"啊，这事呀！不高、不高。这年代大家都不富裕，也就是5元钱。"

"这样吧，表叔，我来找你不是要求你给我选吉日的，我这一两年之内还不想结婚，但我的父母硬是逼着我非结婚不可，今天我还是给你5元钱，希望你一定要帮我这个忙。大概在这两天之内我爹要来你这里给我测婚娶吉日，我爹是陈德，你们应该认识的，你看了我的生辰八字后，就说我这一年之内没有结婚的好日子，究竟我为啥这样做，三言两语也说不清楚，当然，我爹来找你选日子还是要给你付钱的，你听清楚了吗？表叔。"

"听是听清楚了，不过，我和你爹都是老熟人，哪个能在他面前说假话骗他呢！你想想一个人在一年之内哪里没有结婚的好日子呢！我怎么能说假话呢？这事难办啊？"这苏神仙眼珠几转，有了主意。

陈峰一听也是道理："那怎么办呢？我今天专门来求你帮我办这件事的，表叔！你就想想办法吧，我以后绝不会亏你的！"

"哪个帮呢？干我们这行道是要讲究诚实，欺骗了冥冥之中的上司是要遭惩罚的，我怎么敢呢！你能找其他人吗？"

"问题是我父亲一定会来你这里给我测定婚娶吉日，也没有别处可去，怎么办呢？表叔你还是想想办法吧！"

"看来你是要我欺骗你父亲还要我欺骗给我饭碗的那些冥冥之中的上司吧，要是那样会折我的寿岁，我也划不来啊！"这苏神仙把这问题说得太严重了。

"你若是把这事给我办了，要怎样才不会折你的寿岁呢？"陈峰假装信以为真。

"哎呀！我看你这次一定要骗你父亲的，我就做一次违心的事吧！为了我能多活几天，你另外给我10元，我多买点冥币与纸钱，花几天时间祈祷神灵，求神灵宽恕我过分的要求，另外我还得孝敬生产队长，因为我不出工学大寨搞迷信活动，不和队长搞好关系是要被弄到公社去挨批挨斗的，像刚才那样大家还未收工我就回来了，你想想和队长关系不好他会允许我提前走吗？"

陈峰一听明知这苏神仙的用意，但他毫无办法，只好任这"神仙"宰割。

陈峰怀着被宰的心痛，有气无力地走在回家的路上，到家后在父母面前强作欢颜。

晚上，陈德老两口又把陈峰喊到面前征求他的意见："前几天你见过的那些姑娘你对哪一个的印象好一些，能不能决定下来，好了结我和你妈的心事？"

"那就去找张大妈，和姓李的那一家定下算了，办完事后我就准备走了。"陈峰心中有了底，回答得很干脆。

于是，他们一家又快速地行动起来。

果然，两天以后他父亲去苏神仙那里测吉日回到家中满脸的沮丧。

陈峰知道苏长寿按照自己的意图办了事，但他假装不知，来到他父亲面前，显得亲热。

"我这是啥子命啊？一年之内儿子连一个结婚的吉日都没有，等一会儿你妈晓得了恐怕会急死的。哪个敢对你妈说这事呢？"

陈峰一听，心中紧了又紧。

"爹，是哪个回事吗？"他明知故问。

"今天我去找到苏长寿，把你两个的生辰八字给了他，经他一个多小时的推算，得出的结论是你们在一年之内没有结婚吉日，当时就把我气得半死，但我不相信求他反复推算，又经过他近一个小时的折腾，如前次一样！我一点主意也没有，只好昏昏沉沉地回来了，你妈这一关啷个过得了啊？"

"既然算命先生说没有吉日我们也不能强求，希望你老人家给妈好好作作工作，说起来这是迷信，人们常说迷信这件事不能不信也不能全信，总之，我们还是要尊重苏神仙的意见，这事只有靠你把妈的思想做通，我是无能为力了。"陈峰怀着说不出是什么滋味的心情说道。

经过陈德老头三天的口舌，他老伴终于同意暂不操心陈峰的婚事，陈峰便返回到王虎的工地，并且带上了他第一个徒弟陈安。

虽然陈德老头奉劝老伴一定要尊重"苏神仙"的意见，不能急着办理陈峰的婚事，但他心里比他老伴更为痛苦，只是未说出口而已。

陈峰这次回家在婚姻之事上和父母发生了分歧，经过几天的"较量"他虽然胜利了，但他心中毫无爽快之意。

为了他喜欢的人他欺骗了他父母。

陈峰到了广利，怀着沉重的心情与张仙碧见面后不像以往那样一脸喜色，张仙碧不解，便问道："你啷个愁眉苦脸的呢，难道是回家遇着啥子不愉快的事吗？"

他在张仙碧面前不好隐瞒，便将回家快一个月的经过毫无保留地告诉他这初恋，虽然使得张仙碧十分感激，但又想到为了她陈峰欺骗自己的父母，心中五味杂陈。

但陈峰怎么也没想到，他的父亲陈德老头为了他的婚事竟然生病了。

就在陈峰到了广利不到一个月，他家里发来加急电报，叫他火速返家，他父亲因病医治无效去世了。

陈峰接到电报犹如晴天霹雳响在头顶，他，晕了过去。

他的几个哥们儿把他从昏迷之中弄醒之后便火速赶到车站，但当天的班车在早上就已发出，只有买好翌日早上7点的长途班车。

借这几个小时的空隙时间他又到学校告诉张仙碧——他的父亲去世了。

张仙碧一听大吃一惊，并流下眼泪，催促陈峰急速回家，

陈峰回到家中向母亲了解父亲猝然去世的原因，他母亲流着眼泪说

道："这还用说吗！要是你把婚事办了，你爹心情好了，哪里会突然生病就去世呢！他好像听到啥子风声，说是你搞了啥子阴谋，他一气之下一口气没上来，不就完了嘛！人年纪大了就是这样脆弱啊！"

陈峰一听，一切都明白了。

陈峰怀着沉痛的心情与乡邻们办理了父亲的丧事。

几天之后亲朋好友都已离去，虽然一切归于平静，但他母亲流着眼泪又提起了他的婚事，他姐姐与姐夫又极力劝说："你还是把你的事情办了吧，要是上次你回家把婚事办了父亲恐怕就不会去世的，这点你心里应该明白，如今家里就剩下母亲一人，你若再不把你的婚事办了，他老人家一人在家哪个生活呢？是不是你也回家种田呢？"姐姐说完，妹妹的眼泪也跟着流了出来。

自从他父亲去世后，陈峰心中痛苦的自责着，他一直计划怎样处理家中之事，就是他姐夫妹夫两家人不劝说他心中也在不断地盘算着。

"姐姐不要说了，这事我自有分寸，张大妈介绍姓李那家姑娘的生辰八字放在哪里的，请妈赶快找出来吧！我拿去找苏长寿看看最近究竟有没有婚娶吉日！"他痛苦地说道。

他妈一听，不到三分钟就将一张写有字的信笺交到陈峰手中。

陈峰揣着他二人的年庚又来到苏长寿家，要求苏长寿在10天之内测出他的婚娶吉日，当然，他再次付了苏长寿5元钱。

陈峰走在回家的路上，回忆这几天的经过，想到有"偷鸡不成蚀把米"这句古话，在自己囊中羞涩之时暂不说给苏长寿拿了10元钱，还把父亲气死了，自己才蚀了一把米吗？这是自己多大的不孝而又失误啊？他的心剧烈的痛了起来。

在他第二次回家不到一个多月，在亲戚与众多乡亲的恭贺与欢乐声中，他所选定的十分漂亮的新媳妇在吹鼓手唢呐声中由生产队的青年们用滑竿抬进了他的家门。

喜事办完，他在惦记着张仙碧的情绪之中陪着新婚妻子在家过完他父亲的一切丧葬习俗，几天之后又回到王虎的工地，这次在家住了两个多月。

可惜，陈德老头并未见着他的儿媳妇来到他的家中。

第十五章 >>>

"零点五"们

    盖库房的图纸迟迟未出来，他还是和泥工师傅们顶着太阳在江岸边码砌河堤，为了和石工师傅们增加感情与更多的交流，他谢绝了王虎给他安排的小单间，与几十个石工睡在一间200多平方米陈旧得快要倒塌的库房内，他一见这样大空间的宿舍，就想起在家乡大路旁边也有这样大空间的旅馆，像这样大空间旅馆人们称之为牛马大店，因为是为了方便贩卖牛的牛贩子们人与牛住在一起以便观察步行了一天牛的健康问题，要不然病死一头牛是要亏掉血本的，这是解放前那些有条件的农户在大路边建盖几百平方米的大空间房间，在当时也是一种产业，如今还遗留在大路旁边。这些员工睡的床铺都是用木板钉就的铺板，再钉上几只简易的床脚，在铺板上铺上犹如石板硬度一样的破旧棉絮，床板一头顶着墙壁，就是很舒服的一张床铺。但因库房周围墙壁的宽度有限，容纳不下众多的简易床铺，有几付床铺只好摆在库房中间，当然，库房中间的床铺没有头顶着墙壁的床铺睡觉舒服，没有墙壁依靠，枕头经常会掉在地上。

    快要倒塌的库房内共住有五十多号人，真所谓人上一百、形形色色。这些人年龄大多数都在十五岁至六十岁之间，六十岁以上只有少数几人。他们分布很广，并非一地之人，要说他们来自五湖四海的三教九流并不夸张，年轻人精力旺盛，血气方刚，年长的走南闯北，见多识广，这年代这些人出门寻求生活普遍被称之为临时工，但又被家乡当官们和吃"皇粮"的国家职工鄙视为"零点五"，他们每天的伙食要比在家吃稀饭优越得多，心情也过分的舒畅，晚上睡觉前卧在床上争先恐后不知疲倦的大声摆着龙门阵，这些龙门阵有的被他们称之为"荤"的，有的称为"素"的，有的是他们在现实生活中的亲身经历，有的却是听到的传言，还有些是他们亲眼看见过的，不管是传言还是经历，或者是"荤"的还是"素"的，听后都会勾起这些人满腹的辛酸或难以忘怀的往事，有的又几乎笑破肚皮。

一天晚上，在一个痛苦的小故事结束后，一个不满十八岁的年轻人抢着说道："你那件事情不算惨，在三个月前，我妈生了病，因无钱抓药，我爹叫我把家中仅有的一只母鸡经过二十多天的'艰苦奋斗'几乎把肛门撕裂所产下的二十几个鸡蛋提到场上去卖了给我妈抓药治病。临走时我爹千叮万嘱，叫我机灵点，不要碰见市场管理委员会的执法者，我也晓得这是几个救命的鸡蛋，哪晓得一进市场口，就遇着几个没穿市管会衣服的临时工，其中一人问道：'你口袋里卖的啥？'我以为他要买鸡蛋，就说是鸡蛋，我妈生病了卖了给我妈抓药。'拿给我看看，鸡蛋大不大？我买！'。我见他与社员们同样的衣着，就信以为真，顺手把装鸡蛋的口袋交给他，哪晓得口袋一到他手中，他就顺势往石头一拌（掼），你们都晓得鸡蛋哪能跟石头碰呢！可惜我那二十几个鸡蛋啊！就成了一口袋蛋青蛋黄，气得我当时就要和他拼命，接着又来了几个人，我一人哪是他们几个如狼似虎土匪一般的对手，就被他们狠狠地捶了一顿，还把我弄去公社教育了几个小时，人家是代表政府部门执法的，我哪有啥子办法呢，只好鼻青脸肿哭着跑到我舅舅家去，借了钱才去药店把药抓了回去！"他说到最后，言语已不流畅，明显地在抽泣着。

"哎呀！你一个年轻人真莫出息，你就不晓得打主意装憨说假话吗！"那年轻人的凄惨事刚结束，另外一中年人为了缓和那小伙子的难过心情与众人的不平心理。便抢着说道："我们队里有一个六十多岁的老头叫王大先，别看他已上了年纪，最擅长投机倒把，他是专门做油干儿生意的，每次遇着麻烦事他都能化险为夷，从未吃过亏。有一天正卖油干儿时就被我们公社姓陈的社长抓着了，陈社长板着面孔恶狠狠地说道：'嘿嘿！你就是王大先吧？我早就听说你滑得像泥鳅一样，你今天总算闯在我手里了，我看你还有啥子妙招能逃过我的手掌？'

"'哎！陈社长，我哪有啥子妙招，只是家里没有买盐巴的钱，我今天来赚几分钱，买半斤盐巴回去，不然我们家里就没钱买盐巴泡咸菜了！'

"'嘿嘿！所有社员都在农业学大寨，只有你投机倒把才有钱买盐巴泡咸菜，难道农业学大寨的其他社员就没有盐巴吃吗？你这不是在说反动话

吗！'

'不反动，不反动，我还不晓得反动话是啷个说的呢。'

"不反动你也是在攻击农业学大寨嘛！别人都在'农业学大寨'，你偏要炸油干儿投机倒把，你晓得你这是啥子性质吗？'

"'陈社长，你是问油干儿里面是啥子'芯子'吗？陈社长，我做这油干生意从来不生产伪劣产品，都是正宗的绿豆芯子，你若不信就请尝一个吧！'他理直气壮以极温和的声音说道，并用油腻腻的手拿了一个油干儿递到陈社长面前。"

"'陈社长一听，哭笑不得，他极力压住笑神经与火气，并且大声吼道：'我不管你是绿豆芯子还是豌豆芯子，你不在生产队农业学大寨却专门投机倒把，你晓不晓得你走的是哪条道路？'

"'陈社长问我是走那条道路来的吗？我晓得、我晓得，为了不忘记大跃进年代兴建水利的辉煌成果！我来卖油干儿都是从大跃进修建的水库垃坎上走来的，'他嬉皮笑脸地说着，一只黑不溜秋拿着油干儿的手伸在陈社长面前并未缩回。

"'哎呀、你是个啥子人呐……赶紧滚吧！不然，我……我把你抓去坐几天班房！'那陈社长再也忍不住，用力压住笑神经说出这几句结巴话后，便双手捧着肚子跑进他的办公室，笑倒在为了午休铺就的单人床上半天没缓过气来！"

笑声淹没了一切。

笑声过后他又继续说道："就在样，王大先又换了个地方，把油干儿卖完后，高高兴兴地回家去了，你说王大先有没有本事，哪像你一个年轻人，几个鸡蛋都保不住，还好屁意思在这里吹给大家听！"好像他这故事只是讲给那小伙子一个人听的。

大笑过后，睡在墙角落一个人发出声音，从声音里听出这人年龄大约在五十岁以上，他慢声慢气的说道："你们只会来些'素菜'，我给你们来一盘'荤菜'吧，你们爱不爱听，不爱听我就不摆给你们听了。"这人看来老于世故，要吊众人的胃口。

"有'荤菜'就更好，你就多来几'盘'吧，'吃'了荤菜明天做活路才更有劲头！"他的话音一落，有几个年轻人一齐应道，声音中夹着兴奋的成分。

"好吧！我的'荤菜'多得很，今晚上先给你们来一盘一般的'荤菜'，以后更有'高档荤菜'，只要你们喜欢，我就每天晚上给你们来一'盘'，要得不？"他说话慢声慢气似乎要给人们留下他很有知识的印象。

"不要屁话多，赶快摆你的龙门阵吧！"年轻人等不得了。

"首先声明，我的龙门阵都是真实的，我绝对没有胡编乱造的本事，你们若是想听，就先给我一支烟抽吧，你们若是听评书还要出钱呢！"他向这些年轻人提出条件，一年轻人立即将一支价值4厘钱的经济烟点着并直接递到他的嘴上。这经济烟8分钱一包。

"话说本人生产队有一青年！"他吸了一口烟并吐出一个很标准的烟圈在空中不停地移动着，学着说评书人的腔调："我不好说他的真实姓名，给他取个化名，就叫他张三吧，此人生来就是一付结实的身板，相貌又十分帅气，可是人太老实，和常人相比，很可能他的脑筋要少几圈'线'，他虽然过于老实，但不知他家哪座祖坟风水好冒了青烟，或者是他的桃花运来得猛到极点。有一天，我们队长派他到区上出差，在路上遇见一位十分漂亮的大姑娘，那姑娘见他十分帅气，大概是那姑娘脸皮太厚又太开放的缘故，便一路和他攀谈，经过几里路的接触，便对他一见钟情，也不打听他其他方面怎么样，并告诉了她家住址，叫张三托媒人去提亲，他一听离我们生产队也不远，只隔一个大队，心想不能放过这个机会，回家后就告诉他妈，找了一个专业媒人去提亲，因那姑娘属于自由恋爱，这媒人又巧舌如簧，她父母一见张三的相貌确实太顺眼，她家里又十分贫穷，就想早点把她婚事了结，此事也就一帆风顺，几个月后，张三很轻松地娶了这位美人。我们生产队大多数都是文盲，不晓得该哪个评价那婆娘的漂亮程度，只好说她要多美就有多美。"

"她美在哪些方面，你能不能说清楚一点？"一位性急的年轻人建议道。

"你问她哪些方面美吗？嘿嘿！我刚才说过，没有哪个人能说出她准确的漂亮程度。"

"那你就把她浑身上下分开说给我们听！让我们大家来评论她"那年轻人又建议道。

"好吧，我只好一个部位一个部位地告诉你们，看看你们的欣赏水平如何？他那两根又黑又粗的长辫子拖到大屁股一样齐，你们说这头发好看吗？"

"还可以！"一年轻人抢着答应。

"还可以，简直就是屁话！你认为不好看我就不摆给你们听了！"摆龙门阵的人不服气。

"美、美、美！谁说不美！叫他滚出去别听了，快说吧！"另一年轻人急不可待。

"不大不小的脸盘白得像猪板油一样，一双大眼睛加上十分匀称的双眼皮，你们说这几个部位怎么样呢？"

"太美了！"有人吸取了教训，直接地称赞道。

"她嫁过来时是热天，胸部那一对东西特别大，把薄薄的白色衬衣拱得高高的，我第一眼看见就不停地吞口水！你们说这地方如何呢？"

"晓得了，这就不用说了！哎呀！快说后面的吧，等不得了！"另一年轻人催促道。

"一米六五以上、十分匀称的身材后面一个圆圆的大屁股，这部位要得不？"

"当然好啊！后来呢！还有没有好听的新闻呢？"又有人等得不耐烦了。

"有！不但有，而且还是很离奇的新闻，后来嘛！像这样的美人哪个男人都想尝嗅点腥味，因张三从不离开家门，无人敢越雷池一步，张三虽然老实，但对这方面却很敏感，应该说这是男人们的本能，他看出有不少男人对他婆娘蠢蠢欲动，尽管张三警惕性很高，还是有那些色胆包天的男人敢冒风险，这其中有一光棍我也不说他真名，就给他取名"李四"吧。你们应该晓得，光棍没享受过女人，对这方面要求大概更强烈吧。有天晚上，生产队开大会，李四见张三也在会场，觉得有隙可乘，就不顾死活地趁黑往张三家摸去，张三见李四从会场里消失了，觉得情况不妙，就回家观其究竟，并在路上捡了一个鹅卵石握在手中，一进家门，在豆大的煤油灯光下果然见李四在床上手忙脚乱地脱他婆娘的衣裤，大概是他婆娘在梦中觉得这人的动作与她老公不同，梦中糊里糊涂地发问：'是哪个？是哪个?'张三一听就用鹅棒石朝李四头上擂去,只听得李四'哎哟'一声惨叫,当场血流满面。张三也不管李四流不流血,并把他抓去生产队的会场找队长解决,当然,队长首先还是叫医生把李四头上包扎好了,并当着全体社员把李四狠狠地理麻了一顿,并罚他请生产队的社员们看了一场电影,就不了了之。这李四丢尽了脸面,差点跳嘉陵江自尽。过了几天,队里的几个青年就给李四编了几句顺口溜:

背他妈的时,
跑去他家吃。
吃也没吃成,
挨两鹅卵石。
流了不少血,
不敢再好色。

话音一落,笑声几乎冲破屋顶。

"这几句顺口溜传到李四耳中,李四哭丧着脸哀求那些年轻人,'你们不要笑我好不好!可怜可怜我这没婆娘的人吧!'"

"那婆娘后来还有没有别的新闻呢?"好一阵笑声才减弱,这些人兴趣未减,又有人问道。

"哪个没有呢!不过,我的嘴说干了,你们给我倒杯水来,哪个再给我一支烟抽吧!我摆龙门阵还是很辛苦的嘛!"

"有、有、有!"一年轻人手忙脚乱将烟点着并递在他的手上,另一位又去倒水。

"根据我们队里几个眼眨眉毛动的聪明人发现,那婆娘一嫁到我们生产队,大队姓王的书记经常到张三家去耍,估计王书记也起了色心,但人家是当官的,自然有他的策略与长远计划,虽然垂涎三尺,但想到头上的乌纱帽,也不敢硬来,他把眼光放长了几个月,知道年底要征兵,张三肯定要报名应征,并估计张三身体状况绝对莫问题。"

"果然不出他所料,年底征兵工作一开始,张三跑得比兔子还快,因为他婆娘看出他是马屎外面光,脑筋并不多灵光,知道自己找错了男人,对不起她父母给她'制造'的浑身上下世上少有的女人'上品',和张三三天一小吵,五天一大吵。张三为了不受婆娘的气,便想到要出门挣现钱，他没有别的出路，但晓得每年年底要征兵，就决定去碰运气，经过几天的体检和各方面审查，他过完了所有的关口，最后一关就是要通过大队党支部会议的认定。张三体检完的一天晚上，听从他父亲的安排，白天去场上卖了十几斤米，买回十把面条回来给正副书记各送五把，你们晓得这年代面条稀缺，是馈赠物品，当王书记收到面条时，心中暗想：'你就是不送面条来，你当兵也绝对莫问题的，谁叫你有那么一个男人们见了都要流口水的婆娘呢！'"

"不过，事情也不是一帆风顺，有些未婚青年一听张三要去当兵了，羡慕之后便产生了嫉妒，便跑去向征兵人告发张三已婚，负责征兵的便到我们大队了解情况，当然，王书记千解释万理由，总算说服了征兵人，经过了不少波折，最终张三还是当兵走了。"

"后来啷个的？"又有年轻人等不及了。

"还能啷个的！这不是秃子头上的虱子——明摆着的事嘛。张三一走，这美人就成了王书记的专用品，尽管书记采取各种措施，但时间一长，那婆娘还是怀了孕，她和王书记都不好意思找人处理她怀孕之事，自己更没办法将肚子里面的娃儿弄掉，在这年代破坏军婚是要坐牢，王书记和那婆娘商量后就把这事嫁祸在一个富农头上，开初那富农当然是不会承认的，经过几次批斗后，王书记又叫那婆娘暗中与那富农交流只要他承认就不会有事，不然他至少坐10年牢，在批斗与恐吓下那富农只好背上这黑锅，这件大事就这样摆平了，那婆娘就放心把娃儿生了下来。张三几年服役期满回家后，儿子已经一岁多了，他觉得儿子仿佛有点王书记的相貌，知道以后有求于他，便抱着现成儿子自言自语地说道：'莫关系，这是国家的人'果然，王书记年老退休后，他以当过兵的资本和他婆娘与老书记的关系，坐上了副书记的位子。"

"你说那张三没啥本事，他能当书记吗？"

"哎呀！你这人真不懂事，你看见现在有几个'土皇帝'是为老百姓办事的，除了谋取私利，都是捧着上面的政策对老百姓发号施令，而且他又是副书记！"

"差不多，这年代的基层干部都是这情况。"听声音说这话的人年龄应该在50岁以上。

"哎……"有人惋惜地出着长气，不知他的长气中包含的是哪一种或者还有几种含义。

"那婆娘的腥味你嗅尝过没有？"又一年轻人余味未尽，不怀好意地问道。

"我既没有那胆量也没有那本事，更没那福气，不过，有一次在一条很窄的水田埂上走路时，她迎面朝我走来，我老远就看见她胸部那对大东西直挺挺地冲着我来了，心里便咚咚地狂跳起来，因为水田埂太窄，在相互侧身让路时，那一对大东西贴着我的胸部擦过去。我想这机会难得，我便用左手轻轻地捏了一把，唉！那弹性……"他发出惋惜地叹息声

"她有啥子反应吗？"又是一年轻人的声音问道。

"还能有啥子反应呢！她当时转过头来，用轻蔑、看不起我、讽刺的腔调说道：'嘿嘿！你这癞蛤蟆还想吃我这天鹅肉啊！'我羞得无地自容，快步地跑出她的视线！"

"你的脸皮真厚！"有年长的人发表意见。

"不厚，应该说太薄！简直太没出息了，也没啥本事，要是我哇！嘿嘿……"这说话的年轻人显然不是良善之辈。

这些各地的"零点五"们聚在一起几个月没条件回家犹如光棍一般，大概这龙门阵听起来太过瘾，其他人应该知道自己的"龙门阵"不会比这更吸引人，无人再来接力。

此时，整间房内寂静无声，几十人是否还在回味刚才那龙门阵中的人物与情节。

陈峰在这特大的宿舍内睡了几晚上，被"零点五"们称之为荤的、素的"节目"，每晚上都要上演几小时，直到这些人的眼睛难以睁开，又以响亮的鼾声代替了龙门阵引发的笑声，这就大大的影响了他看书时间与心情，他把这情况给王虎一谈，王虎只好再次给他安排一间小房间，从此，他每天晚上就在这小屋里静静地翻阅张仙碧给他借来的各种书籍。

在这明亮的电灯光下看书，使他回忆起自己在家乡和那大山区里的日子，相比之下感到现在看书条件无比优越，怪不得农村人认为在城市生活犹如天堂一般，城市人都称农村人是啥子"乡巴佬"，他晓得自己的户口也在农村，无疑也是一个地道的乡巴佬，难道真的要当一辈子的乡巴佬

吗？要怎样才能摆脱城市人对农村人这种侮辱性的蔑视语言呢！

如今，他的人生历程从一个在农村吃不饱饭的青年，奋斗到能吃饱饭并有微薄收入的手工业者，进入到有电灯照明的小城市，仿佛已形成了人们所说的往高处走的趋势，是否还能更上一层楼！这一层楼又在哪里呢？他白天干活，晚上在电灯下苦读着张仙碧帮他借的各类书籍，他又在新华书店买来字典、词典，以解决那些未见过的生字、生词，特别是那本"四角号码新词典"对他寻找那些不懂或者不认识的词句与字最为顺手。

不过，从他回家又来到工地以后，没有把他已婚的事告诉张仙碧，他每次见到张仙碧犹如做贼一般心虚，不敢像原来那样热情，每次只要伸手一接过书来就马上回头走了，这就使张仙碧百思不得其解，怎么从他第二次回家后对我的态度这么冷淡呢？简直就是一百八十度的大转弯。

陈峰以这样的态度对待张仙碧已经几个月了，张仙碧为了弄清原委，她决定要到陈峰干活的工地去探个究竟。

这时的陈峰已在建盖着库房，他师傅与陈刚、陈灵也已来到工地，当张仙碧找来工地时，陈峰师徒们都在高高的房顶上钉着檩子，下来一次比较麻烦，他只好在房顶上告诉她下了班再去找她，张仙碧只好在众多临时工对陈峰羡慕的眼光与奇怪的口哨声中尴尬地走了，她走在回程的路上，回忆那些"零点五"们的目光射向自己时，完全像一群饥饿的恶狼，仿佛要将她一口吞下似的。

等了几天不见陈峰的影子，一个周末的早上，在这些零点五们上班之前，她提前来到他们的工地，并给陈峰带来两套古典名著，心想今天必须弄个水落石出，她在众目睽睽的目光下，将陈峰堵在刚准备去工地的宿舍门口，陈峰只好向负责工地的师傅请了假，其实，他师傅也不管他，相反，袁师傅在很多地方还得征求他的意见，只是在盖库房的技术上陈峰还要靠师傅指点，因盖库房这样的工程陈峰是第一次接触。

"走！到我们学校去，我有事要问你！"她说完，就将几本书递到陈峰手中，头也不回朝着学校方向慢慢地走去。

陈峰放下书本锁好门，穿着工作服忐忑不安地跟着张仙碧来到学校，因为是星期天，凡是住在本城的老师与学生都回家去了，只有寥寥无几的几个学生和个别远地不能回家的教师在校园里闲逛，她直接把陈峰领进她的宿舍，她宿舍里几个女生也回家了。

一进宿舍，陈峰的心就咚咚地跳个不停，他想，今天这场面不知该啷个应付。

"你最近啷个不理我了?!"一进门，张仙碧就毫不客气以生硬的语气问道。

"我啷个会不理你呢！因为我是第一次建盖库房太忙了，我要把盖房子这门技术也学到手，以后遇到这类工程就是没有师傅在身边我也能胜任，不能一辈子都要靠师傅嘛！"他的理由还挺充分。

张仙碧一听，似乎也是道理，火气便消了一半："你只顾学技术，难道就把我姨爹他们忘了不成?"她不好意思说把她忘了，就把她姨爹拉来作掩护。

"哪里会呢！你姨爹对我恩重如山，就是下辈子我也不会忘记他的！"陈峰故意不解其意地答道。

"你第二次回家，你父亲的丧事办得热闹吗？你父亲去世了，你母亲身体好吗?"她又换了话题。

"要说母亲身体吗？应该还可以的，但已近六十岁的人了，你晓得这年代六十岁已经算是高龄，岁月不饶人啊！再好也好不到哪里去哇！"他应付着答道。

"你这第二次回家，你父亲去世了，你家又少了一个劳动力，你妈没给你找对象吗?"她本想转弯抹角打听，害怕没有效果，就开门见山地直接问道。

"我回家不到两个月，忙着给父亲办理丧事，哪有时间考虑那件事，有媒人到我家提过，我也没答应，为这事我妈又气得病了一场！"他撒了一个弥天大谎。

张仙碧一听，提到嗓门的心似乎放回原处，说话的语气也温柔了："你最近能不能抽点时间？我想借周末回家一趟，你到我姨爹家去耍一趟吧，他们很想你，我们同路吧！"

"我回去安排一下，看工地上的工程进度怎样，要是走得开就一定去一趟吧！"他模棱两可地答道。

陈峰心中有鬼，怎么装也不如以前对张仙碧那么热情，为了掩饰内心的惊慌，他只好拿起桌子上的一本书翻阅起来："这本书好看吗？我想看一会儿，有啥子话等会儿再说吧！"

她晓得陈峰对书籍的渴望，无可奈何地答道："那你就看吧！"

在这关起门与外界隔绝的两人世界里，他们都处在人生中最宝贵的青春期，旺盛的气血在各自的体内剧烈地躁动着，陈峰刚结婚几个月，已算是"过来"人，对婚后的生活已有所了解，张仙碧已近二十妙龄，已是女人成熟后气血最旺盛的时期，就想探讨人生真谛，在这样的年代，觉得自己读书也没有多大前途，在她的心目中，高中班里众多的男生中，以他们的身高、脸型、勤奋与谈吐，还没有哪个男生能与这憨木工划等号，从几年前第一次认识后，在心中对陈峰就刻下了磨不平的印迹，时间越长见面的次数越多刻下的印迹也就越深。慢慢地觉得陈峰就是她的依托，仿佛只有和他一起生活，她的一生中才会有幸福。

陈峰手里拿着书本，眼睛虽然直直地盯着字里行间，但张仙碧的一切几乎占据了他脑海中整个空间，他也有张仙碧的同样想法，在自己家乡和在外闯荡了三年多所见过的女性中，还从未见过这样美丽的姑娘，从各方面的迹象表明，张仙碧对他情有独钟，要真是把这美人领回家去，不知家乡的人们会如何羡慕我陈峰有此福气。假若要将我现在家中的新婚妻子与张仙碧相比较，虽然不能说是喜鹊与凤凰，但还是有点差距的，家中又必须有一人照顾年老的母亲，以避免再去挑背那点不值钱的东西，要是自己再有一个兄弟来承担家中那些繁琐事务，自己无疑会在外面放心地拼搏，或者说可以在外安家了。

他的眼睛虽然盯着书本，余光却注视着张仙碧的一举一动，只见张仙碧坐在她的床上一动不动地发呆，这陈峰也太老实了，他明知张仙碧对他已有极其深厚的感情，但又不敢在她面前有超出常规的举动。

在这寂静无声又无干扰的学生寝室里，除了陈峰翻书的响声，就是他二人急促的呼吸声。这张仙碧的内心太矛盾了，她思前想后，自从认识这个下"苦力"的木匠后，内心就没有平静过，和他单独相处已有几次，这憨木匠对她从未有过超出原则性的举动，我张仙碧也不是多丑的女学生，难道女性对他就没有一点吸引力吗？按物理学原理也是同性相斥、异性相吸嘛！这二十几岁壮如烈马一般的年轻人是不是有生理缺陷？

她又回忆每次学校放假一回到家中，就有那些不知天高地厚的小伙子来找她摆龙门阵、献殷勤的不在少数，农村的年轻人没有城市这些学生胆量大，学校里为我争风吃醋，甚至打架已发生过几次，有些同学不时地向我展示他们家的背景与殷实，但这些人的家庭不管多么富有，他们如何帅气，在我的心中始终没有他们的位置，只要他们在我面前说出奉承话，这憨木匠的形象就出现在我的眼前，就感觉到他们的殷勤显得太肉麻了。

他们就这样僵持到中午，张仙碧从学校食堂打来简单的两份饭菜，各自一份，在无声中吃完了这顿午餐。

"我要睡午觉了，你要是想睡，就在你那张床上睡一会儿吧！"午饭一结束，张仙碧就怀着一颗跳动着的心建议道。

一听睡觉，陈峰就更加紧张起来，他不知张仙碧今天的态度为何这样反常，一改她往日有说有笑十分爽快的性格，从工地到进入她的寝室，就一直板着面孔，只见她话一说完，就仰卧在她自己的床上。

陈峰一见，闪电般地回忆起他们在乌龙山上的情景，那是在夏末秋初，今天这环境比那天更为隐蔽，他不知张仙碧为何这般无所顾忌，就不怕我对她有那非分的想法与举动，他一想到这里那年轻的血液在体内即将沸腾的时候，又想起家里那勉强结婚的新婚妻子，重婚罪手铐的影子似乎要变为现实。

他不敢在这有出轨条件的两人世界里再待下去，便站起身来："你睡午觉吧，我不打扰你了，工地上肯定还等着我呢！"

他不等张仙碧回答，就拉开房门，并忘记把书放在桌上就快步地走出这女生宿舍。

张仙碧睡在床上，听陈峰说走就走了，沸腾的热血顿时从头顶凉到脚底，眼泪不由自主地滚落在枕头上，她也无力起床送他出校门。

陈峰拖着沉重的脚步回到工地，他无心干活，又回到他的宿舍躺在床上，回忆着这半天的经历，张仙碧的一举一动像走马灯似的在脑海中过滤着——要是我和她是同校或同班的同学，家庭背景暂且不说，以现在的世俗婚姻必须门当户对，我们之间也不会有太大的差距，终成眷属的可能性还是有的，但现在这时代，我们这类人被鄙视为"零点五"，虽然不完全理解这"零点五"的含义，但显然是带有侮辱性的，我们这类人在外虽然能填饱肚皮也是在为国家搞建设，但还不如在家种田的农民地位高，经常提心吊胆地害怕被抓进派出所遣送回家挨批斗，她只看我的表面，不知我的实际情况，我哪能把这如花一般的姑娘带进我这火炕里受苦呢！岂不是凤凰要到鸡窝去找归宿，而且我现在已是有妇之夫，决不能害了一个冰清玉洁、如花似玉，无论是外表，还是心灵都大美的善良人，他左思右想，如果现在真与她断交，她肯定难于接受，而且我需要的书本全靠她帮我借来，他思考着处理这棘手之事的万全之策。

他权衡半天，觉得只有离开这里才是上策，但是，费了许多周折才从大山区来到这小城市才几个月，哪个舍得这刚刚上了一层楼的现实呢。

第十六章 >>>

向省城前进

　　就在陈峰难舍这刚进不到半年的小城市，又不敢在张仙碧面前越雷池一步的窘境里，当张仙碧来找他时，他既要忍受一见到这世上少有的红颜知已而使他浑身青春热血翻腾的煎熬，又要想法躲避她的这段时间里，收到他母亲寄来装得鼓鼓的一封信，他拿着这封与以往不同的厚厚信封时，不觉心中咯噔一下，这封信唧个写了这么多，家中不会出啥子事吧！他怀着恐惧的心理迅速地撕开信封，拿出信笺一看，原来是他母亲把他二叔的大儿子一封信转寄了过来，并加以说明转信的原因。

　　这是这一年的初冬时节，他又迎来了一个更上一层楼的时机。

　　当他看完信后，一切都清楚了，是他二叔的大儿子也是他的堂哥建议去他工作的省城干木活的一封十分重要的信。

　　为啥他堂兄弟特意写信要陈峰去他们省城干活呢？前面早已表述过，陈德老头共有三兄弟，陈峰大叔的两个儿子在他们家乡都在大队里任职，算是基层干部，一个是大队书记，另一个是小队会计。农村社员们都称这一层次的小官儿为"土皇帝"，有些马屁精们都想给自己的子女们找一条能当兵或调出"吃皇粮"的机会，拍他大叔一家马屁的人们表现出奴颜婢膝的动作不堪入目，并且经常收到这些人省吃俭用的"血"与"汗"，所以他大叔一家人不但生活过得十分优裕，而且一家人出门都是满面风光。

　　他二叔一家人却又是另外一番景象，因他二叔极有远见，在解放初期的五十年代，他二叔的五个儿子都已成人，一见世道变了，已不适合在农村生活，便动员他的几个儿子出外谋求生计。在五十年代末他二叔的五个儿子不但在外找到工作，而且都转为了正式职工，所以他二叔一家人日子比他大叔一家还要高出几个档次，他二叔一见他弟陈德一家正处于困难时期，就不断地接济他们，这就引起他大叔的老婆和她几个如蛇蝎心肠一般的儿媳妇的嫉妒，就暗中唆使一些"舔屁股"的女人对陈峰一家无事找事，以致陈峰从懂事以来就知道他们一家一直生活在受蔑视、欺负的恐怖之中，这些都被陈峰看在眼里、记在心中，他发誓要改变他家的受气状况，所以在三年前独自出外闯荡，发誓出人头地，真是上苍有眼，使他出现在曾世豪老人和袁师傅的视线之中，陈峰就从在生产队里与其他社员一起混工分的青年农民转变为一个手工业者。

原来想靠他大叔的儿子把自己子女弄去当兵或调出当工人的马屁精们，久久未能如愿，现已时过境迁，就觉得没有多大希望了，这些人的目光就从他大叔一家人的身上转向陈峰以手艺为生这一行道，要在陈峰身上给他们的儿子找出路，所以，陈峰前次一回到家，来找他教徒弟的人排成长队，有的人家为了儿子学艺愿意帮陈峰家分担繁杂的分领东西的事务，陈峰也就不再担心家中那些小事，便带走了原来给他家干过家务的一个叔叔的儿子陈安，这也是给陈安家兑现了给陈峰家分领东西出了力应得到回报的承诺。

现在这工地上这伙木工虽然已有五人，但陈峰却很少在这工地上干活，因王虎堂叔那一伙大小官员家中都需要添置家具，现在城市人都用衣架挂衣服的衣柜取缔木箱装衣服的时代了，王虎为了和他堂叔单位那些官员搞好关系，就派陈峰给他堂叔那伙官员们每家制作一套家具，陈峰就这样东一家西一家地忙活。张仙碧去工地找他几次都没遇到与陈峰见面的机会，袁师傅和陈刚陈灵一见张仙碧经常来找陈峰，陈峰又极力躲避，便知其中原委，他们也不好把陈峰结婚的事告诉张仙碧，陈峰已婚张仙碧一直蒙在鼓里，晚上陈峰回到他的小房间休息时，袁师傅与他的兄弟们就把张仙碧又来找过他的事告诉陈峰，陈峰只好无动于衷地敷衍了事。

陈峰给这些官员中轮流干活转眼就是三个多月，这几个月张仙碧一次也没有找着他。

今天陈峰收到这封信，详细地阅读后就知道是一件大好事，原来是他二叔的大儿子在省城铁路部门工作，晓得陈峰已是一个技术精湛的木工，为了把陈峰一家从贫困之中解脱出来，就建议陈峰赶快去省城施展他的木工本领，收入就不知要比他这小地方高出多少，去与不去，赶紧回信，以便给他承接一些家具活路。

陈峰看完信后，浑身的热血又一次沸腾起来，他想这又是天赐良机，走出大山来到小城市还不到一年，突然又有了到大城市去谋生的机会，要是在那大城市里站住脚，就等于又高升了一步，坐火车就不是几分钟能到达的，可以过足久坐火车的车瘾，想到这里他沉住气，策划着向大都市"进军"的步伐。

他没有耽误时间，以最短的时间给他堂哥回了一封信，他不管信的文理通不通，只是说明了很快就要到他那里去寻求生计的计划。

信寄走后，就该计划如何处理这里的所有事务，经过两天的考虑，第一件事，就是曾世豪家两位老人从离开后就没有见着他们，要是这次一去省城离他们就更远了，不知何年何月才有机会来见他们，这次在走之前无论如何也要见他们一面，于是，他备好礼物，又坐车到曾老人家门口下车，但这回门又锁着，他如掉进冰窟窿一般，浑身凉透了，不知如何是好，他想，今天无论如何也要问清他们的去向，他把所买的厚重礼物背在背上，去寻人问个水落石出，他想起前次在那块地里干活的那些人今天是否也在那里干活呢？他快步的向那里走去，当他看见那块地时，果然又有人在种第二季庄稼，真是巧之又巧，当他一走近，前次那个漂亮的快嘴少妇一眼就认出了他，未等陈峰开口，那妇人就抢先道："你又是来找曾老头的吧？"

"对！他们家没有人，又到哪里去了！"他急忙地问道。

"曾老头生病了，他儿子回来把他接到外省的大医院看病去了。"

"他们去了多久？啥时候能回来？"一听曾老头生病，由于吃惊，他着急地问道，他话一出口，就知道自己的问话简直太荒唐。

"具体是哪一天走的我们也记不清了，大概二十天左右吧。哪天能回来，我们就更不晓得了，应该说病好了就会回来吧！"那妇人说完，就哈哈地笑了起来，旁边的人也跟着大笑。

经众人一笑，知道他们在笑自己的问话不妥，不由自主的脸也红了。

"你找他们有啥事情吗？能不能告诉我们，只要他们一回来，我就马上转告他们。"那少妇笑过后又说道。

"也没有多大的事情，只是太想见见他们，我有好几年没见着他们了!"他边说边想今天应该怎样处理这件事才算最正确呢?

"既然是这样,我们也莫得啥办法,你若是有啥话或者带啥东西给他们,我们倒是乐意帮忙!"那少妇又建议道。

一听到可以帮他带东西,他就想到今天再也不能把这些东西背回去了,不如就托这位妇人带给他们吧,就算她吃了这些东西也无所谓,于是他把背上装满礼品的大包放下来,说道:"那好,就请这位大嫂把这东西带给他们吧,我实在不晓得哪天才有时间来看望他们!"他边说边把十分沉重的包包放在田塄坎上。

"你叫啥名字呢?我把东西拿给他们时,好告诉他们这些东西是哪个送来的嘛!"看来,这美妇人还怪精细的。

"我姓陈,叫陈峰,你一说我的名字他们就晓得了!"

"隔几天你给他们写封信,看我是不是把东西吃了或者完全交给了他们!"

"你们这里通信地址哪个写呢?我肯定会给他们写信的,无疑都是问候信,但绝不是问这东西他是否收到,请大嫂不要多心!"

那妇人说完后,陈峰便把这里的通信地址记得清清楚楚,他真感谢这位少妇的精明,要不然,由于心急他今天又会忘记问他们这里的通信地址。

"谢谢大嫂!"他把这事处理完后,准备走了。

"听你口音,你不是我们这里人,你是哪里人呢?怎么和他们认识的?"那妇人又问道。

"这……说来话长,一时说不清楚,以后若有机会,再告诉你们吧!我今天很忙,要是错过了汽车,就麻烦了。"他边说边离开这些劳动人民。

他转身离开,后面又传来那些妇女们的笑声,他想到这大山里面怎么这么多美人,他在脑海中把刚才那少妇和张仙碧一比较,她的身材比张仙碧略矮一些,脸上少了酒窝,应该说她的漂亮度比张仙碧要差些,但差几个档次他却不好乱加评论。

不过,他怎么也没想到,他们的两次相遇在那少妇的脑海中刻下了难以忘怀的记忆,他更没想到,在十几年后他和这美妇还有一段情缘。

两次都没见着曾老人,他怀着难过的心情回到广利后,紧接着就想到该以什么样的方式告别王书记和张仙碧的事了。

首先，他给王书记写了一封信，感谢王书记这几年对他的关怀与照顾，他想，要是自己往那大山里面跑一趟，王书记肯定会热情款待他，而且还会劝他不要离开他们这片天地，因为他知道王书记对他很有好感，为了不给王书记添麻烦，所以只好以写信方式向王书记告别，他也不好把信托张仙碧带给她姨爹，还是从邮局给王书记寄去。

最后，就剩下张仙碧这件十分棘手的事了，他到广利这段时间城里当然都是电灯照明，晚上在他的小房间无所顾忌的专心看书，张仙碧从她们图书馆借来不少的书籍，包括古代的四大名著他都认真阅过，由于婚事他在张仙碧面前说了谎话，不敢去当面与她辞别，准备还是以写信方式向她告别。他特意花高价买来几块上好的樟木板，制作了一个十分精致的樟木箱，找来油漆工用透明漆漆得十分漂亮，这就花了几天功夫，便把从张仙碧那里借来的书全都装在这工艺十分精致的樟木箱内。这些年常听人们说樟木含有樟脑，樟木箱装衣服不生虫，所以，樟木是十分紧俏的木材，他精心地制作好这件礼品，作为认识她这几年的回报，他慢慢地写了一封长信，放在箱内，说明自己要离开广利，他还没把这樟木箱给张仙碧送去就收到他堂哥的来信，上面说明了他到省城后怎样走的路线。

所有的事安排完后，便在一条整洁的街道上找了一家极有档次的饭店，包了一桌上等的酒菜，把袁师傅、王虎、陈刚、陈灵以及新收的徒弟陈安，还有几个有身份的师傅，请到这漂亮的餐厅共进这顿"远征"大餐。

在这之前，他一直没把去省城的打算告诉袁师傅和他的铁哥们儿，当他们一听陈峰要往省城前进都大吃一惊，待他们回过神来才想起劝说陈峰不应该离家太远，在这小城市谋生应该知足了，工资也不是很低，比在家种田不知要强多少倍，尤其是他那陈氏三兄弟，更是觉得陈峰一走，似乎有一种群龙无首的感觉。

陈峰当然不会听他们的劝告，促使他要远走高飞的坚强意志有两点：一是他觉得在这小城里时间一长，和张仙碧不知会发生啥子对自己不利之事——重婚罪他可是担当不起的。其次，张仙碧给他借来秦末汉初的书中一句"燕雀焉知鸿鹄之志"对他的启发太大了，他知道他的动机虽然不能与陈胜、吴广的目标相提并论，但道理却差不多。

从饭店回到他的宿舍后，思考着如何与张仙碧告别的方法，他安排了一点空闲时间，带上陈灵，借了一辆三轮车把送给张仙碧的樟木箱运到她学校门口，让陈灵再把箱子给张仙碧送去，他晓得陈灵很有口才，会把他的事编导得很圆滑，他站在离校门不远的地方，依依不舍地望着学校的大门，心中默默念道："再见吧，好心的美人！不知我们还有没有见面的机会，可惜我们门不当户不对，应该没有缘分，忘了我吧！上天会给您这好心人安排一位如意郎君！"他盯着学校门口，一直等到陈灵出来。

陈灵骑着三轮车，他怀着沉痛的心情坐在三轮车上，心中如灌了铅一样的沉重，他想到这一生恐怕难得再见这美人一面。

他怎么也没想到，十多年后当他再见到张仙碧时，这绝世佳人竟然是任何人都没想到的一种结局，应了"红颜薄命"这句古话，

他回到他的宿舍后心情沉重地仰卧在他的床上，知道事情已办完，他却感到筋疲力尽，他的铁哥们儿陪着他坐在他的宿舍里，但谁都找不着话说，他一见大家心里都不愉快，便吩咐陈刚去买一张到省城的火车票，陈刚一回来，得知离上车时间已不远了，他便带上行李与工具朝火车站走去，他的师傅和哥们儿都决意送他去车站，并一定要送上站台。

当他找着他的座位，刚好是靠窗口，他趴着窗口望着师傅、王虎和他的哥们儿在车窗下为他送行，从他们脸色上可以看出他们是舍不得他陈峰离开，特别是他的新收徒弟陈安更是眼泪汪汪，因对省城的情况不了解，他不敢带上陈安，只好暂时留在这里稳妥些。

列车在众人与亲友挥手告别中驶出车站，列车在起步时，蒸气冲撞着车体内的活塞，发出有节奏的吼声，因车速低，发出的冲击声也慢，陈峰向往着省城，他听到蒸汽机起步时因为缓慢，发出的拉长吼声仿佛是"省——城、省——城"，随着车速的提高节奏也就越来越急促，以起步时的低速变为飞驰，蒸汽冲击活塞的声音连贯紧密，仿佛变成了"省城、省城、省城……"不断地向前飞驰。

陈峰靠着车窗，怀着激动地心情观察着车外的景色，在有弯度的轨道线上看见前面蒸气机头冒出的白烟向空中飞散，窗外的田野在眼前以极快的速度向车后滑去，煤灰吹落在窄窄的窗台上，时不时有些小颗粒吹进他

没有闭实的嘴中，有的甚至飞进耳内或鼻孔。

车轮在钢轨上有节奏的咣—当当、咣—当当之声不绝于耳，路边的各种大树小树在眼前一晃而过，看不清楚是哪些树类。近处田野里的社员们在抢收小春作物，一些稍微大点的小孩和妇女们看着这飞驰的长长列车，不免停下手中活计，目不转睛地从车头看到车尾，陈峰回忆原来没有机会坐长途火车，看见那些坐长途火车的人们，是何等的幸福啊！那时候羡慕不已的心情还残留至今，今天坐在这火车上，那些社员们肯定也有我以前没坐长途火车时的同样心情，那些还在学龄中的孩子们不在学校念书，就到地里干活，肯定也是为了苦几个公分，给家中减轻负担，他们应该和我童年时有着相同的命运吧！

他注意观察着车内的乘客，绝大部分都衣着光鲜，只有少数人穿戴与面部表情犹如城市人所说的是一幅"农民像"，或者很像城市人形容的"乡巴佬"，他不免低下头看看自己的衣着，自我感觉比那些人要好一些，大概是自己的身高与相貌在普通人中有所区别吧，也可能是自己刚穿上一套新衣服加上自己不丑的面孔，由于要往省城进发，这几天又特别注意自己的一举一动，别人恐怕看不出我还是农村户口，大概身上也未带有土气的"乡巴佬"痕迹吧。

他估计的没错，坐在他对面的一位穿戴华丽而且颇有几分姿色并戴着手表的女人，陈峰晓得她是城市人无疑，因为城市人结婚普遍比农村人晚，陈峰分辨不出她是一位大姑娘还是一位少妇，竟然主动向他打起招呼："你到哪里去？"

由于怀有城市人看不起自己而产生的自卑心情，没想到这位年轻并且漂亮的女人会主动向他打招呼，因为他知道城市人是不愿和农村人讲话的，在这出乎意料的情况下，他以略为紧张的心情与吃惊的语气回答道："到省城去！"

"是出差吗？"那女人又问道。

出差，这是吃"皇粮"人们的专用术语，陈峰听起来却很陌生，突然听到有人问自己是否出差，感到自己与这"出差"二字简直就是风马牛不相及，便心虚地答道："不是出差，是去省城看望兄长！"

"你兄长在那个单位工作？"

"铁路部门。"

"铁路部门工资高哇!"那女人显然不想中断闲谈。

"这我就不晓得了,应该比其他单位好点吧!"

"你在哪个单位工作?"

"广利县食品公司!"和这女人几句闲谈之后,语气也就自然多了,他以在食品公司做过临时工的基础撒谎。他知道要是告诉这女人自己是农村人,马上就会招来十分蔑视的目光。

"你们食品公司不缺猪肉吃吧?"在这购买任何生活用品都要票证的年代,猪肉更是紧缺食品,这女人大概没有充足的猪肉解馋,便以幽默的语气笑问道。

"吃猪肉倒是没问题,要是嘴太馋,工资就不够吃了!"他把自己置身于食品公司的员工,也以幽默的语气回敬道。

"现在这年代都不会有太高的工资,物资也缺乏,买东西方便就是好事,勉强能生活就算幸福了,你看那田间干活的农民们,他们就更苦更累更困难!"看来,这女人还是知道这年代的城乡差别太大了。

"你对农村的情况还是挺了解的嘛!"

"我们也有亲戚在农村,当然略知一二!"

"你们有亲戚在农村,在他们困难的时候那就支持一下吧!为了帮助农村的亲戚们,你看我连表都没条件买一只!"陈峰看见那美人的目光总是往他两只手腕扫视,他急中生智,道出了自己没表戴的原因。

"支持肯定有的,但也要在自己力所能及的条件给予帮助。"

"那是当然!"陈峰附和那美人的说法。

……

火车在他们的闲谈中,不知疲倦地朝前方飞驰着,经过近十个小时车轮与铁轨的撞击声,抵达了省城。

火车一停,他们相互帮忙提着行李走出车站,由于他的工具箱做得很精致、油漆工的技术也很高超,这工具箱显得十分漂亮,那少妇没想到里面装的是木工工具,以为很轻便用手一提却提不动:"你这木箱怎么这么重,这个我是帮不了忙的,装的什么好东西啊?"

"里面是给我兄长买的食品。"他不好意思说是木工工具,只好撒谎。

"应该都是猪肉吧？"这女人怎么尽往猪肉上想呢，陈峰心中觉得好笑。

"肯定有一些，但不全是。"他忍住笑神经继续撒谎，并拿出他堂哥的通信地址，向这女人问道："请问美女，你看这上面的地址嘟个走哇？"

这女人是从农村调到省城工作的，对公共汽车的路线了如指掌，一看便知，又听到陈峰称她为美女，心中十分舒服，便热情、详细地告诉陈峰该坐哪路公共汽车后，便急忙去找她该坐的线路，他们便各自东西，以后又是陌生人了。

陈峰感到很幸运，竟然在火车上和城市中的美人摆了几小时的龙门阵，他晓得应该感谢这套新衣服，这说明以后在城市中生活要特别注重自己的形象，不然，就会在蔑视的眼光中生活，要是刚才那女人知道我是农村户口，对我肯定就不是这样的态度了。

他步行在这繁华的大都市的街道上，街道两旁的建筑物鳞次栉比，街道上干干净净，他所走过的县城与小城镇和这省城相比，显然是两个世界，他回忆农村中有些不爱干净的婆娘煮饭的灶台和切菜的案板还没有这街道干净。

他现在真纳闷，他堂哥嘟个把他叫来这大城市谋求生计呢？木工是靠木料吃饭的，城市居民和工人阶级怎么会有大量的木料供我们给他们做家具呢？他边走边注意这大都市与大山区和县城还有小城镇的差别，正如农村人所说的这就是天堂，他怀着不平的心理找到了去他堂哥家的公共汽车的线路，很顺利地到了他堂哥的家。

第十七章 >>>

再上一层楼

果然不出陈峰所料，这大城市有木料的人确实不多，这年代政府对林区的砍伐管得相当严格，凡有木料的居民或职工和林区都有一定的关系，他的徒弟陈安在他来到这都市一个月后又来到他的身边，经过他二人近一年的苦干，他堂哥生活圈内凡有木料的朋友已经不多了，眼看就有失业的危险。

他不免焦虑起来，想到这里就是没有活干也不能再回到广利县去谋生，"好马不吃回头草"这句古话他是牢牢记着的，现在我要想办法脱离堂哥依靠熟人给我找活计的圈子，必须在这都市里另外闯出一条路来，长时间依赖堂哥就显得我是一个不能自立的懦夫，要发扬四年前不惧艰难险阻出外闯荡的精神。

于是，在一家活路结束后，他把徒弟陈安安排在他的堂哥家，告诉堂哥说是这一家人地点太窄小，两个人施展不开，他一个人去干那点活路。

他提上拼缝的专用长推刨和一把木工斧，这就标志着他是一个地道的木工，在一条车水马龙的大街上来回闲逛。

不知是天意，还是他真会找地点，大概这条大街另一头直通火车站的缘故，所以人气特别旺，来自四面八方的旅客只要乘火车就必然要经过这条人来人往的街道。为了冲出他堂哥那片小天地，他要以这种方法招揽活路。

两天过去了，除了一些城市人将鄙夷的目光投向这位明显是一位"乡巴佬"但看起来却十分顺眼的农村木工外，没有其他收获，他知道这些人目光中的含义，但他坚信，为了拓展他的生存空间，就要有一张特别厚的脸皮——不管你们说我是一个"乡巴佬"，还是说我有一脸的"农民相"

都无所谓，我有我的生存法则，就这样又过了两天，还是无人问津，他在鄙夷目光的扫视下毫不气馁，继续坚持着。

真是"脸厚"不负有心人，就在第六天的傍晚，他正想提着推刨回去，一位四十岁左右穿着铁路服装的人拦住了他："小伙子，你提着这个推刨，应该是个木工吧！是不是没有活路做了？要是真没活路做，我可以给你介绍活路，不过，我要看看你的木工技术如何才能作决定，因为我是给朋友介绍木工，是要为朋友负责任的，你做的成品家具在哪里？能让我看看你的手艺怎么样吗？"

"我带你到我们做过家具的主人家去了解一下，要得不？"陈峰一听，如在江河中游得筋疲力尽时突然一人伸出援手，连忙建议道。

"好吧！有多远？"

"不远，公共汽车三个站就到了！"

"今天我也没其他事，有点时间，我就帮忙帮到底吧！"这陌生人说道。

在路上，陈峰将自己的情况一五一十讲给这陌生人，这陌生人一听，笑道："我在铁路部门工作，经常往返于这里至春城的铁路线上，与车上的列车员交情甚厚，他们那里的森林覆盖面积很广，家家户户都储存有不少木料，不像这里的山区没有森林，这城里的人要和林区有关系才有存木料的条件，他们添置家具的条件比这边要好得多，原来就有好几个列车长托我给他们找木工去做家具，因我认识的人中间没有木工，也就把这件事忘记了，今天见到你才想起这件事。"

三个公交车站很快就到了，这陌生人见到陈峰所做的成品后，不觉心中暗暗佩服——这小伙子年纪轻轻竟然有这么好的手艺！

"我这次回单位在车上和他们联系一下，要是他们还没找着木工，我就把你介绍给他们。他们若是同意了，我在哪里找你呢？"他要陈峰约定再次见面的地点与时间。

"就在我们刚才见面那里吧，你哪天回来？我提前去那里等你！"陈峰压住内心的激动，平心静气地答道。

那陌生人算了算时间："今天是九月二十八日，我是十天一个来回，你十月八日下午两点准时到那里去，我们见面后你就知道是什么情况了。"

"那就太感谢你了，师傅贵姓呢？！"陈峰一听这好消息，以激动的声音问道？

"免贵姓刘！你呢？"

"我也把贵字去掉姓陈，名峰，感谢刘师傅！"

"现在不要说感谢，事情办成后，再说感谢不迟。"那刘师傅边说边笑着走了。

陈峰度日如年地等来他们的约定时间，他不敢迟到，提前一小时赶到他们约定地点。

果然，两点刚过那刘师傅带着一位四十多岁近一米九的高个男人来到他面前，那人左胸上贴有一小牌，上面有"列车长"三字，陈峰一见估计是请他们做家具的主人，在他心目中列车长是一位了不起大人物，便肃然起敬——列车长这样的大人物要请我去给他做家具，我的身价是不是又提升了几个档次？他正想着，刘师傅指着他对那列车长介绍道："就是这个小伙子，他的木工技术好得很，我见过。你们谈吧。"

那列车长一看，心想这年轻人看起来倒是很顺眼，就是太年轻了点，不知是否如刘师傅所说的技术很好呢？便问道："你干木工活有多长时间了？你们有几人？"

"我从事木工手艺至今已经五年多了，还带有一个徒弟，他今天在干活，没有来！"他怀着无比激动的心情答道。

那列车长一听，心想，既然已有五年多的木工生涯，手艺再不好也差不到哪里去，我们那里又太缺木工，就请他去算了，便说道："你今天能走吗？要是能走，今天晚上就跟我走吧，车票就不用买了，我们今天晚上八点发车。"

陈峰一听，连忙道："前几天我们接了一家活路还要几天才完工，另外还有其他事情需要处理，今天是绝对来不及的，你看啷个办呢？"

"既然是这样，只有下一趟再去吧，下一趟的时间是十月十五日晚上八点发车，现在火车都正点，决不会晚发一分钟，这几天你把该处理的事处理完，下一趟一定要去，我回去把家里安排好，我们那里的职工每家都有木料，就是见不着木工，只要你技术好，就怕你忙不赢。我还有其他事，你去准备吧，记住我刚才说的时间，一定！"那列车长太干脆，说完就走了。

列车长离开后，这刘师傅得意地对陈峰说道："你看这列车长办事多果断！我这介绍人的任务就完成了，以后就看你的木工技术与为人处世怎么样，这两方面谁也帮不上忙，你要是在那里扎下根来，就是你最大的成功，要知道，那里的森林覆盖面积太大木材多得很，不像这边难买木料，而且气候很好四季如春，是人们都羡慕的春城哟！"

陈峰本来内心太激动，一听刘师傅进一步地介绍那里各方面的优越条件，连忙说："感谢刘师傅、感谢刘师傅！我去那边站稳后，就一定请刘师傅去耍几天，希望刘师傅不要推辞啊！"

"你现在不要想到怎么报答我，年轻人要以事业为重，你要是在那边真的发展好了，我一定会去春城看你的！"刘师傅一本正经地说道，并转身走了。

他们就这样分手了，陈峰回到他和徒弟干活的东家，雷厉风行地干完了那一家的活路，心急如焚等待十五日的到来。

一帆风顺，十五日他辞别堂兄全家带着徒弟按时来到车站，跟着列车长进入车站，他们走的不是旅客走的检票口，而是走一条特殊人所走的不用买票的专用通道，登上火车，睡在卧铺里，在车轮与铁轨的撞击声中，十六日的下午将近六点到达了举世闻名的春城。

这是某年的10月16日，陈峰牢牢的记住这难以忘怀的日子。

他和徒弟陈安各自扛着他们的工具箱与行李卷，跟着列车长委派的一位列车员如昨天上车一般同样未走检票口，这车站也有不通过检票口的通道口，以供"特殊"人进出，一出车站，他扛着沉重的工具箱抬头一看，车站广场上人头攒动，当然尽是陌生面孔。

在这举目无亲离家几千里的异地，一种恐惧感袭上心头，在这全是陌生面孔的地方能生存下去吗？回忆在世面上闯荡的这几年，在自己坚韧毅力的驱使下，应该算是成功的，如今在这举目无亲的大都市里，会是什么样的结局呢？脑海之中一片茫然。

今天到了这远离家乡的遥远之地，要在这无依无靠的人海中劈开一条生路，似乎又太渺茫了，至于徒弟陈安，只能在自己的决策中出徒弟应该出的那份蛮力，该怎样处理各种事务，他肯定一无所知，现在唯一的依靠就是这位把他二人带来春城的这位列车长，陈峰深知，列车长免费把他二人带来春城，目的是把他家的家具免费做好后又把他二人免费送回接他的原地，而陈峰的目的却恰恰相反，他要在这陌生的都市里扎下根来，他这目的只有靠自己精湛的手艺与各方面运作恰当，别人是帮不了忙的。

他二人扛着工具箱跟着列车员走进列车长的居室，这是一间不大的房间，他估计约十五平方米左右，房间里陈设很简单，铺有一张简易的双人床和一张双台木床，双台木床上下层都堆满乱七八糟的杂物，这列车长夫人一看木工到了就停下手中活计，马上张罗晚饭的一切事务，并从隔壁借来一个煤油炉，炒菜、煮饭一齐进行，这妇人真能干，待列车长交接完业务回到家，饭菜已摆满在用钉子钉成的一张再简单不过并很陈旧的小饭桌上，列车长便招呼他师徒二人吃饭，陈峰立即想到这是他二人在远离家乡几千里这春城的第一顿饭。

应该说这饭与菜是很不错的，但在陈峰嘴里是啥子味道他却全然不知，脑海只想到能在这里扎下根吗？他内心暗自问着自己，

晚饭结束后，这女主人便将双台木床上的东西收拾干净，从床下拖出一个纸箱，拿出一些旧棉絮和旧床单铺好。

一见床铺已铺好，列车长便对他二人苦笑道："你们今晚上就睡这双台床吧，今晚上就委屈你们了，明天再另作安排，现在城市中的住房太紧张，我们铁路单位一家四口有这一间住房还算不错，听说城里面地方单位一家三代或四代人住在一间房里很普遍，不知何年何月才能改变这种状况！"

由于地区的语言差别，列车长说的话他二人并未全听懂，但经过列车长的手势与他夫人铺床的经过，安排他们在双台木床上睡觉的意思他们是领会了的。

在这有着方言障碍的情况下，他二人有些拘束，不能和他们交谈，双方在难以找到共同语言的窘境中列车长便道："下面在放电影，你们去瞧电影吧。"

列车长这句话中的"放"与"瞧"他二人未听出是啥子意思，鼓着四只眼睛盯着列车长，列车长感到奇怪，便用手指着窗子外面："就在那下面你们去吧。"

陈峰只好带着陈安来到列车长所指的地方一看，这里原来在演电影，他二人猛然想起列车长刚才说下面在"放"电影与"瞧"电影。应该就是我们家乡所说的"演"电影与"看"电影吧，在家乡哪里听说过放电影、瞧电影呢！我们刚才还以为列车长说的是在哪座"桥"上在演电影，他二人一直思考着，来到这里不知需要多长时间才能适应这里的语言？

这年代很少有故事片，银幕上是成昆铁路通车典礼纪录片，只见列车在桥梁上与隧道中如巨蟒一般飞快地滑动，陈峰二人哪有心思看电影呢，在车站广场转了几圈便又回列车长家。

"你们回来了，我们睡觉吧，明天事情太多，你们先上床，我们好关灯脱衣服，不然不雅观！"列车长正要下去找他们，见他们回来就高兴地说道，说话时又忍不住面带苦笑。

师徒二人各自睡在双台木床的上下层，黑暗中陈峰借着从薄薄的窗帘透进来微弱的路灯光，睁着眼睛思考着怎样在这举目无亲离家乡几千里的省城生活下去，要是这一举不成功，想在这不冷不热的省城享受四季如春舒适的环境，无疑会成泡影，就要退回堂哥的城市中，或者退到广利，还可能退回王书记的大山区，就注定是要吃"回头草"的，且不说那堂哥要小看我，还落得师傅与那几个铁哥们儿还有王虎的笑话。

睡意虽浓，但他难以入眠，在黑暗中闭着双眼反复地思考着明天第一步的活路哪个开展。列车长两口子的鼾声传进他的耳膜，徒弟陈安在床的下台时不时地翻身，摇晃着榫头不紧的双台木床，使他在床上台更是提心吊胆，害怕这双台木床散了架。在这不大的房间里和这刚认识的列车长一家人同居一室，他不好给下层的徒弟打招呼，由于长时间不变换睡姿以至于身体久压部位肌肉的酸麻，想翻身只好尽量忍耐着，只好静静地躺在上层，实在忍受不了，也只好轻轻、慢慢地重新调整睡姿，以减轻肌肉被久压后的难受。

就这样，他闭着眼睛坚持到大约早上六点，天虽然未亮，列车长已醒了，他要起身为八岁的小姑娘煮早餐，便于吃了上学，陈峰见他未开灯，也摸黑穿好衣服，借这机会也起了床，列车长一见，便道："你再睡一会儿吧，时间还早，我们早上的事情太多，必须早点起床。"

"我也睡不着，早点起来好安排今天的事情。"

　　"不要着急，我把姑娘和小儿子送去学校和幼儿园后，就一齐去安排做家具的事吧！"这列车长说话不紧不慢，陈峰觉得他很有修养。

　　他下床后，把徒弟叫醒，穿好衣服，为了不影响列车长夫人起床穿衣，他们走出这一夜睡了六人的房间。

　　他师徒二人在火车站广场转了几圈，估计八点左右，又回到列车长家中，这时列车长夫人已煮好他二人的早餐，他们各自吃了一碗面条，列车长便带着他们到紧靠火车站的村子里找到那村中的生产队长，那队长一见这列车长，如接待贵宾似的接待了他们。

　　列车长对那村上的队长说话不转弯抹角，直奔主题："我请了两个木工，要做两样家具，把你们队里空着的房子借一间给我，家具做完后，就立即归还，应该没问题吧？"

　　"张车长要借房子我哪能不答应呢！不说一间，就是两三间也没问题，你要用多长时间都可以，要是他们手艺好，我还要做几样家具呢！"那队长一听，就满口答应，他知道这物质奇缺的年代，跑车这行道最受人们尊崇，需要外地啥东西，只要认识跑车的就太方便了。

　　"只要队长同意，那就好。我们去看看房子吧，确定后好做准备。"

　　"不要着急嘛！喝杯水再去吧，离这里很近！"

　　"水就不喝了，我们太忙！"列车长又催促道。

　　队长带着陈峰师徒与列车长三人走进生产队的一间空房时，陈峰一见，那是一间三十多平方米的土坯房，列车长便问道："小陈师傅，这房子可以吗？"

　　"可以、可以，在这里面干活和铺一张床都够了。我们现在就去把工具搬来，先把床搭好，今天晚上就在这里睡吧！"他一回忆起昨天晚上睡觉的尴尬场面，就立即想到在这房子里面铺床睡觉比在车长家里自然多了。

　　列车长一听，便从队长手里接过钥匙，又顺手交到陈峰手里："那好，我们就走吧，把木料和工具搬来，你们就自己安排吧，我还要去单位交接班呢！"

　　他们又回到列车长家里，两口子对他师徒二人交代了木料的存放处，就到单位上班去了。陈峰二人就从这间不大的房间里，从各个角落里、床下面搬出厚厚薄薄、大大小小积满灰尘的几十块木板，他和陈安又将这些木块和工具扛到那队长借给车长的那间房内，首先将哪些木块适合搭床铺的就用来搭成一张简易得不能再简易却十分坚固的只能挤着睡下两人的木板床。将自己带来的床上用品铺好，挂上蚊帐，解决了两人晚上睡觉的大问题。

列车长两口子忙着交接完了单位上业务后，就马上来到这临时的木工房内，一见这张简易而又结实的"双人床"，而是在十分短暂的时间内就完成了这件很重要的事，便从心底对这二人产生了佩服感，心想他们的技术肯定不错，那妇人更是心直口快："看你们年纪轻轻，果然已是两位老练的木工。你们有多大了？"

"我二十五岁，徒弟二十岁。"陈峰应道。

"哎呀！你们四川人皮肤就是好嘛！我们这里十五六岁的小青年还不如你们的皮肤细嫩，不知是哪样原因？"列车长夫人不由自主地惊奇道，陈峰听出车长夫人所说的"哪样"，翻译成四川话肯定就是"啥子"的意思。

陈峰哪有心思为车长夫人解释皮肤的好与不好，并且也弄不清四川人与这一方人皮肤差别的原因，心想现在的关键是怎样开展活路，管他皮肤的细嫩与粗糙，便面朝列车长说道："张车长，你们要做啥子家具，式样与大小都必须由你们定，因为城市里的房子普遍窄小，家具的规格会受到室内大小的限制，我们不敢擅自做主，请车长尽快定下来，我们好开工。"

"我们这里现在最流行高低柜，我们早就想拥有一个漂亮的高低柜，苦于找不着木工，我一个同事家有一个高低柜特别漂亮，就按照他家的款式做一个吧，白天他们都上班，晚上他们家才会有人，我们今晚上再去落实规格与样式，只好明天再开工，今天你们到城里面去玩玩吧！"陈峰这才晓得列车长早有安排，他听到车长说的"玩玩"，肯定就是我们家乡"耍耍"的意思。他要习惯这里的语言，要入乡随俗。

陈峰在这初来乍到的城市哪有心思去"玩玩"，在这临时的木工房内心急火燎地等到天黑，晚饭过后，车长两口子带着陈峰师徒到他同事家去决定家具的规格与式样。

不看不晓得，一见这个高低柜，陈峰被惊出一身冷汗，他晓得自己虽然在其他城里已做了几个月的衣橱，但从未见过这样漂亮的高低柜，要依样画葫芦不是一件简单的事，此时要是说自己不会做这高低柜，太丢人不说，这列车长把自己从外省免费带到这都市里来，要是不把这高低柜做得列车长很满意，这台阶哪个下呢？他现在顾不得思考其他，眼前总是得应付过去才行。列车长两口子和这家主人还有他的几个朋友都鼓起眼睛盯着他师徒二人，这窄窄的屋子里共有十来个人，在这众目睽睽之下，面对这些"天堂"里的人们要说心里不发慌是假的。他拿出钢卷尺说道："张车长，你们家要做的高低柜款式和这一模一样吗？"

"款式一样，至于规格吗，我们回家量好我们家摆放这柜子的地方再定它的大小。"他边说边拿出一本信笺交到陈峰手中："你记好这柜子的式样与规格吧。"

陈峰接过信笺，在信笺上勾勒出只有他自己才能看懂的一幅草图，标好各部位的尺寸后。他不好在这家久留，便对列车长说道："好了，走吧！"

陈峰悬着一颗心跟着列车长回到他们家中，一量准备置放高低柜的地方，不大不小刚好有摆放那高低柜的空间，当时就决定了这高低柜的规格。

陈峰告别了列车长夫妇，回到要在这大都市起步的临时木工房内，他不敢有半点疏懒的想法，便拿出信笺与三角板，要将留在脑海中还未消失的高低柜的记忆，依照这难以看清的草图改画成很正规的立体图，自己虽然没有制图的基础，但今天晚上必须完成这制图任务，不然明天一大早起床就会茫然不知所措。

他从未画过图，不知从何处下手，正无计可施，突然想起这徒弟陈安是初中生，学历比自己高好几年，肯定没问题，于是，他便对陈安说道："刚才你也看见那个高低柜很漂亮，大小规格都记在这信笺上，你比我多读了好几年书，你辛苦一下，把这草图画成正规的立体图，我们明天就要在这初来乍到的都市里施展我们的本领，要是不把这高低柜做得列车长满意，我们在这里肯定站不住脚，毫无疑问就要走回头路，回去了没有脸面不说，恐怕永远也就来不了这四季如春的城市，能不能在这世人都向往的春城扎下根来，就要看车长对我们的手艺满意不满意，所以，今晚上这图纸很关键，你把图纸画好我们明天就按图施工。"他一说完，就把纸笔与三角板递到陈安面前。

不料，陈安并未伸手接这画图所需要的文房必需品，并说道："我虽然比你多读了几年书，但那几年都是文化大革命最疯狂的年代，根本就没学到啥子知识，更没有画图的基础，所以，我是没本事画这张图的！"

陈峰一听："那我们两个就一齐来画这张图吧，你看先从哪里着手呢？"

"我对画图一窍不通，你就慢慢地想着画吧！"陈安红着脸说道。

陈峰没有别的办法了，他想，只有靠自己独自一人来完成这项艰巨的任务，在这几千里没有亲戚朋友的地方是没有依靠的，他下定决心，今晚上就是拼命也一定要把这张图纸画出来，不然，明天就会一筹莫展。

他在灯光下用几块木板支起一张算不上桌子的简易平台，对陈安说道："你既然不会，那就睡吧，我只好一人来研究啷个画这张图了。"

陈安巴不得叫他睡觉："好，我就不打扰你了，你就慢慢地画吧。"说完，就脱下衣服，躺在这简易的床上不到五分钟便发出了鼾声。

陈峰一听陈安的鼾声，知道没有别的希望和帮助了。

在这寂静的土坯房里，他静下心来，他很清楚，现在已处于孤立无援的境地，在这远离故乡的外省省城，亲人、朋友、师傅犹如远在天边，只有充分调动自己脑海中的每一根神经，或者说每一丝智慧，来度过这难以逾越的难关。

他还未决定如何画这图，脑海里又出现那十分漂亮的高低柜，这城里和我走过的大小城市里的家具还是有很大差别的，既讲究款式，又要讲究光滑美观，所刨光的木板不能有一丝毛刺，技术性与工艺性太强了，工艺、技术暂且不说，今晚上图纸这一关就难以逾越，他怀着毫无把握的心情拿出那不规则的草图，慢慢地细心地看起来，回忆立体图的形状，思考着怎样才能画出一张一目了然的立体图来。

他反复地自行设计，觉得不对又涂掉重来，经过几次地涂掉修改，这信笺纸已不堪重负的磨穿了，他只好又重新启用下一张，就这样画上不行又涂掉再画，在这夜深人静毫无干扰的土基房内，他不知花费多少时间，也不知修改了多少次，一本信笺已所剩无几，满地都是揉揉的纸张，终于，一张他觉得很满意的用铅笔画的高低柜立体图摆在他这不是绘图桌的木板上，他才大大地松了一口气，他抬起头来，看见从这土坯房小小的窗户缝中透进来的微弱亮光，才知道天已亮了。

陈峰开门一看，就见到这村子里的菜农们挑着菜筐经过这门口，要下地干活了，菜农们以好奇的目光打量着从来都是空着的土坯房内怎么出来这位陌生人呢！

他走出土坯房，顺着种有各种蔬菜的菜地塄坎，欣赏着这大都市田野的早晨，这是这座城市的郊区，供应城市居民的各种蔬菜覆盖着大地，空气特别新鲜，他尽量呼吸着这新鲜空气，清醒着被煎熬了一通宵的头脑，当他又回到木工房时，一夜的疲倦虽然被这新鲜的空气减轻了不少，但来到这异地的压力使得心中还是沉甸甸的，他喊醒徒弟，要安排今天的活路了。

土基房太矮，窗户只是一个不大的窟窿眼，采光太差，天虽然已大亮，但却不能关灯，陈安起床后，看见地上扔了一大堆废纸，灯光下的木板上摆着一张一目了然的高低柜立体图纸，他觉得和昨天看见那漂亮的高低柜一模一样，心中暗暗佩服师傅是一个没上到六年级的学生竟有如此能耐，不由自主地脱口而出："你这图纸画得真好，你昨晚上太辛苦了吧！"

"这是昨晚上一通宵的成绩，我们今天就要按照这张图施工了，这高低柜这么复杂，昨晚上不辛苦一点今天做这高低柜就没有方向了！做好后要是列车长不满意，我们就会告别这不冷不热的城市，恐怕永远也来不了这里，后面的人生路就不晓得该啷个走了！"

"你一点画图的基础都没有，就画得这么清楚，做家具你早就是师傅了，做好列车长家的家具应该绝对没问题吧，说不一定比那高低柜更漂亮！"陈安依照着师傅的能耐推理道。

陈峰一听，陈安都想到这点，我怎么对自己还没有信心呢！陈安这句话，无意之中给他师傅壮了胆。

"你说得很正确，对自己应该抱有必胜的信心，做任何事的成功率就会高！"陈峰怀着轻松的心情说道。

就在这时，车长夫人给他们送来早餐，由于对这高低柜陈峰已胸有成竹，他和陈安风卷残云般地解决了各自的一大碗面条。

一切就绪，在这大都市里生产第一件家具的推刨声音响了起来，推刨与木工斧的声音引来了这村子里菜农们的好奇心，他们经过门口时都要驻足观望，一看是两个年纪很轻的木工，便不屑一顾地走了。

这村子紧挨着火车站，陈峰师徒二人在这临时木工房里发出的斧子、推刨、钉锤的敲打声与菜农们的宣传，这村子里来了两个木工的消息传开了，几天后，便有些想做家具的铁路职工来了解他二人做家具的工艺水平，由于列车长没有购着胶合板，他们所做的高低柜都是用木板制作，两三天还不见成效，那些对木工工艺属于外行的几个铁路女职工观看后便悄无声息的走了，但有些内行却从榫头的结构和刨木板的光滑度还是看出了这两个年轻小伙子有着深厚的木工功底，这就给陈峰师徒以后不缺活路奠定了基础。

在众多来观看他们木工技术的人当中，有一个离省城五十多公里铁路单位的会计，看中了这两个从早到晚不知疲倦的年轻木工，这会计就住在离这木工房不远的地方，他老婆就是这村子里的菜农，他也是听到陈峰他们做家具时的敲打声而来观望的。

他一有空就来到这木工房观看这两个木工做家具的精细度，这会计是福建人以他做账细心的习惯，从这两个木工的相貌到他们的身高，从他们干活的时间到他们的工艺水平，他不动声色一直观察到这高低柜的竣工，了解到这高低柜的工价，这会计心想，以我自己的欣赏水平，这两位年轻木工的技术、工艺、工价以及干活的认真态度是无可挑剔的。

当他了解清楚陈峰师徒二人的一切后，他得出结论——在这稀缺木工的省城内，根本找不着这么能吃苦、这么廉价的木工，肯定是他们初来乍到，不知我们这边木工的工价行情，这会计和他们厂的厂长犹如亲兄弟一般，他把这消息马上告诉了厂长，这厂长一听，便产生了以公家的材料做一批家具建立关系网的念头，关系时代早就在他头脑中根深蒂固，自己要是建立一个大大的关系网，做任何事情都会易如反掌，也许就是他升职的桥梁，如今城市中已进入到以衣柜取代木箱或纸箱装衣服的时代，并以漂亮的家具作为室内的摆设与装饰，自己这厂属于建筑单位，要是用单位上的材料做些漂亮家具送给各位领导，对自己的仕途岂不是大有好处。

这厂长主意已定，来上级开会结束后，便与会计来了解这两个木工的情况，这时陈峰他们早已完成了列车长那复杂、漂亮的高低柜和其他的几样家具，车长两口子高兴得简直合不拢嘴，并把陈峰师徒二人的手艺与工价见人就广作宣传。这厂长今天来到这木工房，看见的已是陈峰第三位东家的三门柜了，他对这两位木工和这刚完成的三门柜觉得太顺眼，就暗暗地当机立断，要用公家的木材做一批家具奉送给各级领导与朋友。当他又回到会计家后，便吩咐会计一定要把这两位木工请到他们厂里去。

这会计对厂长唯命是从，厂长离开他家后，就马上来到陈峰这木工房，第一次和陈峰对话："请问两位小师傅贵姓？"

陈峰一听，觉得奇怪，这人来这里不止十次，从未说过一句话，每次来都是东看看西望望，用手摸摸这根刨过的木方、那块刨光的木板后，便悄然离去，怎么今天来了却突然发问呢？经过一阵快速思考后，便答道："我们两个都姓陈，请问师傅有啥子事情吗？"

"二位小师傅，我给你们带来好消息，刚才和我来这里的那位你们没见过，他就是我们厂的厂长，他要做很大一批家具，究竟有多少我也说不清楚，你们这里的活计还要几天才结束？结束后我就带你们到我们厂里去给他做吧！"

陈峰一听，内心一阵窃喜——我二人来这里不到一个月，怎么就有这么多人来请我们做家具呢？列车长家的活计还未全部结束，就有好几个铁路部门的女职工来和我们约定——车长的家具一结束就马上去给她们做，如今这经常来观望的陌生人又来请我们去给他们厂长干活，还说要做的家具数量很大，看来我走这方向是走对了，为了避免冷落了这位给他带来好消息但又没交谈过的陌生人，便道："师傅贵姓？"

"免掉贵字，我姓林！我是我们厂里的会计，以后你们就叫我林会计吧！"他纠正陈峰对他师傅的称呼，因为会计要比师傅体面，也比被称为师傅的职工级别高，他不愿与整天劳累被称为师傅的职工们划等号。

"林会计，前几天我们已经答应过好几家人，既然答应了人家，就不能失信，我们把这几家做完后，就一定去给你们厂长做，请转告你们厂长好吗？"

那林会计一听，内心不免着急，刚才还在厂长面前作过保证——最近几天一定把这两位木工请到我们厂里去。他是搞会计工作的，涵养极深，内心虽然着急但不露声色地说道："我给厂长汇报一下再说吧！"

林会计走后，陈峰说不出内心有多高兴，他怎么也没想到这里的木工活路这么多，以现在的情况看来，这里的木工肯定太缺了，经济情况恐怕比我所走过的地方都要好，前几天一位中年人来问一个三门柜工价多少，他回答二十元，那陌生人对他说你们收的工价太低，并告诉陈峰这里一个三门柜的工价普遍都是三十五元，建议陈峰收价不要太低，出门在外几千里不容易，不要白流汗水。

其实，自从陈峰到这木工房内做家具开始，来这木工房了解他们技术的很多人的开言吐语中，就听出这一方的工价比他走过的任何地方都高得多，但他不敢按照这方的工价收取，怕工价收高后，无人请他干活，吃与住就会成为大问题。

那林会计回到家，心急如火地思考了一阵，又来到木工房："小陈师傅，我刚才给我们厂长打了电话，告诉了你们的情况，厂长给我下了命令，叫我最近非把你们请到我们厂里去不可，请你们安排一下时间，千万不要推辞！不然我不好交代！"

陈峰一听："既然这样，我只好给前几天承诺过的那几个铁路女职工说说好话，叫她们不要准备了，我们把厂长的家具做完后，再去她们家。"

其实，陈峰听说厂长那里要做的家具数量特别大，就想到应该先做量大的对自己才有利。这林会计请木工的态度又太坚决，他也就顺水推舟，准备给林会计一个面子。

"那就麻烦两位小师傅，说实在话，你们初来这里，肯定还会遇到一些困难，我们厂长人缘极广，可以说是要风有风、要雨有雨，说不准我们厂长还能帮你们一些忙呢！"林会计一听陈峰已答应先去他们厂里，很高兴地说道。

"林会计说得对，我们从几千里的家乡来到这里，哪会没有困难呢？以后还请林会计多多关照啊！"其实林会计所说厂长能给他们一些帮助，在陈峰脑海里早已考虑到了。

陈峰给林会计所说已承诺了其他几家做家具之事并非谎言，请他们做家具的众多女人之中有一位姓郑、另一位姓胡的两位女职工催得极为紧迫，已作好做家具的一切准备，并从朋友处借来一些肉票和油票，她们不知这两个年轻木工对她们已失信又承诺了别人，一下班又来到陈峰的木工房内，一见面就问道："小陈师傅，我们哪天可以来帮你们搬工具呢？我们做家具所需要的一切都准备好了！"

陈峰一听，连忙道："两位大姐，实在对不起！这几天你们没来，我以为你们家里有变动不做了，就答应了另外一家人，因为他们等着家具结婚，就请你们让一让吧，我们尽快把那家人的结婚家具完成后，就一定给你们做好吗？"陈峰以给别人做结婚家具为理由以求得这两位女人的谅解。

不料，那两位女职工一听都急了，那位姓郑的女职工脾气特别火爆便大声吼道："那怎么行！我们这几天就是为做家具作准备太忙了，所以没来，你既然答应我们，就不能失信，无论如何都要把我们的做完后，才能去给别人做！"

陈峰一听，知道麻烦了，但转念一想又是好事，这说明最近不会缺活路，于是，连忙赔礼，"两位大姐不要着急，既然你们不让我就回绝他们，先给你们做吧！不过，他们是做结婚家具，所定的结婚时间已经临近，还是希望两位大姐让一让最好！要是你们不让，我就太难做人了！"陈峰以委婉的撒谎方式对两位铁路女职工请求道。

另一位姓胡的女职工发言了，这人脾气要比姓郑的温柔，她温和地说道："既然是这样，我们也不为难你，我们做那几样家具也不是很急，只是我们白白准备了几天，为了你们不再失信，你们就留几样工具给我们吧，不然，你们一走，我们就很难找着你们。"

那姓郑的女人虽是火暴脾气，但也同意姓胡的这办法："对，我们拿他最重要的工具！他们到别处就无法干活了，那最长的推刨是专门用来拼缝的，木工们都离不开它，就拿那两个吧！"她边说边把两个长推刨提在手中。

这一温一火的两个女人，以为她们这办法就会万无一失。提着陈峰师徒二人拼板缝的长推刨哈哈大笑着走了。

在这两个没有几面之识的妇人面前又是初来乍到的地方，陈峰毫无办法，只好眼睁睁地望着她们把自己的"饭碗"抢走，陈峰知道这是一个严重问题，大山区里做推刨的硬木料唾手可得，自己刚来到这都市里要找做推刨的硬木料恐怕比登天还难。

幸好，他们现在做的是几样小家具，大概是这东家的关系太广，他买了几张胶合板，免去了拼缝、粘板、刨光这几道工序，就不必用长推刨了，至于做长推刨的硬木料，只好等林会计来了再商量如何处理。

林会计害怕把陈峰师徒二人请不到他们厂里去，在厂长面前无法交代，一有时间就来落实陈峰二人去他厂里的时间，当他又来到陈峰这木工房，陈峰便告诉他别人抢了推刨之事，他一听也急得一筹莫展，只好到铁路单位去拨通了厂长的专线，向厂长说明推刨之事，不料，厂长终归是一厂之长，回答说："没有推刨不是问题，以我的身份在我们这么大一个建筑单位还找不到一块硬木头做推刨，岂不是成了笑话！一定要把木工请来，天大的事我都可以解决！"

林会计又把厂长的话转告给陈峰，陈峰一听，只好以极快的速度完成了这家人的最后一件小家具，林会计得到消息后，马上打电话给厂长，厂长派了一辆解放牌卡车将陈峰接到了他们单位，陈峰一见是一个大大的砖瓦厂，一片热火朝天的景象。

当陈峰师徒二人搬着工具走进厂长为他们安排的木工房，陈峰一见，里面全是十厘米厚、六十厘米宽、四米长的上等铁杉木料，足有十立方米以上，他犯难了，对领他们来的林会计说道："林会计，我们现在所用的小锯子只能解开五厘米厚的木板，这十厘米厚的木板要平锯才能解成木条，请林会计把这情况转告厂长，请厂长解决这个问题！"

在陈峰师徒未来之前，林会计就见厂长从上级单位拉来这些不花钱的厚木板，就知道陈峰他们现在使用的小木锯把这些厚木块降服不了，但他不好把这消息告诉陈峰，害怕陈峰知道这些大木块不能降服而拒绝，现在听陈峰一说，连忙道："杨厂长开会去了，晚上回来我告诉他，以他现在的身份要借一把平锯是没问题的。"他现在更佩服陈峰的技术全面，两个年纪轻轻的木工竟然能把这么大的木块撕成做家具的小木条。

果然，第二天早上，林会计就给他们送来一把一点五米长的平锯，并说道："昨天晚上我就告诉了厂长，他当时就叫人把这锯子送来了。"

陈峰见到这些木料和这把平锯，还有做推刨的硬木料，心中暗暗佩服这些当官的真是神通广大，说他们能"呼风唤雨"真不为过。

陈峰将平锯拿在手中，就回忆起几年前袁师傅教他解原木的情景，今天就要在这几千里之外发挥威力了，要不是有当年的那段经历，遇到今天这样的情况还真没本事降服这些厚木块。他一边想一边就行动起来，知道这堆木料足够他二人3—4个月的工作量。

他用厂长找来的青杠木重新制作了两个拼缝的专用长推刨，就万事俱备了，他师徒二人就一心一意地干起活来。

他依照厂长给他的家具图，一个又一个漂亮的衣柜从这临时木工房内抬了出去，抬到厂长每个关系户的家中，当然，这些家具对厂长的仕途所起的作用陈峰并不知道究竟有多大，他师徒二人还经常见到厂长的上级到这砖瓦厂来视察工作，也到陈峰的木工房欣赏他们的工艺水平，不但和他师徒二人同桌进餐，而且对他们特别客气，陈峰心想，大概杨厂长这些领导也得到了我们生产的家具吧！

他二人经过近一个月在这木工房内不知疲倦的超负荷地苦干，厂长对陈峰师徒的态度越来越好，虽然并未在陈峰面前道过一句感激的言语，但他心中对这二人不计较所做家具工价的高低怀有极好的印象，所以，对这二人的要求更是有求必应，在这任何生活物质都要票证的年代，他厂内生产的建筑材料砖与瓦，当然也是紧俏商品，他可以用他厂内生产的产品换回他所需要的一切，这样就解决了他家和他朋友们所需要的一切日常生活用品，也就是说，他家是不会缺乏市面上买不到的食品与日用品了。

转眼就到了腊月底，需要砖与瓦的单位为了来年购到他厂内的产品，借春节之机，给他厂里购来一大车猪肉，厂长以这些猪肉，用来安慰他厂里这些一上班就浑身是泥，辛苦了一年的重苦力们。

陈峰听说要给厂里职工分卖猪肉，便怀着好奇心去看稀奇，不料，当他一见这些猪肉，不由得大吃一惊，从他懂事以来，从未见过这样的肥膘猪肉，竟然有6厘米厚的肥白膘，他真纳闷，自己家乡的人们一年四季辛苦到头粗茶淡饭都难满足，一年到头出栏一头猪既瘦又小，还要上交二分之一给国家，这么肥的猪肉是哪里养出来的，我们国家怎么还有这么富裕的地方呢？

他想来想去，要是买点这肥猪肉带回家去，不知有多少人羡慕我有买猪肉的本事，家乡的人们因一年四季吃不上几回猪肉，吃这样的肥猪肉在这缺少油水的年代任何人都会觉得是最过瘾的，买来腌成腊肉带回家去。

他想到这里，便找到厂长："张厂长，你们这猪肉是哪里买来的，太好了。能不能卖给我一份呢？"

厂长一听，连忙道："可以、可以，我们厂里的职工每人一份，价额比国家定量肉要低几毛钱。你若需要叫他们称给你就行了。我不明白你现在在任何一家干活都不必煮饭，买肉有什么用，怎么处理呢？"

"我腌成腊肉，带回家去！"陈峰一听，激动得连忙答道。

"那好！你去找林会计吧，他会给你安排好的。"这厂长处理事务真果断。

陈峰一听，马上找着林会计，林会计带着他到职工分肉的地方，把称肉的杨师傅喊到半边，对杨师傅耳语了几句就走了，杨师傅转过头来，客气地对陈峰说道："你要多少都可以，赶紧选吧，看上哪块拿哪块。"

在这普遍缺少油水的年代，肥肉中的油水是对干重活人们最需要的，陈峰比任何职工都优先，最肥的肉被他挑选了几大块。

可是，腌猪肉是他从来没有过的经历，他从厂长家属那里借来一个塑料盆，往肥肉上撒了一些食盐，放在他们睡觉的床下面，心想，这下就等着将肥腊肉带回家去吧，不知家乡的人们会怎样羡慕我买到这么肥的腊肉。

转眼75年春节到了，他师徒二人借春节之机怀着没玩过公园的好奇心在省城各个公园里游完了再回到他这木工房，心想应该把他的肥肉从腌肉盆里捞起来晾干的时候了，他万万没想到，他将肥肉一翻，发现肉上面竟然生有小碗大的一堆蛆，并且在肉上乱滚，一股恶臭的气味扑鼻而来，陈峰大吃一惊，连声："可惜……可惜……这怎么办呢？"

他心痛不已，不知如何是好，他左思右想，把这生了蛆的肉从几千里路带回家去，是很不光彩的事，他思考良久，最后得出答案——还是要求张厂长解决这件难事。

当他怀着忐忑的心情找到厂长说明情况后，厂长对他厂里工人态度虽然很严肃，但对陈峰却十分客气，立即说道："既然是这样，这肉你也不好带回家去，把它还给我们食堂就行了，你叫林会计把这事办了，就说是我说的！"

这厂长的话真管用，当他找到林会计把这事谈后，林会计马上就把生了蛆的肉提到食堂里去了。

这件事处理后，他们又投入到紧张的家具生产中，他边干活边想，自己是一个农民，就是城市人所说的"乡巴佬"，但在这厂里怎么比这职工的地位还高呢？这厂长为什么对我们总是"有求必应"呢？我应该把他这些家具做得更好，才对得起这位厂长。

经过他师徒二人三个多月的苦干，总算把这厂长与他关系网中的亲戚、朋友、领导所需要的家具全部完成了，结完账后，厂长派了一辆解放牌卡车把他们送到省城，他二人扛着工具箱，来到抢过他们推刨的那两个女职工家里，这二人一见到这两个如同大熊猫稀少的木工终于来了，如同接待贵宾一般地接待了他们。

这时，已是一九七五年的暮春季节，他们在这省城又开始了紧张而又劳累的木工生涯。

这城里面做家具的房间都是在自己卧室里收出一块不大的空间将就施工，就没有张厂长那"独立王国"的木工房那么宽敞，也没有姓张的列车长在村子里借的土坯房那么宽松，他二人干活与睡觉都在同一房间，白天他们收起睡觉的床上用品，支好码櫈，生产出各家各户十分满意的家具。

陈峰很清楚，如今在这各家各户很狭窄的空间得心应手地挥舞着木工工具，还得感谢张厂长，因他那里的家具不但数量大，而且式样多，又在十分宽敞的地方干活，陈峰师徒在木工功底扎实的基础上，经过各式各样稀奇家具的磨炼，不但技术有所提高而且经验也丰富不少。

现在，虽然在这十分窄小的空间里施展着自己的本领，但并不感到拥挤，凡是来参观他二人手艺的居民或职工，都不由自主地伸出拇指不绝口地称赞。在这很难见着流动木工的大都市，有这等技术的年轻木工的消息被那郑、胡两个喉咙如喇叭一般的女职工很快就传遍了不小的一片天地，来请他们干活的东家一天比一天多，每月30天，他们的休息几乎为零。

在这城乡差别巨大的年代，城市的居民比起农民的生活真是太幸福了，这些城市人都考虑着尽快结束用木箱、纸箱或布袋装衣服挂在墙上的时代，从工资里积攒出来的工资所买的几件衣裤不忍心折叠，要用衣架把她们自认为很漂亮的几件衣裤很板扎地挂在衣柜里，所以他们对拥有一个漂亮的高低柜或三门柜的质量要求相当高，为了木工在工艺上尽量达到他们满意的程度，给他们制造出一件件十分漂亮、结实的家具，在这购任何生活用品都要票证的年代，他们把全家每月仅有的肉票积攒起来，以便在做家具时给苦力似的木工们有充足的油水，让木工们心甘情愿每天以十多个小时的苦干，尽心尽力地做好他们那几样犹如宝贝似的家具。

尽管农村种田的农民们还在普遍缺吃少穿的时候，陈峰他们这类人虽然比城市正式职工们的劳动强度高出不知多少倍，但他们在生活上从未受过委屈，所以，他们还是感到这样的生活比在农村种田优越得多。

但是，当他们目睹在单位或者工厂里上班的正式职工们每天只有8小时的工作时间，其余时间都悠闲自在，为了这些城市里的"衣食父母"们对自己有一个好的口碑，也为了缩短在这些人家中做家具时间与麻烦事务，他们不得不从早上8点一直干到晚上10点才能休息，这样的工作时间在这些城市人面前却又显得太卑贱了，又产生了极不平衡的矛盾心理。

虽然这些城市人在用他们时显得特别客气，但活路一结束也就互不相识，并且还用鄙视的目光扫视着他们，普遍地称他们为"乡巴佬"，尤其在晚上他们洗脚时，最不好意思当着这些城市人的面脱鞋，原因在于农村的娃娃们从小无鞋穿，成年累月打赤脚的原因，在发育期间脚掌无半点约束，自然而然地发育成一双很宽大的脚板，男人们只是面带轻蔑的笑意，那些口无遮拦的嚼舌妇人一看见，便以极其轻蔑似的口气脱口而出："好大的一双农民脚哇！"

当陈峰听到"乡巴佬"、"农民脚"这些侮辱农民阶层的言语后，心中不免升起一腔怒火，但又不能也不敢发作，只好把这怒气深深地埋藏在心底，他很清楚，只有和这些城市人处好关系，在这大都市才有他们生存的空间，自己的手艺才有用武之地，才能把他们比农民轻松得来的工资用自己手上的技术转化在自己的囊中。

要是不注意和这些犹如生活在天堂一般的城市人发生了轻微的矛盾，就会被他们编造一些莫须有的罪名到派出所告发，无疑就会被抓进收容所继而又被遣送回原地，由于不会处事而被遣送回家的人比比皆是，因为有这一层既存在但又看不见的危险性，在必要时还会在自己的工价中让出一小部分作为给他们的"堵嘴费"。

经过几年在外闯荡的经验告诉他，想要在这城市中生活，就要和城市人处好关系，只有和他们成为了朋友，不但能得到他们的一些方便，而且还会给他二人出一些十分安全的主意，比如，这些居民或者职工都知道派出所什么时候会查户口，就会提前通知他们，并用挂锁将他们睡觉的房门锁住。治安民警一看门上有锁，认为房里无人，便转身走了，陈峰二人就以这样的方法不知逃过了多少次劫难。

现在，陈峰师徒二人虽然在常人难以忍受的超强度的劳动中拼搏着，但也能得到和城市职工们一样的收入，这在以八小时工作制的城市职工们看来，这简直就是在玩命，虽然城市人对农民阶层有着这样或那样轻蔑的看法，但陈峰这一类人却只能将受到的轻蔑埋藏在心底，因他们都有一付铁板似的身体，劳动强度再大他二人都能承受，只是陈安的身体素质比起陈峰要略逊一筹，劳累常常会在他脸上有所表现。

他二人就这样长时间地苦干着，引起了住在他们干活地点对面一位大学讲师的注意，这讲师是四川自贡人，姓肖，他觉得这两位十分帅气的木工老乡以这样的劳动强度挣下的那点辛苦钱太难了，一天，他把陈峰叫到家中叙说老乡之情，言谈中，得知陈峰师徒二人的情况后，便道："你们每天干活时间那么长，难道不觉得累吗？"

"肖叔叔，我们每天都要经过十多个小时的重体力劳动哪有不累的，现在的城市人都想有一套漂亮的家具，但是，他们在做家具时都嫌太灰、太乱、太麻烦，只要一动工就巴不得尽量缩短工期，所以，我们只好咬着牙坚持着。这样的劳动强度不知哪天才是个头哇！"陈峰无可奈何地答道。

"既然是这样，你们想不想把户口迁来城市居住呢？若有此想法，看在老乡的份上，我可以帮你们这个忙，你们年纪轻轻，天天都是十几个小时的重体力活计，要是积劳成疾，你们这一生岂不是太可惜了嘛！"

"啊！肖叔叔！我们啷个不想把户口迁进这大城市呢！这年代人们普遍认为城市就是天堂，农村和城市相比就是天与地，要是肖叔叔真帮了我们这个大忙，我们也就犹如从凡间来到了天堂，不晓得啷个感谢你肖叔叔才对！但不晓得行不行啊？"陈峰一听，犹如长时间漫游在苦海之中，突然有人指着前面就是风光秀丽的大陆，便热血沸腾不由自主地用家乡话答道。

"怎么不行呢！现在和我们住在一起的小姨妹的户口就是两年前从我

们家乡迁来的，据我所知，铁路局这一片家属区内就迁来好几十个年轻人，要是前两年我们认识，说不定你们的户口已迁过来了，不过，我估计这两年比前几年的难度要大些。"

"不管有多大难度，请肖叔叔尽量帮我们办一办吧，我们绝不会忘记肖叔叔的大恩，需要送礼或者花钱时，肖叔叔尽管吩咐，就是倾家荡产我们也在所不惜！"陈峰激动地回答道。

"礼节是少不了的，但只要我出面，礼物不会送得太重，这件事我就放在心上，一有机会我会尽力办，希望你们不要着急。"那肖讲师的话中带有安慰之意。

"那就太感谢肖叔叔了！"陈峰怀着万分激动的心情说道。

陈峰得到这一信息后，时刻都把这事挂在心上，焦急地等待着肖讲师给他们带来好消息。

此时已到一九七五年底，他二人从七四年初出门后，已经两年了，去年十月十六日来到这离家乡两千多里的大都市，经过近两年的玩命苦干，他算了算囊中"银两"，已经是一笔不小的数目，虽然这数目不是很大，但在这年代，他晓得在他家乡方圆几公里的范围内，已经是绝无仅有的富豪了。

他想了想，还是应该回家看望一下母亲与那新婚没几天就离开了的妻子，但是，现在求他们做家具的人太多，简直脱不了身，不过，他还是下定决心要回家一趟，于是，他把一家在七六年春节结婚的家具承诺后，就再也未承接活路了。

当他和陈安每天以十五小时的劳动时间完成了这家人的一套家具后，时间就到了腊月二十七日，还好，这家人已经把十分紧张他们回家的车票准备好了，就这样，他和徒弟经过途中的火车、汽车与步行的劳顿回到家后，已经是除夕之日的晚上了。

陈峰回到家乡后，家乡人们大为震惊，大家都晓得凡是走"零点五"这条道路求温饱的人，都是在离家不超过两百公里范围的大山区或小城镇，过的都是背着沉重的工具箱、爬坡上坎、收入微薄，但不会饿肚皮的生活，在小城镇王虎手下也仅仅是个别，能到一千多公里以外的外省大都市，每天能挣到山区两倍工资的人，如今在他家乡不小的范围内除了他陈峰师徒二人，别无其他。

陈峰就成了在远地寻求生计的先驱者，无意之中他成了大禹手下的勇士巴解。当陈峰师徒二人回到家乡过年的消息一传出，走五匠行道来拜访他的年轻人蜂拥而至，希望陈峰带领他们去那一千多公里外的大城市"发财"，当然，陈峰不会轻易答应那些与自己很少有来往的人，陈刚与陈灵也来找陈峰摆谈往事，陈峰建议他二人去那远方发展，但他们以家中的琐事太多不能脱身而谢绝了。

此时是一九七六年春节期间，在众多与自己家中有着良好关系的生活圈内，陈峰还未决定招收哪一个青年作为第二个徒弟时，他大伯的儿子——他堂哥来到他们家。

陈峰这堂哥就是前面所叙说过的大队支部书记，从陈峰懂事起，也就是大跃进那最凄惨年代与过后十多年中，陈峰二叔几个儿子都在国营企业工作，经济状况特别好，见陈峰家太困难，就全力地接济他家。他们晓得他大叔家"土皇帝"在社员们头上可以刮些油水，对他大伯家就没有什么资助，这就引起了他大伯全家强烈的嫉妒心。在那经常发生路莩的大锅饭年代，他堂哥虽然在书记的位置上过着宽裕的生活，但并未给陈峰家中有过丝毫关照，他家属并煽动那些为了给子女有当兵或者外调吃"皇粮"的邻居，给陈峰家中找些带有欺辱性的麻烦事，这在陈峰幼小的心灵上烙下了深深的印迹。

如今，经过陈峰几年的拼搏，在他的同龄中已小有名气。虽然他这行道没有国家正式职工那么风光，但在收入方面的实惠，若要和那些正式职工相比较，他却是有过之而无不及。

他晓得，要是在六十年代，他堂哥是绝不会来到他们家的，因那年代，国家一些重要企业每年都要到农村来调走一大批青年，农村青年们的命运都掌握在那些基层干部的手中，调走当工人那是人人都向往的天大美事，他堂哥的几个侄儿与亲戚中的年轻人都是他亲自调出去吃"皇粮"的，而今已时过境迁，几年前外调工人的状况已成为不远的历史，所以，他堂哥放下当书记的脸面，来到陈峰这个"小人物"面前。

陈峰一见他大叔的儿子来到他家，这是从未有过的稀奇事，犹如太阳从西边出来一般，而且还是满面笑容，他们这一见面十多年前的往事顷刻间就浮现在陈峰眼前，但他和堂哥一样，装出一副笑脸说道："毅哥，你好！新年过得好吗？你找我有事吗？快坐！快坐！"因他这位堂哥名"陈毅"，与开国一元帅名字相同，故而应称他为"毅哥"。

"是这样的，听说你们那里是现在这些五匠们淘金的最好地方，看在你我是一个家族份上，求你帮个忙，把我那个小舅子带去你那里讨生活吧！你晓得我们这里今年饥荒得很，好多家里上顿不接下顿，他们家也不例外，要不是我家给他们资助点粮食，这饥荒年他们家是难以度过的，你现在是我们家族中前景最好的人，应该关照一下我们本家族才对哟！以后你们家里有啥子难事，就留给我给你们办吧！你看要得不？"

陈峰一听，十几年前的往事浮上心头，虽然一腔怒火从脚底直冲头顶，但还是压了下去。小声回答道："毅哥！你不晓得，我们去那里时间也不长，活动范围也不大，所以活路也不是太多，我们有好多时候都没有活干，他要是去了挣不着钱，我脸上也无光彩，这样吧，我们今年去后，再拓展一下地盘，认识人多了，活路肯定也会多些，我就给你写信叫他去，你看要得不？"他重复着他堂哥的话尾。

他堂哥一听，脸色明显地变了："好吧，我只好等你的消息了！"说完后就起身走了。

陈峰晓得他堂哥心中不爽，并且深知这是他当官多年以权压人的职业病，但他毫无畏惧之感，并且知道他家还会来人求情，今天不能一口就答应了他的请求，想起他们家以前那些所作所为的可恶之事，还是要吊吊他的胃口。

果然，三天后他堂哥老岳母来了，他岳母娘家和陈峰母亲娘家在一个大队，相距不远，平时两位老人一见面就少不了都要亲热地寒暄一阵，所以，今天一来就和陈峰母亲摆了半天龙门阵，最后回到正题，希望陈峰母亲给陈峰作工作，一定要把她儿子带出去，不然，她们家今年就难以度过这几个月荒月天。

他堂哥岳母在陈峰母亲面前倒完苦水后，见陈峰母亲同意帮她作陈峰的工作，便亲自来到陈峰面前流着眼泪重复着她家今年难度荒月的苦情，陈峰一听，她那蛇蝎一般心肠的女儿的丑恶面目又出现在脑海之中，这老妇人见陈峰脸色不悦，便知趣地起身走了，临走时流着眼泪拜托陈峰母亲一定要作通陈峰的工作，陈峰母亲晓得陈毅一家在陈峰年幼时幼小心灵上留下的创伤太深，便苦口婆心地劝说陈峰，叫他不计前嫌，当天晚上，陈峰经不住他母亲柔声和气帮别人说好话，不好违背母亲意愿，经过一晚上内心煎熬，终于下决心带走他堂哥小舅子，陈毅便马上将这消息通知他老岳母。

陈峰堂哥的小舅子得知陈峰同意带他去外省的消息，便来他姐家讨要何日起身时间，并和陈峰见了一面，当陈峰一见到这人的相貌，不免吃了一惊，这人的面相也太奇特了，一张马脸长得不能再长，一口糯米牙齿七歪八倒，一管与众不同的鼻子长在长脸上，鼻尖又出奇的长，鼻尖的两侧又朝眼睛上方缩回去，贴着印堂的鼻翼边缘又向嘴唇下方延伸下来，整个鼻子就像二朗神那把三尖两刃刀，陈峰一见，心想这人恐怕不是一个良善之辈，便问道："你叫啥名字？"

"我姓布你是晓得的。名字叫布仕仁。"

陈峰一听，脑海之中立即产生一组"不是人！"的谐音：

他一见这人的相貌，便心中不悦，不过，他想起"君子一言驷马难追"这句古话，心中虽然极为不快，但又想到既然答应了，就不能食言，就是想食言恐怕也过不了他母亲那一关。

一九七六年阴历二月初，他带着布仕仁又来到春城，这是他掌握木工技术以后，帮师傅带会了陈刚陈灵两个铁哥们儿以外，继陈安之后是自己名正言顺的第二个徒弟，此时，陈安为了抓收入春节一过，早已独自出外淘金去了。

但他怎么也没想到，十几年后，他们从做工的行道转为办企业自己生产家具销售时，这人竟然如盗贼一般，专撬自己客户的不良之徒。

当他又来到这都市后，把从家乡带给肖讲师的土特产品送去，得到他们家的热情接待，肖讲师并告诉给他迁户口之事已作了各方面的工作，不过，现在难度太大，不能操之过急，只有耐心等待。

一切照旧，他们又投入到既紧张又劳累的苦干之中。

第十八章 >>>

土地又改革

七六年的春节，陈峰家乡的人们经过几天的穷欢乐后，如每年一样，又进入期盼粮食成熟的饥荒天。

此时，西南边陲丽山公园长湖畔的社员与全国各地一样，被"农业学大寨"束缚着。

高先生自从有了四千金之后，便和爱妻埋头苦干地挣工分，以便抚养这四个越看越可爱的小姑娘，这些姑娘都遗传了她们父母各方面的优点，那最小的四姑娘虽然年仅七岁，刚上小学一年级，身高在班上明显的比同班同学高出许多。这高先生后来又喜得一子，圆了他爱妻渴望儿子之梦，当他一见这四个可爱的姑娘一天天长大，心中更感到无比的欣慰。

这些姑娘们由于受到上辈的遗传，身高都超过同龄们，高先生深知这些孩子很快就会长大成人，所需要的开支也就越来越大，但在这集体化的时代，靠挣工分是入不够敷出的，所以，他和有些社员一样都想在工分以外捞取点外水，以便在姑娘们出嫁时办点必要的嫁妆，对她们有个满意的交代。

于是，他把一个十分要好哥们儿请来家中商量，看能否找出点门路，创收点公分以外的收入，经他二人几杯寡酒下肚后，想到只有去邻县的大山区建立关系网，建议他们把那山里零星瓜子和农副产品中的干货收集起来，晚上再去挑回来，寻找机会贩卖，幸好，他们处在自己县的边缘地带，离邻县边界的山区也就十公里远近。

虽然有此想法，但又有所忌惮。

在这以阶级斗争为纲与推行生活水平年代是绝不允许任何人做小买卖的，只能在生产队老老实实地农业学大寨，自古以来社会底层的人们以做

"小生意"这行道以求宽松的营生早就被"投机倒把"与"走资本主义道路"这些使人恐惧词语所取代，被牢牢地钉在犯罪的耻辱柱上，谁要是触犯这些"法律"就有与反动、诈骗同等罪恶，任何人只要不约束好自己涉及做"小生意"这一范围，那就是自找麻烦，轻则批斗、鞭笞，重则吃牢狱之灾。

高先生眼见这几个心爱的姑娘一步一步地走向成年人，心中也就越发着急，经过几次和这铁哥们儿喝寡酒时的策划，决定铤而走险，他们在下午队上收工后，趁天未黑之前带上手电筒，徒步几十里路到邻县关系户中收购他们当地社员从自留地里种的、生产队分的葵瓜子还有大山区特产与干货，怀着被捉住的恐惧心情用肩头挑回自己家中后，天也快亮了，为了不被当官和那些既不敢冒险又常怀嫉妒心的社员们发现，天亮后同样扛着锄头或挑着粪桶和其他社员们一起下地劳动，他的爱妻眼见丈夫如此辛苦，但为了这几个姑娘以后的必要开支，除了这既玩命又如做贼似的小买卖，别无其他生财之道，只好把心疼丈夫的想法深深地埋在心底。

为了长远打算，也为了保险不挨批斗，更为了避免牢狱之灾，高先生又把他的铁哥们儿请来自家的酒桌上商量对策，在这少有下酒菜的酒桌上，铁哥们儿借着酒精作用主意来了："我看这样吧，我们选一个好日子，把前几趟赚的那点钱，请队长和会计到馆子里去吃喝一顿，就说我们两个为了娃娃们上学，准备做点小买卖，请他们不要把"投机倒把"这帽子扣在我们头上。我们绝不会耽误"农业学大寨"，每天照样出工苦工分，如果以后赚着钱了，一定不会忘记他们，这样对他们明说，你看怎么样？"

高先生一听，怎么他和我想到一起了，除了这主意哪还有别的好办法呢？便道："你说的没错，要是他们同意了，就是有人在他们面前告发我们"投机倒把"，他们也会睁一只眼、闭一只眼，像我们这样的事情可大可小，不过，拍马屁的事我可从来没做过，在这方面你可是专家要多费点心，尽量发挥你那能说会道的本事吧！"

这哥们儿听到这几句奉承话，面带着微笑默认了。

事情商量妥后，他二人风行般地把队长、会计请到县城头等饭馆里一个僻静角落桌位上，边喝酒边把今天主题阐明后，不料队长、会计并不是他们想象的那么"革命"，队长以责备的口气发言道："我以为是一件什么大事情，原来是这么一件小事，你们在搞'投机倒把'以为我们是憨包看不见吗？我们没说就不等于我们不知道你们在做生意！何必这样大动干戈请我们来吃馆子呢！现实这合作化年代大家日子都不是多宽松，你们这样做实际上对大家都有点好处，只是现在政策不允许，你们都知道以前这种事叫做小生意，可是现在却把它称为'投机倒把'，当然这就成了违法行为，唉！不知什么时候才会改变啊！"

队长一席话，把他二人说得瞠目结舌，没想到两位天天在会上教育社员要遵纪守法、安心农业学大寨的"父母官儿"这么体恤民情，半天没回过神来，不知如何回答是好。

他们正思考着如何给队长道几句感谢话，只听到队长又说道："如果你们再继续做这小买卖，就尽量隐蔽点，晓得你们投机倒把的人越少越好，我要是没有这不算是官儿的职务在身，也会和你们一样做点小生意，实际上这种生意哪能赚多少钱呢！现在政策是不允许任何人买卖所有农副产品的，农村人不管出产什么农产品都要上交国家的供销社，农村的农副产品经过供销社一转手再回到社员们手中就要翻倍，不然，供销社职工们工资从哪里来呢？你们给他们山区人们多出了几分钱，他们在购买照明煤油和盐巴时，手头也就宽松一点，你们在市场出售时，价钱又比供销社的商品低，人们在赶街时很方便地买到你们那些东西，所以，你们这生意虽然薄薄有点利润，但也只能给娃娃们赚几个学费或者盐巴钱，再说，你们那生意也不是多轻松，既要体力还要有耐力更要有头脑。我们队里没有几个人有你们那点本事！你们更要提防有些小人的嫉妒心，唉！不知国家的政策什么时候才会松动一点，多给人们一点自主权啊！"队长的语气越说越低沉。

"你们听清楚了吗？现在国家政策就是这样，我们也不敢公开地支持你们，你们以后要和生产队社员们搞好关系，只要没有人在我们面前告发，我们也就看见的没看见、听见的也就没听见了，自古以来'民不举、官不究'，这道理你们肯定懂的。"会计提醒他们。

"对对对！队长和会计说的话都是替广大社员们考虑的，我们一定牢牢记住，绝不会给两位领导讨麻烦！"高先生那铁哥们儿抢先应道。

高先生没想到今天的事这么顺利，他估计顺利原因大概有三：一是两位领导对当今政策也怀有一定的看法；再是他们眼见社员们都在困苦中拼搏，自己也在其中；三是这顿酒菜不能说没有起丁点儿作用，他想到这里，要是对两位领导不说几句感谢话，是不近人情的："还是你们两位基层领导知道社员们的疾苦，也是对我们莫大的关心，我们有这样领导，是我们生产队社员们最大福分，今天两位领导对我们的指导，我们绝不会打半点折扣地牢记在心，希两位领导一万个放心，在此，我二人表示深深的谢意！"

"哪里、哪里！住在一个生产队，好比一家人嘛。相互关照、相互关照！"队长连声应道。

经过这顿酒饭，高先生和他的铁哥们儿应该是收获不小，依照队长对他们的建议，他二人制定了三点"战术"：

一、白天在生产队干活，晚上去山区那些关系户家中尽量隐蔽地挑回货物，出货时不能零售，最好趸卖；

二、也要和那些既不想辛苦嫉妒心又强的"小人"搞好关系，千万不能得罪他们；

三、不能忘记对"现管"们的小恩小惠和酒桌上的工作。

就这样，高先生和他铁哥们儿依靠这"三大法宝"，凭着自己强健体魄和超强耐力，另外觉得自己脑筋大概要比其他社员脑筋"转速"要快点。在这政策约束下，一直坚持做着算不上是生意的小买卖，这样，他们在生产队中就比其他社员的日子似乎要宽松一点，那些知情人们都知道，这是他们以拼命的精神换来的。高先生几个姑娘除了大姑娘未进过学校门，其他三"千金"都在学校里接受教育，他不免对大姑娘怀有深深的愧疚之意。

1949年10月1日诞生的新中国走过了27周年坎坷、泥泞的不平道路，正当高先生他们如履薄冰似的做着每趟只能赚下几个硬币的小买卖时，中华神州山崩地裂的灾难不断发生：周恩来总理、元帅之首的朱德相继去世，唐山毁灭性的大地震过后不久，全国人民心中的红太阳又丢下他的臣民走了，炎黄子孙们人心惶惶沉浸在痛苦之中为伟人们追悼送行时，心怀不轨的"四人帮"继续兴风作浪，幸好老帅们采取了果断措施，四人帮遭到了可耻的覆灭。

几个月后，神州大地恢复了平静，高先生与他的伙伴又重新操起旧业。

这样的小买卖他们一直做到八十年代初期，听风声国家政策要变了，土地又要分到一家一户，他们焦急地等待这一天的到来。

果然，一天队长从上级开会回来，召集全队社员开大会，在大会上精神抖擞地大声讲道："社员同志们，你们听好了，我今天给大家传达上级的最新指示，现在国家政策又要变了，已经迈开了改革开放的大步，土地马上要实行责任承包制，土地承包给大家以后，希望你们认真耕耘好自己的责任地，种好责任地以外的时间，可以到外面去打工挣现钱，不管你是什么身份只要有做生意的头脑，可以走南闯北地做大小生意，不会再给你们扣"投机倒把"帽子在头上。上级指示是要工、农、商相结合，为什么现在要讲'工农商'相结合呢？这是几十年积累的穷经验，证明无工不富、无农不稳、无商不活，所以现在政策是要大家搞活经济。希望大家放开胆量迈开大步，尽量发挥自身长处。现在就到了"八仙过海、各显神通"时代，从今以后就看我们中间哪些人有本事，本事大的就会先富起来，先富起来的人据说上级是要给他发奖品的啊！"

队长的话一讲完，社员们群情激愤，交头接耳，似乎不相信国家政策会来一百八十度的大转弯，队长似乎看出社员们内心世界，又讲道："大家不要不相信国家的政策，这政策永远不会改变的，希望大家一心一意耕种好承包给自己的土地，并从各方面的渠道多赚些钱在自己的腰包里，争取在短时间内过上好日子！"

农村中老人们没有文化，在合作化年代不少年轻人也没有上初中、高中的条件，也谈不上什么知识，农村虽然消息太闭塞，但大家似乎知道，这是一九七六年人们心目中的伟人去世后剿灭了四人帮的结果。

高先生回到家，觉得如同孙悟空成佛后头上的"紧箍"没有了，再也不会三天一小会五天一大会，生产队小官们在会上常念使人感到头疼的"咒语"听不见了，浑身似乎无比轻松，在这正好施展自己智慧与长处的政策下，但自己已过了孔夫子所说的"知天命"之年，他想到，从五十年代紧箍政策的开始，到八十年代的改革开放，整整三十年正是自己精力最旺盛的年代，唉！可惜这几十年一直在困苦之中挣扎的时光啊！

他只有在叹息之中，尽量发挥自己的余热，是否还能给孩子创造点微薄财富呢？

大会结束后，社员们各自为了分到满意的水田或旱地，队领导伤透脑筋也摆不平这件大事，经过不短时间的争论、吵架甚至打架，也无法将土地分到社员手中，最后只好采取其他地方以拈阄的方法将每块土地编上号码，搓成疙瘩装在几十年没有装过酒的罐子之中，社员们凭着自己的运气抖着手用筷子从很小的罐子嘴中夹出不知是肥沃还是贫瘠属于自己的土地。

经过近几十天的折腾，土地终于分到社员手中后，队领导如释重负地松了一口气，心想，这次土地改革比52年土地改革时的难度要难百倍甚至千倍，那时分地主富农的土地他们哪敢有半点怨言，从他们手中拿来交给贫下中农简直就是易如反掌，哪像今天这样困难。

第十九章 >>>

合伙企业

1976至1978年这段时间，也就是几个伟人去世后，在这短短的几年内，中华神州经历了前所未有的变化——唐山毁灭性的大地震；第一伟人丢下他的臣民们撒手人寰；十年浩劫——文化大革命的结束；四人帮的烟消云散；78年十二月十八日拨乱反正的十一届三中全会的召开，摘掉了地、富、反、坏、右以及一切牛鬼蛇神头上的帽子；推荐选拔学生升学制度的废除，科考制度的恢复等等。同样，三中全会把五匠们头上走资本主义道路的"紧箍"去掉了，农村与城市结束了对五匠们的歧视与打击，像陈峰这一类似的手艺人不再担心被派出所逮住遣送回家的倒霉事，陈峰和所有的"零点五"们如释重负地拼搏在自己的手艺道上，晚上睡觉不再托人在门外用挂锁锁门，这时，他的第三个徒弟在他一年的精心授艺下圆满地出师了。

在这大都市里，他们这支"队伍"由74年初来时的两人，76年发展成四人，一年以后再由四人增加为八人，从此以后，每年春节他与那些出师的徒弟们各自回到家乡过这自古以来中华民族的传统节日，慕名造访他们初期来到这都市里的几位先驱者的年轻人接踵而至，在好朋友和亲戚的关系中，他们八人为了维持关系而不能拒收徒弟的情况下，八人又各自带一徒弟来到这大都市里"淘金"，这一发展便又成了十六人，因陈峰已开先例授徒时间只能为一年，凡是陈峰的徒子徒孙都不敢违背，一改陈峰以前学艺三年的陈规陋习，目的是为了凡是拜在他门下的弟子与师傅之间都有一个双赢的规定，这十六人一年以后又成为三十二人，依照陈峰这一年内学艺必须出师的新规定不断地"裂变"着，几年以后，陈峰已不知在这都市里他的徒子徒孙究竟有多少。

在陈峰那些不知是几代弟子之中更有那投机取巧的甚者，他们在招收徒弟时为了有更大的收入，只收那些在别的师傅门下拜过师的半罐水，这样，他们一次就可以招收两个或三个徒弟，同样以一年时间出师，他们不但大大地增加了收入，而且加快了徒弟们的"裂变"速度，到了八十年代中期，随着陈峰这股潮流来到这大都市从事木工手艺的手工业者，已难以计算出准确的数目。家乡的乡亲们都知道是陈峰开辟了这块极好的"淘金"宝地，来拜他为师的年轻人或给儿子们找出路的上一辈人几乎踏破门槛，在这众星捧月的顺境里，陈峰便飘飘然头脑发晕起来，觉得自己不是等闲之辈，应了曾世豪老人当初断定自己是贵人的预言，忘记了他老人家曾经嘱咐他在顺境时不要骄傲的良言，傲慢的情绪自然而然地表现出来。

在这段时间来这大都市里淘金人数猛增的同时，陈峰想起了他的师傅与铁哥们儿陈刚、陈灵还在广利那小县城里谋求生计，便想到应该把他们约来这大都市走共同发展的道路才对，在八十年代初期一连给他们三人发去几封信告知他们这边详细情况，但他三人回信却说因家庭情况不能离家乡太远，陈峰只好不再顾念铁哥们儿旧情，免去了瞎操空心的杂念。

一九八四年初，经过十多年在这都市大街小巷里施展着高超木工手艺的陈峰，已亲自传授出十多个手艺优秀弟子，这时，他的大徒弟陈安、二徒弟布仕仁、三徒弟王俊、四徒弟马富……这开初的几个弟子，早已将他们亲朋好友带到这都市里谋求生计，他们各自不但发展成一支为数不小的木工队伍，而且各自得到某单位或者说某一块地盘上人们的信任，收入颇丰地在各自地盘上站稳脚跟，在陈峰来这都市后发展整个群体中便分流出几大支流，当然，这些徒弟们的羽翼早已丰满，他们很清楚家乡的人们都晓得是陈峰开辟了这块宝地，只要陈峰一回到家乡，便受到人们普遍的敬重，这使极个别人心中极不平衡，有这种想法在布仕仁身上表现得特别突出，知道他们家乡在劳务输出方面是无人能与陈峰比肩，便暗中与陈峰较劲，只有在收入上看谁占上风。

随着十一届三中全会召开的几年以后，改革开放步步深入，土地实行了责任承包制，社会主义的计划经济已过渡成为市场经济，农业学大寨的呼声早已烟消云散，陈永贵的"光辉"时代已结束，不管城市人或"乡巴佬"都可以任意做生意或者办工厂，政策上把这一类人称之为"个体户"。

陈峰边干活边考虑，自己在做家具方面极有特长，是不是也可以办一个家具制造厂？要是把厂办起来，在家乡父老乡亲们目光中自己头上岂不是又多了一道"光环"。

但是，一想起过去的几十年，就产生是否会上当的想法，几年前基层小官儿们经常警告社员们"走资本主义道路"和"投机倒把"的吼声似乎还残留在脑海之中，那时政策常常朝令夕改。他更没有忘记，曾经在广利县城王虎工地上干活时，在那犹如贩卖牛的牛贩子们歇息的牛马大店一般特大宿舍内，听到那位小伙子因他母亲生病为了给他母亲买药卖鸡蛋被砸烂的悲惨小故事，就心有余悸。

不过，从七八年十一届三中全会过去已经七八年了，政策似乎又比以前稳定多了，七六年以前那些使人惶恐的运动再没有发生过。

如此看来，国家政策恐怕不会有多大变化，个体户如雨后春笋般新生出来，他观察与走访那些个体户们的结局，年龄大些的人们虽然雄心勃勃，但他们经过了三十多年政策的约束，做生意的"细胞"在脑海之中似乎已经僵化，在经营之中谨小慎微，害怕把自己多年从牙缝中积攒的一点点微薄积蓄打了水漂，这类人在经营之中都没有太大的成果。

只有那些年轻人犹如自古以来人们形容的"牛犊"一般，他们拿着上辈微薄积蓄毫不畏惧蚀本而拼命地向前冲刺，这类人很快就如大浪淘沙般地过滤出谁是真金、白银与泥沙，他们当中极少人在短短的几年之中，人们还在普遍贫穷之中受着煎熬时，他们就爬上了十万富翁的高峰，当然，这些人在继续奋斗中分别成为商业中的佼佼者或者一跃而成为商业巨子，多数"牛犊"们想急于求成而经营不善以至于成了穷光蛋，而又回到零的起点。

陈峰在苦干之中了解到这些信息后，他模糊地认为自己似乎也该告别这苦力般的行当，进入商海之中去拼搏一番，他精心地策划着，知道以自己这十多年的积蓄，虽然可以办一个小小的家具厂，但又怕把那点从双手厚厚的老茧之中产生出来的那几块"铜板"付之东流，而不敢贸然行动。

由于害怕蚀本的顾虑，还是起早贪黑每天以12小时的重体力劳动又过去了一年，在这一年里他观察着家具市场的动向，了解那些小厂的销售额，尽管他花费了不少精力与时间，但也只能知道一点皮毛而已，看不到生意场中更深一层之中的精髓。

但他也知道，这些刚刚起步实力不雄厚的小厂，有的生意十分红火，小老板们全力地朝前冲刺着，有的不到一年就关门倒闭了。有的却不死不活，这家小厂刚刚收场关门，那家小厂又新生出来，陈峰把这些自生自灭的小厂看在眼里，又记在心中，就这样又观察与思考了一年，在他产生办家具厂念头时，至今两年有余，都未作出决断。

一天，他脑海中突然一惊，觉得这种犹豫不决的态度，简直就是在浪费自己宝贵时光，是否应该当机立断？但又想到自己近二十年的时光都用在钻研技术与提高工艺上，对于生意场中的经营之道简直是擀面棒吹火，不知该从何处着手，但又不甘心将大好的机会放过，知道自己已过不惑之年了，时光不等人啊！

他找着三徒弟商量办家具厂之事，按理说，这事应该找大徒弟才对，但他很清楚，大徒弟更是一个雄心勃勃之人，不愿与人合作共事，虽然早已有一人办家具厂的打算，但也不敢贸然行动，还在继续观望，于是，便约好三徒弟丢下手中活计，骑上以极低的价额买来边走边吱呀噶几的破旧单车，到处寻找可以办家具厂的厂房，经过几天的奔波，也未找着满意的地方。

一天下午，他二人骑在几乎快要散架的单车上正一筹莫展地商量着在哪里才能找到厂房之事，突然，骑在陈峰旁边一人和他招呼："喂！小陈师傅，你去哪里？"

陈峰扭头一看，立即回忆起是初来这都市时认识的一位熟人，还给他家做过几样家具哩，连忙应道："哎呀！牛师傅，几年不见了，你到哪里去？"

陈峰放慢车速，将破旧单车在路边停下来，牛师傅也跟随停下车来，二人几句客套话后，便转入正题："你们今天到哪里去？已有十多年没见着你们了，这么多年你们跑到哪里去了？"牛师傅关切地问道。

"还不是在这城里大街小巷、东家西家地给居民们做家具嘛，还能跑到哪里去呢！再者，我也舍不得离开这四季如春的城市！"陈峰很有礼貌地答道。

"现在忙吗？"

"从我来到这城里就很忙，一直没有闲过！"

"你们今天怎么没干活呢？"

"说来话长，直接点吧，我们想找厂房！"

"什么厂房？"

"现在国家的政策不是开放了嘛！允许私人办企业已经好几年了，你知道我们在做家具方面已经好多年了，我们现在也准备办一家厂，自己生产家具销售，以改变我们东一家西一家地到处奔波。牛师傅你是本地人，知道哪里有可以办家具厂的厂房吗？"陈峰诚恳地问道。

"啊！原来是这样。你们今天遇上我，算我们有缘分吧！我们村上就有一个家具厂，不过现在已经停产了！"

"为哪样停产呢？"陈峰一听，为之一振，一改家乡的方言，因来这城市已有十多年，早已习惯了这当地语言，脱口将四川方言"啥子"说成这本地"哪样"。

"一言难尽。简单地说吧！我们村的队长认识一位姓尚的朋友怂恿我们村里办家具厂，说是保证赚大钱，但不到一年就倒闭了，现在还不知道怎么收场呢！"牛师傅惋惜地说道。

陈峰一听，他脑海里飞快地运转着，压住心中的喜悦问道："那厂房还空着吗？"

"怎么说呢！要说空着，又堆有不少的费材料，要说不空，厂门又天天锁着，那姓尚的又不好意思再来当厂长，队长又很难找到他。"

"你们那家具厂现在打算怎么处理呢？"

"我也不知道，只有在开会时研讨后，队长才会作出决定。"

"你们队长叫什么名字？我们能见他一面吗？"陈峰又问道。

"队长是姜少明，我是副职。见面当然可以嘛！"

"啊……"一听这牛师傅是副队长，陈峰压住喜悦的心情惊呼道。

"你们想见他是什么目的呢？"

"还不是向你们队长了解那停产的木器厂下一步怎么处理，要是不继续办下去，能否把厂房租给我们，我们给你们村里交租金总比空着强嘛！"

"这样吧，你们先回去准备，我回去和队长商量一下，我知道你们来这里时间不短，你们对家具方面业务肯定比姓尚的有经验，还是以我们和姓尚的那样合伙协议，就看以后的盈利怎么分成，要是以合伙方式经营，我想队长是不会有意见的。"

"这样就最好，感谢牛队长给我们提供这一信息，以后在你们村里我们就可以经常见面了，说不准还会经常给你添麻烦呢！就请牛队长多多关照！"

"不要客气，我们已经是十多年的老朋友了嘛！"牛队长笑道，说完后右腿跨上单车准备走了。

陈峰一见牛队长有走的意思，抬手看了看表："再过几分钟就到六点了，我们已有十多年没见过面，就在一起吃晚饭吧！"他请求道。

"我还有事要办，你们还是回去准备吧，明天下午到我们村上办公室来，明天上午我和姜队长商量一下，我想应该没问题的。"牛队长说完就骑上单车走了。

陈峰怀着喜悦与担心的心情和三徒弟回到他们的临时住所，思考着明天不知是啥子结局。

他二人考虑到一旦把那家具厂接手过来，生产倒是没问题，但对销售却一窍不通，也不知从何处着手，二人一夜没有合眼，好不容易挨到天明，又度时如年地等到下午那村上的上班时间。

当他们一踏进办公室，正副二位队长已坐在他们各自的位置上，见他二人一到："快坐！快坐！"两位队长异口同声、十分客气地说道。

一阵礼节的语言之后："我们可不可以去你们那家具厂看一看？"陈峰问道。

"这是应该的！"姜队长答道。

正副两位队长带着他们走进那以陈旧的老式土基房作为的家具厂，只见那厂里乱七八糟，遍地都是七长八短的木料，一看就知道这管理者不是内行，陈峰略一估计，这些不成规格的木料至少不下二十立方米，要是充分利用，就是一笔不小的财富，他们了解清楚这厂里的情况后，怀着对这些材料十分可惜的心情随着二位队长回到村里的办公室。

"听我们牛副队长介绍，你们二位十年前就在我们村里干过木活，真要是十多年前就是木工，你们技术肯定不错，今天上午牛副队长谈到我们木器厂的事，经我们研究，和你们还是合伙经营为好，一年之中有多少利润，我们按比例分成，你二人与我们生产队各占多大比例，这是我们协议的初稿，请二位过目。"姜队长一走进办公室还未坐下就从他办公桌抽屉里拿出一份协议边说边把协议递到陈峰手中。

由于陈峰二人从未做过什么生意也并未和别人合伙办过什么企业，当然也未见过啥子协议，心中略为紧张，把这初稿协议看过后，一时难作决断，他调整好心情镇静下来，轻声说道："我们没有和别人合伙做过生意，所以对签协议没有啥子经验，你们这些内容我们拿回去斟酌后，再作决定吧！"

"你们什么时候可以回答我们呢？"

"我们把这合同拿回去，今天晚上商量后，明天你们上班时间我们再来和你们决定此事吧！"陈峰答道。

"也好！就这样决定吧！队里事务繁杂，我们还要安排队里的其他工作，明天上午上班时我们等你们。"

"好吧，希望我们合作成功，明天见！"陈峰听出姜队长话中带有明显地的逐客之意，很客气地告别后，走出办公室。

他和三徒弟回到住处后，仔细地研究这份协议，由于第一次见到这样的东西，并不知道这协议对自己有没有不利的词句，协议上面大体意思，就是生产队提供厂房与资金，他二人负责招工、生产与销售，年底按所赢利润四六分成，队里占六成，他二人分四成。他二人的本意是和生产队对半分成，依照协议他们少了百分之十的盈利，一时难以决断，经他二人一夜的商量斟酌后，觉得和这生产队合伙办厂没有风险，虽然那厂里现有的是一些乱七八糟的材料，但以他们多年养成节约的用料习惯，在别人眼里的费料，在他二人手上就是一笔不小财富，不进材料就可以投入生产，不动用他二人一分一毫的资金就可以运转起来。为了不使自己多年的积蓄打了水漂，还是决定和那生产队合伙经营家具厂为上策。

经过反复权衡，陈峰师徒二人一生中又一个重要决策定下了。

第二天一早，他们在生产队上班时间准时到了村上办公室，签订了这份他们并不十分满意的合同。

这是一九八六年的春分季节，开始了他们人生中的又一个里程碑。此时陈峰已步入壮年，这时他回忆起他来到这都市已经十二年了。

为了使这一塌糊涂的小厂能有盈利，又是初次涉及商海，他二人把全部精力投入到这家具厂的经营之中，由于全身心地投入不知不觉就到了年底，总算把这小厂起死回生，但是到了年底这一年的全部利润落入到生产队的账本之中，他二人虽然知道有多大利润，但姜队长却找出种种理由，赢利的四成却到不了他二人手中，不免对生产队产生了不满情绪，但他们却毫无办法。

在这没有主动权的情况下只好坚持下去，看看姜队长会不会发善心。

很快，又一年过去了，他们同样未得到协议上所签订的应该得到的利润比例。

他二人认识到在这小厂里尽心尽力的苦干但对自己毫无回报并且看不到光辉的前景，如果继续下去，无疑会耽误自己的前程，把自己宝贵的时光白白地浪费在这他们出了大力而又得不到回报的小厂里，在国家开放政策的大好形势下，陈峰决定要另辟蹊径。

陈峰在夜深人静之时，细细的回忆自己的人生历程——在合作化农业学大寨那段时期，国家政策将农民紧箍得快要窒息的年代，未经队领导和父母同意，不畏艰险出外闯荡，由此遇见了曾世豪老人与袁师傅，进而使自己成为一个对木工行业有着精湛技术的手工业者，不求厚利地拼搏了十几年，如今在四季如春的大城中与众多徒弟不但站稳了脚跟，而且收入颇丰。

陈峰现在已不知有几代徒弟了，到如今已有上万人在这都市中从事木工手艺，并且已蔓延至各地专州县，这些徒子徒孙们不管到了那里，不但知道是陈峰开辟了这片淘金宝地，而且晓得这里的工资比任何地方都高，凡是顺着陈峰这股潮流来这里学会了木工手艺的徒弟们，对自己家中的贡献都特别巨大，由此，春城木工们的声誉在家乡与日俱增，按家乡人们的普遍认为，不管是跟随陈峰还是跟随他的徒弟们来到这春城学会手艺的木工，都知道是由陈峰那一脉传承下来的，所以，那些徒弟们在背后议论陈峰是这批来春城木工们的"开山鼻祖"，他们不约而同地称陈峰为"祖师爷"。

当陈峰听到这样的尊称，觉得不好意思并暗自好笑，不过他反复思考，说他是这一路在这一方的"开山鼻祖"，这也是事实，只要袁师傅不来这里，我受"祖师爷"之称，也当之无愧。

他想到这里，又回忆起自从出外闯荡快二十年，从离开师傅后不管有多大艰难险阻，都被他不屈不挠的精神以鲁班祖师的斧、刨、斗、锯之艺开辟出了这片得天独厚的淘宝天地毫无疑问是他的功劳。

如今，他又走到这十字路口，东南西北摆在自己面前，不知该向哪一方前行，不过，他清楚自己是不可能再拿起工具走家窜户或到哪一家个体企业帮其他老板生产家具，不管多大的艰难险阻也要走发展自己企业这条道路，但是，自己前些年的积蓄一年前他让三徒弟管理厂里面一切业务花了近半年时间已在家乡盖了一幢一楼一底砖混结构的住房，在自己出生地的人们普遍刚解决温饱问题，他创造了又一奇迹，现在手上的剩余已不多，要办一小厂已不宽裕，但是，他想起自己闯荡了几十年，不管有多大困难都未被难倒，由于在那村上合伙经营了一段时间虽然未得到自己应该得到的那份利润，但积累了一点经营之道的经验，终于，他决定走不找伙伴，单独办厂的道路。

于是，他又到处寻找厂房，终于在郊区找到一处一生产队未撤掉的公房作为厂房，在购买了做家具的一切设备与材料外，在无钱给工人发工资的情况下，他又拿起工具重操旧业，以每天十六小时的工作量苦干着，在这忘命式的拼搏下，他得到了应有的回报，每生产一件产品的工资、利润都收入他的囊中，加上材料的充分利用，未浪费一丝一毫，他的利润几乎达到别人的三倍，在短短的几个月后，他便请了一个木工，加大了生产量，当然，生产量一增大，利润也相应增加，他以这滚雪球的方式，到年底竟达到十多个员工。

两年后，也就是一九八九年底，他的钱囊又鼓了起来。他大大地松了一口气，轻松地经营起自己的私营企业。

不料，王虎却来到他的小厂里，给他带来了倾家荡产的灭顶之灾。

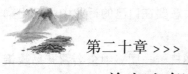

第二十章 >>>

曾老人邻居

　　自从陈峰离开广利县城以后，王虎一直在广利县城经营着他的建筑行业，他们各自为了自家人的生计与梦想着出人头地，在自己的行道中全力地拼搏着。

　　七三年至八九年陈峰离开广利县城这十六年的岁月里，经过了文化大革命的后期与土地分到各家各户的初期，也就是由合作化倒退到一家一户的两个时代，在陈峰离开广利的最初几年他和王虎并未中断过联系，从七十年代初期到七十年代末期，王虎在他堂叔的庇护下近十年之中，与他一个堂弟在广利城里将他们的建筑行业经营得风生水起，这段时间是王虎与他堂弟在建筑行业中最为辉煌的时期。

　　在陈峰与王虎分别最初的几年之中，陈峰每次回家探亲，都要绕道去王虎家乡或他的工地上亲热一番，并把享有四季如春盛名的特产或名烟名酒带给王虎，以感恩王虎引领他去广利县城谋求生计的盛情。

　　袁师傅与王虎家相隔不远，当然，每次去王虎家免不了买上厚重礼物去看望已步入老年而告老回乡的恩师。

　　在陈峰离开广利最初的几年里，大概是陈峰送给王虎那两元钱和那大半个烧饼的时间不长，那点好处还残存在王虎的脑海之中，那时候的王虎对陈峰都是盛情款待，但是到了八十年代初期，王虎的事业在他堂叔的"树荫下"如日中天，这时的王虎财大气粗，陈峰怀着友情再去拜访他时，王虎对陈峰带去的远方特产却不屑一顾。

　　陈峰把王虎对待他的态度看在眼里，知道王虎的事业已今非昔比，如今经过自己一斧一刨得来的硬币给他买的价值几百元的礼物，远不如十几年前在那饥饿年代送给他的两元钱和那大半个烧饼的价值高，他怀着自卑的心情离开后，从此就很少与王虎联系，决意要在自己的行业中闪烁出耀眼的火花。

使王虎没想到的是，自从1978年12月18日十一届三中全会召开后政策的开放，从农村涌入城市的建筑能人犹如黄蜂出巢，王虎与他的堂弟在众多的竞争强手面前各方面都显得极为逊色，好在有他堂叔这座靠山，在80年代初期虽不能一帆风顺但还能维持，但85年他堂叔已到退休年龄而离开了他的宝座，对他们的关照再也无能为力了，王虎和他堂弟在十多年的合作中因意见分歧积累了不少矛盾而分道扬镳，这样，王虎的堂弟又成了他的竞争对手，在这技术力量与管理水平本来就薄弱的情况下，他二人一分手，王虎更显得力不从心，两年以后，王虎就很难签有建筑协议，只剩下一些无关紧要的关系了。

在这难以维持的情况下，他的眼睛盯上了他在山区结交的一些酒肉朋友，也就是那山区的基层干部，多年来那些朋友一进县城都是王虎贵宾似的款待，如今见王虎建筑行业极不景气，建议他到大山区去投资换掉山上的杂树项目，他现在虽不能说是两手空空，但对那换山项目的资金王虎已是无能为力了。

他虽然没有换山这项目的实力，但又不想放弃这似乎可以发大财的机会，他冥思苦想终于想起在外省的陈峰，他知道以陈峰如今的名气，投资这换山项目的实力应该是绰绰有余的。

改革开放至今已近十多年，陈峰经过几年对商海的观望与那生产队的合作，积累了一些的宝贵经验，如今终于走上了正轨，有了自己的事业，而且一帆风顺地经营着。

如今，王虎突然出现在他这家具厂内，他怀着难以理解的心情接待了王虎，一阵寒暄后，便转入正题："我们有好几年没联系了，你现在怎么样？"王虎问道。

"我现在也就是生产一些小家具找一碗稀饭钱维持生活，那能和你的建筑行道盖高楼大厦相提并论，与你相比我只能是维持生活而已，本想和你联系，这些年你的事业蒸蒸日上，害怕影响你的业务，就不敢打扰你了！"陈峰含蓄深厚地答道。

陈峰话中之意，王虎心知肚明，知道是自己前几年的傲慢态度陈峰对他怀有成见，但这次有求于他，只好假装不解话中之意，于是笑道："哪里！哪里！还是你这行道旱涝保收，我们那行业离开了背景就太难了！"

"你在你堂叔那片天地里发财，他是呼风唤雨的人物，那背景应该不小嘛！"

"正因为他已退休，你应该晓得'人走茶凉'这句古话是绝对的真理！"王虎虽然明知陈峰话中有讥讽之意，但他还是装憨式的应道。

"好几年我们没联系过了，你事业的规模难道我不清楚？你堂叔虽然退了休，但你在建筑行业中奋斗已近二十年了，应该是比你初期学搞建筑时更加顺手了嘛！"陈峰见王虎总是避开他话中尖锐的含义，不想再刺激他，便心平气和地问道。

"一言难尽，说起来真不好意思，总之太不景气。我这次来找你就是要和你商谈一个项目，不晓得你感不感兴趣？"王虎问道。

"啥子项目？"

"你应该没忘记吧，原来你学艺那大山里面，山上生长的尽是一些不成材的杂树，虽然现在木材很缺乏，但始终不如其他木材值钱，于是当地领导作出一项重大决策，就是把那山上的杂树砍掉，重新栽植松柏、名贵树种与速生材，几十年后，植换的那些树苗长成大树，那山区就成了盛产松柏与名贵木材的林场，特别速生材生长周期更短，经济价值就不知比现在这些杂树增加多少倍，当地领导找我谈过几次，希望我们去开发那项目，你看怎么样？"

"劣质树木植换优质树种！当然是一项宏伟规划，投资有多大？回报啷个计算？我们总不能糊里糊涂不计算回报盲目地去投资吧！"陈峰与家乡人谈话，总是忘不了家乡方言。

"那是当然，有多大利润，肯定要计算的，但一时也难以计算清楚，我和那里各级领导去估计了那片杂木林，足有一万多立方米木材，那乡里领导与管理那片林子的生产队开价六万元，也就是说每立方米木材也就是六元钱的底价，人工工资和运输就难以估计了，木材运到市场值多少钱一立方米我也说不准，所以很难计算出一立方米木材减去所有费用以后的剩余价值，我想只有我们一起去经过我们两人各方面考查后也只能有大体的结论，多大利润肯定也不会很准确的。"王虎模棱两可地答道。

陈峰一听，每方木材六元钱，这简直等于是捡来的，加上砍伐、运输至城镇的木材市场与其他费用就算六百元，这样算起来无疑也是暴利，他开家具厂已经三年，对木材价格了如指掌，他所生产的普通家具使用最便宜的木材最低价也要上千元，那山里面虽然不是名贵木材，他也清楚是硬杂木，硬杂木经过处理后，可以做餐桌、餐椅一类的中高档家具，那杂木价格就比普通家具的木材价格高出一倍或几倍。他想到这里，心动了。

虽然心动但没有马上回答去与否，他想起王虎与他好几年没通信息，对他这几年的情况一概不知，他在建筑行业之中拼搏快二十年了，依照他所说的情况初步计算，这项目投资不算太大，那点积蓄都没，还跑几千里之外到我这里来筹集资金，这不合乎常理，还是应该去实地考察一番。

他想到这里，便问道："既然有这么好一个项目，怎么就没有人去竞争呢？"

"啷个没有呢！现在就有一个姓李的老板在那里改造另一片山林，据说他把那一片山改造后，就要向我们那片山林"进军"了，他已经和乡上的领导洽谈过几次乡领导都未同意，原因是那些乡领导和下面的基层干部与我的关系非同一般，每次他们进城都是我以高档次接待他们的，而且对他们都是有求必应，要不然，那片林子早就被姓李的订了合同。"

"既然是这样，你在这四季如春的城市里耍几天吧！等你耍够了，我和你一路去看看那片林子的实际情况，再作决定吧。"

"我哪有那样的心思，现在我还不到玩乐享受的时候，你若是没有要紧之事，那就尽快决定，以免夜长梦多啊！你就是不去我明天一定要回去的。"

经王虎这一建议，陈峰的思路一下就滑到他二十年前起步的岁月中。曾世豪、袁师傅、王书记、张仙碧、皇泽寺……与那些人的音容笑貌和一幕幕难以忘怀的情景，他似乎已决定重返旧地，去吃那使他起步地方的"回头草"。

他安排好他这生意很红火的小厂里的一切业务，并托付给一个很负责任的员工照料着，处理好在这大都市里这十多年所产生的相关事务，三天后，不顾众多徒子徒孙与员工们的强烈反对与真心劝告，和王虎乘上重返旧地的火车。

在车轮撞击铁轨发出"哐—当当、哐—当当"不间断的响声中，陈峰的思路又回到他十多年前所走过的大山区，不知他那些朋友们的近况如何？大美人张仙碧应该有一个十分幸福的家庭吧！她的儿女们应该上学了吧！曾世豪老人已年过古稀，袁师傅早已过花甲之年了，他们都还健在吗？从内心讲，要不是对这些人的怀念，他王虎那项目就是再暴利，我陈峰也不会去大山里面吃那回头草的。

曾世豪老人对我恩重如山，离开他家后去拜访几次未遇，十多年前又突然到这几千里之外的都市里谋生，现在离受他恩惠之时已二十年了，到大都市后给他寄过几封信也未收到过他的回信，回忆不起在哪里见过"弹指一挥间"这句话真不假，那年过古稀的老人是否健在呢？要是真的去世了，我报答他的机会就没了，我就成了一个知恩不报的罪人，不知他老人家要如何咒骂我是一个忘恩负义之人啊！

经过二十多小时在火车上的劳顿，陈峰又回到他最初起步的地方，此时是初春时节，他一下火车就对王虎说："我这次来这里第一件事就是要先去看看我的大恩人，要是不去看望一下他老人家，我的心里是不会平静的！"

王虎听出他话中之意如此坚决，着实不解他在这里哪个还有一个大恩人呢，便问道："你啥时候在哪里受惠了一个大恩人呢？"

"那是我们刚认识的时候，你还记得我送给你那大半个烧饼吗？"

"哪个记不得呢！在当时确实是一个救命的东西，哪个和你的恩人有关系呢？"

"说实在话，那烧饼就是他送给我的，和你认识后又送给你了！"

"那……"王虎一时语塞。

陈峰见他不解，便将二十年前在曾世豪家的经过一五一十地讲给他听，王虎听后，觉得过了这么多年，还记得别人的好处，按当时十元钱与两个大烧饼的价值，确实不是一件小事，受恩必报，理所当然，他对陈峰的脾气很了解，知道改变不了他的想法，便道："你去了尽快早点回来，我们再去那山上考察究竟有多少木材，值不值得去投资。"

他告别王虎，在这条二十几年前步行过的高低不平的土路上，由于时代的前进，已经扩建成汽车道，汽车在这土路上颠簸了两个多小时后，他招呼司机又在曾世豪老人门口的路边停下，他走下车来，迫不及待地一眼望去，堂屋门如十几年前一样，依然关着。

他顾不得给司机道一声招呼，快步地来到这久未涉足过的门前，顿时从头顶凉到脚底，门上挂着一把大大的、生了锈的铁锁，门前的台阶上堆积着厚厚的灰尘，证明已有很长时间未打扫过，他觉得这是不祥之兆，他顺着房前房后转了一圈，从各种迹象表明这房子无人居住的时间不短了，同时断定两位老人不是去世就是到他儿子或女儿家生活去了，他今天决定要弄清这曾家人的详细情况。

因为今天没买礼物很轻便，他想以别的方法感谢他老人家。还是当年的老办法，又到那年他观察周围哪块农田里有做活的人，当他走到高处，远远望见那年有人干活的那块地里同样有人干活，不过，不是那年的十多个男男女女，而如今却只有一人，并且还是一个女人。

由于来了两次都未见着曾世豪他老人家，今天他没精打采地走到那女人干活的田埂上："喂！大嫂！那曾世豪老人家里嘟个没有人呢？他们到哪里去了？"

那女人一心一意地埋头做着活路，不像合作化时不紧不慢地敷衍，突然听到有人问她，猛地抬起头来，见是一位十分顺眼、一身城市人打扮，并且一脸气质的中年男子对她发问，一听口音就知道不是本地人，她没有马上回答，觉得这人似乎在哪里见过，她脑子中紧张地搜索了一阵也回忆不起来，这时陈峰见她呆板地望着自己，难为情地又问道："大嫂！你晓不晓得曾世豪老人哪里去了？"

"啊……你是那年来这里找过他们两次的那个小伙子吧？也是站在你那个地方问过我们的！你第二次送的那些礼物还是我转交给他们家的！"那女人一听，又是来找曾世豪家，终于从脑海深处收集出快要消失的残缺记忆，她从这中年男子成熟的脸上终于寻找到十几年前那一张稚嫩、帅气的年轻面孔，本来那面孔在她脑海中印痕太深，由于时间太久，那印迹快要被岁月抚平了，还好，总算回忆起陈峰年轻时在这田拐坎上那极其短暂的一幕情景。

"对！我十多年前来这拐坎上打听过两次他家的情况，那两次这田里做活路的人太多，不像今天怎么就你一个人呢！"这时陈峰回忆起那年是她转交了送给曾老头的礼物，也在这女人脸上看出那年两次见着的那副漂亮面孔，而且都是她回答我的问话，真是巧之又巧，这块土地怎么又分给她家呢？这女人如同那年一般，同样十分热情，只是那漂亮的脸蛋被无情的岁月磨砺得满脸沧桑，由于性格开朗，虽然已是徐娘之年，而且一身农妇打扮，但依然可见美人的影子，陈峰看在眼里，思考在心中，这时又听到那女人说道："我记得十多年前你来过两次，这是第三次了吧？"

"对，是第三次了，今天嘟个只有你一个人在这里干活呢？"陈峰回答后又问道，他激动之余忘记了合作化已经解体多年。

"现在土地分到一家一户，老公出去打工挣现钱，当然只有我一个人嘛！不过，你永远见不着曾老头了，他去世已经好几年了，他老伴也不住在这里，有时去她儿子那里耍一段时间，有时又到她姑娘家里住几天，这里的家他老伴儿住的时间太少了，我们都很少见到，据说那老大娘去年又到她儿子那里去了。"

"她儿子在哪里？"陈峰一听，心中一震，连忙问道。

"他儿子原来在部队当兵，还是一个小官儿，转业到单位工作已经好多年了，但在哪个城市，我就不晓得啰！"

陈峰一听曾老头已去世，又不能知道那老大娘的行踪，心里难过极了，没想到他的恩人就这样永远地见不着了，不知他老人家生前对我是啥子看法啊！希望他老人家千万不要认为我是一个忘恩负义之人，当时我出门闯荡时所受他的那些恩惠，现在就是以数万元回报也不为过，一想到这里，又回过神来，抬起头向这位如日西偏的美妇问道："曾老人的坟墓在哪里？"

这妇人见他一听到曾世豪老头已去世，脸色陡变，看出他极其难过，又听到他问曾世豪坟墓的地点，连忙答道："就在半山腰那一大片坟陵里，不过他去世大概七八年了吧，究竟是哪一年我也忘记了，坟上肯定早已被杂草覆盖，你肯定不知道是那座坟。"

"那嘟个办呢？"他不由自主地憋出一句家乡话。

"你非要找到他的坟墓吗？"

"对！既然他老人家已去世，我今天非找着他的归宿不可！"他语气不流利地应道。

这女人一听，不知他与曾老头是啥子关系，竟然有这么深厚的情意，不免对这人更增添了好感，又道："你若是一定要见他的坟墓，我可以带你去!"

"那就太劳驾大嫂了!"

那妇人领着陈峰在杂草丛生的上坡小道上走了二十多分钟,来到一片乱葬坡上,那妇人在众多的坟茔中找了好一阵才指着一座没有立碑的坟墓,说道:"就是这座坟!"

陈峰一见,被杂草覆盖的这座坟,要不是有人指点,根本就看不出是一座坟,大概是从新坟以后就没有人往上面加过一把土,坟脊比两侧的平地只高出了少许:"怎么他儿子和他姑娘没有给他立个碑或者来垒过坟呢?"他心中略感不平地说道。

"据说他儿子已从部队转业到地方单位工作,就是当官儿也不是多大,恐怕工资也不是多高,又是在城市里讨的老婆,据说城市里的婆娘很恶,把钱看得如同性命一般,农村的男人都怕城市里的婆娘,什么事情都做不了主的,他姑娘身体也不好,离我们这里也不近,所以很少回娘家来,要说立碑、垒坟嘛!唉……"这妇人没再往下说,并且摆了摆手。

陈峰看见这一幕凄凉景象,泪水在眼中打转,二十年前的情景浮现在眼前,那时他老人家是何等的硬朗!世事竟是如此的残酷,在岁月的长河中短短十多年,一个体魄健壮的老人就落得一坟厚厚的青草,而且还无人来替他扫墓,自己在受他恩惠时的小青年如今已到壮年,想回报老人的机会也已断然。

他越想越觉得太对不起他老人家,当着这女人的面又不好哭出声来,他跪在坟前,头趴在一块石头上泣不成声,这女人见他如此悲伤,不知如何是好,只好坐在不远的一块石头上,等待这人激动过后,再问其原由。

好一阵后,他激情稍减,猛然想起领他来此地的女人还在等他,便强忍着悲伤,说道:"大嫂!感谢你今天领我来到这里,不然,我是找不着他老人家这座坟的,我还想在这里坐一阵,你请回吧!你们家在哪里,等会儿我再到你们家去道谢!"

"我们家还要拐几个弯才到,恐怕你不好找,我在刚才干活那里等你,我还有话要问你呢!"话刚说完,人已走出几步,看来这女人已等得不耐烦,办事不但干脆,并且泼辣。

这女人走后,陈峰怀着沉痛的心情在坟周围转了一圈,想到应该把这些杂草清除，再用土将坟脊垒高才真正像一座坟，但是现在一样工具都没有也无能为力，他又不想一走了之，正拿不定主意，突然想起刚才那见过几面的徐娘女人，要是在她家借几样工具应该没问题，刚才还说她在干活的那块地里等我，并且还有话要问我哩，想到这里精神就来了，快步来到那女人做活路的农田边上："大嫂！我想把他老人家的坟梁垒高点，在你们家借几样工具，用完后马上还你，要得不？"

"哎呀！这算啥子事情嘛！走，到我们家去，把晌午饭吃了，拿上工具，我和你一起去垒坟，要得不？"她学着陈峰的腔调说道。

话一说完，便放下手上的活路扛起锄头，一步跨上垴坎就走出几步，陈峰被这果断的举动弄得手足无措，站在垴坎上发呆，那女人走出几步觉得他未动，又回过头来说道："走哇，还站着做啥子呢？"

陈峰听到这命令似的口气，不敢怠慢，紧跟在这女人屁股后面向前走去。

他跟在这妇人的后面，发现这半老女人的后背笔直得无一丝弧意，他在江湖上已奔走近二十年，这样美的背影所见无几，要是不看她的面容，绝对不知她已近40不远了，在这略有寒意的仲春季节，衣着并不太厚，那浑身上下匀称的皮下脂肪，从那两件不厚的着装下面显现出来，由于体型的优美，那富态而丰腴的身形不但无一丝肥胖，而且显现出的却是十分匀称，那大而圆的臀部更显露出诱人的性感。

当他发现这一"美景"，思路一下又滑到和张仙碧相处的那段时光，由于处在曾世豪老人去世的极度悲伤中，这回忆在他脑海中一闪，也就随之消失了。

经过七弯八拐的田埂路，来到这美妇的居所。

她从身上取出钥匙，打开房门，招呼陈峰："进屋坐吧，我去弄饭，不要客气，出门在外就是要冲撞一些肚皮才不会挨饿！"她话一说完，转身就去了厨房。

这女人太麻利，陈峰在堂屋里没坐多长时间，她就端来一小盆用包谷加工的小颗粒煮成的稀饭和一筲箕麦面加有少量包谷面的混合馒头。

"快吃！这是刚热好的饭食，这几天我一个人要种地、煮饭、喂猪、喂鸡、喂鸭太忙了，煮一顿饭我要吃几顿，就这样还觉得忙不过来，还好，这几天天气不太热，这些熟食又是放在冰箱里面，一两天还不会馊。吃了饭，我帮你去垒坟吧！"这女人说话如打机枪一样快，一口气说了一大堆。

陈峰一听，连忙说："大嫂别这样，你这么忙，我嘟个好意思要你帮我垒坟呢！等我把坟垒好后，就来帮你做活路表示感谢吧！"

"那这样吧！我也不帮你垒坟，你也不帮我做活路，以免别人看见说闲话，听口音你是远方人吧？我问你，你是哪里人？嘟个认识曾老头的？和他的情意嘟个这么深厚？"这女人一连提出几个问题。

陈峰一听，就将二十年前和曾老头认识的经过、受了他多大的恩惠，为啥还未报答过，自己去了省外多长时间，现在为啥又来到这里，他一边吃饭一边原原本本地讲给这妇人听，这妇人听得入了迷似的，从不打断陈峰对往事的追溯，陈峰说到最后，提及曾老人家去世时，语言就不流畅了。

"我记得十几年前合作化时，在今天那田塄坎上，你已来找过他家两次，找不着就算了嘛！何必三番五次往这里跑呢！"

"对！是来过两次，可惜都未见着他们家的人！我生来就有受人恩惠就必须要报答的脾气，不报答我心里是不平衡的。"

"真是太巧了，那两回他们家人不在，都是我告诉你的，不过，你一走，过了两天他们就回来了。"那妇人又道。

"时间太久，我都记不得是你帮了我的忙，大嫂贵姓？家中有几个人？现在嘟个又只有你一人在家呢？"陈峰明知并没忘记这位年轻时的美人，现已是半老徐娘，但他不好意思说还记得她，只好说已经记不清以前的往事了。

"我家的情况很简单，不像你的经历复杂，公公、婆婆已去世，现在政策开放了，老公在县城里打工挣现钱，以便照顾儿子与姑娘上学，与你相比性质就不一样了，你是老板赚轻松钱，我的男人是卖苦力挣辛苦钱。"

"大嫂说话太客气了！其实我也是做点小生意，不过，这次有位朋友约我过这边来和他另外立了一个大项目，看能否把事业发展大一些！"陈峰又想到这次来这里的生财之道。

"你在大城市多好发财，来这大山区哪能发展啥子大事业呢？"

"我先去垒坟，垒好后再和你摆龙门阵，要是去晚了，今天垒不好，我就走不了，大嫂！把工具借两样吧！"陈峰一听这女人的话好像有点道理，是吉是凶难说清，便把话题岔开。

这女人边找工具边思考，刚才我说过帮他垒坟，如果我帮他在短时间内垒好坟，他肯定就要走了，今天晚上就没有人陪我说话，十多年才见一面岂不太可惜了！想到这里，她已找到一把锄头、一只箢篼和一把鹰嘴锄，递到陈峰面前，说道："我刚才说过帮你垒坟，但想到地里的活路太紧，帮不了你的忙，你把坟尽量垒高些，才对得起曾老头，他们家的人又不在这里，还不晓得哪一年才有人又来给他垒坟扫墓呢！"

"大嫂说得是，谢谢！"他接过工具，转身向那片乱葬坡走去。

他来到曾老头的墓旁，拔掉坟上的杂草，经过一下午的苦干，把一座瘪瘪的坟脊垒得高高的，他已有好几年没干过这种出力的体力活，垒到自己觉得满意后，已累得浑身是汗，当他站在坟前一看，顿时心又凉了，觉得这坟头实在太简单，几块不成规格的石块乱七八糟地堆成坟头，坟未垒高时，还不觉丑陋，现在坟身一雄伟，这坟头就显得太寒酸，他用尽全身力气把几块乱石码得稍为整齐一点，再也没有力气了，他筋疲力尽坐在坟前，左看右看还是觉得不满意。

他又想到这次一离开不知啥时候才有机会来此地扫墓，要是时间一长再来墓祭时，要是没人带路说不准还认不出是哪座坟呢，此时天色已晚，他还未想出好主意，只好心事重重地回到那妇人家，那妇人见他精神不振："我看你走路都没有力气了，太累了吧？"

"累是一回事，虽然我把坟垒得很雄伟，但坟头却太寒酸，我又无力把坟头码砌得很满意，要是隔几年再来扫墓，在那众多的坟墓中间，说不定还找不出哪座坟是他老人家的呢！"陈峰有气无力地答道。

"这好办，你找块石板，在上面刻上曾老头的名字，这样不是就好辨认了吗！"这女人果断地建议道。

"啊！你真会出主意，怎么我就没想到呢！感谢大嫂的提醒！"陈峰精神一振，激动得不由自主地说道。

"你们这里有没有刻碑的人？"他想了想又问道。

"现在没有了，刻碑的人都到城市边办碑厂去了，城里面的人普遍钱多，流行给老人立豪华墓碑，他们在城边最好赚钱，这农村哪还有这样的人才！"

"这就难办了！"

"有啥子难办，你读过书吗？"

"当然读过，只是没读几年，文化不高。"

"那就好，我们家有一块很好的石板，是前几年买的，准备用来做张石桌子，放在那大树下乘凉喝茶吃饭的，我就送给你吧，你自己写几个字，刻在上面就行了嘛！"这女人做事风风火火，说话似乎不经过考虑就表态。

"我的字写得不好哇！"

"字写得不好怕啥子！你以后来扫墓能认出是哪座坟就行了，若是你生意做大了，就从别处买一座豪华墓碑安装在坟头前，你肯定就满意了嘛！"

陈峰想了想："那就太感谢大嫂了，只是又要在你们家刻这个碑，我又不会刻字，肯定会拖延几天时间，完工后有几天伙食费请大嫂算清楚，我走时一并付给您！"

"你就不要提伙食费了，现在各家各户都仓满囤流，不是在合作化时代缺吃少穿，不说两天，就是十天半月我也不会收你一分钱的，先不说这些，你跟我去抬石板吧！"陈峰一听这女人的口气，怎么她和十多年前的曾老人一样的言语呢？

陈峰一见这块石板，他虽然没见过专用的碑板，但这块石板是可以替代的，正如这美妇人所说，要是在这里生意做大了，买套豪华墓碑给他老人家立在坟头，我才会满意的。

这石板太重，尽管陈峰身强力壮，他试了几次，也奈何不了它，还是说道："大嫂！还是请你帮帮忙吧！"

这女人一米六以上的身高，大概是因为劳动人出生，同样身强力壮。他二人抬着石板，一步一步地向前挪动，陈峰觉得自己的体力似乎大不了这女人多少。但这女人却闪过一丝念头："我老公和这陌生人相比，任何哪方面都大为逊色！"

他们把石板放在廊檐下，这时天色已晚，晚饭后，这女人把他安排在右边厢房内住下，陈峰因久未超量的体力付出，觉得太劳累，上床便一觉到天明。

不过，这女人却辗转反侧，一夜未眠。

天刚亮，陈峰便起床开始他刻字的排版工作，他犯难了，不知对曾老人啷个称呼，以朋友、同志、师傅一类的敬词相称，简直太荒唐，在老人家只待了几天，陈峰知道老人家当时只出于帮忙做好事，并未有回报的想法，只是陈峰不忘记他老人家的恩情，时刻思念着，过后又忙于自己的生计与前途，虽然特意来拜访过两次，但都未曾有谋面的机会，要是有第二次晤面，就直接认他为亲戚，岂不解决了今天的难题。

他心乱如麻，坐在石板旁，绞尽脑汁地思考着啷个称呼他老人家，这女人一直注意他的一举一动，见他好半天未动笔，便走过来问道："你啷个还不动手呢？"

"我想了半天，不知道该啷个称呼他老人家才对，因为我们认识只有几天，尚未确定我们之间的关系，所以我还没想出正确的称呼呢！"

"你昨天不是说你受过他很大的恩惠吗！你就干脆称他为大恩人就行了嘛！"

陈峰眼前一亮："对！'大恩人曾世豪老人之墓'，大嫂！你真厉害，怪不得毛主席提倡男女平等，看来，你比男人的智商要高得多哇！"

"哪里、哪里！我也是听你说他是你的大恩人，才想起的！你只是一时没转过弯来，你就是一个不一般的男人嘛！"这女人虽然嘴上谦虚，却是一脸得意之色。

陈峰施展自己写字的最高水平，全神贯注地将"大恩人曾世豪老人之墓"十个字写在石板的正中央，又在石板的左下角写上"陈峰敬立"四字，这石板顿时就升了一个级别——石碑。陈峰左看右看，字体虽然不算好，但也看得过去。这女人又给他找来一把錾子与铁锤放在他身边就干活去了。

这女人一走陈峰看着那毫无弧度、笔直的后背想到，这人怎么和曾仕豪老人一样这么爱帮助别人呢？

经过一天集中精力的忙碌，天黑之前总算把字刻好了，待明天将这石碑一立，就可以丢开这件心事，去一心一意地发展自己的事业，他这样想到。

陈峰整天专心专意的刻着石碑，未注意这女人一天的动向，这时天又黑了下来，在晚饭桌上，只有他二人，陈峰却又看到几样可口的菜肴，感到吃惊，他心知肚明——她将她家几样少有的东西都弄了出来。

这女人以她独特的性格强劝着陈峰夹菜，还把她家里的一瓶陈酒拿了出来陪陈峰对酌，陈峰在她泼辣的性格下不得不喝了近半瓶白酒，他晓得自己的酒量，害怕在这见面没几回的女人面前酒醉出丑，也就以酒量不济的理由谢绝了她的强行劝酒。

晚饭过后，又到了铁定规律——睡觉。

一切照旧，陈峰还是睡在这女主人昨晚上安排的那间房内，因这两天的劳累与紧张，上床几分钟就进入梦乡。

这女人却与他不同，她睡在床上，想入非非，她回忆起十几年前在田塝坎上询问曾世豪那个十分帅气的小伙子，现已成壮年了，不过，那青春气息虽不存在，但又增加了一脸的气质与风度，真是太巧，十几年后因曾世豪的缘故又碰面了，他年轻时那帅气的面孔还存留在她的脑海里，自己的男人到县城打工已有几个月，一双儿女在县城读书，我一人在家太寂寞，现在庄稼分到一家一户，三五天都难得有人说两句话，她越想越觉得太委屈。

虽然还在仲春季节，睡在床上燥热得难以忍受，她翻身起床，浑身上下只有女人们最贴身的两样小物件，她走出卧室，打开堂屋门，走到院坝里，任凭略有寒意的夜风抚摸着丰满雪白的肉体，望着周围黑咕隆咚的群山，意欲借凉风清醒头脑，尽管她极力控制，睡在右边厢房里那中年男人的影子占据了整个脑海，十多分钟后，燥热的身体似乎被无情的冷风抚成了冰块，身体内部的热量已温暖不了未穿衣服的皮肤，他走进堂屋，轻轻地推了推右边厢房的房门，门被拴着，她重新回到卧室，仰卧在床上，用被子捂紧冰凉的身体，她失眠了。

陈峰由于觉得时间紧迫，天一亮他就醒了并翻身起床，见这女人卧室的门还未开，他不知这家女主人这几天的心事，因他一人无力将这石碑运至曾老人的坟前，如今他寄人篱下，不能因为自己时间紧而去催促这女主人起床，便拿起錾子重新修整有些不满意的细小部位，但将近晌午，还未见这女人有起床迹象，他害怕出啥子意外，不得不去敲了敲门，但这门并未被拴住，随着他敲门的力度而开了，由此他吃了一惊："大嫂！你是不是病了？你们这里的医生住在哪里？我去给你请个医生来看看吧？"

"没得啥子，我马上就起来了！"房里传出回答声。

陈峰放心了，此时他无事可做，他知道把这墓碑立好后，此行的目的就彻底达到了，就应该抓紧时间与王虎策划他们的大项目，但不知这女主人今天到现在为啥还不起床呢？

这女人知道陈峰饿极了，她怀着抱怨的心情煮好饭后，无精打采地招呼陈峰吃饭，陈峰怎么也弄不清这女人为啥没有前两天热情，他怀着尴尬的心情吃完饭后，说道："大嫂！把你们家的背夹子借一张，我把石碑背去立好，在你们家已经两天了，再不好意思久添麻烦，你算算伙食与住宿费吧，我好一并付给你！"

"你不是还没走嘛！我今天是有点不舒服，等我好一点后，再说吧！"这女主人有气无力地说道，她边说边想，要是现在去立碑，一会儿就好了，他肯定就会离开这里，那年和他说了几句话，就时隔近二十年，今天他一走，这一生中能否再见到他难以预料，嘿！我今天绝不会放过你的，立碑这件事一定要拖到天黑。

看来，陈峰今天的时间都在这女人的算计之中。

"你在我们家等一会儿，我大概是感冒了，去找医生弄点药吃，顺便借一张背夹子回来，好让你把石碑背去立好。"说完后便走了。

这女人计划的时间真准确，待她回来帮助陈峰立好碑后回到她家，天也就黑了。

晚饭桌上，这女人还是提不起精神，不管陈峰哪个找话说，气氛总是难以融洽，陈峰在这十分难堪的场面，坚持到上床睡觉，他弄不清这女人昨天和今天的态度哪个来了一百八十度的大转弯，还好，总算事情已办完，明天天一亮就起床不吃早饭算清账后，付钱走路，并且可以双倍的付给她，正好我身上带的钱十分宽松。他正盘算着明天如何给这女人表示谢意，他拴着的房门告诉他——有人推门。

"哪个？！"语气中明显有着十分惊讶的成分。

"是我！把门开开！"门外传来那女人似乎带有命令似的口气。

陈峰顾不得穿上外套，走到门后拔掉门闩。

当陈峰把门闩一松，那女人顺势挤了进来："啊……"他不由自主地呼出一字。

　　陈峰惊愕地站在原地未动，在明亮的灯光下，他看见这女人浑身只有胸衣与小裤，从脖颈至小腿如白蜡似的一身夺目的白肉，只是那雪白的后背上有两颗不小的黑痣，浑身丰满与匀称的四肢，如一朵白云似的飘进已被他睡热的被窝，并且说道："我那边太冷，我们一起睡吧！"

　　这朵"白云"将正当壮年的陈峰载上九霄——在这强有力的诱惑下，他晕头晕脑他失去了自制力……

　　天一亮，陈峰起床辞别，却被这妇人不能推辞的言语把他留了下来。

　　两天后的早晨天刚亮，这妇人便起了床，精神抖擞地给陈峰煮熟了早饭。她知道再也留不住使她难忘的外乡人："起来吃饭吧！你不是很忙吗？"她见陈峰还未起床，便走到床前，并坐在床边上，用手摸着陈峰胡须很短的下巴，温柔、心疼似的说道。

　　陈峰一听，他在床上伸了伸懒腰，装出拖着疲倦的身体下了床。

　　二人虽然各自怀着喜悦的心情吃着早饭，但都保持着沉默："大嫂！算算这几天的伙食费吧！并感谢这几天你对我的帮助，不然，我还真没本事把曾老人这件事情办得这么好！"陈峰好不容易才找出这十分恰当的语言。

　　"不要话多，吃了饭赶紧去忙你的事吧！"

　　陈峰怀着愉悦的心情以极快的速度吃完早饭，快步离开这女人的家门，来到大路上，这女人还要送他一程，被他强言谢绝。他心虚怕人看见，但这女人却若无其事，陈峰心中嘟个也说不出是啥滋味，他说不清这几夜之事是对是错，还是缺德，他突然想起十几年前张仙碧曾经帮他借过几本已忘记了是哪个朝代的古书《拍案惊奇》一文中叙述那时候一县官断这一类似的桃色案件中，有一句很高明的判言："移干柴见烈火，无怪其燃。"他想到这里，面露笑容，以县官的判词在心中圆滑自己。

　　他又一步一步地向王虎的大项目走去，却不知倾家荡产的结局却以倒计时一分一秒、一步一步向他靠近。

　　他边走边等着过路汽车，不一会一辆载人的面包车停在他的左边："需要坐车吗？"

　　当然，陈峰上车坐下，心想，这比坐货车舒服多了。

第二十一章 >>>

事业与初恋

陈峰怀着复杂的心情回到王虎的住处："你哪个耽误这么长时间才回来呢?!"王虎虽然带着怨气的问道，但语气还是温和的，他正需要陈峰投资，不敢恶语相向。

陈峰只好把曾老人已经去世并与给他垒坟、立碑之事原本地告诉了他，当然，他不好意思说出他跟那美妇的桃色美事，但王虎却不知道他语气中为啥带有欣慰成分。

"应该、应该！"王虎一听陈峰为了报答恩人而耽误几天时间，又连声赞道。

现在，他们的杂事已办完，项目将进入实质性阶段，在王虎的办公室里，陈峰首先发言："我们这项目应该从哪一步开始呢？"

"我想这样，我们应该先去考察那山上的林密情况，看那山上的树木究竟多粗与数量多少并估计有多少材积，开发的前景是否乐观，值不值得我们去开发，杂树伐后，再换植良种树苗所花的代价有多大，这些都是我们应该考察清楚的，不然，要是得不偿失，你以后岂不怪我把你拖入亏本的行业之中！"

言语之中王虎要把责、利分清。

"那好，我们啥时候去那林区考察呢？"陈峰又问道。

"哪能耽误，明天就动身，我已联系了一辆吉普车，把我们送至你原来学艺那公社所在地，也就是现在的乡政，再往前走到林区就只有步行了。"

翌日，吉普车在几十公里高低不平的土路上，以极低的速度颠簸了近五个小时，终于到达了这条公路的尽头——乡政机关所在地。

在他们未进入林区之前王虎悄悄告诉那些基层干部，对陈峰一定要保密现在对林区的砍伐政策。

在那大都市枯燥的建筑群中生活了近二十年的陈峰，当他们一行步行在密林的树荫下，这里人烟稀少，未经三十年前大跃进年代大炼钢铁时建土炉的蹂躏，杂树的直径都在六十厘米左右。他们步行了半天，不但没有疲倦的感觉，还感到身体无比的轻快，他深知这是在茂密的林中呼吸着这天然氧吧中纯净氧气的原因，从内心感到呼吸这山里的新鲜空气是何等的舒服。

由于他在都市里开家具厂已经几年了，一直在木材的圈子内动用脑筋，对原木的材积有所了解。当他们走完这片林子以后，他略为估计了这片林子的材积，远不止王虎所说的一万立方米木材。他受到这些大树材积与使人神清气爽空气的诱惑，决心要在他当年起步的这山区里搞一番事业，要在这里再次上一高高的台阶。

而且，在林中穿梭时他们还发现许多野猪脚印，他想到在伐木时说不定还能与这山里的猎户们猎一些各种不同的野味尝鲜，在这缺乏猪肉的年代，野猪肉的美味吸引着他，想到这里，他不由自主地笑了——那将是生活在古代狩猎与现代收入的世外桃源之中。

他暗下决心，要在这大山里面的木材上大显身手。

他怀着激动的心情和当地一些基层领导走在回程的崎岖小道上，憧憬着要在这山里的木材上发大财的美好前景。

却不知他一步一步地将要走进王虎设下的圈套。

晚上，他怀着喜悦的心情和王虎与那些基层干部们在农舍的酒桌上运筹着哪个开展这项目的具体程序。

当然，现在的关键是资金问题，陈峰当场表态，他尽全力。

当他和王虎又回到县城王虎的"大本营"后，便辞别王虎，以极快的速度返回他的家具厂，将他的家具厂廉价转让给别人，倾其所有资金，要投入到王虎这项目之中。

陈峰做事一贯雷厉风行，他办完了所有的事后所花时间没超过10天，又来到王虎很寒酸的办公室。

为了争取时间，便和王虎商量伐木的大事："那山里的木材确实不少，啥时候可以动手伐木呢？以现在的那些土路，虽然下雨天运出木材相当困难，但晴天还是可以把木料运出来的，你看这事怎么开展呢？"他只晓得在城里面用现成的板材，但不晓得在伐木时所需要的一切手续，也不晓得林业部门每年允许多大的木材指标运出林区，他迫不及待地问王虎。

王虎一听，想了想便说道："现在还不能伐木，我还要和乡上也就是基层的领导们去县林业局办理砍伐证才能伐木，为了不耽误时间，我在办砍伐证期间，应该去进改木料的一切设备，设备进回来之后，要是砍伐证还办不完善，我们就办一个木材加工厂，我们的木料伐出之后，也要加工成板材后才好销售。现在有个李老板砍了一片山林，那些原木就堆在那山沟里，明天我们就去看看那些原木有多少，估计够我们加工多长时间。"

陈峰虽然从事于木料行业时日不短，但都是在城郊木材市场购买木材商贩运进来的现成板材，从未去山上伐过林木，今天才听说要办砍伐证，觉得国家林业政策简直多此一举，伐木怎么这么繁琐呢？

其实，伐木所需要的一切手续，王虎不但一清二楚，而且还知道林业政策规定在换山时为了保证不被秃山，必须做到"三子"：

一，山脚穿鞋子；

二，山腰系带子；

三，山顶戴帽子。

可是，王虎并没有把这至关重要的三点告诉陈峰，而陈峰一是为了发展事业，其次是来这里报答恩人们的恩情，再者和张仙碧这些年一直没有联系，想知道这大美人究竟归落到既有名望又大富大贵何处人家。

正因为有这种种原因，以他的想法，既来报众人之恩，又借王虎这一项目的大好机会发展事业，这岂不是几全其美、一箭几雕。正因为有此几多目的，陈峰对来这旧地未经过详细地了解与周密思考，就贸然地抛弃了大都市的现成事业，来到这大山区过近似于原始人的生活。

陈峰一听，砍伐杂树也要办这些繁琐手续，心中不免产生了要是手续办不完善，就砍伐不了杂树的恐惧心理，前景似乎太渺茫了，内心不免打了一个寒战，要是他现在带上他未投出的资金果断地回到那很舒服的春城，才是他这次在前进道路上明智的选择。

不过，他知道已把曾老头的事办得告一段落，还惦记着王书记和张仙碧，还有就是这里的项目成功以后，经常和他们见面就在必然之中。

在这犹豫之际，他内心的天平又向王虎这项目倾斜了。

想到这里便问王虎："依照你这样计划，为了节约时间，现在最关键的就是进解木料的机器，也就是购买带锯，在哪里才能买到质量好的带锯呢？"

"青元县有个带锯厂，是一个私营企业，老板的管理水平极高，所生产各种型号的带锯质量很好！"王虎答道。

"既然伐木之事一时不能落实，只有按照你的计划进行吧。哪个去进机器最合适呢？"

"我在这里办理所需要的一切手续，还是你辛苦一趟吧，因为我在这里层层机关都很熟悉，算是轻车熟路！"王虎答道。

"要得，既然决定了，就不能再耽误时间，时间就是金钱，为了早日办起这加工厂，我明天就动身去青元县，你还有啥子看法吗？"

"那就最好不过了！"王虎一听，暗暗高兴，他一直担心陈峰会动摇来投资这项目的决心。他想到，只要陈峰出资购回机器，就算把他拴在这里了，他就是想走在短时间也走不了。

办木材加工厂决定之后，陈峰雷厉风行地进回了一大一小两台带锯以及一切附属机件。加工厂就设在王虎在乡机关所在地建盖的一栋简易砖木结构的房内。

借工人安装机器的空隙时间，他备上厚重的礼物，来到王书记家里，一见陈峰到来，王书记不由得吃了一惊，回过神来更是喜出望外："哎呀！这么多年你到哪里去了？今天是啥子风把你吹来的，你在我心中一直是一个十分年轻的小伙子嘛，嘟个一下就成了一个壮年人呢，真是岁月不饶人哪！"

王书记对老朋友的热情度丝毫未减，他热情地接待了陈峰，天南海北地各叙离别后的经历与各自的家庭状况，并吩咐他老婆给陈峰弄点吃的。

叙谈不到半小时，王书记突然说道："我今天有急事马上要走了，你要是晚来几分钟，今天我们还没有机会相遇，你过几天再来吧，我们好好耍一耍！"这时王书记老婆端来一碗以包谷颗粒酿成的醪糟加鸡蛋汤，陈峰马上回忆起十几年前在这大山里面经常喝这香甜醪糟的情景。

在短暂的交谈之中，陈峰得知王书记早已辞去书记之职，在县城里从事建筑行业已经多年。并在县城郊区买了一块土地，盖了一栋别墅，准备把全家接去城里居住。

不过，当他一听陈峰要来这里换山，就觉得不是好兆头，不放心地又说道："你在那大城市发展得那么好，为啥要来这大山里面受苦呢？换山那不是一件简单的事情，我现在虽然不在基层的领导岗位上，但对国家的林业政策还是有所了解的。你既然有胆量来这里投资这项目，就应该先来我这里了解清楚国家的林业政策！依你刚才所言，你离开我们这里以后到别处发展应该是一帆风顺吧？但这次来这里投资这项目我估计不会有好的结果，究竟是啥子结局，我现在不好妄断，总之，我认为情况不妙。你离开我们这里已经十多年，你现在快四十岁了吧，正如孔夫子说的快到不惑之年了，做啥子事情都应该仔细考虑，不应该马马虎虎来乱投资，你这次要是有个闪失，损失肯定不会小啊！"王书记以推理似的地说道。

陈峰一听，心里不免又打了一个咯噔，但转念一想，又不以为然。他认为王虎在这里摸爬滚打近二十年，办点砍伐手续肯定不是一件难事，他在这方面应该一帆风顺才对。

王书记说完后，便和陈峰告别，他们又各自回到自己的那片天地中去了。

他今天没机会打听到张仙碧归落到何处富贵人家，没精打采地走在回木材加工厂的路上。

天将黑时他又回到尚未办成功的木材加工厂，王虎却很少来这里出谋划策，经陈峰近十天紧锣密鼓的运行，加工厂终于运转起来了，但是问题却接二连三地出现，原因是接锯条的技术始终不过关，锯条三天两头断，生产效率大受影响，王虎又借故在城里办理砍伐手续，厂里一切事务都落在陈峰一人头上。

这乡政机关所在地离县城一百多华里，所修建的公路都是凸凹不平的土路，又无条件安装电话，虽然乡机关装有电话，但经常无人办公而锁门，传递信息全靠两条腿步行，和王虎联系一次就需要两天时间。锯条断了，机器出故障，必然停产，买主要零件甚至要到生产厂家才能买到，一次往返就要三至五天时间，在这交通不便的环境下办事业真是困难重重，加工板材断断续续的两三个月后，也没有多大成效。这时，陈峰才感觉到在这几乎与外界隔绝的山区以机械化生产，比自己学艺时以手工解木板强不了多少，而且投资巨大，买零件，修机器又耽误太多时日，便产生了在这山区里发展事业难于成功的想法。

就这样，形成了机器坏、锯条断、停工，花几天时间修好后，又才开始生产的恶性循环。

现在，他才觉察到王书记对他投资这项目能否成功所持的怀疑态度应该有先见之明，但现在也只好咬紧牙关坚持着，看是否能找到扭转这将要使自己似乎要从那"山峰"上跌落到"谷底"之中的办法。

一日，他在急步去县城购买一般零件的途中，主要零件要去生产厂家才能买到，看见前面一高一矮、一前一后并离有几步之遥的两人不紧不慢地走着，当然，陈峰走路比他们快多了。他们衣着都是农夫装束，并未注意他们是男是女。他几步跨到与后面那人擦肩而过时，感觉告诉他，这人的头顶比他肩头还略矮少许，不由自主地扭头一看，才发觉是一个十分瘦小的小个子男人，心中闪过一个念头——这样瘦小的男人实在太少见了。

他超过这小个子男人后，继续急速前行，当他不经意走到前面那人身后几步之遥时，才发现这人不但是个女人，而且几乎与他一般高矮。

他不服气地挺直胸膛和那女人并肩而过的那一瞬间，事实证明，这女人还是要比他矮几厘米。他不由得想起一句常言——高婆娘比不过矮汉子。

他又转念一想，这话未必尽然，后面那个男人就比这女人矮多了。

他快步超过这女人时，怀着不服气的好奇心扭头一看，一张五官十分端正漂亮的脸庞告诉他——这不是一张陌生面孔。

他不由自主地又飞快回首一望："张仙碧……"他大吃一惊地呼出一句。

"陈木匠……"他们几乎同时惊呼道，她不知陈峰现在的身份，只记得十几年前陈峰在这里是一个颇有名气的年轻木匠。

"你今天到哪里去？"他二人站定后，陈峰首先发问。

"我们去区上办事。你师傅告诉我姨爹说，这些年你不是到外省去了吗？今天嘟个又跑到这里来做啥子呢？"这时，那矮个子男人已走到他们面前，以怀疑的目光看着陈峰。

陈峰看着眼前的张仙碧，回忆起她十几年前的绝色容颜，如今虽然脸上轮廓依旧，那饱经沧桑的面孔上以前那诱人的水灵已荡然无存，唯有在说话时那周正的脸蛋上两漩深深的酒靥还依然闪现，而且一身的农妇打扮。

简单的两句话后，他们不知从何说起，相互对视着。那矮个男人以警惕的目光在他二人之间左一眼右一眼交替地观察着他二人的神色。

张仙碧在那矮个男人咄咄逼人目光的刺激下，终于憋出一句："我刚才问你话你还没有回答呢！你嘟个从外省又回到我们这大山区来干啥子？今天又到哪儿去？"她稳住情绪，镇静地又提出几个问题。

陈峰回过神来："啊……我去县城买机器零件，我和一个老朋友在你们乡政机关所在地办了一个木材加工厂。我有急事先走了，你们慢慢来吧！"话一说完，已走出几步，他估计这小个子男人是她老公，从他的眼神中看出他怀有极高的警惕成分，他尽量回答得很简单，以便脱身。

"你……"张仙碧见他找借口急速脱身，即将出口的话只好顿住。

陈峰走路本就很快，在那矮个子男人灼人的目光下，他的步子更大更快，几步之后，在小山嘴的拐弯处，便在这二人的视线中消失了。

陈峰离开他们的视线后，放慢脚步，思考着刚才那突然的一幕，自己在思路上毫无准备，加上那矮个男人似乎以吃人的目光盯着他二人，在那尴尬的情况下，自己竟然语塞，若是那矮个子男人真是她老公，简直和武大郎与潘金莲的结合有着惊人的相似，正如农村文盲们常有的比喻——一朵美丽的鲜花插在牛屎上，以刚才那矮个男人的一举一动，若真是她老公那就不只是牛屎，而是插在一泡恶臭的狗屎上。

他边走边想觉得应该把这事弄个一清二楚，看世上究竟有没有这样不般配的夫妻，他不晓得应该怎样才能把这件事弄清楚，最后想到还是应该去王书记家打听最合适，他晓得王书记不在家，心想直接去找张仙碧姨妈也就是王书记的老婆打听最好。

张仙碧见陈峰不顾自己还有话要问，就快步离开了，眼泪不由自主地滚落下来，她没等矮个子男人见到着她流泪，就快步向前走去。她同样也想把陈峰离开她近二十年的情况了解清楚。

　　陈峰去县城买回零件，经过几天的修理，重新恢复生产后，张仙碧的影子又浮现出来，他买好礼物，向王书记家走去。

　　天下竟有这等巧事——在离王书记家只有三里路远近的山间小路上，迎头碰上他朝思暮想单人独行的初恋人。

　　女人爱流泪，二人一见面，谁也没顾上说话，张仙碧的眼泪就快速地滚落到下巴的边缘，形成两颗亮晶晶的水珠，稍停后又滴落在路上。

　　陈峰一见，一时间手足无措，又不知如何是好，突然想起这大山里面年轻人谈情说爱的惯用方法，连忙说道："不要激动，这路上来往的人很多，别人看见不好，我们到那树林里面去坐一会儿吧！"说完后，背着沉重的礼品包便朝树林深处走去，张仙碧知道陈峰在她们山区生活三年之久，对这山区的风俗十分了解，便未加思考，就尾随着陈峰走去。

　　他们在青色的蒿草中穿行，这青蒿足有一公尺高，犹如一片草林，陈峰在前手脚并用，劈开一条小路，他们在几棵大树旁边停下，将蒿草压倒一片，陈峰将给王书记买的礼物放在一边，并招呼张仙碧："坐吧！"

　　他们坐在这被雨水冲洗得再干净不过的绿地上，周围的蒿草将他们遮掩得严严实实，这里离路边虽然不到半里路，但几乎与外界隔绝，他们和路上行人们彼此的谈话声不可能相互听见，因为他们说话的声音被这茂密的蒿草阻挡而吸收。陈峰见张仙碧的眼泪还在眼内打转，他晓得张仙碧一见到他就流泪的原因，为了释放她内心的痛苦："你要是想哭，就痛快地哭一场吧，这里是没人能听见的！"他怀着内疚的心情说道。

　　张仙碧一听陈峰叫她痛哭一场，反而眼泪却流不出来，二人又沉默着。

　　"那天和你走一路的那个矮个子男人是不是你老公？"好一阵，陈峰便以这句话打开他二人沉默的突破口。

　　不料，这句话又触到了张仙碧的痛处，眼泪又如雨点般地滚落下来，急得陈峰六神无主，语无伦次地嗫嚅道："为……为啥子……提到他你就伤心呢？"

　　好一阵，她强忍住抽泣声："还为啥子呢！你难道没看出他就是我的老公吗？没注意他那形象吗？我和他走一路就感到太羞了，更不说像别的两口子穿着手拐走路！"

"啊……"陈峰无言以对。

"你看他那副身材与那猥琐形象！我要是抬起双手，他可以从我的胳肢窝下面走过去！"她再次强调她老公矮小的身材。

"啊！原来是这样，那你为啥子又和他结婚了呢？"

"还不是他家请的媒婆太会说话，说得我父母心服口服，我姨爹和他父亲也是好朋友，他父亲又是县水利局局长，三天两头厚着脸皮找我姨爹为他们家作说客，说是一定要在水利局给我安排工作，所以我姨爹既不好推辞也不好表态，你晓得在那年头有份工作犹如进了天堂，但我一想起他那付身材对那份工作根本就不感兴趣，在无可奈何的情况下我只好去找你师傅和你那几个哥们儿打听你的下落，你们原来那工地已完工，我好不容易在另外一个工地上找着他们，他们只说你去了外省，也不告诉我你的详细地址，我想找你却毫无办法，要是知道你的地址，你就是跑到天涯海角也逃不掉！就这样拖了近两年，我就犹如跌入了火坑，就要在火坑之中了却一生！"

陈峰一听，为张仙碧和这样一个男人组成一个家庭，也感到十分惋惜，没想到这样一个美人的命运竟然如此舛误，人世间竟有这样的不平之事。他不好在她的婚姻问题上火上加油，只好把话题岔开："你们的娃儿多大了？"

"娃儿倒是不大，结婚因拖了几年时间。婚后几年一直想弄清你的去处，我们都各盖一床铺盖，互不干扰，一直到三十多岁才生下儿子，今年满五岁，小姑娘两岁！"

"啊！看来这方面你还是比我幸福的！"为了安慰张仙碧，他觉得把自己贬低点最好。

"你啷个就不幸福了？"

"这方面我肯定不如你，你们开初几年虽然没有感情，如今你的家庭已具延续，可以享受天伦之乐，我们虽然还算恩爱夫妻，但为了事业长年在外如今已快进不惑之年，还无一男半女，回到家老脸对老脸，无丝毫乐趣，正因为如此，还不知今后的日子啷个过！"

"你的事业不是发展得很好嘛？既然夫妻感情好，没娃儿可以领养一个嘛！"

"领养的孩子有自已生的好教育吗？要说事业，也只能说是起步阶段，这次来这里投资，最近我已感觉到不是好兆头，要是这次真如你姨爹所料，我二十年的积累就要随东流之水而无踪影，又要回到一无所有的境况，现在我的心已提到喉咙上面来了！"

"你来时为啥不经过认真考察，就盲目地跑到这大山区里面来吃苦呢？"

"说来话长，还不是时刻都思念着你们这一带的老朋友与你我之间的友情嘛！还有你姨爹与我另外的那位恩人，就是我以前给你讲过在剑门关附近的曾世豪老人，这些人都是我一生中不会忘怀的。我来这里投资一是觉得这里换山的项目可行，二是来我曾经起步的旧地发展，和这些老朋友生活在一起感到幸福。我想你肯定生活在地位十分高贵的上层社会的家庭里，殊不知，你却还在农村靠种田生活，真是往事不堪回首，早知今日，何必当初要顾忌你我之间的门户之差与当时的处境之见呢？真是应了'一失足而成千古恨'那句名言！这大错已铸成，只好顺其自然了！"他内心的痛苦面部上也已表现出来。

他们在这被蒿草围得严严实实的中央，谈了近两个钟头，张仙碧将十多年的痛苦经历毫无保留地倾诉给她这初恋人，陈峰也把他在那远方都市里所见所闻讲述给她听，谈完这些往事他们又回到现实中来，虽然张仙碧经过十多年岁月磨砺得满脸沧桑，但她那端正的脸型和漂亮的五官依旧，只是少女时水灵得如豆腐般的容颜在农活过程中已所剩无几，不由自主地脱口而出："可惜……"

"可惜啥子？"张仙碧若有所悟地问道。

陈峰在他那壮年人的脸上浮出一丝苦笑，却未作回答。

"问你呢？"张仙碧又追问着。

陈峰的脸上仍然保持着明显的苦笑："可惜啥子？难道你就忘了你少女时相貌吗！当时我想你应该是名门贵族的贵妇人，哪知你却生活社会的最底层，我若早知你是如此结局，就是拼命也要把你据为己有，依你的智商与各方面的条件，在我的事业上肯定会助我一臂之力，正如毛泽东所说的妇女能顶半边天，你要是顶起了我的半边天，我们的事业肯定会辉煌的，哎！上天为啥要这样安排我们呢！"

"不提往事还罢，一提起往事，我不知该怎样折磨你才解恨！"她借用农村中那些泼妇们常用的语言发泄道，眼泪又不由自主地滚落下来。

…………

张仙碧倒完苦水一切平静之后，便从草林中走出来，来到大路上，陈峰也不打算去王书记家，便将准备赠送给王书记的礼物转送给他这初恋人，并将他随身所带的几十张大额人民币悉数掏出递到张仙碧面前："把这个拿上，去给您的两个娃娃买几件衣服和玩具，或者作为他们的学费，就算是十多年前您帮我借书的回报吧！我知道这是远远弥补不了您当时为我借书的一片心意。请你就不要拒绝了！"

这样厚重的馈赠在这大山区是不会有第二的，张仙碧坚决拒收陈峰这份厚礼，但听出陈峰言语中有难以拒绝的坚决性，她不好意思、也无心出手相接，陈峰便强行将他这份心意放入她的荷包之中，他们便各奔东西。

他在回程路上突然想起只有用自古以来传下的"自古红颜多薄命"这句名言对张仙碧结局的解释应该是恰如其分。

他在路上思前想后，自己离孔圣人所言的不惑之年已近，自入江湖后经过自己艰苦奋斗近二十年，与曾在家乡务过农的陈刚陈灵这些同龄们相比较，自己已小有成就，曾在曾世豪老人家中与在剑门主峰上立下以求温饱的誓言已成为现实，当然，他知道是由于时代的变迁，社会的发展，新一伟人经过十来年"大刀阔斧"的改革开放，如今国家的形势已焕然一新，现在只求温饱显然已过时，如今人们追求的不只是温饱，眼睛早已盯上都市里的高楼豪宅与在高速路上奔驰的漂亮、豪华的轿车。

他了解到张仙碧的处境后，也知道王书记的近况，没有啥子牵肠挂肚之事，便一心一意地经营他们的木材加工厂。

不过，他这加工厂虽然是两人的合伙生意，但王虎并未投入分文，却以他在此地的关系控股，又是在王虎的地盘范围内，陈峰对林区政策从未接触，只好由王虎牵着鼻子摆布。这加工厂犹如一个病入膏肓的病人，以陈峰一人之力能做到正常运转，是否已不可能了！

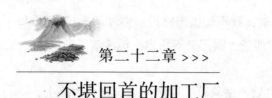

第二十二章 >>>

不堪回首的加工厂

　　王虎虽然绞尽脑汁在县城经营他的建筑行业，但最近几年由于他堂叔退休后很难签到建筑合同而到处钻营，所以他无暇顾及他和陈峰在那深山里的木材加工厂，陈峰见他长时间未到加工厂关心生产，不免产生一腔怨气，只好步行去找王虎汇报加工厂的生产情况。

　　陈峰在这离别近二十年的旧地，除开几个已无实权的老朋友以外，再没有什么关系了。这加工厂所有投资都是他一人倾囊而出，王虎并未投入分文，经过几个月毫无收入的不断投入，陈峰已经钱囊空空再也无能为力，在这丧失了经济主动权的窘境中，安排事务就成了陈峰最难的难事，好些事情都要他亲自动手，甚至到了与员工同吃、同住、同劳动的境地，已丧失了他在大都市徒子徒孙们尊称他为祖师爷、和家具厂厂长的尊严。他本想在这地方经过自己努力能够有大的发展，但是，这里员工都知道这木材加工厂是以王虎为主的企业，陈峰对他们上班的安排他们都抱着嗤之以鼻的态度，他这时才彻底觉醒来这里投资是大错而特错，内心感到无比的懊悔。这些员工都是这当地基层干部的子女，他们大小都有一点背景，安排给他们的活路都拈轻怕重。

　　诸如种种原因，生产效率始终难以提高，已经投产几个月了，并未加工出多少板材，这使陈峰心急如焚。他不知这几个月王虎一直没来过问这加工厂的原因，在这无可奈何的情况下，只好来到广利县城找到王虎，向他谈明加工厂的一切情况，哪知王虎对木材加工厂已不重视，他正在县城公关一单位几千万的建筑工程，无关紧要不通公路离县城一百多里路没有前景的小企业，那企业虽然是以他的身份注册并且以他为法人的执照，资金他却未有分文投入。

一听陈峰的汇报，他无可奈何一改往日的说法答道："那山里面的人素质太低，要想在那里办好一个企业的成功率太渺茫了，我原来抱着极大的希望要在那山里木材上大干一番，但最近国家的林业政策为了保持水土和保护植被，对森林的砍伐政策又变了，我们计划换山的那片树林的砍伐手续根本办不下来，所以，我们也不敢乱动那片林木，不说砍掉那片山林，就是砍掉一颗没有砍伐证的树，也是要坐牢的，我在县里为了办那片山林的砍伐手续，联系了一两年，开初那些当官的都说没问题，说是只要我们把加工厂办起来后，就把砍伐手续批办给我，不过，每年运出的木材有一定的指标限量，哪晓得你把机器进回来后，你在那厂里负责生产，我在县城找到林业局那些领导，不料那些人口气突变，便一口回绝了，我这段时间正为此事感到太丢脸面了，也不好意思找你说明情况，你投资那么大，现在看来大概是无法挽回了，我哪个对得起你哟！"王虎哭丧着脸道出了能使陈峰气炸肺的不利情况。

"按你这说法，就没有办法挽救了吗？"陈峰压住使他眩晕的心情问道。

"以我最近这几次联系的结果，应该是这样！"

陈峰一听，如雷轰顶，害怕发生的事终于发生了，他再也控制不住内心的愤怒，便瘫软在王虎那陈旧的木板沙发上，不一会儿便失去了知觉。

王虎一见，顿时吓得手足无措，他赶紧找来一人，要将陈峰送往医院。

陈峰因气血攻心，一时晕厥，但他正当身强力壮的壮年，经过王虎与他一位员工的背、抱、抬，不顾一切的乱搬乱动，并掐住他的人中穴位，揉通了他的气血，还未走出几步，他醒转过来了。

他是一个极其好脸面的人，觉得自己有失体面，醒来后便装出若无其事地问道："我刚才是哪个的？"

"……"王虎二人鼓着惊愕的眼睛，无言以对。

王虎知道陈峰是听到他所讲的不能砍伐山林的不幸消息，一时难以接受而昏厥，他清楚这次陈峰倾出了他所有积蓄，他更清楚现在加工厂因再无投入而不能继续维持下去，陈峰的所有投资毫无疑问地会颗粒无收，对陈峰这样的结局，他知道是他一手造成的，他本希望陈峰来这里把木材加工厂办好，他在县城里完善砍伐杂木的所有手续，在木材上发一笔大财，借陈峰之力走出困境，哪晓得自己犹如把陈峰从那高高的山峰上，拉跌入自己这深深的泥潭之中。

他一时难以找到安慰陈峰的有效言语，他们三人都陷入沉默之中，王虎叫来他手下的那位员工见这场面太尴尬："王老板，我还有事，我去把事情办好再来吧！"便找借口离开了。

王虎搜索着整个脑海之中积存的所有信息，看哪一条对陈峰有点刺激性，暂时将他从极度的气愤之中缓解过来，突然，他想起最近有一项没有把握的大工程，先把这事告诉他，就是以后不成功，对他今天的愤怒只要能起点缓冲作用，在这紧要关头也能让他得到一点安慰。

这时的陈峰对王虎怒不可遏，回忆来这里发展的起因，虽然自己有来报答恩人的想法，但若不是王虎吹嘘换山的大项目如何乐观，也不会倾出自己所有积蓄投资在那木材加工厂里面，就是自己专程花几万块钱或者十万来报答这些恩人，也不会有人说我小气，更不会落得倾家荡产的可悲结局，一想到这里，一股怒火从心底升起，他无所畏惧地质问王虎："你究竟办没办砍伐手续？你既然办不下来，为啥跑到我那里去吹大牛皮！你这不是存心害人吗？你为啥这样对待老朋友啊？！"

王虎见陈峰一脸怒气地向自己吼道，急忙辩解道："我嘟个没去办砍伐手续呢！我为了办那些手续花的时间太多、代价也太大了！哪晓得会是如此结局呢？那些当官的前几天才把话说得毫无希望。我去你那里的想法是希望你来投资这项目，目的是我们共同发展，嘟个会起心害你呢！你不要着急，我最近正在联系一项几千万的建筑工程，那单位大部分领导都表了态，只差一把手还未作出最后定夺，只要把这工程接下了，你这次所有的投资我可以全部承担，不要你有半点损失，请你放心吧！"

陈峰一听，将信将疑，同时他想到就算王虎的话纯属谎言，他也毫无办法，只好借坡下驴地应道："鬼晓得你说的话是真是假，不过，事已至此，我虽然对你那工程不抱有希望，但还是希望你再不要说假话骗人了！"显然，他还在极度的痛苦之中。

陈峰压住火气，将情绪稳定下来之后，又问道："你那工程啥时候能定下来呢？有多大的把握性？那山里的加工厂现在又嘟个办呢？你不是说你是法人吗，不管怎样你今天也应该有个答复嘛！"尽管他极力地控制情绪，语气中还是带有强烈的愤怒成分。

"这么大的一件事，我也说不准，工程问题据说图纸还未出来，最迟年底就会见分晓。至于加工厂，我的意见还是继续维持下去，我在这里联系点业务，能赚点生活费也好，既然加工厂已办起来了，总不能就一下关闭，来我这里白等几个月嘛！"

陈峰一听，就回想起从离开袁师傅这十几年中，每前进一步、做每一件事，从未有过失误，可以说是一帆风顺，由此，在数以千计的徒子徒孙心目中，自然而然的成就了"祖师爷"的身份。现在来这里每走一步都要请示他王虎，把自己置于毫无主动并无半点身份的地位，而且还成了一无所有的穷光蛋，心中不免又泛起难以忍受的痛苦。

在这无可奈何的情况下，陈峰怀着沉重的心情回到大山里面的加工厂，但这次就不像几个月前初来这里办加工厂时那么劲头十足，在难以安排工人的活路时，也就顺其自然，生产效率本来就不高，就显得更不像一个加工厂了。他闷闷不乐地左思右想，也想不出万全之策。

他绞尽脑汁地考虑了几天之后，总结出摆在自己面前的三条道路：一、这木材加工厂不管花费多大的精力与投资，都不会有什么好的前景，看来还是只有回到那四季如春的春城才是上策；二、假如王虎那里的工程能定下来，依王虎的承诺，来填补我在这里所亏掉的十多年的积蓄，但是，王虎那里的工程不晓得啥时候才有准确的消息呢？要是对王虎的工程不抱希望，以亏得精光的结局，立即返回春城，又无颜面见春城众多的同行；三、觉得如今亏也亏了，就算王虎的工程不成功，再等他几个月拖到年底，也要弄个水落石出，这就等于破罐子破摔，世上做生意蚀本又不是只有我陈峰一人。

他选择了后者，抱着摔破罐子的态度，作出再坚持几个月的决定，证实王虎的话究竟有几分真实，再做最后打算。

他写信给春城生意很好并且很重感情也懂得感恩的两位徒弟，请求他们立即借给他两千元钱来，作为这几个月的零花钱。

他决定了前行的方向后，倒觉得轻松了许多，心情也平静了，绷紧的神经一松，闲杂事又袭上心头，他首先想到了王书记，前一次去他家虽然见了面，但并未谈及到他的建筑行业规模如何，再次专程去拜访，半路上又邂逅张仙碧，了解到她的境况，并还了十几年前的初恋情债，也算了却了一件心事。因各自都有了自己的家，也只能到此为止，总不能拆散别人的家庭吧。并想到，要是暗示张仙碧与她老公分手。那可真有百分把握，到时虽然能带上心上人挽着手臂逛街是人生的一大快事，但那缺德事我陈峰是绝对不会做的。

他尽量摒弃那些杂念，想到应该尽快见一见王书记才是正事，他将自己仅有的几百元钱备办了礼物，他晓得，这年代这些礼物在这大山区里面应该算是有分量的。经过近两小时的山路步行，到了王书记家门口，可是，犹如十多年前去曾老头家一样，王书记家同样是铁锁挂在门上，他的心凉透了，心想，自己倾其囊中所有买的礼物，却又不能赠送给自己的老朋友，他盯着这厚重的礼物，心疼极了。

他想到王书记应该把他全家接去城里居住了吧，前次来这里就听王书记说要把他一家人接去城里生活，但没想到这么快，不过，他想还是应该弄清王书记全家是哪天搬进城去的，也要弄清王书记居住在城里的具体地方。他在这一片算是轻车熟路了，他带着未送掉的礼物，直奔离王书记居所最近的一位朋友家，这位朋友在陈峰离开时陈峰还给他儿子做过结婚家具，在那以阶级斗争为纲的年代他儿子还是民兵连长，在这小天地里，当时民兵连长这"官位"仅次于王书记。如今"阶级斗争"这词语早已忘记得无踪无影，民兵连长这样的官衔在农村早已不复存在了，对王书记的情况这家人应该最了解。

如今时过境迁，昔日的民兵连长没想到陈峰今日出现在他的面前，好半天没反应过来，一时回忆不起这是哪位熟人。

"怎么样，老朋友，想不起我是哪个了吧，我是十几年前给你做结婚家具的陈木匠！"

"哎哟！今天是啥子风把你又吹回我们这穷山僻壤，真是稀客！真是稀客！快进屋里坐！"这山里人还是以前那样纯朴，一见曾经认识过的人，还是那么热情。

陈峰把准备送给王书记的礼物转赠给他，得到这家人一大堆的感谢话，并得知这民兵连长的父亲已去世几年了，心中不免又是一阵酸楚。

陈峰在简易的座位一坐下，几句闲聊之后就开门见山地问道："你晓不晓得王书记家的人去哪儿了？他们家嘟个一个人都不在呢？"

"哎呀！你嘟个还不晓得王书记在哪儿？嘿！现在的王书记可不是你刚离开那时候的王书记，人家现在已经是一个大老板。在改革开放初期，我们村里一个从部队复员的年轻人，想当书记，就莫须有地找王书记的岔，王书记一气之下，就干脆把书记位子让给了他，就到城里搞建筑去了，利用他原来当书记时建立的关系网，承包建筑工程真是一帆风顺，开始承揽一些小工程，后来越做越大，前几年自己便成立了一个建筑公司，现在可以建盖十层以上的楼房，据说已有几千万的家产了。前不久在县城郊区盖了一栋几层楼的住房，叫啥子别墅，房子就是房子嘛，嘟个又叫别墅呢！这我就不懂了。除了过年过节，回家来看一看他们的旧居，平时就很难见着他们一家人。"这人真会说话，一口气便把王书记这十几年的经历概括完了。

陈峰一听，不免大吃一惊，他立即想起那天和张仙碧谈了半天，她怎么就没提起她姨爹在城里已是大包工头呢！他转念一想，大概那天她太激动，只顾倾诉自己的不幸，根本就没想起谈论她姨爹的事，也许是对她姨爹干预她的婚姻有意见吧。

他想到这里又问道，"王书记那里工程那么多，你嘟个不去他那里打工挣现钱呢？"

"我嘟个没去呢！我们是最近的邻居，关系一直不错。他一开始包工，我就在他的工地上做活路，和他当书记一样，那时我是他的下级，现在又是他的员工，而且是一个小头目，准确地说应该是他的下级加员工吧。他们当官的和我们老百姓就是不一样，始终都是在领导岗位上，恐怕是他家祖坟风水好吧！不过，对我们来说，在外打工就是比在家种庄稼好得多哇！"这人怀着激动的心情说道。

"那你现在为啥子没去呢？"陈峰又问道。

"不是没去，而是半年前他的工地上出了事故，当场就死了一个人，算我命大，只是把我的腿杆整断了，在医院接好后就在家里休养，已经几个月了，我本想去他工地干活的，王书记带信来，叫我在家多养一段时间再去，反正他还是给我发工资。王书记这人太好，凡在他手下干活的员工，没有人说他不对，对他都是忠心耿耿，人人都卖力，正如我们一个工头对他的评价：'合作化时当官，改革开放后又当老板，生来就是当官的料，是位名副其实的帅才。'"

陈峰一听，回想起当初认识王书记时就认为以他的为人处世和他的智商不是一般人可以比拟的，在如今这政策优越的条件下，有他辉煌的成就也是必然。在前次见面时，只说他在从事建筑行业，并未谈及他事业的规模，由此可见，他的城府还是极深的，不由得对他敬佩有加，更增加了要见他的决心，便问道："王书记现在干的工程是在县城里哪个单位？"

"我是在化工厂受的伤，据说现在已搬去糖酒公司，要见他到糖酒公司一定能见到。"

"那好！谢谢你的指点，我走了，明天我去县城找他，向他请教事业发展的经验。"陈峰一说完，站起身来就准备走了。

不料，这黄姓朋友将他一把拉住并且说道："你来我们家屁股还没坐热就想走，你也不想想能走得脱吗？我们已有十多年没见面，就这样让你走了，是不是把我看得太没情意了呢？"

陈峰被这几句强行留客的语言说得哑口无言，只好又坐回原来的板凳上。

午饭的酒桌上，他和这黄姓朋友频频举杯，畅谈他们离别这十多年的经历，又从合作化开始一直到谈到文化大革命的后期又经过改革开放的初期，在这改革开放十来年的变化中，人们的生活从半饥半饱到家里的粮食尖仓满囤，人们对合作化时"社员"这个名词早已淡忘。新中国建立四十余年，只有改革开放后这十多年才真正感到了幸福。

这顿饭耗时超过了两个小时，这黄姓朋友又转变了话题："你离开我们这里已经十多年了，哪个又走回头路呢？是不是你那里没有活路做了？"这朋友话中之意认为陈峰还在打工。

陈峰一听，一时答不上话来，他晓得这黄姓朋友不知道我陈峰和朋友在他们乡政府所在地办了一个小型木材加工厂，以为还是一个木工以靠揽活路维持生计，他想了想才说道："这次来这里的主要原因，是我的一个朋友约我来这里砍掉那几架山上的杂木，重新植上松柏与名贵树苗，也就是说换掉那山上的劣质树种。我在外省的省城里开家具厂已有好几年了，哪里还会缺活路做呢！这次返回这里也就是想念王书记和你们这些老朋友，要不然，哪会来这里吃这回头草哇"。

"你既然在大城市里办企业，那多轻松，应该是大有前途的，思念老朋友也不应该来这大山里面干这笨重的原始活路嘛？"

"还不是和你们这里的人有了深厚的感情嘛！我们已有十多年没见面，今天一见面，你对我还是这么客气，更不说王书记对我恩重如山还从未报答过。我重返这里的目的一是觉得这换山项目大有前途，其次就是我从这里起步以后就一帆风顺，心想又来这里发展更会前途辉煌，所以，这位朋友相邀，我就放弃了我那现成的家具厂，还不知来这里投资是啥子结果呢！"他明知这换山项目会使他倾家荡产，但他还是强作欢颜地说道。

这黄姓朋友一听，他也听说原来各级领导有换掉山上杂树的打算，但经省林业厅审批未果，便终止了这项决策，他陈木匠不知就里，竟贸然地来这大山里面不知底细的盲目投资，便问道："这次你来这里投资有多大？"

"也没有多大，前几年家里因盖了楼房，剩下五十多万元已全部投入，但还是周转不开。我现在已腰无分文，后面的事还不晓得该啷个做呢！"

"你这次的决策应该是一大大的错误，你要是想念这里的老朋友，就应该抽时间找我们耍几天就行了，在未弄清情况之前，不应该草率投资，你若是把那么多钱都亏掉了，要多少年才能赚回来呢？真是可惜啊！"这人吃惊的语言中带有惋惜地说道。

"看来我这次是要铸成大错了，但错也错了，现在这情况犹如一条牛快要掉下悬崖，啬把牛的一条尾巴抓在手里，想把牛拉上悬崖看来是不可能的！"他强忍住内心的痛苦说道。

这黄姓朋友见他脸上有了痛苦的表情，不好再挑逗他心中的痛楚，便岔开话题："从你离开我们这里以后，我们这里好多人都惦记着你，特别是王书记和我们在一起摆龙门阵时你的话题最多，要是王书记见着你不晓得有多高兴。"

"确实如此，那天我已经到他家去过一趟，他还是和以前一样客气，只是他太忙，说了几句话他就走了。"

"你来这里投资以前，要是你经常和他通信，了解这里的情况，征求他的意见，肯定还会给你出些好主意，你就不会有这么大的失误！"

陈峰一听，知道这人所说不错，更坚定了立即去见王书记的决心："你啥时候去王书记的工地，我们约好时间一起去吧？"

"要得，你要是急着想见他，我们就早点去，我现在虽然做重活路还莫法，走路、坐车、做轻松活路还是有法的，你说啥时候去，我们就啥时候去吧！"

陈峰想了想："那就后天去吧，我今天回去，明天把加工厂的事安排一下，你后天一早直接到我们厂里来，你一到我们就动身，当天我们就可以见到王书记了。"

"你这样安排要不得，你今天是走不成的，不管你嘟个解释，也得在我们家住一晚上，晚上我们再痛痛快快摆谈往事，明天一早我和你一起去你们厂里，你安排好你们员工的工作后，我们就一起去王书记的公司找他。这事就这么定下来，你就不要再多说了！"

陈峰见这老朋友口气如此坚决，只好屈服于他的盛情。

依照他们的约定，经过一番步行劳顿，当他们一到县城王书记的工地上，使陈峰大失所望，王书记老婆接待了他们，告知他们王书记的业务正准备向省城发展，几天前去省城洽谈一个大工程。今天打电话回来，告诉她们他哪天能回来还说不准。

陈峰一听，忍住内心的失望，强作欢颜地说道："既然王书记不在也没关系，我等几天再来找他耍，张婶！你就忙吧，我走了！"

"天快黑了，你今晚上就住在我们这里吧，你要是这样走了，老王回来会骂我的，我们这里有接待客人的客房，很方便的，你就不要固执了！"陈峰听出王书记老婆毫无假意的真心挽留，他很清楚自从他们一认识，她和王书记一样，经常关照他，把自己当作她的亲人看待。他不好违拗，只好听从这位女主人的安排和黄姓朋友歇在王书记这别墅中。

翌日，他怀着感激的心情，辞别了这友情超过了亲情的朋友，又来到王虎的住处。他们一见面，王虎知道自然要谈及他们加工厂的前景问题，他却犹如狗急跳墙，不像以前说话那样婉转，便开门见山地说道："前次我就给你讲过，换山那项目已不可能，只是我前次给你说过的工程能不能成功一时还定不下来，为了这工程，已把我不多的周转资金花光了，前几天我又回家找亲戚借了两万元来作生活费，不然就断炊了！"

"我师傅与我那几个兄弟，他们在哪儿做活路？"见王虎避开他们谈话的主题，陈峰今天又想到要见见他的师傅与陈刚、陈灵招收来的那伙哥们儿。

"他们自己找活路去了，我这里现在哪能养活他们，他们的手艺都很好，不会断了活路的，大概没有你们那里的工资高吧，但他们都不愿走得太远，说是不好照顾家中老小，所以，一直没到你那里去。现在他们在做私家活路，张家拾天李家八天，我们也很少联系，他们在哪里干活我根本不晓得。"

陈峰见王虎拮据得太可怜，没在他那里吃午饭，便又回到山区里的加工厂，他整天闷闷不乐，反复思考着他前进的方向，得出几种方案，但都被他否决。

他和王虎这木材加工厂半死不活的转眼拖到了年底，所有加工的板材还不如那些正常加工厂半年的生产量，以这样计算，不说利润就是员工的最低工资都无法兑现，这在陈峰脸上太无光了，当员工们找他发这近一年的工资时，他只好把责任往王虎身上推，因为王虎是法人，于是，他又到县城去找王虎，他也估计王虎的情况也不妙，果然，他找着王虎后，只见王虎一脸的沮丧，证明比他上次来见他时更加惨然，仿佛连吃饭都成问题。他一见王虎已到这样的地步，就不好对他讲工人的工资问题，也无法谈及其他方面的事情，随便寒暄了几句，就无言以对。陈峰看出王虎害怕谈到加工厂的生产情况，也无留他之意，他试探性的告辞，果然，王虎并未挽留他。

他径直地来到街上，漫无目的地走着，拿不定主意往何处去，前次他徒弟寄来的两千元钱已经所剩无几，现在虽不能说囊空如洗，但也掏不出几张像样的纸币。

他无力、也不好意思掏出使他汗颜的几张小纸币，这是他从出道以来已经二十多年囊中从未有过的羞涩。他极力地控制着情绪，盘算了囊中那几张块票——把他回加工厂极少的开支除开后，剩下的也只有一顿稀饭钱了，他哪个也没想到，来到王虎的"大本营"，竟然招待他一顿饭的条件都没有了。

　　他更想不通的是，十年前的王虎与他堂弟在他的家乡是无与伦比的大包工头，而如今时过境迁，却落得两手空空，似乎到了讨饭的地步。

　　如今，他饿得实在难于坚持，见到一个小饭馆，便进去喝了一碗稀饭，勉强提起了精神。突然，他又想起了王书记，今天应该去请教王书记自己前进方向的高见，还可以混上一顿饭吃。想到这里，今天去找王书记，不知王书记省城的业务落实没有，要是不在，还得赶紧回到深山里那快要关门的木材加工厂，找当地的朋友们解决暂时的吃饭问题，不然，饿昏在这街头，那才丢人。

　　想到这里，他加快脚步，来到前次到过的那栋别墅门口，见有一陌生人正打扫卫生："请问，王书记在吗？"那人把他带进院子，指了指装修豪华的书房，陈峰走到门口看见王书记坐在书桌旁正聚精会神地看着建筑图，他激动的脱口而出："王书记！"

　　王书记抬头一看，见是陈峰："啊！原来是小陈呐！快坐快坐！我从省城回来已经很久了。我家属就对我说你来过，但你没告诉她你啥时候又来找我耍，我一直都想着你，已经过去了几十天了，为啥你今天才来呢？"陈峰一坐定，王书记迫不及待地问道。

　　"还不是加工厂里太不顺，生产效率不高，太折磨人了！"

　　"你现在才晓得在那山里面办企业不容易吧！你应该晓得办厂是要用机器的，一台简单的机器，都是用成千上万个零件组成，不说一个重要的零件损坏，就是缺少一颗小小的螺丝钉都无法运转。你办厂的地方离城里一百多里路，交通又不方便，靠步行买一颗螺丝钉要耽误多少时间，你哪个不考虑清楚就到交通闭塞的地方去办厂呢？前次你去我们家因为太忙，没有和你细谈，今天不是我批评你，你简直就是糊涂透顶了！"王书记一改以往见面时的亲热态度，完全是教训的口气。

　　陈峰一听，脸上迅速地发起热来。自从他们认识以后，从未听到过王书记对他有过这样的训言，他觉得今天王书记的性格与以前大不相同，大概是他如今坐上了大老板的位置与他拥有雄厚的经济实力吧！常言道，"酒色财气"，他现在财大气粗，话中少了以前温和的成分，这时的陈峰由于腹中与钱囊同样空空，既心虚又无底气，被王书记无意中这几句教训的话压得喘不过气，好一阵说不出话来。王书记见他太难为情，语气便温和下来，小声说道："你啷个不像你年轻时我们刚认识时那样直爽呢？现在人已到壮年，反而成了女人似的。我觉得你失去了以前做事的稳准劲头！"王书记说完，看着陈峰，等待回答。

也正是王书记这几句话提醒他以前出道时的经历，觉得不好意思，一时难以回答，只好说道："我今年做事太不顺了，不知从何说起，一时理不出头绪来！"

"这样吧，你就从离开我们山区的那一天说起吧，是一帆风顺还是坎坎坷坷，从认识你那一天起我就觉得你不是一个一般的老百姓，你今天走到这一步，难道是我错看了你不成？"

陈峰定下心来，便将去外省这十多年做事不但一帆风顺而且还蒸蒸日上的详细经过摆给王书记，又为啥来到这山区里来换山和办木材加工厂，现在已快一年，不但没有成效，还弄得身无分文，已到倾家荡产的地步。王虎的工程已谈了近半年，还未见分晓，要是他的工程定不下来，不能给我一定的补偿，我就要从一个小老板的身份跌落到打工仔的地步，从头做起。而且还无脸面回到我那众多的弟子面前，看来，这次大有楚霸王无颜回见江东父老的结局，但我绝不会走楚霸王自刎之路。

王书记一听："好！男人就要有这点骨气，才算男子汉，你已近孔夫子所说的不惑之年吧？这是人一生最能看清世事、不受迷惑的年代，不知你是啷个想的，不经过认真考察就来到这大山里面办企业。我从大山区往外走，来到这小城市，你却离开大都市又往大山里面走，你我简直就是背道而驰，不瞒你说，你恐怕还不晓得我如今在建筑行业上的规模，你进入大城市有多少年了，现在怎么样？我从山区来到这小城市，才多长时间，你我之间在经济实力上有多大差距，你大概还不清楚！"

陈峰被羞得满脸通红，无言以对。

他停了停，又问道："你刚才说王虎的工程，哪个王虎？他也在搞建筑工程吗？"

"对，就是他邀我来和他换山办加工厂的那位朋友，他在十多年前还去过你们家一次，大概你已经忘记了。他在起步时，是依靠他堂叔起家的，最近几年走入低谷，才把我叫来和他一起换山和办木材加工厂，没想到却被他拖入了这'泥潭'之中，成了一个穷光蛋！"

"他堂叔是不是食品公司原来那个一把手?"

"对，就是他!"

"原来是这样，这王虎虽然我没见过面，但我们是同行，彼此都有耳闻。你刚才说他准备干那个工程，我同样清楚，要说竞争力嘛，他王虎算不了啥子，他能和我比吗？那工程不说他王虎，就是我也争不到手，所以我也不去浪费时间、精力与那些看不见的付出。他王虎不知内情，还去枉费精力与花那些起不了作用的冤枉钱，我敢肯定，不管他王虎花多大代价，都是徒劳的，你要是还惦记着那工程，绝对又要犯一次大错误，你不能一错再错了，赶快放弃那错误的想法吧！回到你那大都市去重操你那很有前途的旧业才是出路。我手下现在已有不少精兵良将，要是没有他们，你来给我当助手还是有出路的，你认为我这说法对不对?"

陈峰一听，觉得这王书记的口气真是太大了，与当年当书记时简直判若两人，这是财大气粗不折不扣的具体表现。以他原来做事稳重、说话性格低调的王书记，今天有这样大的口气，在事业方面说明在他们家乡已无人能与他匹敌，说不定从农村来这县城从事建筑行道的包工头能与他比肩的人也为数不多。

他极力地控制内心难以忍受的痛苦。虽然他深知王书记所说的都是实情，但他却实在受不了王书记这盛气凌人的态度，本想一走了之，但又想到王书记的恩情和自己此时的处境，不得不竭力忍受这老朋友对自己毫不客气的教训或者说是批评。

"哎呀！王书记说的那会有错！你当书记时，我是一个手艺人，凭你的能力管辖着几千公民，我凭一身蛮力混口饭吃，我就是不去那山区办加工厂，在大城市里以微薄的资金经营家具行业也决不能和王书记这建筑行业比肩。在书记面前，我从来不敢有半句虚言，说老实话，我现在已把我从出师以来所有的积蓄都亏在那加工厂，如今已身无分文，去那遥远的外省的路费也只有回家去卖口粮。这一次又回到了二十年前出门求温饱的境地，现在大错已铸成，希望王书记就不要笑话我了!"他一脸痛苦的说道。

"笑话啥子嘛，人一生几十年，不少人都会走些弯路。你这次教训够惨的，你赶快回到那四季如春的大城市，去好好地经营你的家具行业，我以后还要去你们那里旅游，到时就请你给我当向导吧！希望你不要推辞哟!"

"那好,只要王书记安排好时间,带上你们全家,到我们那里去观光,我一定当好向导,把那里的旅游胜地走遍!"

"那是以后的事,今天暂且不谈,你啥时候回你那不热不冷的春城呢?不过,我刚才听你说身无分文,没有路费,你又嘟个走呢?"

"你问的是路费吧!这事我早有打算,就是回家去卖些粮食,庄稼分到一家一户后,这些年家里粮食是吃不完的!"

"我给你提个建议,你就不要回家打卖粮食的主意,也不要在这里再浪费时间,应该尽快回到你那都市里去干你那老本行才是出路,你要是同意我这建议,我先给你两万元,路费花不了多少,剩余的作为办家具厂的启动资金,要是不够,需要多大金额再写信给我,我都可以满足你,我一并给你寄过去!"他说话的口气更大了。

"哎呀!这嘟个要得呢!二十年前的恩惠还未报答,今天再也不好意思让你破费!"陈峰说的是实话。

"不要说这些客气话,老实告诉你,现在的两万块钱,对我来说已不是一回事,你应该清楚,我一生都以助人为乐,你是我一生中最喜欢的年轻人,十几年前你要是不离开这里,你恐怕就成了我的侄女婿吧,我的得力助手应该非你莫属!现在时过境迁,这些事只能提提而已。你大概还不晓得,我那侄女对她的家庭很不满意,你应该有一定的责任吧!不过,她们已有两个小孩,家庭虽然不是很幸福,但人生短短的几十年,经不住几折腾,也只有奈何着过罢了!"

陈峰低头无言,王书记停了停又说道:"依你的智商,不应该栽这一大跟头,失败虽然是成功之母,但也是一次惨痛的教训,我相信你一定会站起来的,不过,栽一跟头也好,对你来说,又是一次磨炼,以后做事更要仔细思考分析清楚后再行动。今天就不要扯得太远了,你准备啥时候回你那不应该离开的春城呢?"

"我准备再去一趟王虎那里,给他打个招呼,不然,这样不声不响地走了,不合情理。"

"也好,这是人之常情,不过,你千万不要像前次那样念着朋友情分受他困难的迷惑,要是你见他太困难又想帮助他,你就一时脱不了身。说实在话，以你现在的条件，你也没本事把他从那困境之中解救出来，并且还会耽误你不少的时间，现在时间对你来说太宝贵了，必须争分夺秒，也就是说有了决策，一定要拿出男人雷厉风行的做事性格，不要像女人那样优柔寡断。还有，我们永远是朋友，不管你走多远，我们都要经常保持联系，彼此不要忘记！"

陈峰怀揣着王书记硬塞给他的两万块钱走在路上，这两万块钱究竟是王书记送给他的，或者是借给他的还模棱两可，本来，陈峰坚决不收，但王书记又说是借给他的，他不得已收下这不是亲人而胜似亲人的一片心意，他激动得几乎不能自制，要是他在年轻时，眼泪早就脱眶而出，今天要是在王书记面前再流眼泪，就失去了一个近四十岁男人的风度。

他装出若无其事又回到他们那快要倒闭的加工厂，当工人们向他讨要工资时，为了稳住这些人的情绪，他很干脆地回答道："王老板叫我告诉你们，他正在收他的建筑款，十天之内，就会来把你们的工资结清，希望你们不要着急！"他不得已撒了一个弥天大谎。

陈峰稳住这些人的情绪后，装腔作势地给员工们安排着活计，他担心夜长梦多，不敢久拖时间，这天晚上，待这些人回家睡觉以后，他不慌不忙地收拾好他全部能带走的东西，趁着这山里所有人们熟睡之际，丢下他购买的所有机器设备，仗着时隐时现的月色，快步地行走在蜿蜒崎岖的山路上。

天亮以后，加工厂的员工们到厂里来上班时，见陈峰的常用物件一件不剩，知道他已逃走。立即选了两个最能"扯烂经"的人前去追赶，意欲讨回近一年的工资。

他们晓得陈峰逃跑一定要去火车站，并且知道下午才有陈峰所走方向的火车。

当这两位"能人"急急忙忙在陈峰"逃跑"的路上奔跑时，陈峰已来到王虎的住处，王虎便流着眼泪向他诉说那工程完蛋的经过。

陈峰一听，心想果不出王书记所料，本想给王虎打个招呼，便离开曾经起步而如今又使他倾家荡产的山区，用王书记给他的两万元去起死回生，见王虎如此这般凄惨，内心一阵紧缩，一时拿不定主意怎么来处理这眼前的变故？此时的王虎不顾脸面地泪流满面，陈峰本来生就一付菩萨心肠，一见王虎如此状况，就知道他并非装腔作势。

经过他内心的一阵痛苦的斗争，便痛下决心："不要悲伤，现在我们两人的情况都不妙，你知道我把我这些年的积蓄都抛洒在那深山的加工厂里，并且在这里又耽误一年时间，你刚才说你已经倾家荡产，你肯定晓得我比你更惨，我前几天去老朋友王书记家与他告别，他晓得我的处境后，便主动借给我两万元，建议我回到那大都市去重操旧业才是出路，这两万元钱是作为我的路费与办家具厂的启动资金，今天我是来向你告别的，向你说明情况后，我就要起身走了，因我不能再耽误时间，只有劳驾你去安排一下厂里的一切事务吧！但一见你是这种情况，知道你去了也难以处理，但我就更不能去了。我今天只有把王书记给我的这两万元，给你留下一万，你拿去是否给他们多少表示一点或者留着你解决燃眉之急，你就看着办吧。剩下的一万元我重办家具厂的启动资金是远远不够的，只有去靠打工积累。今天我只能做到这一步，至于怎样安排加工厂的一切，我想你肯定有办法的！"

王虎一听，陈峰又要给他留下一万元钱，这对他来说，简直是从天上给他掉下一块金砖。他一下又回忆起十多年前陈峰送给他的大半个烧饼的场景，他目瞪口呆地望着陈峰，半天说不出话来，他清楚，这次是他把陈峰骗来开发这一项目，给陈峰造成的损失简直不可估量，那是要用七位数来计算的，没想到陈峰不计前嫌，竟然又给他留下一万元，如雪中送炭地解决他的断炊之急，我为啥要作这样的缺德事……

他正思考着陈峰的为人，不料，陈峰见他半天没回过神来，便将一万元钱放在王虎那陈旧的茶几上，走出那冷清得门可罗雀的办公室，朝着自己的目标走去。

他害怕加工厂的员工们追来找他索要近一年的工资。

他估计得不错，来找他要工资的人离县城已不远，他怀着狼狈的心情快步朝着火车站方向走去，边走边回忆这一年的经过与损失，自己本来在那都市发展得相当顺利，怎么神癫鬼怂地跑到这大山里面来受苦呢？还把自己辛苦得来的积蓄糟蹋得精光，且不说自己如何难过，在那都市里的徒子徒孙们见我亏得颗粒无收，暗地里不晓得要哪个笑话我呢？这次再去都市里重新起步的难度姑且不说，不晓得还要忍受多少白眼与轻蔑。

　　他越想越觉得此次是他从出道以来最大的失误，初次出门时由于大胆地闯荡，经过了学解匠、学木工、进城镇、闯外省、办家具厂……的艰苦奋斗，得到一帆风顺的回报，简直就是无往不胜，因而便产生了骄傲心理，觉得自己做任何事就必然成功，在这骄傲心理的驱使下，不知天有多高、地有多厚，竟然落到这样的地步。

　　同时，脑海里又浮现出曾世豪老人亲切的面容和他对自己的告诫，叮嘱他在事业顺利之时一定要谦虚谨慎，现在这一跟头过后，更觉得老人的话是金玉良言，这次一离开，又不知何年何月才有机会来一睹他那被青草覆盖的坟茔，他想到这里，便改变行程，买了些冥币到汽车站坐上汽车，到曾老人坟前烧化后怀着忏悔的心理重重地磕了三个响头，致使额头起包而渗出细细的血珠，便坐在坟前回忆走出家门时，与老人的短暂经历和老人教导自己的那些言语，但自己在得意之时，竟然把老人的良言忘却九霄云外。

　　"唉！怎么忘记了曾老人当时对我的嘱咐呢？"他内心里叹着气责问自己。

　　其实，陈峰根本不晓得，他幸好感恩曾老头而到他坟前给他烧钱化纸，不然，他若直接去火车站，就会遇到找他讨要工资的员工，不知又要给他增加多少麻烦事，说不一定还要挨一顿暴打呢。看来，这麻烦事又是曾老头给他化解了。

　　他坐在坟旁，脑海里浮现出在那大都市里办家具厂的美好前景——在那片经过我拼搏得来回报的天地里，在徒子徒孙们的眼中，我不但是他们心中的"祖师爷"，并且在经济方面也处于他们的领先地位，在他们面前享受着众星捧月般的身份，但他也清楚，这些人当中有的人在他面前表面上表现得很有礼貌，但内心却怀有强烈的竞争心，他们觉得在技术、声誉、实力，和关系方面在我面前都望尘莫及，并怀有千方百计想超越我的想法，有这样想法虽然是农村人的通病，但在布仕仁的身上表现得特别明显与突出，这是他们家族中的遗传性，因为嫉妒心在陈峰堂嫂也就是布仕仁姐姐的身上表现得更为醌龊，如今，自己成了一无所有的穷光蛋，而那些徒子徒孙们却稳步地发展着，他们不看我的笑话才怪。

　　他又想起曾经和曾老人在剑门关梁山寺山峰上观景时，由于谷底太深，下面的景物很难看清，现在觉得自己犹如从梁山寺那顶峰跌落到那深深的谷底之中，不知又要拼搏多长时间才能恢复元气。

他无可奈何站起身来，低着头无精打采地向公路方向走去，他不好意思再去见那帮过他大忙并存留几分美色的半老徐娘。

正在这时，从坡下上来一妇女，她手里拿着几炷香朝着曾老人的坟地走来，一见陈峰正要离开，不由自主地惊呼道"喂，陈老板！"

陈峰怀着痛苦的心情低头向坡下走去突然听到有人喊"陈老板"吃惊地抬头一看，见是那乐于助人的热心妇人。

她只晓得陈峰是在经营家具的老板，并且规模不小，但不知这次已亏得精光，以为他生意同样辉煌，所以，照样称他为老板。

这女人啷个在这时候出现在途径曾老人坟前的小路上呢？

自从陈峰和她有过那段情缘之后，她就经常回忆陈峰前两次来找曾世豪老人但又未曾与那老人见面的经过，那时的陈峰正是他一生之中最宝贵的青春年华。由于十多年前那两次的相遇，陈峰的帅气便在她的脑海里生了根，只可惜和他只说了几句话就走了。总算是上苍有眼，或者是陈峰与她有缘，十几年后竟然和他有了一生都难以忘怀的一段情。她思来想去，有这样的结果，应该感谢在那九泉之下的曾世豪老头，不然，她和陈峰就不可能有再次见面的缘分。

尽管陈峰已年近四十，但他的面容若与同龄们相比却差别极大，在她的眼里，最多也就是一个大伙子。有过那几夜情之后，她对陈峰的情意便又重重地加深了，使她夜夜难以入眠，她后悔没有记下陈峰的通信地址，无法和他联系。每每在干完农活时，便抱着侥幸的心理跑到曾老头的坟前张望一番，并给他烧钱、化纸、磕头、作揖，希望曾老头保佑陈峰再次出现在她的面前。果然，诚心不负有心人，经过近一年的空闲时间在这坟前的祈祷，终于今天又见到陈峰走在去曾老头坟墓的路上，她暗暗地想到这曾老头太有灵验。认为这全是她在这坟前烧香磕头所起的作用，心中便对曾老头产生了太有灵验的感觉。

由于陈峰这次在事业上的惨败，对前途极度渺茫，精神颓废到极点，他后悔没把曾老头的良言当一回事，以至于有了今天的结局。

陈峰在极度的悲伤中低着头慢慢地走着，未注意有人走在去曾世豪老人坟茔被杂草覆盖的小路上，一听到有人喊他，他抬头一看，见是曾经帮过他立碑的那位妇人。同时，害羞之心也袭上心头，睁大眼睛一时说不出话来，那徐娘却毫不客气："你是来给曾老头扫墓吧？嘟个不到我家去呢，害怕我不给你饭吃吗？你晓得我们家里的床铺还是热火的，冷不着你嘛！"他一听到这女人的"热火"二字，就想到这快嘴、泼辣妇人无意间道出她话中另一层意思。

陈峰一听，心知肚明，晓得被这女人看见，肯定今天是走不了的，便无可奈何跟在这女人后面，朝她家走去。

于是，他又在这女人家住下，这女人见他精神不振，晚饭后，见他还是一言不发："你今天来了嘟个不高兴呢？有啥子事情能不能告诉我呢？"

陈峰晓得不告诉她恐怕难以脱身，便将自己没把曾老头曾经嘱咐过他在做事顺利时不要骄傲的话当一回事，未经更深一层的考察就盲目来这里换山与办木材加工厂，把自己十几年的积蓄亏得精光的经过一五一十地告诉了她，现在已无面目回家见自己的家人与众多弟子，徒弟们的事业如日中天，我却变成了一个穷光蛋，简直无地自容。

这女人一听，知道自己想帮忙也无能为力，只好说道："你的年龄不算大，东山再起的机会肯定还会有的，听别人说，四十岁的男人是一生中最能看清世事的时候，我们农村人都相信'男人四十是块宝'这句古话，女人四十岁以后就不会有风光的时候了，你现在还未过四十岁，这说明正是男人成就事业的大好时机，千万不要泄气。你最好还是去干你的老本行，那才是轻车熟路！"

陈峰一听，心想这女人嘟个和王书记有着同样的想法呢？说明我来投资换山这项目绝对是盲目、错误的，还不如一个女人的眼光精准，故意说道："你说得很对，看来我是要尽快回到那春城去讨生活才是正道，我今天来这里给他老人家祭坟，就是怕去了远方，不知何年何月又才有机会来这里给他老人家坟前烧一炷香，坟上加一把土？今天把这事情办了，好一心一意去重操我那旧业！"

"你刚才说这次离开后，不知猴年马月才能来这里，要是这样，你这次就要在我家多住几天，反正我当家的也不在，就是在家你在我们家吃几天饭也莫啥子不得了的！"她嘴上说着话，面部却很严肃，未有丝毫开玩笑的表情。

陈峰一听，知道她话中含义，但他哪里还有心思在这里延误时间而在她家多住几天呢！不过，他知道一时走不了也就只好顺其自然，便无可奈何地安歇在这虽是徐娘但对人实在太热情的美妇家中。两天后，他作通了这妇人同意他离开的工作，要去那繁华的都市里重新拼搏一番。

由于陈峰心情坏到极点，任凭那乐于助人的女人如何挽留，陈峰都谢绝了。

当陈峰从他那曾经起步的大山区重返春城时，时间已到一九九〇年腊月十八。

与此同时，在春城南边长湖畔的高先生那取名高洁的四姑娘已是一米七亭亭玉立的大姑娘，她不愿在农村的土地中刨食，她的眼光早已盯向省城，待春节过后她便拿着朋友的介绍信要去省城谋求生计了。

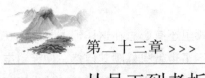

第二十三章 >>>

从员工到老板

高先生在改革开放近几年之中，他的四个姑娘都已先后成人，她们的身材抽条都在一米七左右，并遗传了她母亲结实、优美的身段，经过他呕心沥血的操劳与超负荷的体力付出，在出嫁时并给她们备办了丰厚的嫁妆。

当他的几个心肝宝贝如雨后春笋般地出落成人时，四姐妹在农闲时着装整洁脚前脚后一起出行时，旁人无不投以羡慕的目光，觉得她们都到了超凡脱俗的境界，更有那略有知识的半罐水，说她们犹如清末民初时的宋氏三姐妹一般的美丽，比在世界上颇有名气的三姐妹还多了一个美人，可惜她们地位不如人家显赫。听到这些出自人们内心的赞誉时，高先生感到极大的欣慰。在她们一到当嫁的年龄时，媒人们几乎把他家的门槛踢破了。高先生怀着极其欣慰的心情，很风光的出嫁了他的三个心肝宝贝，只有那最小的四姑娘看见国家政策已开放快十年，农村年轻人的眼光都盯向外面的大世界，就产生去大世界施展自身长处的想法，觉得自己赶上了幸福时代，她不甘心在农村过那面土、背天、春播、夏锄、秋收获的原始生活，想走出家门到城市去探讨人生的美好境界。高先生虽然思想比别人开通，但受着封建习俗的影响，觉得世事险恶，不同意宝贝姑娘出门冒险，便对四姑娘出门谋生的要求百般阻扰，但四姑娘去外面大世界谋生的心意已决，父女二人经过时日不短的意见交流，高先生夫妇终于被四姑娘说得心服口服，便拿出自己勤劳得来的微薄积蓄，亲自去车站买了车票，流着眼泪将自己的心头肉送上了去省城的班车。

半新不旧的运人班车在不算平坦的道路上颠簸了近四个小时，终于走完了150多公里的土路。四姑娘怀着紧张的心情到达了同龄们羡慕、向往的省城。

　　她的几位同龄因对出外淘金毫无信心，她独自一人带着一位亲戚的介绍信，在一个体老板的幼儿园上了班，老板对这身材高挑五官端正的姑娘极有好感，但知道她对业务尚不熟悉，于是将这新员工月薪定在一百五十元，并许下承诺，待业务熟悉后，只要工作认真再适当加薪。

　　四姑娘以农村人热爱劳动并极其讲究卫生的习惯与初进城的激动心情小心翼翼、如履薄冰似地照顾着城市人称之为"小皇帝"的独生子女们。

　　半个月后，这规模不大的幼儿园老板发现有着初中文化的新员工对待工作不但出奇的认真，而且有超时的工作态度，似乎已达到人们所说的"工作狂"的地步，随时观察与打扫着她这从来就不怎么整洁的幼儿园，在她的心目中觉得这新来姑娘毫无疑问是一位难得的、对工作极端负责的好员工，便十分干脆地兑现了她的承诺，将四姑娘的月薪果断的提高到三百元。

　　四姑娘因初次进大城市却不知道她在这都市的劳动价值究竟应值几何，以为这是老板对待员工的诚意，更加尽心尽力、不顾疲劳地打扫着幼儿园的卫生，殊不知这城市中像她这样的工作月薪一般都在四百元以上。她怀着满足的心情毫不松懈的工作着。

　　经过近一个月的辛勤付出，四姑娘把这原本不怎么清洁的幼儿园打扫得干干净净，各个房间收拾得井井有条，使这原来不整洁的幼儿园焕然一新，附近的人们都知道幼儿园来了一位既漂亮又工作认真的阿姨，这消息经人们相互转告，本不想送小孩来这幼儿园的父母们又将宝贝送来这小幼儿园接受教育，这小园里的幼儿就不断地增加，竟达到了饱和状况，使得这小老板心花怒放，便对四姑娘心存感激，又把她的工资提到400元，并从各方面加以关照，生怕失去了这可遇不可求的员工。

　　这幼儿园老板不知这新来员工为什么对工作这么勤苦，殊不知这年代高洁的家乡普遍种水稻，下田插秧这道工序都是女人们的专利。在家务农时因受到她父母勤劳的熏陶，农活中从播种到收获的每道程序高洁都十分认真，每年插秧季节麻利的插秧动作在姑娘与女人们中无人可以匹敌，便得到乡邻们的喜爱与夸奖。在这可以自由发展的年代，她衡量着自己的自身价值，不愿在农村辛劳一世，应该在外面的大世界中上班每月领一次工资最为现实，果然，一来到这幼儿园上班就受到这小老板和家长们的高度评价与赞赏。虽然高洁所效力的是一个私人老板的小幼儿园，但应了人们普遍认为的——只要是金子，放在任何地方都会发光的真理。

这小老板知道在这改革开放的年代，"撬墙脚"式地挖人才的大小老板比比皆是，她不但害怕那些大老板来挖走这难得的员工，更害怕色胆包天的年轻人来打这美人的主意，这新来员工显然到了谈婚论嫁的年龄，尽管他提心吊胆地害怕失去这难得的员工，时间一长，意想不到的事还是发生了。

这小老板的警惕性提高到八度，在幼儿园只要有人单独和高洁讲话，她都要探听她们谈话的内容，而且她也清楚，这新来的有着优美身段员工也已二十出头，不知有多少双年轻、饥渴的雄性眼珠盯上了她，由此，凡是那些男青年想进入幼儿园来闲逛并怀有不良意图都被这女老板拒之门外。

世上的任何美事不管你对外防范有多严，但最终总会有所疏漏，而且最害怕自己内部出问题。接送这些小宝贝的母亲中，一位矮个子母亲经常用羡慕的目光注视这位面容姣好、身高比自己高出一头、身材特别匀称、新来的阿姨。

在接送儿子时，这矮个子母亲少不了会与四姑娘擦肩而过，在这种情况下她总是挺直胸膛，清楚地知道自己的头顶才勉强达到这新来阿姨的肩头，心中不免产生自卑之感觉。

"近水楼台先得月"这句古诗是形容人们对身边的事或物有着优先得到的条件，那矮个女人因接送儿子天天和高洁见面，虽然自己也是女人，但对高洁的身材羡慕得直咽口水，她想："要是这姑娘能和我弟弟组合一个家庭，就一定会改变我们家族下一代的侏儒身形，以免别人侮辱我们家是一窝'武大郎'似的家族，常言道：'爹矮矮一个，妈矮矮一窝'，既然有此机会，就应该做成她与我弟弟的这桩好事，改变我们家族这种不雅状况！"她整天思考着在与高洁天天见面的有利条件下是否能促成这件天大的好事。

一日，她趁无人时挺直胸膛走到高洁面前抬起头问道："姑娘，你是哪里人，姓什么，叫啥名字，今年多大了？"

"我是江海县人，名高洁，今年二十二岁。大姐有什么事吗？"她轻声地应道。

"没啥事情，这幼儿园的家长们真感谢你啊！自从你来之后，这幼儿园的卫生搞得面貌一新，我们这些娃娃身上也比以前干净多了，好像他们的精神面貌也好了不少，希望你长时间在这里上班，不要到别处去好吧！"她抬着头一脸诚意，以奉承的语言、恳求的语气说道。

"阿姨，你太过奖了，这些娃娃们本来就很乖，我只是尽我的职责而已，只要不被老板辞退，我是不会走的！"这新来的姑娘谦虚的答道，矮个女人今天才知道她羡慕的这位姑娘名叫高洁。

"那就好，那就好！老板要是把你这样的人才都辞退了，那就证明她不会当老板，迟早都是要垮台的。有时间请到我家去耍，就算和你交个朋友吧，你哪天休息呢？"她说到这里声音特别低，其他家长带着娃娃虽然从她们身边走过，也难以听清。

"我没准备休息，想把休息天攒起来，攒够了时间，打算回家去看看父母亲！刚出门实在是太不习惯！"

"你准备哪天回家？"

"回家至少要花五天时间，我的休息时间还没攒够，究竟哪天回家还没决定。"

"只有等你回家去后，来了我再请你到我们家去玩，有件事想和你谈谈！"

"有啥事现在说不行吗？"

"不是不行，是一下说不清楚，这事也不着急，你回家来后我们再谈也不迟！"

"那好吧！阿姨，你贵姓？"

"免贵姓马，全名马素清！"

不知这位与她没谈过几次话姓马的家长要找她去她们家谈什么事情呢？高洁心存疑惑。

两个月后，高洁怀着疑问积攒了八天的休息时间，带着喜悦的心情回到家乡，她父母流着眼泪迎接从省城回来的心肝宝贝，让她坐在对面嘘寒问暖，高洁将这几个月的经历原原本本地讲给她的父母听了，乐得高先生老两口心花怒放，觉得这最小的宝贝真有出息，一改我们这一带年轻人既想而又不敢出外务工的普遍风俗习惯，比这一带的年轻小伙更有冲闯劲，简直就成了人们常说的敢于冒险的勇士。

"我说嘛，当初一生下这姑娘就知道她比儿子还有胆量，我们这里的小伙子哪个敢出门闯荡？怎么样？我说的没错吧！"这高先生高兴地对他老伴说道。

"是啊！你就会说你行，姑娘出门时，你怎么也百般阻拦呢？"老伴抓住他原本不准姑娘出门闯荡的决策微笑着质问丈夫。

"哎呀！你怎么就想到我这一次的错误呢？那是我不放心她出门嘛！你看我们这里青年伙子都不敢出门闯荡，哪晓得她一出门就受到老板的器重，应该说她今天有这样的胆量与你的言传身教分不开才对！"这高先生怀着喜悦的心情奉承着老伴儿。

经过一番愉悦心情的斗嘴后，高洁说道："两位老人不要说笑话了，还是把你们衣服换下来我给你们洗洗吧，我回来一趟还是尽尽孝心的！"

于是，高先生带信给几个女儿与女婿回家庆贺高洁出门一帆风顺，一家人沉浸在四姑娘初次出门成功的喜悦之中。

高洁休假期满，要回到她初次上班的幼儿园，临走时她父母对她反复地叮嘱——改革开放后坏人很多，要提高警惕，不要上当受骗。

她记住父母的良言，回到了她上班的地方，年轻的女老板满面春风地迎接了她。

那位矮个家长心急似火地等来了高洁，一见面就急忙说道："哎呀！总算把你盼来了，你看，你一走这幼儿园就没有你在的时候干净了，等你把幼儿园收拾干净后，过两天请你到我们家去玩玩，你回家之前我不是给你讲过嘛！有件事要和你谈谈，请你安排一下时间吧！"

高洁一听，还是有事要和她谈，不好问究竟有什么事，只好应道："等我想想再说吧！"

一天的劳累后，晚上睡在床上，思考着马素清对她的要求——我来到省城时间不长，她和我既不沾亲也不带故，她要和我谈什么大事！会不会有什么阴谋呢？

于是，她想起临走时父母要求她要提高警惕的嘱咐，应该把父母的话牢牢记住才对，不应该草率行事。

不过，她又想到这女人个子虽然不高，但面容姣好，一付小巧玲珑、干干净净、精干的身材，说话时不紧不慢，并且一脸善意，毫无作怪的迹象，她家有什么大事要和我谈呢？她一时拿不定主意。

这难以决断之事，只好一拖再拖。

她和初来时一样，在照顾好众多娃娃之余，时间都用在清洁卫生方面，几天之后，这幼儿园又以一片整洁的面貌展现在各位家长的眼前。

马素清一见幼儿园又以清洁面貌展现，对高洁的良好印象又加深了一层，更坚定了她的想法，待老板不在之时，又向高洁提出请她去她家玩的建议。

"马姐，你不要着急嘛！等我有了假日，我向老板请一天假，看老板同意我哪天休息，我再告诉你，你看怎么样？"经过连续几次的推诿，她不好意思再往后推，只好应答了她的请求。

"那好吧！你就尽快向老板请准假后，并提前告诉我，我好安排我们家里的事情，不然，临时临为就会手忙脚乱。"言下之意她们家要把高洁当作贵宾一样接待。

就在她们商量后的第五天，马素清与高洁来到她的家里。

一进家门，马素清把室内四个大人给高洁一一做了介绍。

这是一个面积不到八十平方米的小户型，客厅虽小，但收拾得十分整洁，并且室内的装修与摆设样样得体。马素清的公公、婆婆以及她老公的身高都在一米六以下。另外那个二十岁出头酷似马素清的小伙子虽然脸型周正但同样不会超过一米六的身高。经过马素清对各位的介绍后，高洁得知那小个子年轻人是她弟弟，显然，这是一个小个子群体的家族，高洁心想，这房子户型的大小与这一家人身材高低真是一种奇妙的搭配。

这一家人虽然身材瘦小，但衣着不但讲究而且笔挺，客厅里共七人，除开马素清的小儿子以外六个大人，这六个人在客厅里一走动，真是一幅奇特的画面，他们的头顶和高洁的肩头一般高矮，只要他们和高洁说话，都要抬头向上才能对话。

高洁很敏感，这一家人和她谈话时的一举一动对她都特别尊重。

晚饭桌上，六个人都不停地劝她吃菜，马素清的儿子人虽小却很会说话："高阿姨！不要客气，你是我们幼儿园最好的老师！小朋友们特别喜欢您，您千万不要离开我们幼儿园好吗？"

"你就放心吧，阿姨不会离开你们的！"高洁应道。

高洁从未在陌生人家作过客，不免有些拘束，菜都是马素清布在她的碗中。

晚饭后，马素清单独把她请到她的卧室，要谈的"大事"纳入了正题。

"高阿姨……"她以儿子的口气称呼高洁。

"我今天请你来我们家有一件要事想和你谈谈，不知你意下如何？我说话不会转弯抹角，习惯地直来直去。你一到我儿子上学的幼儿园，我第一眼看见你这身材太美了，真把我羡慕得几夜都难以入眠，你这样的身材真是太难得见到，我那天得知你的年龄后，这是姑娘们谈恋爱、找婆家的最佳时机，千万不要错过，你和我这个弟弟年龄差不多，比你大一岁还多一点，我娘家现在也就是我爸我妈与我弟三个人，我不敢说我们家条件有多好，但也不比别家差多少，我父母和我弟弟脾气都很好，要是你和我弟真有缘分，我想你们一定会过得很幸福。我弟虽然相貌不丑，但身高却比你差些，他就是这一缺点，要不然他就没有什么可以挑剔的！今天我不是要求你就作决定，请你考虑考虑吧！"马素清在说这话时显得自信又有些紧张。

高洁一听是给她介绍对象，她并不感到突然，前几次马素清约她来她家谈要事，估计就有这种可能，果不出她所料，今天一听，她胸有成竹地回答道："马姐！你对我的关心我很感激，这是人一生中的大事，不能草率决定，再者还有父母在上，必须要禀告两位老人，既然马姐有此好意，我写信告知父母，看看他们意下如何？"

"那应该、那应该！"马素清一听高洁这样回答，激动得连声应道。

"你们是不是先安排时间单独谈谈，了解你们的脾气是否合得来，等你父母来信后再作决定，你看怎么样？"马素清又建议道。

"我一点思想准备都没有，待我考虑几天再说吧！"

"也好，也好！这是每个人的终身大事，是应该慎重再慎重！"马素清附和着说道。

"马姐，时间已经很晚，我该回去了！"高洁向马素清提出回幼儿园的请求。

"这样吧！今晚上你就住在我们家里，和我住一间屋，明天我们和儿子一起去幼儿园，你看行不行？"

"那是绝不可能的，我从来没在别人家留宿过！"高洁一听要安排在她家歇宿，着急起来，以十分坚决的口气回绝了。

"好吧！我送你出去打车！"马素清知道不能勉强，便不再强求。

高洁和马素清走出卧室，与客厅里所有人打了招呼，便走至门外。

当高洁坐上的士，马素清硬把打车费塞给的士师傅的手中。

从马素清家回到幼儿园，高洁睡在床上思考着马素清对她提出的所谓"大事"，以她今天所见与对那家人的感受还是留下了很好的印象，但是他弟弟的个头确实太矮了，要是和他逛街、游公园走在一起别人还以为是我的弟弟呢，她想到这里，在黑暗中不由自主地笑了起来。

不过，她又反复地思考，男人嘛，只要抱有远大的志向并不在于有魁梧的身材，又不当运动员非要有一付巨人般的体型，一般老百姓就不应该考虑身材的高矮、粗壮胖瘦，只要心中有宏伟的目标，在这改革开放、优越政策下努力奋斗，应该还是有作为的，就怕那些只要有一碗饭能吃饱就觉得满足的人，过着十分平淡的生活了却一生，我到省城来找一个没有进取心的人回家见父母，岂不是丢了我们一家人的脸吗？应该和他相处一段时间才能作决定。

几天以后，马素清怀着迫不及待而又紧张的心情问道："这几天考虑得怎么样了？"

"我们相互的性格都不了解，短时间决定不了，慢慢地相处一段时间再说吧！"

"也好，我提个建议，你安排一天时间你们去逛逛公园，相互了解一下，你看怎么样？"马素清以恳切的口气问道。

半个月后，高洁攒下了两天假期，她不好向马素清提出与她弟弟去逛公园的想法，只好静待马素清再次向她征求意见。

马素清因想尽快弄清高洁与她弟弟这一桩大事是否能成功，心中急不可待，没有高洁的沉着心情，在一天接儿子时，她又向高洁提出去她家吃饭的请求。

"吃饭就不必了，我向老板请一天假，去公园转转就行了！"

"也好！也好！你就安排时间吧！我回去告诉我弟弟，叫他有个思想准备吧！"马素清见高洁同意与她弟弟逛公园，满脸堆笑地应道。

马素清把这好消息带回家，她们一家人乐得合不拢嘴。经过一番争论，最后决定到门票最高的那个公园里去。

她二人经过近一天的接触，因马素清弟不但不善言辞，而且在他脸面上显得十分紧张，她们每谈一话题，都是高洁提出在先，马素清弟弟总是敷衍应付。在下午分别时，高洁失去了与马素仙弟弟确定恋人关系的信心，她认为这小个子男人的言谈举止比起他姐马素清是有巨大差距的。

这事是断然不可能的，但怎样回绝马素清呢？在家时经常有媒人提过这事，不满意时都是父母回绝，今天却要她自己处理，她一时拿不定主意。

她迷迷糊糊地睡到天亮，一觉醒来，脑子中豁然开朗——要是马素清向我征求意见时，我只好说要禀告父母以后才能决定。

马素清每天早晚接送儿子，她们免不了天天见面，彼此少不了打招呼，马素清对她比以前更加客气，每次见面都想探得高洁对她弟弟是何印象，但总是难以启齿。

这样坚持几天，马素清终于沉不住气了，趁无旁人时她怀着十分紧张的心情向高洁问道："你们那天玩得高兴吗？你对我弟弟的看法怎样？"

"要说人嘛，他还是挺老实的，不是那种奸狡巨滑之人，不过，我一时难以决断，我已写信回家把你家与你弟弟的情况告知父母，这是人生大事肯定要征求父母的意见，不通过父母我独自决定了，要是父母见着不高兴我可担当不起啊！"她从未撒过谎，今天第一次撒谎，心中不免咚咚直跳。

"那是、那是！你给你父母写信有几天了？"

"就在我们玩了回来第二天就写了，已经快一个星期了吧！"她继续撒谎。

"给你们家写信一个往返要几天时间？"听马素清口气，似乎更加已迫不及待。

"我从未写过信回家，也不知道要几天才会收到回信！只有慢慢等吧！"

"那好！你家里回了信，把你父母的意见告诉我好吗？"

"一定！"高洁很干脆地答应着。

马素清的弟弟自从与高洁在公园游玩回家后，觉得高洁的影子始终在他的脑海之中停留着，他极力地想将那一天的经过忘掉，但几天过去后，不但忘不掉，而且高洁的形象越来越牢牢地生根在脑海中。几天之后他不像以前做事有条不紊，而是颠三倒四，他也有马素清要改变他们家族几代人都是"武大郎"身高的想法，如今已有一个很理想的目标摆在眼前，每天下班回家后都不辞辛苦地跑到他姐家探听消息，但得到的回答总是叫他不要着急。一个月过去了，还是毫无结果，本就一个很瘦小的身材又瘦了一圈，几乎到了崩溃的边缘，马素清见弟弟如此状况，内心也受着煎熬，她在高洁面前不好说她弟弟对她似乎已经到了意乱情迷的地步，也不好催得太紧，只好心急火燎地等待高洁这边的消息。

转眼快两个月了，马素清还是没有好消息告诉她弟弟，由于长时间精神上的折磨，她弟弟已神魂颠倒、糊里糊涂，竟然瞒着他姐姐跑到幼儿园来找高洁，而且泪流满面，使高洁手足无措地难于应付，经过幼儿园老板请来110，高洁将此事的原委告诉警察，警察将马素清的弟弟送回家中，才平息了此事。

为了避免这样的麻烦事不再发生，警察返回幼儿园告诉高洁，劝她最好离开幼儿园，不然，那年轻人肯定还会来幼儿园纠缠，说不定事态会越来越严重。

高洁一听，将警察之意告诉老板，这老板也害怕这事在幼儿园再次发生，只好忍痛割爱。她不能让这样的好员工落于别家，将高洁介绍给她亲戚的洗衣店上班。

高洁上班的洗衣店是幼儿园老板的亲戚为了扩展业务新开张的一个小洗衣店。一个月后他一结算，发现这洗衣店没有盈利，果断地将这洗衣店廉价转给高洁，高洁怀着一颗试探着当老板的心情接过这洗衣店。

在这村子西边，有一片低矮平房，在合作化时却是很兴旺的公房，因改革开放后合作化解体无人管理，如今快要坍塌了，陈峰血本无归回到这都市后，在城市郊区东转西转找办家具厂的厂房时，发现了这几栋几乎不能使用的老房子，为了租金的低廉，这陈旧、还漏着雨的公房，经过陈峰维修后，勉强成了陈峰的家具厂。

这厂房离高洁的洗衣店不到五百米。

第二十四章 >>>

灾难的重复

陈峰将家具厂廉价转让给别人去换山而惨败，他不好意思回家乡过年与见他那既温柔又贤惠在家任劳任怨地孝敬母亲的妻子，便从囊中一万二千元钱中抽出两千元寄回家去，作为家中的零用开支，便以只争朝夕的心情从曾经艰难起步并且很成功但又在那里亏得精光的大山区直奔那使他风光过的春城。

他怀着沉重的心情又回到这四季如春的城市。

他来到这不热不冷的都市后，还有十几天就要过年了，在春节期间，不好意思去见他那些已有几代的弟子们，为了节省开支住在一个低挡的小旅馆里，数着身上不到一万元钱，计划办家具厂的资金，待春节过完，他又要开始行动了。

本来，他从王书记给他那两万元钱中给了王虎一万元后，只剩下一万。曾老头墓地附近那位乐于助人的妇人，见他亏得太可怜，要将自己家里仅有的两千元送给他，他虽然知道这钱强如雪中送炭，但是，他对这女人要送钱给他的心意实在没那么厚的脸皮接受，但这美妇却坚决要以借给他的方式强迫他收下，不然，就不放他离开，他无可奈何地收下这十分宝贵的两千元，王书记的两万之中剩下的一万，加上你妇人的两千除去路费与寄给家中两千元的零用钱又不足一万元了。

他暗中发誓，若自己果真有出头之日，便要以数十倍或数百倍偿还给在自己身上集有多种情意的那些恩人们。

春节一过完，他打听到他的徒弟们在过去的一年里将他们的事业经营得风生水起，更觉得脸上无光，无颜面对曾经在他辛辛苦苦培养下成材的弟子们。他在旅馆里经过左思右想后，为了尽快走出困境，决意还是要装作脸皮厚在他们身上借点钱来，趁家具行业火热时恢复元气。

他准备首先造访他的大徒弟陈安，但在去陈安厂房的路上却意外遇见布仕仁，布仕仁一见对他特别客气，并极力要求陈峰去他厂里一观，陈峰本不想与他交往，又想到能否得到他的一点资助，但知道他那一族人心肠歹毒对人表里不一，他抱着看布仕仁这次是否会发点善心的幻想，便尽量装出若无其事的状态跟随布仕仁来到他的厂里。布仕仁已从他同伙们嘴里得知陈峰亏得颗粒无收，心想尽管今天师傅强作欢颜，知道他也是外强中干，心中一阵狂喜："这下我看你在实力方面哪个和我较量，这十多年你在家乡人们的眼里出尽了风头，他们不但知道是你开辟了这块宝地，而且在实力方面也无人能与你匹敌，特别改革开放后，在家乡的劳务输出方面又起到了独一无二的作用，人人见你都特别敬重，如今你成了一个穷光蛋，已经没有了风光的资本，应该是我出风头的时候了！"

但布仕仁不知道或者忽视了一个人在社会上能受到人们的普遍敬重不是单方面的金钱优势，而是在于他的为人处世与对社会是否有点滴的贡献。

布仕仁在几秒之内就反映了这若干问题，一进他的办公室，便很热情地招呼师傅："快坐、快坐！你是哪天来的，你那边的项目进展得怎么样？"

话刚说完，听到后边有脚步声，他转过头去，见是他新收来的一个徒弟，便吩咐道："快给你祖师爷倒水，以后你要特别尊敬他，他就是我们家乡最先来到这块宝地的，算是我们这一行在这一方的开山鼻祖，也就是你们那些师爷、师叔、师兄！师弟经常说起的祖师爷'！"他虽然嘴上说着这些好听的话，内心对陈峰却一阵轻蔑。

"啊！祖师爷好……"这小伙子很有礼貌地称呼道。

陈峰听到这里，虽然内心产生一丝喜悦，但又夹着十分强烈的酸楚，没想到自己离开仅仅一年，这些徒弟们的事业竟然如此快速地发展着。办公室的装修设计比我以前的办公室还漂亮得多。

"师傅喝水！"布仕仁见陈峰聚精会神地观察着他的办公室，并未理他，又接连两声："师傅喝水……"

陈峰十分羡慕地观察着这漂亮的办公室，并思考自己现在的处境，未注意布仕仁在招呼他喝水。一连三声他才听到，"哎……"他答应时突然一惊，布仕仁不觉心中好笑。

"请师傅去我们去厂里面看看吧！"少许，布仕仁提议到。

"好吧！"他内心空虚地应道。

布仕仁不好在前面领路，便在后面指引着师傅走进他的厂房，当陈峰一步踏进那简易但面积很宽的厂房，一见那热火朝天的场面，就知道布仕人的生意非同一般，更悔恨自己去换山的失误，依照这样的规模，一年下来收入肯定不菲，自己不知要用多少年才能赶上。

他在这些弟子们热情的招呼声中心不在焉地在这热火朝天的厂房里转了一圈后，又回到布仕仁的办公室，一屁股坐在那木制的沙发上，沉浸在痛苦之中。

布仕仁见他一脸的颓唐，心中知道他痛苦的原因，心中默念着："嘿嘿！在家乡谁人不知、哪个不晓得祖师爷也有栽跟头的时候，那响当当的祖师爷与富豪的声誉看来是要扫地了，古话说得好，风水轮流转，今年到我家！祖师爷的头衔虽然风光依旧，但已成为一个穷光蛋似的空壳，在家乡我现在才是名副其实的富豪，空壳与富豪相比，你哪个也占不了上风，我今天请你来就是要你见见我这场面。还有一点应该肯定，你会找我借钱的，嘿嘿！"他暗自得意。

陈峰见布仕仁一脸的喜色，还夹杂着浓厚的得意表情，又一阵痛苦袭上心头，想开口借钱的言语又咽了下去。为了避免布仕仁厂里那些徒子徒孙进这办公室看出自己难过的表情，便找一借口，拒绝了布仕仁留他进午餐的请求，快步走出了布仕仁的"辖区"。

布仕仁见师傅未开口向自己借钱，这倒出乎他的意料，因师傅执意要走，便送出办公室站在门口，惊愕地望着师傅头也不回地消失在他的视线之中。

布仕仁回到他的办公室，坐在厂长的位子上，思考着师傅刚才一脸痛楚的表情，寻思师傅这次又回到他开辟这块宝地的打算。他思来想去，最后他得出结论，师傅肯定还是要走开家具厂这条老路，不过他现在应该是身无分文，办厂是要资金的，他的启动资金从哪里来呢？怎么又没开口向我借钱呢？他百思不得其解，只有静观其变了。

　　陈峰又回到他的低档旅馆，仰卧在简易的床上，思考着自己起步的方案，今天无意中见了布仕仁一面，表面上虽然十分热情，从他表情上看出了他内心之中的幸灾乐祸，要想从他那里多少借点钱来作为启动资金，那真是从老虎嘴里拔下牙来。

　　他不想、也知道得不到布仕仁的半点资助，深知他受着家族血统的遗传，受人再大的恩惠也不会有半点的感恩之心。经过思考后决心走访陈安与王俊，当他来到他二人的家具厂后，见他二人的家具厂是紧邻隔壁，是从一个老板手里租来的，同样是一片生意兴旺的景象，不免又是一阵心痛。

　　当然，他受到陈安与王俊的热情接待。

　　这王俊的性格与陈安不同，一阵礼节性的问候之后，王俊首先发言，开门见山地问道："听说你那边的项目已经不能再坚持下去了，你回到这边来是啥子打算呢？"

　　"我心里太乱了，现在还没想好究竟该干啥子才是出路！"他不好表明自己还是要走办家具厂的老路。

　　"不管哪个说，你总不能再以打工的方式维持你们一家人的生计吧？"王俊依然以家乡的方言问道。

　　"那你的意见我现在干啥子最合适？"陈峰试探性地问道。

　　"依我看，还是抓紧时间把家具厂办起来才是上策！这行道对你而言无疑是轻车熟路！"王俊一针见血地建议道。

　　"你说的虽然正确，但是，我现在哪有资金办家具厂呢！"

　　"依你现在的状况，靠你自己的资金当然是不可能的，我想只要动员我们这一路几个师兄师弟给你筹集三五万元的启动资金应该是没有问题的！"王俊似乎很有把握地提醒道。

　　"不一定吧！不说三五万元，就是筹集两万元也很困难！"陈峰似乎了解这些人的性格。

　　"这是借钱，又不是找他们要钱不还他们，哪个会筹集不到三五万元钱呢？我现在就表态，我借一万元给你，他们几个生意比我好的多，应该多借点给你才对！我就不信他们不念师徒之情！你要是不好意思去，我今天下午就去找他们，看他们是啥子想法！"这王俊把这件事看得太简单。

"那就劳驾你跑一趟，试探一下他们的口气，看他们能借多少钱给我，我好作正确的决策。有句古话——量体裁衣，也就是说我按能借多少钱，就计划办厂的规模大小！"

"就这样决定吧！"王俊果断地应道。

吃过午饭，王俊告别师傅，骑上单车跑遍了陈峰几个徒弟的家具厂，他得到的却是大失所望，心想师傅估计得哪个这么准呢？今天跑了半天，他们同意借钱的数目果然不到一万元，布仕仁的生意很好，竟然说他太紧张，不肯借助一分。师傅这家具厂哪个才办得起来呢？。

他一脸的沮丧回到他的厂里，怀着沉痛的心情向师傅禀报了他跑这半天竟然是这样的结果，陈峰一听，连忙说："不要生气也不要着急，他们答应的数目一共只有八千元，加上你的一万元，就有一万八千元，这是人们普遍认为的是一个吉利数，不要再去求他们了，我就要用这一万八千元把厂办起来，你要不相信就走着瞧吧！他们那八千元啥时候能兑现给我呢？"陈峰说完后又问道。他知道自己身上还有王书记给的一万元，一共就有28000元。

"因为我嫌太少，没希望他们马上给我，你要是同意这数目，我明天再去找他们，应该明天就能拿到手！"王俊又道。

"那就好，麻烦你明天再跑一趟，我今天就去找厂房，时间不等人啊！"

翌日，王俊雷厉风行地把一万八千元递到陈峰手中，并叹道："这几年做家具的材料已很难赊到，不过，以你的声誉应该问题不大。这点钱你办厂也太紧张了嘛！"

"你今天把这一万八千元给我办到，这就解决了我最大的难事，后面的事就不麻烦你操心了，你这次帮了师傅的大忙，我是不会忘记的！"

"师傅哪个这样说呢，你把我们带到这得天独厚的地方，我们才应该一辈子对你感恩不尽才对。你这次重新起步，肯定困难重重，若需要我出力，尽管吩咐，我决无半点怨言！"

"现在啥子话都不必说了，办正事要紧。我找厂房去了，把你的单车借给我用半天！"

陈峰租用的破旧厂房，就在这村子的边缘，村中心有一规模不大的洗衣店，这是高洁洗衣店的老板觉得这小店没有盈利，便廉价转让给高洁经营。

他又有了安身之地，并告诉王俊他租用的厂房所在地。

王俊做事太负责，第二天就来到陈峰这小小的家具厂，并希望师傅再给他布置任务，陈峰谢绝了他的请求。

他雷厉风行地制作了一套木工工具并购买了一辆脚踏三轮车，又进了少量的材料，重新操起他做家具生意的旧业。

如同去广利以前，他又一身兼数职，既是老板又是工人，既是会计、出纳也是销售人员，还是用脚踏车运送产品到家具商场的搬运工，并且还自己亲自做饭，在这"数职"之中，最难与最不划算和最耽误时间的就是搬运工，搬运工是小工，自己却是一位头顶着"祖师爷"头衔的高级木工，以自己高级木工代替小工，这简直就是埋没了"人才"，不能长时间把自己置身于搬运工和炊事员的小工位置，所以，他告诉王俊给他找来一个搬运工送货兼炊事员。

他卸掉了当搬运工与炊事员这两项"重任"后，每天以十五小时的工作时间生产出供不应求的优质家具。

由于极小的开支，几个月后他又扭转了经济太紧的状况，便又招来两个木工，扩大了生产量，当然，生产量一扩大，他的收入也就成倍的增加。

一年的时间在既紧张又劳累中转眼又快过去了，为了摆脱困境，在这一年中，他超负荷地付出了常人难以付出的体力与精力，当然，也得到了应有的回报。临近春节，他不但有了一笔很满意的盈余，而且他的员工人数又增加到十多个，但比起他的几个徒弟，还远远地落在他们的后面，不过，他还是大大地松了一口气。

在过去的一年中，他不好意思也很少有时间去他几个徒弟家具厂走访，他的几个徒弟倒是来过他这小厂几次，但对他却没有点滴的资助，特别他堂哥的舅老倌布仕仁不但未有丝毫的资助，就连来看他一眼也未曾有过，这些徒弟中只有王俊对他的支持最大，闲着时在心中他把王俊和布仕仁作了简单的比较，他二人在他心中形成了两个极端。

在这一年中，他还了其他几个徒弟八千元的借款，本来，王俊借给他的一万元他同样准备还给王俊，但王俊却坚决不收，理由是再借给他周转一段时间。

在众多徒弟之中，王俊在陈峰心中的分量在与其他徒弟相比之下这差别太大了，当然，最使他觉得不可理喻的还是他堂哥的舅老倌布仕仁。

想起布仕仁如此这般对待自己，十多年前的往事浮上心头——

七六年是仅次于大跃进过后的灾荒年，春节过后布仕仁家离揭不开锅的时日已经不多了，他堂哥的岳母为了她儿子能够来到这块宝地，屁颠着两只几乎被缠废了的小脚三番五次跑到陈峰母亲面前流着眼泪求情，她晓得他女儿对陈峰一家作恶太多，不下功夫是不行的。陈峰母亲的菩萨心肠经不住她那老泪纵横凄惨像的哭诉，只好带着这小脚老妇三番五次地给陈峰作工作，言语中并带有命令的成分，陈峰遗传了父母的善良性格，不忍心见布仕仁的老母亲眼泪汪汪和她一付可怜巴巴的菜色像，也就勉强答应了这老妇人的请求，心想，他们家中不可能全都是蛇蝎心肠一般的人，应该还是有厚道之人才对，这回把他一家从饥饿线上拯救出来，他家的人在良心深处一定会起点感化作用。

当时陈峰想得太天真了，这家人所作所为在他们当地已是臭名昭著，只是他们两家相距十来公里，对他堂哥那小舅子的为人毫无了解，几年之后就证实了他一家人的丑恶德性。农村人虽然普遍文盲，但他们的生活经验极其丰富，常常对一些不平之事爱打比方，而且恰到妙处——养好一条狗见了主人总是会摇摇尾巴表示感恩，据近日了解到布仕仁一家几代人从来对恩人就无感恩之心，他纳闷，怎么他们家的人还不如畜牲呢？

布仕仁来到这都市以后，他家中少了一张嘴吃饭，应该说他家可以度过饥饿难关，但一个月以后，也就是一九七六年阴历二月初，这是荒月天的紧要关头，布仕仁收到他家中的一封信，希望他赶紧弄点粮票回去，不然家中就要断炊了，这也在布仕仁的预料之中，因他离家时就晓得家中的粮食所剩无几，他将信递给陈峰看后，希望他再帮帮忙，度过他家中这一紧要难关，他晓得陈峰已储备了不少粮票，要解决这一问题简直就是易如反掌，陈峰一看，果断借给他一百斤粮票寄回家去，并把在家乡粮站购米所需要的钱一并借给他，还把布仕仁从家里带来的四川布票拿到这里的纺织品公司盖章后便在这春城可以使用，又想尽办法将可以在春城使用的四川布票换成全国粮票寄回家去，就把布仕仁家几个月的春荒彻底解决了。

而如今陈峰走入困境，布仕仁不但未伸出援助之手，而且还千方百计拆陈峰的台，布仕仁从侧面了解到陈峰厂内招有几个优秀木工，生产的家具供不应求，他将这几人挖走之后，还到处散布流言，说陈峰再也不会有发达之日，这些话传入陈峰耳朵后，他不觉暗自好笑，内心规划着怎样赶上或者超过他布仕仁。

他虽然发挥自己的全能直追，但由于自己资金与徒弟们相差太大，在这条件极差的情况下，短时间在收入上还是未能赶上他的弟子们。

新中国吸取三十年封闭政策的教训，经过十一届三中全会议的"解冻"后，时代前进的步伐加大了，人们的生活节奏普遍地加快了，好几个徒弟已经改用微型小汽车取代脚踏三轮车送货的状况，陈峰一见，只好从并不宽松的周转资金中抽出一部分买了一辆微型货车，用来送货更为方便快捷

有了微型汽车送货，比脚踏三轮车的效率高多了，为了增加收入，扩大销售范围，他将产品送往更远的州县上去销售。经过几年的辛苦经营，虽不能断定在生产与销售上赶上或者超过了他的同行们，但和他们也难分伯仲。

在这又步入顺境的有利形势下，似乎又要回到既是有实力的领头人又是祖师爷的原位上，当然，祖师爷的身份是不能以实力来取代的。

在沉重的心情得到松缓的时候，他更是信心百倍，似乎意识到，如今已形成了在规模上将几个生意好的同行抛向身后的趋势。

天有不测风云、人有旦夕祸福，这是古人们在漫长的岁月之中对瞬息万变的世事总结出的至理名言，在这即将达到自己目的的关键时，老天爷似乎要给他更多的磨炼，或者说是忘记了对他的眷顾——接二连三的灾难又降落在他的头上。

为了尽快实现自己的领先目标，为了将产品的销售范围扩展到更远的州县上去。他招收了一个驾驶员专门往州县的家具商场送货。

在一次送货的返程途中，噩耗传回来——送货的微型车出事故了。

陈峰赶到车祸现场，微型车瘫痪在路边，一片狼藉。

驾驶员被一好心人送去附近医院，陈峰去医院预交医疗费二万元。十

天后又从州县医院用120救护车把驾驶员运回省城的大医院。

他把已不能启动的微型车用大车运回家具厂附近的修理厂，半个月后，陈峰从修理厂取回微型货车，花去的修理费比购买新车的一半还多。

一个月后，他从医院接回驾驶员，花去的医疗费又接近五万元。

这次的沉重打击，使得本来就很劳累的陈峰心力交瘁，这一变故对他的打击实在是太大了，在这难以承受的时候，又接到从家乡亲人打来比车祸更加惨然的噩耗。

他不顾厂里的业务，立即买机票，下飞机后就直接打的士以最快的速度赶回家中。

当他风驰电掣般地赶回家中时，一千多公里的路程所花时间不到六小时。

他回到家中，第一眼看见的是母亲和妻子静静躺在地上的遗体。

他承受不了这塌天大祸，眼前一花，顿时晕了过去。

不知从哪个朝代传至至今的"福不双降、祸不单行"这一句古话，如今在陈峰头上应验了。

第二十五章 >>>

孤寡人

　　自从陈峰离别家乡打拼已经二十多年了，为了积累资金，对事业有大的发展，回家的次数却达不到一年一次。他那既勤劳、善良而又贤惠的妻子在家毫无怨言地孝敬他的母亲，使得陈峰在外毫无后顾之忧、不遗余力地拼搏着。上天不负有心人，在八十年代初期，陈峰在当地就成了知名人士。他那勤劳的妻子觉得脸上有了光彩，更加任劳任怨、无怨无悔地支撑她那没有男人在家的家，将她们的家打理得井井有条。陈峰在心中对他那苦命的妻子怀着万分的感激之意，意欲在发达之后要将她带来都市过城市人的生活，但他哪里晓得，在他事业蒸蒸日上之时，王虎却将他从高高的山峰上拖入深深的谷底之中，这就大大推迟了将他那辛苦的妻子接来都市生活的时间。他从王虎那"泥潭"之中返回这都市经过几年的超负荷的付出，在各方面尽量缩小开支的情况下，如今已有了大的起色，在这形势大好之时，他又想到在家头顶烈日耕耘着农田并孝敬长辈的妻子，正准备把母亲和她接来一家人幸福地生活在一起，但自己借款重办家具厂还未走出困境而无能为力，只好将此事搁下，一心一意发展自己的事业，没想到一放就是几年，如今各方面有了好转，如今一家人有了团聚生活的条件，理所当然地想到了年老的母亲和劳累的妻子，不料噩运接踵而来，刚把车祸之事搁平，还未喘过气来，又接到姐姐与妹妹打来犹如天塌地陷的电话。

　　众多的乡邻们知道他经受不住这沉重的打击而休克，顿时慌了神，有人做人工呼吸、有人端开水、有人掐人中穴位，经过近十分钟的折腾，虽然缓过气来，整个人却如一摊稀泥，众人只好扶着他仰卧在一把马扎椅上。

　　"事已至此，就是神仙也挽回不了，你要节哀，现在你家就你一个人了，要注意身体才是最重要，我已经安排好了处理后事的一切事务，还有乡亲们帮忙，大家会给你处理好的，你就静静地休息吧！"大队书记见他悲痛欲绝，便出言劝道，因他对家乡的劳务输出做出了卓越贡献，使家乡的年轻人有了在那都市讨生活的手艺，他家出了这样的悲惨事，大队书记得知这使任何人都难以承受的噩耗后，就丢下自家事务，立即赶到陈峰家，以他的身份指挥着乡邻们有条不紊地进行着善后之事。

他无力回答书记对他的安慰，但心里盘算着应该怎样安排与处理这突如其来的塌天之祸，浑身软若无骨地仰躺在马扎椅上。

姐姐与妹妹两家人眼泪汪汪站立在陈峰仰卧的马扎椅旁边。

几十个诚实的乡邻见他悲痛到如此地步，以陈峰的声誉他们又找不着适当的语言将他从痛苦之中解脱出来。屋内无人讲话，只听到一片抽泣声。

俄顷，一位性急的老大妈耐不住这使人窒息的场面，向他道明了事情发生的经过："昨天下半天，你妈去堰塘边淘菜，你老婆李欣去洗衣服，你妈本来身体很好，经常都是她去淘菜，因为李欣要做田地里面的活路，淘菜就是你妈分内之事，她们刚去不久，堰塘对面的人突然听见李欣大喊"救命啊"的尖叫声，对面的人听见是李欣的求救声，立即往这边跑过来，你晓得，从堰塘那边跑到我们这边来，再快也要十分钟，大概是李欣看见跑过来的人来不及，就伸手去想把你妈拉上来，对面往这边跑过来的人边跑还看见李欣向你妈伸手下去，应该是水边泥太滑李欣不但没把你妈拉上来，反而随着你妈又掉下水去了。等到对面的人跑过来把你妈和李欣从堰塘里救拉上来，她们都没得气了，事情就是这样发生的。当时就有好几个人赶到了，有人说可以做人工呼吸，但都不会，折腾了好大一阵都没有好转，就这样，两条活生生的生命在短短的几分钟就完了！"这老大妈强忍着悲痛道明了那短短几分钟的经过，话一结束，就忍不住哭出声来。

这大妈一哭出声，所有的女人如同得了传染病一般，顿时，一片哭声取代了寂静的场面，男人们虽然在这极度悲痛之时没有哭出声来，但鼻涕眼泪还是同时涌了出来。

书记不愧是书记，他知道哭声是解决不了问题的，他从悲痛的人群中抽出身来："乡亲们不要哭了，悲惨的事情既然已经发生了，我们就要面对，以陈峰给我们这半个县的劳务输出作出的巨大贡献，他家发生了这样不幸的事，我们就要承担起这善后之事。现在我们这里几十个人，哪一家没有你们的子弟去陈峰开辟的那块宝地淘金呢？所以，今天我们都要操点心，把这件事情处理很圆满，让陈峰在悲痛中得到安慰！"

书记的话真管用，顿时，哭声虽然止了，但抽泣声还是不绝于耳。

他以当书记的身份安排张三干什么，李四又干什么。自从庄稼实行承包责任制后，这些社员不像合作化时那么听他的指挥，但这次是给陈峰办事，以现在的情势，陈峰和书记相比较，书记的声誉已显暗淡，在乡邻们的心目中，远不及陈峰有分量，不过，今天有所不同，因为今天书记是帮陈峰发号施令，人们都毫无怨言心甘情愿地服从。书记也心知肚明，今天这些人如羔羊一般顺从，晓得是陈峰的脸面所起的作用。老书记觉得今天安排事务这样顺利，应该有点狐假虎威的成分吧！

陈峰听到书记安排得井井有条，晓得自己已无力办理这许多的繁琐事，便将自己身上的五万元钱交给书记，书记却未伸手，并指了指他的妹夫说道："开支之事就让他办理吧！"

他妹夫接了钱，陈峰又转向书记："全叔，你就帮侄儿把有些事处理一下吧，你晓得我在外已经多年，家乡有好些人与事都不熟悉，办事肯定不如你们那么得心应手，加上这塌天大祸我简直承受不了，今天就靠全叔帮侄儿这个忙吧！妹夫你也操点心，该花的钱尽量花，不要吝啬，协助全叔把这事办得我满意一点！"书记陈智全，论辈分是他长辈，所以称他为全叔。他有气无力地说完后，便又仰躺在那马扎椅子上。

"你就放心地休息吧！既然这事已经出了，再痛苦也得面对，你给我们这广大地区的劳务输出贡献这么大，不说我会尽力，就是任何一个乡邻也会不遗余力地帮你处理好这件事！"书记接过陈峰的话尾应道。

"书记说得对，我们就是放下自家的事情不做，也会把你的事情办得很圆满！"几个老人齐声应道。他们儿子的手艺都是陈峰亲自传授的。

"那就谢谢各位长辈与乡亲们了！"陈峰知道现在的年轻人都出外打工，家乡留守的全是老人，为了节省精力，他一语就道谢完了所有人。

"你就不要说客气话了，你看，这院坝里站着的人都是怀着十分沉痛的心情来帮你处理这件事的，凡是家里有年轻人哪个不是在你开辟的那块宝地里淘金，说感谢话的应该是我们，这样的惨事任何人都难以承受。你就好好地休息吧，不把你这事情处理清楚，我们是不会回家的！"一位六十多岁的长辈又发言道。

他的话一结束，陈峰被激动得眼泪顿时成双地滚落下来。

陈峰听到这些安慰之言，任由乡亲们依照书记指挥着忙里忙外。

这书记已年过六旬，在农村处理丧事已是司空见惯，办理这种事也就得心应手。

农村丧葬的普遍风俗——必须请阴阳先生看坟地风水，择地形、以逝者的生辰八字确定出丧吉日，请木工做棺材，安排人买酒、买肉，又在各家各户的蔬菜地里收集蔬菜，请厨师烹饪丧宴，如此轻车熟路、有条不紊，需要多少钱便吩咐陈峰的妹夫开支并记好账目。

经过众人几天的忙碌，丧事办理得很圆满。

办完丧事后，他姐姐与妹妹两家人陪着他过完了农村中对逝者的所有风俗惯例，由于各自家中都有繁琐的农家事，经过一家人商量，只留陈峰妹妹一人陪伴和安慰陈峰，其他都怀着沉痛的心情回家去了。

一切丧葬习俗过后，陈峰体重减轻了十多斤，几乎成了皮包骨头。

书记与几个离陈峰家最近的长辈们一见，不免替他担心，但又不知怎样才能使他从悲痛之中走出来，于是书记便提醒陈峰的近邻们，注意他的人身安全，并建议应该有一人陪伴陈峰才对，当即就有人愿意担当此任，但都被陈峰谢绝了。

他孤零零地住在这几间几年前建盖的砖混结构的楼房里，回忆这几十年的人生道路，从互助组、合作化、吃大锅饭、大跃进、人民公社的童年时代以及十年浩劫的文化大革命，终于熬到了改革开放的新时代，人们在这大好形势下自由地拼搏着，不少能人成为阶梯式的大小富豪，且不说那些房地产开发商，就是家具行业自己那些弟子们也跻身于富户之列。自己不但勤奋并且不烟、不酒整天忙于业务，但还是被坎坷与灾难缠绕着。自从王虎将自己误导入歧途使我倾家荡产又回到春城后，经过亡命的拼搏，事业显然有了起色，就在自己大大地松了一口气时，正要迈开大步向前冲刺时，不料，这接二连三突如其来的灾难却又要将我陈峰击入地狱，不让我有翻身之日，我的一生竟然如此多舛。想到自己拼搏了几十年，现在竟然落得孤身一人两手空空！上苍怎么这样不公啊！难道不让我陈峰活了吗？

想到这里，轻生的念头在他的脑海中陡然而生，觉得人活在这世上简直就是活受罪，于是，他考虑采取什么方法走向黄泉路，但是，自己的后事哪个又来料理呢？广利县王书记的恩情不但未报答，就连离开广利时给我的那两万元钱也未寄还，还有曾世豪老头陵墓附近那徐娘的两千元钱同样未还，难道我把别人的钱用后不还就一死了之吗？

在这极度矛盾的心理之中，他无意之中来到书记的家中倾诉自己一肚子的苦水，并阐明自己已看淡人生，他的话一出口，书记便以长辈的口气严厉地批评道："你今天是怎么了？你在我们的家族之中算是一个顶天立地的男子汉，你的声誉在我们这半个县之内哪个不知、谁人不晓，当然，这几个月或者说这几年之中对你的打击确实太沉重了，不过，这普天之下只有你受过沉重的打击吗？自古以来就有成事在人、谋事在天的说法，大概是你命中有此劫数吧。你见有几个失败者或者受了灾难过后是轻生了的？多少帝王失去江山同样潇洒地活着，蒋介石被毛泽东赶去一个小岛之上，失去了偌大一个中国，在世界上也是颜面尽失，但他并没有寻短见死去，在台湾还不是活到了88岁。你难道没仔细想想吗？人生在世，天灾人祸、生老病死随时随地都可能降落在任何人的头上。悲惨事情发生并且已经过去了，你的年龄不算大，不要气馁，一定要振作起来，重铸辉煌的机会你肯定还会有的！"

书记不愧是当了几十年的书记，面对社员讲话几十年，一席话说得头头是道，陈峰糊里糊涂的脑海之中虽然从他的话中得到了些许启发，但想把内心的痛苦一下抹掉，却又太难了。

于是，他压住内心的痛苦说道："全叔，话虽这样说，但我最近十年之中简直就是在坎坷与灾难之中受着煎熬，现在又是人财两空，拼搏了几十年，如今却落得孤寡一人，哪还有脸皮活在人世间。我的命怎么就这样苦哇！人们常说家有不幸是作恶多端的报应，我又没在哪里做过丝毫缺德事，更没做过损人利己之事，怎么灾难都降落在我的头上呢？不知人们在背后怎么笑话我啊！"

"笑话？你既然知道你没做过缺德事，更没有做过损人利己之事，怎么还怕别人笑话呢！这就叫问心无愧。农村人虽然没有文化，但对世事的总结真是恰如其分，什么，人有三穷三富不到老哇，瓦有七翻七匋不到头哇！什么柳暗花明又一村呐！认为有的人一生之中免不了有三灾八难，是上天给他的一种磨炼，或者说是命中注定吧，你既然知道你做的都是好事、善事，老天爷肯定会眷顾你的，不要灰心丧气，你的事业是现成的，待你心情平静后，再去从头做起重铸辉煌也不是难事。"他全叔引用农村中世世代代的文盲们对世事的总结开导他。

"全叔的话固然正确，你晓得我们这一代同龄人现在都是儿孙满堂，我如今还是孤寡一人，这现实我怎么接受得了嘛？难道是我做好事就该落到这步田地吗？"由于心中极度的不平衡，说话也就大大离了谱。

"你怎么这样说话呢？做好事终会有好报，希望你振作起来，拿出你刚出门时的冲闯精神，勇往直前。有句常言，叫什么：'冲破黎明前的黑暗，曙光就在眼前！'不知这话对于你是否正确，你掂量掂量吧！"他全叔说这话时提高了嗓音，似乎有点生气了。

"……"他无言以对。

"今晚上你就在我家睡吧，你回去也没有人跟你说话，一个人太寂寞了，我们两个在一起你就不会感到孤独了！"他见陈峰没有回答，又建议道。

"我还是回去算了，我一个人静静地思考我的下一步该怎么办！"他不想再打扰他的全叔，便以柔弱无力、毫无精神的语气答道。

"不要回去了！我晓得你这几天的心情极度不好，你看你这几天瘦得不像个人了，你要是饿了，我就叫你婶娘给你弄点吃的！"

陈峰没有精神再坚持自己的意见，便在书记家住下了。

他二人睡在一张床上，经过一夜的聊天，陈智全书记知道陈峰受到如此沉重的打击，落在任何人头上都是难以承受的，为了尽快让陈峰走出阴影，他想出一个主意——他做东把这附近有点名气的人都请来吃一餐饭，让大家一齐来开导他，也许能起点作用。

事不宜迟，天一亮他就开始行动，当这些受陈峰尊敬的长辈们坐满一桌后，相反陈峰同样又受到这些长辈们的尊重，他们边喝酒边各尽所能地劝说他，一位德高望重的老人说道："孩子，你也四十多岁的人了，大家都晓得你这段时间所受的打击任何人都不能承受，你要挺住，不能一蹶不振，你的徒弟不是很多吗！听说他们的事业都十分兴旺，知道你遭受如此横祸，应该都有同情之心，他们有今天的局面，与你开辟的那块宝地是分不开的，是人都有感恩之心，你在哪方面有困难，可以直接向他们提出要求，他们肯定会伸出援助之手！"

后面那些长辈们都发了言，不过，大家都有重复的意思，都是奉劝陈峰不要悲伤，事已至此，这是任何人都无法挽救的灾难，只有靠你自己慢慢调节心情，后面的路还长，保重身体才是最重要，不要颓废，一定要振作起来，要把自己很有名望的身份更加发扬光大。

最后，书记陈智全带着诚恳的语气又劝道："听见没有，你看这些长辈们哪个不尊重你？你是我们家乡一颗十分耀眼的星星，希望你这颗星不要失去光华。常言道'否极泰来'这些名言的意思，你肯定比我更清楚，就不需要我给你解释了。"

陈峰一听"否极泰来"他陷入了深深的沉思之中。

经过长辈们的劝说，他混沌的大脑中略为清晰了，特别是他全叔那句"否极泰来"，在他的脑海之中扎下了根。

为了答谢家乡众多好心人对他的安慰与帮助，他做东又办了几桌酒席，并带信给姐姐与妹妹两家人回来。又请来家族与附近外姓中所有的长辈们在酒桌上向他们表达真诚的谢意后，便怀着惨淡的心情无精打采地回到了他的家具厂。

他回忆了一下时间，至今已经一个多月了。

回到家具厂后，看到几个无精打采的员工在勉强干着活，犹如打了败仗没有将军带领的散兵一般，他一见心如刀绞。自从出车祸与家中发生惨事回家后，他就没有料理厂里的业务，这些员工知道他的损失太大，害怕他们的工资不能兑现，心里便产生了波动情绪。布仕仁得知这些消息后，恶毒的主意又来了，因他这几年的生意一帆风顺，从未遇到什么波折，所以他极有经济实力，为了给陈峰一个沉重的打击，他便派出一个能说会道的亲信去陈峰厂里散布流言——陈峰已经到了山穷水尽的地步了，十有八九要寻短见，你们不要在陈峰厂里干活了，干了他也发不出工资，果然，不出几天就有几个技术优秀的员工到布仕仁厂里去了。

　　厂里毫无生气的景象使他从头顶凉到了脚底，不得不怀着沉重的心情振作精神重新开始经营起他的家具行业。

　　他很理解这些员工们的心情，为了留住剩下的这几个很讲义气的员工，他便召集他们开了一个小会，在会上他强作精神，简单地讲了几句："最近在我身上发生的这些灾难大家都是非常清楚的，有几个害怕我给他们发不出工资已经离开我到别的厂里去了，你们几个还留在我这里我很感激，如果你们要离开我到别处发财我也不好意思强留，但是，我今天敢断言，我绝不会就这样衰败下去，我一定会东山再起，你们的血汗钱绝不会欠你们一分，更不会辜负大家对我的一片真情……"

　　经过在会上近半小时的相互沟通，勉强稳住了这几个员工动摇的心情。

　　小会结束后，他无精打采地回到自己的卧室，将自己减轻了几公斤、消瘦的身体重重摔倒在硬硬的木板床上。

　　他不得不打起精神办理厂内一切事务，那极其难过的心情毫无隐蔽地表现在他的脸上，这沮丧的表情被租给陈峰厂房的主人也就是办事处的李主任看在眼里。

　　陈峰租这村里破旧厂房已经好几年了，他为人的口碑在此地众人皆知，这李主任放心不下，便抽时间将陈峰约在一起探问究竟。

　　当陈峰听完李主任的探问后，他控制不住悲伤的心情，失去了一个四十多岁男人的尊严，强忍着几乎要流出眼泪向主任倾诉了自己最近几个月的遭遇。

　　李主任听完后，心想这确实是一个家庭的悲惨之事，便劝说道："要说惨，这确实是几件惨事，但是话又说回来，这样的事情既然已经发生了，神仙也无回天之术，事已发生你再悲痛也无济于事，必须尽快从痛苦之中走出来，好好地发展自己的事业，重新建立家庭才是正道，并且要保重身体，有一个强健的身体才是各方面发展的基础。你一个好好的家庭现在只剩下你一人，要是你的身体一垮，那才是彻底地完蛋了！你们家族中你这一脉就会从世面消失了，你必须看清你现在的处境。"

　　陈峰一听，一时答不上话来，知道李主任的话句句在理，话中之意虽然与在家乡时乡亲们的劝说也大致相同，但今天李主任的话却特别入耳，于是回答道："谢谢李主任的提醒，你的话我当牢牢地记在心中。近几个月我不但损失太大，而且全是凄惨之事，我简直承受不了啊！当然，钱财的损失并不是一回事，但是，两个至亲的人也一并离去，这让我怎么承受呢！不过，经李主任刚才的开导，无疑地不应该再这样沉沦下去，应尽快将我这小家具厂维持下去才是出路，今后还得靠李主任多多关照！"

"那是、那是！只要有机会，我会尽力而为的，你来我们村上好几年了，你的为人大家都清楚，所以，我们村里所有村民对你的印象极其的好，我们村上若是有什么大的投资项目，你若是愿意投资，我们对你就优先考虑。你现在尽快把你的家具厂经营好，多积累一些资金，以免以后资金不足失去机会，才是你最重要的一步！"

"那就谢谢李主任！"

李主任村上有一规划，就是要将陈峰家具厂的那块地盘与隔壁的国营单位开发成一片大大的建材市场。近些年因改革开放的变革，那国营单位失去了前景，几乎临近了倒闭的边缘，那国营单位厂长找李主任已几次商谈过建材市场的启动之事，两个单位改造市场的大方向是确定了，由于一些细节还未达成共识，所以，两个单位建市场之事一直拖而未决。因此项目还在谈判之中，李主任不好将此事告知陈峰，心想待事情谈成后，给他一个大大的惊喜，他很清楚，只要这市场一旦建成，就会把陈峰从极其困难的局面之中扭转过来，不过，他确实不清楚陈峰资金的厚薄。

这市场因为是两个单位领导的决断之事，村民们都一概不知，李主任也并未向陈峰提及过开发市场这一项目，当然陈峰也无从知晓。但陈峰对李主任的话如有灵犀一般，他从李主任的话中似乎听出了弦外之音，但是他想到自己现在几乎又是一个身无分文的穷光蛋，那有钱去搞什么大的投资项目呢！但他怎么也没想到是在他家具厂这块地盘上改造成一片建材市场，以为李主任要给他介绍一大单家具业务呢。

不过，李主任所说的若有大的投资项目也就沉淀在他的心中，一直未曾忘记。

他从李主任办公室回到自己的小家具厂后，静了静心情，想到这床上的被套已有一个多月未曾洗过，还有自己的衣服已经脏得不能再脏，现在他也毫无力气自己洗这些床单、被套和衣服，只有送到洗衣店去解决这些肮脏的物件。

于是，他翻身起床振作精神，将所有该洗的床单被套与脏衣服集中起来，紧紧地装了一大袋，准备扛到一个他原来洗过衣服、很有名气的洗衣店去。

当他快要走出这村子时，发现这里新开了一家小洗衣店，店内十分整洁，他一见面前就有洗衣店，便不想也无力再往前走，便扛着装有脏衣服的大袋子走进这小洗衣店。

这洗衣店老板就是高先生那姑娘高洁，她热情地接下陈峰送去的所有该洗的物件。陈峰一见这姑娘高挑的身材，就立即想到年轻时认识的张仙碧，她二人的身高与身材虽然都优美匀称，但这年轻的老板姑娘身材却更有一番风韵，张仙碧皮肤虽然洁白，脸上又多了两个动人的酒窝，但这姑娘的脸型却又饱满周正。陈峰的脑海飞快地运转着，在脑海之中将她二人的容貌作了简单的比较，觉得她二人的容貌虽然不好评论，心想也在伯仲之间，或者是各有千秋，不过，他现在无心欣赏这道美景，交代完了所有物件就走了。

陈峰走后，高洁心想，在我开这小洗衣店的短短时间内，来我这洗衣店洗衣服大部分都是年轻人，年纪稍大的都有家属，这人年龄显然不小了，但看起来也是一表人才，年轻时应该是一位帅哥吧！怎么还来洗衣服呢？哦！刚才听口音是一位外地人，看他这些脏衣服，肯定是来这里打工的，没条件带家属来吧。

陈峰从洗衣店出来走在回厂的路上，张仙碧和这洗衣店年轻老板的形象又浮现在他的脑海之中，张仙碧那样的美人却生活在敷衍度日的社会底层，不过也不奇怪，自古以来世间不公平之事应有尽有，武大郎与潘金莲的结合就极不相配，所以，武、潘的结局是悲惨的，希望张仙碧不要步他们的后尘，人生在世间的长河之中短短几十年，虽然张仙碧的家庭不是很幸福，但只要有一个良好的结局就算是圆满了。

他脑海之中突然闪过一丝念头——要是张仙碧知道我现在已成为一个孤寡之人，说不定她家就会掀起翻江倒海的波涛，他不敢再往下想，思路又回到洗衣店年轻老板浑身上下那十分整洁的形象上，不过他又想到自己已经步入中年，对美色已无奢望，希望这位美人在她的人生道路上稳稳地走下去，不要步张仙碧的后尘。

三天以后，他怀着怎样快速恢复生产的心情去洗衣店取回洗得干干净净、叠得整整齐齐生活中的必需品，这年轻老板这道风景线虽美，由于想起自己的处境，他又沮丧地回到住处。

不过，这高洁却想不通，这么帅气的一个男人，怎么一脸的晦气没有一点精神呢？

由于这洗衣店离陈峰家具厂近在咫尺，陈峰成了这洗衣店的常客。

第二十六章 >>>

好兆头

转眼近两年时间又过去了，陈峰的家具厂在他辛勤与怀着痛苦心情的拼搏之中又起死回生了，不过，他不敢有丝毫的放松，心想不能错过这良好的赚钱机会。

经过几年时间断断续续的磋商，李主任村委会与隔壁单位开辟建材市场的协议终于尘埃落定，两个单位的协议签订后，李主任就立即派人将陈峰叫到他的办公室，对他说道："在你家具厂那块地上，我们村委会要和隔壁邻厂开辟一片大大的建材市场，你那块土地面积大约在六亩以上，我们正在办理各种建筑手续，待手续一完善，在短时间内必须动工，因上级有规定，凡是土地上的建筑项目，各种手续批办后，在规定的时间内必须启动，要是超出了规定时间不动土，一切手续就要作废，一旦作废再重新批办手续就太难了。我一个朋友有几间空房可以作为你的家具厂，你去看看，要是满意请尽快搬离吧！不要耽误了我们市场的启动时间！"

"这项目是你们村委会开发吗？"

"不是，准备招商引资。"

"确定谁来开发呢？"

"刚刚和隔壁单位签了协议，还没有确定谁来开发，我原来想到你应该是首选人，但又考虑到你的实力不够，今天请你来的目的就是了解你有此打算吗？要是你真的把这项目接下来说明你的好运来临，肯定就是你人生的转折点。"

"李主任！你就把这项目交给我吧！我早就有这方面的打算，只是没有合适的地方，既然有这样的机会，希望李主任千万关照我这一次吧！"陈峰一听是这等事，血液沸腾着恳求道。

"你有这实力吗？我们要求的条件是要投资千万左右啊！"

"不管投资多大，对这项目我是有信心的，各种手续由哪一方办理呢？"

"你若是真的接手了这项目，无疑是你的鸿运来了，你只出资金建盖房屋，任何手续都在我们村上的责任范围之内，你每年向我们村上交清租用土地的租金就行了，这是好多人都梦寐以求的项目。怎么样，你有这胆量吗？这项目投资巨大，本来这项目我首先考虑了你，但不知你的实力情况，我也清楚你前段时间的那些灾难对你的打击特别大。我敢断言我们这项目有的人一生也不会遇到一次，很多人尽管到处奔波也不一定能遇到像我们村上这样的黄金宝地，这应该是你命中注定吧，也可以说这是我们之间有合作的缘分，你若是真有能力把握住这机会肯定是件大好事，常言道，过了这个村、再没有这个店了，你回去认真把你各方面的情况考虑清楚，有没有这条件，若是有这条件就尽快下决心和我们把协议签了，以免夜长梦多，因为有好几个朋友都要求将这项目交给他们，你来我们村上时间不短了，大家都觉得你为人厚道，村委会和办事处肯定都能通过。你回去仔细考虑后，给我们一个准确的回话，我们好确定何人开发这项目！"李主任把此事道明后，亲切地望着陈峰，等待他的回答。

"李主任！这事我不用考虑了，你派人起草协议吧，我回去作准备就是了！"他说完后，起身走出村委会的办公室。

陈峰从村委会办公室出来走在回厂的路上，这突然的好消息犹如一个重磅炸弹，被震得晕头晕脑，一时理不出头绪来。他快步走回厂仰卧在床上静静地清醒着被这好消息冲击得糊里糊涂的大脑，这李主任虽然对我太好了，但他也太小看我了吧！还问我有没有能力承担这个项目，这样的好项目到哪里去找哇！我虽然实力不够，但信心十足。你李主任说对了，我的实力肯定不足，不但不足，这样大的项目以我现在的经济情况简直就是两手空空、身无分文，嘿嘿！自古以来就有空手套白狼与借鸡生蛋的说法，难道我就不会这一招吗？这样好的项目我若是没有胆量将它接下来，那我纯粹就是一个蠢蛋！

他边思考脑海里面也就慢慢地清晰了，要是这个项目成功了，觉得李主任说我的好运来了那句话应该是千真万确，但是，这启动资金又从哪里来呢？他一时又找不出头绪。他想来想去，又想到李主任说他有几个朋友也想揽这个项目，想到这里，他的心里立即产生出一丝凉意，他想这事绝不能拖，今天就应该与村委会把租地协议签订后此事才有把稳性。

在这准备签订合同之际，他想到和李主任只是认识几年的朋友关系，便将这样好的项目首先考虑给我陈峰，这是何等的情意，想到这里，立即回忆起几年前从广利回到春城时最为痛心的一件事：

陈峰一位姓赵的知心朋友听说他倾其所有去开发别的项目惨败后又回到春城，艰难地重操家具行道的旧业，赵姓朋友正为陈峰担心时，刚好他从一位亲戚口中得知他们单位要购换一大批公用家具，便触动了对朋友负责的一片好心，心想要是陈峰做成了这一单业务，就有了起死回生的机会，于是，他便打算到陈峰新办家具厂去找他，大概是陈峰的劫数未满，当他骑车在去陈峰家具厂的路途中不巧遇见了布世仁，他知道陈峰与布仕仁不但是师徒关系，而且还沾有亲戚的成分，由于他一生都是国营企业的职工，不知江湖生意场之中的险恶，更不知道布仕仁的蛇蝎心肠，一见布仕仁便问道："你师傅又回来了，他今天会在他厂里吗？"

"他这段时间很忙，你找他有什么事？"布仕仁不正面回答，却反问道。

"有件要紧事急需找他，对他来说确实是一件大好事，此事必须尽快办理，时间一过若是被别人订了协议就太可惜了！"他急不可待地说道。

"你既然这么急，请你告诉我，我马上转告他，我绝不会耽误时间！"布仕仁见他如此着急，他要弄个水落石出。

"我有一个亲戚在某单位担任总务科长，他前几天告诉我，他们单位要买一大批办公家具。我听说你师傅栽了一个大跟头，我想帮他从困难之中解脱出来，要是把这单业务做成了，我敢肯定他就会大大地松一口气。请你一定转告他，赶紧来找我，不要耽误了签订合同的时间！"

"赵师傅，买家具是哪个单位？"布仕仁一听，心情激动地问道。

那赵师傅毫无戒备之心，便将买家具单位的名称、地址，以及主管人的姓名与电话号码一并告诉了布仕仁。

布仕仁确实未耽误分秒时间，怀着愉快的心情很快找着了购家具的单位。那主管科长也姓赵，见面后经过自我介绍，并相互交替名片，赵科长顿生疑惑："听我那亲戚说，来订家具的老板姓陈嘛，怎么你又姓布呢?"

"我们是亲戚，他今天去另外一单位签约一更大的订单，所以他叫我来帮他把这件事办了，并叫我今天晚上约你在"仁和"餐厅共进晚餐，并且邀请你们全家光临，他办完事后尽快赶到，希望赵科长就不要有什么顾虑!"赵科长知道"仁和"餐厅很有名气，一听姓陈的老板也要参加晚宴，便解除了心中疑惑，带着他的妻儿去赴约晚宴。

晚宴桌上都是高档菜，酒嘛，当然是茅台。

几杯酒过后，赵科长见那未见过面的陈老板还未到来，便向布仕仁提问道："你那陈老板亲戚怎么还没来呢? 再不来这顿饭就要结束了!"

"哎呀! 这事我还忘了，刚才我给他打电话，他回答我他那边的合同也签了，他今天晚上要招待那单位的几个领导，我给他建议来这里一起用餐，他说你们互不相识的领导在一起进餐恐怕不合适，所以他就到另外一个餐厅去了!"

这布仕仁编故事还真有一套，赵科长一听，心想这事也安排得合情合理，听说家具行业很不景气，他们的生意怎么这么好呢!

实际上，在那年代要订到一大单家具是何等的困难，一个小厂只要有一大单公用家具就可以轻松地渡过难关，或者说是可以起死回生。在布仕仁的阴谋下，陈峰却又错过了这少有的发财机会，他注定又要多苦几年了。

当布仕仁在豪华的餐厅招待赵科长进大餐时，陈峰还在他刚刚起步的小厂里流着汗水辛辛苦苦地干着木工活计。

几天后，赵师傅得知陈峰失去了做那批家具的机会，他找到他的亲戚究其原因，才得知是布仕仁的搞了阴谋，但合同已签，并且付了一大笔预付金，布仕仁已经进料开始生产了，毫无回天之术，只好找着布仕仁把他痛骂了一顿。

当赵师傅找着陈峰告知此事后，陈峰虽然十分气愤，但也毫无办法，又一次证明他堂嫂那一族人的丑恶嘴脸。他左思右想，得出是自己命运之中的劫数未满，还必须继续辛苦下去的结论，以求自我安慰。

他的思路又回到现实之中，心想，这次的消息不但不能走漏半点风声，要是时间拖长了，让布仕仁知道后，再来撬了我这"墙脚"，简直就是要了我的命，还是尽快把租地协议签订才稳妥。

但他转念一想，他和李主任已成至交，布仕仁就是想"撬"这很难遇到的项目也没那本事，我这是被人"撬墙脚"撬害怕了，他忍不住笑了。他又想到若是自己不尽快签订协议，时间一拖长，害怕李主任的朋友捷足先登，那就会错过这难得的机会了。

翌日，他不管租地费用多高，果断地将租地合同签订了。

当他看见合同中有一条款——这项目投资必须在一千万以上，他便惊出一身冷汗，但他毫不犹豫咬着牙在合同上签下了他的名字。

他很清楚，此事虽然犹如木板钉钉似的牢固了，但自己两手空空，签订了租地协议只能是这项目迈出的第一步。

他知道没有哪个项目比这项目更好，但是自己对建筑行业却是一窍不通，不懂建筑行业可以请工程师，现在摆在面前最严重的就是资金问题。

他想起曾经一个姓马的建筑老板在他厂里买过家具，想到那马老板应该给某一开发市场的老板建过市场，向他请教那些开发市场老板的成功经验与建筑方面的知识应该最合适，想到这里便拿上图纸骑上单车风驰电掣地赶到马老板的家中，因马老板购家具时陈峰亲自给他送过家具，今天轻车熟路，以很短的时间赶到马老板家中，由于马老板买家具时陈峰在他脑海里留下了良好的印象，陈峰将自己的来意道明后，那马老板很热心地给他总结了那些开发市场老板的成功经验。

"你问那些开发市场老板的资金情况吗？这些年我给那些老板们建过几次各类市场，有建材、家具、日用品市场。要说资金嘛，我知道没有那一家老板的资金是充足的，他们不过只是有点启动资金而已，对整个市场所需要的资金那就差得太远了。凡是开发市场的老板们都是依靠以下三点成功的：一、在好朋友处借一部分；二、自己要是有房子做抵押从银行贷款一部分；三、凡是建筑老板都要给开发市场老板垫资，这些开发市场老板只要把土地搞到手，都是靠这三大法宝成功的，你想，没有背景的老百姓，要想以打工的方式或者做点什么小生意攒够钱后再去开发大的发家项目，你我恐怕都还没见过吧。我现在正给一个老板建盖一个大型的食品市场，我的资金都垫在他的项目之中，现在正是关键时刻。你今天来的目的我很清楚，要是我不给那位老板干那么大的项目，你那几亩地我不要你出一分钱就可以给你弄得十分完整，待你收租金时再付给我都可以，以我们相处这几年，对你的性格我是清楚的，不巧的是我现在确实腾不出手来，十分抱歉！"

陈峰将马老板对其他开发市场老板的经验刻在心中，觉得大有道理，知道马老板对现在所有开发各类市场老板的成功经验所言不虚。

他对马老板说完感谢话后，就起身回到他的小厂。

他又坐在办公桌旁绞尽脑汁思考着既要开发这难得的项目又要解决无资金的良方。

他脑海中如筛子过滤似的过滤别人成功的三大法宝："一、用住房贷款，自己无房，这条路走不通；二、朋友处借款，应该可以，只是数量有限，离一千万的投资项目还差十万八千里；三、建筑老板垫资，虽然建筑老板垫资在情理之中，就是愿意他又能垫资多少呢？还有启动资金在哪里呢？"这些他心中无底。

他思考良久，毫无眉目，只好又去请教那位马老板。

马老板又热情地接待了他，他虽然不好意思却又开门见山地说道："我今天又来打搅你，太难为你了，还请你多多见谅！"

"不用客气！难为什么呢，我们早就是朋友了嘛，何必见外，有什么要求尽管说，只要我能帮忙我会尽力而为。"这马老板慷慨地应道。

陈峰解除了顾虑："我今天来请教两个问题，一、你昨天已经看过我那图纸，我那项目的启动资金需要多少？二、你在建筑行道之中的朋友有谁能接手我那工程吗？"

马老板一听要他介绍建筑老板承包他那项目，很干脆回答道："你那工程虽然不是太大，启动资金至少也要一百万以上，没有一百万是无法启动的，至于有没有朋友能承接你那项目，我还得打听一下再告诉你。"

"你们同行之中你的朋友哪个实力最强能承接我那项目希望你能介绍给我，因为我那块地的租地合同已经签了，时间拖长了政府的批文作了废我可负不起那个责任的，请求马老板一定帮我这个忙，我那项目成功后你的恩情就太大了！"陈峰对开发市场项目和建筑行业都是两眼一抹黑，他心急火燎地恳求道。

"你我朋友之间就不要谈恩情不恩情的事了，经你一提醒，我倒是想起一个人来，那位老板姓杨，他的建筑合同从未断过，他肯定有实力承建你那项目，因为我们是同行，自古以来就有'同行生嫉妒'这句古话，所以我们很少来往，我也不好领你去找他，我把他的住址告诉你，只有你自己去找他，我就无能为力了。不过，这是几年前的住址，现在他搬没搬家我就不清楚了！"他拿出纸笔写好了那人的地址与姓名递到陈峰手中。

陈峰拿着这马老板写给他的地址找到那姓杨的建筑老板说明来意之后，杨老板听说要垫资，便不紧不慢地问道："你要我垫资多少呢？"

"我对建筑很是外行，究竟需要多大资金我也说不清楚，你看看图纸应该就知道了。"说完之后便将图纸交到这杨老板手中。

杨老板看完图纸之后，问道："这是三楼的框架结构图，你知道现在这框架结构的建筑每平方的单价吗？"

陈峰一听，才知道建筑行业的金额是以平方面积计算造价的，由于拿着租地协议的激动心情，更担心自己缺乏资金，但又不想将这难得的机会放过，又怕难于找到承建他这没有资金项目的建筑老板，由于这诸多原因，根本就没考虑这具体的一层，所以，尚未向马老板请教这方面的知识，他暗骂自己是地地道道的"蠢材"。

由于缺乏这方面的认识，听到这突如其来的问话，心中一急，结结巴巴地回答道"我、我不晓得，我、我对建筑很不懂，你就说说现在的建筑行情吧！"由于心里着急，久违的四川话不由自主地从口中蹦了出来。

这杨老板一听，觉得这人是一个纯粹不会编造假话的人，不觉心中好笑，便道："你既然不知道现在建筑的行情，今天这生意我们也无法谈下去，你还是回去打听一下最近的建筑每平方的单价，多打听几家建筑公司，综合一下单价，你再来找我，我们再认真地谈定此事。至于垫资嘛，按你图纸所示，我想我还是有这实力的，今天就谈到这里吧。"

"那好！既然杨老板给我提了这么好的建议，为了表达我的诚意，今天晚上我请杨老板吃餐便饭，希望杨老板给个面子吧！"

这杨老板听出陈峰话中毫无假意，便不推辞："好吧，那我就恭敬不如从命，希望我们合作成功！"

酒桌上，杨老板了解到陈峰原来是做家具生意的，怪不得对建筑行业一窍不通，便对陈峰提出了不少关于建筑方面的不少知识，诸如："一，建筑工地动工之前必须达到电通、水通、路通，既所谓的三通；二，凡是建筑行业承接方垫资一部分是必然的，但是，启动资金你还是要有所准备，你不可能启动资金都要别人给你全垫上。按你那图纸所示，启动资金至少也要一百万；三，为了平平安安地将工程结束，你还是应该去寺庙烧香敬神选一吉祥的日子破土动工，以求菩萨保佑不出事故，虽然这是迷信说法，但是建筑行业的老板们都很重视，你千万不可大意；四，你既然对建筑行业是外行，那你必须要找一个懂行的施工员，不然，施工单位在施工之中是否偷工减料你就不清楚了；五，不知你与当地领导的关系如何？希望你一定要和所租地的领导建立良好的关系，避免有些不该发生的小矛盾，因为你的一切都在他们的掌握之中！"

"杨老板的话我一定记住！今天我在杨老板身上学到了不少建筑方面的知识，实在太感谢你了！"杨老板话一说完，他立即答道，并且觉得这杨老板也是一个厚道之人，不但告诉了他对建筑方面的一些认识，还提醒他要重视与当地领导的关系问题，但他却不知我陈峰在人际关系方面处理得恰到好处。

"我还有事需要处理，今天就到此为止，还有不懂的地方，随时跟我联系，你回去多方面了解建筑方面的行情，准备开工前所需要的一切，这些事情就绪之后，我们再磋商协议中的一切条款。"杨老板一说完，便从桌旁站起身来准备离开这豪华餐厅。

"好吧！感谢杨老板的指导！"陈峰接着杨老板的话尾应道。

与杨老板走出餐馆后，陈峰又回到他的家具厂，思考着一百万的启动资金从何而来，有了启动资金才有底气找杨老板签订合同并磋商其他事宜。

这几天他把厂里的一切业务交给厂里的一位技术很出色的员工，他已无力顾及厂里的大小事宜，回到厂后便躺在床上静静地思考着建盖市场如何进展，脑海中的主意经过一整夜的反复过滤，最后还是归结到一百万的启动资金上，这启动资金若是无着落，与杨老板签定合同动工就无从谈起。

他左思右想，这项目虽然不是太大，但以自己现在的实力确实难以成功，还是应该找一个有点实力的人合作才是上策，这合作的首选人应该是谁呢？

他的思路又回到众多徒子徒孙的身上，回想起从广利木材加工厂回到春城时王俊对他的支持最大，这样的项目是难以遇到的，不应该把他忘了，在实力方面他虽然不如布仕仁，但他为人比较诚实，我现在虽然是两手空空，但我那份租地协议应该就是一笔巨大的财富，因为我租的这块地确实是一块黄金宝地，也可以说是无价之宝。

这事怎么给他说呢？要是直接请他入伙，他会不会认为我无钱起动才去求他入伙呢？王俊虽然与我师徒之间情分最重，但这次的合作是件大事，应该慎重行事，避免以后反目成仇。

于是他想到还是应该去找他面对面地沟通一下，以借钱的方式和他谈起，了解他对这项目的看法如何再作决定。

为了筹集这项目的启动资金，看来，这次又要拿出几年前在徒弟面前借钱的冲闯精神，才能渡过难关，祖师爷的脸面是不能顾及了。

他找到王俊，王俊当然十分热情地接待了他，一阵寒暄之后，便将租地开发市场的信息告诉了王俊，并且道明自己手中空虚，还是要在他那里借点钱作为启动资金，同时希望王俊在建盖市场时帮他出点主意。

陈峰签订这项目是最近几天的事，除他自己之外还无人知晓，当他把这信息告知王俊，并向他讲明要筹备一百万元的启动资金后，王俊听后不露声色，心中却暗暗吃惊，知道这项目一旦成功回报不但快而且巨大，这样的好事不是人人都有福气遇到，师傅这次似乎要在最困难的时候不但会腾空而起，而且毫无疑问在各方面在我们这圈内又无人能与他比肩。要在我们这些师兄师弟之间筹备一百万元已不是难事，自己毫无实力却又不找人入伙，看来师傅的心也太大了吧！他应该找人入伙才对，来一次合作共赢嘛！

我无论如何也要想法入股进去。

想到这里便说道："要在我们师兄师弟这伙家具行业之中融资一百万是一件很轻松的事，但是就要看用在什么地方，若是这些同行们知道这一百万是你用去开发这样好的项目，毫无疑问他们会产生嫉妒心的，既然他们有了嫉妒心，就会百般推脱，若是找他们以入股的方式就会很轻松把那市场建成功，我认为有这种可能，你的看法如何呢？"

"这事我早已想过，不是我不愿意找他们合作，不找他们合作原因我是有顾虑的，就是说那块地并不是有多大，只有六亩左右，我们这一路大小老板几十个，这些人不是我亲手传授的手艺也是我徒弟的徒弟，那么一小块地不可能把他们都弄进来吧，最多有一至二人就行了，但找哪一个来合作最合适呢？找张三李四生气，找李四王五有意见，你说我找哪个合适呢？还有合伙的人多了意见很难统一，正如嘉陵江上的船工有句名言'驾长多了就会打破船的'。我们这种小规模的项目不像大公司有铁的规章制度，所以，一旦合伙人多了那是绝对办不好事情的。"

"你说的虽然很有道理，但你一个人也操心不过来！依我的想法，你还是应该找一至二个人合伙才对，你不找人合伙要筹资一百万元恐怕就太困难了！"王俊怀着一定要入伙的想法建议道。

"有谁愿意和我合作呢？我现在就是一个穷光蛋，我借钱可以给他们付高利息嘛。要是有人愿意合作，又要采取什么样的方式呢？这样的合作我们都没经历过！"

"你这消息还未传出去，要是一经传出去，要求入伙的人肯定多，就看你同意谁来入股了。"

"依你的意思，要是我请你入股，你会同意吗？"陈峰故意试探性地问道。

"只要师傅不嫌弃徒弟无能，我愿意鞍前马后不辞辛苦地跟随师傅再创业！"王俊终于见师傅说出要和他共同开发那建材市场，心中一块石头落了地，

"我们如果真要合作，还是应该写个合作协议才对吧！"陈峰又提议道。

"那是当然。这项目虽然在那些大老板眼里不足为奇，但在我们这圈内来说却是一件很好、很大、难以遇到的项目，在合作之前一定要把条款订好并且要把责、权、利分清，以免时间一长发生不该发生的分歧，不要在生意场上影响了我们师徒之间的关系。"王俊为了跟师傅合作成功，把以后的事情看得极为深透。

"你把事情想得比我更全面，我们现在就谈谈我们合作的条款吧，我这几年的情况你是知道的，我也不再重复了，我们的比例各占多少呢？"

"租这块地是你的关系，这么大的事办成功你是要花代价的，你那租

地协议就是一笔不小的资金。我怎么能喧宾夺主呢？还是师傅决断吧！"

陈峰听王俊一说，觉得也是道理。并且清楚王俊不是奸猾之徒，便说道："你既然这么说那就这样吧，我租土地的协议已经签了，现在就差启动资金，你负责筹备一百万的启动资金，我以租地协议作为投资但不计价，我们就采取对等分成的办法，你看怎么样？"陈峰不想亏了王俊，提出五五分成，试探王俊的反应。

"不行、不行！要是这样你岂不是亏大了！这块地不知你花了多大代价才弄到手，这协议至少也值两百万以上，我绝不会做这损人利己之事。你为了这块地所花的隐形费用你不但收不回而且别人也看不见，我的任务是筹备一百万元的启动资金，这一百万虽然不是一笔小数目，但比起你这块宝地就显得太渺小了，并且这笔钱只能算是借来，我们是要还给别人的，所以我认为我们应该以三七开的股份划分才对，我只能占有三成，你应该有七成的股份才公平！"王俊激动的说道。

陈峰一听，立即又回忆起几年前王俊对自己极大的帮助，觉得王俊在众多的徒弟之中算是最为尊敬师傅的，就算他说的很有理由，我也不会同意他只占三成的股份。他也以王俊的语言回答道："不行、不行！你的三成肯定少了。这份协议虽然可以算是一笔不小的财富，但我绝不会同意你这样划分的，既然这样，我们彼此各让一步，以四六分成，你占四成，我占六成。就这么定了，不要再多说了！"

王俊见师傅的口气如此坚决，不好和师傅再争论下去，只好说道："既然师傅这样关照弟子，我就恭敬不如从命，就按师傅说的办吧！"

"我们的合作已经达成了共识，下一步就是签订协议，我负责起草这份协议，你赶紧去筹备启动资金，我们还要去找个香火旺盛的寺庙求老道帮我们选一个黄道吉日以便动工，这是建筑老板的要求，这件事虽然有点迷信色彩，但迷信这东西不可不信，也不可全信，以免发生意外，确定了开工时间，我就去找建筑队来商谈建筑单价，签订建筑协议。唉！事情太多了！我们就分头行动吧！"陈峰一说完，便和王俊各司其职去了。

陈峰因为喜欢看书，读过不少各类书籍，尤其这几年做生意，订过不少协议，虽然这次与王俊开发市场与那些订货协议有所不同，但都是大同小异，写这样的协议也算是轻车熟路，所以，并未费多少脑筋就把这件事完成了。

王俊因自己有点实力，虽然不够一百万，但他为人忠厚，人缘关系极广，在短时间内便筹够了建筑老板告诉陈峰所需要启动资金的数额。

他二人的合作协议签好后，便进入到动工的实施阶段，陈峰的家具厂还急需搬迁，要请人掐算搬厂房的吉祥日子！

这两件事情办好之后，陈峰又走访了马老板了解清楚最近的建筑行情，心中有了底，便请杨老板到他的家具厂商谈合同事宜，意见上虽有分歧，但经过几小时的口舌交锋，最后还是以杨老板垫资的理由每平方的价额比最近建筑行情高出二十元签订了合同。

办完这几件事后，杨老板又建议他们选一黄道吉日以便动工。

为确保安全，凡是建筑老板在任何工地破土动工时去寺庙选吉日已是必然。

为求一帆风顺地建好市场，陈峰与王俊到五十公里以外的一座香火特别旺盛的寺庙去烧了香、拜了佛，向一个老道士说明来意，并求他选一吉日，老道士慢声慢气地提醒他二人："你们要想求得吉日，必须诚心诚意地积点功德后，再抽一签，签上就会告诉你们哪天是吉日！"

二人一听，为了毫发无损安全地建好市场，他们毫不犹豫地掏出人们认为最为吉利的数字——八张面额的百元币交给老道士，老道士并无接钱表示，却用右手指了指不远处的功德箱。

将几张大额纸币放进功德箱后，他二人又转身以征求的表情看着老道士，老道士却用手指了指那小台上的签筒。

王俊拿来签筒交到陈峰手中，陈峰想起刚才有人双手抱着签筒使力摇动，他学着那人的动作用力晃了几下，一支竹签从签筒之中飚了出来。

他们拾起竹签，见签上有上上二字，便交到道士手中请求解签。

"善哉，善哉……"老道士见是一支上上签，面露喜色，并口出吉言，不知是对刚才那八百元的功德还是对这支上上签要给予极好的解签吉言很容易感到轻松。

师徒二人静静地听着道士解签。

"你们看见这签有上上二字吗？应该知道这支签是很吉利吧！不过，你们只见着是支上上签，却不知这里面还分有上中下三等，也不知这签中更深一层的奥秘，当然，我也不能泄露丝毫天机，如你们刚才所说要投资一大项目，目的是以求冥冥之中保佑你们平安，依你二人的面善之相做大事是不会有什么阻力的，也不会有什么灾难。你们今天的目的是要选一吉祥之日动土开工，而且这日子越近越好！"

他眯着眼睛，左手拇指掐了掐另外几个手指的各个指节，又说道："今天是旧历初七，你们要是来得及，就在后天初九的辰时动土！"

"辰时是几点钟？"陈峰还未开口，王俊由于心情太激动抢先问道。

"辰时是早上七至九点，你们在辰时的正中也就是八点钟准时动工不得有误。要是后天来不及，就要等到七天以后，也就是本月十六日动工，时辰不变！"这道士说话一直眯着眼睛，右手捻着佛珠，左手拇指并不停地掐着指节。

"还有没有其他的事需要我们做呢？"陈峰又问道。

"你们动工的准确时间八点整，必须在工地上烧点纸钱，敬敬当地的土地，以表你们的诚意！"老道士又提醒道。

"谢谢！谢谢！"陈峰二人异口同声地道完谢后，怀着满意与激动的心情走出寺庙。

第二十七章 >>>

小老板

陈峰师徒二人从寺庙回到家具厂已近天黑，离老道士交代的初九动工只剩下一天时间，要想动土开建是来不及的，他们再不敢错过老道士告诉他们十六日动工的黄道吉日，于是紧锣密鼓做完了所有的准备工作，十六日准时破土了。

在这短短的几天之内，陈峰将他的家具厂已搬迁至十公里以外的郊区。

按照与杨老板签订的建筑协议，动工满十天后便把王俊筹备的一百万启动资金付给了杨老板，杨老板也是一个厚道之人，见他们很干脆地履行了付款时间的诺言，当即满口答应一定会按合同踏踏实实地建好与国营单位整个大片市场之中属于他们的这一部分。

由于杨老板承诺垫资，陈峰师徒二人按杨老板要求请了一个施工人员负责质量监督，他二人的杂事自然也就相对少了，他们的精力和时间就用在与当地各级领导的应酬方面。

虽然杨老板承诺全垫资，但陈峰总觉得不妥，他想到如果杨老板突然接有别处的工程，要我一次付款几百万，就算市场竣工后，短期内收租金也是有限的，为了建筑老板适当少量垫资，避免以后麻烦事的发生，他想到要是能在李主任这村上借一笔款以备急用最为妥当。

有了这种想法，借村委会礼拜天的休息时间，便邀请李主任与他办公室的所有办事人员去风景区游玩。

在酒桌上的闲谈之中，李主任知道陈峰最近几年损失太大，觉得这次他建这市场资金应该不足，怎么就不见陈峰在外借款呢？他想到这里无意之中便问道："你们建这市场的预算出来没有？需要多大投资？"

"承建这工程的杨老板接图纸时就预算过了，总的造价在一千二百万左右，但不知在施工期间增加与减少项目有多大变化就不清楚了，据我估计肯定要超过原来的预算，究竟超出多少，有待竣工结算后才会有准确数目！"陈峰在回答时表现出的心情显然是很沉重的。

"既然投资这么大，你们有多大缺口？"

"我们两人加起来还不到六百万，所以要在外面借点款项才能跃过这道大坎，虽然这建筑老板同意垫资一部分，但他也垫不了这么多，我正在思考要在哪里才能借到这么大一笔款呢！"其实，他二人倾其所有还不到两百万，今天在李主任面前是说了假话，为的是不让李主任知道自己的底细而让李主任担心。陈峰知道李主任管辖的办事处与这村委会的实力是相当雄厚的，他也晓得自己在这一片村民之中的口碑极好，他更清楚李主任对他更是亲如叔侄，李主任在告诉他建这市场的信息时，陈峰就有心要在这村委会与办事处借一笔款的打算，因这市场建在这村委会的地盘上，合同期一满，就会给这村上创造一项固定资产，也就是一笔巨大财富，有了这一层原因，应该说在这当地借钱是比较合适的。今天李主任一提起资金问题，他就知道李主任有心相助，便故作心情沉重地道出自己的难处。

"你在外面借款的目标有没有呢？"李主任又问道。

"要说目标嘛，肯定是有的，我和主任曾经在闲聊中摆谈过，我来这都市的时间已经二十多年了，顺着我这股潮流来这春城的手工业者已有几万人，并且有不少人已经脱离了体力劳动而走上了经营家具行业的个体户，这些人起步时普遍因为资金薄弱，起点太低，虽然现在都有一定的实力，但都不是十分雄厚，并且他们都有往大规模方向发展的打算，要想在我们这圈子内融资来解决所建市场资金的缺口问题，毫无疑问有一定的难度。我曾经考虑过走银行贷款这条捷径，但银行贷款需要有固定资产做抵押，李主任知道我们哪有那么大的固定资产呢！所以，这条路是走不通的。建筑老板承诺过垫资，我最近观察到他的实力并不是有多雄厚，他承诺垫资目的是为了承揽我这工程。我思考良久，今天咨询一下李主任，你们村上能否支持一下吗？"

"你们有准确的缺口数目吗？"

"我们有几百万，建筑老板订合同时同意垫资一部分，在朋友处可以借款一部分，缺口应该在三百万元左右！"陈峰怀着紧张的心情回答道。

"你们准备在我们村委会借款多少？"

"为了避免村民们的误解，我们不敢有太大的奢望，只要李主任能解决两百万给我们就能度过这道难关！"

"还差一百万的缺口怎么办？"

"这一百万我只好在我那些徒弟们身上想办法了，不知他们给不给我这点面子，不过，我想我若到了山重水复的地步时只要拿出脸皮厚的态度去求他们，我想应该是没问题的！"陈峰不无把握地回答道。

"也好，那就这样决定吧！到时候要是你的徒弟们不买你的账，我们再商量吧！我们明天就开会征求办事处与村民的意见！"

"要是他们不答应怎么办呢？"陈峰一听要征求村民的意见，心中略感紧张。

"不会的，因为你在我们村民和办事处所有人心目中的印象极好，他们不会有意见的，这一点我心中有数！"在李主任留下这听起来很舒服并且很有把握的一句话后，陈峰紧张的心情宽松了。

他们结束了这一天的游玩。

陈峰与王俊怀着轻松的心情回到他们的工地上，听取工地施工人员的汇报与意见，得到的答复是工地上一切顺利地进行着。

不出三天，这笔巨款到了陈峰的账户上。

有了村委会这两百万元巨款垫底，陈峰心中一块巨大的石头落了地。

晚上他睡在床上，怎么也睡不着，思考这么轻松地借到这笔巨款的原因，李主任怎么就毫无顾忌地借这么大一笔款给我呢？人们常说天上不会掉下馅饼来，这笔巨款是不能用馅饼作比方的，虽然这笔钱是要还的，但它不亚于一块巨大的金砖，要是把借到的这笔巨款比作是一块馅饼，不但折杀了这笔巨款的价值，更埋没了李主任的一片好意。

思考良久，最后他得到一个结论，是这李主任对他太信任了，对他信任的原因就是从他来这村上以后做任何事不但十分踏实，并且从不斤斤计较，所以，他得知李主任从景区游玩回来的翌日便组织开会讨论借钱给他，所有村民一致通过，无人反对。

他心中只想到感谢李主任与村民们的好意，他却不知道他本人在这村民眼中也是一个厚道之人，不然，哪能得到这办事处辖区内所有人对他的好感呢。

其实，他陈峰也太老实了，他并没有李主任有远见。他只看见别人对他的好处，就看不见他这协议十多年后期限一满，就给这村里的村民们创造了一笔巨额财富。

几个月绷紧着神经不知疲倦地忙活，如今各方面都已安排得十分妥当，总算可以松口气了。由于好久没有换洗过衣服，神经一松，浑身犹如长了毛似的难受，突然醒悟自己由于长时间处于紧张状态之中，没进洗澡堂的时日已经不短了，便带上一套没穿过的一套衣服走进桑拿室，闭着眼睛在池中浸泡了近一个小时，用手一摸，觉得今天这一身污垢自己解决不了，便呼来一擦背员工，这员工在擦背之时见他浑身太脏，便不怀好意地将搓下的一堆不小的污垢堆在一起："你这人怎么这么不讲卫生？为啥不经常洗澡呢？你老婆也应该管管你嘛！"

"哎呀！你这师傅擦背就擦背嘛！管别人闲事干啥呢？任何人都有一定的隐私，你何必揭别人的短呢？总不能因为我身上脏，还要给你付双倍的擦背费吧！"陈峰一见他将污垢堆在一堆，觉得受了侮辱，本就来了气，这人又提到老婆之事，这是他最为痛心的地方，就毫不客气地回敬了他几句。

"对不起、对不起！"这擦背的员工一见陈峰来了气，便赶紧道歉。

他走完了洗桑拿的所有程序，穿好衣服走出桑拿室，不但觉得身轻如燕而且舒服极了。回到他在这村上租用的临时住所后，便将换下的衣服装入一个几天前就装有脏衣服的编织袋中送去他经常洗衣服的洗衣店，一见那高个、漂亮的姑娘一人在用电熨斗烫着衣服。

那姑娘一见这经常来洗衣服的顾客到来，很热情地接下陈峰手中的编织袋，并招呼陈峰坐下，当她拿出编织袋中所有衣服盘点件数时，一股酸臭的汗味迅速钻进她的鼻孔，被熏得她不由自主地将鼻子眼睛皱成一堆。

陈峰一见这姑娘如此表情，知道自己衣服太脏，又在这布袋之中捂了很长时间，所以发出了难闻的气味，顿感羞愧，心想若是她嫌脏不洗，就只好提回去自己解决了。

不料，这姑娘一抬头见陈峰一脸窘态，便十分温柔的问道："你的工作太忙了吧！送衣服来洗的时间都抽不出来。你是干什么工作的？"

"我不是干什么具体工作的，只是最近投资一个项目，压力太大，不但抽不出时间自己洗衣服，而且也没有洗衣服的精力，就连换衣服的时间都忘记了！"

"你投资的是什么项目？紧张到如此地步！"

"离你这里不远处要建一片建材市场，我原来是生产家具的，我的家具厂就在那建材市场的边沿，现在要把我家具厂那块地盘改变成建材市场，由于我们资金不足，压力特别大，整天不但忙于筹资的事务之中，而且还要催促工地上的进度，所以就忘记了或者说是没有精力换洗衣服这件事。唉！"他阐明了自己衣服太脏的原因。

"啊！原来是这样。既然资金不足就不该冒风险自讨苦吃嘛，不过，话又说回来，任何人在创业时都要经过一番磨难，你既然没心思换洗衣服，怎么不把你的家属弄到身边来呢？"这姑娘无意之中打听这顾客的家事。

"我们资金虽然不足，但这项目确实是难逢难遇，只要一旦成功，回报不但快而且巨大，这风险太值得冒一冒，人生一世好机会没有几次，这就是古人所总结的'过了这个村，就没有这个店了'，要是把这样的机会都错过，说明我这人就太没眼光了！"陈峰只是回答了一定要冒这风险的理由，对这年轻老板询问的家属问题却避而不答。

"哦、我明白了！你贵姓呢？你今年多少岁了？"她本想问他姓名，无意中却打听这顾客的年龄上去了。

"我免贵姓陈名峰，已过不惑之年了，我是一个地道的苦命人！我来你这里洗衣服已经很长时间了吧？还不知道你贵姓呢！听口音你也不是这本地人吧？"他不好意思告诉这年轻老板自己是一个孤寡人，又接着这年轻老板的话尾问道。

"我姓高，名洁！是地州县人，离这省城一百五十多公里。"

"哦……我该回去了，工地上的事情太多，我这衣服哪天可以来取？"他本想问这姑娘老板是哪个州县人，突然想到何必要问得这么仔细呢，欲言又止。

"你这些衣服我要多花点时间，不要着急，三天以后你来取衣服吧，我敢保证你会满意的!"说话时脸上露出了笑容。

"好吧!"陈峰一听'你这些衣服我要多花点时间'心知肚明她笑容之中包含的是他这衣服太脏的含义,他边想边走出洗衣店。

陈峰走后,这高洁一直思考陈峰刚才说的不惑之年不知是多大年龄,看来这人也就30出头,怎么能说是不惑之年呢?在农村中人们只说是多少岁,从未听说过不惑之年可以代表多大年龄。唉!生活在农村真是孤陋寡闻,在这大城市生活与农村真是差别太大了,虽然上过两年初中,怎么连不惑之年都不懂啊!待他来取衣服时一定要弄清这个问题。这些衣服要花其他衣服双倍的时间与精力。她面带苦笑。

三天,短短的三天,由于高洁希望见到陈峰解释不惑之年的心情过于迫切,觉得时间过得太慢,后悔不该把陈峰来取衣服的时间推到三天以后,不料,过了三天陈峰并未来取衣服,她焦急地一直等到近一个星期,陈峰才风尘仆仆并满面春风地来到洗衣店。

"我来取衣服,应该洗好了吧?"

"好了,几天前就好了!只是还有一件衬衣忘了烫,实在对不起!你坐一分钟吧,我马上就烫好。这几天你到哪里去了,我不是叫你三天就来取衣服吗!怎么今天才来呢?"

"还不是为了市场工程的进度,这几天从未离开过工地,总算有了收获,可以松一口气了!"他以十分轻松的口气回答道。

"依你这样说来,你们建这市场不会有什么困难了?"

"可以这样说,但是市场建好以后不知要多长时间才能还清所有债务!还清借款后才算彻底摆脱困境!"眼前建盖市场虽然一帆风顺,一想起这数目庞大的债务,他心中还是沉甸甸的。

"只要市场建成功,所收租金就可以还借款了嘛,你还担心什么呢?就怕半途缺乏资金停工就麻烦了!"她语气之中带有安慰的成分。

"那是肯定的。你怎么和我想到一块去了?说明你还是一个有经济头脑的人嘛!"

"这不是明明摆着的事嘛!憨包也能看出来。啊!前次你在这里说过什么'不惑之年'?什么叫作'不惑之年'?你能解释一下吗!"她说完之后,脸上顿时泛起了淡淡的红色,这红色出自自己知识浅薄的自卑。

"这是孔圣人总结的人生轨迹，一般都是针对男人的，男人们一生要经过几个阶段，男人二十岁以后学业基本结束，所以说二十岁前后是长知识的年代，三十岁就该成家立业了，所以称为'而立之年'；四十岁的男人就能看清世间不少事物，不会受到'迷惑'；称之为'不惑之年'，也就是最为成熟的年代；到了五十岁几乎就定了型，也就是不会再有大的变化与作为了，已经注定了自己这一生的命运，这就叫'知天命'"。

"那到了六十岁又怎么说呢?"因她处于农村还没听过这些高论。

"六十岁吗？那就是'耳顺'！"

"'耳顺'？啥意思?"她穷追到底。

"耳顺吗？就是说到了六十岁以后，不用说儿子就是孙子都快成人了，老人们都管不了事，什么事情都要听从儿子或者小孙子的，不能跟他们较劲，他们说的话错了也要认为是对的，不能与儿孙们争长短，所以这就叫作'耳顺'，要做到这几点就会幸福的！"

"七十岁呢?"她还不放过。

"孔夫子那年代的人恐怕很少有人能活到七十岁，七十岁是啥情况该怎样处事，孔夫子是否总结过，我就不知道了！"他把"从心所欲"解释不清，只好搪塞。

"啊！你的文化不低呀！"她既感叹又十分佩服地说道。

"我有啥文化嘛，只不过爱看点书罢了，所谈的这些是否正确我还觉得有疑问，你就不要在别人面前去谈论了，要是我说错了别人会笑话你的。"陈峰谦虚的说道。

"你说的这些以我的想法真是太正确了，人的一生应该就是这样的，且不说是孔圣人的理论，就是一般草民也能悟出这样的道理，只是他们没有水平表达得这么清楚！"看来，这高洁对陈峰的言论佩服得很。

在说话期间，高洁不但把陈峰的衬衣烫得十分平整而且叠得相当板扎，将所有衣服整整齐齐装入陈峰的编织袋之中。

"我该走了，衣服脏了再来找你！"他见这件衬衣烫得十分板扎，心存谢意地说道。

"那好，有时间来玩啰!"

"可以，只要有时间我一定来找你耍！不过，我们最近还是太忙，要把这段时间忙过就轻松了，到那时候我就天天跑到你这里来玩，你可不要嫌烦啰！"

"不会、不会！尽管来玩，尽管来玩！"高洁连声说道。

"再见！"陈峰摆了摆手，提着袋子走出了洗衣店。

陈峰回到他的住所，将洗好的衣服从布袋之中拿了出来，一见这次所洗衣服比前次洗的床单、被套与衣服更加干净，叠得更加整齐。

他看到这些叠得如此板扎、干净的衣服，想到在外漂泊近二十多年，还未享受过洗得这样干净、叠得这样整齐的衣服，他睹物思人，这年轻老板已道明她是州县上人，因为城市人的经济条件相对较好，小孩一般都娇生惯养，农村条件差，小孩们从小不但勤俭而且有些小孩在十多岁就会当家理事，以她洗衣服的认真态度，说明她的家族是很有教养与良好传统的。

以这样推理，这年轻的洗衣店老板来这城市应该和自己一样，想在城市闯出一条摆脱在农村苦中刨食的路来，不过，一个女孩子在外没有背景、没有什么特长的条件下能有大的发展，应该是太渺茫了吧！

陈峰想到这里，认为有必要去弄清这姑娘是否有远大的志向，要是她有大的志向，在我有条件的情况下应该伸出援助之手，报答她为我洗衣服的认真态度才对。

他把事务托付给王俊办理，想去和高洁探讨她的人生目标。

他行至半路，突然想起在取衣服时曾经告诉过高洁最近太忙，要过几天时间才有机会去找她聊天。刚刚才过去了两天又跑去找她，这岂不是给自己找没趣吗！他后悔不该心直口快把话说得没有退路。

他回到住处，压住急躁心情，在焦急之中又过了好几天，换上高洁所洗的衣服，不知是什么原因，觉得舒服极了，身轻如燕脚底生风般地朝洗衣店走去。

实际上，那高洁与陈峰有同样心情，那天陈峰取走衣服后，听他说要过一段时间才到她洗衣店去玩，她软弱无力坐在凳子上，不知这一段时间是多少天？她干活时目光不时地朝陈峰的来路观望，希望在短时间内会见到陈峰的身影。

事与愿违，奇迹并没有出现，在焦急中不知过了多少天，陈峰终于提着一包衣服出现在她的洗衣店门口。

当然，高洁喜出望外地迎接了陈峰，一阵礼节性的问候之后，谈话转入了正题："你最近生意咋样？"陈峰问道。

"我这样的生意会有多好，交完房租后，勉强能混口饭吃！"

"既然这生意难做！你当初何必投资这项目呢？"

"唉！一言难尽……"高洁叹道？

"你能否道明白一点吗？"陈峰又问道。

"我原来告诉过你，我们家离这省城近两百公里，条件虽然不是太差，但在农村生活一世不是我的愿望，便拿着别人的介绍信来这都市闯社会，开始在一所不大的幼儿园上过班。后来又在租这小洗衣店老板一个很有规模的店里上班，那老板由于资金雄厚投资大，收入十分可观，所以就投资了这个小店，经过一年多的经营，那老板才发现这个店面太小，容不下大型设备，洗不了高档衣服，毫无利润，就觉得这小洗衣店没有前景，就将这小店转让给我，经过不短时间的自身经营，现在我才明白在这行道之中拼搏，资金薄了，没有高档设备，想在这几样简单的设备上盈利根本不可能。你出身社会时间比我早的多，你帮我出出主意，有什么办法让我这小店多有点盈利，能够长期经营下去！"她一口气道出了她的苦衷。

陈峰一听觉得这是一件难事，他知道这行道想靠一台简易洗衣机和一把电熨斗能有大的盈利，简直就是异想天开，不过这精神还是值得佩服的，这样的设备只是针对低端人群，这类人不管你洗衣服的态度有多么认真，洗的多么干净，他们总不能一件衣服按双倍付费给你，要想在这行道上盈利，必须面向高端人群进设备。他脑海中不断地运转着，一时不知怎么回答。

"我问你话呢！怎么不回答呢？"高洁见他好一阵不说话，边干活边着急的又问道。

"啊！我虽然知道该怎么做，但是最近你的条件有限，实际上，这道理你肯定还是清楚的，你刚才已经道明，不能盈利就是在这些设备挡次不够与店面太小的原因上。"在沉思之中经高洁一问他惊醒过来连忙答道

"你的意思是……"高洁还没转过弯来。

"我的意思就是要向你原来的老板看齐，你知道用高端设备洗一件高

档衣服的费用就是几十甚至上百块，有高档衣服的人不会和你讨价还价，现在你用这类设备洗一件打工族的衣服就只能收两三块钱，这类人就是人们常说的弱势群体，你收那两个辛苦钱他们还认为你收得高！我有这样的认为，不知你的看法如何？"

"你说的很正确！我是从洗高档衣服走过来的，当然知道这一点。我当时就想到我对这行道已经略知一二，就想从低端做起，慢慢地积累资金向高端进发，哪知道这些设备所创造的收入付了房租、水电几乎就没有了，说起来不怕你笑话，还不如打工得来的那几个硬币轻松。我现在已经进入了这行道，想坚持下去好像又没有前景，想改行又没有其他门道，我觉得走到了十字路口，似乎迷失了方向，请你帮我出点主意吧！是坚持下去，还是另辟蹊径呢？"她以毫无主见的口气向陈峰征求意见。

陈峰一听又在问他，一时没有回答，心想如果这次不投资建盖这小型市场，借给她一笔款项建议她购买几样高档设备，在豪华地界大大地租几间铺面，直奔高端境界，以她这吃苦耐劳的精神，很快就会走出困境，但自己眼前已经处于负债地步，实在无能为力，于是问道："你们家乡的经济情况怎样？"

"不太好！"

"你们家亲戚或朋友之中有没有大款？"

"应该有，什么意思？"

"我认为你要想在你这行道上有大的发展，那就必须要有大的投资，你估计一下，购一套高档的洗衣设备要花多少钱？"

"我也不太清楚，偶尔听别人讲过，估计要在二十万元以上吧！"

"在你亲戚朋友当中能筹够这笔款吗？"

"大款应该是有的，但想借到一大笔款恐怕是不可能的，我们家乡的经济情况我还是比较清楚，因为我还年轻，刚进入社会没有人放心借这么大一笔款项给我做生意！"高洁边摇头边无可奈何地说道。

"那就没办法了！我刚才在心中已盘算过，我现在建这市场投资巨大，我不但抽不出资金而且还负责累累，我若不建这市场，借一笔款给你购买一套高档设备的资金还是有的，以我如今的负债情况要想帮助你我却无能为力！"陈峰道出了他的实情。

　　"我们没见过几次面！就是有钱你也不放心借给我吧！"高洁半开玩笑半认真地笑着说道。

　　"我们见面的次数虽然不多，但你为人的性格我还是能看出来的！"

　　"你就那么自信吗？"

　　"当然。我在世上已奔波了近三十年，经常与朋友们谈论人生时，总结了几点经验，一致认为与陌生人相处时第一要观察他们面部五官是否带有奸猾之相，其次要注意他们的开言吐语时是直来直去还是爱转弯抹角，再就是了解他们在事业上是否敬业，我说的这几点据我每次与你见面时观察你都在好的方面，所以，我认为你是一个可以信赖、值得帮助的人！"

　　"依你所说，你原来帮助过人吗？"

　　"当然，唉！别提啦……"陈峰边说边摆了摆手。

　　"你就说说吧！让我见识见识你的经过吧，也可以向你学习嘛！"高洁一听陈峰有难言之隐，更想探其究竟。

　　"还是不提为好！一提起就太痛心了！说不定你还会替我流眼泪呢！"陈峰害怕提起几年前王虎使他倾家荡产与布仕仁暗中对他"撬墙脚"的经过，他苦笑着说道。

　　高洁一见陈峰的脸色陡变，更加激起了女人特有的好奇心，便穷追不舍："你还是说说吧！你要是不说出来我听听，我今天不但吃不下饭，而且也无心干活，今天晚上说不定还会失眠呢！"话中带有恳求的成分。

　　陈峰是一个心肠极软的人，一见高洁如此请求，便将几年前为了帮助朋友走出困境，将自己近二十年的心血付之东流，成了一个两手空空的穷光蛋。在自己最困难的时候，曾经把从饥饿中救助出来的布仕仁不但不念旧情伸出援助之手，而且还将朋友介绍给他的一单十分可观的生意撬走了。

　　他道完了那些伤心之事后，又如何拼搏，刚有起色之时，两年前又遇车祸、妻子与母亲溺水而亡，接二连三的悲惨之事，几乎到了绝望的境地，多亏了乡亲们的开导与劝阻，不然早就自归黄泉，一五一十地讲给高洁听了。陈峰怀着沉痛的心情一直往下讲，未注意高洁的表情变化，开始高洁只是专心的听着，当听到陈峰不但亏得精光，而且失去了两个亲人，脸色不由自主地变了，后来越听越悲惨，他极力控制着不让眼泪流出。

陈峰抬头一看，见高洁的泪水在眼内打转，便不再往下说那些悲惨之事，他话题一转："我就说嘛！你听了可能会替我伤心的，因为我们家出事以后，不少人都流过泪，所以我不想再提这些凄惨的往事，今天一提起就惹你难过，真对不起啊！"

"这是我想听的，不是你愿意说的，我应该向你道歉才对！我还没见过哪一家接二连三出这么多灾难，怪不得有'福无双至祸不单行'这句古话，这些事还真让你遇上了，真惨啊！"高洁强忍着内心的悲痛说道。

"不过话又说回来，既然事已至此，也许是命中注定吧，神仙也无法挽回，就是吊喉刎颈也只有再把自己这条命搭上。听了乡亲们的劝告与开导后，又才来到这里重操旧业，抱着重整旗鼓、碰碰运气的想法，看看是否能起死回生，就在全力拼搏之时，我租厂房那村上的领导告知我他们要招商引资建市场，我想这是一次最难得的机遇，若是把市场建成功那倒真是走完了'山重水复'的险恶路段，到了'柳暗花明'的福宝之地。这市场已开工几个月了，现在看来这势头简直就是一帆风顺，胜利在望了！"陈峰说到这里，语气轻松多了。

"那就好！那就好……"高洁连声说道。

"我该回去了，去了解工地上的情况如何，衣服该洗时再来找你！"陈峰说完准备起身了。

"有时间就来玩嘛！何必要洗衣服才来呢？"

"我要是经常来玩，就会浪费你的时间，影响你的收入，那就太对不起你了！"话一说完，他站起身来已经离开了洗衣店。

"哪里、哪里！你……你慢走哇……"高洁见陈峰已走出几步，知道挽留不住，便礼节性地说道。

陈峰到工地上转了一圈，见一切顺利地进行着，又回到他的住处，回忆洗衣店那年轻的老板姑娘，去了几次都是她一个人，怎么就没见到她家里的其他人呢？以她的相貌看来也是二十多岁了吧！就算兄弟姐妹没时间来看她，也应该有男朋友了嘛！他一想到这里，突然觉得自己思路走了神，知道自己有了人们常说的"非分之想"，他尽力摒绝脑海之中的妄念，让思路回到他工地上的进展情况。

陈峰一走，高洁独自一人在洗衣店也在沉思：今天听陈峰陈诉了他最近几年的遭遇，心想这人的命也太苦了，为了事业结婚十几年了不但还无一男半女，连母亲与老婆也一齐赴了黄泉。看他仪表堂堂，虽然已过不惑之年，但观他肤色，最大也不过而立之数，这是她听了陈峰所谈的孔夫子对人生总结得出的结论。她胡思乱想着，浑身无力的坐在既是洗衣店又是厨房还是卧室，并铺有整洁卧具的单人床上。她不知陈峰哪一天才又来光临她这"三合一"的小店。

第二十八章 >>>

江湖之事

　　陈峰和王俊投资市场期间，他的徒弟们得知这消息，知道这是一个极好的项目，便来观看他二人所建市场工程的进展，在开工初期几个月之中，陈峰隔几天就要接待一次他的老乡与弟子们，这些弟子看见他二人这项目虽然场面不是很大，但觉得陈峰又是一个不小的壮举，因为在他们众多的老乡之中，虽然稍有胆量的开了一些大小不一的家具厂，但能开厂的在几代弟子之中毕竟还是少数，还没有哪个有此胆量在没有雄厚资金的情况下敢投资这么大的项目，这样的项目只有那些大款们在城市郊区建有不少的各类市场。

　　在陈峰众多徒子徒孙之中，有羡慕的、有嫉妒的、也有资助的，更有不怀好意想撤台的。当然，想撤台最为突出的也仅仅只有布仕仁一人而已。

　　当然，这些弟子们来到陈峰与王俊建盖市场这块地盘上观察与考察时，不论他们是好意还是歹意，是羡慕还是嫉妒，不管陈峰投资这项目有多困难，囊中有多羞涩，他与王俊都热情地接待他们。

　　在一次招待这些乡友的酒桌上，布仕仁满脸堆笑着说道："师傅这项目成功后，你就是我们家乡在这片土地上独一无二的大富了，以后不但要多多帮助你这些弟子们发展，我们家乡如有什么建设，你还得多作贡献哟！"

　　"那是当然，他老兄是我师傅也是兄弟，他把我们带来这片土地上，虽然我们有了小小的成就，但也就是人们常说的有了一碗稀饭吃，但比起他老兄这样的项目我们就感到太渺小了。虽然师傅这几年栽了不少跟头，遇到了不少灾难，但这一次你又如孙悟空一样一个跟头翻上了玉皇大帝那宝座上去了。你的这些弟子都是托你的福来到这块宝地上谋求生计的，要是我们生意不好做，当师傅的再帮帮弟子们也是应该的！"布仕仁话刚一停，陈氏家族中一个名叫陈胜的弟子接着说道。

"你二人说这话就不对了，师傅刚投资还未见成效，你们又打起师傅的主意来了。师傅这几年遇到这么多常人难以承受的灾难你们又到哪里去了？你们帮助过他了吗？这次投资这项目且不说你们资助他，你们又以收高利息的方式借钱给他了吗？"这是一位陈峰不熟悉也不知是属于几代弟子。这小字辈名叫马明，是两年前陈灵从广利介绍给陈峰的，当时陈峰又把他安排在王俊厂里，王俊又把他交给哪一代弟子学艺陈峰就不知道了。他虽然来到这都市时间不长，但为人极其正直，又颇知陈峰对家乡劳务输出的极大贡献，听其他师兄弟的传言，他得知布仕仁与陈胜的为人，今天一听他二人这极不中听的话，便毫不客气地驳斥道。

"马明说的对，我们祖师爷就是有眼光，几个月后他这市场就竣工了，那时候我们祖师爷要多风光就有多风光。两年前他遇到灾难后一直在痛苦之中拼命地拼搏着，我们在座的就有人看他的笑话，既不出手相助还在背后撬他的生意，你二人在他困难的时候资助过他多少、帮助他了吗？虽然这项目前途十分光明，今天他仍然处在困难时期，你们不但不伸出援助之手，又想打祖师爷的主意，你们这样的态度与想法我听起来确实感到你们的脸皮不但厚，而且太厚了！"这话是王俊厂里一个名叫李强的徒弟怀着不平的心理毫不客气对他二人挖苦道。因为这李强跟王俊时日不短，对布仕仁与陈胜二人为人处世的传言听得多了。

这李强是个急性子，布仕仁与陈胜二人被这突如其来几句话说得十分尴尬，好一阵陈胜才憋出一句："我们只是开个玩笑嘛！哪里会打师傅的主意呢……"

"我怎么没帮助呢！虽然不多，我还是借了十万元给师傅嘛！那么，你又帮助过师傅多少呢？"陈胜话一结束，布仕仁不甘示弱地的对李强反驳道。

"我们因为没出息还在打工，不像你当老板，但是，我们做事光明正大，从来不阳奉阴违！"李强针对布仕仁又回敬道

"大家不要斗嘴，我也知道他二人是开玩笑，李强你就不要太认真

了!"陈峰一见布仕仁与陈胜二人的脸色青一股、红一股十分难堪,便立即出言制止事态进一步发展。

王俊抬眼一看,李强面有愠色对着布仕仁正准备出言相向,王俊立即投去严厉、制止的目光,李强方才将要出口的话咽了下去。

这餐饭以极不愉快而结束。

怀着一腔妒火与怒火的布仕仁从陈峰置办的酒桌上回到厂里后,他觉得实在咽不下这口气,我堂堂正正一个老板在众多同行面前被一个小字辈毫不客气地数落、挖苦了一阵,真是丢尽了颜面。他反复地思考,但也毫无办法,既找不回面子,更不能和这小字辈打上一架,真要和一个小字辈计较,又失去了我一个老板的气度。他左思右想,这责任应归咎在陈峰身上,要不是他投资这一项目,我今天就不会和这一帮人在一起吃这顿窝囊饭,就是在一起喝酒也不会提起他陈峰以后的辉煌前景,就不会受这一肚子无名气,总之,是陈峰这项目弄得我灰头土脸。

他无处泄愤,只好把一腔怨气牢牢地埋藏在心中,准备寻求机会对陈峰采取报复。

他气愤不过,仰卧在床上想着报复的招数,经过几日几夜绞尽脑汁地思考,推翻了不知多少恶毒的主意,最后想到陈峰建这市场资金不足,全靠借款与建筑老板垫资,觉得只有在施工队老板身上想办法,给陈峰施加压力。

一日,他以关心陈峰工程进展为借口来到工地上,恰巧陈峰出外办事不在工地,他径直找到承接这工程的杨老板故意问道:"建这市场的陈老板哪去了?"

杨老板抬头一看,并不认识这个相貌虽然不丑但看见那条出奇的鼻子就使人恶心的人:"他出去了,去了哪里啥时候回来我就不知道了。你找他有什么事情?你告诉我,我转告他。"杨老板毫无表情地答道。

"也没多大的事情,只是他借了我一笔钱已有好些时日了,他现在投资这么大一个项目,是不是在银行里贷着款了!我找他就是希望把我的钱还了,借别人的钱不还又来投资这样大的项目,我认为有点不合情理吧!"他面色不快地答道。

"他借了你多少钱?你姓什么?借钱有多长时间了?他回来我告诉他,

借钱时间长了不还是不合情理的!"

"虽然时间不是很长，数额也就是十万元，但我最近手头很紧急需用钱，他这次投资这么大，不知我啥时才能收回这笔借款!"他装出一副无可奈何的神态，避开了回答杨老板问他姓什么的问话。

"他在你那里就借了十万元，你知道他在别处还借过钱吗?"

"怎么没有! 他投资这项目根本就没有钱嘛! 全部都是借的，我大体估计了一下，就有好几百万，不知他啥时候才能还清这些债务，所以我担心我那笔款收回的难度太大了!"

杨老板一听，内心立即产生一种想法，他借款的数目这么庞大，我的建筑款什么时候他才能付清呢?

"他怎么在你那里就能借十万元钱呢? 你们是什么关系?"

"只是一般的熟人关系，他借钱时我老婆就不同意，但他死皮赖脸的纠缠，一开口就要我们借给他五十万元，我们拿他实在没办法，所以只好借给他十万元，唉! 不知这笔款我什么时候才能收回!"

"你没找他谈过还钱吗?"

"我找他过几次，但他一直往后推。并且说他这市场没竣工确实拿不出钱来。"

"你们只是一般关系，怎么一下你就敢借给他10万元钱呢? 你的胆子也太大了嘛!"杨老板似信非信地问道。

"当初我本就不想借钱给他，只怪我这个人心肠太软，爱做好事，哎! 看来，人生在世好事还是少做点为好!"

"你收不着钱，打算怎么办呢?"杨老板又问道。

"有啥办法呢! 还不是由他往后拖吧，谁叫我和他是熟人呢! 现在的钱一天一天的在贬值，再拖几年我那十万元说不定就贬到一万元的价值了!"

"怕没这么严重吧! 既然你们是朋友，就不要计较这些小节，人生在世几十年都会有困难的时候，说不定你若有了困难他也会帮助你，古人总结的'三十年河东，三十年河西'的世事没错，你还年轻，敢保证你以后就没有困难的时候? 一个人的眼光要放长远点，不能鼠目寸光，你说我这话正确吗?"杨老板见他说话太夸张，话中带有劝意。

"你说的虽然是道理，但我认为他投资这样大的项目不应该用别人的钱来赚钱嘛！用别人的资金发大财，是不是有点缺德呢？"布仕仁觉得杨老板没有顺着自己的思路说话，一时不知如何回答，心中一急，说的话就更加出格了。

"缺德？你怎么越说越离谱呢！朋友之间在生意场中相互帮助是常有的事，推迟几天还钱也不是什么大事，你把这件事与缺德混为一谈，我认为你这样的说法才真与缺德可以划等号了！现在，我们正加紧施工，尽量缩短工期，几个月以后他就可以见到效益。以我的看法，他这市场成功后，你那十万元算不了什么，你刚才说到他会拖你几年再还你，你的钱就会贬值得一文不值，这话听起来觉得你们之间好像有很大矛盾似的，他为什么得罪了你？"

"没有、没有！他怎么会得罪我呢！他若得罪了我，怎么我还会借钱给他呢？"布仕仁找不到合适的语言回答，只好应付。

"没得罪你，怎么你话中对他好像总是有意见似的？而且意见还不小哇！"杨老板十分不解的说道。

"我也给你说不清楚，我们不谈这事吧，他什么时候还钱只好由他吧。他这工程你们还要多长时间才能完工？"布仕仁无言以对，只好改变话题。

"你没见我们这些员工正加紧干活吗！最多不出半年他就可以收房租费了，那时候你那十万元简直就是小菜一碟，你着急什么呢？"

"要是那样最好，我只好等到那时候了，你们忙吧！我还有事，改天再来和你耍！"他边说边转过身去头也不回地离开了这工地。

杨老板看着他灰溜溜的背影觉得好笑，但他弄不清这人与陈峰是啥关系，也不知他们之间有什么过节，只有等到陈老板回来必须弄个清楚。

陈峰由于资金过于薄弱，为了应付各种必需的零星开支，不得不厚颜去求助于同行与朋友之间，当他拿着为数不多的一笔款回到工地上时已经很晚了，杨老板怀着好奇心等到他回来后便迫不及待问道："你认识一个个子比较高的人吗？"

杨老板这一句没头没脑的话真把陈峰弄懵了，好一阵回答不上来，杨老板一见陈峰对他的问话不理解，知道自己的问话欠妥，他调整好情绪便将今天那人的相貌与来找他的情形详细地告知陈峰，当陈峰听完杨老板的

叙说后，便知道绝对是布仕仁无疑，并且清楚布仕仁在杨老板面前找他还钱的用心所在，

"那是我堂嫂的弟弟，他来找我还钱为借口，其用意是希望你不要为我垫资，达到我这项目搁浅的目的，以至于看我的笑话！"陈峰怀着既愤怒又沉痛的心情说道。

"我经常听你那些徒弟说过你是你们家乡来这里最早的开山鼻祖，他是怎么来的呢？"杨老板又问道。

"说来话长，那是近二十年前的事了，也就是一九七六年，我们家乡闹饥荒，那时他家吃了上顿没下顿，本来他姐在我们家族之中不但不会处事，而且心肠过于狠毒，正如古人有一句对狠毒妇人的总结——仙鹤顶上红、蝎子尾上针，这古话用在他姐身上真是恰如其分，当然我们之间就少不了过节。我本无心带他来的，那时他母亲快七十岁了，天天跑来我家为她儿子求情，几乎要下跪的地步，我生来就是菩萨心肠，不忍心看他老妈那付可怜相，心一横就把他带来了，不料，这家伙也真有运气，他虽然比我们晚来两年多，他的生意却一直很好。因为前几年我朋友约我去四川开发一个项目就亏掉了我十多年的积蓄，所以他的盛钱囊确实比我的钱包要饱满许多，从此以后他就想在事业上永远保持我们家乡在这片土地上所有人的领先地位，以显示他最有能耐，他明知我这项目一成功，我的不利现状就会改变。他家祖祖辈辈的嫉妒心都太强，所以他内心极不平衡，总是想方设法地拆我的台，在我最困难的时候就撬过我一大单业务。唉！天下竟有这样心肠狠毒、忘恩负义之人！"

"他心肠既然那么歹毒，那十万元怎么还借给你呢？"杨老板一听，觉得这事矛盾重重。

"以他的本性是绝不会借钱给我的，因我这几年的灾难太多，损失太大，手头过于拮据，得知这村上有这项目之后，我又不能放弃这天赐良机，就托我的徒弟王俊召集我们家乡在这里所有的弟子们商量我这项目的资金问题，经过几小时争论，总共筹资近三百万，在众多徒弟借钱的影响与舆论压力下，他不得不表态借了十万元给我，当时他的脸色要多难看就有多难看，我知道借了他的钱一定会有后遗症的，依我本意就想舍弃他那一笔借款，但又怕遭到众多徒弟的反对，就显得我毫无气度，所以也就接

了他的十万元，我当时就对他承诺，他的还款时间放在第一位，今天这件事证明我当时估计的不差，唉！我现在正处在需要资金的关键时刻，从哪里抽出十万元钱还他呢！"

"既然是这样，你就更不要操心最近还他那笔款，这种小人你何必与他守信用。以我的看法，在这种人面前你就不必言行一致，只要你以后给他认够利息就行了，你其他的徒弟我估计都不会要你的利息，在利息这件事上我估计他是不会客气的，你只要闯过这一关，他那点利息就不算一回事了。他既然今天没见着你，你就装作不知道！"杨老板建议道

"只有这样了！那就请杨老板加紧施工，早一天竣工我就可以早一天了结清他这笔借款，以免心烦！"陈峰无可奈何地说道。

"你没见我们最近在加班吗！我们早上提前半个小时上班，晚上延迟一至二小时下班，其实，我也不是专一为了提前你这工地的竣工日期而加班。最近又有朋友介绍了一工程，比你这工程大得多，基本上已经谈妥，恐怕马上就要签订协议，所以你就是不催我也十分着急，你放心吧！在别的工程的催逼下，你这合同工期只会提前绝不会推后。"

"那就谢谢杨老板了！"

陈峰谢过杨老板后，又回到他独自一人的住所，一个人静静地思考他走过这二十多年出门闯荡从事木工生涯的历程，自己亲手传授的那些徒弟们个个都一帆风顺，唯独我陈峰不但生活在磕绊之中，而且已近知天命之年，如今还是孤身一人，不但太辱没祖宗，而且这孤独生活实在难熬，眼见那些同行与徒弟们不但把事业做得风生水起，而且人丁兴旺。他们个个都是一家人在身边享受天伦之乐，尤其有些能干的女人，她们不但把家具厂的内务料理得井井有条，而且建议老公投资一销售门市，自己到门市去售自家的产品，做到了自产自销。

陈峰想到这里，觉得自己从开家具厂以来犯下了几次严重错误，一是早该放弃家中耕种的农田，把母亲与一年四季在农田里辛苦的老婆接来身边协助自己的事业并享受城市生活，犹如其他老板一样，自己主外，老婆主内，正如毛泽东所说的妇女能顶半边天，自己肩上的担子不但会轻松许多，而且事业也会兴旺。二是不该走回头路去那大山区开发山林，弄得自己倾家荡产、身无分文，这应该是没有把老婆接来身边和她共同商量、发

展事业所造成的恶果。

他想到这里又回忆起前几天有人为他介绍对象，这些人有的是职业媒人，更有那些好心朋友为他的孤独而操心，所介绍的对象有家乡的，也有这都市的，还有专州县的。由于整天操心这市场的资金问题，他毫无心思考虑在最近重组家庭的人生大事。

今天杨老板很有主见没有听信布仕仁诬蔑我的那些言论，未达到使我这工程搁浅的目的，为此他对杨老板深为感动，如今只要杨老板不催付建筑款他就稍稍放心了，他可以抽出心思考虑那些职业媒人与好心朋友提出的问题，他清楚这市场一旦成功，以后的繁琐事就太多了，要是再没有助手帮忙，一个人简直忙不过来，不说其他，就是洗衣做饭与家庭卫生就是专门一人料理也毫无空闲时间，他想到这里，突然想起身上的衣服又该洗了，这是由于整天忙于市场之事，毫无时间与精力考虑他认为的这件"小事"。当他一想到长时间未洗衣服又马上回忆起好久未进桑拿室，又觉得浑身犹如长了毛一般，他清楚不但应该马上把积累了半个多月的脏衣服送去洗衣店，还应该彻底地去打扫一下身上的卫生。

他又如前次一样到一家很有名气的澡堂内躺在一个小池里的温水中闭着眼睛享受了近两小时，用手一摸感觉到身上的污垢彻底松软了，便呼来一个擦背的专业员工将身上各个部位擦了一遍，待皮肤发红为止。再用清水冲净了身子，便到休息厅躺在沙发上静静地休息。

当他感觉到浑身清爽地回到他的住处后，想到该把该洗的衣服送去洗衣店了，但是，他怎么也提不起精神，他知道近些年虽然未有大的体力付出，但建市场这项目由于资金的不足过于的劳心使他筋疲力尽。

他知道，经常穿脏衣服是在这百样事都要自己操劳而且身边没有亲人，并且还是单身汉的原因，这样的生活确实难熬。

他调整好情绪，想起那洗衣店年轻的姑娘老板洗衣服洗得头等干净，又用不干净床单被套包裹着所有的脏衣服又来到这小小的洗衣店，这姑娘老板一见又十分客气地迎接了他。

"这些日子你的衣服送去哪家洗衣店洗的?!"她的语气中有轻微的嗔怪成分。

"哪里也没去洗，还是在你这里洗过的!"

"哎哟！这么长的时间你的衣服都没洗过哇?!"她十分惊讶问道。

"对！确实没洗过！"他一脸苦笑着答道。

"衣服穿久了在身上舒服吗?"话中意味着讽刺。

"哪里还会舒服嘛……"他猛然醒悟话中之意，顿住了话尾。

"既然衣服脏了穿在身上不舒服你怎么不送来我给你洗呢？你要是怕花钱，我不收你的洗衣费总可以了吧！"

"哪里、哪里，哪里是怕花钱哩！只是事情太多、太杂，天天忙得头昏眼花，抽不出时间考虑换衣服，几乎把这些小事都忘记了。这两天事情稍微少了一点，所以就想起早该洗澡换衣服了！"陈峰听这姑娘说他怕花钱洗衣服，着急地说道。

"怎么？你把洗衣服当成是一件小事？既然这样，那你今天还是不应该拿来洗嘛！"这高洁话中又含有讽刺意味地说道。

"啊！不…不是小事，只是与建市场相比较，这事就应该放在次要的位置上！"他申辩道。

"你要是太忙，没时间送衣服来洗，你离这里有多远？我隔两天到你那里去拿一趟衣服，你看怎么样?"高洁认为陈峰说的也有道理，又建议道。

"不行、不行！我离这里有好几百米，哪能麻烦你跑那么远，还是我自己送来最好！"他谢绝了高洁的好意。

"既然你不同意我去拿，那么，你就隔三五天、最多一个礼拜送来一次，只有这样才能保证你每天都穿干净衣服以保证老板形象，在外面办事才不会被人小看！"高洁又建议道。

"好吧！我就三五天送来一次，就怕事情一多又忘了。"

"你的手机号码是多少告诉我吧！你要是忘了我就用电话不停地催你，看你送不送来！"高洁突然又想到这个主意。

陈峰将手机号码告诉了高洁："你想的真周到！就这么办吧，我走了。"说完后便起身离开了这面积很小但却十分整洁的洗衣店。

高洁记住陈峰的电话号码后，心中好像舒服了许多，心想，这下你不来我就有办法了。

陈峰回到他的住处，回忆起那洗衣店年轻的美女老板对他的热情与关心的态度，想起自己在外奔波了近二十年，自己虽然经常也洗衣服，但也达不到三天就洗一次衣服，要是那样简直就是奢望。回忆起在那东一家西一家给居民们做家具的那些岁月里，晚上休息时累得实在受不了，衣裤究竟穿了几天也忘记。记得有时候走在街上大概是衣服脏了的缘故吧，引得那些衣着光鲜的人们总是要回头多看他几眼，犹如那些好色的男人们在街上对美女们贪色的目光一般。他想这应该就是人们常说的"回头率"吧，只是回头的含义却有所不同。当时刚从农村来到这大城市，没想到一身不干净的衣服会引来这么多好奇的目光。想到这里他暗下决心，三五天一定要换洗一次衣服，我要是忘记了，只要那年轻老板打电话来，就是在百忙之中也要保持整洁不能影响对自身形象，从今以后要把自己打扮得光鲜一点，还有自己不丑容貌，在街上可能也会招来"回头率"，当然那回头率是干净与肮脏之间的区别。今天有了这样的洗衣条件我是不会再大意了，要让这些城市人看不出我是一个户口在农村的"乡巴佬"。

　　想到这里，就回忆起从广利向省城进发时在火车上与那美妇摆龙门阵的经过，那是因为自己所穿的衣服是第一次上身，所以未遭到那美妇人的歧视。

　　他又想到这年轻女老板不但漂亮而且身上的衣服从来没有半点污垢，就连她那"三合一"的洗衣店内都收拾得十分整洁，床上的被褥叠得四角犹如刀切似的整齐，犹如部队的领导要求当兵的"豆腐块"一般。

　　突然，一个不该产生的念头出现在脑海之中——要是与她建立一个家庭该有多好哇！

　　这念头只在脑海之中一闪便被他摒弃了，他想，现在正是她的金色年华，自己已超不惑之年，哪能伤害一个冰清玉洁的黄花闺女呢！要是有那样想法，不但是人们常说的"癞蛤蟆想吃天鹅肉"，而且还觉得有点缺德。

　　不过，他知道若是哪个男人娶了她，那他一辈子都将要生活在幸福之中。

　　他在极其矛盾的心情之中进入了梦乡。

　　陈峰走后，高洁心中不免感到高兴，高兴的是她把陈峰的电话号码掌握在手中，随时可以和他取得联系，也就是经常可以提醒他的衣服该洗了，只要他常来洗衣服才有可能了解清楚他的一切，以我最近知道的虽然只能算是一点皮毛，但在社会的底层之中他也算是一个小有成就者，虽然他这市场眼看就要大功告成，但他也透露了他已拼搏了几十年，而如今还是两手空空、孤寡一人，他的命似乎又太苦了点，这次这小市场一旦成功，真的应了人们常说的"梅花香自苦寒来"那句名言。

她耐心地等待陈峰的到来。

第二十九章 >>>

亲情与友情

　　杨老板带着他的施工队经过近一年的苦干，陈峰与王俊那六亩多地的建材市场竣工了，他们忙着给所有铺面编上号码，不过，所建盖的底层铺面与二楼以上住房的出租率并不是他们开初建盖时想象的那么乐观。

　　由于巨大的债务，加上自己没有什么经济来源，他不愿拖累王俊，便和王俊按开初协议的比例划分到各自名下自己解决债务。

　　摆在陈峰面前的情况又给了他一次沉重的打击。

　　由于铺面与住房难以出租，投进的资金也就是借款难以回笼，他在众多朋友之间借款时许下的还款时间都不能兑现，由此受到了不少债权人的轻蔑甚至带有侮辱的语言，他又陷入了极度的痛苦之中。

　　他冥思苦想，想到只有走银行贷款这条路，兑现在借款时许下还款时间的诺言。

　　他找到开户行副行长与几个专管贷款的业务员了解贷款程序，经过一桌银行工作人员在十分高档的酒店喝完两瓶三十年陈酿茅台，大餐结束后又在歌舞厅一夜狂欢后，当提到贷款时，得到的却是很简单、明了的回答："我们银行是目录式管理，贷款必须要房产证、土地使用证以及其他固定资产做抵押方能贷款，缺一不可。"

　　没想到一顿晚餐和在歌舞厅一夜花去了两万多元，换来的却是银行工作人员经常回答贷款单位或贷款个人十分简单的几句话。

　　他从未贷过款，一听贷款必需要有这些条件，他从头顶凉到脚底。

　　贷款这条路是绝对走不通的，为了少受债务人们的轻蔑与污言，他冥思苦想地想重新找出一条路来解决几个催还借款很急的人。

　　他的思路又回到李主任那乐善好施的面孔上，在李主任面前经过一番实言相告后："要在我们村委会的账户上再给你解决这个问题已不可能，因为你前次借那两百万还一分未还，怎么还能在大家的账户上划钱给你呢！要是这样村民们的闲话可就多了。这样吧！我自己还有一百万元借给你解决你的燃眉之急，先把那些催得急的解决了再考虑，至于村上那笔款只好放在最后再还了。我知道我这点钱还是不能解决你的所有问题，你只有在别处再想想办法吧！"李主任听陈峰道出他的难处后，知道他原来的资金就很薄弱，这次投资巨大，在款项上紧张一段时间也是必然的，便想到把自己仅有的存款借给他。

李主任话音刚落就叫陈峰坐上他的帕萨特到银行去把他卡上的钱转在陈峰的卡上后，便又将陈峰送回他的住处，才驱车回家去了。

陈峰当着李主任的面不好表露他的激动的心情，李主任离开后，他的眼泪不由自主地流了出来。

他的心中默默地、不停地思考着："我和布仕仁虽然算不上正路亲戚，但至少也还是沾了一点亲，我和李主任仅仅是朋友而已！这样的亲戚与朋友之间的差别怎么这么大呢？而且，布仕仁还是我曾经把他从苦难之中解救出来！他的发达是从我身上开始的啊！唉！"

他查清了在布仕仁那里的借款时间，算清了他高利息的金额，雷厉风行地取出现金，亲自送到布仕仁的家中。

他解决了催得最急的债务，心中少了一份压力。

但是，李主任的一百万元是不足把所有催得急的债务还清，当然，另外几家并没有像布仕仁如狼似虎的催还借款。

他知道这几家确实要投资几个很有前景的小项目才因此催还借款。他又思考着怎样在短时间内把这件难事解决。

正当他无计可施之时，手机响了，他的心不免又紧缩起来，以为又是那些催还借款的电话，当他从兜里掏出手机看清号码后，原来是高洁打来的。

自从和高洁约定三五天送一趟脏衣服去洗衣店，陈峰就一直保持着这个约定，偶尔晚送去一两天，高洁总是打来电话究其原因，由此，他身穿干净衣服已有数月之久，由于最近为了解决布仕仁的借款之事已有一个星期未光临高洁的小店，今天突然接到高洁的电话，才猛然想起衣服又该换洗了。

他连忙接通电话，准备接受高洁的责备，不料高洁却以温和的口气问道："这几天是不是忙得很啊？怎么不送衣服来呢？"

"电话里说不清楚，我马上到你那里来，我们见面再说吧！"

他又把换下来的衣服搜集在一起，装在袋子里，向高洁那小小的、但又收拾得十分整洁的"三合一"洗衣店走去。

"最近很忙吧？又把洗衣服这件事忘记了，既然工程已经完工了，有什么事情比建市场的事更重要、更忙呢？"

"一言难尽……"他一脸的无可奈何。

"苦恼得很吗？你们那市场已经竣工，应该是大功告成了，怎么还有烦恼事呢？"高洁不解的问道。

"表面上确实如此，实际上，由于我的资金过于薄弱，借款太多，债权人催还借款催得很紧，这几天为这件事还是有点着急！"

"你怎么不走银行贷款这条路呢？听说做大生意的老板普遍都是靠贷款发家的嘛！"高洁不解的问道。

"你想的和我开初想的一样简单！贷款对我来说那是绝对走不通的，唉！"

"怎么走不通呢？详细道来好不好？！"高洁急着想知道原委。

"好吧……"陈峰一见高洁急不可待的表情，连忙回答道。

他将不可能贷款的经过一五一十地讲了出来。

高洁一听，陷入沉思之中。

陈峰一见高洁低着头干活好一阵不说话，不知道她在考虑什么，以为对他贷款的事有什么看法，便站起身来："你先忙吧，我走了。"

"别走、别走！贷款之事你在这里一点门道也没有吗？"高洁一听陈峰要走，从沉思之中清醒过来，急急地问道。

"我跑了好多天，又托了几个有身份的朋友去几个银行沟通了几次，钱倒是花了不少，得到的都是同样的回答——要有固定资产做抵押才能贷款。唉！我哪有这样的条件呢！"

"这样吧，我马上回家一趟，我家有一亲戚，论辈分他是我娘舅，但不是亲娘舅，和我父母关系很好，他们家太富有了，在县城里就买了好几套房子，现在有没有存款我就不清楚了，我回家去了解一下看能不能借点钱解决你的燃眉之急，要是没有存款就请他用他们家的房子做抵押贷款，不知行不行！原来我就有找他借钱买设备的想法，但我们家没有什么家底所以无法向他开口，你现在有这么多铺面他看见恐怕会放心的。我回家求我父亲帮你作工作我想应该没问题的。"

陈峰一听，犹如长时间在水中游泳已经筋疲力尽快要沉入水底之时，突然有人抛下一根细细的绳索在面前，正在喜悦之际，脑海中又转念一想，便有气无力问道："怕不行啊！我和你那亲戚素不相识，只凭你我的几面之识，他们会放心借一大笔钱给我吗？"

"你不要把结论下得太早嘛！我回家去把你的情况详细地介绍给我爸妈，我在家时仿佛听说他在放高利贷，什么叫放高利贷呢？"高洁向陈峰请教。

"高利贷吗！也就是高利息，就是借给别人的钱要比银行贷款利率高出几倍或者十倍甚至于数十倍，难道你没听说过吗？"陈峰解释道。

"我出门就打工，没借过钱，更没贷过款，对这一行当然一窍不通。我开这洗衣店还不到一年，是以打工的血汗钱作为投资这小店的，哪里知道什么利息与高利贷！"

"他放款利息是多高？"陈峰不抱希望地问道。

"我不是说过嘛，我连利息这个词都是刚才听你说过的，怎么知道他的利息有多高呢！"

"对对对！算我唐突、算我唐突！"陈峰不好意思笑道。

"依你刚才所说，放款的利息那么高，你能承担吗？我有必要回家去了解一下吗？"

"这个嘛……"陈峰一时拿不定主意。

"你要是受不了债权人的催逼，利息就是高点，也应该去借点钱来把这件事解决了，不然，逼债的日子是不好受的，再者，说不定我们那亲戚看在我们一家人的面上也不会要你太高的利息，你看怎么样？"高洁解释道。

"那好吧！就劳驾你跑一趟，要是此事办成了我会感谢你的，你们回一趟家往返的费用是多少？这费用应该我承担才对！"

　　"哎呀！你把我看成什么人了，我有那么小气吗？还要你这几个车费钱，虽然我现在这行道的收入犹如还是在打工，但生活中的零用钱还是有的，你就不要小看我好吧！"高洁面带笑容说道。

　　"那好、那好！交上了你这个朋友大概是我前世积德太多，今生才有此福气啊！"

　　"少说恭维话好吗？"

　　"绝不是恭维话，这是我们相处不久内心深处对你的感受！你准备哪天回去？你们家离这省城有多少公里？你这次回家给我办事需要几天时间？"他在激动之时忘记了高洁曾经告诉过他她家离省城的路程，觉得要是把她的时间耽误长了，对她是有损失的。

　　"我原来告诉过你有一百五十多公里，怎么你又忘了呢？我准备明天就回去，回去花几天时间我也说不准，因为我那娘舅在不在家和他最近忙不忙我都不知道，怎么好断定几天之内就能办好事呢！"

　　"那是、那是……"陈峰一时语塞。

　　翌日，高洁一大早去长途车站坐第一趟班车回到她家里将这件事给他父亲讲了，高先生一听女儿要帮一位远方的男士借这么大一笔款，觉得太荒唐了，但转念一想他们肯定不是一般关系，应该弄清楚才对，又不知他们的关系发展到何等地步，于是说道："你小小年纪要帮一位远方人借那么大一笔款，你那娘舅会放心吗？你想的也太简单了嘛！"

　　"正因为怕他不放心才回家来请你老人家出马，只要你出面讲清别人借钱的用途我估计娘舅会同意的，再者，他不是在放高利息吗！人家同样给他出高利息嘛！但是，希望爸和他谈利率时要在他的利息范围内以最低的利息计算，因为我们和他还是亲戚嘛！"高洁有言在先，希望她爸出面讲话时注意言辞。

　　高先生一听，心中暗自好笑，更觉得这事非同一般，常言道，儿大当婚，女大当嫁，只要把她的婚事办了，我也就少了一件紧要的心事，于是说道："你刚回来，好好休息吧，我们下午5点前去他家，晚上事情少时间多点，不然，谈不清楚误了你的大事！我可承担不起这责任啰！"话刚说完，他的脸上有了笑意。

　　"哎呀！你想到哪里去了！有啥责任承担的呢，我一是帮别人的忙！

再者也帮娘舅创些收入嘛。你难道不知道你女儿与你一样有一颗菩萨心肠吗?"她说到这里,脸上的颜色也加深了。

"知道、知道!古话说'知子莫若父',今天我却是'知女莫若父'。你好好动动脑筋,准备今晚上该说的话,尽量把这事办成!"高先生幽默地说道。暗想这四姑娘也真会说话,明明是为自己打算,还尽说是在帮别人的忙。

"其他的就别说了,你和妈都把衣服全部换下来,趁现在这空闲时间我给你们洗洗。好久没给你们洗过衣服了,今天我又该尽尽孝心嘛!"

"那好、那好!不愧你是见过大世面的人,你比以前想得更加周到,看来今晚上的事还必须给你办成,不然我这当爹的就不称职了!"高先生心中很满意地说道。

"要是真的办成了那该怎样感谢爹爹呢?"

"感谢就不必了,只要你把你自己的事早点办好,就了却了我和你妈最急、最大的心愿了!"高先生一语道破了他老两口的心事。

"你爹说得对,姑娘,你就不要让我和你爹长时间操心好吧!"她妈附和着说道。

"你们不要着急嘛,我会把我的事情处理得你们很满意的!"高洁了解两位老人的心情。

"那就好、那就好!"两位老人异口同声地赞道。

高洁心急火燎等到晚饭前和她父亲来到她娘舅家,她这娘舅因改革开放后所入的行道极好赚钱,早就是富户了,所以在县城边还购置了一栋豪华别墅。高先生把他那内兄请到县城里最为高档餐厅的小包厢内边喝酒边讲明他们今天在一起聚餐的原因,当他内兄听清了高先生是为了帮他姑娘的朋友借一大笔款时,他沉思了好一阵,知道借钱的人和他这外侄女肯定有着特殊关系,便抬头问高洁道:"你刚才说到你那朋友盖的是建材市场,他怎么还缺钱呢?"

"据我那位朋友对我道出的实情——他们建市场时资金是不宽裕的,为了把握住那难得的机会,就向朋友们借了几百万,原以为建好市场后,可以以市场做抵押在银行贷款还朋友们,因为他们从未贷过款,所以不知在银行贷款必须要有房产证与土地使用证或者其他固定资产做抵押才能贷款的条件。他们那块地是租来的，也没有什么固定资产，因为这几样证件他们都不具备，所以在银行贷款那是绝对不可能的，他借朋友们的钱在借款时约定的还款日期已到，别人催款很急，他就到处借高利息来解决这件急事，我想到舅舅你不是也在放款吗，要是舅舅愿意，我想借这机会也给舅舅增加点实惠，不知舅舅意下如何？"高洁话中之意不光是帮她朋友借了款，也帮她舅舅创了收入。

她舅舅一听，觉得这姑娘出门见了几年世面，和以前说话就是不一样，不过也有一定的道理，他想来想去一时拿不定主意。

高先生见他内兄一时难作决断，他想到应该他出面了，便转脸面对高洁："你回避一下，我和你舅舅单独说两句吧！"

高洁应声离开了这豪华餐桌。

"老兄，这回这个忙你一定要帮啊！我这宝贝女儿为啥要帮一个远方人借钱呢！她的心思难道你还看不出来吗？这姑娘也不小了，是该考虑她的个人问题。对借款这件事你有什么想法吗？"

"怎么没有想法呢！她一开口就是一百万，这不是一个小数目。这样吧，我明天一早开车去你们家，你和这侄女坐我的车去省城了解一下那市场的情况再说，我不能糊里糊涂就把这么大一笔钱放在哪个人手里都不清楚，我总不能这么马虎嘛！你们家的事也就是我的事，这姑娘这么大了，已超过农村青年们的结婚年龄，我哪能不管呢！我们已是几代人的亲戚了，要是耽误了你姑娘的美事，岂不就是我的罪过了！"这人面带笑容表明了自己对此事的态度。

"一言为定，我们走了，明天再见吧！"高先生见要办的事差不多了，这餐饭已花去两个多小时。他环视餐厅寻找高洁，只见高洁站在收银台旁注视着自己，一见他二人站起身，马上走了过来。

"你付账了吗？"高先生问道。

"已经付了！舅舅你们吃好了吗？"高洁面向着她心中的富翁问道。

"吃好了，吃好了！这姑娘几年不见懂事了不少哇！真不愧是见个世面的人啊！"这富人不假思索地说道。

"舅舅过奖了！"高洁笑道

"这事安排好了，我们走吧！"高先生说完，三人离开了这高档餐厅。

就在高洁回去后的第三天，陈峰接到高洁的电话，叫他去她的洗衣店商谈要事，他风驰电掣地来到洗衣店，见有两位老人坐在她这虽然狭窄但又十分整洁的小店内。

高洁一见陈峰到来，就立即向他介绍了她与这两位老人的关系。

"两位长辈好！你们远道而来，辛苦了！"陈峰怎么也没想到高洁办事效率这么高啊！

"听我姑娘说你因建市场投资巨大而缺少资金，你的市场在哪里？我们去看看吧！"高先生开门见山地说道。

"不远，离这里不到一里路，走路几分钟就到了！"陈峰答话时不由自主地表现出很有礼貌的姿态。

"既然不远，我们就走路去看看吧！"高洁娘舅说道。

"好吧！"

陈峰在两位老人后面指引着前行的路线来到他市场范围内绕了一圈后，陈峰又领他们走进他刚经过简单装修过的办公室坐下后，高洁娘舅问陈峰"听说你建市场这块地是租用的，租期是多少年？租地协议公证过吗？"

"我们租地的时间是二十年，外加一年的建设期，一共是二十一年，在市公证处公证过！"陈峰怀着激动的心情答道。

"这地方应该是块黄金宝地，铺面的出租率怎么不高呢？"高洁娘舅经过在市场内转了一圈见到只租出了一部分，心中有了顾虑，不由自主道出一句。

"市场竣工不久，租铺面的都是附近的，稍微远的人还不知道。因为最近忙于筹还借款，没时间作宣传、登广告。我想只要把还借款这事办完后，集中精力作宣传，这局面应该容易扭转的！"陈峰在紧张的心情中知道是高洁娘舅对铺面的出租率不高而产生疑问，急中生智想到应该广作宣传才对。

"你说的确实有道理，把你的租地协议拿来我看看！"

"好吧！这办公室刚刚弄好，有的东西还没搬过来。你们坐几分钟，离这里不远，我去了很快就来！"陈峰一说完，转眼就出了办公室。

"这人年纪虽然不小了，但动作比年轻人还敏捷，反应也太快，做事应该有独到之处。"高洁娘舅见陈峰一走,他观察陈峰时间虽然不长,但看出陈峰做事果断,借此机会对高先生与高洁道出了他对陈峰的看法。他是在这短时间内对陈峰的观察得出的结论。

"他年龄多大了?"高先生听到他内兄在评论陈峰,转向高洁问道。

"我怎么知道他年龄呢!又没问过他!"她心情有点紧张地答道。

他们未谈论几句,陈峰拿着他的租地资料已到。

高洁娘舅翻阅了陈峰那份协议与公证书后,觉得没有可疑之处,他转向陈峰:"看来你确实是一个做实事之人,看在我这兄弟与我这侄女面上,你托她向我提出的借款金额我可以满足你,但这高利息你能承受吗?"

"长辈的利率在哪些档位上?"陈峰不紧不慢地问道。

"利率的高低吗?这就因人而不同了。我的放款起点是从百分之一点五到最高百分之十的月息,当然,我不会要求你在那最高的档位上,你能承受在哪个档位上?"高洁娘舅以试探性的姿态问道。

"我现在正在困难时期,当然低点更好!但我又不好意思太亏你们长辈,还是请长辈直接说吧!"陈峰以低调的态度回答道。

高先生在心中暗暗计算着利率,他一听百分之十的月率,简直吓着他了。心想既然是女儿帮别人的忙,利息高了,对女儿也没面子,说不定还是我未来的女婿哩!他发话了:"老兄,你那高利息也太高了点吧!看在我们父女的面上,还是往低的方面动动脑筋吧!你就干脆提出来看他们的意思再定吧!"

"你们三个人都不好意思下结论,干脆我提出来算了,就按刚才舅舅提出的百分之一点五的月率订协议吧!因为我这朋友现在正处于困难时候,待他以后情况好转,一定会感谢舅舅的恩情!"高先生话音一落,高洁心急火燎地提出她的意见。

"不行、不行!你那样也太低了一点,不能太亏他老人家,要是长辈看在晚辈现在处于起步的份上,就按百分之二的月息计算吧!因为我也不敢承担过高的利率,至于还款的时间,你要是急于用钱,我就把你排在还款的前面,要是你经济宽裕,我就把你排在中间或者后面。不知长辈意下如何?"陈峰折中了高洁与她舅舅的方案。

"老兄,你看这方案怎么样?"高先生也觉得这方案可行。

"舅舅，还是依我那一点五好吧！"高洁又插言道。

"你就不要多说了！我认为两分月息已经太低了，再低我就不好意思接受了！"陈峰再次申明自己的态度。

"你不要打肿脸充胖子好不好?"高洁急了，好像这钱是她借的。

高洁舅舅听到陈峰两次表态，觉得这人也太诚实了。不说月息两分，就是一点五也放出不少，又是这老弟与这侄女介绍的，看来这侄女与这远方人已不是一般的朋友关系，我今天只有妥协在这侄女对这年轻人一往情深的份上，高洁见这娘舅好一阵没表态，迫不及待地说道："你同不同意我的意见请说话呀? 舅舅！"

"好、好、好！就依你这朋友的吧！要是依你那一点五的意见，你这朋友也不会同意的！"他对高洁说完又转过脸面对着陈峰："你去把纸笔找来，我们写一份简单的借款协议吧，借款时间暂定一年，把利率与借款时间写清楚，至于还款时间与利率虽然写在纸上，我对这借款协议上的条款认不认真，就要看你与我这侄女相处的关系如何，要是你们反目成仇，我对你是不会客气的哟！如果你们成了真正的好朋友，利息究竟怎样结算以后再定吧！"言语之中他带有什么性质的双层意思，其他三人也心知肚明。

"长辈你说到哪里去了，我们怎么会反目成仇呢！她这样的朋友我这一生也没遇见几个。你们这次帮了我这么大的忙，感激都来不及，你们尽管放心，我们之间是不会发生任何矛盾的！我是知恩必报之人！"

"只要你们永远保持良好的朋友关系就好，我也不是施恩图报之人。不说别的了，你赶紧把协议写好，办完这件事，我们就要回去了。"

"那怎么……"陈峰一听他们签完协议就要走，他要出言相留，但高洁娘舅以手势相阻，他不好再往下说。

陈峰虽然学历不高，但勤奋好学，协议也签过几回，一份简单的协议在他手上一挥而就，一手钢笔字已经练得十分漂亮，两位老人看了十分高兴。

"你带上你的银行卡，我们马上去银行把钱转到你卡上，银行马上要下班，动作慢了就来不及了，不然，我今晚上回去了，明天再给你转来你恐怕不放心吧！"高洁娘舅边说边笑了。

"那好、那好！"陈峰也笑着答道。

陈峰与高洁没有留住两位老人共进晚餐，他们转过账后匆忙地开着车走了。

"他俩现在究竟是什么关系？你看出来吗？"高洁娘舅手握方向盘，借路直的机会转头向高先生提出他心中的疑问。

"我也不知道哇！我求你来一趟就是要你和我弄清他们之间的关系，姑娘帮他借钱是什么目的？这钱究竟该借不该借，好像你未经考虑就把钱借给他了，今天我们都是第一次见面，你怎么就不担心哩？这人究竟怎么样？"

"这还用说嘛！他们应该是恋人关系了，这在你闺女身上表现的更为突出，不过，那陈老板不知是城府深还是有什么顾虑，或者是债务缠身难以顾及这儿女之事。为了成就他们这份情缘，所以我很干脆地将钱借给他了，这就给我那侄女争了一个天大的面子，应该说我们今天把他们之间的距离又拉近了不少哇！"高洁娘舅很自信地推理道。

"你还没说明白，那人怎么样呢？"高先生不放心地问道。

"以我这几小时的观察，以他的身高、相貌、魄力以及各方面在普通人中应该算是一个可以信赖之人，不过，要是和令爱相比较，年龄相差是不是大了点呢？"他不无把握地说道。

"我看差不多吧！你怎么看出来年龄与小女不相当呢？"

"你难道没听那些有知识的人说我们高原空气干燥，高原人的皮肤由于从小被太强的紫外线烁伤而显得比较苍老吗？他们四川海拔低雾气太浓，空气潮湿，所以人们面目普遍显得白嫩。以我的观察应该比令爱要稍微年长一些。"

"你的心真细呀！你刚才就该告诉我你的这些看法，我好向闺女问个明白！"

"话又说回来，年轻人的事你最好不要过问，新社会几十年了，恋爱都是自由的，你能管得了她们吗？我们那里离省城一百五十多公里，你想管也是鞭长莫及呀！"

"那是、那是！"高先生叹道！

高洁舅舅与她父亲一走，她二人都沉浸在无比的喜悦之中，陈峰更是说不出内心有多轻松。他更没想到高洁这么简单就帮他借来一百万，虽说利率高了一点，但在高利率行情之中已是最低。他们在银行门外送走两位老人后又回到陈峰办公室，如今这办公室里只剩下他二人，陈峰强忍住内心的激动，木偶似的一动不动盯着高洁好半天说不出话来，高洁被盯得不好意思，为了打破僵局只好问道："这一百万可以把那些催得很急的债务了结清了吗？"

"可以了，可以了！我现在已经不知道用什么语言来表达对你的谢意，更不知道该用什么行动或者物质来回报你这一片盛情！怎么样？今晚上我做东，请你吃一餐饭！你就给个面子吧！"

"何必吃什么饭呢！你还是操心把你那些未租出的铺面尽快地租出去吧！我走了，有什么事改天再谈吧！"高洁见他眼圈发红，知道他的心情过于激动，为了使陈峰心情平静，最好离开，心想他若有时间一定会光顾我那洗衣店的，她话音刚落，不等陈峰有回言的余地，人已经走出他的办公室。

第三十章 >>>

彩虹初现

　　陈峰得到高洁帮他借到那笔巨款后解决了他最大的一件难事，那些逼债最紧的人们从此在他的门口绝迹了，心情从极度紧张之中解脱出来，他便把全部心思放在市场的管理方面，他和临时请来的市场管理人员盘点了铺面的出租情况，发现凡是租出的那一部分铺面确实是一些熟面孔，猛然想起在高洁舅舅有意的寻问下自己突发奇想应该做广告之事，要让远处的商户知道这里有铺面出租的消息，他当机立断，雷厉风行地到报社去登了几则广告，把铺面的所在位置标得一清二楚，果然，不出十天，他那一大部分未租出的铺面被广告上引来的商户们一扫而空，大把的人民币回笼到他的囊中，他那紧绷的神经彻底松了，他又以一付轻松的心情活动在他的生活圈内，他把已不多的债权人排在一张表格上，紧要的债主排在最前面，未催还款的债主排在后面，把收来的租金按照表上的紧、缓算清利率后送去债主家中，他这一做法又赢得了众多债主极好的口碑。

　　在过去的一段时间里，他全身心扑在市场的建筑与经营上，经常忘记了送衣服去洗这件要事，自从高洁掌握他的通讯号码后，最近几个月内都是高洁打来电话告诉他衣服应该洗了，当他接到高洁的电话，为了避免高洁善意的责备，他不好耽误时间，及时将几件不怎么脏的衣服送往高洁的洗衣店。

　　如今他不再受债主们逼债的煎熬，便想起高洁为了维持生计整天还泡在冷水之中寻找那几个硬币，她帮我解决一件难事，我应该帮她从那辛苦的行业之中解脱出来，我这市场已全部租出，现在正缺少一位管理人员，要是把她招来我这市场作管理应该是最合适的人选，他想到这里便向高洁的洗衣店走去。

当他来到这十分窄小、整洁的洗衣店，看见高洁那高挑的身材在快速地运转着，送来那些衣服都是劳动阶层的地摊货，中档衣服极其少见，并且全是陈旧得已经不能作为礼服了，还有那些建筑工人上班的工作服，她把这些该洗的衣服归类，用那简单的设备将那些各式各样的衣服洗得干干净净，再把需要熨烫的衣服烫得平平整整，陈峰每次去洗衣店看见那些顾客怀着满意的心情取走他们那些不值几文钱的物件。高洁在这繁杂的劳动中总是不厌其烦地忙碌着，尽管如此，只要陈峰一进她的洗衣店，高洁就必须停下手上的活计，陪陈峰聊天。

以陈峰所想，有着高洁这样身材、容貌的姑娘，就不该投入到这个行道之中谋求生计，他早就想到应该和高洁谈谈这个问题，前段时间由于建盖市场压力太大，抽不出心思与高洁探讨她的前程，在高洁的帮助下借来了一笔巨款，搬掉了压在他心中的一块巨石，使他腾出心思一心一意地料理市场业务，经过广告作用，果然一下扭转了他不利的局势，很轻松地行走在一帆风顺的光明道上。

"你好、你好！今天还没给你打电话，你怎么就来了？衣服又该洗了么？"高洁一见陈峰破格地提前来到她这小店，觉得奇怪，便停下手中活计问道。

"是拿来了两件该洗衣服，不过，今天我倒不是为洗衣服而来，是专门来和你聊天的，不会耽误你的时间吧？"陈峰边说边拿出两件似乎还是很干净的衣裤，丢在一个瓷盆内。

"欢迎、欢迎！你这大忙人今天总算有时间休息了，你今天聊天的题目是什么呢？"高洁洗完手，转过脸来问道。

"今天专程来与你谈谈你这洗衣店的问题，恕我直言，我认为以你各方面的条件你不应该在这个行道之中谋求生计，应该考虑一个比较适合你的项目尝试一番，不然，你一生最宝贵的时间会浪费在这行道之中！"

"我这行道怎么了？你瞧不起我这行道吗？"高洁佯作生气地问道。

"不是瞧不起……唉，我也说不好，总之，总之……你不应该一辈子靠洗衣服维持生活。听说天天和冷水接触，以后会得什么风湿病的！"陈峰被高洁一句话问蒙了，他边说边思考，终于找出一个回答高洁不该经营洗衣店的理由。

"你说我不该在这行道之中寻求生计，你帮我策划一下，我从事哪个行道最合适？"

"你这洗衣店一个月有多少收入？"陈峰未回答高洁的问话，又反问道。

"你想想看，我这点大一个洗衣店，小工都没请一个，能有多大收入？说实在话，生意好的那一个月，和打工差不多，若是不好，还不如打工呢！"

"这样吧，我想请一个管理人员，现在还未落实，你要是愿意，就到我那里去上班吧！我腾出手来，一是经营我的家具厂，二是准备去开发别的项目。我刚才问你的目的，就是想按你这洗衣店的收入给你发工资，或者按双倍付给你都可以，你若是觉得你的洗衣店很有发展前途，我可以在资金上资助您扩大再发展。你看怎么样？"陈峰想以招收员工的方式把高洁招在自己的麾下。

"你这话就不对了，好像我是个贪财的人，是为了你的高工资才到你那里去上班的，你这话也太刺耳了嘛！你为什么要请我去给你管理呢？"

"对不起，我不会表达，你不要把意思领会错了，我要求你去我那里上班原因就多了，一下说不清楚，总之，我不是一个过河拆桥之人，受人恩惠总是应该报答的嘛！再者，你确实不该干这天天摸着冷水的活路！"

"那好吧，你把那位子给我留着，我这几天把我这小店转让出去就到你那里去上班，不知我有没有管理你那市场的本事，要是管理不好你那市场，你就要赔我的洗衣店，或者给我物色一个前景比较好的项目，不然，我对你是不会善罢甘休的哟！"她边说边笑了起来。

"可以、可以！一言为定、一言为定！要是你没有管理市场的经验就慢慢地学吧，我还可以送你去学校深造呢！上学期间的费用我承担，并且我同样给你发工资！"陈峰见高洁答应去他那里上班，高兴的连声应道并含有许愿的意思。

"依你这说法，你是诚心要把我招为你的部下，这样吧，既然你要我去管理你那小型市场，从现在起凡是送来的衣服我就绝收了，我把送来洗过的这些衣服让别人取走之后我写个转店的牌子，不过这店不是一两天就能转让出去的，我去你市场上班之前，我们抽一天时间去了解一下其他市场出租的行情，看别的市场每平方的租金是多高，再分析一下你市场的地理位置，看你那市场近期的出租价额是否该比别的市场高或者比别的市场低！这就是人们常说的知己知彼。不知我这想法是否正确，你参考吧！"高洁一脸表情严肃地说道。

"太对了、太对了！"陈峰一听高洁这种出租铺面的理念，从心底佩服至极。

"看来，你还是同意我这想法，说明我这办法还是可行的，你明确地告诉我，哪天可以去你那里上班呢？"高洁又问道。

"越快越好！你要是明天能去就最好！"陈峰一听，已迫不及待。

"那好吧！我可以做准备了，既然有了决策就该快速行动，你请回吧！我这里处理好了，哪天能去你那里上班我给你电话！"

陈峰一走，高洁想到，这陈老板真的是只需要我去给他管理市场吗？还会有别的想法呢？不过，"近水楼台先得月！"我认为这句古诗形容某些事真是恰如其分！

陈峰从洗衣店出来走在回他办公室的路上，回忆刚才高洁简单的几句话，觉得自己在出租铺面时大有欠妥之处，出租价额应该是低了不少吧！怪不得广告一出，几天就将铺面租了个精光，这说明这回的损失应该是太大了吧！如果高洁来后把市场的管理全权交给她，以后的收入肯定会大大的改观，后悔没早来征求她的意见。

陈峰走后，高洁环视了一眼被她收拾得十分整洁的洗衣店，留恋的心情油然而生，但又想到不得不结束这既辛苦又无多少收入的老板行当，她不由自主地回忆起离开家乡来这省城已闯荡了几年，从打工开始走上了当这辛苦老板的经过，虽然自己不辞辛苦地埋头苦干不但没有大的回报，而且也绝不会有好的前景，看来，没有家庭背景循规蹈矩的苦干手中又无雄厚资金是不可能有爆发的机会的，想这样白手起家干成大事业应该是不可能的，陈老板这次要我去管理他的市场，他的市场规模虽然不大，但比起我的洗衣店就不知要强多少万倍，显然是一个步入大场面的机会！不像自己这如蹲在井中的小天地，视野这么狭窄，正如陈老板所言，不能把自己这一生最宝贵的时间浪费在这难于发展的洗衣行业之中。

想到这里，她加快了结束洗衣店一切事务的步伐，她打开送衣人的电话记录本，以群发短信的方式通知所有送衣服来洗的顾客，她的洗衣店要易主了，必须马上来取衣服，并且挂出转让洗衣店的牌子，在她雷厉风行的行动中，五天之后，她洗衣店的老板改姓廖了。

她给陈峰打电话，告诉他洗衣店的所有事务全部处理结束了。

陈峰一听，喜出望外地开着微型货车将她的全部家当运到了专门给她安排的住宿房间。

她摆设好她房间内的一切，便到陈峰办公室了解市场各方面的情况。

她从陈峰手中要来市场图纸，弄清有多少间铺面，多少间住房，租出的铺面每平方的价额，她将这些数据全部掌握在手中后，便对陈峰讲到："我们那天不是说过我来后要去了解其他市场的出租行情嘛！你安排在什么时候呢？"

"你刚来，休息一天吧，今天就不去了，我们明天再去考察吧！"

"今天下午这么长的时间就白白地浪费掉！你不觉得太可惜了吗？"高洁又提醒道。

"啊！我还以为我做事就算干脆了，没想到你比我更珍惜时间，看来，以后我还得向你多多学习才对！既然你这么敬业，我们吃过午饭就去其他市场走一圈吧！"陈峰一听高洁这样安排时间，不好意思的答道。

陈峰叫上原来与他管理市场的助理，这助理姓马，经他们三人一下午的市场走访，他才真正认识到他市场的出租价额比别的市场低了三分之一，细细地一算，这损失真是太大了，没想到高洁很平常的一招，就彰显出这么大的损失，看来这确实是一个商业场中的人才，我怎么就没想到这一点呢！还好，在怀着感恩心理的支配下把她招在自己的麾下，不然，我还发现不了她有这些长处，真是天赐英才给我，我这一生犹如《西游记》中的唐僧一生的遭遇一般，走过了九九八十一难，以后在她的管理下，我定会修成"正果"，要成"佛"成"仙"了。

陈峰怀着十分幸运的心情与高洁和马助理二人回到他的办公室，他们开了一个小会，商谈市场管理的走向，当然，陈峰首先发言："现在这市场里的一切基本稳定了，为了有大的发展，我准备去管理我的家具厂与寻找别的项目，市场就交给你二位来管理，管理市场需要一个十分细心的人，人们常说我是一个不折不扣的粗线条人，从这次出租铺面来看，这话一点不假，所以，我认为我不适合做这过细的工作，只有放开手让你们全权处理市场里的一切业务，当然，有重大事情你们不能决断时我们再商量着办，在我撒手这市场的业务之后，因为马助理跟我的时日不短了，新来的高洁师傅就听马助理的安排吧！"陈峰明知高洁的本事在马助理之上，本想让高洁主管一切，但为了避嫌，他不得不这样试探性的安排一番，看马助理有何反应。

"不行、不行！还是让新来的高师当主管吧，我绝对没有她想的周到，就凭她今天献这一策，我就相当佩服，所以我只能当配角！"马助理见陈峰一个孤身汉带回一个美人，他估计陈峰与高洁的关系非同一般，便知趣地以今天高洁的高招为借口让贤了。

"高洁师傅你的看法呢？"陈峰转向高洁问道。

"这哪行呢！我来上班就要爬到老员工的头上发号施令，这事我万难从命！"高洁的口气比马助理更坚决。

陈峰见高洁的态度如此坚决，他借坡下驴："马助理你就暂时再负责一段时间吧！就让高师熟悉一段时间市场的业务再说吧，要是时间一长你确实认为她可以胜任，再让能者上前也不迟，你看怎么样？"

"也好，也好！"马助理无可奈何地说道。

"还有一件事，为了以后顺利地开展业务，你应该注册一家公司，不然，没有公司以后有好些事情都不好办！"高洁又建议道。

"那是当然！"陈峰应道。

市场管理人员与方向一定，三人的小会结束了。

会议结束后，陈峰纳闷着，高洁从未涉及过商海中的一切业务，怎么这几招就比我原来的经营方式高明得多呢？

陈峰丢下市场的一切业务，想开发别的项目，家具厂由于建市场时极少过问如今很难启动，干脆关闭。时间全部用在寻找其他项目之上，但在外面跑了近一年都没有适合自己的项目。在这一段时间里，由于高洁做事不但心细如发，并且面面俱到，马助理觉得自己已是多余的，几个月前就向陈峰请辞走人，但陈峰并未同意，劝他安心上班，又将他二人重新分工，马助理负责水电修理，高洁负责出租铺面与各方面的收款与支出，从此以后两人所管业务条理分明，各负其责。在陈峰以前的租房合同期满前一个月，高洁打印一通知向商户阐明了铺面价额上浮的原因，送至各商户手中，重新签订合同时，便将原来的出租单价提高到其他市场同等价额，这样一来，陈峰一年的租金就比上一年多出三分之一，这使陈峰激动不已。

晚上他孤寡一人躺在床上，脑海之中过滤着几十年的人生拼搏，虽然曾有过几次的风光，但都是过眼云烟，并且在风光之中还夹杂着劳累与辛苦，都没有这项目轻松，他又认真的究其原因，最后得出结论，这是认识高洁的结果。要不是将高洁招来管理，将房租提高到合理的价位，靠我这粗线条的人管理这小型市场，这损失真是不可估量，怪不得伟人说妇女能顶半边天，现在才感受到这话毫无疑问是绝对的真理，要不是与高洁在年龄上有所差距，娶这样一个心细如发的女人管理内务，真是祖坟上冒了青烟。

与此同时，高洁独自睡在一张单人床上，她辗转反侧难以入眠，自从来到陈峰这市场上班之后，高洁心中想到她与陈峰的距离又近了一步，原以为陈老板招她来他这里上班有别的意图，谁知这憨老板一点动静也没有，从他送衣服到我洗衣店与他认识已经好几年年了，难道他就没有重新建立一个家庭的念头吗？给他管理市场我也算是尽心尽力了，虽然他常常表现出感激之情，但这样的情意我不需要，我需要的是最现实的东西，如今我也不小了，要不是有点事业心来到这大都市寻求新的人生道路，按农村风俗我的儿子应该上学了吧！青春几何啊？不能再浪费了！应该弄明白他的心思，要是我在他心中毫无位置，我要另作考虑了。

陈峰市场里的水电工，也就是原来的马助理，因高洁取代了他的位置，他要求陈峰允许他请辞工作，陈峰舍不得这位工作狂，便出资将他培训成一名真正的水电工，并把他的工资翻了一番，他对陈峰心存感激，便死心塌地的为陈峰效力，如今他见高洁整天魂不守舍，他人虽然老实，但也能看出年轻人的内心所想。因陈峰经常在外，他经常见到一些帅气的年轻人来约高洁出去吃饭、唱歌、跳舞，都被高洁断然拒绝了，于是，他觉察到高洁年龄不小了，怎么还拒绝那些年轻人的正常要求呢？他突然想到我们老板也是光棍一条，比这姑娘年岁虽然要大些，但也不是不可能的事，要是他们能走到一起，倒是一件美事。

他不是一个能言善辩之人，他左思右想都没有好办法，动了几天脑筋之后，突然灵机一动，常言道"愚者千虑、必有一得"，他想到应该找王俊出主意才对，他知道王俊和陈峰关系极好，但因市场建好后，他二人意见常常不统一，为了避免发生矛盾，伤了师徒之间的感情，经二人协商便按事先约定的比例心平气和地划分在各自的名下，各自管理，互不干扰，由于没有业务往来，他二人见面的机会也就少了。这水电工心想，只有自己跑一趟把这一想法告诉王俊，征求他的意见，并希望王俊能促成这件美事。

王俊听完水电工的叙说后，也想起师傅单身已不少时日，觉得这确实是一件美事，他放下手上的要事，立即来到高洁的办公室，见高洁独自一人坐在沙发上发呆，高洁一见王俊来到，便起身倒茶。他们虽然见面不多，但高洁也知他是陈峰的徒弟。"你来找你师傅吗？他不管市场之事，在外面寻找新的项目，很少来这市场打个照面！"她无精打采地说道。

"不！你说错了，我是专程来找你的！"王俊直截了当地答道。

"找我……"高洁略微一惊，抬头以惊讶的表情望着王俊。

"对！"王俊一脸认真的态度。

"什么事？"

"这是一件大事，但我不知从何说起，我也从来没作过这样的事，又无口才，要是措辞不当，就希望你多多包涵！"

高洁见他神秘兮兮，因和他见面不多，不好与他多说，只好说道："请你不要转弯抹角，到底什么事情？请说吧！"

"你和我师傅认识多长时间了？"

"怎么说呢？应该不短了吧！"

"他这人你认为怎么样？"

"很好哇！你这话什么意思？"

"只要你认为他好就行。我是说他丧偶的时日不短了，现在这市场的事情也已理顺，应该考虑他重新组建家庭之事，我们这些徒弟还有家乡的父老乡亲们为他物色好长时间都没有合适的，经过我认真考虑了几天，觉得你是最佳人选，不知你意下如何？若是你没有这意思，请原谅我说话唐突。"

高洁一听精神就来了，心想总算有人来提这件事，心中的一块石头落了地，她压住心中的喜悦，不慌不忙地说道："我怎么回答你呢？这显然是你的想法，你还是去问问你师傅是啥想法再说吧！自从我来管理市场之后，他都忙于其他业务，我们一见面谈完正常业务或者交接完必要的事务他就走了，他是什么心思我真是难于理解，再者，这人生大事我也要回去告知我的父母，征求老人们的意见啊！"高洁委婉地说道。

"你回家征求老人的意见那是必然的，我想，我师傅这边肯定不会有问题，你这样的条件他要是错过了，那他就犯了一个天大的错误。他这几天到哪里去了？"

"他一直在外面租土地，想再建一个比较大的市场，究竟在哪个方向搞土地我就不晓得了。"她和陈峰接触快两年了，大概是受了感染，四川方言说的极为流利。

"我只有给他打电话了，你忙你的吧！我走了！"

陈峰接到王俊说有重大事情的电话时，陈峰正与几位领导商谈租用土地之事，当他听到有重大之事时不觉心中一紧，连续追问，王俊却缄口不言，但陈峰却无法脱身，只好怀着忐忑的心情继续谈这一重要事项，在这件事告一段落后，并在十分高档的餐厅与这些决定他这一重大项目的决策人物们共进晚餐，晚餐结束后，领导们又要求去歌舞厅放松一下，待这些领导们尽兴后，陈峰回到他的住处已是翌日凌晨两点多了。

他难以入眠的待到天亮，拨通王俊的电话，王俊接到电话马不停蹄来到陈峰住处，很激动地向陈峰说明他找高洁谈过他二人之事，并且说明高洁听了他的想法后的态度与表情，陈峰一听觉得确实是一件美事，但觉自己年龄与高洁相差有点大，于是说道："这人在生意场中确实是一个人才，要是能和她走到一起，以她的能力在我的事业上撑起半边天是绰绰有余的，只是我与她的年龄不般配，这事我前一段时间曾经考虑过觉得是不可能的，所以干脆就不往那方面动脑筋了！"话中之意表明他对此事同样怀有浓厚的兴趣。

"你怎么断定不可能呢？我昨天和她谈话时以她的言谈之中对你早就有那份情意了，你还蒙在鼓里，据说有好多年轻人都在追她，都被她一口回绝，要不是对你有意，恐怕她早就不在你这里上班了！"王俊否决了陈峰不可能的说法。

"既然你有这样认为，你再去探听一下她对我年龄是什么看法，我再作决定吧！"

自从王俊走后，高洁度时如年地等待陈峰的到来，不料又是王俊出现在她的面前，当王俊再次与她谈到她与陈峰的"大事"时，尽管她是一个性格温柔的女性，但也压不住心中怨气，一改往日文静、温柔，不无好气地说道："这是你师傅的事，怎么又是你来找我呢？现在是什么年代了，他一个男人还要别人给他牵线搭桥呢！一点男子汉的气魄都没有，请你去告诉他，叫他自己来和我面谈吧！"

王俊虽然碰了一鼻子灰，但又怀着喜悦的心情很快跑到陈峰面前把这好消息告诉他，陈峰一听，只好来到高洁的办公室，高洁一见陈峰终于来到她面前要谈的主题是她们的人生大事，克制着激动心情忙于给他沏茶，并问道："你忙了这么长的时间，土地之事怎么样了?"

"应该差不多了吧！"他简单地回答后，二人又处于沉默。

时间一分一秒的过去了，陈峰心想这样耗下去时间越长越尴尬，我在世面上闯荡几十年难道这点胆量都没有！于是说道："王俊对我说过我们两人的事，其实我早已想过，只是我们年龄相差有点大，恐怕不合适吧！要不是顾忌年龄问题，恐怕我早已向你提出，不知你对此事的看法如何？还有你父母与你家所有人能通过吗？"

"亏你还经常学习，我曾经听说过有'爱情不受年龄限制'这句名言，但不知是出自外国人还是我们国家的名人之口。你连这点都不知道，岂不是孤陋寡闻嘛！"她语气之中明显地有着责备之意。

"这名言是针对伟人的，我这命运坎坷的人岂能与伟人们相提并论呢！"

"依你的说法，我们老百姓组合家庭只能年龄相当，在年龄上就不能有点差别了?"

"那也不一定……"他无词了。

"不一定？说明你也知道在老百姓中间还是有年龄悬殊的夫妻！"

"那就要看有没有缘分！"

"你的意思我们两个就没有缘分?"

"你正在金色年华，我已如日西偏！"

"你正当壮年时期，怎么能说是如日西偏呢？男人一生只要没到古稀之年而且身体健康加以目光远大，都会有所作为，有的年轻人虽然仪表堂堂，整天无所事事，沉湎于享乐之中，犹如行尸走肉一般，你说这样的人与谁有缘分呢？"

"依你这样说来你对我是情有独钟啊？"陈峰还是有所顾虑。

"应该是这样吧！有句歇后语可以说明你在我心中的分量，你知道是哪一句歇后语吗？你想想再说吧！"高洁笑着卖起了关子。

陈峰是何等人，他一听就知道是哪一句歇后语，但他想了想："前面我就不说了，说出来就太不文雅，这说明你对我是'铁了心'的！"

"你这就说对了！"高洁松了一口气。

"既然是这样，你还是回去告知你父母吧，必须征求他们老人家的意见！"

"那是必然！"高洁的语气更加干脆了。

他们已经无话可谈了，陈峰本想回到他的住处，但高洁留宿了他。

翌日，陈峰和高洁开着车回到高洁娘家向高洁父母禀明了他二人的愿望，当然，陈峰受到在高洁娘家最高礼待。高洁父母并催促他们尽快办理，因为他们年龄不小了。

他们回到省城，带着他二人的生辰八字在一个香火特别旺盛的寺庙中的签筒中摇出了一签，经解签大师解说出他们的前途如何光明，以后的事业如何兴旺，并掐指一算，告诉他们某日便是黄道吉日。他二人心花怒放地回到市场，安排大喜的一切事务。

因为陈峰是二婚，民间流传着赴了二婚的婚宴会走霉运。陈峰之意尽量封锁消息，但王俊却大量宣传，致使不少人知道陈峰要办喜事，强迫陈峰一定要大操大办，陈峰只好说服那些经常来往的朋友们他的喜事绝不宴请，但是那些经常来往的铁哥们却不管他是头婚二婚，在不得已的情况下陈峰只好尽量压缩人员，请和自己来往比较频繁的朋友与高洁父母的至亲。

他们的结合再简单不过，八桌人正沉浸在这婚宴的喜悦之中，陈峰的手机有动静了。

陈峰一看手机上的号码显示，知道是给他联系土地建市场的张书记打来的，告诉他土地之事已有长足进展，并要陈峰确定土地面积，希望陈峰准备资金并经常与他保持联系。

他压住激动的心情把这一消息小声地告诉了与他最为友好的徒弟王俊，王俊端起酒杯面向所有宾客："各位亲朋好友，今天是我师傅的大喜之日，正在这喜庆之时突然又有喜事降临到我师傅头上——就是我师傅租地再建市场之事经过几年的努力土地马上就要落实了，我敢肯定师傅这次的规模比前次要大得多，这就是人们常说的'双喜临门'，大家为师傅的双喜干杯！"

气氛在王俊敬酒的高潮之后按步骤结束了这规模不大的婚宴！

陈峰完成了他最为棘手的一件大事——结束了他的光棍时代，有了一个幸福的两人家庭，他若无要事出外办理，他们都是形影不离，舒心地生活着。

在这幸福时刻，他回忆起自出道以来自己单身拼搏了几十年，虽有几次风光但又几次落魄，几乎到了性命之忧的边沿，如今有了高洁作为副手觉得充实多了，好像进入了他人生的正轨。

他想起了伟人的经典诗句：雄关漫道真如铁……

从头越？在这雄心未减、有人辅助的条件下，人生精力最旺盛的时日已经不多了，还

有机会一展身手么？

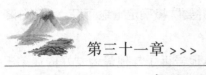

第三十一章 >>>

半边天

　　此后，陈峰再不敢大意，牢记张书记要与他经常联系的嘱咐，确保把那块土地拿到手好顺利操作的好意，但是，国家为了充分利用每一寸土地，政策一天比一天完善，已不是前些年那样手续简便，与张书记关系最好的上级因换届被换掉了，陈峰梦寐以求的这件大事就这样又拖了三年还多，这时陈峰已是四口之家，两年前他们添了一对人见人爱的龙凤胎，俩宝贝既漂亮又健康，而且显现出十分聪明，不用赘述，他们是陈峰与高洁的心肝宝贝。

　　此时，陈峰觉得自己生活在难以形容的幸福之中。

　　陈峰十分佩服高洁对市场的管理水平，知道以她的管理能力对于他这小型市场毫无疑问是绰绰有余的，如今印证了他几年前的预见，经过高洁过去的几年对市场滴水不漏的管理，他不但还清了所有的债务，而且已有一笔可观的盈余。

　　现在他可以一心一意地关心他已经操心了几年与张书记联系的那块土地，但这次这块土地面积要比几年前所建的小型市场面积大得多，为了避免合伙投资发生矛盾，他思考着如何一人投资这项目，他计算了他这块土地所需要的庞大资金，又想了想他除了这小型市场每年收入的租金以外，不再有别的收入，想用这小型市场的收入建好那大型市场，简直犹如蛇吞象，他又陷入怎样操作的策划之中。

　　他回忆了他在江湖上奔波几十年，闯过了不少似乎处于绝境的险境，克服过数次的艰难险阻，觉得如今真是漫步在一马平川的大道上，由于对自己现有的境况存在着不满足的感觉，怀着毫无把握的想法趁这精力旺盛的晚年再来一次最后的冲刺，经过自己近几年的不懈努力，和那认识并不久远的王书记建立了良好的关系，又一个大好时机出现在眼前，但是，这庞大的资金又从哪里来呢？要是进入实质性阶段时又该怎样操作呢？

他知道完成这一项目肯定会困难重重，但他又不甘心在这临近"知天命"之年，把这一生最后的一次绝好的机会放过。

此时，他的实力虽然并不是很雄厚，但以他每月的收入应该还是十分可观的，在他家乡的同行之中，他又走在几个最为要强也最为能干的徒弟，还有那嫉妒心最强的布仕仁的前面。

为了避嫌，他不好三天两头去张书记办公室了解建市场那块土地手续落实情况，只是经常在电话上沟通，心急火燎地盼望着传来土地手续完善的好消息。

借这土地未落实的空隙时间，他思考着土地一旦手续完善在自己实力薄弱的情况下如何稳操胜券，在心如乱麻的时候，他便开着车到各类市场去转悠，见这些市场都有不同的区域，家具市场中分有板式、高档、低挡、实木、玻璃家具、藤制品、沙发……使人眼花缭乱的各类家具。建材市场有板材、五金、油漆……难以胜记的建材种类。日用品市场的种类最为繁杂，划分的区域比其他市场也就更加多样。

他几天之中转了省城几个最大的市场，了解了这些市场这几年的租价，羡慕这些市场的规模与成功，晚上又回到他的四口之家，左右手抱着他的两个宝贝，嘴上与高洁谈着家常，心里却想着那些大型市场的辉煌成果。

他想起那些市场的规模与各个区域内销售的各类商品，突然，他灵机一动，要是将张书记规划的那块土地也划分为几个片区，片区与片区之间销售的建材各不相同，有几个片区便分为几期，以现在小市场的收入起动第一期，成功后收回的租金加上小市场的固定收入再起动第二期，这样滚动式的操作方式，压力肯定就会大大的降低，这犹如战场上在强大敌人面前采取各个击破的战术，稳操胜券的可能性就会大大地增加。

有了这似乎很正确的指导思想，他兴奋的几乎一夜未眠，觉得只有采取这样的操作方式成功把握性就会大大地增加。

翌日，他下午在张书记下班之前，怀着喜悦的心情赶到张书记的办公室，张书记热情地接待了他，当然，他们又来到豪华餐厅的包厢里坐下。

一番礼节性的过场之后："土地之事最近有进展吗?"陈峰问道。

"我正准备给你打电话呢!你却来了,现在国家不但对良田控制得太严,就是对坡地也不会轻易批办,我们已经向上级写了申请,并催促过几次,但还是没有批下来,不过,应该快了吧,因为我们向上级的报告中阐明了那块土地建成市场以后收入不知要比农作物强多少倍,你现在的资金准备得怎么样了?"

"我已作好充分准备,但不知土地什么时候才能落实?"陈峰知道张书记一直担心他的实力问题,自从想到以滚动式的操作方式建盖市场,觉得万无一失,内心有了底气,便毫无畏惧地答道。

"你不要着急,说不定就在最近一段时间就能敲定,我想最多不会超过一年,就怕你的资金卡壳,到时我就不好向上级交代了!"因为陈峰计划的土地面积在50亩以上张书记对他的实力一直存有质疑。

"请书记放心,我既然有此想法就一定能做好这件事,正如人们经常打一比方——若是没有一付顶好的手指甲,就不敢承担专门剥蒜皮的业务!"陈峰明知自己资金不足,但今天不得不再次打肿脸充当一回"胖子"。

"那就好,我就担心你的资金问题,既然你有足够的实力我就放心了,明天我再去县上走一趟,把专管土地那几个领导请出来聚一聚,争取在短时间内办清全部手续。"

"谢谢书记,谢谢书记!你宴请他们我去不去呢?"

"你就不必去了,人去多了会起反作用的!"

"那你就把这个带上吧,为我的事你操心太大,无论如何也不该让你再破费!"陈峰边说边从手提包中拿出两叠伟人头塞在张书记的提包之中。

张书记也不推辞,接受了陈峰这一诚心的举动。

他们不能在这餐厅里耽误过长的时间,因为陈峰在豪华歌舞厅的包厢已有预约。

与往常一样,陈峰并没有与那些领导在歌舞厅一展歌喉,他在歌舞厅一边位上见他们尽兴后才离开,待他回到家中又是凌晨了,高洁见他到家立即起床侍候他做完一身的清洁工作后,他便带着疲惫的感觉进入了的梦乡。

由于心情的轻松，这一觉超过了他以往的起床时间。

踏踏实实的一夜睡眠，起床比以往都晚的他感到精神十足，便和高洁聊起家常与这次建市场的土地之事，他想起原来给他建这小型市场的杨老板，这人很厚道，他是以善良与公平行走在建筑行道之上，要是这次土地一落实，这工程理应交给他发一笔小财，说不定在我紧张之时他还可以垫资呢！

当他与高洁摆谈到这里时他尊重高洁的意见到超市买了几大包礼物，又独自开着车向杨老板的小区驶去，不料杨老板的住宅却已售与他人，向购杨老板之房的人打听到杨老板已在某处购有一栋别墅，他马不停蹄地向那片别墅驰去，经过向小区门卫询问杨老板的幢号后，他径直地来到杨老板的楼下，按了按门铃，杨老板的夫人十分客气地带他来到客厅，陈峰随手把礼物放在茶几上，杨夫人又带他来到她老公书房，见杨老板正在书桌上看什么资料："老杨，你看谁来了？"她话一说完，见杨老板转过身来，便又转身打扫卫生去了。

正在装修豪华的书房内的办公桌上计算着某处工程造价的杨老板一转身见是陈峰，立即起身握住他的手戏谑道："你这几年发了大财！就把我忘记了，既不来找我玩，也不打个电话给我，不够朋友哟！"

"哪里、哪里！你杨老板是我的恩人，怎么会忘记你呢！你知道我那市场建好后债务缠身，经过这几年全力拼搏，现在已是一身轻松，今天不是来看你了嘛！"

杨老板是一个和善之人，经陈峰一解释，知道陈峰所说皆是实话，便用十分亲热的口气问道："今天是什么风把你吹来的？"

"既然来了，就有事要麻烦你，希望杨老板就不要推辞！"陈峰戏谑地笑着说道，如今他已有底气，说话已显随便，不像开初认识杨老板时那么小心翼翼。

"什么麻烦，尽管道来，我就是一个不怕麻烦的人！"杨老板见陈峰满面春风，估计有什么好消息，便毫不客气的回敬道。

"那就好，那就好！看来我们两人很有缘分，正如人们常说的'心有灵犀'一般！"陈峰知道杨老板已看出他的来意，又笑着说道。

"闲话少说，今天找我是什么好事？"杨老板恢复了往日和善、正经的面孔。

陈峰知道杨老板是一个很少开玩笑的人，也恢复到一本正经的态度，便将他最近快要拿到一块土地之事告诉了杨老板，并且讲明自己资金并不雄厚，这次的土地面积虽然不是太大也不算小，为了避免资金不足在施工期间进度受阻，又详细阐明自己准备采取滚动式的操作方式，并征求杨老板对他的滚动操作方式是否正确的意见。

杨老板一听，心想这陈老板真是一个有情之人，几年没联系了，有业务还想起了我，不嫌麻烦地又找到我家里来了，便问道："你那土地的手续什么时候可以完善？"

"昨天我去了一趟，张书记告诉我只有两处的印章没批办，大概在半年左右一定能办下来，就算领导们事务繁忙，最多也不会超过一年，所以，我想应该向你请教，你在建筑行道中不但有几十年的经历，而且建过不少的大型市场，肯定有着丰富的经验，为了市场的顺利进行，希望杨老板给予指导！"

"你这次市场的规模有多大？"

"不大，计划在50亩以上，究竟能批多大面积还不清楚。你知道我的实力并不雄厚，要是操作不当，风险就大了！"

"你刚才所说的以滚动方式来操作，在实力不厚的情况下采取这方法是唯一的成功之路，好多市场都是以这方法成功的，加上以你现有的小市场作为后盾，应该是没有问题的。"

"既然你也认为我这办法可行，我心中就有了底，现在就不谈了，我们去找一处比较好一点餐厅吧！"

"对不起！我今天还真没时间。你没见我正在搞预算吗？这次工程比较大不是三五天能搞完的，若不是你来，任何人我今天都不会接待的！"

"既然你这么忙，我告辞了！"陈峰不好意思地说道。

"你在客厅看电视吧，中午饭就在我们家随便解决一下，不要客气，我实在没时间陪你！"杨老板心急地说道。

"你忙吧！我今天也有事，改天再来找你玩吧！"陈峰一听杨老板说话如此直接，知道他这单业务应该到了关键时刻，站起身来说着话人已走出书房。

"我这次若是中了标，请你喝酒！"杨老板将陈峰送至门口简单而又许愿似的说道。

他回到家中静心地等待着张书记的电话，每次电话一响他都以为是他期盼已久那熟悉的号码，但过了两个多月那使他心焦的号码始终未显现在手机的屏幕上。

几个月又过去了，一日是周末，手机又响了。他又以为是张书记打来的，急忙打开手机，屏幕上却显出"杨老板"三个字。

"为庆祝我这次中标，今晚上约几位朋友在大豪酒家聚餐，我订在一间名为'长江'的包间里，你不但要光临！而且在五点以前一定赶到，拜拜！"他接通电话还未发言，就听到杨老板十分激动并以命令似的口气说道，说完电话也就挂了。

陈峰不好延误时间，下午接近5点便来到杨老板所指定的大豪酒家，他以为自己是最先到达，不料，当他向服务员询问找到杨老板所定的包间后，才知道是一特大的包间，这场面使他暗暗地吃了一惊，一张特大的圆桌周围坐满了二十多个衣着华丽的男女，男士们风度翩翩，几位女士的衣着与相貌特别抢眼珠。经杨老板一一介绍后，这些人不是经理就是厂长，最使陈峰难以忘怀的有四个人，一位是市级的领导，另一位竟然是某电视台的节目主持人，还有一位是某报社记者，挨着记者的是某律师事务所的律师。

陈峰一见这场面非同一般，才想起从家中出发时对杨老板中标之事特别高兴，忘记带上足够的现金，今天应该我做东祝贺才对，他借口上洗手间，来到外面准备给高洁打电话叫她送两万元钱来，不料，刚走出包间不远他的电话响了。他打开手机，却是高洁打来的。

他接通电话，不等对方有说话的空隙："有事吗？"

"你刚才走时好像没装钱在身上？"高洁问道。

"哎呀！我正准备给你打电话呢！你赶紧给我送两万元钱来，今天这餐饭不同一般，真感谢你想得比我还周到！"

"你们在哪里？"

"我们在这最豪华的大豪酒家，你大概不知道吧，不知道这餐厅在哪里就不要开车了，打车来吧，出租车司机肯定晓得，你到后给我电话，我在楼下等你！"他清楚打车所花时间不会太长，不愿上楼去又下来。

不到二十分钟，高洁来了，他接过两万元现金，心中踏实地向楼上走去。

"你下去了这么长时间，是哪个找你？"他一进包厢杨老板就问道。

"刚才来时误把钥匙装在身上，我叫老婆来把钥匙拿回家去。"他心虚地撒着谎。

"既然你家属来了，怎么不喊她来一起吃饭呢？"杨老板嗔怪道。

"今天有人找我们有事，娃娃也还小，她要是不回去，家中就无人料理家务。"

众人听他说娃娃还小，都把目光向他投来，陈峰被这十几道如箭的目光射得有点不好意思，他知道以自己的面目与娃娃还小这句话对不上号。

由于杨老板今天点的菜非同一般，厨师精心烹饪时间较长，杨老板和在座的"贵族"们借这空隙时间天南地北地聊起各自的生意经，陈峰从不言语，专心地听取那些"经"中的精髓。他虽然不加入聊天，但经过几十年的做工生涯与在生意场中的摸爬滚打，这些人所谈"经"中的水分程度与他们的学历高低陈峰还是能分辨清楚的，有几位所谈言语之中确实有真才实学，陈峰心中对这几位十分佩服。有几个年轻人虽然衣着华丽，但出言却是华而不实，在他看来正如人们所说的犹如马屎一般，外表虽然光鲜，内里却很松包。那些富豪们经过两个多小时不知疲倦的各抒己见，终于到了上菜时间，巨大的圆桌上摆满了山珍海味，几瓶不知比国酒茅台还要贵多少倍的外国名酒，极贵的饮料，一条顶级的高档香烟放在巨型圆桌中央的转盘上。

漂亮的助餐服务员打开世界名酒，斟满了各自面前的酒杯，因是杨老板宴请，这一程序过后，理所当然该杨老板发言了，他站起身来端起酒杯十分谦虚地发言道："各位领导、各位朋友，各位美女，大家好！托各位的福，最近经过我一段时间的努力，终于又中了一标，可以说是又能有点收获了，借此机会备下水酒素菜邀请大家聚一聚，望大家尽情享用。在座的几乎都是各行各业中的成功人士，今天过后不认识的就相互认识了，以后就经常联系，彼此有困难互相帮助。最后，祝大家心想事成、万事如意！为了大家共同走成功之路，干杯！"一阵酒杯的交响曲后，各自的酒杯底都朝了天。

正在此时，陈峰的手机有动静了，因这场面非同一般，在接电话时害怕手机的音量影响这些显贵客人们的进餐情绪，他在未入席之前便将声音转换为震动。掏出手机见屏幕上显出很熟悉的号码，他担心接电话时间太长，便不接听，便以"我在开会"的短信方式回复对方。

席间，推杯换盏、觥筹交错，经过近三小时边谈论各行各业中的生意经与敬酒，时间已过晚上10点，这罕见的大圆桌上珍贵、精美的珍馐还未消耗一半，筷子的速度在这些宾客们手中已明显的缓慢多了，陈峰心想，这样的宴会我是第一次经历，看来这一桌昂贵的佳肴大半是要被浪费了。

他想，应该是买单的时候了，要是晚了杨老板恐怕会抢在我前面。

杨老板见陈峰离桌向收银台走去，知道他的用意，急忙给他的出纳使了眼色，出纳会意，当出纳赶到收银台时，见陈峰一边看账单一边正从包内往外掏钱，他一把抢过结算单，直接看下面总价，掏出几沓大额人民币递到收银员手中，收银员见钱上面有银行封条，知道是刚从银行取出的，含笑着从一沓钱中放下两千："一共三万八千一百元，收个整数吧！一百元就不要了。"收银员说完便将这几沓钱放在点钞机上数着。

陈峰怎么也没想到，一顿饭竟然吃掉三万多元。他暗自庆幸，要不是杨老板强行买单，我今天非出洋相不可！

当陈峰又回到包厢时，见一人将嘴贴在杨老板耳朵说话，须臾，那人话一结束，杨老板对桌上的宾客说道："时间还很充足，大家去歌舞厅一展歌喉吧，离这里不远的百乐门夜总会今晚上我全包了！"

陈峰一听要去夜总会，他心中想到他那未接的电话之事，他走近杨老板同样贴着耳朵说道："张书记刚才来电话了，你们去吧！今晚上我实在不能奉陪！"

杨老板一听是陈峰曾经说过的张书记来过电话，带着吩咐的口气说道："那是件特别重要的事，你和他联系后！是什么情况，给我电话吧！"

陈峰对杨老板所有贵宾打了招呼，便急匆匆地走了。

他离开这些"贵族"回到车里，迫不及待地拨通了张书记的电话："你忙得很吗！怎么现在才回电话呢？"张书记不等陈峰有发话的空隙，电话一接通就抢先问道，语气显然不悦。

"刚才和几位朋友在一起商量一件要事，实在抽不出时间，还请书记谅解！"

"那块土地所有的手续已经合法，今天晚上夜已深了，不是谈事情的时候，你明天务必要来我们办事处研究下一步怎么进行！"

"好！我明天在你们上班之前一定赶到书记办公室，请书记放心！"

"那就明天见吧！休息了！"张书记的语气温和了。

因得到土地落实的消息，陈峰由于心情过于激动，几乎一夜未眠，未等天亮就起了床。他做完早上的一切清洁工作与其他必须事务，驱车来到张书记的办公楼下，他看了看表，提前了近一小时。

张书记按上班时间来到楼下，见陈峰在车里睡着了，他敲了敲车门，陈峰一惊醒赶紧下车跟着张书记进入他的办公室。

听张书记道明了土地手续完善的经过，原来这块土地是以他们办事处的名义开发，但他们办事处毫无实力，只有引进外资达到开发的目的，因陈峰与王书记相处近十年，所以王书记就将陈峰定为开发这项目的首选人。

这次与张书记办事处合作开发这一项目非同小可，双方都慎重行事，为了避免众口之嫌疑，张书记召集了他办事处所有大小干部参加这协议条款的研讨，经过近一个月与张书记所有手下的反复磋商，终于尘埃落定，村委会以土地作为投资，合法手续由村上办理，陈峰负责建盖市场所需的全部资金，办事处占五十一的股份控股分红，陈峰占四十九的股份分红。

所有条款商定后，在条款以外又附加一条，市场建好后在管理之中如意见分歧影响正常经营，便将所建铺面按上述商讨的比例分至各自名下自行管理、经营。

为了达到协议签订后能保证双方的权益与绝对有效的合作方式，陈峰与办事处签订协议后并在省级公证处得以公证，并请来一位律师确定为他今后的法律顾问。

如今这项目进入到实质性阶段，由于这办事处只负责土地与办理一切合法手续与设计图纸，建筑市场的所有事务与费用由陈峰一人承担，他更是忙得焦头烂额，他托人找来一个对建筑行业管理多年的中年人协助杨老板在动工之前的准备工作与一切琐碎之事，如今人们在办大事之前多少还有一些迷信色彩，为在市场的建设之中绝对安全，陈峰又想起上次建市场一帆风顺，想到应该是神灵的保佑，他与高洁在一晴空万里之日，还是去几十公里外那座远近闻名、香火旺盛的寺庙去烧香拜佛，以上次摇签的方法，求菩萨在冥冥之中保佑他在建市场的全程中一帆风顺，经过道士认真的解签，得出了黄道吉日。

"谢谢道长、谢谢道长！"陈峰与高洁对这师傅的话深信不疑，齐声道谢。

他们怀着喜悦的心情开着车行在回家的路上，陈峰边开车边考虑市场建好后怎样才能顺利地出租出去，他思考前次建好市场的失误之处，最后他确定三种方案：一、召集徒弟们在他们的生活圈子内帮我作宣传；二、在各个建材市场发传单；三、在报纸上登广告。

根据寺庙道士指定的动工时间破土开工了，陈峰与杨老板按原计划把这块土地划分为三块，为了第一期有商户抢手的可能，他们把最当道的一块率先开发，在动工之前他采用原来设想的第一种方案把徒弟们聚在一起以聚餐为名，道明自己要在某地再建一市场，希望他们帮忙宣传，使铺面能提前得到回报，并且在紧要之时能够得到他们的支持。

在这之前，由于陈峰担心土地难于落实，他一直未公开这消息，今天这些徒弟们一听，都暗暗吃惊，觉得师傅又是一次大手笔，个个羡慕不已，当即有人表态愿意大力宣传，有人表态要是师傅资金不足愿意倾囊相助与愿意入股，当然，这几十人之间不乏有人怀有嫉妒之心，有这种心思的都缄口不言，任凭在座的其他人发表意见。

经这次聚餐以后，陈峰以为这些徒弟会广泛宣传，有不少人来订租铺面，不料，十天过后仅仅几个人打来电话，到实地一看市场地理位置，觉得这市场位置应该是得天独厚，都高兴的签下了协议。

陈峰一见这些人租用铺面竟然如此干脆，知道他们对这市场所处位置十分满意，估计自己的宣传力度不够，很少有人知道这地方有建材市场商铺出租，于是他和高洁一商量，尽快起动第二、三种方案。

他快马加鞭般地赶到报社，将市场计划经营种类、地理位置、规模与优惠价额以一整版的规模注明得清清楚楚。

从报社回来又打印出1000张小广告，他托人高价找来几个专发小广告的无业人员，要求他们在各个热闹场合发放出去。

这两招真灵，在广告与小传单上注明的两个电话都成了热线，他们不得不购来一间活动板房搭建在工地附近作为临时办公室，以便商户们了解市场所处位置与签定协议一手办成。

在出租铺面时陈峰与高洁意见分歧，为了尽快回笼资金，高洁强行以她订协议时以一次性必须付清三年租金使用四年的优惠方式。陈峰担心这样收房租会影响铺面的出租率，但不出十天，他的第一期铺面以期房的性质出租告罄，他佩服高洁的决策英明。

以这样的方法签订协议，虽然不能彻底解决资金问题，但也轻松不少。陈峰和他的助手全身心地投入到市场建设的管理之中，杨老板又全力配合，不到一年时间第一期铺面全部交给商户使用，由于这市场处于四通八达的公路网交叉地段，这些商户一进场生意就十分火爆，为了商户有一个良好的经营环境，陈峰便决定用临时围墙将建好的铺面与第二期彻底隔断，以免干扰商户们的经营，

陈峰丢开第一期后，一天，他正与杨老板在工地上安排第二期的工作，一员工跑来告诉他办公室有人找他，他快步来到办公室，见一人坐在沙发上，那人见陈峰走进办公室，立即从沙发上站了起来，陈峰见这人不但衣冠楚楚而且风度翩翩："你是谁？找我吗？"他和声地问道。

"你是陈老板吧？"那人反问道。

"是啊！有什么事？"

"我是某银行的工作人员，听说你建市场的规模不小，为了你们这些企业健康发展，我特地来咨询一下你们是否需要资金，若是需要我们可以大力支持！"那人说话开门见山，毫无转弯抹角之意。

"啊！原来是为这事。我们这市场规模不是很大，因为我们没有雄厚的实力，所以不敢放开胆量一次性成功，只有采取滚动式的操作方式，现在第一期已经完工，正在策划第二期如何进行，以免受资金的束缚。"

"你这样操作岂不是要浪费不少的收租时间吗？时间就是金钱嘛！"这银行人员似乎怀着好意在提醒他。

"这是肯定的，若是我有足够的实力，开始就采取全面的动工方式，现在离整个市场成功已经不远了！"他感叹式的说道。

"那你们怎么不走银行贷款这条路呢?"

"你们银行不是要有固定资产作为贷款抵押吗?我在十多年前就建盖过一些铺面,但产权不属于我们,你们银行贷款条件太苛刻,几次贷款都是徒劳的!所以也就没动贷款那份脑筋!只有自己采取灵活的操作方式!"陈峰话中之意似乎对银行怨气极大。

"听说你这市场是分为几期建盖,建盖一期需要多长时间?如果全面进行可以节约多少时间?"

"建盖一期需要近一年时间,现在刚刚动工第二期,要是二期三期同时进行,至少可以提前一年时间全部竣工,至于贷款问题,知道这条路走不通,也就从来没考虑过!"陈峰未加思索,心直口快地答道。

"你好好想一想,算一算一年租房金额,再了解一下银行贷款的利率有多高,滚动式的分期建盖与全面式的一手成功一年之间的贷款利息与一年之间能收多少租金的差价是多少,哪一种方式回报更大、更快些?我给你一张名片,若是需要贷款,你给我来个电话,我给你沟通一下,你们这里的地理位置要以得天独厚来形容应该是恰如其分,回报不但快而且巨大,贷款也许没问题。"这银行工作人员留下几句建议的话就走了。

由于陈峰全部精力用在资金不充足的市场建设上,从未分心考虑其他事务,今天银行工作人员来推销贷款,在毫无准备的情况下和别人谈话时还想到工地上的进展与许多繁琐事务,一天劳累之后,晚上一上床就酣然入睡,他一觉醒来,仰卧在床上静静地回忆昨天一天的经过,银行工作人员主动找上门来要求贷款,对我来说这是前所未有的稀罕事,但并未询问他贷款的金额可以有多大,现在已安排好了第二期的一切工作,要是能有足够的资金,将第二期与第三期同时进行,第三期就可以提前一年多时间建成,一年多时间的租金真是不可小觑,银行的贷款利息与第三期一年的租金相比简直就是九牛一毛。

他想到这里,心情激动了,巴不得马上就天亮,他抬腕看了看时间,虽然已过深夜,却毫无睡意,他心急火燎熬到天亮,拿出手机拨通名片上的电话,传来那头的问话:"喂,哪位?"

"我是你昨天来过的在建市场的陈某,昨天因为太忙没有时间向你了解贷款各方面的细节,今天特地向你咨询,贷款的金额能有多大?利率是多高？还款有什么规定，我看我有没有贷款的条件，你今天有时间再来一趟吗？"

"好吧，那我就再跑一趟！你今天不会走哪里吗？"

"不会，现在我哪还有时间东逛西跑啊！我就在工地这里等你！"

银行这办事员姓秦，当他和陈峰见面后将银行贷款利率与贷款所需资料交到陈峰手中，陈峰看了贷款的一切条款："我没有抵押怎么办呢？"

"我和行长商量过，我们提前贷款给你，款到你们账上后，我们银行派一工作人员监督款项的支出，也就是说所贷之款必须用在市场建设方面，你们市场建好后，我们银行办事人员协助你们收租金，所收租金除开你们的生活开支外，其余全部还于银行，并且每年年底结算一次利息，办事人员工资你们负责。另外，市场建好后你们尽快办好房产证做抵押，有了房产证做抵押，我们就撤回收房租的工作人员，我们现在必须签一贷款协议并公证，你们建好市场后若是不尽快办好房产证做抵押，我们就按法律程序收购你的市场！"

陈峰听后，脑海之中飞快的运转着，此时，他已弄清银行贷款利率的高低，分析着第三期在短时间建好的出租率与出租行情，计算在银行贷款这一年时间内应付银行的利息，脑海中经过几分钟的高速"搅拌"，市场的经济效益很清晰地出现在他的脑海之中，他果断表态，先贷款一千万元。

其实，一千万元是不宽裕的，为了节省上千万元的贷款利息，他可以在材料款与其他付款方面拖延几天，实在不能坚持，既然这次银行找上门来，到时应付不了再找这姓秦的银行办事员也不迟。

他与银行办事人员驱车去银行签好贷款协议后，二十天以后，所贷金额到了陈峰账上，并由银行派来的工作人员管控着，以便专款专用。

有了这一笔巨款，陈峰与杨老板再也不受资金约束，杨老板放开了手脚，他在建筑行业中轻车熟路，分析了工地上能容纳员工的人数，马上从各个渠道招来足够的技工与小工，几天之后，整个工地热火朝天，为了尽量缩短工期，早日回收资金，陈峰要求杨老板在能加班的情况下就尽量加班，早一天交给商户使用就会少付一天的利息，杨老板和陈峰早就是铁哥们，当然全力支持，工地上所有的技工与小工们在杨老板的重赏与监工们的督促下，员工们在重赏之下以必有勇夫的精神与要钱不要命地苦干了不到一年，陈峰这市场就一帆风顺地宣告竣工，比原计划的滚动方式提前了一年还多。

当然，在这不到一年的建盖期间按照去年出租方式又收到几年的预交租金，这真是一笔可观数目。

为了感谢杨老板的辛苦与他建成这市场的功绩，陈峰办了一场不大的宴会，宴请了对市场操过心、说过话、有过重大贡献与出过力的所有人。

宴会开场白，陈峰对在座的所有人深深地鞠了一躬，并发表了简短的演说。

宴会过后，他沉浸在这市场圆满竣工的喜悦之中，经过两年多的操劳，他如今也已筋疲力尽，体重下降了五公斤还多。

还好，如今他无其他重要之事，只有操心在这市场的经营上，在他拿不定主意之时，他想起高洁在管理方面有着独到的见解，于是，他又征求高洁出高招了。

不料，高洁如今却另有一条思路："我给你提一个建议，最好你采纳。为了你的健康，希望你把市场的事全部放下吧！你照照镜子看你瘦成什么样了？"

"还会什么样？无非就是身上少了几斤肉嘛！难道你没听过有句名言吗？是什么'有钱难买老来瘦嘛'！要是不瘦，我还真想减肥呢！"他今天虽然嘴上没同意高洁的说法，但每次对她各方面的建议都心服口服。

"不要逞强好不好？今天你既然和我商量办事，希望你听取我的几点建议！"

"什么建议？请说吧，我洗耳恭听！"他面带吊儿郎当的表情。

"一：对上面各级领导的接洽与应酬，我是无能为力的，只有你担待了；

二：你找一个会计来做账，弄清税收金额。出纳这一角我认了；

三：市场里必须有一名固定的水电工，不过，水电才安装好，最近不会有什么问题，可以缓一缓；

四：市场里需要招多少清洁工，我现在心中无谱，我认为暂时确定两个，两个不能胜任可以再加，要是现在招多了，再减下去恐怕要闹情绪的；

五：经过这几年的劳累，你现在最为重要的是恢复健康，希望你在短时间内能恢复到原有的体重，你刚才所说的'老来瘦'，这话虽然有点道理，但也不能瘦成猴子一般，最好去疗养院疗养一段时间！"

"你把我想得太娇气了吧，我这人不需要疗养，今天是什么日子你记清楚，少则三月，最多半年，我还你一个身体十分健壮的老公！行吗?"陈峰幽默地说道，他知道在这两年多的时间里，自己在起居与饮食方面过分的没有规律性，更不用说由于资金的不足在对神经的折磨与压力有多重了，他知道自己有着良好的身体素质，只要神经一放松，饮食有了规律，恢复到原来的身体状况简直就是指日可待。

"既然你说在半年内就能恢复，这半年时间家里与市场的事你就不要管了，在我不能胜任的某一件事你再出面。从今天开始你就乖乖地在家养你的身体与精神，或者你只管去找你老乡或朋友们到好玩的地方去取乐吧！"

"这么多的事把你累垮了那又怎么办呢?"

"你放心，我办事不会像你那样忙了就不吃饭，简直就像不要命似的！原来给你建议你总是不听，现在事情少了，这些事情我都能胜任，可由不得你了！"高洁下命令似的说道。

"那好，那好！看来我只好认输！不和你争了，我们就'和平共处'吧！"陈峰不好意思打击高洁对他关心的好意，诙谐地说道。

从此以后，陈峰在家养精蓄锐，隔三岔五才有一点需要他办的事情，他知道高洁一定会把市场管理得井井有条并且滴水不漏，时不时他还是去看看两处市场的管理情况，大概是高洁这几年管理市场积累了不少经验，各方面的管理比他想象的还要精细得多，他看在眼里，喜在心头，知道自己在管理方面与高洁相比真是差之甚远，对高洁的管理水平又是感激又是佩服。

果不其然，经过几个月的休养，陈峰体重增加了不少，他又要求高洁给他安排少量的工作，以减轻她的工作量，其实，高洁早就看出他身体恢复得如此迅速，为了杜绝陈峰得寸进尺的习惯："你还是放心地休息吧，原来你承诺安心地休养半年，现在离半年已经不远了，还是遵守我们当时的约定吧!"高洁温柔地说道。

人们常用白驹过隙比喻光阴之快,这比喻真是恰如其分,半年时间转眼就过去了,陈峰不但恢复到原来的体重,而且表现出一付崭新的精神面貌,如今,他与高洁共同管理这两处市场更显得轻松自如。

在空闲之时,陈峰回忆从步行出道之日至今已过不惑之年,这几十年是人一生中的精华。这几十年之中经过了不少坎坷与劫难,奋斗到今天,似乎看见前面的曙光,他想起顺着他这股潮流来到这都市的乡亲们发展得一帆风顺,并在这都市购住房的数目越来越大了,在这市场落成之时由于事情太繁杂没顾得请他们相聚,如今不再过分的忙碌了,应该请他们在一起热闹一番,交流经验,增加乡情。

他和王俊来往密切,便把这想法告诉王俊,王俊很赞成他这想法,便立即行动。由于家乡人在这都市的人数太众,不能人人俱到,王俊在两天之内便把那些在乡友之中有名望与事业发展最好的相约了12桌。

酒桌上,弟子们要求陈峰发表演讲,要他传授事业成功的经验,但他不善言辞,便请求王俊代言,他这想法引起一位并不认识的利嘴小字辈弟子的抢先发言:"祖师爷,你的名声我还是小孩时就听说了,如今也进入到你这行道,只是无缘受到你的亲传,今天这聚会本来我是没资格来参加的,但我还是厚着脸皮来了,一是想听听你的成功经验,二是想认识今天在座的所有前辈,希望在座的前辈们对我们这一代小字辈在你们的感召下受到启发,能有所成就,以后大家要频繁来往,紧密团结,在紧要时相互支持,使家乡的乡亲们在这得天独厚的都市里有一个辉煌的发展!"

陈峰一听,觉得这利嘴的小辈在我们家乡的年轻人中又是一位佼佼者,于是,他理了理思路:"看来我今天不说两句是不行的,我的表达能力实在太差,也说不出什么道道来,只能大概地啰唆几句吧!要说经验嘛,也没啥经验,我出门闯荡了几十年,现在粗略地总结一下,应该有下面几点,一、做事要脚踏实地,不要好高骛远;二、为人要诚实,不要奸诈;三、要观察城市发展的走向;四、行走在社会上要广交朋友,交知心朋友时却要慎重;五、任何人在一生中都有不少机会,机会来了就要牢牢把握住,不要放过;六、要知恩必报,不要忘恩负义,这就是我在一生之中所走过的道路得到的最佳答案,和你们年轻人相比,我这一生并不算成功，现在国家政策十分优越，希望你们年轻人在这极好的政策下在你们现有的基础发扬光大，把你们的事业发展得更加辉煌，既然来到这城市里淘金，就要对这城市的建设多作贡献，有了作为更不能忘记我们的家乡，希望你们年轻人发达后把我们家乡建设得更加美好！我今天虽然有了这小小的成就，但知道自古以来世上之事总是如大江大河急流中的波浪一般，后浪总是盖过前浪，在不久的将来，在座的年轻人中就会有人把事业发展得将我这小小的成就淹没得无影无踪！到那时我这点小成就只能说有一碗稀饭吃，我的话结束了，有不对之处希望大家包涵！"

陈峰话一结束，立即迎来了热烈的掌声。

布仕仁坐在旮旯里，心不在焉、无精打采地拍着手巴掌，他身边的几个年轻人见他如此表情，觉得奇怪，但不知就里。

由于那位年轻人与陈峰把这些人的想法都概括了，也就无人再重复，王俊为了气氛活跃，吩咐助餐小姐将所有酒杯斟满，他站起身来："为了师傅市场的顺利落成，今天在座的都是我们家乡的佼佼者，大家痛痛快快地乐一乐吧！干杯！"

经过几个小时的猜拳劝酒，宴会在热烈气氛中结束了。

一代人的尾声

　　陈峰与高洁在债务之中与王书记办事处合伙管理着市场，在管理中不免有意见分歧，为了减少许多麻烦事，陈峰与办事处商议依照原来和王书记签协议时的条款，与他们办事处按比例划分在各自名下自行管理，此后，陈峰与高洁在管理之中再无干扰，经过近五年对市场的精心管理，他们偿还了建市场的所有债务，又从债务人转变为债权人，他们深藏若虚地生活在人们的视线之中，因为有高洁主管着市场，在这有着清闲的条件下，陈峰的思路常常不由自主地又回到青年时代，一串串往事又呈现在脑海之中，他想这大概就是人们常说的"怀旧"吧，往事中的那些恩人的音容笑貌如走马灯似的在脑海之中出现并消失，消失又出现，许多年前他在受别人恩惠时曾经暗暗发过誓言——有朝一日时来运转，我要……

　　一想起这些未见过"天"只有自己知道的誓言，他心乱如麻。因受不了这些未兑现誓言的折磨与良心的谴责，在深夜辗转反侧难以入眠之时，高洁发言了："你最近怎么了？我们已经从艰难之中走出来了，你却心事重重，这是为什么呢?!"

　　陈峰不想在高洁面前隐瞒自己的想法，他把几十年前从出道以来所经历过的重要场面全部讲给高洁听了，当然，他着重讲了曾老头、师傅与王书记大恩，还有在堂兄居住的城市那通往火车站的街道上遇见那个刘师傅以及那些难以忘怀的人，张仙碧与那乐于助人的中年美妇他只是轻描淡写地一提而已，但是，女人们对这种男女之事总是特别敏感，虽然高洁对陈峰遮遮掩掩的语言心存疑惑，但她不计较他的这些往事，知道这是年轻人在孤独之时免不了的风流韵事，便把它压在心底，不去计较。

　　当然，在这些不能忘怀的人之中，只有李主任最近，免不了常常见面，感恩极其方便。

经受不了长时间的良心折磨，当陈峰提出要去拜访这些恩人时，高洁欣然应允。

此时，他们的龙凤双胞胎已以优异的成绩双双进入初中班的寄宿学校。

陈峰选了自己认为一吉祥之日，带上驾驶员，开着奔驰，揣着一张大额银行卡起程了。

驾驶员开着奔驰疾驰在回陈峰故乡的高速路上，陈峰环顾左右，沿途山上草木茂苗，已不像大跃进过后的合作化年代那些年山上全是光秃秃一片凄凉景象，一幢幢依山势而建的别墅式民房撒落在高速路两旁的山坡上或树荫之中，当他一进入自己家乡那一片天地，映入眼帘的景象如一幅美丽的画卷呈现在眼前——错落有致各式各样别墅式的楼房依山势而建。

他指引着司机驱车来到生他养他的故居，这故居因年久无人居住已是一付旧颜，幸好妹夫与妹妹经常打扫维修，不然，早已面目全非，他把准备好的纸钱拿出来，在堂屋的神龛下点燃后祈祷一番，怀着难以表达的心情退出了在这里生活了二十多年的旧居。

他没忘记合作化时期农业学大寨那"热火朝天"的景象，今天他漫步在原来与社员们以混公分的态度干过农活的良田塄坎上，如今这些良田因年轻人出外打工无人耕种大部分却是一片绿色草地，此时已是谷雨节令，那草绿得如同流油一般，在原来人们耕耘的良田里生长得几乎与人一般高矮，偶尔看见一片水田里的秧苗长得出奇的茂盛，一到立夏节令就要拔秧苗栽插了。东一块西一块旱地中的庄稼显现出大丰收的景象，几个老头或老妇人在那些良田的主人因出外打工无人耕种四周都是草地中间夹着他们那一小块的责任田边观赏着他们即将大丰收的成果，他感到特别地难以理解，回忆起合作化时对所有年轻人严禁出外强迫在家务农，男女老少齐动手，一年四季将这些肥沃的良田不知深翻了多少次，总是在饥饿的边沿挣扎着，还不如现在这些老弱病残有本事，年轻子女们出外务工赚现钱，他们在家把自己那点责任田务成自古以来都没有的高产田，家家的粮仓都是尖仓满囤。

这是春末夏初即将收割小春作物的季节，他正欣赏着一块成熟的麦田，这麦穗不但相当于合作化时麦穗的两倍长度，而且十分粗重，那麦粒饱满得几乎要从麦壳里蹦出似的，他正用手摸着这粗壮的麦穗，回忆起合作化时的麦穗既细又短小，不由自主地说道："这庄稼怎么务得这么好哇！"

突然，从麦田那头半人深的草丛中站起一个老头，那老头见有人站在他的麦田边："喂！你是哪个？在这里干啥子？"他操作一口浓重的四川话边问边朝陈峰这边走过来。

待那老头走进，陈峰紧盯着那老头的面孔，这张老面孔在几十年前年轻时虽然天天相见，但又想不起究竟是小时候哪一位玩伴，他脑海中走马灯似的过滤着年轻时代所有的小伙伴们，不料，这老头却发话了："你不是德叔家的'清娃子'吗？你是啥时候回来的？在这里看啥子吗？"他直呼陈峰乳名。

"你是……"陈峰脑海里搜索不出少年时准确的记忆。

"你哪个把我忘记了呢？我的小名叫'茂林'嘛！不过，也不奇怪，我们在农村成年累月日晒雨淋，不像你们在城市生活那么悠闲，现在年轻人都出门打工去了，我们这些老家伙起早贪黑在农田里埋头苦干哪有不老的，你看！我不是一眼就认出你了嘛！你的相貌和年轻时候没有多大变化哟！"这个乳名叫茂林的老头几句就概括他们两人相貌差别的原因。

"哪里、哪里！我们在城市生活操心太大，现在记性太差，你一说你的小名当然我就想起你了嘛！人一上年纪哪有不老的！今天能见到你真高兴啊！"陈峰说着话快步上前拉住这儿时玩伴布满老茧粗糙的双手，觉得犹如铁壳一般，嘴上虽说着好听的，但心里却想到这人比我还小一岁多，常年干农活辛苦得变了形，脸上少年时候的成分太少了！

"你今天哪个跑到这儿来了？"这乳名叫茂林的儿时伙伴用乡音问道，

"唉！人老了怀旧啊！在外面天天想起小时候在家乡生活时的情景，对家乡的人们也很想念嘛，就想回来看看家乡的乡亲们嘛！"

"要得、要得！难得你有这一片好心啊！既然回来了，就到我们家里去耍几天呗！"

"要得！"陈峰一听到这倍感亲切的语言，一口也答出了几十年前常说的家乡话。

陈峰随着这少儿时代的伙伴来到他家，这是农村人随着山势地形自己设计的一幢楼房，或者可以说是别墅吧，里面的装修虽不十分豪华，但设计很合理并布置得十分雅致，陈峰心想，现在的农村人不应该说是只有小康，简直都成为富人了，旧社会的地主、富农应该还达不到他们十分之一的富裕。

"你这几天忙不忙？"二人坐定后陈峰以乡音问道。

"正准备收割麦子，麦子收割后就要插秧，马上就忙起来了。"

"能抽出两天时间吗？你帮我一个忙吧，要得不？"

"帮啥子忙呢？两天时间应该可以的嘛！"

"我想把我们家族中和我们生产队所有的人请来聚一聚，你算一算有几桌？"

"现在只剩下老与小的在家，年轻人一个都没有，要是把我们家族和整个生产队的老老小小都喊来，恐怕也就是三几桌人吧！加上我们家族在外队的人就不知有几桌了！"乳名叫茂林的老头眯着眼睛掐指一算，不肯定地答道。

"不管几桌人，只要全部来了就是好事。老书记身体还好吗？"

"身体倒是可以，已经八十多岁的人了，行动已不是多灵活！"

"只要他能走动就好！还有请你帮我把我妹妹家里人都请来，因为我不知道他们家的电话号码，我不能把他们忘记了！"

陈峰知道他姐姐与姐夫因前几年相继去世了，他们的娃娃与普遍的年轻人一样都在外地打工，姐姐与姐夫今天不能和众乡亲团聚，心中不免一阵酸楚。

"那好，我一定办到！"

这儿时的玩伴帮他忙着请客时，借这空闲时间他慢步到铁哥们儿陈灵陈刚几十年前居住的地方，陈灵陈刚儿子们都在东南沿海一带大城市打工，他二人都随儿子们一起生活。他们两家虽然没一人在家，但都将祖传的茅草房各自改造成为一栋十分漂亮的楼房，几十年前的茅草房或者瓦屋清晰地浮现陈峰的脑海之中。陈峰伫立在他们的房前，回忆着几十年前那艰苦岁月与往事。

经过"茂林"老头一天辛苦的奔波，族人与本队的乡亲挤满了五桌，陈峰一看，这些人不是老就是小，由于各方面条件大大的改善，小孩们显然比他们小时候更为调皮，而且个个衣着光鲜，不像合作化年代大人小孩衣服都是大补丁上面重叠着小补丁。这些老人当然失去了青年时生龙活虎的精神面貌，老书记年近九十，已失去为官时的威风，见陈峰依然一付潇洒神态，很想振作精神与陈峰攀谈，但却无能为力，只是慕陈峰之名来参加这宴会，激动得眼泪在眶内打转，新上任几年的年轻书记与陈峰天南海北地谈得格外开心。

陈峰妹妹家也只有老两口来参加这宴会，他们家的年轻人同样在外谋生。

宴会开始后，新任书记发表了简短的演说，无意之间重复着老书记当年赞扬陈峰对家乡劳务输出作出的巨大贡献。

虽然陈峰吩咐厨师将菜肴安排得相当丰盛，却发现如今这些人不像以前的人们那样狼吞虎咽，会将桌上的荤素一扫而光。

席散后，陈峰吩咐司机拿出几扎百元币，不分男女老少，每人五张，人群中的特殊人还得特殊对待。

人们怀着敬佩的心情与感激的目光与陈峰告别而归。

翌日，陈峰吩咐驾驶员经过近30公里七弯八拐的乡村公路来到王虎家，王虎独自一人坐在院坝里闭目养神，他老眼昏花，好一阵都没认出陈峰，还是陈峰自己道明了身份他才反应过来，便以迟缓的动作将陈峰迎进屋内，陈峰见这虽然是一栋砖混结构的楼房但室内并未装修。王虎慢腾腾的招呼陈峰二人坐在老式饭桌旁的长板凳上。

"你啷个一个人在家呢？"陈峰以方言问道。

"老伴几年前就去世了，儿子们在外打工，我只好一人在家等死了，没办法啊！"王虎有气无力地答道。

见王虎这般表情，陈峰二人不觉好笑，但又觉得王虎竟如此凄凉，心中泛起不知是什么滋味！

"你的生活来源呢？"

"还不是儿子寄钱给我维持生活，要不然早就饿死了！"陈峰问一句王虎答一句。

陈峰没想到三十多年没见面的王虎竟然是这般冷冷的态度，毫无亲热之感，觉得在这里没有久停的必要，便说道："我们还有其他事情，改日再来找你耍吧!"说完便走出王虎的楼房。

"你们慢走哇!"王虎木讷讷的说道。

对王虎如此的结局,陈峰坐在副驾驶位置上,哭笑不得地走在回程的路上。

为了安慰妹妹的难过心情,应妹夫与妹妹的邀请,陈峰便去她们家住了几天,并往妹妹的银行卡上转了一笔不小的金额,便结束了对家乡恋恋不舍地重游与对亲人、乡亲们的拜访后,又想到许多年未与师傅见面,便与司机驾驶着奔驰来到几十公里外的师傅家,师傅的邻居告诉他师傅已去世几年了,师傅的后人们都出门打工去了,留下的是一栋漂亮的楼房,他们只好返回重新行驶在去往广利的高速路上。

奔驰车在双向六车道的高速公路上奔驰着,这高速路建在曾经人们祖祖辈辈步行过的大道上,在那以两尺多宽的人行大道作为基础而扩宽为30多米宽的柏油路,自古以来步行至广利至少需要四天脚程的大路,那年代的班车在那土路上也必须十小时的车程,今天在这高速路上只花了两个多小时便轻松抵达。

他第一目标当然是王书记家,由于近些年发展太快,他已无法辨认如何通往王书记居住的那条街道,还好,他还记得王书记那别墅的地处位置在城区边沿,并知道那地方名称,只好招呼一出租车带着他的奔驰来到王书记别墅的街道上,他依稀记得王书记别墅门面的形状,但大门却关得牢牢的,他内心咚咚直跳,回忆第一次来这别墅的时间,时光已经流逝了近三十年。陈峰环视一周,见这别墅虽然轮廓依旧,但已失去二十年前的光鲜,一付旧颜旧貌。

不知王书记是否健在?他把耳朵贴在门上听了听,没有一点声响。

于是,他敲了敲门,紧接着传出来一句苍老的声音:"是哪个?"

"是我,请开门吧!"陈峰话一说完,里面传来了脚步声。

来开门的是王书记,陈峰见王书记一付年迈容颜,几乎难以辨认,勉强还能回忆起他二十几年前脸上的轮廓:"王叔叔,你好!"已近三十年没见面了,陈峰今天见王书记很苍老,不好再称呼王书记,只好改称王叔叔。

"你是哪个?"

"我是以前的小陈，你忘记了吗？"

"啊！是你哟！你这二十多年到哪里去了？怎么一点音信都没有，真是想死我了！快进屋来、快进屋来！"他一听到是陈峰，连声说道。

"哎呀！一言难尽，从上次离开后，做事一直不顺，经过近二十多年的苦拼才扭转过来，今天才抽身来看望你这老朋友，希望王叔叔能谅解最好！"陈峰坐定后，急忙解释道。

"谅解啥子呢！只要你来了我就高兴得很啊！"

刚刚坐定，王书记老婆就送上茶来："小陈，好些年没见着你，我们一直都想念你，这些年还好吗？"她一脸的忧郁，失去以前那份喜悦心情，放好茶便准备转身走了。

"谢谢张婶！托你们的福，很好！"陈峰怀着崇敬的心情趁她转身之际急忙答道。

"真是岁月不饶人啊！我们刚认识时，你还是一个毛头小伙，转眼就过去快五十年了。我离八十已经不远了！你恐怕也是六十多岁了吧？"王书记感慨地说道。

"王叔叔记性真好！"

"记性倒是可以，你怎么现在还往我们这小地方跑呢？不在你那四季如春的大城市享受生活！我真羡慕你在那春城生活快一辈子了！"

"我今天就是来请王叔叔去我们那里耍一圈，请王叔叔给个面子吧！"

"去你那里耍，我年过古稀，身体又欠佳，恐怕没条件了啊！几年前去云南游了一圈，和你失去联系十几年了，想找你耍又无法联系，只好怀着惋惜的心情回来了，唉！真想你啊！"

"这些年坎坷太大，好多老朋友都失去了联系，你侄女张仙碧她们一家近来好吗？"由于对张仙碧深深的怀念，未加思考便向王书记打听她的近况。

"别提了，她们两口子一辈子磕磕碰碰，好像没过几天安宁日子，依我看，这责任多半应该归咎于你吧！不过，现在人已上了年纪，她们娃娃也成人了，并在外地打工，将就过吧！"

"她们现在住哪里呢？"

"还不是在山里面她老公家的老地方。"

"她们没在这城里买房子吗？"

"哪有那条件，用打工的钱在家乡盖了几间砖混结构的房子，过着田园生活。"

"你那么大的建筑企业传给你儿子管理着吗？"

"说来话长，不提最好！"一提起儿子，王书记脸上立即布满了阴云。

陈峰这一问，便将他们从谈话的兴奋高峰跌入到沮丧低谷，陈峰一见，不好再提及王书记昔日事业的辉煌与如今他儿子对他事业的管理与发展状况。

"我们出去转转吧，看看这城市近期的发展！"陈峰见王书记心情从沸点骤然降到冰点，估计他的辉煌事业毁于他儿子之手，便转变了话题。

大概王书记家属心情不好，她拒绝了陈峰的请求。他们三人漫步在这小城市的街头，这小城市虽然比七十年代要繁华得多，但与陈峰现在居住的大都市相比就显得有些逊色了。

陈峰不是有意要在这街上逗留，他左顾右盼地细心观察着，终于发现一农业银行，并且看见银行斜对面有一茶室，于是他心生一计："王叔叔，我们去那茶室休息一下吧！你年纪大了，不能太久的走动！"

"好吧，在茶室里还可以摆龙门阵嘛！"王书记顺口说道。

"你们喝啥子茶呀？"茶室里皮肤雪白的姑娘很热情，他们刚一坐定，就急忙过来问道。

"来一壶上好的茶吧！"陈峰答道。

这姑娘动作太快，一壶飘着香气的茶转眼间就送到十分漂亮的茶几上，她放下几个茶杯，并在茶杯里只倒有大半杯茶水，看来这美人姑娘懂得"茶满欺人"的说法。

"小姑娘，这茶是哪里产的？啷个这么香啊！"王书记轻轻抿了一口，不由自主地问道。

"这是云南上好的普洱茶，已经存放了好多年，口感与香味不错吧？"小姑娘一听夸她茶好，满脸堆笑着答道。

"王叔叔，你的身份证在身上吗？我看看你究竟大我几岁！"陈峰怀着略为紧张的心情问道，害怕王书记看出他有什么意图。

"你看吧！"王书记顺手从身上摸出身份证递到陈峰手中。

"啊！属鼠的，大我十三岁，是地支第一位，你这属相好哇！喂！小姑娘，你们茶室的洗手间在哪里？"陈峰未等王书记有回答的机会，略为高音向送茶的姑娘问道。

"从那边右拐过去就看见了，是一个很大的公共厕所。"陈峰顺着小姑娘的手指方向走去，又回头叮嘱他的司机："你陪着书记喝茶，我去去洗手间就来。"

陈峰快步来到斜对面的农业银行，把王书记的身份证递给银行职员："给我办张卡吧，我要转点钱在里面！"他急迫地说道。

漂亮的年轻女职员抬头一看："这不是你的身份证，应该他自己来开户才对！"

"他今天太忙不能来，所以我才来帮他办这件事，卡办好后我要往他的卡里面转一笔钱，你怕什么呢？"陈峰不得已既撒了慌又说了实话。

这女职员经过思考，便将王书记身份证在机器上一刷，抬头对着陈峰说道："这身份证已办过卡了，为什么今天还要办呢？"这职员提出疑问。

"我晓得这身份证办过卡，只是今天太忙，没时间去他家里拿卡来，你办好后，把我这卡里面的钱转七十万在他的卡里面就行了，其他就没什么，要是真不能办卡，那就请你帮我取七十万元的现金给我吧！"他说着便把一张金卡从玻璃下面的凹槽递了进去。

这漂亮职员一听要转七十万，又见金卡已经递了进来，又想到今天哪有这么大一笔现金取给他呢，她拿到卡一看："你这是外地卡嘛！"

"是外地卡，你就放心办吧！"

这美女职员心想，这么大一笔外地款项转在我们当地的卡上，何乐而不为呢？她快速地办好了陈峰心急如火的这件事："你刚才说他很忙，不管他有多忙，告诉他明天一定来补办一下手续吧。"陈峰准备离开时，这职员又叮嘱道。

"好……谢谢！"

陈峰办完这件"大事"，如释重负般地回到那十分漂亮的茶几上。

"王叔叔，我们好多年没见了，今晚上就住你家吧，好叙说离别这些年的往事！"他说着话便将身份证递还给王书记。

"那好，我们家房子空了很多，只是床铺上的东西都旧了，就请你们将就点吧！"王书记说这话时的表情很不好，陈峰估计他有难言之隐。

"王叔叔，这城里面哪里有好一点的餐厅？我们去把张婶接来，今晚上就在餐厅里吃晚饭吧！几十年前在那饥饿年代我在你家不知吃过多少饭，现在就是山珍海味也远不如在那饥饿年代的一碗野菜饭美味，你就不要推辞了，给个面子吧！"显然，陈峰怀着感激的心情说道。

"好吧！既然你这么说，我也不好拒绝。那就恭敬不如从命！"

在用茶期间，陈峰转弯抹角谈及往事，总想调出王书记内心深处的隐情，但王书记总是附和着，从不发表意见，使得陈峰无计可施，一直僵持到近晚餐时候，陈峰便吩咐司机买单，又对王书记说道："我们去接张婶吧！"

他们又来到王书记的别墅，要求他家属共进晚餐，但怎么说他家属都不愿去，经过陈峰和王书记好一阵劝说，才勉强坐上奔驰车的副驾驶位置。

"就请王叔叔指引路线吧，哪个餐厅高档你就告诉司机往哪里开！"陈峰既征求王书记的意见又吩咐他的司机听从王书记的指引。

"何必到高档餐厅去呢，随便找一处饭馆就行了嘛！"王书记客气道。

"那怎么行呢！几十年没在一起吃过饭，决不能随便了事！"

"我有好些年没进过大餐厅了，也不知哪个餐厅高档，最近听说'大华酒家'很好，就去大华酒家看看吧！"

当他们一走进这家餐厅，陈峰不由得吃了一惊。这小地方竟然有这么豪华的餐厅，若与大都市的豪华餐厅相比，显然毫不逊色。

陈峰选定一个小包厢，这包厢很隔音，关起门后犹如与世隔绝一般，他们四人在这包厢内用餐，外面的声音一点也传不进来，陈峰心想，王书记这下总可以畅所欲言了吧，一定要弄清他家的近况，哪晓得当助餐小姐上完那些高档菜后，大概勾起王书记老婆心中难忘的往事，她的眼泪不由自主地流了出来，王书记与陈峰好说歹说，她才止住了眼泪，勉强吃了几口，这顿大餐四人在不愉快的心情之中结束了，一桌名贵的珍馐还未减少一半。

陈峰按照原来的打算，住在王书记家里，王书记老婆在一间卧室给陈峰二人铺好了床铺，陈峰一见床上一切用品虽然陈旧，但却十分整洁。

经过几小时的摆谈，在睡觉之前，他拉着王书记的手说道："因我公司有急事，明天一早就要走了，以后有机会我还会来看你的，一定要保重身体啊！"

"那好，就早点休息吧！"

这卧室的窗下摆放一张陈旧的书桌，他展开信笺，留下几句诚心的话语：王叔叔，你好！明天天一亮我就要走了，为了报答你几十年前对我的恩情，给你留下一张银行卡，里面金额70万元，不成敬意。另外，请你明天抽点时间，去我们今天喝茶的茶室斜对面银行补办一下手续吧！还有一事，你取出20万元转给张仙碧，这是我对她几十年前帮我借过书的回报，算是我送给她的一份薄礼！最后，祝你身体健康！小陈，字。

他在信笺下端注明自己的手机号码与在银行所办卡全是9的6位数密码，拿起书桌的一本旧书将卡与办理银行卡资料、信签一起压在桌子上。

他不知王书记家里怎么就一副破败景象，他一夜未眠，天刚麻麻亮，他敲了敲王书记的卧室门，说了一句辞别话，不等王书记起床，便走出这旧颜别墅。

待王书记慌忙起床，开门一看，陈峰的车已无踪影，他来到他二人的卧室，见被子叠得整整齐齐，他发现书桌的信笺与银行卡，当他看完内容后，两行热泪流了下来。

虽然是小城市，但这些年飞速发展，陈峰二人一上路又迷失了方向，只好将车停在路边，等来一辆出租车又以出租车带路的方法出了城，向他计划中的下一目标驰去。

现在的目标当然是去曾世豪老人的坟墓前烧钱化纸，顺便看看那助人为乐的美妇是否健在，原来的土路已无踪影，奔驰在一级路面上无声地驰骋着，以前3个多小时的车程，如今一小时多一点就到了曾老头坟墓下面的路上，刚好路边设计有一处汽车休息的位置，他们锁好车门，在杂草与荆棘丛生的缝隙中穿行至曾老头的墓前，除去杂草，将纸钱化后，为了消除火灾隐患，他不敢留下香与蜡烛继续虔燃，便熄灭火种，留下所有供品，便走下山来。

陈峰边走边想到曾老人的好处，这时他手机震动打断她的思路，他拿出手机一看是王俊发来的一条微信："布仕仁与他两个侄儿出车祸同时遇难。"

他一看大吃一惊同时想到：怎么这大的车祸？三人一齐遇难，难道应了，善恶终有报，天道好轮回，不信抬头看，苍天饶过谁？这句迷信话。

陈峰沿着曾经走过的山间小路来到那美妇住所，他脑海中保存的记忆却面目全非，二十年前的青瓦房已变成了一幢漂亮的别墅，堂屋门虽然开着，却寂静无声，他在院坝中伫立着，思考着是否进去拜访这位热心人，经过一阵的激烈地思考，他上了三级石梯来到檐下，敲了敲半开着的堂屋门："有人吗？"

"是哪个？"从身后传来虽然是老人的声音，但却十分干脆，紧接着从右边的偏厦走出一位老妇人，她看了看陈峰："你怎么又来了？"她感到十分惊奇，不由自主地说道。

"我来给曾老头烧钱化纸，顺便来看看你这位助人为乐的善良人！难道不欢迎吗？"他戏谑地说道。

"欢迎、欢迎！你是贵客，不欢迎你欢迎哪个？"她乐不可支地答道。

"你们这房子盖得好漂亮啊！"

"不好、不好！现在时代变了，农村都这样！你看这农村几乎没瓦房了，那些没改变的瓦房，他们也在城里买了房子，户口也迁进城去了。"她几句话便概括了农村的巨大变化。

陈峰与司机走进客厅，边听她叙说边观察她的面容，心想，我不晓得这人的真实年龄，大概近七十岁了吧！但看她的精神面貌与容颜应该还在六十岁以下，他不好在这方面多想："你们家今天怎么又是你一个人呢？"

"不是，不是！我老公还在睡觉。年轻人在外打工，孙子们有的上小学有的上初中，我和老公在家看这房子嘛！你们吃饭没有？我给你们弄饭吧！"

"好吧，我们还真没吃饭呢！你就随便整点吧，我们吃了好赶路！"

"你们不耍两天了？！"

"我们那边忙得很，必须赶紧回去。"陈峰这样一说，这老妇人一脸惋惜的表情向厨房走去。

半个多小时后，几样可口的饭菜端在桌上。

陈峰二人以极快的速度结束这顿早餐。

"我向你打听一件事，你知道哪里有做墓碑的人吗？"陈峰突然想起前次这妇人建议给曾老头立碑之事，对这妇人问道。

"知道、知道！你真的要给曾老头立碑吗？"

"你那年不是提醒过我给曾老头立碑吗？我这次既然来了就把这事办了，以免挂在心上，碑厂离这里有多远？"

"不很远，有二十多里路。"

"请你带我们走一趟，要得不？"陈峰和家乡人说话，总是乡音不改。

"要得、要得！"这妇人办事还是以前那么干脆。

他们开着车从一条老路来到这碑厂，实际上也是一个人在碑料上精心雕琢着，虽然不是很豪华的墓碑，看起来也很顺眼，陈峰当即决定在此购买。

"你最漂亮的这一款碑价位多少？"陈峰问道。

"一万二千元！"这老板干脆地答道。

"这样吧，你把这一款碑给我安装好，还有运费一共多少钱，你开个价，我一并付给你，因为我太忙没时间在这里耽搁，师傅，你就帮帮忙吧！"陈峰央求道。

"我要去看看路程的远近再说吧！"这碑老板应道。

他们带着墓碑老板又来到曾老头坟墓的路边，步行至曾老头的墓前，陈峰告诉墓碑老板："你把这上面的字全部刻在我所买的墓碑上。"陈峰指着他二十多年前刻的碑文说道。

"这是肯定的。"

这碑老板估计了这墓地离公路的远近，摇了摇头说道："公路离这里太远了，从我那里运至下面路边，再从路边用人工运到墓地，加安装，少了八千弄不好！"

"你的意思就是要两万元了？"这妇人吃惊地问道。

"对，现在愿意出蛮力的人太少，从公路边用人力搬运到这里太难了。"碑老板重申着他所要价位的理由。

"太贵了，太贵了！你给他一万二千元就行了，要不然我找人来搬运与安装，我还可以挣几千元呢！"这妇人激动地说道。

"那好吧！你不是很忙要走吗？这事总要有个人管一管嘛！就按这大

嫂说的办吧!"碑老板转向陈峰说道。

"大嫂,就不麻烦您了,你这么大年纪,怎么能让您帮我省几千元钱呢!两万就两万!还有就是请你帮我管一管吧!"陈峰又征求这老妇人的意见。

"要得——要得!"她拉长声音说道。

"我把这两万元放在这位大嫂这里,你把碑安装好后,你就找她把款付给你就行了,大嫂,这次又要辛苦你了!"陈峰对碑老板说完,又对这老妇人表示谢意。

"没问题,这是件小事,你就放心吧!"这妇人说话如年轻时一样果断。

"你还是把我送回去吧,不然,我怎么回去呢!"碑老板向陈峰请求道。

"要得、要得!"

站在旁边的驾驶员一听陈峰同意送他,便随着碑老板走了。

"你送去后,到她们家来找我。"陈峰吩咐司机。

不到一小时,司机又来到这妇人的家门口,这时这妇人的老公也起了床,陈峰觉得这次来这里的所有事情都已办完,便拿出两万元递到这妇人手中:"麻烦大嫂了!"

这妇人晓得留不住他:"你下次来一定多耍几天哟!"

"要得!"

他告别妇人起身走时,从车上拿出一个捆得很扎实的小包裹递到这妇人手中说道:"这是我给您带的云南特产——茶叶,以及一点薄礼,为感谢你以前对我的帮助,略表心意,希望不要见外,以后若有时间我还会来看望你们,还会来给曾老头扫墓的,总之,我不会忘记这一片为我付出的好心人们!"

这妇人顺手把小包裹丢在饭桌上,送陈峰来到他的奔驰车旁后:"你的车好漂亮啊!"她脱口而出。

那老妇人回到家打开包裹见里面有10万元钱和一张字条,字条上写有:这钱是二十年前借你钱的利息与碑板钱,还有你帮我忙的工钱,一并付上。那妇人一见心里想到:这么长时间了怎么他还记得呢?

陈峰从车内探身出来，对她挥了挥手："再见！"

陈峰坐在副驾驶的位置上，放低靠背，闭着眼睛仰躺着，任由司机开着导航疾驰在这不久前建成的一级路上，回忆几十年前步行在这滚烫的山路上来这山里寻求温饱所受的艰辛以及今天坐在这舒适的副驾驶座位上，这是经过几十年社会的变化与时代的变迁加自己拼搏的结果。

但他知道，这不能说是他的能耐，是时势造就了他今天的结局，他把自己比作一粒渺小的树籽或草籽，任由时代的风暴卷来卷去，在被风暴卷得晕头转向时，突然落在某一块土地上，又凭借自己有较强的定力，一有适应自己生存的地方，就要牢牢地定在那里生根、发芽，以至于结出丰硕的果实。

他最后得出一结论——要想有所作为，在拼搏的坎坷道路上必须时势加定力。

这次回家把所有事情办得很圆满，他的心早已飞向高洁与那一双儿女身边。奔驰在驾驶员熟练地操作下向春城驰去……